AF669511

रावण : आर्यवर्त का शत्रु

आई.आई.एम. (कोलकाता) से प्रशिक्षित, 1974 में पैदा हुए **अमीश** एक बैंकर से सफल लेखक तक का सफर तय कर चुके हैं। अपने पहले उपन्यास *मेलूहा के मृत्युंजय,* (शिव रचना त्रयी की प्रथम पुस्तक) की सफलता से प्रोत्साहित होकर उन्होंने फाइनेंशियल सर्विस का करियर छोड़कर लेखन पर ध्यान केंद्रित किया। एक लेखक होने के साथ ही, अमीश भारत-सरकार के राजनयिक, टीवी डॉक्यूमेंट्री के होस्ट और फिल्म-प्रोड्यूसर भी हैं।

इतिहास, पुराण और दर्शन में उनकी विशेष रुचि है और दुनिया के प्रत्येक धर्म की सार्थकता और ख़ूबसूरती को सराहते हैं। उनकी किताबों की 60 लाख से अधिक प्रतियां बिक चुकी हैं और उनका 20 से अधिक भाषाओं में अनुवाद हुआ है। भारतीय प्रकाशन इतिहास में अमीश की शिव रचना त्रयी सबसे तेजी से बिकने वाली सीरीज है और राम चंद्र सीरीज का स्थान दूसरे नंबर पर है। अमीश से संपर्क करने के लिए:

- www.authoramish.com
- www.facebook.com/authoramish
- www.instagram.com/authoramish
- www.twitter.com/authoramish

Celebrating
30 Years of Publishing
in India

अमीश की अन्य किताबें

शिव रचना त्रयी

भारतीय प्रकाशन क्षेत्र के इतिहास में सबसे तेज़ी से बिकने वाली पुस्तक श्रृंखला

मेलूहा के मृत्युंजय (शिव रचना त्रयी की पहली किताब)

नागाओं का रहस्य (शिव रचना त्रयी की दूसरी किताब)

वायुपुत्रों की शपथ (शिव रचना त्रयी की तीसरी किताब)

राम चंद्र श्रृंखला

भारतीय प्रकाशन क्षेत्र के इतिहास में दूसरी सबसे तेज़ी से बिकने वाली पुस्तक श्रृंखला

राम – इक्ष्वाकु के वंशज (श्रृंखला की पहली किताब)

सीता – मिथिला की योद्धा (श्रृंखला की दूसरी किताब)

लंका का युद्ध (श्रृंखला की चौथी किताब)

भारत गाथा

भारत का रक्षक महाराजा सुहेलदेव

कथेतर

अमर भारत : युवा देश, कालातीत सभ्यता

धर्म: सार्थक जीवन के लिए महाकाव्यों की मीमांसा

www.authoramish.com

'{अमीश के} लेखन ने भारत के समृद्ध अतीत और संस्कृति के विषय में गहन जागरूकता उत्पन्न की है।'

—***नरेन्द्र मोदी*** *(भारत के माननीय प्रधानमंत्री)*

'{अमीश के} लेखन ने युवाओं की जिज्ञासा को शांत करते हुए, उनका परिचय प्राचीन मूल्यों से करवाया है...'

—***श्री श्री रवि शंकर***

(आध्यात्मिक गुरु व संस्थापक, आर्ट ऑफ़ लिविंग फाउंडेशन)

'{अमीश का लेखन} दिलचस्प, सम्मोहक और शिक्षाप्रद है।'

—***अमिताभ बच्चन*** *(अभिनेता एवं सदी के महानायक)*

'भारत के महान कहानीकार अमीश इतनी रचनात्मकता से अपनी कहानी बुनते हैं कि आप पन्ना पलटने को मजबूर हो जाते हैं।'

—***लॉर्ड जेफ्री आर्चर*** *(दुनिया के सबसे कामयाब लेखक)*

'{अमीश के लेखन में} इतिहास और पुराण का बेमिसाल मिश्रण है... ये पाठक को सम्मोहित कर लेता है।'

—***बीबीसी***

'विचारोत्तेजक और गहन, अमीश, किसी भी अन्य लेखक की तुलना में नए भारत के सच्चे प्रतिनिधि हैं।'

—***वीर सांघवी*** *(वरिष्ठ पत्रकार एवं स्तम्भकार)*

www.authoramish.com

'अमीश की मिथकीय कल्पना अतीत को खंगालकर, भविष्य की संभावनाओं को तलाश लेती है। उनकी किताबें हमारी सामूहिक चेतना की गहनतम परतों को प्रकट करती हैं।'

—**दीपक चोपड़ा**
(दुनिया के जाने-माने आध्यात्मिक गुरु और कामयाब लेखक)

'{अमीश} अपनी पीढ़ी के सबसे ज़्यादा मौलिक चिन्तक हैं।'

—***अर्नब गोस्वामी*** *(वरिष्ठ पत्रकार व एमडी, रिपब्लिक टीवी)*

'अमीश के पास बारीकियों के लिए पैनी नज़र और बाँध देने वाली कथात्मक शैली है।'

—***डॉ. शशि थरूर*** *(सांसद एवं लेखक)*

'{अमीश के पास} अतीत को देखने का एक नायाब, असाधारण और आकर्षक नज़रिया है।'

—***शेखर गुप्ता*** *(वरिष्ठ पत्रकार एवं स्तम्भकार)*

'नये भारत को समझने के लिए आपको अमीश को पढ़ना होगा।'

—***स्वपन दासगुप्ता*** *(सांसद एवं वरिष्ठ पत्रकार)*

'अमीश की सारी किताबों में उदारवादी प्रगतिशील विचारधारा प्रवाहित होती है: लिंग, जाति, किसी भी क़िस्म के भेदभाव को लेकर... वे एकमात्र भारतीय बैस्टसेलिंग लेखक हैं जिनकी वास्तविक दर्शनशास्त्र में पैठ है—उनकी किताबों में गहरी रिसर्च और गहन वैचारिकता होती है।'

—***संदीपन देब*** *(वरिष्ठ पत्रकार एवं सम्पादकीय निदेशक, स्वराज्य)*

'अमीश का असर उनकी किताबों से परे है, उनकी किताबें साहित्य से परे हैं, उनके साहित्य में दर्शन रचा-बसा है, जो भक्ति में पैठा हुआ है जिससे भारत के प्रति उनके प्रेम को शक्ति प्राप्त होती है।'

—***गौतम चिकरमने*** *(वरिष्ठ पत्रकार एवं लेखक)*

'अमीश एक साहित्यिक करिश्मा हैं।'

—***अनिल धारकर*** *(वरिष्ठ पत्रकार एवं लेखक)*

www.authoramish.com

रावण

आर्यवर्त का शत्रु

राम चंद्र श्रृंखला की तृतीय पुस्तक

अमीश

अनुवाद

शुचिता मीतल

हार्पर
हिन्दी

www.authoramish.com

प्रथम प्रकाशन 2019
हार्पर हिन्दी
(हार्परकॉलिंस पब्लिशर्स इंडिया) द्वारा प्रकाशित 2023
बिल्डिंग नं. 10, टावर A, 4th फ्लोर,
डीएलएफ साइबर सिटी, फेज II, गुरुग्राम 122002, भारत
www.harpercollins.co.in

कॉपीराइट लेखक © अमीश त्रिपाठी 2019, 2023

P-ISBN: 9789356296473
E-ISBN: 9789356296480

लेखक इस पुस्तक का मूल रचनाकार होने का नैतिक दावा करता है।
इस पुस्तक में व्यक्त किए गए सभी विचार, तथ्य और दृष्टिकोण लेखक के अपने हैं और प्रकाशक किसी भी तौर पर इनके लिए जिम्मेदार नहीं है।

For sale in the Indian subcontinent

कवर डिजाइन © : ऑक्टोबज़
टाइपसेटिंग : निओ साफ्टवेयर कन्सलटैंट्स, प्रयागराज (इलाहाबाद)
मुद्रक : थॉम्सन प्रेस (इंडिया) लि.

यह पुस्तक इस शर्त पर विक्रय की जा रही है कि प्रकाशक की लिखित पूर्वानुमति के बिना इसे व्यावसायिक अथवा अन्य किसी भी रूप में उपयोग नहीं किया जा सकता। इसे पुन: प्रकाशित कर बेचा या किराए पर नहीं दिया जा सकता तथा जिल्दबंध या खुले किसी अन्य रूप में पाठकों के मध्य इसका परिचालन नहीं किया जा सकता। ये सभी शर्तें पुस्तक के खरीदार पर भी लागू होती हैं। इस सन्दर्भ में सभी प्रकाशनाधिकार सुरक्षित हैं। इस पुस्तक का आँशिक रूप में पुन: प्रकाशन या पुन: प्रकाशनार्थ अपने रिकॉर्ड में सुरक्षित रखने, इसे पुन: प्रस्तुत करने के प्रति अपनाने, इसका अनुदित रूप तैयार करने अथवा इलैक्ट्रॉनिक, मैकेनिकल, फोटोकॉपी तथा रिकॉर्डिंग आदि किसी भी पद्धति से इसका उपयोग करने हेतु समस्त प्रकाशनाधिकार रखने वाले अधिकारी तथा पुस्तक के प्रकाशक की पूर्वानुमति लेना अनिवार्य है।

www.authoramish.com

ॐ नमः शिवाय

ब्रह्मांड भगवान शिव के समक्ष सिर झुकाता है।

मैं भी भगवान शिव के समक्ष सिर झुकाता हूँ।

www.authoramish.com

तुम्हारे लिए,

मैं डूब रहा था,
दुख में, क्रोध में, हताशा में।
तुम मुझे खींचकर शान्ति की खुली हवा में ले गयीं,
भले ही कुछ पल के लिए,
केवल मेरी बातों को सुनकर।

और जब मैं कहता हूँ तो ये केवल शब्द नहीं हैं,
उनमें रहेगी हमेशा मेरी मौन कृतज्ञता,
तुम्हारे साथ हमेशा रहेगा मेरा मूक प्रेम।

www.authoramish.com

“जब किसी व्यक्ति को महायश का असाधारण सौभाग्य प्राप्त होता है,
तो दुर्भाग्य की वापसी उसके दुखों की गहनता को बढ़ा देती है।

—कल्हण, *राजतरंगिणी* में

आपमें से कौन महान बनना चाहता है?
आपमें से कौन सुख की सभी सम्भावनाओं को गँवा देना चाहता है?
क्या यह यश इसके योग्य भी है?

मैं रावण हूँ।
मैं यह सब कुछ चाहता हूँ।
मुझे ख्याति चाहिए। मुझे शक्ति चाहिए। मुझे सम्पत्ति चाहिए।
मुझे पूर्ण विजय चाहिए।
भले ही मेरा यश मेरे दुख के साथ-साथ चले।

महत्वपूर्ण पात्र एवं क़बीले

अकंपन : एक तस्कर, रावण के निकटतम सहयोगियों में से एक

अरिष्टनेमी : मलयपुत्रों के सेनापति, विश्वामित्र का दाहिना हाथ

अश्वपति : उत्तर-पश्चिम साम्राज्य कैकेय के राजा, दशरथ के घनिष्ठ मित्र, कैकेयी के पिता

इन्द्रजीत : रावण और मन्दोदरी का पुत्र

कुबेर : लंका का प्रमुख-व्यापारी

कुम्भकर्ण : रावण का भाई; एक नागा

कुशध्वज : संकश्या का राजा; जनक का छोटा भाई

कैकेसी : ऋषि विश्रवा की पहली पत्नी; रावण और कुम्भकर्ण की माँ

क्रकचबाहु : चिल्का का प्रान्तपाल

खर : लंका की सेना का अधिपति; समीची का प्रेमी

जनक : मिथिला के राजा; सीता के पिता

जटायु : मलयपुत्र प्रजाति का अधिपति; सीता और राम का नागा मित्र

दशरथ : कोशल के चक्रवर्ती राजा और सप्त सिन्धु के सम्राट; राम, भरत, लक्ष्मण और शत्रुघ्न के पिता

नागा : विकृतियों के साथ जन्मी मानव प्रजाति

पृथ्वी : टोडी गाँव का एक व्यापारी

भरत : राम के सौतेले भाई; दशरथ और कैकेयी के पुत्र

मन्दोदरी : रावण की पत्नी

मर : भाड़े का हत्यारा

मरीच : कैकेसी का भाई; रावण और कुम्भकर्ण का मामा; रावण के निकटतम सहयोगियों में से एक

मलयपुत्र : छठे विष्णु प्रभु परशुराम की प्रजाति

राम : सम्राट दशरथ और उनकी सबसे बड़ी पत्नी कौशल्या पुत्र; चारों भाइयों में सबसे बड़े, जिनका विवाह बाद में सीता से हुआ

रावण : ऋषि विश्रवा का पुत्र; कुम्भकर्ण का भाई; विभीषण और शूर्पणखा का सौतेला भाई

लक्ष्मण : दशरथ के जुड़वाँ बेटों में से एक; राम के सौतेले भाई

वशिष्ठ : अयोध्या के राजगुरु; चारों राजकुमारों के गुरु

वायुपुत्र : पूर्ववर्ती महादेव भगवान रुद्र की प्रजाति

वाली : किष्किंधा का राजा

विभीषण : रावण का सौतेला भाई

विश्रवा : एक सम्मानीय ऋषि; रावण, कुम्भकर्ण, विभीषण और शूर्पणखा के पिता

विश्वामित्र : छठे विष्णु परशुराम की प्रजाति मलयपुत्र के प्रमुख, राम और लक्ष्मण के अस्थायी गुरु भी

वेदवती : टोड़ी गाँव की निवासी; पृथ्वी की पत्नी

शत्रुघ्न : लक्ष्मण के जुड़वाँ भाई; दशरथ और सुमित्रा के पुत्र; राम के सौतेले भाई

शूर्पणखा : रावण की सौतेली बहन

शोचिकेश : टोड़ी गाँव का भूस्वामी

समीची : मिथिला की नागरिक और सुरक्षा प्रमुख; खर की प्रेमिका

सीता : मिथिला के राजा जनक और रानी सुनयना की पुत्री; मिथिला की प्रधानमंत्री भी जिनका विवाह बाद में राम से हुआ था

सुकर्मण : टोड़ी गाँव का निवासी; शोचिकेश का पुत्र

हनुमान : नागा और वायुपुत्र प्रजाति के सदस्य

कथा विन्यास पर एक टिप्पणी

इस पुस्तक को चुनने और मुझे अपनी सबसे महत्वपूर्ण चीज़ : समय, देने के लिए शुक्रिया।

मैं जानता हूँ कि आपमें से बहुत लोग बहुत धैर्य के साथ राम चन्द्र श्रृंखला के तीसरे भाग के रिलीज़ होने की प्रतीक्षा करते रहे हैं। देरी के लिए क्षमा चाहता हूँ, और मुझे आशा है कि यह किताब आपकी अपेक्षाओं पर खरी उतरेगी।

आपमें से कुछ लोग सोच रहे होंगे कि मैंने इसका नाम *रावण : आर्यवर्त का अनाथ* से बदल कर *रावण : आर्यवर्त का शत्रु* करने का फ़ैसला क्यों किया। मैं बताता हूं। रावण की कहानी लिखते हुए मुझे उस व्यक्ति के बारे में कुछ बातें समझ आयीं। रावण जब बच्चा था तभी से उसके मन में उन परिस्थितियों के ख़िलाफ़ ग़ुस्सा भर गया था, जिनमें वो ख़ुद को पाता था। वो किसी हद तक अपनी नियति का नियन्ता था। शुरू में मुझे महसूस हुआ कि रावण को अपनी मातृभूमि से दूर कर दिया गया था और इस तरह, इस मायने में, वो अनाथ था। मगर जैसे-जैसे मेरे दिमाग़ में कहानी बुनती गयी, मुझे महसूस हुआ कि वो फ़ैसले सोच-समझकर लिए गये थे जो उसे उसकी मातृभूमि से दूर ले गये थे। उसने अनाथ की भूमिका में ढाले जाने की अपेक्षा शत्रु बनना चुना था।

जैसा कि आपमें से कुछ लोग जानते होंगे, मैं कहानी कहने की हाइपरलिंक नाम की शैली से प्रभावित हूँ, जिसे कुछ लोग बहुरैखिक कथानक कहते हैं। इस तरह के कथानक में बहुत सारे पात्र होते हैं; और एक सूत्र उन सबको साथ लाता है। राम चन्द्र श्रृंखला में तीन मुख्य पात्र

राम, सीता और रावण हैं। प्रत्येक पात्र के अपने जीवन-अनुभव हैं जो उन्हें वो बनाते हैं जो वो हैं, और प्रत्येक के जीवन में अपना एडवेंचर, और दिलचस्प बैकस्टोरी है। आख़िरकार, सीता के अपहरण के साथ उनकी कहानियाँ एक होती हैं।

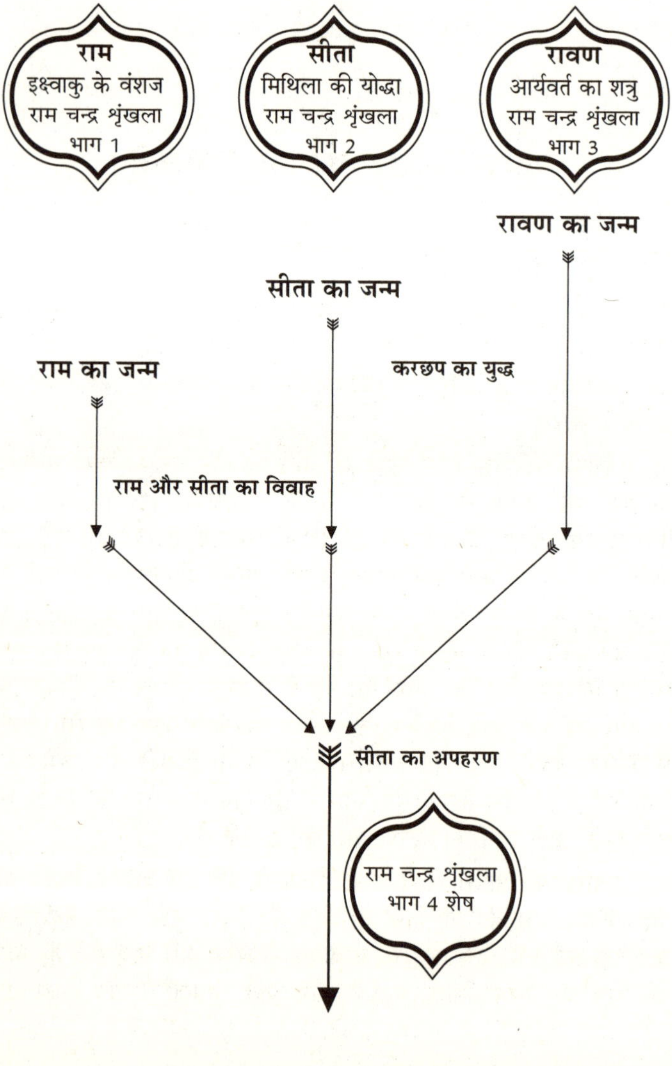

तो हालांकि पहले भाग ने राम की कहानी को और दूसरे ने सीता की कहानी को खोजा था, तीसरा रावण की ज़िन्दगी को खँगालता है, और फिर तीनों एक चौथी पुस्तक से एकाकार होकर एक कहानी बन जायेंगे। यह याद रखना महत्वपूर्ण है कि रावण सीता और राम दोनों से कहीं अधिक आयु का है। वास्तव में, राम का जन्म उस दिन हुआ था जब रावण ने एक निर्णयात्मक लड़ाई लड़ी थी—राम के पिता सम्राट दशरथ के विरुद्ध। इसलिए यह पुस्तक काल में और पीछे जाती है, अन्य मुख्य पात्रों—सीता और राम—का जन्म होने से पहले।

मैं जानता था कि बहुरैखिक कथानक में तीन किताबें लिखना जटिल और समय-खपाऊ मामला है, मगर मैं स्वीकार करूँगा कि यह बहुत उत्तेजना भरा था। मुझे आशा है कि आपके लिए भी यह उतना ही फलदायक और रोमांचकारी अनुभव होगा जितना मेरे लिए रहा है। राम, सीता और रावण को पात्रों के रूप में समझने से मुझे उनकी दुनियाओं में रहने, और षड्यन्त्रों और कहानियों की उस भूलभुलैया को खोजने में मदद मिली जो इस महागाथा को प्रकाशित करती हैं। इसके लिए मैं वाक़ई अनुग्रहीत महसूस करता हूँ।

चूँकि मैं एक बहुरैखिक कथानक पर चल रहा था, इसलिए मैंने पहली पुस्तक (राम: इक्ष्वाकु के वंशज) के साथ ही दूसरी पुस्तक (सीता: मिथिला की योद्धा) में भी ऐसे संकेत छोड़े हैं जो तीसरी पुस्तक की कहानियों से जुड़ते हैं। यहाँ आपके लिए अनेक आश्चर्य और पेंच हैं, और बहुत से आगे आयेंगे!

मुझे आशा है कि आपको *रावण : आर्यवर्त का शत्रु* पढ़ने में आनन्द आयेगा। कृपया नीचे दिये गये मेरे फ़ेसबुक पेज, इंस्टाग्राम, या ट्विटर अकाउंट पर सन्देश भेज कर मुझे बतायें कि आप इसके बारे में क्या सोचते हैं।

स्नेह,

अमीश

www.facebook.com/authoramish
www.instagram.com/authoramish
www.twitter.com/authoramish

आभार

ये आभार 2019 में तब लिखा गया था, जब यह किताब प्रकाशित हुई थी। मैं *रावण—आर्यवर्त का शत्रु* का ये संस्करण छापने वाली टीम का आभार व्यक्त करना चाहता हूँ। हार्पर कॉलिंस की टीम: स्वाति, शबनम, आकृति, गोकुल, विकास, राहुल, पॉलोमी और उदयन के साथ उनका नेतृत्व करने वाले प्रतिभाशाली अनंत। इन सभी के साथ शुरू हुए इस सफर के प्रति मैं बहुत उत्साहित हूँ।

ये दो साल बहुत बुरे बीते हैं। इस कठिन दौर में मैंने इतने दुख और कष्ट भोगे हैं जितने अपने जीवन में पहले कभी नहीं देखे। कभी-कभी तो मुझे महसूस हुआ जैसे मेरी सारी ज़िन्दगी बिखरी जा रही है। मगर ऐसा नहीं हुआ। मैं उस दौर से निकल आया। इमारत अभी भी मज़बूत है। इस किताब के लेखन ने चुम्बक का सा काम लिया। और अभी आगे मैं जिन लोगों के प्रति आभार व्यक्त करूँगा, वो मेरा सम्बल रहे हैं; क्योंकि उन्होंने मुझे सँभाले रखा है।

मेरे ईश्वर, प्रभु शिव। उन्होंने इन पिछले दो सालों में मेरी जम कर परीक्षा ली है। मुझे आशा है कि अब वो इसे थोड़ा आसान कर देंगे।

वो दो व्यक्ति जिन्हें मैंने जीवन में सबसे ज़्यादा सराहा है, पुराने समय के मूल्यों, जीवट और मान-सम्मान वाले व्यक्ति; मेरे श्वसुर मनोज व्यास और मेरे जीजा जी हिमांशु रॉय। अब ये दोनों ही ऊपर स्वर्ग से मुझे देख रहे हैं। आशा है वो मुझ पर गर्व कर सकेंगे।

मेरा दस वर्षीय बेटा नील; और जब मैं कहता हूँ, "मेरे बेटे जैसा श्रेष्ठ न कोई था और न कभी होगा!" तो तुम एक पिता के जज़्बात को माफ़ कर देना।

कहानी में सहयोग देने के लिए मेरी बहन भावना; मेरे भाई अनीश और आशीष। हमेशा की तरह, पहला प्रारूप उन्होंने ही पढ़ा। उनके दृष्टिकोण, सम्बल, स्नेह और प्रोत्साहन अनमोल हैं।

अपने शेष परिवार : उषा, विनय, शरनाज़, मीता, प्रीति, डोनेटा, स्मिता, अनुज, रूटा को उनकी सतत आस्था और प्रेम के लिए। और मेरी प्रसन्नता में अपना योगदान देने के लिए मैं अपने परिवार की अगली पीढ़ी का भी आभार व्यक्त करना चाहूँगा : मितांश, डेनियल, एडेन, केया, अनिका और आश्ना।

मेरे प्रकाशक वैस्टलैंड के सीईओ गौतम और मेरी सम्पादक कार्तिका और संघमित्रा। अगर मेरे परिवार के इतर कोई ऐसा है जो इस प्रोजेक्ट के सबसे क़रीब है, तो यही तीनों हैं। ये लोग दक्षता, विनम्रता और गरिमा का अनोखा मेल हैं। मेरी कामना है हम एक लम्बी पारी साथ खेलें। वैस्टलैंड की शेष शानदार टीम : आनन्द, अभिजीत, अंकित, अरुणिमा, बरानी, क्रिस्टीना, दीप्ति, धवल, दिव्या, जयशंकर, जयंती, कृष्णकुमार, कुलदीप, मधु, मुस्तफ़ा, नवीन, नेहा, निधि, प्रीति, राजू, संयोग, सतीश, सतीश, शत्रुघ्न, श्रीवत्स, सुधा, विपिन, विश्वज्योति और अन्य। ये प्रकाशन जगत की शानदार टीम हैं।

अमन, विजय, प्रेरणा, सीमा, और मेरे ऑफ़िस के मेरे अन्य सहयोगी। जो मेरे अन्य कार्यों को सँभाल लेते हैं जिससे मुझे लिखने के लिए समय मिल जाता है।

हेमल, नेहा, कैन्डीडा, हितेष, पार्थ, विनीत, नताशा, प्रकाश, अनुज और ऑक्टोबज़ की बाक़ी टीम, जिन्होंने इस किताब का मुखपृष्ठ डिज़ाइन किया है, और बहुत शानदार काम किया है। उन्होंने ट्रेलर भी बनाया और किताब की अनेक सोशल मीडिया गतिविधियों का प्रबन्ध करने में सहायता की। एक उत्कृष्ट, रचनात्मक और प्रतिबद्ध एजेंसी।

मयंक, श्रेया, सरोजिनी, दीपिका, नरेश, मार्वी, स्नेहा, सिमरन, कीर्ति, प्रियंका, विशाल, दानिश और मो'ज़ आर्ट टीम, जिन्होंने मीडिया

सम्बन्धों और किताब के लिए मार्केटिंग समझौतों को अंजाम दिया। वो एक एजेंसी ही नहीं, परामर्शदाता भी हैं।

सत्या और उनकी टीम जिन्होंने लेखक के नये फ़ोटो लिये जिन्हें इस पुस्तक के अन्दरूनी कवर पर लगाया गया है। उन्होंने एक साधारण से विषय को बेहतर बना दिया।

कैलेब, क्षितिज, संदीप, रोहिणी, धाराव, हिना और उनकी अपनी टीम जिन्होंने अपने व्यवसाय, क़ानून और मार्केटिंग परामर्श से मेरे काम को सम्बल दिया।

संस्कृत की उत्कृष्ट विद्वान मृणालिनी जो मेरे साथ मेरी रिसर्च पर काम करती हैं। उनके साथ मेरी चर्चाएँ बहुत ज्ञानपूर्ण होती हैं। उनसे मैंने जो सीखा है, उसने कई सिद्धान्त विकसित करने में मेरी मदद की है जो इन किताबों में शामिल होते हैं।

आदित्य, मेरी किताबों के जोशीले पाठक जो अब एक मित्र और तथ्यों के जाँचकर्ता बन गये हैं।

और अन्त में, मगर विशेष रूप से, आप पाठकगण। मैं जानता हूँ कि इस किताब में बहुत देरी हो गयी है। इसके लिए मैं दिल से माफ़ी चाहता हूँ। ज़िन्दगी मुझे लेखन से दूर ले गयी थी। मगर अब वापस ले आयी है। और यहाँ से मैं डगमगाऊँगा नहीं। आपके धैर्य, स्नेह और साथ के लिए धन्यवाद।

अध्याय 1

3400 ईसा पूर्व, सालसेट द्वीप, भारत का पश्चिमी तट

वह आदमी घोर पीड़ा से चिल्ला पड़ा। उसे पता था कि उसकी मौत बहुत पास है। उसे बस कुछ ही देर और चुप रहना होगा। उसे रहस्य छिपाये रखना था। यह करना ही था। बस कुछ देर और।

उसने स्वयं को पत्थर का कर लिया। मन ही मन वह लगातार मन्त्र जप रहा था। अथाह शक्ति का मन्त्र। वह मन्त्र जो उसकी पूरी जनजाति जपती थी। मलयपुत्रों की जनजाति।

जय श्री रुद्र... जय परशु राम... जय श्री रुद्र... जय परशु राम।

उसने अपनी आँखें बन्द कर लीं। अपने आततायी की मौजूदगी को नकारने के लिए।

मुझे शक्ति दो, प्रभु। मुझे शक्ति दो।

उसका उत्पीड़क उसके ऊपर खड़ा अगला वार करने की तैयारी कर रहा था। तभी उसे निर्ममता से पीछे खींच लिया गया था। एक स्त्री द्वारा।

उसने क्रोध से फुफकारते हुए कहा। "खर, इससे बात नहीं बन रही है।"

लंका की सेना की एक टुकड़ी का सेनापति खर उस स्त्री की ओर मुड़ा। समीची। उसकी बचपन की प्रेयसी। कुछ वर्ष पहले तक समीची उत्तर भारत के एक छोटे से राज्य मिथिला की प्रधानमन्त्री के रूप में कार्य करती थी। लेकिन कुछ समय पहले उसने अपना पद छोड़ दिया था और

उसका अता-पता मालूम करने में जुट गयी थी जिसने उसे नियुक्त किया था। वो राजकुमारी जिसकी उसने सेवा की थी : सीता।

खर ने भी धीरे से जवाब दिया। "यह मलयपुत्र सख़्तजान है। यह टूटेगा नहीं। हमें किसी और तरीक़े से जानकारी हासिल करनी होगी।"

"इतना समय नहीं है!"

समीची की फुसफुसाहट में शीघ्रता का खुरदुरापन था। खर जानता था कि वो सही कह रही है। जो जानकारी उन्हें चाहिए थी, इस समय उसको पाने का सबसे अच्छा सम्भावित स्रोत यही था। जानकारी कि सीता, उनके पति राम, देवर लक्ष्मण और उनके साथ मौजूद सोलह मलयपुत्र सैनिक कहाँ छिपे हुए थे। खर यह भी जानता था कि यह जानकारी निकलवाना कितना अहम है। यह समीची के वास्तविक स्वामी का अनुग्रह पाने का सुअवसर था। वो जिसे वो इराइवा कहती थी, लंका का राजा रावण।

"मगर यह अधिक देर जीवित नहीं रहेगा।" खर का स्वर नर्म था। निराशा से भरा। "मुझे नहीं लगता यह बोलेगा।"

"मुझे कोशिश करने दो।"

समीची उस मेज़ की ओर बढ़ी जहाँ मलयपुत्र बँधा हुआ था। उसने झटके से मलयपुत्र की धोती खींचकर एक ओर फेंक दी। और फिर लंगोट भी खींच दिया। वो दीन-हीन प्राणी अब पूरी तरह नग्न और लज्जा से कराह रहा था।

खर भी सहम-सा गया था। "समीची... यह..."

समीची ने तीखी निगाह से खर को देखा। वो चुप हो गया।

भय से मलयपुत्र की आँखें फट गयी थीं। जैसे उसे आगामी पीड़ा का आभास हो गया था। उत्पीड़कों की भी कुछ नैतिकता होती थी। लेकिन स्पष्ट रूप से समीची का उस पर चलने का कोई इरादा नहीं था।

फिर समीची ने पास ही पड़ा एक हँसिया उठा लिया। एक ओर से वो बेतहाशा पैना था, और दूसरी ओर से दांतेदार। अधिकतम पीड़ा देने के लिए बना क्रूरतम हथियार। हाथ में हँसिया लिए वो शिकंजे की ओर बढ़ी। उसने हँसिये को ऊपर उठाया, अपनी उँगली में चुभोकर रक्त निकलने देते हुए उसने उसकी तेज़ धार को महसूस किया। "तुम बकोगे। विश्वास

करो। तुम बकोगे," वो ग़ुर्राते हुए मलयपुत्र की टाँगों के बीच हँसिया ले गयी। ख़तरनाक ढंग से निकट।

धीरे-धीरे, आराम से उसने हँसिये को आगे बढ़ाया जिससे उसने त्वचा को भेद दिया। नर्म त्वचा को काटा और चीथ डाला। अंडकोश में गहरे धँसाते हुए। शरीर के उस बिन्दु पर अधिकाधिक पीड़ा पहुँचाते हुए जहाँ तन्त्रिका-शीर्ष परपीड़क मात्रा में उपस्थित थे।

मलयपुत्र चिल्ला उठा।

वो चीख़ पड़ा था, इसे रोकने की याचना कर रहा था।

इस बार वो अपने देवताओं के नाम नहीं ले रहा था। अब बात उनके बस से बाहर हो चुकी थी। अब तो वो अपनी माँ को पुकार रहा था।

खर तभी जान गया था। मलयपुत्र बोलेगा। बस कुछ ही समय की बात है। वो टूट जायेगा। और बोलेगा।

—१०I—

लंका का राजा रावण और उसका छोटा भाई कुम्भकर्ण आरामदेह कुर्सियों पर बैठे थे जो विख्यात पुष्पक विमान की दीवार के पास फ़र्श से जुड़ी थीं।

रावण चुप बैठा था। उसका बदन तनावग्रस्त था। उसने अपने लटकन को कसकर पकड़ रखा था—वो लटकन जो उसके गले में पड़ी सोने की ज़ंजीर में पड़ा था। यह मानव उँगलियों की दो हड्डियों से बना था जिनके ऊपरी हिस्सों को सावधानीपूर्वक सोने की कड़ियों से कसा गया था। अनेक भारतीयों के बीच यह मान्यता थी कि कुछ दुर्दान्त राक्षसी योद्धा अपने वीर शत्रुओं की लाशों से काटे गये स्मृतिचिह्न पहनते हैं। ऐसा करने से उनके अन्दर अपने मृत शत्रु की शक्ति आ जाती है। रावण के प्रति घोर निष्ठावान लंका के सैनिक भी मानते थे कि रावण के गले में पड़ा लटकन एक पुराने शत्रु के हाथ से काटकर बनाया गया है। केवल कुम्भकर्ण सच जानता था। केवल वही जानता था कि जब रावण उस लटकन को कसकर पकड़ता है, जैसे अभी पकड़े हुए था, तो इसका क्या मतलब होता है।

अपने बड़े भाई को उसके मौन मनन में छोड़कर कुम्भकर्ण ने पुष्पक विमान में निगाह घुमाई। शिखर की ओर संकरे होते शंकु के आकार का लंका का यह उड़न-वाहन महाकाय था। आधार के निकट बनी झरोखों

जैसी इसकी अनेक खिड़कियाँ मोटे काँच से बन्द थीं, मगर धातु के पटों को खोल दिया गया था। सुबह के सूरज की धुँधली-सी रोशनी अन्दर आ रही थी, जिससे विमान का अन्दरूनी हिस्सा प्रकाशमान हो गया था। यद्यपि विमान अधिकांशत: ध्वनिरोधक था मगर विमान के ऊपर लगे मुख्य घूर्णक की तेज़ आवाज़ निरन्तर आ रही थी। इसी में विमान के आधार के निकट लगे अनेक छोटे घूर्णकों का शोर भी घुल गया था, जो इस उड़न-यन्त्र को दिशा देने और उसकी पार्श्व गतिविधियों को नियन्त्रित करने में सहायता करते थे।

विमान का अन्दरूनी हिस्सा लम्बा-चौड़ा और आरामदेह तो था, मगर साज-सज्जा नाममात्र को थी। एकमात्र सजावट विमान के अन्दरूनी शिखर पर बना एक बड़ा-सा चित्र था, जहाँ "शंकु" एक बिन्दु तक पतला होता गया था। वो एक रुद्राक्ष का चित्र था। एक विशाल भूरा, अंडाकार रुद्राक्ष; इसका शाब्दिक अर्थ "रुद्र का आँसू" था। महादेव भगवान रुद्र के सभी अनुयायी रुद्राक्ष की माला धारण करते थे या अपने पूजाकक्ष में इसे रखते थे। इस चित्र में एक विशिष्ट रुद्राक्ष को दर्शाया गया था जिसमें केवल एक ही खाँचा था। इस छोटे-से मूल बीज को, जिसे देखकर यह चित्र बनाया गया था, एकमुखी रुद्राक्ष कहा जाता था। यह बहुत ही दुर्लभ रुद्राक्ष था, इसे हासिल कर पाना बहुत मुश्किल था और यह बहुत महँगा था। रावण के महल में उसके निजी पूजाकक्ष में भी सोने के धागे में पिरोया हुआ रुद्राक्ष रखा था।

इस चित्र के अलावा विमान अनलंकृत और सूना था—शानो-शौकत की अपेक्षा सैन्य वाहन अधिक था। रूप-रंग पर क्रियाशीलता को वरीयता देने के कारण पुष्पक विमान आराम से सौ से अधिक यात्रियों को खपा सकता था।

कुम्भकर्ण ने सन्तोष के साथ देखा कि विमान में अनुशासित घेरों में और सारे में फैले हुए सैनिक मौन बैठे हैं। वो अभी-अभी भोजन करके चुके थे। भलीभाँति विश्राम और भोजन करके वो युद्ध के लिए तैयार थे। बस कुछ ही घंटों में वो सालसेट द्वीप पर उतरने वाले थे। वहाँ, जैसा कि कुम्भकर्ण को बताया गया था, समीची उनकी इस इच्छित जानकारी के साथ प्रतीक्षा कर रही थी कि अयोध्या के राजकुमार राम, उनकी पत्नी

सीता, छोटे भाई लक्ष्मण और सोलह मलयपुत्र सैनिकों ने कहाँ शिविर लगाया है।

लंका के सैनिकों को विश्वास था कि वो अपने शक्तिशाली राजा रावण की बहन शूर्पणखा के अपमान का बदला लेने जा रहे हैं जिसे लक्ष्मण ने घायल कर दिया था। हालाँकि सौन्दर्यात्मक शल्यचिकित्सा उसकी नाक के घाव के चिह्न को तो दूर कर देती, मगर चेहरे की रूपकीय हानि का बदला तो केवल रक्त से ही लिया जा सकता है। सैनिक ये जानते थे। वो ये समझते थे।

मगर उनमें से किसी ने भी यह सोचने का प्रयास नहीं किया कि रावण के सौतेले छोटे बहन-भाई राजकुमारी शूर्पणखा और राजकुमार विभीषण इतनी दूर, गहन दंडकारण्य में अयोध्या के निष्कासित और तुलनात्मक रूप से शक्तिहीन राजकुमारों के साथ कर क्या रहे थे।

"वो एकदम मूर्ख हैं," अन्ततः रावण ने शुष्कता से और स्वर को धीमा रखते हुए कहा। रावण और कुम्भकर्ण के आसनों को ऊपर लगी एक छड़ से लटके पर्दे से आंशिक तौर पर अलग कर दिया गया था। "इस अभियान पर मुझे उन्हें भेजना ही नहीं चाहिए था।"

राम और उनके लोगों के साथ हुई विफल भेंट और परिणामस्वरूप हुई झड़प के बाद विभीषण शूर्पणखा और अपने लंकाई सैनिकों को लेकर शीघ्रता से सालसेट वापस चला गया था, जो कि भारत के पश्चिमी तट पर लंका का द्वीपीय दुर्ग था। वहाँ से रावण के पुत्र इन्द्रजीत के नेतृत्व में उन्होंने लंका वापस जाने के लिए नौका ले ली थी। उनके विफल अभियान की सूचना मिलते ही जितने सैनिक पुष्पक विमान में आ सके, उन्हें लेकर रावण तुरन्त लंका से चल पड़ा था।

कुम्भकर्ण ने गहरी सांस ली, और अपने बड़े भाई की ओर देखते हुए कहा, "अब यह बात पुरानी हो चुकी है, दादा।"

"दोनों जड़बुद्धि हैं। विभीषण और शूर्पणखा अपनी मूर्ख असभ्य माँ पर गये हैं। एक सीधा-सादा-सा काम भी नहीं कर सकते।"

रावण और कुम्भकर्ण दोनों ऋषि विश्रवा और उनकी पहली पत्नी कैकेसी के पुत्र थे। विभीषण और शूर्पणखा भी ऋषि विश्रवा की सन्तान थे, मगर उनकी दूसरी पत्नी क्रेटीस से, जो भूमध्यसागर के नॉसोस द्वीप की यूनानी राजकुमारी थीं। रावण को अपने सौतेले भाई-बहन से कभी कोई

लगाव नहीं रहा था, मगर पिता के देहान्त के बाद उसकी माँ कैकेसी ने उसे उन्हें अपनाने के लिए विवश कर दिया था।

"हर परिवार में कुछ मूर्ख होते ही हैं, दादा," कुम्भकर्ण ने मुस्कुराकर अपने भाई को शान्त करने की कोशिश करते हुए कहा। "मगर फिर भी वो परिवार का अंग हैं।"

"मुझे तुम्हारी बात सुननी चाहिए थी। उन्हें भेजना ही नहीं चाहिए था।"

"अब इसे भूल जाएँ।"

"कभी-कभी मुझे लगता है कि—"

"हम इसे सँभाल लेंगे, दादा," कुम्भकर्ण ने बात काटी। "हम विष्णु का अपहरण करेंगे और फिर मलयपुत्रों के पास कोई विकल्प नहीं रहेगा। वो हमें वो सब दे देंगे जो हम चाहते हैं। जिसकी हमें आवश्यकता है।"

रावण मुस्कुराया और उसने अपने भाई का हाथ थाम लिया। "मैंने तुम्हें कष्ट के अलावा और कुछ नहीं दिया है, कुम्भ। हमेशा मेरा साथ देने के लिए धन्यवाद।"

कुम्भकर्ण ने अपने भाई का हाथ दबाया। "नहीं, दादा। कष्ट तो मैंने आपको दिया है, अपने जन्म से ही। आपके कारण ही मैं जीवित हूँ। मैं आपके लिए प्राण भी दे दूँगा।"

"बकवास! तुम अभी जल्दी नहीं मरने वाले। न मेरे लिए। न किसी और के लिए। तुम बुढ़ापे की मौत मरोगे, अनेक, अनेक वर्ष बाद, जब तुम हर उस स्त्री के साथ शयन कर चुकोगे जिसके साथ शयन करना चाहोगे और जी भर के मदिरापान कर चुकोगे!"

कुम्भकर्ण जो पिछले अनेक वर्षों से पूर्ण ब्रह्मचारी था और मद्यपान त्याग चुका था, हँस पड़ा। "हम दोनों की ओर से आप ही यह पर्याप्त कर लेते हैं, दादा!"

तेज़ हवाएँ पुष्पक विमान को थपेड़े मार रही थीं। विमान थरथराने और डगमगाने लगा था। किसी भीमकाय राक्षसी बालक के हाथों में पकड़े

खिलौने की तरह। मूसलाधार बरसात हो रही थी। वो झरोखों के मोटे काँच के पार पानी को बरसते देखते रहे।

"भगवान रुद्र की शपथ, किसी वाहियात विमान हादसे में मरना मेरी नियति नहीं हो सकती!"

रावण ने दो बार अपनी कुर्सी में लगे शारीरिक शिकंजे को जाँचा जिसने उसे सुरक्षित रूप से कुर्सी से बाँधा हुआ था। कुम्भकर्ण ने भी। इन शिकंजों को ख़ासतौर से शरीर के पूरे ऊपरी भाग पर प्रतिरोधक बल को फैलाने के लिए बनाया गया था। उनकी जंघाएँ भी कस गयी थीं।

लंका के सैनिकों ने भी विमान के फ़र्श और दीवारों पर लगे सामान्य शिकंजों से स्वयं को बाँध लिया था। अधिकांश सैनिक ख़ुद को और अपने पेट के भीतर चल रही हलचल को शान्त रख पा रहे थे। मगर विमान में पहली बार यात्रा कर रहे कुछ सैनिक प्रचुरता से उल्टियाँ कर रहे थे।

कुम्भकर्ण रावण की ओर मुड़ा। "यह बेमौसमी तूफ़ान है।"

"तुम्हें ऐसा लगता है?" रावण ने मुस्कुराते हुए पूछा। संकटकाल में उसका जुझारूपन और मुखर हो जाता है।

कुम्भकर्ण ने मुड़कर उन चारों विमानचालकों को देखा जो नियन्त्रकों पर अपना पूरा शारीरिक बल लगाते हुए हवाओं के विरुद्ध विमान को दिशा देने के लिए उपकरणों के साथ जूझ रहे थे।

"बहुत बलपूर्वक नहीं!" गरजती हवाओं के पार अपनी आवाज़ पहुँचाते हुए कुम्भकर्ण ने चिल्लाकर कहा। "उत्तोलक टूट गये तो हम बेमौत मारे जायेंगे।"

चारों व्यक्ति कुम्भकर्ण की ओर मुड़े जो शायद इस समय जीवित सर्वश्रेष्ठ विमान चालक था।

"हवाओं से इतना मत जूझो कि नियन्त्रक टूट ही जाये," कुम्भकर्ण ने आदेश दिया। "इसे बहने दो। मगर बहुत शिथिल भी मत होना। बस विमान को सीधा रखो तो सब ठीक रहेगा।"

चालकों ने उत्तोलकों को थोड़ा ढीला छोड़ा तो विमान लहरा गया और हवाओं के साथ और अधिक तेज़ी से झूलने लगा।

"तुम यह चाह रहे हो कि मैं उल्टी कर दूँ?" रावण ने मुँह बनाते हुए कहा।

"उल्टी करने से किसी की जान नहीं जाती," कुम्भकर्ण ने कहा। "मगर विमान हादसा यह काम अच्छे से कर देगा।"

रावण ग़ुर्राया, उसने एक गहरी सांस ली और अपनी आँखें बन्द कर लीं। उसने हाथ के शिकंजे को और कसकर पकड़ लिया था।

"वैसे, इस तूफ़ान का एक लाभ भी है," कुम्भकर्ण ने कहा, "ये गरजती हवाएँ घूर्णकों के शोर को दबा देंगी। उन पर हमला करते समय हमारे पास उन्हें चौंका देने का लाभ होगा।"

रावण ने आँखें खोलीं और कुम्भकर्ण को देखा, उसकी भँवें सिकुड़ गयी थीं। "तुम्हारा दिमाग़ ठीक है? हम उनसे एक के मुक़ाबले पाँच अधिक हैं। हमें चौंकाने का लाभ नहीं चाहिए। हमें बस सुरक्षित उतरना है।"

—ॐ—

युद्ध छोटा और निर्णयात्मक था।

लंका की ओर से कोई हताहत नहीं हुआ था। मलयपुत्रों के सेनापति जटायू और उनके दो सैनिकों के अलावा सब मारे गये थे या बुरी तरह आहत हुए थे। मगर राम, लक्ष्मण और सीता लापता थे।

कुम्भकर्ण तीनों को ढूँढ़ने के प्रयासों का प्रबन्ध करने निकला, तो रावण एक मलयपुत्र सैनिक को घूरता खड़ा था जो धरती पर पीठ के बल पड़ा था। वो अभी भी जीवित तो था, मगर बमुश्किल। हर खरखराती सांस के साथ वो अपनी मौत के और नज़दीक जा रहा था।

उसके शरीर के आसपास गाढ़ा रक्त जमा हो गया था, जिसने मिट्टी को तर और हरी घास को बदरंग कर दिया था। उसकी जांघों की मांसपेशियों को काट दिया गया था। लगभग अस्थि तक। अनेक कटी हुई धमनियों से रक्त फूटा पड़ रहा था।

रावण तकता रहा। हमेशा की तरह, धीमी मौत के इस दृश्य से वो सम्मोहित-सा था।

वो कुम्भकर्ण की आवाज़ सुन रहा था।

"जटायू द्रोही है। मलयपुत्रों के साथ मिलने से पहले वो हममें से एक था। मुझे परवाह नहीं कि तुम उसके साथ क्या करते हो। सूचना हासिल करो, सेनापति खर।"

"जी, प्रभु कुम्भकर्ण।" खर और उसकी प्रेमिका समीची जानकारी और बल के साथ अपनी योग्यता साबित कर चुके थे। उसने प्रणाम किया और अपने स्त्रोत की ओर बढ़ गया।

रावण ने मलयपुत्र पर ध्यान केन्द्रित किया। उसका रक्त तीव्रता से बह रहा था। वो उसके पेट पर लगे एक छोटे से घाव से बहता मालूम दे रहा था। मगर रावण देख सकता था कि वो घाव गहरा है। गुर्दे, यकृत, पेट सबको काट दिया गया था। शरीर से निकलते रक्त के कारण उस सैनिक का शरीर पीड़ा से मरोड़े खा रहा था और कंपकंपा रहा था।

कुम्भकर्ण के शब्द फिर से उसके अवचेतन को भेद गये।

"मुझे सात दल चाहिए। हर दल में दो लोग होंगे। सारे में बिखर जाओ। वो दूर नहीं गये होंगे। अगर वो राजकुमार या राजकुमारी मिल जाएँ, तो ख़ुद मत उलझना। तुममें से एक आदमी वापस आकर हमें सूचित करेगा, जबकि दूसरा उनका पीछा करता रहेगा।"

रावण ने फिर से मलयपुत्र की ओर ध्यान दिया। उसकी बाईं आँख बाहर निकल आयी थी। शायद हाथ में शेर का गुप्त पंजा पहने लंका के किसी सैनिक ने निकाली होगी। आंशिक रूप से कटा आँख का ढेला नेत्रीय तन्त्रिका के सहारे गड्ढे से बाहर लटका हुआ था। रक्तरंजित, बेरंग सफ़ेद ढेले से धीमे-धीमे रक्त टपक रहा था।

मलयपुत्र का मुँह खुला था, उसका सीना ज़ोरों से धड़क रहा था। हवा भरकर अपने शरीर में प्राणवायु पहुँचाने के लिए संघर्षरत। जीवित रहने की बेतहाशा कोशिश करते हुए।

आत्मा अन्तिम पल तक शरीर में अटके रहने के लिए क्यों अड़ी रहती है? तब भी जब मौत स्पष्ट रूप से बेहतर विकल्प होती है?

"दादा," कुम्भकर्ण ने उसके दिवास्वप्न को तोड़ते हुए पुकारा। रावण ने मौन रहने के लिए अपना हाथ उठाया। कुम्भकर्ण ने आदेश का पालन किया।

लंका का राजा मलयपुत्र के शरीर से धीरे-धीरे निकलते जीवन को तकता रहा। उसकी सांस लगातार खरहरी होती जा रही थी। जितनी ज़ोर से वो सांस लेता, उतनी ही तेज़ी से उसके बेशुमार घावों से रक्त फूट पड़ता।

छोड़ दो...

अन्ततः, बहुत तेज़ ऐंठन हुई। मरते हुए आदमी के मुँह से अन्तिम, उथली-सी सांस निकली। पल भर के लिए सब थम गया था। वो अपनी आँखें खोले पड़ा था, त्रस्त-सा। दोनों मुट्ठियाँ कसकर बन्द थीं। उँगलियाँ विचित्र से कोण पर मुड़ गयी थीं। शरीर ऐंठा हुआ था।

और फिर, धीरे-धीरे, वो शिथिल पड़ने लगा।

कुछ पल बीते, फिर रावण अपने सामने पड़े शव की ओर से मुड़ गया। "क्या कह रहे थे?" उसने कुम्भकर्ण से पूछा।

"वो दूर नहीं गये होंगे," कुम्भकर्ण ने कहा। "खर शीघ्र ही जटायू से सारी जानकारी निकाल लेगा। हम विष्णु को ढूँढ़ लेंगे। हम उन्हें जीवित पकड़ लेंगे।"

"और राम-लक्ष्मण का क्या?"

"हम पूरा प्रयास करेंगे कि उन्हें चोट न पहुँचे। और उन्हें ऐसा लगे कि उन्होंने शूर्पणखा के साथ जो किया था, यह उसका ही बदला है। आप विमान में जाकर प्रतीक्षा करना चाहते हैं?"

रावण ने सिर हिला दिया। *नहीं।*

—ꣲ—

"मुझे सीता को देखने दो," रावण ने कहा।

"दादा, इतना समय नहीं है। राजा राम और राजकुमार लक्ष्मण निकट ही हैं, वो शीघ्र ही आ जायेंगे। मैं नहीं चाहता कि हमें उन्हें मारने पर विवश होना पड़े। यह एकदम सही है। हमें विष्णु मिल गयी हैं, और अयोध्या के तथाकथित राजा आहत नहीं हुए हैं। अब हम निकलते हैं। विमान में पहुँचने के बाद आप उन्हें देख लेना।"

लंकावासी एक छोटे-से मैदान में थे जहाँ मलयपुत्रों ने अपना शिविर लगाया था। वो घने वन से घिरे हुए थे जहाँ पेड़ों की पंक्ति के पार कुछ

दिखाई नहीं देता था। राजकुमारों के उस स्थान पर पहुँचने से पहले वहाँ से निकल लेने की कुम्भकर्ण की आतुरता समझी जा सकती थी।

रावण ने हामी भरी, और विमान की ओर चलने लगा। उसका अग्रिम सुरक्षा दस्ता आगे-आगे चल रहा था, जबकि कुम्भकर्ण साथ-साथ था। सैनिकों का मुख्य दल पीछे एक लम्बी-सी डोली लिए चल रहा था जिस पर बेसुध सीता बँधी हुई थीं। पिछला सुरक्षा दस्ता अन्त में था।

यह जानते हुए कि राम और लक्ष्मण मुक्त और सशस्त्र हैं, लंकावासी पूरी तरह चौकस थे। वो तीरों की बौछार से भौंचक्के नहीं रह जाना चाहते थे।

बीच-बीच में, दूर कहीं से एक आवाज़ आती सुनाई दे रही थी। हर दोहराव के साथ वो तीव्रतर, और निकट आती जा रही थी।

"सीताऽऽऽऽऽ!"

यह राम थे, अयोध्या के राजा दशरथ के सबसे बड़े पुत्र। चूँकि अयोध्या उस क्षेत्र की सर्वोच्च शक्ति था, इसलिए दशरथ भी सप्त सिन्धु के सम्राट थे। जब मिथिला के युद्ध में अनधिकृत रूप से दैवी अस्त्र का प्रयोग करने के लिए राम को चौदह वर्ष के लिए निष्कासित किया गया तो दशरथ ने उनके स्थान पर भरत को युवराज नियुक्त कर दिया था। मगर जब दशरथ के देहान्त के बाद भरत के राज्याभिषेक का समय आया, तो उन्होंने सभी अपेक्षाओं के विपरीत जाकर राम के खड़ाऊँ सिंहासन पर रखे और अपने बड़े भाई के प्रतिनिधि के रूप में साम्राज्य चलाने लगे।

इस तरह तकनीकी रूप से, निष्कासन में होने के बावजूद, राम अयोध्या के शासक और सप्त सिन्धु के सम्राट थे। अनुपस्थित। भले ही उनका औपचारिक राज्याभिषेक नहीं हुआ था। अगर वो आहत होते या मारे जाते हैं तो सप्त सिन्धु के दूसरे राज्यों पर सन्धि की शर्तें सक्रिय हो जातीं। फिर इन राज्यों को अपने सम्राट को हानि पहुँचाने वाले के विरुद्ध युद्ध के लिए एकजुट होना पड़ता। और रावण जानता था कि लंका युद्ध वहन नहीं कर सकती। अभी नहीं।

मगर सम्राट की पत्नी के सम्बन्ध में ऐसी कोई शर्त नहीं थी।

दर्द भरी आवाज़ फिर सुनाई दी। "सीताऽऽऽऽऽ!"

रावण कुम्भकर्ण की ओर मुड़ा। "तुम्हें क्या लगता है वो क्या करेगा? क्या वो सप्त सिन्धु की सेनाओं को एकजुट कर सकता है?"

अपने भीमकाय आकार के बावजूद आश्चर्यजनक रूप से चुस्त कुम्भकर्ण रावण के साथ गति बनाए हुए थे। उसने सोचते हुए कहा, "यह इस पर निर्भर करता है कि हम इसे किस तरह दर्शाते हैं। सप्त सिन्धु में अनेक ऐसे हैं जो राम और उनके परिवार का विरोध करते हैं। अगर हम यह जानकारी में ला दें कि शूर्पणखा का बदला लेने के लिए सीता का अपहरण किया गया है, तो इससे उन राज्यों को पीछे हटने का बहाना मिल जायेगा जो युद्ध में शामिल नहीं होना चाहते होंगे। साथ ही, सन्धि में ऐसी कोई शर्त नहीं है जो सम्राट के अलावा राजपरिवार के किसी अन्य सदस्य के आहत होने की सम्भाव्यता का उल्लेख करती हो। तो केवल इसलिए कि हमने सम्राट की पत्नी का अपहरण किया है, उन पर कूच करने के लिए सन्धि की बाध्यता नहीं है। जो लोग दूर रहना चाहते हैं, वो दूर रहना चुन सकते हैं। मुझे नहीं लगता कि वो कोई बड़ी सेना जमा कर पायेंगे।"

"यानी वो मूर्ख, शूर्पणखा और विभीषण, किसी उपयोग के तो साबित हुए।"

"उपयोगी मूर्ख," कुम्भकर्ण ने जोड़ा, उसकी आँखों में चमक थी।

"ए, इस विशेषण पर मेरा अधिकार है!" रावण ने हँसते और खिलन्दड़ेपन से कुम्भकर्ण की विशाल तोंद पर हाथ मारते हुए कहा।

दोनों भाई पुष्पक विमान के पास पहुँच गये थे और झटपट अन्दर चढ़ गये।

उनके पीछे-पीछे सैनिक आये और विमान के अन्दर अपने-अपने स्थान लेने लगे। शीघ्र ही रावण और कुम्भकर्ण उड़ान की तैयारी में स्वयं को बाँधने लगे थे। एक सरसराहट के साथ विमान के द्वार बन्द हो गये।

"ये योद्धा हैं!" कुम्भकर्ण ने प्रशंसात्मक मुस्कुराहट के साथ सीता की दिशा में सिर हिलाते हुए कहा। उनके बेसुध शरीर को फ़ीतों से बाँधते हुए लंका के सैनिक उनके आसपास मंडरा रहे थे।

वीर योद्धा राजकुमारी को पकड़ना संघर्षपूर्ण रहा था।

शूर्पणखा और राजकुमारों के बीच हुई हिंसक भेंट को तीस दिन बीत गये थे, और अब अयोध्या के राजपरिवार के सदस्यों ने यह मानकर अपनी

सतर्कता शिथिल कर दी थी कि लंकावासी उनसे पीछे रह गये हैं। उस दिन, उन्होंने तय किया कि बाहर निकलकर अपने लिए समुचित आहार का प्रबन्ध करेंगे। सीता मकरन्त नाम के एक मलयपुत्र सैनिक के साथ केले के पत्ते काटने गयीं। राम और लक्ष्मण भिन्न दिशा में शिकार पर चले गये थे।

लंका के उन दोनों सैनिकों ने जिन्होंने सीता को खोज लिया था, मकरन्त को मार डाला, मगर बदले में वो सीता के हाथों मारे गये। फिर वो चुपचाप मलयपुत्रों के नष्ट कर दिये गये शिविर में पहुँची और पेड़ों की पंक्ति के पीछे से उन्होंने धनुष और ढेरों तीरों का दक्षतापूर्ण इस्तेमाल करते और तेज़ी से छिपने के स्थान बदलते हुए लंका के अनेक सैनिकों को निबटा दिया। मगर वो रावण या कुम्भकर्ण तक नहीं पहुँच पायीं जो लंका के सैनिकों के सुरक्षा घेरे में सुरक्षित थे। अन्तत: अपने निष्ठावान अनुयायी सेनापति जटायू को बचाने के लिए वो सामने आने पर विवश हो गयीं। तभी उन्हें घेरकर एक विषाक्त पदार्थ से बेसुध कर दिया गया, और फिर बाँधकर विमान की ओर ले जाया गया।

"मलयपुत्रों का मानना है कि ये विष्णु हैं," रावण ने हँसते हुए कहा। "तो इन्हें अच्छी योद्धा तो होना ही चाहिये!"

एक प्राचीन भारतीय परम्परा के अनुसार, महानों में महानतम, प्रभावशाली अधिनायक जो कल्याण के प्रवर्तक और एक नयी जीवनशैली के अग्रेता हों, उन्हें 'विष्णु' की पदवी प्रदान की जाती है। अब तक छह विष्णु हो चुके थे, और छठवें विष्णु भगवान परशु राम ने मलयपुत्रों की प्रजाति की नींव डाली थी। अब मलयपुत्रों ने एक सातवें विष्णु को स्वीकार किया था, जो भारत में एक नयी जीवनशैली को स्थापित करेंगी : सीता। और रावण ने अभी-अभी उनका अपहरण कर लिया था।

सीता के आसपास मौजूद सैनिक हट गये थे और अपने-अपने स्थान पर लौट गये थे।

वो रावण से कोई बीस फ़ुट दूर लेटी हुई थीं, अपनी डोली पर सुरक्षित बँधी हुई। उनके अंगवस्त्र को उनके तन पर ढक दिया गया था, और फ़ीतों से उनके ऊपरी शरीर और टाँगों को कसकर बाँध दिया गया था। उनकी आँखें बन्द थीं। मुँह के एक कोने से लार बह रही थी। उन्हें बेसुध करने के लिए बहुत तीव्र विष की बहुत ज़्यादा मात्रा का प्रयोग किया गया था।

जीवन में पहली बार रावण और कुम्भकर्ण ने सीता का चेहरा देखा था।

रावण को लगा उसकी सांस रुक गयी है। वो निश्चल बैठा था, हृदय जैसे जड़ हो गया था। आँखें उनके चेहरे पर जमी थीं।

सीता के राजसी, दृढ़, सुन्दर चेहरे पर।

अध्याय 2

छप्पन वर्ष पहले, भारत में इन्द्रप्रस्थ के निकट गुरु विश्रवा का आश्रम

चार वर्ष की आयु में भी रावण अपने क्रियाकलापों को लेकर बहुत सुनिश्चित और स्थिर था।

बचपन में ही परिपक्व यह बालक ऋषि विश्रवा का पुत्र था। प्रख्यात ऋषि ने बहुत देर से विवाह किया था, जब वो सत्तर वर्ष से अधिक के थे। यद्यपि उन्हें देखकर उनकी आयु नहीं बताई जा सकती थी : चमत्कारिक, आयुरोधक सोमरस उन्हें युवा रखता था जिसका पान वे नियमित रूप से करते थे। अनेक दशकों में फैले अपने लम्बे कार्यकाल में ऋषि विश्रवा ने महान वैज्ञानिक और आध्यात्मिक गुरु के रूप में प्रतिष्ठा अर्जित कर ली थी। वास्तव में, उनकी गिनती तो अपनी पीढ़ी के महानतम बुद्धिमानों में होती थी।

इतने सम्मानीय ऋषि का पुत्र होने से रावण के युवा कन्धों पर अपेक्षाओं का भारी बोझ था। मगर लगता था कि वो निराश नहीं करेगा। इतनी अल्पायु में भी उसके पास भयंकर बुद्धि थी। उससे मिलने वाले हर व्यक्ति को लगता था कि एक दिन यह बालक अपने उत्कृष्ट पिता की विशाल उपलब्धियों से भी आगे निकल जायेगा।

मगर ब्रह्माण्ड सब वस्तुओं में सन्तुलन बिठा ही देता है। सकारात्मक के साथ नकारात्मक जुड़ा रहता है।

जब सूरज सुदूर क्षितिज पर आ टिका, तो रावण ने बड़े धीरज से उस ख़रगोश की कमज़ोर-सी टाँगों को भूमि में गड़े लकड़ी के दो खूँटों

से बाँध दिया जिसे उसने पकड़ा था। बालक ने जब उसे अपने घुटने से दबाकर रस्सी को खींचकर कसा तो बेचारा जीव बुरी तरह संघर्ष करने लगा था। वो वहाँ अपने अंगों को फैलाए पड़ा था, पेट और सीना आकाश की ओर खुले पड़े थे। नन्हा बालक सन्तुष्ट था। अब वो अपना काम शुरू कर सकता था।

पिछले दिन भी रावण ने एक दूसरे ख़रगोश की चीरफाड़ की थी। उसकी सांस चलने के दौरान ही बारीकी से उसकी मांसपेशियों, अस्थि-बन्धों और अस्थियों का अध्ययन किया था। वो उसके धड़कते हृदय तक पहुँचने के लिए उत्सुक था। मगर वो उसके सीने की अस्थि को काटकर अन्दर बढ़ता, इससे पहले ही बहुत कष्ट भोग चुका ख़रगोश मर गया था। रावण के पहुँचने से पहले ही उसका हृदय रुक गया था।

आज, उसका इरादा सीधे पशु के हृदय पर जाने का था।

ख़रगोश अभी भी संघर्ष कर रहा था, उसके लम्बे कान बुरी तरह फड़फड़ा रहे थे। आमतौर पर ख़रगोश शान्त जीव होते हैं, मगर यह स्पष्ट रूप से संकट में था। इसका कारण भी था।

रावण ने तर्जनी के पोर से अपनी कटार की धार देखी। थोड़ा-सा रक्त छलक आया था। ख़रगोश को देखते हुए उसने अपनी तर्जनी चूस ली। रावण मुस्कुराया।

उसकी उत्तेजना और हृदय की तीव्र धड़कनों ने उसकी नाभि के हल्के से दर्द को भुला दिया था। वो दर्द जो शाश्वत था।

अपने बाएँ हाथ से उसने अपने शिकार को स्थिर किया। फिर पशु के ऊपर कटार रखी, उसकी नोक उसके सीने की ओर थी।

ठीक उस समय जब वो चीरा लगाने वाला था, उसे अपने निकट किसी के होने का आभास हुआ। उसने निगाह उठाई।

कन्याकुमारी।

भारत के अनेक हिस्सों में, कन्याकुमारी को पूजने की परम्परा थी। माना जाता था कि कुछ विशिष्ट कन्याओं के अन्दर देवी माँ का वास होता है। इन कन्याओं को जीवित देवी की तरह पूजा जाता था। लोग परामर्श लेने और भविष्य जानने के लिए उनके पास आते थे—राजा-रानी भी उनके अनुयायियों में शामिल होते थे—जब तक कि वो रजस्वला नहीं हो जाती

थीं, माना जाता था कि उस समय देवी किसी दूसरी कन्या के शरीर में चली जाती थीं।

भारत में कन्याकुमारी के अनेक मन्दिर थे। यह विशिष्ट कन्याकुमारी जो रावण के सामने खड़ी थीं, पूर्वी भारत के वैद्यनाथ की थीं।

वो कश्मीर में पवित्र अमरनाथ गुफा की तीर्थयात्रा करके वैद्यनाथ वापस जा रही थीं, और ऋषि विश्रवा के आश्रम में रुक गयी थीं। वर्ष के अधिकांश भाग में हिम के अन्दर दबी पवित्र गुफा में हिम से बना महालिंगम् था। माना जाता था कि इसी गुफा में पहले महादेव ने जीवन और सृष्टि के रहस्यों को उद्घाटित किया था।

तीर्थयात्रा से लौटते कन्याकुमारी के दल की आत्माएँ तो ऊर्जा से भरी थीं, मगर तन थकान से चूर थे। देवी ने तय किया कि वैद्यनाथ की अपनी यात्रा जारी रखने से पहले कुछ सप्ताह यमुना किनारे ऋषि विश्रवा के आश्रम में रुकेंगी।

ऋषि ने इसे देवी से बात करने और आध्यात्मिक संसार के अपने ज्ञान को बढ़ाने का सौभाग्यशाली अवसर मानते हुए उनके आगमन का स्वागत किया। मगर उनकी पूरी कोशिशों के बावजूद कन्याकुमारी अपने आप में ही सीमित रहीं और उन्होंने ऋषि या उनके आश्रम के आवासियों के साथ ज़रा भी समय नहीं बिताया।

मगर इस बात ने जीवित देवी के स्वाभाविक आकर्षण और प्रभामंडल को और बढ़ा ही दिया था। यहाँ तक कि अपनी ही दुनिया में मग्न रहने वाले रावण को भी जब भी अवसर मिलता तो वो उन्हें देखता रह जाता था, सम्मोहित-सा।

वो अब भी उन्हें देख रहा था, मन्त्रमुग्ध, उसकी कटार हवा में ही ठहर गयी थी।

कन्याकुमारी उसके सामने खड़ी थीं, उनके भाव शान्त थे। उनके चेहरे पर उस क्रोध या घिन का कोई अंश नहीं था जिन्हें तब आश्रम के लोगों के मुँह पर देखने का रावण आदी था जब वो उसे उसके 'वैज्ञानिक' प्रयोग करते पकड़ते थे। न ही उनकी आँखों में दुख या दया का कोई चिह्न था। कुछ नहीं था। कोई भाव नहीं।

वो बस वहाँ खड़ी थीं, मानो पत्थर की बनी मूरत हों—उदासीन मगर फिर भी भय पैदा करने वाली। आठ-नौ वर्ष की बालिका। गेहुँआ

रंगत, ऊँची कपोलास्थियाँ और छोटी-सी तीखी नाक। चोटी में बँधे लम्बे काले बाल। लगभग रेखारहित पलकों वाली बड़ी-बड़ी काली आँखें। लाल धोती, अंगिया और अंगवस्त्र पहने। उनके नैन-नक़्श हिमालय के पहाड़ी लोगों के से थे।

अनायास ही रावण ने कमर पर अपनी धोती के ऊपर बँधे कमरबन्द को जाँचा। वो अपने स्थान पर, उसकी नाभि को ढके हुए था। उसका रहस्य सुरक्षित था। फिर उसे अपने चेहरे के भद्दे धब्बे याद आये जो बचपन में हुई चेचक की निशानी थे। सम्भवत: जीवन में पहली बार वो अपने रूप-रंग को लेकर इतना सजग हो रहा था।

इस विचार को अपने मन से निकालने के लिए उसने सिर झटका।

"देवी क... कन्याकुमारी," अपनी कटार को धरती पर गिराते हुए धीरे से कहा।

बिना एक शब्द कहे कन्याकुमारी आगे बढ़ीं, उनकी भाव-भंगिमा में कोई बदलाव नहीं था। वो झुकीं और उन्होंने कटार उठा ली। तेज़, दक्षतापूर्ण हरकत करते हुए उन्होंने उस दीन-हीन ख़रगोश के बन्धन काट डाले।

फिर उसे ऊपर उठाया और धीरे से उसके मस्तक को चूमा। उनके हाथों में ख़रगोश बिल्कुल शान्त था, अपनी घबराहट भूल गया था। मूक प्राणी जैसे जानता था कि अब वो फिर से सुरक्षित है।

पलांश के लिए रावण को लगा कि उसने कन्याकुमारी की आँखों को प्रेम से जगमगाते देखा है। फिर वो मुखौटा वापस चढ़ गया।

उन्होंने ख़रगोश को नीचे रखा और वो कुलाँचे मारता भाग गया।

कन्याकुमारी ने फिर से रावण को देखा और उसकी कटार लौटा दी।

उनका चेहरा भावहीन ही रहा।

बिना कुछ कहे, वो मुड़कर चली गयीं।

उनके आश्रम में आने के बाद से यह पहली बार नहीं था जब रावण ने सोचा था कि जीवित देवी के रूप में मान्यता पाने से पहले कन्याकुमारी का जन्म का नाम क्या रहा होगा।

जैसे ही रावण की माँ कैकेसी सोईं, रावण घर से बाहर निकल गया। वो तेज़ी से आपने गन्तव्य की ओर बढ़ रहा था।

अब वो सात बरस का था। और अपने पिता के आश्रम के अलावा अनेक आश्रमों में उसे विकट बुद्धि वाला प्रतिभाशाली बच्चा माना जाने लगा था। उसने युद्ध कलाओं में भी प्रशिक्षण लेना शुरू कर दिया था, और वो बहुत योग्य साबित हो रहा था। मानो यही पर्याप्त न हो, संगीत के प्रति भी उसकी सहज रुचि थी। तारों वाले वाद्ययन्त्र उसके मनपसन्द थे, विशेषकर भव्य रुद्र वीणा। वीणा बजाना सीखते हुए उसे कुछ माह ही हुए थे, मगर उसे अभी से उससे लगाव हो गया था।

रुद्र वीणा का नाम पूर्व महादेव, भगवान रुद्र के नाम पर पड़ा था जिनकी रावण बहुत निष्ठा से पूजा करता था। यह वाद्य सबसे कठिन वाद्यों में माना जाता था। उसे बताया गया था कि इसमें दक्षता लाने के लिए बरसों अभ्यास करना होता है—जब भी वो यह सुनता, तो और कमर कस लेता, क्योंकि रावण सर्वश्रेष्ठ से कम कैसे हो सकता था?

तेज़ी से अँधेरे में आगे बढ़ते हुए रावण का मन उस प्रतिस्पर्द्धा पर लगा था जो डागर नाम के एक संगीतकार के विरुद्ध सुबह को होने वाली थी। युवा और रुद्र वीणा का विख्यात वादक डागर ऋषि विश्रवा के आश्रम में आया हुआ था।

हालाँकि यह मैत्रीपूर्ण प्रतिस्पर्द्धा थी मगर रावण हारना नहीं चाहता था।

वो फिर से उस पहली बार के बारे में सोचने लगा जब उसने अपने प्रियवाद्य को देखा था। जब उसने दो बड़े तम्बूरों, जो उसे बताया गया था कि कद्दुओं को सुखाकर उन्हें खोखला करके बनाए जाते हैं, पर लगे सागौन की लकड़ी के गोल अंगुलिपटल को छुआ था तो उसका मन श्रद्धा से भर गया था। लम्बाकार वाद्य के दोनों सिरों पर लकड़ी पर उकेरे मोर बने थे जो कि भगवान रुद्र के प्रिय पक्षी माने जाते हैं। अंगुलिपटल पर मोम से लकड़ी की बाईस सारिकाएँ लगी थीं और तीन पृथक घुड़च थे।

इस सबसे अधिक अद्भुत वाद्य में आठ तार थे—चार मुख्य और तीन तरब के तार वादक की ओर और एक तरब का तार दूसरी ओर। सारे तार आठ स्वर सामंजस्य शीर्ष पर आठ खूँटियों से बँधे थे।

उस पहले पाठ के दौरान रावण पुराने छात्रों को देखता रहा था जिन्होंने धरती पर बैठकर वीणा के एक तम्बूरे को कन्धे पर रख लिया। कुछ ने उसे अपने बाएँ घुटने पर रखा था। उसी समय उसे आभास हो गया था कि इस वाद्य को उस व्यक्ति के अनुरूप बनाया जाता है जो इसे बजाता है; सबके लिए समान होने का कोई सवाल नहीं था।

जिसने भी रुद्र वीणा की संरचना पर ध्यान दिया होगा, वो जानता होगा कि इस वाद्य को बजाना तो दूर, समझना भी बहुत जटिल है। सीधे हाथ की तर्जनी और मध्यमा उँगलियों में पहने गये मिजराव से मुख्य तार को छेड़ते हैं जबकि तरब के तारों को कनिष्ठिका उँगली के नाख़ून से बजाया जाता है। तारों को क्षैतिज ग्रीवा के नीचे से बाएँ हाथ से छेड़ा जाता है, जो इस कारण और कठिन हो जाता है कि दायाँ हाथ साइड के तरब के तार को रोक रहा होता है।

मगर रुद्र वीणा को जो बात दूसरे तन्तुवाद्यों से अलग करती है, वो इसकी गूँज की अद्भुत रूप से उच्चतर क्षमता है, जो कि इसके सिरों पर लगे दो बड़े तम्बूरों के कारण निकलती है। गूँज की तीव्रता और शक्ति का स्वर की गुणवत्ता और संगीत पर व्यापक प्रभाव पड़ता है।

तम्बूरों को नष्ट कर दो। गूँज को नष्ट कर दो। संगीत को नष्ट कर दो।

रावण चुपके से उस छोटी-सी कुटिया में दाख़िल हुआ जहाँ उसे पता था कि संगीत के वाद्ययन्त्र रखे जाते हैं। डागर की वीणा भी वहीं थी। संगीतकार प्रतिदिन सुबह और शाम को अपने वाद्ययन्त्रों की पूजा करने के लिए जाने जाते थे। लगता था कि डागर भी भिन्न नहीं था। उसकी रुद्र वीणा के आधार पर पूजा के फूल और जली हुई धूप रखी थीं।

रावण मन ही मन हँसा।

आज रात डागर की पूजा काम नहीं आयेगी।

उसने बिना आवाज़ किये तेज़ी से काम किया। सबसे पहले उसने वीणा के कपड़े के आवरण को हटाया। फिर उसने बाएँ तम्बूरे को खोला और उसके अन्दरूनी हिस्से को हाथ से छुआ। घोटा हुआ और चिकना।

उसने अपनी कमर में बँधी थैली से धातु का उपकरण निकाला और उससे तम्बूरे के अन्दरूनी हिस्से को खुरचने लगा।

डागर तुरन्त तो समझ भी नहीं पायेगा कि गूँज सही नहीं है, न ही अगले दिन अपने वाद्य के सुर मिलाते समय जान पायेगा। उसे यह केवल तब ही समझ आयेगा जब प्रतिस्पर्द्धा में वो राग बजायेगा। उस समय तक बहुत देर हो चुकेगी।

प्रतिस्पर्द्धा की सुबह को एकदम निर्मल, नीला आकाश था। आश्रमवासियों को चकित करते हुए वैद्यनाथ की कन्याकुमारी वापस उनके बीच मौजूद थीं। उनके पिछले आगमन को तीन वर्ष बीत गये थे। इस बार वो अपने दल-बल के साथ उत्तर-पश्चिमी भारत के विश्वविद्यालयीय नगर तक्षशिला जा रही थीं। और ऋषि विश्रवा का शान्तिपूर्ण आश्रम आदर्श विश्राम स्थल सिद्ध हुआ।

कन्याकुमारी को साक्षी मानते हुए दोनों संगीतकारों ने अपने वाद्य बजाना शुरू किया। प्रतियोगिता अधिक देर नहीं चली। डागर की क्षतिग्रस्त वीणा ने सुनिश्चित कर दिया कि वो अपने प्रदर्शन के मात्र दस निमिष में हार मान ले, और उसके उससे छोटे प्रतिभागी को विजयी घोषित कर दिया गया।

मगर विश्रवा अपने पुत्र को भलीभाँति जानते थे।

प्रतिस्पर्द्धा के तुरन्त बाद वो रावण को अपनी साधारण-सी कुटिया में खींच ले गये।

“क्या किया था तुमने?” वो द्वार को बन्द करते हुए फुफकारे ताकि बाहर कोई उनकी बातचीत न सुन सके।

“कुछ नहीं!” रावण ने अवज्ञा से कहा, उसका सिर अपने पिता के सीने तक भी नहीं पहुँच रहा था, उसकी आँखें सुलग रही थीं। “मैं बस उस मूर्ख से बेहतर था जिसका पक्ष लेना आपको इतना पसन्द है।”

“अपनी जिह्वा पर नियन्त्रण रखो,” विश्रवा ने कहा, क्रोध से उनकी मुट्ठियाँ भिंची हुई थीं। “डागर इस आधुनिक युग के सर्वश्रेष्ठ युवा रुद्र वीणा वादकों में से है।”

"इतना श्रेष्ठ नहीं कि मुझे हरा सके," रावण ने उपहास किया।

"कन्याकुमारी यहाँ हैं। उनकी उपस्थिति में मैं किसी भी तरह का छल-कपट कैसे होने दे सकता हूँ?"

रावण को इस शब्द का अर्थ पता नहीं था। "छल-क्या?"

कैकेसी जो उनके पीछे खड़ी थीं, नर्म स्वर में बोलीं। "विश्रवा, अगर तुम्हें लगता है कि रावण ने छल किया है, तो कृपया सार्वजनिक रूप से डागर को विजेता घोषित कर दो। रावण समझ जायेगा। शायद स्वयं कन्याकुमारी भी—"

रावण ने बात काट दी। "मगर आपके पति ने भी धोखा दिया है। मेरे जन्म के साथ ही ये झूठ बोलते आ रहे हैं। ये कन्याकुमारी को इस बारे में क्यों नहीं बताते? ये सबको मेरे बारे में बता क्यों नहीं देते?"

बूढ़े ऋषि ने क्रोध में हाथ उठा लिया।

"कृपा करके ऐसा मत करो!" कैकेसी ने याचना की, और दौड़कर अपने पुत्र के गिर्द बाँहें फैला दीं। "तुम्हें इसे मारना बन्द करना होगा। यह अनुचित है..."

"चुप रहो! यह तुम्हारी ग़लती है। मैं तुम्हारे कर्मों के कारण यन्त्रणा पा रहा हूँ। तुम्हारे दुष्कर्मों ने इसकी नाभि को दूषित कर दिया है! और इसके मस्तिष्क को भी!" विश्रवा का स्वर कटु था।

"ए!" रावण ने क्रोध से कहा। "इनसे बात न करें। मुझसे करें।"

क्रोध में भरकर, विश्रवा ने कैकेसी को एक ओर धकेला और रावण पर लपके। उन्होंने लड़के के गाल पर झन्नाटेदार थप्पड़ जड़ दिया। सात साल का बच्चा कमरे में दूर जाकर गिरा। कैकेसी चीख़ मारकर अपने बेटे को बचाने दौड़ीं।

विश्रवा ने भूमि पर पड़े लड़के को देखा। रावण का कमरबन्द खुल गया था, और उसकी नाभि से छोटा-सा बैंगनी उपांग दिखने लगा था—उसकी जन्मजात विकृति। सुबूत कि वो नागा था। भारत भर में, लोग मानते थे कि जन्मजात विकृतियाँ किसी अभिशप्त आत्मा का, पिछले जन्म के बुरे कर्म का परिणाम होती हैं। और इस तरह के विकृत लोग नागा कहे जाते थे।

विश्रवा लगभग स्पष्ट घृणा से बोले। "उसे ढको!" उन्होंने जलती आँखों से अपनी पत्नी को देखा। "तुम्हारा बेटा मेरा नाम मिटा देगा।"

रावण ने अपनी माँ के रक्षात्मक हाथ को हटा दिया। "हाँ, मैं मिटा दूँगा। क्योंकि सब जानते हैं कि मैं हर दृष्टि से आपसे बेहतर हूँ।"

"अहंकारी बिगड़ैल बच्चा! भगवान इन्द्र ने ग़लत व्यक्ति पर अपनी अनुकम्पा कर दी है," बाहर जाने के लिए पलटते विश्रवा भुनभुनाए।

"हाँ, चले जाइए! दूर हो जाइए! मुझे आपकी आवश्यकता नहीं है!" उमड़-उमड़कर आते आँसुओं के बावजूद अपनी आवाज़ को स्थिर रखने की कोशिश करता रावण चिल्लाया।

उसकी नाभि की सतत पीड़ा गहरा गयी थी। उसकी उग्रता बढ़ गयी थी।

अपने पिता के आश्रम से कुछ ही दूरी पर, प्रचंड यमुना के एक किनारे रावण बैठा हुआ था। उसका गाल अभी भी जल रहा था, हालाँकि आँसू कबके सूख गये थे।

हाथ में आवर्धक शीशा लिए वो भूमि को तक रहा था। बहुत सावधानी से उसने सूरज की किरणों को प्रकाश के एक शक्तिशाली पुंज में संकेन्द्रित कर दिया था, जो वहाँ घूम रही नन्ही चींटियों को जला रहा था। उसकी सांस तेज़ चल रही थी, अभी भी उसकी नस-नस में क्रोध तड़क रहा था। सतत पीड़ा की केन्द्र उसकी नाभि फड़क रही थी।

सबसे पहले उसकी नाक में सुगन्ध पहुँची। उसे लगा उसकी सांस रुक गयी है।

उसने अपना सिर घुमाया और उन्हें देखा।

कन्याकुमारी को।

उसका शरीर जड़ हो गया, आवर्धक शीशा अभी भी उसके हाथ में था। जली-भुनी चींटियाँ उसके पैरों के पास पड़ी थीं। सूरज की संकेन्द्रित किरणें घास को झुलसा रही थीं।

कन्याकुमारी के भाव शान्त रहे। न घृणा का कोई चिह्न था। न क्रोध का।

वो निकट आयीं और रावण के हाथ से शीशा ले लिया।

"तुम इससे अच्छा कर सकते हो।"

रावण ने कुछ नहीं कहा। अचानक उसका मुँह सूख गया था। देर से रोकी हुई सांस आह बनकर फूट पड़ी।

कन्याकुमारी हौले से मुस्कुराईं। दिव्य मुस्कान। जीवित देवी की मुस्कान।

उन्होंने आश्रम की ओर संकेत किया जहाँ सुबह को संगीत की प्रतियोगिता हुई थी। "तुम उससे भी बेहतर कर सकते हो।"

रावण को अपने होंठ हिलते महसूस हुए। उसने पाया कि उसकी नाभि का दर्द जादुई ढंग से ग़ायब हो गया था। कुछ पल के लिए।

"कम से कम प्रयास तो करो," कन्याकुमारी ने कहा।

वो मुड़ीं और चली गयीं।

"तुम वैसे भी जीत जाते," डागर ने मुस्कुराते हुए कहा।

सूर्यास्त हो चुका था। अधिकांश आश्रमवासी अपनी कुटियाओं में चले गये थे। रावण अपने साथ कमल के पवित्र फूलों का वो हार लेकर डागर से मिलने आया था जो उसने दिन में जीता था। बेमन से, उसकी आँखें डागर से आँखें मिलाने को तैयार नहीं थीं, उसने अपराध स्वीकार जैसा कुछ कहा। उससे बड़ी उम्र के प्रतिभागी ने शालीनतापूर्वक उत्तर दिया था।

आयोजन में उपस्थित अन्य अधिकांश लोगों की तरह डागर को भी सन्देह था कि उसके वाद्य में कुछ तो गड़बड़ है। प्रतियोगिता के बाद उसने अपनी वीणा की जाँच की और जल्दी ही समस्या को पकड़ लिया। मगर वो नाराज़ नहीं हो पाया। रावण अन्ततः बालक ही तो था।

रावण ने कुछ नहीं कहा। वो सिर झुकाए खड़ा रहा। कन्याकुमारी के बारे में सोचते हुए। वो अगली सुबह जाने वाली थीं।

उस छोटे बालक के सिर और कन्धों से निकलते सोलह वर्षीय डागर ने उसके बाल सहला दिये। "तुम्हारे अन्दर प्रतिभा है। उसका प्रयोग

जीतने के लिए करो। तुम्हें कोई भी अनुचित काम करने की आवश्यकता ही नहीं है।"

रावण ने चुप रहते हुए सिर हिला दिया। उसे बिल्कुल पसन्द नहीं था कि कोई उसके बालों को छेड़े।

अलावा उनके... इसके लिए तो वो कुछ भी कर गुज़र सकता है कि वो उसके बालों को सहरा दें।

"और चिन्ता मत करो," डागर ने मुस्कुराते हुए कहा। "मेरी वीणा ठीक की जा रही है। कोई स्थायी हानि नहीं हुई है।"

रावण ने लम्बी सांस छोड़ी। उसे आशा थी कि उसकी नाभि का दर्द दूर हो जायेगा। मगर नहीं हुआ।

"और इसे तुम रख सकते हो," डागर ने कमल के फूलों का हार उसे लौटाते हुए कहा।

रावण ने उसे थामा। और घर को भाग गया।

अध्याय 3

दो वर्ष बीत गये थे। रावण नौ वर्ष का हो गया था। प्रतिदिन, वो जतन से कन्याकुमारी के शब्दों को अपने भीतर जिलाए रखने का प्रयास करता। *तुम बेहतर कर सकते हो,* अक्सर वो स्वयं को याद दिलाता। बहुत कम ही से वो यह सोचे बिना कुछ करता था कि कन्याकुमारी की उस पर क्या प्रतिक्रिया होगी। और यह कारगर भी प्रतीत हो रहा था। वो आश्रम के अन्य लोगों के साथ पहले से अधिक सहज हो गया था; कुछ लोग तो वस्तुत: उसे पसन्द भी करने लगे थे।

जब भी वो घर पर होता था तो एक कमरबन्द से अपनी नाभि को बाँधे रहता था। वो जानता था कि उसके पिता इस बात से लज्जित होते थे कि उनका पुत्र एक नागा है, और पिछले दो वर्ष में उसने अपनी पूरी कोशिश की थी कि स्थिति को और न बिगड़ने दे।

परिणामस्वरूप अपने पिता के साथ उसके झगड़े भी कम हो गये थे।

और दर्द भी। वो था तो अभी भी। मगर इतना कम कि कभी-कभी रावण अपनी नाभि के उपांग के बारे में भूल ही जाता था।

फिर, एक दिन, ऋषि विश्रवा पश्चिम की ओर एक लम्बी यात्रा के लिए आश्रम से चले गये। भूमध्यसागर में स्थित क्नोसॉस द्वीप की ओर। क्नोसॉस के राजा ने प्रबुद्ध ऋषि से मिलने की इच्छा जताई थी, और ऋषि ने निमन्त्रण स्वीकार करने का निर्णय लिया।

उनके जाने के कुछ ही सप्ताह बाद कैकेसी ने पाया कि वो गर्भवती हैं। उन्होंने सोचा कि ऋषि के पीछे, उन्हें वापस बुलाने के लिए किसी सन्देशवाहक को भेज दें। मगर फिर ऐसा न करने का तय किया। वो उनकी वापसी पर उन्हें चकित कर देना चाहती थीं।

साथ ही, सच कहा जाये तो उनके मन पर एक विचार बोझ की तरह रखा हुआ था : *अगर कहीं दूसरा बालक भी नागा हुआ तो?*

अपनी माँ की आशंकाओं से बेख़बर रावण छोटे भाई या बहन के आगमन को लेकर बहुत उत्साहित था। वो लगातार अपनी माँ के आसपास मंडराता रहता, उनका ध्यान रखता और सुनिश्चित करता कि उनकी हर आवश्यकता पूरी हो जाये। जब तक कि, अन्ततः, वो दिन नहीं आ गया।

घर के अन्दर एक दाई कैकेसी की देखभाल कर रही थी। रावण बाहर प्रतीक्षा कर रहा था, किसी व्याकुल भावी पिता की-सी आतुरता से टहलता हुआ। समाचार की प्रतीक्षा करता।

अनेक आश्रमवासी उसके साथ प्रतीक्षा कर रहे थे। मगर प्रसव लम्बा हो गया था। बारह घंटे बीत चुके थे। धीरे-धीरे लोग अपनी कुटियाओं को लौटने लगे, और फिर बस रावण और कैकेसी का बड़ा भाई मरीच रह गये। ऋषि विश्रवा की अनुपस्थिति में गर्भावस्था के दौरान अपनी बहन की सहायता करने के लिए मरीच कुछ दिन पहले ही आया था।

कुछ समय बाद, मरीच ने भी सोने जाने का निर्णय लिया। "मैं सोने जा रहा हूँ, रावण। तुम भी सो जाओ। दाई हमें बुला लेगी। मैंने उसे कड़े निर्देश दे दिये हैं।"

रावण ने सिर हिला दिया। जंगली घोड़े भी उसे वहाँ से नहीं हटा सकते थे।

"ठीक है," मरीच ने उठते हुए कहा। "मैं पास वाली कुटी में ही हूँ। जैसे ही दाई बुलाए, तुम आकर मुझे उठा देना। ठीक है?"

"हाँ।"

"जैसे ही तुम कुछ सुनो, तो तुरन्त मुझे बुला लेना।"

"मैंने पहली बार में ही सुन लिया था, मामा।"

मरीच हल्के से हँसा और उसने रावण के बाल सहरा दिये।

रावण ने अपना सिर पीछे झटक दिया और चिढ़कर अपने मामा को देखा। मरीच और ज़ोर से हँस पड़ा और नक़ली क्षमायाचना में उसने दोनों हाथ उठा दिये। "क्षमा करो... क्षमा करो!"

आप ही आप हँसता हुए वो मुड़ा और चला गया, और रावण ने अपने बाल वापस ठीक कर लिए। सुघड़ता से।

अब एकदम अकेले रह गये बालक ने तारों रहित आकाश को देखा। नये चाँद की नन्ही-सी कतरन अँधकार को मिटाने की जी-तोड़ कोशिश कर रही थी। कुटी के सामने अहाते में दीपक जला दिये गये थे, जो प्रकाश के नन्हे-नन्हे दायरे बना रहे थे।

अँधकार में देखते हुए उसे लगा जैसे दूर कहीं उसे कुछ साये मंडराते दिखे हैं। हवा तेज़ हो गयी थी, और उसकी सायं-सायं में एक तरह की भयावहता-सी घुली हुई थी। जैसे भूत फुसफुसा रहे हों। नौ वर्षीय बालक सिहर गया। उसके शरीर के केन्द्र की पीड़ा फिर वापस आ गयी थी। उसकी नाभि भय से फड़क रही थी।

उसने प्रार्थना में अपने हाथ जोड़ दिये और महामृत्युंजय मन्त्र का जाप करने लगा। देवाधिदेव महादेव को समर्पित मन्त्र। भगवान रुद्र को समर्पित।

जब वो उसे दोहराता रहा, बार-बार, तो उसे लगा कि उसका भय लुप्त हो गया है। धीरे-धीरे। उसकी मांसपेशियाँ तनावमुक्त हो गयीं। उसके हृदय की धड़कन धीमी हो गयी।

उसकी नाभि का दर्द एक बार फिर शान्त हो गया था।

उसने नये आत्मविश्वास के साथ अँधेरे में देखा।

किसे लड़ना है मुझसे? चलो! किसे लड़ना है मुझसे?

भगवान रुद्र मेरे साथ हैं।

विचित्र रूप से, उसकी नाभि फिर दुखने लगी थी।

वो और अधिक उग्रता से मन्त्र का जाप करने लगा।

अचानक, एक तेज़ चीख़ रात के अँधेरे में गूँज गयी। "रावण!"

यह कैकेसी थीं।

रावण उछलकर खड़ा हुआ और कुटिया की ओर भागा।

"रावण!"

उसे किसी शिशु के रोने की आवाज़ सुनाई दे रही थी।

"रावण!"

इस बार उसकी माँ की पुकार में तीव्रता थी।

रावण ने झटके से द्वार खोल दिया और कुटी में घुस गया।

अन्दर अँधेरा था। बस कुछ दिये धरती पर छायाएँ बना रहे थे। उसकी माँ अभी भी पलंग पर थीं। क्षीण। उठने के लिए संघर्ष करती। उनके गालों पर आँसू बह रहे थे।

दाई शिशु को पकड़े हुए थी। बल्कि उसने उसे एक टाँग से लटका रखा था। वो बालक था। रावण ने देखा कि नवजात के लिए शिशु बहुत बड़ा था। जब वो अपने सामने मौजूद दृश्य को समझ ही रहा था कि तभी वो यह जानकर सक़ते में आ गया कि दाई शिशु के सिर को भूमि पर मारने वाली है।

"रुक जाओ!" एक झटके में अपनी छोटी-सी तलवार को निकालकर चिल्लाते हुए वो आगे लपका।

अपने पेट पर तलवार की नोक को महसूस करते ही दाई जड़ हो गयी थी।

"मेरा भाई मेरे हवाले करो, तुरन्त!" रावण ने कहा, उसका स्वर रूखा था।

"तुम नहीं जानते तुम क्या कर रहे हो! मैं तुम्हारी माँ को बचा रही हूँ! मैं तुम्हें बचा रही हूँ!" दाई चिल्लायी।

तब जाकर रावण ने शिशु के कानों पर निकले उभारों को देखा। विचित्र-सी गाँठों से उसके कान घड़े जैसे लग रहे थे। उसके कन्धों पर भी उभार थे, जैसे दो छोटी-सी अतिरिक्त बाँहें हों। नवजात असामान्य रूप से बालों भरा था। और वो दहाड़ें मार रहा था।

रावण ने उसकी त्वचा पर, उसे भेदते हुए तलवार चुभोई। "मैंने कहा, इसे मुझे दे दो।"

"तुम नहीं समझते हो। इसे मरना ही होगा। यह अभिशप्त है। यह विकृत है। यह नागा है।"

"अगर यह मरा तो तुम भी मरोगी।"

दाई झिझकी, तलवार के दबाव को झेलते हुए जो उसका पेट फाड़ देने पर आमादा थी। वो सोच रही थी कि अगर कोई चिकित्सक तुरन्त उसका उपचार कर देगा तो क्या वो तलवार के घाव से बच जायेगी।

"तुम इससे बच नहीं पाओगी," रावण ग़ुर्राया, जैसे उसने उसका मन पढ़ लिया हो। "मेरी तलवार इतनी लम्बी है कि तुम्हारा पेट फाड़कर तुम्हारी मेरुदंड को काट देगी। मैंने पशुओं पर बहुत अभ्यास किया है। मानव शरीरों पर भी। कोई उपचारक तुम्हें नहीं बचा पायेगा। मेरा भाई मुझे दे दो तो मैं तुम्हें जाने दूँगा।"

दाई धर्मसंकट में थी। उसे आदेश दिया गया था, और उसे उन्हें पूरा करना था। मगर इसके परिणामस्वरूप वो मरना भी नहीं चाहती थी। रावण के प्रयोगों के बारे में वो जानती थी। वो जानती थी कि चाकू-तलवार में वो माहिर है। सब जानते थे।

रावण ने और दबाव बनाया। "इसे मुझे सौंप दो।"

दाई ने अमंगल की आशंका के साथ उसके चेहरे के भयानक भाव को देखा। वो इसे पहले भी देख चुकी थी, इस रक्तपात को। योद्धाओं के चेहरों पर। उन लोगों के चेहरों पर जो जान लेते थे। कभी-कभी केवल इसलिए कि उन्हें इसमें आनन्द आता था।

और फिर उसने ध्यान दिया।

रावण का कमरबन्द खुल गया था। उसकी नाभि और उसका बदसूरत उपांग दिखाई दे रहा था। सुबूत कि वो भी नागा था।

स्तम्भित औरत अपने स्थान पर जड़ होकर रह गयी थी।

उसे बाहर लोगों के जमा होने की आवाज़ें सुनाई दे रही थीं। वो उसका साथ देंगे। वो जानते थे कि उन्हें क्या करना है।

उसके मरने का कोई कारण नहीं था। उसने शिशु को रावण की बाँहों में डाला और बाहर भाग खड़ी हुई।

रावण को बाहर से क्रोध भरी आवाज़ें सुनाई दे रही थीं। बहस की। लोग चिल्ला-चिल्लाकर नियमों की बात कर रहे थे। नीति की। नैतिकता की।

कुटी का द्वार बन्द था। मगर उस पर ताला नहीं था। किसी भी पल कोई भी अन्दर आ सकता था।

उसने अपनी सांसों को नियन्त्रित करने की कोशिश की, उसका शरीर तनावग्रस्त था। उसने कसकर अपनी तलवार पकड़ ली। जो भी अन्दर आता, वो उसे मारने के लिए तैयार था। उसने मुड़कर अपने नन्हे से भाई को देखा। वो अपनी माँ की बाँहों में सुरक्षित था। सन्तोष से स्तनपान कर रहा था। उस ख़तरे से बेख़बर जिसमें वो लोग थे।

मगर उसकी माँ का चेहरा आतंक की तस्वीर था।

"हम अब क्या करेंगे, रावण?" कैकेसी ने पूछा।

रावण ने उत्तर नहीं दिया। उसकी सतर्क आँखें द्वार पर लगी थीं, ऐसे किसी भी व्यक्ति पर हमला करने को तैयार जो उसके प्रियजनों को हानि पहुँचाने की हिम्मत करता।

अचानक, भड़ाक से द्वार खुला और मरीच तेज़ी से अन्दर आया। उसकी तलवार खिंची हुई थी। उसके फल से रक्त टपक रहा था।

कैकेसी भय से चिंहुक गयी और उसने अपने शिशु को छाती में भींच लिया। वो अपने बड़े भाई से याचना करने लगी, "दादा, कृपा करो! हमें मत मारो!"

शिशु अपनी माँ की छाती से अलग हो गया और फिर से रोने लगा था।

रावण मरीच के सामने आ खड़ा हुआ। अपनी तलवार लहराता। उसकी आवाज़ आश्चर्यजनक रूप से शान्त थी। "आपको पहले मुझसे लड़ना होगा।"

मरीच ने अधीर निगाह से उसे देखा। "चुप भी करो, रावण!" फिर अपनी बहन की ओर मुड़ा। "तुम्हें हुआ क्या है, कैकेसी? मैं तुम्हारा भाई हूँ! मैं तुम्हें क्यों मारूँगा?"

कैकेसी ने उसे देखा, उलझन से।

और समय बर्बाद किये बिना मरीच ने दीवार पर लगी खूँटी से कपड़े का एक झोला खींचा। और उसे रावण की ओर उछाल दिया। "दो निमिष। अपने भाई और माँ के लिए जिस वस्तु की आवश्यकता हो, उसे रख लो।"

लड़का निश्चल खड़ा रहा। हतप्रभ।

"तुरन्त!" मरीच चिल्लाया।

रावण झटके से वास्तविकता में वापस आया। उसने अपनी तलवार वापस म्यान में रखी और झोला उठा लिया, और झटपट अपने मामा का आदेश मानने दौड़ गया।

मरीच कैकेसी की ओर मुड़ा। "उठो! हमें जाना होगा!"

कुछ ही पल के अन्दर वो कुटी के बाहर थे। रावण ने अपने कन्धे पर झोला टाँग रखा था। उसका नन्हा भाई अपनी माँ की गोदी में सुरक्षित था, उन्होंने दाहिने हाथ की हथेली से नवजात के सिर को सहारा दे रखा था।

आश्रम के आवासी कुटी के बाहर जमा हो गये थे। क्रुद्ध चेहरे, हाथों में मशालें।

धरती पर तीन लाशें पड़ी थीं। मरीच की तलवार से क्षत-विक्षत।

स्वयं मरीच अपनी बहन और उसके बच्चों के सामने खड़ा था, भीड़ पर अपनी तलवार लहराता। आश्रम के अधिकांश आवासी बुद्धिजीवी और कलाकार थे। सामाजिक बहिष्कारों में माहिर। मौखिक हिंसा में माहिर। भीड़ की हिंसा में भी माहिर। मगर किसी प्रशिक्षित योद्धा से भिड़ने में असमर्थ।

"पीछे हटो," मरीच गुर्राया।

धीरे-धीरे, तलवार ऊपर उठाए वो अस्तबल की ओर बढ़ा। उसकी आँखें भीड़ पर ही लगी थीं। उसने शीघ्रता से एक घोड़े पर सवार होने में अपनी बहन की सहायता की। शीघ्र ही रावण दूसरे घोड़े पर सवार हो गया था। पलक झपकते ही मरीच ने अस्तबल का द्वार चौपट खोल दिया और उछलकर अपने घोड़े पर सवार हो गया।

और वो सरपट आश्रम से बाहर निकल गये।

यह समूह घंटों घोड़े दौड़ाता रहा। पूर्व दिशा में। सूरज निकल चुका था, और ऊपर ही ऊपर चढ़ता जा रहा था।

"दया करो, दादा," कैकेसी ने विनती की। "हमें रुकना होगा। मैं इस तरह अब नहीं चल सकती।"

"नहीं" गम्भीर दिख रहे मरीच का सीधा-सा उत्तर था।

"मेहरबानी करो!"

मरीच झुका और उसने कैकेसी के घोड़े को चाबुक लगा दिया, और वो फिर से सरपट दौड़ने लगा।

जब वो विश्राम करने के लिए रुके तब तक लगभग दोपहर हो गयी थी।

मरीच को विश्वास नहीं था कि आश्रमवासियों की टोही और लड़ाका योग्यताएँ कुछ विशेष होंगी। मगर दुखी होने से सुरक्षित रहना अच्छा होगा, जब भी कैकेसी ने उससे धीमे चलने को कहा तो उसने यही कहा था।

वो गंगा के मैदानों में थे जहाँ मोटी कछारी मिट्टी और निचला, चट्टानी क्षेत्र किसी के लिए भी उन्हें खोज निकालना आसान बना सकता था। वो अक्सर दिशा बदलते रहे थे। नदियों के बीच से निकलते थे। पानी भरे खेतों से गुज़रते। खोजे जाने से बचने के लिए यह सब करना आवश्यक था।

तीनों घोड़ों को सुरक्षित बाँध दिया गया था और कैकेसी एक पेड़ से टिककर शिशु को दूध पिलाती आराम कर रही थीं। रावण को निगरानी पर छोड़कर मरीच भोजन की तलाश में निकल गया था।

जल्दी ही वो दो ख़रगोशों को लिए वापस आ गया। कन्धे पर लटके झोले में कुछ कन्दमूल और बेरियाँ थीं।

उन्होंने ख़रगोशों को पकाया और झटपट भोजन कर लिया।

"बीस निमिष का विश्राम," मरीच ने कहा। "उसके बाद हम फिर चल देंगे।"

"दादा," थकी-हारी कैकेसी ने कहा। "मुझे लगता है अब हम उन्हें बहुत पीछे छोड़ आये हैं। क्यों न कुछ देर यहीं रुक जाएँ?"

"नहीं। कन्नौज जाना अधिक सुरक्षित होगा। वहाँ हमारा परिवार है। वो हमारी रक्षा करेंगे।"

कैकेसी ने हामी भरी।

मरीच ने रावण को देखा, उसने देखा कि रावण ने भोजन को छुआ तक नहीं है। "खा लो, बेटे।"

"मुझे भूख नहीं है।"

"मुझे परवाह नहीं कि तुम्हें भूख है या नहीं। तुम अपनी माँ और भाई की रक्षा करना चाहते हो? तो तुम्हें शक्तिशाली होना होगा। और इसके लिए तुम्हें खाना होगा।"

रावण विरोध करने लगा।

"खा लो, रावण," कैकेसी ने कहा।

रावण ने अपनी माँ को देखा, फिर अपने भोजन की ओर मुड़ा और खाने लगा।

"मुझे समझ नहीं आ रहा कि आश्रमवासी ऐसा कैसे कर सकते हैं," कैकेसी ने कहा। "मैं उनके गुरु की पत्नी हूँ। हम उनके गुरु का परिवार हैं। उनका इतना साहस कैसे हुआ!"

मरीच ने अपनी बहन को घूरा। "तुम मूर्ख दिखने की कोशिश कर रही हो, कैकेसी? या बस मान नहीं रही हो?"

"क्या मतलब है आपका?"

"तुम्हें सच में लगता है कि यह निर्णय उन्होंने अपने आप से लिया होगा?"

"आप कहना क्या चाह रहे हैं, दादा?"

"यह दिन के प्रकाश की तरह स्पष्ट है। वो निर्देशों का पालन कर रहे थे!"

कैकेसी ने अविश्वास से सिर हिलाया। "नहीं, ऐसा नहीं हो सकता। वो मेरी गर्भावस्था के बारे में जानने से पहले ही चले गये थे।"

"वही थे। उन्हें सन्देह था कि ऐसा हो सकता है, इसलिए वो निर्देश दे गये थे। वो लोग बस आदेशों का पालन कर रहे थे।"

"मैं विश्वास नहीं कर सकती।"

"सच पर विश्वास न करने से यह कुछ कम सच नहीं हो जाता। हमें कन्नौज में इसके बारे में पता लगा था। तुम्हें क्या लगता है मैं आश्रम में तुम्हारे साथ रहने क्यों आया था?"

कैकेसी अपना सिर हिलाती रहीं। "नहीं, नहीं। यह सच नहीं हो सकता।"

रावण बोल उठा। "मेरे पिता ने उन्हें हमें मारने का आदेश दिया था?"

मरीच ने रावण को और फिर वापस कैकेसी को देखा। अपनी बहन से बातचीत में वो बालक की उपस्थिति को तो भूल ही गया था।

"मैंने कुछ पूछा है," रावण ने कहा।

"कैकेसी?" मरीच ने लाचारी से कहा।

"मामा, क्या मेरे पिता ने हमें मारने का आदेश दिया था?" रावण ने पूछा।

"कैकेसी..." मरीच ने दोहराया।

उसकी बहन मौन रही। वो अपना सिर हिलाती रही। उसके गालों पर आँसू बह रहे थे।

"मामा..."

मरीच रावण की ओर मुड़ा। "तुम्हें अब अपने परिवार का ध्यान रखना होगा। तो तुम्हें भी सच जान लेना चाहिए था।"

रावण चुप रहा। उसकी मुट्ठियाँ भिंच गयी थीं। वो उत्तर पहले से ही जानता था। बस उसे सुनना चाहता था।

"जो थोड़ा-बहुत मैं जानता हूँ, उसके अनुसार उन्होंने तुम्हारी या तुम्हारी माँ की मृत्यु का आदेश नहीं दिया था," मरीच ने कहा। "मगर उन्होंने यह आदेश दिया था कि अगर तुम्हारा भाई नागा निकले तो उसे मार दिया जाये।"

रावण ने गहरी सांस ली। क्रोध और दुख ने उसके मन को घेर लिया था। उसने माँ की गोद में शान्ति से सोते अपने भाई को देखा। नींद में उसके कन्धों के ऊपर निकले दोनों छोटे-छोटे अतिरिक्त अंग हल्के-हल्के हिल रहे थे। उसका शेष शरीर निश्चल था।

रावण झुका और उसने अपने शिशु भाई को उठा लिया। उसने उसे अपनी बाँहों में ले लिया, उसकी आँखों से स्नेह टपक रहा था। "तुम्हें कुछ नहीं होगा। तुम्हें कोई हानि नहीं पहुँचा पायेगा। मेरे जीवित रहते नहीं।"

उसके सिर के ऊपर, मरीच और कैकेसी ने एक-दूसरे को देखा, अचम्भे से, मगर साथ ही अभिभूत होते हुए। मरीच ने सहानुभूति से बालक के कन्धे को छुआ, मगर रावण ने दिलासा भरे उस हाथ को झटक दिया और शिशु से बात करता रहा।

अध्याय 4

दो दिन बीत गये थे जब मरीच ने कैकेसी और उनके बेटों की विश्रवा के आश्रम से भागने में मदद की थी। रात बिताने के लिए उन्होंने जंगल में एक खुले स्थान पर शिविर लगाया था, घोड़ों को शिविर के चारों ओर घेरे में बाँध दिया गया था।

चाँद के बढ़ने का तीसरा दिन था। घने जंगल के आवरण और रात के कोहरे के कारण दृश्यता कुछ हाथ भर की रह गयी थी। इसलिए मरीच छोटी-सी आग जलाने में लगा था। केवल ताप के लिए ही नहीं, बल्कि सुरक्षा के लिए भी।

वो लकड़ी के एक सपाट टुकड़े के ऊपर बैठा था जिसमें एक कटाव लगा दिया गया था। अग्निपटल। अपने हाथ में उसने एक लम्बी पतली-सी लकड़ी पकड़ी हुई थी। जो दोनों हथेलियों को रगड़ने से घूमती थी। बड़े धैर्य से उसने लकड़ी की तकली को कटाव में लगाया। और सुलगते कोयले जैसी चमकती काली धूल के जमा होने की प्रतीक्षा करने लगा। यह आदिकालीन और बहुत समय लेने वाला तरीक़ा था, मगर जंगल में उनके पास यही एक विकल्प था।

इन्तज़ार करते हुए मरीच की निगाह अपनी बहन और उसके शिशु पुत्र की काली रूपरेखा पर पड़ी। कुछ ही दिन के उस शिशु का अब एक नाम था : कुम्भकर्ण, घड़े जैसे कानों वाला। रावण ने ही यह सुझाया था और कैकेसी और मरीच तुरन्त मान गये थे।

मरीच ने रावण को देखा, जो उसके पास ही बैठा था। नौ वर्षीय बालक की कटार म्यान से बाहर थी। मरीच ने रावण का चेहरा देखने की कोशिश की।

क्या उसकी आँखें बन्द थीं?

वो रावण को डाँटने और आदेश देने ही वाला था कि आग जलाने में उसकी मदद करे कि तभी लड़का बिजली की तरह कटार को नीचे लाया। एक तेज़ चीख़ उभरी। मरीच उसे घूरता रह गया, स्तम्भित-सा। निश्चय से कुछ कह पाने के लिए बहुत अँधेरा था मगर ऐसा लग रहा था कि उसके भानजे ने अभी-अभी अपनी कटार से एक ख़रगोश को मारा है।

बहुत कम ही लोग दृष्टि के मार्गदर्शन के बिना तीर छोड़ पाते हैं। उससे भी कम लोग केवल ध्वनि के आधार पर खंजर फेंक पाते हैं। मगर ख़रगोश जैसे तेज़ पशु को केवल ध्वनि के आधार पर कटार से मारना अनसुना था।

मरीच ने विस्मय से रावण को देखा, उसका मुँह हल्का-सा खुला था। फिर उसने अपना ध्यान वापस लगाया जहाँ अग्निपटल पर सुलगती धूल जमा होने लगी थी। जल्दी से उसने उस धूल को सूखी घास के उस छोटे से ढेर पर पलट दिया जिसे उसने जमा किया था। फिर धीरे-धीरे फूँक मारी जब तक कि घास ने आग नहीं पकड़ ली। एक-एक करके उसने आग को उन लकड़ियों पर रखा जिन्हें उसने जलती घास के पास लगाया हुआ था। जल्दी ही छोटे से मैदान के बीच में धू-धू करती आग जल उठी।

आग जलाने का काम निबटाकर मरीच रावण की ओर मुड़ा। लड़के ने ख़रगोश की पिछली टाँगें साफ़ करना शुरू कर दिया था। चौंककर मरीच ने देखा कि वो पशु अभी जीवित ही है। और व्यग्र मगर क्षीण आवाज़ें निकाल रहा है जैसे कोई त्रस्त याचना कर रहा हो। आग के प्रकाश में मरीच रावण के भाव भी देख सकता था।

उसकी रीढ़ में सिहरन दौड़ गयी।

वो उठा, और एक झटके में उसने अपना खंजर निकाला, रावण से ख़रगोश को लिया और उसके दिल में भोंक दिया। कुछ पल खंजर वहीं रखा, जब तक कि ख़रगोश ने हिलना बन्द नहीं किया। फिर उसे रावण को लौटा दिया। "इस पशु ने तुम्हारा कुछ नहीं बिगाड़ा है।"

रावण ने मरीच को घूरा, उसका चेहरा भावहीन था। एक लम्बे, निश्चल पल के बाद वो वापस ख़रगोश की ओर मुड़ा और फिर से उसकी खाल उतारने लगा। मरीच वहाँ गया जहाँ उसका झोला पड़ा था और थोड़ा-सा सूखा मांस निकाल लाया। एक पतली, नुकीली छड़ को सींख़ की तरह इस्तेमाल करते हुए वो उसे लपटों पर गर्म करने लगा।

"मामा।"

मरीच ने ऊपर देखा।

"मैंने आपको धन्यवाद नहीं दिया," रावण ने कहा।

"इसकी कोई आवश्यकता नहीं है।"

"हाँ, बिल्कुल है। धन्यवाद। मैं आपकी उदारता को याद रखूँगा। मैं आपकी निष्ठा को याद रखूँगा।"

मरीच उस नौ वर्षीय बालक को देखकर मुस्कुराया जो किसी वयस्क की तरह बात कर रहा था। और वापस मांस गर्म करने लगा।

काश यह रात जल्दी से बीत जाये, और झटपट भोर हो। क्योंकि अगले दिन वो अन्तत: कन्नौज में अपने घर पर होंगे।

कन्नौज की प्राचीन नगरी ने अनेक भारतीयों पर बहुत अनुकम्पा की है।

जब से याद किया जा सकता है तब से पवित्र गंगा नदी के किनारे बसा यह नगर निर्माण का, विशेषकर उत्कृष्ट कपड़े के निर्माण का, एक बड़ा केन्द्र रहा है। यह उतनी ही उत्कृष्ट सुगन्धियों के उत्पादन के लिए भी मशहूर था। एक युग से यह शास्त्रार्थ, शोध और ज्ञान का केन्द्र भी रहा था, और कान्यकुब्ज ब्राह्मणों का गढ़ भी था जो विख्यात मगर दरिद्र बुद्धिजीवियों का समुदाय था। कान्यकुब्जों के बीच यह ठिठोली चलती थी कि ज्ञान की देवी सरस्वती तो उन पर बहुत कृपालु रही थीं मगर धन-समृद्धि की देवी ने सिरे से उनकी उपेक्षा कर दी थी।

ज्ञानपीठ के रूप में नगर उस समय के अनेक बेहतरीन विचारकों और दार्शनिकों का गृहनगर था, जिनमें प्रख्यात ऋषि विश्वामित्र शामिल थे जो कन्नौज के राजपरिवार में जन्मे थे। मगर जब बात इसके द्वार पर

शरण माँगते आये भगोड़ों के थके-माँदे समूह की आयी, तो यह उतना विचारशील नहीं निकला।

मालूम पड़ा कि कैकेसी और मरीच के माता-पिता ने जैसे ही यह सुना कि उनकी पुत्री ने एक नागा शिशु को जन्म दिया है, उन्होंने निर्णय लिया था कि उसका बहिष्कार करना ही अच्छा होगा। अब तक रावण की पहचान का गोपनीय रहा रहस्य भी उजागर हो चुका था। और वास्तव में, सबको पता था कि यह कैकेसी का ही दोष है। अन्ततः श्रद्धेय ऋषि विश्रवा तो ऐसे दुष्कर्मों के दोषी नहीं हो सकते जिनके कारण उनकी नागा सन्तान उत्पन्न हों।

कैकेसी की दुर्दशा से सहानुभूति रखने वाले लोगों का भी ऐसा कोई मन्तव्य या इच्छा नहीं थी कि अपने समुदाय या अपने वयोवृद्धों के विरुद्ध खड़े हों।

कन्नौज पहुँचने के एक दिन के अन्दर ही एक बार फिर उन चारों ने स्वयं को शहर के बाहर, पवित्र गंगा के किनारे हैरान होते पाया कि अब वो कहाँ जा सकते हैं।

"अब हम क्या करेंगे?" कैकेसी ने पूछा।

मरीच नदी की ओर देखने लगा, वो क्रोध में उबल रहा था। उसे विश्वास नहीं हो रहा था कि उसके परिवार ने उनकी ओर से पीठ फेर ली। उन लोगों तक ने अपना सुर बदल लिया था जिन्होंने शुरू में अपनी बहन की सुरक्षा के लिए विश्रवा के आश्रम में जाने के उसके निर्णय का समर्थन किया था। उनमें उससे यह कहने का दुस्साहस था, "हमें आशा नहीं थी कि कैकेसी वास्तव में किसी नागा को जन्म देंगी! हम इस तरह की अपेक्षा कैसे कर सकते थे?"

"दादा," कैकेसी ने फिर कहा, "हमारा क्या होगा?"

"मुझे नहीं पता, कैकेसी!" मरीच ने कहा। "मुझे नहीं पता!"

रावण एक चिकने पत्थर से अपने ख़ंजर की धार तेज़ कर रहा था। उसने ऊपर देखा और कहा। "मुझे पता है। हम और पूर्व की ओर चलते हैं। वैद्यनाथ चलते हैं।"

"वैद्यनाथ?" मरीच ने हैरानी से पूछा। "वैद्यनाथ में क्या है?"

कन्याकुमारी, रावण ने सोचा। मगर किसी कारणवश वो यह कहना नहीं चाहता था। वो फिर से अपना ख़ंजर तेज़ करने लगा। "मुझे यह पता है कि वहाँ कौन नहीं है: मेरे पिता।"

मरीच चुप रहा।

"हम पूर्व में, उगते सूर्य की ओर यात्रा करते हैं। शायद ज्ञान का कुछ प्रकाश हम पर भी पड़ जाये।"

"यह पंक्ति तुमने स्वयं गढ़ी है?" मरीच ने प्रभावित होते हुए पूछा।

रावण ने उपहास उड़ाते हुए उसे देखा। "नहीं, मैंने कहीं पढ़ी थी। आपको भी पढ़ना चाहिए, मामा। अच्छी आदत है।"

मरीच ने आँखें तरेरीं और दूसरी ओर देखने लगा। *चिढ़ाऊ बच्चा है।*

उन्हें विख्यात वैद्यनाथ मन्दिर से कुछ दूरी पर स्थित एक छोटे से गाँव की एक धर्मशाला में आवास मिल गया। वैद्यनाथ अपने चिकित्सकों के लिए मशहूर था, और कैकेसी बिना समय गँवाए कुम्भकर्ण को एक के पास ले गयीं यह जानने कि क्या उसके कन्धों और कानों के उपांगों को हटाया जा सकता है। मगर चिकित्सक ने इसकी राय नहीं दी। उपांगों में बहुत अधिक तन्त्रिकाएँ और रक्त वाहिनियाँ थीं, और शल्य चिकित्सा से उन्हें हटाने में बालक की जान भी जा सकती थी, उसने कहा। वैसे भी, कुम्भकर्ण एक प्रसन्न बालक दिख रहा था, जिसके उपांग, असामान्य रूप से, उसे पीड़ा नहीं दे रहे थे। अच्छा यही था कि वो उनके साथ जीना सीखे।

कैकेसी को बहुत निराशा हुई। रावण को भी। मगर उसकी निराशा का कारण भिन्न था। ऐसा नहीं जिसके बारे में वो किसी को बता पाता।

अगली सुबह, भोर होते ही, वो मुख्य वैद्यनाथ मन्दिर की ओर चल पड़े। जल्दी ही महादेव भगवान रुद्र की सुबह की आरती का समय हो जाता।

वास्तव में वैद्यनाथ मन्दिर घने वन के बीच में बनाए गये अनेक मन्दिरों का विशाल परिसर था। वहाँ पूर्व विष्णुओं के, भारत की रक्षा करने वाली अनेक देवियों के, इन्द्र देव, वरुण देव, अग्नि देव एवं अन्य देवी-

देवताओं के मन्दिर थे। निस्सन्देह, सबसे विशाल मन्दिर भगवान रुद्र का था। महादेव का। देवाधिदेव का।

मन्दिर परिसर बाढ़-प्रवण मयूराक्षी नदी से दलदलों और बाढ़ प्रभावित मैदानों से अलग होता था जो मानसून के मौसम में प्रचंड नदी के अतिरिक्त पानी को सोख लेते थे, इस तरह मन्दिर सुरक्षित रहते थे। आर्द्र भूमि में अनेक क़िस्म की औषधीय जड़ी-बूटियाँ और कन्द उत्पन्न होते थे जिससे यह छोटी-सी मन्दिर नगरी अधिकांश बीमारियों के उपचार के लिए औषधियों का कोष बन गयी थी। वास्तव में, इसका नाम भी इसी से पड़ा था: वैद्यनाथ, वैद्यों का स्वामी।

वैद्यनाथ का मुख्य मन्दिर एक विशाल कमल के आकार में निर्मित था। इसका एक अजटिल मगर विशाल केन्द्र था, जिसमें एक विशाल कक्ष, गर्भगृह, और पत्थर और गारे का एक शिखर था, जो आगम वास्तुकला के ग्रन्थों के मापदंडों पर आधारित थे। पचास मीटर का विशाल मुख्य शिखर पन्द्रह मीटर के आधार से निकला था। आधार के ऊपर लकड़ी के एक सौ आठ 'पत्ते' लगाए गये थे—जो कि वास्तुकला का अद्भुत प्रदर्शन थे। हरेक पत्ता एक वयस्क आदमी से चार गुणा बड़ा था। दुनिया की सबसे सख़्त लकड़ियों में मानी जाने वाली साल वृक्ष की मज़बूत लकड़ी से बने इन पत्तों को किसी रासायनिक प्रक्रिया से और मज़बूत बनाया गया था और उन्हें गुलाबी रंगा गया था। उन्हें एक के ऊपर एक चार स्तरों पर रखा गया था जिससे एक विशाल कमल का फूल बन सके जो मन्दिर के केन्द्र को घेरे हुए था। मुख्य शिखर को पीला रंगा गया था और वो एक विशाल गर्भ-केसर की तरह इस पुष्प के बीच से निकल रहा था। आधार को कमल के तने का रूप देने के लिए हरा रंगा गया था। लम्बा आधार खोखला था और मन्दिर के सुरंग के आकार के द्वार के रूप में काम करता था।

यह लगभग स्वप्निल-सा था। और अत्यन्त प्रतीकात्मक।

कमल वो फूल है जो कीचड़ और गन्दे पानी में खिलने के बाद भी अपनी सुगन्ध और सौन्दर्य क़ायम रखता है। यह मन्दिर में आने वाले मनुष्यों के सामने एक मूक चुनौती रखता था, कि वो अपने धर्म के प्रति निष्ठावान रहें भले ही उनके आसपास के लोग न हों। पत्तियों की संख्या—एक सौ आठ—भी महत्वपूर्ण थी। धार्मिक तौर-तरीक़ों के अनुयायी भारत के लोग इस संख्या के साथ बहुत भारी महत्व जोड़ते हैं। उनका मानना है

कि यह एक दिव्य अंक है जिसे ब्रह्माण्ड की संरचना में बार-बार दोहराया जाता है। सूर्य का व्यास पृथ्वी के व्यास से एक सौ आठ गुणा ज़्यादा है। सूर्य से पृथ्वी की औसत दूरी सूर्य के व्यास से एक सौ आठ गुणा अधिक है। पृथ्वी से चाँद की दूरी चाँद के व्यास से एक सौ आठ गुणा अधिक है। इस संख्या के ऐसे और अनेक उदाहरण चमत्कारिक ढंग से ब्रह्माण्ड में मिलते रहते हैं। समय के साथ इसे अनेक अनुष्ठानों में शामिल कर लिया गया। उदाहरण के लिए, यह सलाह दी जाती है कि किसी भी मन्त्र का जाप एक सौ आठ बार करना चाहिए।

मन्दिर के सुदूर छोर पर, गर्भगृह में भगवान रुद्र की पूरे आकार की प्रतिमा थी। भगवान पद्मासन में बैठे थे, किसी योगी की तरह, उनकी आँखें ध्यान में बन्द थीं। उनके ठीक पीछे तीन मीटर का एक विशाल लिंगम-योनि—एकेश्वर का प्राचीन रूप—थी। लिंगम आधे अंडे के आकार का था, और कुछ प्राचीन लोगों का मानना था कि यह ब्रह्माण्ड, या कॉस्मिक एग, का प्रतीक था जो सृष्टि को एकीकृत होने देता है। अन्यों का मानना था कि यह पौरुष ऊर्जा और शक्ति का प्रतीक है। लिंग के आधार पर योनि थी, जिसे अक्सर 'गर्भ' कहा जाता है, मगर शाब्दिक तौर पर इसका अर्थ 'मूल' या 'स्रोत' है, यह स्त्री ऊर्जा और शक्ति का प्रतीक है। लिंगम और योनि का मेल सृष्टि का प्रतिनिधित्व करता है, पुरुष और स्त्री के बीच साझेदारी का परिणाम, निष्क्रिय काल और सक्रिय समय के बीच सम्बन्ध जिससे सारा जीवन, वास्तव में सारी सृष्टि, उत्पन्न होती है।

गर्भगृह के बाहर, कमलाकार मन्दिर के केन्द्र में भक्तों के एकत्र होने के लिए मुख्य कक्ष है।

जब तक रावण और उसका परिवार मन्दिर में पहुँचे, तब तक उनके पास इसके सौन्दर्य या प्रतीकात्मकता को सराहने के लिए बहुत कम समय बचा था। मुख्य कक्ष में आरती शुरू हो चुकी थी। और यह भव्य थी।

सारे कक्ष में रखे बड़े-बड़े आधारों पर विशाल नगाड़े रखे गये थे। उनके पास लम्बे-चौड़े, बलिष्ठ आदमी अपनी भुजाओं के-से आकार की डण्डियाँ लिए खड़े थे, और लगातार उनसे नगाड़े बजा रहे थे।

धूम-धूम-दना-धूम-धूम-दना।

ताल और लय रावण के शरीर में फैल गयी थी। ध्वनि की तरंगों को वो अपनी हड्डियों में महसूस कर रहा था। और भगवान रुद्र के भक्तों के

इस जमावड़े में मौजूद अन्य सभी लोगों की तरह वो भी इस ताल पर नृत्य करने के लिए विवश-सा हो गया था। यहाँ तक कि नन्हा कुम्भकर्ण भी उत्साह से अपनी बाँहों को हिला रहा था।

धूम-धूम-दना-धूम-धूम-दना।

धूम-धूम-दना-धूम-धूम-दना।

जैसे-जैसे संगीत गति पकड़ने लगा, कक्ष में भरे स्त्री-पुरुष भक्त विभिन्न स्थानों पर लगे लगभग दो सौ घंटों की ओर उमड़ने लगे। अब वो उन्हें बजा रहे थे। पूरे तालमेल में।

फिर धीमे स्वर में एक-दूसरे से सुर मिलाते हुए भक्तों ने दो अक्षरों के एक सादे से शब्द का जाप शुरू कर दिया। अथाह शक्ति का शब्द।

"महा... देव!"

"महा... देव!"

"महा... देव!"

जाप के गति पकड़ने के साथ ही आवाज़ें तीव्र और तीव्रतर होती गयीं। महादेव के प्रति आनन्दपूर्ण भक्ति में। देवाधिदेव। स्वयं भगवान रुद्र।

नगाड़े जाप के साथ गति मिला रहे थे।

धूम-धूम-दना-धूम-धूम-दना।

धूम-धूम-दना-धूम-धूम-दना।

रावण ने चारों ओर देखा। जीवन में पहली बार, उसने अपने से बड़ी किसी चीज़ का भाग बनने के विशुद्ध आनन्द का अनुभव किया था। वो भगवान रुद्र का भक्त था। वो सभी थे। और यहाँ कोई भेदभाव नहीं था। बिल्कुल नहीं। समृद्ध लोग प्रतीत रूप से दरिद्र दिख रहे देशवासियों के साथ नृत्य कर रहे थे। शिष्य अपने गुरुओं के साथ झूम रहे थे। विकृतियों वाले लोग सुडौल शरीर वाले सैनिकों के साथ जाप कर रहे थे। विशुद्धतावादी पुरोहित भोगवादी अघोरों के साथ नृत्य कर रहे थे। स्त्रियाँ पुरुषों और किन्नरों के साथ नृत्य कर रही थीं। बच्चे अपने माता-पिता के साथ। हर उम्र और जाति के लोग थे। भारतीय और अ-भारतीय भी।

कोई भेदभाव नहीं।

स्वतन्त्रता।

आंकलन से स्वतन्त्रता। अपेक्षाओं से स्वतन्त्रता। उचित-अनुचित से स्वतन्त्रता। देवों और दानवों से स्वतन्त्रता। स्व होने की स्वतन्त्रता। और भगवान रुद्र के साथ एकाकार होने का आनन्द।

धूम-धूम-दना-धूम-धूम-दना।

"म... हा... देव!"

धूम-धूम-दना-धूम-धूम-दना।

"म... हा... देव!"

आरती का अन्त हुआ बहुत ही ऊँचे स्वर में लगे हुंकारे से जो पूरे वैद्यनाथ में गूँज उठा था।

"जय श्री रुद्र!"

मानो इसी संकेत पर, नगाड़े और घंटे शान्त हो गये। केवल गूँज शेष रही थी, गहन और आनन्दपूर्ण भक्ति के निस्तब्ध मौन में मंडराती गूँज।

आरती पाँच निमिष से अधिक नहीं चली थी। मगर वहाँ उपस्थित सभी लोगों को इसने जीवन भर का आनन्द प्रदान कर दिया था। रावण ने अपने आसपास देखा। हर चेहरे पर उल्लास था। उसने अपने मामा मरीच और माँ कैकेसी को देखा। उनके गालों पर आनन्द के आँसू बह रहे थे। रावण ने अपने गाल छुए और उन्हें नम पाकर हैरान रह गया।

उसने धीरे से ख़ुद से कहा, "जय श्री रुद्र!"

अचानक भीड़ से तेज़ आवाज़ें उठीं।

"कन्याकुमारी!"

"कन्याकुमारी!"

आरती के अन्त में, रीति थी कि लिंगम-योनि की पहली पारम्परिक पूजा रुद्राभिषेक कन्याकुमारी करेंगी। कुँआरी देवी अपना कर्तव्य पूरा करने आगे आयी थीं।

सब ऊपर देखने लगे। गर्दनें उचकाकर। अपने सामने वालों से परे देखने के लिए अपने पंजों के बल उचक-उचककर। सब अपनी जीवित देवी की एक झलक पाने के लिए उत्सुक थे।

मगर रावण नहीं। उसने अपनी निगाहें धरती पर टिकाए रखी थीं। उसकी मुट्ठियाँ कसी हुई थीं।

"यह क्या नयी कन्याकुमारी हैं?" कैकेसी ने पूछा।

मरीच ने अपनी बहन को देखा और वापस कन्याकुमारी की ओर मुड़ गया, उसके हाथ भक्तिभाव से जुड़े हुए थे। "हाँ। मुझे बताया गया है कि पिछली कन्याकुमारी कुछ माह पहले रजस्वला हो गयी थीं। वो हट गयी हैं और एक नयी कन्याकुमारी को मान्यता प्रदान की गयी है।"

कुम्भकर्ण को वापस सुलाते हुए कैकेसी हल्के से लहराईं। "मैं अक्सर सोचती हूँ कि बाद में उनका क्या होता है। वो कहाँ जाती हैं? क्या करती हैं?"

मरीच ने कन्धे उचकाए। "पता नहीं। जब वो कन्याकुमारी नहीं रहती हैं तो शायद अपने गाँव वापस चली जाती होंगी। मगर कोई उन्हें कैसे ढूँढ़ सकता है? उनका असली नाम भी बहुत कम लोगों को पता होता है।"

रावण ने अपना सिर उठाया और नयी कन्याकुमारी को देखा। उसकी आँखों में नफ़रत चमक रही थी।

एक क्षणांश के लिए, एक उन्मादी पल के लिए उसने सोचा कि आगे लपककर उनकी जान ले ले। इससे हमेशा के लिए उनसे छुटकारा मिल जायेगा। मगर जितनी तेज़ी से यह विचार उसके मन में कौंधा था, उसी तेज़ी से उसने इसे मन से निकाल दिया। यह अर्थहीन था। वो बस किसी दूसरी बच्ची को कन्याकुमारी बना देंगे। *उसकी* कन्याकुमारी तो वापस नहीं आतीं। उसे पता भी नहीं था कि वो कहाँ हैं। उसे तो उनका असली नाम भी नहीं पता था।

उसे लगभग कुछ भी नहीं पता था। याद थे तो बस उनके शब्द। उनकी आवाज़। और उनका चेहरा।

उनका दिव्य चेहरा उसके मन में अंकित हो गया था। वो चेहरा जो उसकी सारी पीड़ा हर लेता था।

वो विचार जिससे वो बचता आ रहा था अन्तत: उसकी चेतना में कौंध गया। वो उन्हें फिर कभी नहीं देख पायेगा। वो उसके जीवन से चली गयी थीं। हमेशा के लिए।

उसे अपनी सांस संकुचित होती-सी लगी। मानो उसका दम घुट रहा हो।

उसने अपनी माँ का हाथ पकड़ा। "हमें जाना होगा।"

"क्या? क्यों? कन्याकुमारी—"

"आप कल उनका आशीर्वाद ले लेना। चलिए।"

रावण मुड़ा और चल दिया।

अध्याय 5

"चलें?" हैरान मरीच ने पूछा। "क्यों?"

मरीच, कैकेसी, रावण और कुम्भकर्ण धर्मशाला के अपने छोटे-से कक्ष में वापस आ गये थे।

रावण का स्वर शान्त था। "मुझे आशा थी कि यहाँ हमें कुम्भकर्ण के लिए उपचार मिल पायेगा। मगर चिकित्सकों ने कहा है कि वो कुछ विशेष नहीं कर सकते। तो अब यहाँ पड़े रहने का कोई अर्थ नहीं है।"

"मगर हम यहाँ केवल कुम्भकर्ण का उपचार तलाशने तो नहीं आये थे। यह सुरक्षित स्थान है, कम से कम कुछ समय के लिए तो।"

"मैं बस सुरक्षित नहीं रहना चाहता। मैं कुछ हासिल करना चाहता हूँ। यहाँ मैं कुछ नहीं कर सकता।"

मरीच ने गहरी सांस भरी, वो अपनी उम्र से बड़े इस बालक से थोड़ा चिढ़ रहा था। "रावण, तुम बस नौ वर्ष के हो। तुम बालक हो। तुम इसे सहज भाव से लो और बड़ों को—"

"मैं बालक नहीं हूँ," रावण ने मरीच की बात काटते हुए दृढ़ता से कहा। "मैं अपने परिवार का सबसे बड़ा पुरुष हूँ। मेरे दायित्व हैं।"

मरीच ने बहुत कोशिश करके अपनी मुस्कुराहट दबाई। "ठीक है, महा वरिष्ठ, मुझे बताएँ, आपको वैद्यनाथ से बेहतर कौन-सा स्थान लगता है? यहाँ निस्वार्थ दान-पुण्य की परम्परा है। तुम्हारी माँ और भाई मुफ़्त

भोजन और आवास पा सकते हैं जो इस धर्मशाला में मिलता है। अगर हम कहीं और जाते हैं तो तुम इनका पालन-पोषण कैसे करोगे?"

"मैंने पूर्व के बड़े बन्दरगाहों के बारे में पढ़ा है जो बाली और मलय जैसे देशों से व्यापार करते हैं। हम वहाँ जा सकते हैं। हम वहाँ काम कर सकते हैं।"

"रावण, यह मत मानो कि तुम आसानी से पा—"

"मैं तय कर चुका हूँ, मामा," रावण ने कहा। "मैंने माँ से भी बात कर ली है। प्रश्न यह है कि आप क्या करना चाहते हैं?"

मरीच ने आश्चर्य से अपनी बहन को देखा। उसे पता नहीं था कि वो पहले ही रावण की माँग के सामने हार मान चुकी है। कैकेसी के चेहरे पर असहायता और समर्पण के भाव थे। बहुत वर्ष बाद, मरीच इसे अनेक समर्पणों के आरम्भ के रूप में याद करेगा। वो पल जब रावण के साथ उसका सम्बन्ध बदल गया था। वो पल जब रावण छोटे-से भानजे से उसका भावी स्वामी और अधिनायक बन गया था।

"ठीक है," उसने कहा। "पूर्व की ओर चलते हैं।"

—१०८—

रावण और उसके परिवार को पूर्व में, चिल्का झील के तट पर बसे एक छोटे-से नगर में आये हुए चार साल हो गये थे।

दुनिया के विशालतम अनूपों में शामिल चिल्का एक विशाल अनूप है, जो भारत के पूर्वी तट पर उत्तर-पूर्व से दक्षिण-पश्चिम में 1000 वर्ग किलोमीटर से अधिक क्षेत्र में फैली हुई है। प्रचंड महानदी की कुछ बड़ी सहायक नदियाँ जैसे दया और लूना इस झील में आकर मिलती हैं। इनके अतिरिक्त पचास अन्य छोटी नदियाँ भी चिल्का में मिलती हैं। मानसून के दौरान, भारी बारिशों से झील में और पानी भर जाता है।

महानदी के दहाने के पास स्थित कलिंग राज्य में पहली बार आने वाले व्यक्ति को यह समझने के लिए क्षमा किया जा सकता है कि इसकी अथाह समृद्धि का कारण उपजाऊ धरती, मीठे पानी की बहुतायत और नियमित एवं प्रचुर वर्षा हैं। वास्तविकता में, हालाँकि कृषि निश्चय ही राज्य

की सम्पत्ति का एक बड़ा स्रोत थी, मगर इसके छलकते कोष दूर-पास के अन्य क्षेत्रों के साथ होने वाले श्रेष्ठ व्यापार का परिणाम थे।

और इस व्यापार के केन्द्र में थी चिल्का झील।

इसके आकार-प्रकार को देखते हुए चिल्का झील के तटों पर अनेक बन्दरगाह बन गये थे। झील के गहरे प्रवाह का अर्थ था कि बड़े से बड़े समुद्री पोत भी आराम से उसमें आ सकते थे। झील के अनेक द्वीप जिनमें से अधिकांश इसके समुद्र की ओर के रुख़ के निकट थे, छोटे पोतों के लिए छोटे बन्दरगाहों का काम करते थे, इस तरह पोतों का भारी यातायात बँट जाता था। सबसे महत्वपूर्ण रूप से झील की पूर्वी सीमाएँ जो इसे पूर्वी समुद्र से अलग करती थीं, रेतीले समतल मैदानों से युक्त थीं। ये तूफ़ानी समुद्र को चिल्का में घुसने से रोकने के लिए बाँध का काम करते थे, जिससे झील पोतों के लिए शान्त आश्रय बन जाती थी। इन रेतीले मैदानों के दो मुख, उत्तरी छोर पर चौड़ा और दक्षिणी छोर पर संकरा, पोतों को झील में आने का रास्ता प्रदान करते थे। इसके अतिरिक्त, चिल्का से महानदी के रास्ते दक्षिण कौशल राज्य तक जाया जा सकता था, और फिर उत्तर में सप्त सिन्धु की मुख्य भूमि तक की यात्रा भी की जा सकती थी।

चिल्का सुरक्षित और निरापद बन्दरगाह प्रदान करती थी, और समृद्ध मुख्य देश में जाने के लिए आसान प्रवेश तैयार करती थी।

किसी भी समय, झील में छोटे-बड़े कम से कम कुछ सौ पोत लंगर डाले खड़े होते थे। और कुछ कम संख्या में स्थान मिलने की प्रतीक्षा में होते थे। पोतों से लगातार माल उतारा-चढ़ाया जाता था। व्यापारियों को ज़ोरदार ढंग से मोलभाव करते सुना जा सकता था, जबकि राजस्व अधिकारी राज्य के प्रति देय करों को उगाहने की कोशिश में लगे होते थे। नाविकों को नियमित रूप से, अपने अवकाश के दिन, मदिरा और स्त्रियों की खोज में तटों पर आते देखा जा सकता था। सराय मालिक और स्त्रियाँ अधिकाधिक नाविकों को आकर्षित करने की पूरी कोशिश करते थे। इस बीच, वहाँ तैनात सैनिक अव्यवस्था के बीच व्यवस्था बनाए रखने में लगे रहते थे।

चिल्का को व्यापारियों के बीच लोकप्रिय बनाने वाली बात यह थी कि भारत के अन्य भागों के विपरीत यहाँ पर व्यापारिक गतिविधियों पर अनावश्यक प्रतिबन्ध नहीं थे।

पिछले कुछ दशकों में, सप्त सिन्धु के अनेक हिस्सों में साधारण लोगों के साथ-साथ राज परिवार भी व्यापक स्तर पर हो रहे भ्रष्टाचार के कारण वैश्यों के वणिक समुदाय के विरुद्ध हो गये थे। व्यापारिक गतिविधियों पर कठोर प्रतिबन्ध लगा दिये गये थे। व्यापारियों को हर चरण पर अनुज्ञापत्र लेने होते थे, और इन्हें अ-वणिक अधिकारियों से लेना होता था। और हुआ यह कि भ्रष्टाचार का अन्त होना तो दूर, रिश्वत का नया तत्व—वो भी भारी राशियों में—इस प्रक्रिया में और जुड़ गया। उस पर तुर्रा यह कि अपने अहंकार में अधिकारी यह भी नहीं मानते थे कि वो व्यापारियों से रिश्वत वसूल करके कुछ अनुचित काम कर रहे हैं। वो इसे 'चोरों' को दंड देने के तरीक़े के रूप में देखते थे।

निस्सन्देह, कोई भी बुद्धिमान व्यक्ति समझ सकता है कि कुछ लोगों के अनुचित कामों के लिए एक पूरे समुदाय को दोषी ठहरा देना स्थिति को देखने का एक अत्यन्त ही संकीर्ण दृष्टिकोण है। हरेक समाज को उद्यमी और व्यापारियों की उतनी ही आवश्यकता होती है जितनी कि बुद्धिजीवियों, योद्धाओं और शिल्पकारों की। और सामाजिक ढाँचे में किसी एक वर्ग के साथ पक्षपात करने वाला असन्तुलन समस्याएँ उत्पन्न करता है। दुर्भाग्य से, सप्त सिन्धु के शासक वर्ग में बुद्धिमता का अभाव था और व्यापारिक समुदाय पर अत्याचार होते रहे।

अन्ततः सारे सप्त सिन्धु के व्यापारी लंका के धूर्त व्यापारी-शासक कुबेर के नेतृत्व में एक हो गये। कुबेर ने सप्त सिन्धु के सम्राट और इसके अधीनस्थ राज्यों के साथ एक सन्धि की जिसके द्वारा उसने उनकी सारी व्यापारिक गतिविधियों को अपने हाथ में ले लिया और साम्राज्य को लाभ का एक बड़ा भाग देने लगा। मगर, इसने व्यापारियों का जीवन आसान करने के लिए कुछ नहीं किया। अपने लाभ को अधिकतम करने का कुबेर का तरीक़ा उनके लाभांश को कम करना था। और हुआ यह कि उसके साथ जुड़कर व्यापारियों की हालत कड़ाही से निकलकर अलाव में जा गिरने वाली हो गयी थी।

सप्त सिन्धु का एकमात्र राज्य जिसने अब तक कुबेर के साथ जुड़ने से इंकार कर दिया था, कलिंग था। इसीलिए, जब देश के अधिकांश हिस्सों में व्यापार करना दुष्कर हो गया था तब चिल्का में यह बढ़ गया था। बन्दरगाह कलिंग के राजा के नियन्त्रण में था जो झील के उत्तर में

अस्सी किलोमीटर दूर स्थित अपनी राजधानी कटक से शासन करता था। 'कटक' का शाब्दिक अर्थ सैनिक छावनी या राज-शिविर था जिससे कलिंगों के योद्धा अतीत की गूँज सुनाई देती थी। मगर अनेक सदियाँ बीतने के साथ वहाँ के लोग अहिंसक और शान्तिप्रिय हो गये थे जिनकी रुचियाँ व्यापारिक और सांस्कृतिक एवं बौद्धिक उद्यमों में निहित थीं। इस बात ने भी कलिंग के राजाओं को राज्य के नियन्त्रण के विवादास्पद मसले पर अपनी नीति में किसी सीमा तक उदारवादी बना दिया था। परिणामस्वरूप, अनेक वैश्य परिवारों ने कलिंग में बसने और वहाँ अपना व्यापार जमाने का निर्णय किया।

मगर स्थितियाँ धीरे-धीरे बदल रही थीं। शेष देश का वैश्य विरोधी माहौल कलिंग में भी सिर उठाने लगा था। हर कोई अयोध्या के शक्तिशाली राजा दशरथ का अनुग्रह पाना चाहता था जो कि सप्त सिन्धु के सम्राट और अधिपति भी थे। और यह सबको पता था कि अयोध्या में वैश्य विरोधी माहौल है। इसके अलावा, कलिंग से कुछ ही दूरी पर, महानदी के ऊपरी हिस्से में स्थित दक्षिण कौशल के शक्तिशाली राज्य ने विवाह सम्बन्ध के माध्यम से अयोध्या के साथ मज़बूत सम्बन्ध स्थापित कर लिया था। राजकुमारी कौशल्या सम्राट दशरथ की पहली पत्नी बनी थीं।

अपने शक्तिशाली सम्बन्धियों के प्रभाव में आकर दक्षिण कौशल ने भी व्यापार पर कठोर प्रतिबन्ध लगाने शुरू कर दिये। अपने पड़ोसी राज्य में आये इस बदलाव को महसूस करके कलिंग ने भी अपना पुनर्गठन करना शुरू कर दिया। स्वच्छन्द व्यापारियों को 'अनुशासित' करने के लिए मेसोपोटेमिया के नगर बेबीलोन के उत्तर-पश्चिम में स्थित देश से एक नाहरी प्रशासक को चिल्का के प्रान्तपाल के रूप में लाया गया। किसी को उसका असली नाम नहीं पता था, मगर उसने एक भारतीय नाम रख लिया था: क्रकचबाहु, यानी 'आरे जैसी बाँहों वाला।' शोचनीय ढंग से, उसकी प्रशासनिक शैली भी उसके नाम की तरह ही घृणास्पद थी। मगर दूर अपनी राजधानी में बैठे कलिंग के राजा ने चिल्का के कामकाज चलाने का दायित्व क्रकचबाहु पर छोड़ दिया था।

जल्दी ही कलिंग के व्यापारी भी उसी कर-आतंक और अनगिनत विनियमनों से त्रस्त होने लगे जिनसे सप्त सिन्धु के अन्य राज्यों में उनके साथी व्यापारी त्रस्त थे। अगर वो चिल्का में भी व्यापार नहीं कर सकते

थे तो कहाँ कर सकते थे? हताश होकर कुछ ने तो व्यापार को सिरे से तिलांजलि देने का निर्णय ले लिया, मगर अधिकांश जी तोड़ कोशिश करते रहे, क्योंकि उन्हें केवल इसी व्यवसाय का अनुभव था। मगर यह भावना ज़ोर पकड़ रही थी कि उन्हें क्रकचबाहु के दमनकारी प्रतिबन्धों से बचकर निकलने के रास्ते निकालने होंगे।

तो फिर इसमें अधिक देर नहीं लगी कि सप्त सिन्धु से तस्करी का माल बाहरी दुनिया में पहुँचने लगा था। ऐसी बहुत कम वस्तुएँ थीं जो भारतीयों को विदेशों से चाहिए होती थीं क्योंकि उनके पास जीवनयापन के लिए घरेलू उत्पाद ही बहुतायत में थे। अगर कोई वस्तु तस्करी करके लायी भी जाती थी तो आवश्यक अनुज्ञापत्रों के अभाव में उसे सप्त सिन्धु के किसी भी राज्य में ज़ब्त किया जा सकता था। इसलिए समझा जा सकता है कि तस्करी के व्यापार का रुझान निर्यात की ओर अधिक था। सप्त सिन्धु में ऐसी अनेक वस्तुओं का उत्पादन होता था जिनकी दुनिया में माँग थी। भारी निर्यात शुल्कों से बचने और अच्छा लाभ कमाने के लिए उनकी तस्करी करना सुविधाजनक तरीक़ा हो गया था।

समय के साथ तीन-स्तरीय तस्करी प्रणाली विकसित हो गयी। पहले स्तर में निर्मित उत्पादों को सप्त सिन्धु के विभिन्न राज्यों से चिल्का तक लाना होता था। यह तुलनात्मक रूप से सरल था क्योंकि इनमें से अधिकांश वस्तुओं को आसानी से वैध निर्यातों के साथ मिलाया जा सकता था। इस स्तर में जोखिम भी सबसे कम था—और लाभ भी सबसे कम था। दूसरे स्तर के परिचालक क्रकचबाहु की कर-नौकाओं के बीच से भागकर, नज़रों में आये बिना या राजस्व अधिकारियों को रिश्वत देकर, समुद्र में जाने के लिए छोटी कटर नावों का प्रयोग करते थे। तीसरा स्तर पूर्वी समुद्र में काम करता था जहाँ चिल्का से अनेक समुद्री मील दूर लंगर डाले और बन्दरगाह में जाने की प्रतीक्षा करते अनेक दूसरे पोतों के बीच छिपे बड़े समुद्री पोत कटर नावों से माल उठाते और दूर देशों की ओर चले जाते।

तो, दूसरा स्तर स्पष्ट रूप से इस अभियान का सबसे जोखिम भरा हिस्सा था। मगर फिर भी, चूँकि यह मुख्यत: छोटी नावों में युवा तस्करों के द्वारा किया जाता था जो कि आजीविका कमाने के लिए हताश होते थे, इसलिए लाभ का बड़ा हिस्सा तीसरे स्तर वाले ले जाते थे: बड़े समुद्री पोतों के मालिक। वो एक को दूसरे के विरुद्ध खड़ा करके दाम बहुत

कम करवा लेते थे, जबकि स्वयं अरब, मलय या कम्बोडिया जैसे विदेशी बाज़ारों में पूरा और वैध, शुल्क-दत्त मूल्य वसूलते थे।

पहले पहल यहाँ आने पर रावण और मरीच ने गोदी श्रमिकों का काम हाथ में लिया। कुछ समय उन्होंने कड़ी मेहनत की, मगर अन्ततः सामने आने वाले अवसरों से प्रोत्साहित होकर रावण ने एक छोटी कटर नौका किराए पर ले ली और दूसरे स्तर की तस्करी करने लगा। जल्दी ही चतुर लड़के और प्रतिभाशाली नाविक के रूप में उसने नाम कमा लिया जो कि जोखिम लेने और विपरीत से विपरीत स्थितियों में भी माल पहुँचाने के लिए तैयार रहता था। इसलिए उस समय कोई हैरानी नहीं हुई जब तीसरे स्तर में माहिर अकंपन नाम के एक तस्कर ने उससे सम्पर्क किया।

आमतौर पर तीसरे स्तर के तस्कर भारी लाभ कमाने वाले सक्षम समुद्री मल्लाह होते हैं। मगर अकंपन उस श्रेणी में कुछ अनुपयुक्त-सा था। वो तीसरे स्तर के सबसे कम लाभप्रद अभियानों में था। वो अपने दल को देर से या बिल्कुल भी पैसा न देने के लिए कुख्यात था। बात इस हद तक पहुँच गयी थी कि लोग उसके साथ काम करने से स्पष्ट मना कर देते थे। मगर उसके पास एक बड़ा लाभ था—उसका अपना पोत। बहुत बड़ा। इतना बड़ा जो बड़े समुद्रों में यात्रा करने में सक्षम था।

दूसरे स्तर के किसी तस्कर के लिए लाभकारी तीसरे स्तर तक पहुँचने का एकमात्र रास्ता था किसी समुद्री पोत का स्वामी बनना या उस पर काम करना। यह जानते हुए रावण अकंपन से मिलने के लिए तैयार हो गया था।

अगले दिन, रावण और मरीच अपनी कटर नौका लेकर अपने पाँच दुर्दान्त साथियों के नियमित दल के साथ चिल्का के दक्षिण में एक गुप्त अनूप की ओर चल दिये जहाँ अकंपन का घर था।

रावण ने अपने दल को आदेश दिया कि नाव को अकंपन के पोत के पास ले जाएँ जो कि तट से कुछ ही दूरी पर लंगर डाले खड़ा था।

"वरुण देव की सौगन्ध," मरीच ने जल और समुद्र के देवता का आह्वान करते हुए आश्चर्य से कहा। "क्या यह अकंपन अपने पोत की बिल्कुल भी देखभाल नहीं करता है?"

पोतों का वर्गीकरण करने का एक तरीक़ा उसके मस्तूलों की संख्या होती थी। चिल्का में आने वाले अधिकांश समुद्री पोतों में तीन मस्तूल होते

थे। अकंपन के पोत में भी थे। मगर पोत की दुर्दशा एकदम स्पष्ट थी। पालों के साथ ही रस्से भी घिसे हुए और हवा को प्रभावी रूप से खींचने में अक्षम दिख रहे थे। वास्तव में हवा के अचानक आने वाले थपेड़ों से होने वाली हानि को रोकने के लिए पालों को उतारा तक नहीं गया था जो कि उस क्षेत्र में बहुत आम थे। साफ़ दिख रहा था मस्तूलों को लकड़ी के नये काम की आवश्यकता थी। मुख्य मस्तूल के शिखर पर मौजूद निगरानी चौकी के अधिकांश पटले लापता थे। पोत के पेटे के राल को जो पोत को जलरोधी रखने और रिसाव रोकने के लिए अहम होता है, दोबारा लगाए जाने की ज़रूरत थी।

"मुझे लगता था कि अकंपन का पोत अपनी गति के लिए मशहूर है," रावण भी उतना ही हैरान था।

"मुझे भी," मरीच ने कहा। "तुम्हें विश्वास है कि तुम इस आदमी के साथ काम करना चाहते हो?"

विचारों में डूबा रावण पोत को देखता रहा। फिर अचानक उसने अपना अंगवस्त्र एक ओर फेंक दिया। "यहीं रहना।"

"क्या कर रहे हो तुम?" मरीच ने पूछा।

वो अपनी बात पूरी करता, इससे पहले ही रावण पानी में उतर गया था और पोत की ओर तैर रहा था। उसके निकट पहुँचकर वो रुका और सावधानी से पेटे को जाँचते हुए उसके साथ-साथ तैरने लगा। फिर उसने पानी के नीचे देखने के लिए ग़ोता लगाया। वापस ऊपर आकर वो पोत की लम्बाई के साथ तैरा, इस बार वो केवल उसे देख नहीं रहा था बल्कि अपनी उँगलियों से छूकर भी देख रहा था, कुछ-कुछ पल बाद वो पानी में ग़ायब हो जाता और फिर सांस लेने के लिए ऊपर आता, और फिर से वापस अन्दर चला जाता। मरीच के आदेशानुसार कटर नौका पीछे-पीछे, रावण के साथ पोत के चारों ओर घूम रही थी।

जब रावण अन्तिम रूप से सतह पर आया और वापस नाव पर सवार हुआ, तो मरीच ने उसे प्रश्न भरी निगाहों से देखा।

"इस पोत में कुछ विचित्र-सी बात है," रावण ने कहा।

"क्या?"

"न कोई शैवाल। न कोई दीमक। न कोई समुद्री कीड़ा। पेटा ऐसा चिकना है जैसे उस दिन रहा होगा जब इसे बनाया गया था।"

जैव-परिदूषण उतनी ही पुरानी विपत्ति है जितना पुराना स्वयं नौकायन है। पोतों का लकड़ी का आधार शैवालों व अन्य समुद्री जीवों को प्रजनन स्थल प्रदान करता है। वो गीली सतह से चिपक जाते हैं और सहस्त्र गुणा बढ़ते हुए पानी के अन्दर स्थित पेटे के अधिकांश भाग पर छा जाते हैं। कुछ पोत तो इतनी बुरी तरह से प्रभावित हो जाते हैं कि जलीय रेखा के नीचे उनकी लकड़ी की सतह को देखना भी असम्भव हो जाता है।

समुद्री जीवों का ये ऊबड़-खाबड़ जमावड़ा पोतों की गति को भयंकर रूप से कम कर देता है। एक और संकट समुद्री कीड़े लग जाना था, जो एक प्रकार की हाथ भर लम्बी हो जाने वाली सीप थी। ये जीव लकड़ी के पेटे में छेद कर देते थे जिनसे धीमी, मगर भारी क्षति होती थी। यही कारण था कि इनको समुद्री दीमक भी कहा जाता है। रावण ने कभी भी कोई ऐसा समुद्री पोत नहीं देखा था जिसका पेटा इन जीवों से संक्रमित न हो। मगर अकंपन का पोत विचित्र रूप से उनसे मुक्त था।

रावण जानता था कि पेटे को साफ़ करने का सबसे अच्छा तरीक़ा तो पोत को सूखी गोदी पर ले जाना था जहाँ उसे सूखे चबूतरे पर रखा जाता है ताकि श्रमिक समुद्री जीवों को खुरचकर हटा दें और लकड़ी की मरम्मत कर दें या उसे बदल दें। मगर तस्करों के लिए सूखी गोदी पर पहुँच पाना असम्भव था। तो वो अक्सर पोतों को टेढ़ा किया करते थे—अनिवार्यत:, ज्वार के समय उसे समुद्र तट पर ले जाकर उसे एक करवट से लिटा दिया जाता था। इससे पेटा पानी के ऊपर आ जाता था जिससे उसकी सफ़ाई की जा सकती थी, पुरानी लकड़ी की मरम्मत की जा सकती या उसे बदला जा सकता था।

मानो संकेत समझकर मरीच बोल उठा। "हो सकता है उन्होंने पोत को लिटाकर पेटे को साफ किया हो?"

रावण ने सिर हिलाया। "मामा, अगर अकंपन में इतनी समझ भी नहीं है कि दुर्घटनावश होने वाली क्षति को रोकने के लिए पालों को बाँध दे, तो आपको लगता है कि उसने पोतों को लिटाकर साफ़ करवाने का झमेला या व्यय उठाया होगा?"

मरीच ने हामी भरी। "ठोस तर्क है।"

रावण ने अपने सामने मौजूद तथ्यों पर सोचा। जैव-परिदूषण के बिना, अकंपन का पोत दूसरे पोतों से लगभग दोगुनी गति से यात्रा कर सकता था। यह एक बड़ा प्रतिस्पर्द्धात्मक लाभ था।

उसने इरादा कर लिया था।

—ॐ—

"मैं तुम सबको वेतन तो नहीं दे सकता," अकंपन ने कहा, "किन्तु हम जो लाभ कमायेंगे उसमें से तुम्हें एक छोटा हिस्सा दे सकता हूँ।"

रावण और मरीच ने अपने छोटे से दल को कुछ दूर, सुनाई देने की सीमा के बाहर छोड़ दिया था। इससे मोलतोल करने में आसानी रहती। तीनों पुरुष लकड़ी की कुर्सियों पर एक बेतरतीब पड़े उपवन में बैठे थे जिसने निश्चय ही कभी बेहतर दिन देखे थे। उसी अहाते में अकंपन का विशाल, जीर्ण-क्षीण होता भवन था। घर समुद्र तट से बहुत दूर नहीं था, इसलिए जहाँ वो बैठे थे वहाँ से अकंपन का पोत साफ़ दिख रहा था।

जैसे ही मरीच ने अकंपन का प्रस्ताव सुना, उसने सवालिया ढंग से रावण को देखा, इस प्रत्याशा में कि उसका भानजा इस वाहियात प्रस्ताव को नकार देगा। मगर रावण मौन रहा, उसके भाव अबोध्य थे।

औसत लम्बाई के पतले-दुबले अकंपन ने असहजता से पहलू बदला। उसने अपने माथे को छुआ और अनजाने में उस पर लगे लम्बे, काले तिलक को पोंछ दिया। अन्तत: उसने चुप्पी तोड़ी।

"देखो," उसने कहा, "हम निर्वाह व्यय का तो कुछ प्रबन्ध कर सकते हैं किन्तु—"

एक क्रुद्ध स्त्री स्वर ने उसकी बात काट दी। "यहाँ क्या हो रहा है भला?"

उन्होंने पलटकर देखा कि एक लम्बी, तीखे नैन-नक़्श वाली औरत उनकी ओर चली आ रही है।

"क्या तुम फिर से नाविक दल रखने की कोशिश कर रहे हो, अकंपन?" उस स्त्री ने पूछा, उसकी खीझ स्पष्ट थी।

अकंपन प्रत्यक्ष रूप से घबरा गया था। "धनार्जन के लिए हमें कुछ व्यापार तो करना ही होगा, प्रियतमा। ये लोग—"

"व्यापार? तुम्हें पता भी नहीं है कि व्यापार किया कैसे जाता है! तुम बस घाटा ही उठाते हो। मैं तुम्हें अब कोई पैसा नहीं देने वाली। मैं अब अपने आभूषण नहीं बेचूँगी। इस अभिशप्त पोत को बस बेच दो!"

"नहीं, मगर—"

"तुम मूर्ख हो!" वो औरत चिल्लायी। "अगर तुम यह समझ लो और अपनी हद में रहो तो बेहतर होगा।"

"मगर हमें आवश्यकता—"

"कोई अगर-मगर नहीं! बस उस अभिशप्त पोत को बेच दो! मैं तो क्रकचबाहु के साथ जा सकती थी, तुम यह जानते हो। वो तो मुझमें रुचि ले रहा था। मैंने ही चिल्का के प्रान्तपाल के स्नेह को ठुकरा दिया और तुम्हारे साथ फँस गयी। मगर तुम्हारी मूर्खताएँ मैं बहुत सहन कर चुकी हूँ। उस पोत को बस बेच दो!"

अकंपन शर्मिन्दगी से दूसरी ओर देखने लगा। मगर उसके मौन ने उसकी क्रुद्ध पत्नी को शायद और भड़का दिया था। उसका सुर पहले से अधिक आक्रामक हो गया था। "तुम्हारी समस्या क्या है? तुम जानते हो कि मैं सच बोल रही हूँ, है न?"

"निस्सन्देह," अकंपन ने झूठी मुस्कान बिखेरी। "मैं कुछ और कैसे सोच सकता हूँ, प्रियतमा?"

उस औरत ने अपना सिर हिलाया, तीखी निगाहों से रावण और मरीच को देखा और फिर मुड़कर पाँव पटकती चली गयी।

अकंपन अपनी जाती हुई पत्नी की पीठ तकता रहा, उसके चेहरे पर गहन घृणा फैली हुई थी। फिर आगन्तुकों की मौजूदगी का ध्यान करते हुए उसने स्वयं पर नियन्त्रण किया। उसने गला खखारा और चेहरे पर क्षीण से मुस्कुराहट लिए मरीच की ओर मुड़ा। अब शर्मिन्दगी से दूसरी ओर देखने की बारी मरीच की थी।

मगर रावण इस सबसे अप्रभावित था। "तो हम ऐसा करेंगे," उसने कहा मानो कोई व्यवधान पड़ा ही न हो। "हम पोत को लेंगे, अपनी लागत पर इसकी मरम्मत करेंगे, और इसे चलाना शुरू कर देंगे। तुम हमारे साथ आना चाहो तो तुम्हारा स्वागत है। और लाभ को बाँट लिया जायेगा, नव्वे-दस के औसत से।"

अकंपन खिल गया। "नव्वे तो ठीक मालूम देता है।"

रावण ने शिथिल उदासीनता से अकंपन को घूरा। "नव्वे मेरे लिए। दस तुम्हारे लिए।"

"क्या? मगर... मगर यह मेरा पोत है।"

रावण खड़ा हो गया। "और यह यहाँ पड़ा सड़ता रह सकता है।"

"सुनो, मुझे नहीं—"

"और तुम्हारी ख़ातिर हम तुम्हारी पत्नी को भी सँभाल लेंगे।"

मरीच तक ने सहमकर रावण को देखा जो पिछले कुछ वर्षों में अपने तेरह वर्षीय भानजे के निर्मम तौर-तरीक़ों का आदी हो चुका था।

अकंपन ने घबराकर उस दिशा में देखा जिधर उसकी पत्नी गयी थी, और फिर रावण को देखा। "क्या... क्या मतलब है तुम्हारा?"

"मैं वो करूँगा जिसके बारे में तुम सोचने तक से डर रहे हो।"

अकंपन ने थूक गटका। मगर उसकी भाव-भंगिमा से यह स्पष्ट था कि इसमें उसकी दिलचस्पी थी।

"यह सौदा हो गया," रावण ने दृढ़ता से कहा।

अध्याय 6

अकंपन का पोत लेने के दो वर्ष के अन्दर रावण, जो अब पन्द्रह वर्ष का था, इस भारी लाभप्रद उद्यम में बदल चुका था। पोत की मरम्मत करवाने के बाद उसने दूर-दूर तक माल पहुँचाकर और प्रचुर धन कमाते हुए तस्करी के अनेक सफल अभियान किये थे।

चूँकि उत्तर भारत के बन्दरगाह मुक्त और आसान व्यापार के प्रति अधिकाधिक प्रतिरोधी होते जा रहे थे, इसलिए हिन्द महासागरीय क्षेत्र में लंका एक सबसे अधिक सक्रिय गोदाम के रूप में उभर रहा था। पिछले बारह माह में रावण ने इस द्वीप के अनेक चक्कर लगाए थे। ऐसे ही एक दौरे में रावण ने जाना कि लंका का व्यापारी—राजा कुबेर उसका गुरु-भाई है—उसके पिता विश्रवा का शिष्य। मगर यह एक ऐसी बात नहीं थी जिसका रावण लंका में किसी से उल्लेख करता। वो अपने पिता की किसी भी तरह की सहायता नहीं लेना चाहता था—न व्यक्तिगत रूप से, और न ही उनके नाम से।

रावण का व्यापार बढ़ा तो उसने निर्णय लिया कि वो लंका के मुख्य बन्दरगाह गोकर्ण—शाब्दिक तौर पर गाय का कान—को अपना अड्डा बनायेगा। यह शहर सुविधाजनक रूप से द्वीप के उत्तर-पूर्व में स्थित था। यहाँ गहरी खाड़ी और समुद्र की ओर निकलती भूमि के साथ, जो प्राकृतिक बाँध का काम करती थी, एक प्राकृतिक बन्दरगाह था। इसलिए यह वर्ष के किसी भी मौसम में सुरक्षित रूप से पोतों के आने और लंगर डालने की स्थिति में था। यह एक अहम लाभ था।

लंका की सबसे बड़ी नदी महावेली गंगा गोकर्ण खाड़ी में इसके दक्षिणी छोर से आती थी। यह उपयोगी था, क्योंकि यह पोतों को द्वीप की मुख्यभूमि में अन्दर तक जाने का नाव्य जलमार्ग प्रदान करता था। इस नदी का नाम अनेक वर्ष पहले मलयपुत्र प्रजाति के प्रमुख गुरु विश्वामित्र ने रखा था, जिसे पूर्व विष्णु भगवान परशु राम ने स्थापित किया था। सम्भवत: श्रद्धेय ऋषि इसका नाम महावेली अर्थात महा-रेतीली गंगा रखकर उस नदी का सम्मान करना चाहते होंगे जो उनके गृहनगर कन्नौज में बहती थी।

लंका में गुरु विश्वामित्र का बहुत सम्मान था, केवल इसलिए ही नहीं कि वो एक महान ऋषि थे, बल्कि इसलिए भी कि उन्होंने द्वीप को बसाने में सहायता की थी और इसे ग्रामीण पिछड़े क्षेत्र से हिन्द महासागर के व्यापारिक मार्गों पर स्थित एक शक्तिशाली केन्द्र में बदल दिया था। एक समय था जब लंका को बस महा संगमतमिल—वैदिक भारत की प्रलयपूर्व दो पितृभूमियों में से एक—की डूबी हुई भूमि के शेष रह गये हिस्से के रूप में जाना जाता था। सारे भारतीय उपमहाद्वीप से लोग अपने पूर्वजों के बनाए प्राचीन मन्दिरों के भग्नावशेषों में पूजा-अर्चना करने आते थे। मगर यह सब कुछ बदल गया था। अब वो समृद्ध होने आते थे। और हाल में यहाँ आने वाले लोगों में से अधिकांश कलिंग के थे।

जैसी कि स्थिति थी, लंकावासी कुबेर के शासन से प्रसन्न थे। और व्यापारी-राजा और उसकी प्रजा ने विश्वामित्र के प्रति गहन श्रद्धा भाव दर्शाना जारी रखा। क्योंकि वही थे जिन्होंने एक सदी से भी पहले लंका के महान राजधानी नगर सिगिरिया को स्थापित करने में राजा त्रिशंकु काश्यप की सहायता की थी, और यद्यपि किसी ने भी लगातार अलोकप्रिय होते गये निरंकुश राजा को कुछ वर्ष बाद अपदस्थ किये जाने का शोक नहीं किया था, मगर विश्वामित्र उनके प्रिय बने रहे।

रावण कभी अन्दर सिगिरिया तक नहीं गया था, जो कि गोकर्ण के दक्षिण-पश्चिम में कोई सौ किलोमीटर दूर था। मगर उसने गोकर्ण में ही भगवान रुद्र को समर्पित कोणेश्वरम मन्दिर के पास एक सुन्दर-सा भवन ख़रीद लिया था। इस मन्दिर को प्राचीन काल में खाड़ी के उत्तरी हिस्से से निकले एक उच्च अन्तरीप पर बनाया गया था जो हिन्द महासागर में निकलता था। छह वर्षीय कुम्भकर्ण को साथ लेकर कैकेसी प्रतिदिन मन्दिर

जाती थीं। रावण का छोटा भाई समुद्र यात्राओं पर उसके साथ जाने के लिए अभी भी बहुत छोटा था।

उस विशेष दिन, कैकेसी एक प्रयोजन से कोणेश्वरम मन्दिर जा रही थीं। वो जानती थीं कि सिगिरिया के रास्ते में विश्वामित्र नगर में रुके हुए हैं। बहुत साल पहले विश्रवा के आश्रम में वो विश्वामित्र और उनके दाहिने हाथ अरिष्टनेमी से मिली थीं। यद्यपि विश्वामित्र के साथ भेंट तो बहुत छोटी-सी रही थी, मगर अरिष्टनेमी के साथ उन्होंने बहुत समय बिताया था और उन्हें अपने भाई की तरह मानने लगी थीं। विश्वामित्र से भेंट करवाने के लिए उन्होंने अरिष्टनेमी पर अपने प्रभाव का प्रयोग किया था। इस तथ्य का उल्लेख नहीं किया गया था कि कैकेसी का अपना परिवार, विशेषकर उनके दादा कभी विश्वामित्र के पिता राजा गाधि के निकट मित्र रहे थे। किसी उचित कारणवश।

"कृपया किसी को यह मत बताना कि इस भेंट के लिए मैंने अपने पति के नाम का प्रयोग किया है," कुम्भकर्ण का हाथ पकड़कर ले जाते हुए कैकेसी ने अरिष्टनेमी से याचना की।

अरिष्टनेमी ने हामी भरी। उन्हें विश्रवा और उनकी पहली पत्नी की सन्तानों के बीच तनावपूर्ण सम्बन्ध की जानकारी थी। विशेषकर अब जबकि विश्रवा क्नोसॉस से एक विदेशी स्त्री को पत्नी के रूप में घर लाकर दूसरा विवाह कर चुके थे। "चिन्ता न करें। मैं नहीं बताऊँगा।"

कैकेसी मुस्कुराईं। "धन्यवाद, भैया।"

अरिष्टनेमी उन्हें कोणेश्वरम मन्दिर से जुड़े एक अतिथिगृह में ले गये जहाँ विश्वामित्र ठहरे हुए थे। "पल भर यहीं प्रतीक्षा करें।"

कैकेसी उलझन में पड़ गयीं। "किन्तु..."

"जैसा मैंने कहा वैसा करें," अरिष्टनेमी ने कहा और अन्दर ग़ायब हो गये।

द्वार के बाहर खड़ी कैकेसी के कानों में बातचीत के अंश पड़ रह थे।

"मेरे पास इस सबके लिए समय नहीं है, अरिष्टनेमी। तुम्हें—"

कुम्भकर्ण को साथ खींचते हुए कैकेसी अन्दर चली आईं।

भूमि पर एक भीमकाय, चौड़े वक्ष वाला पुरुष पद्मासन में बैठा था। विश्वामित्र। कैकेसी के अन्दर आने की आहट सुनी तो उन्होंने ऊपर देखा। वो विश्रवा की पत्नी के रूप में उन्हें जानते थे। और अपने पिता के निकटतम परामर्शदाता की पोती के रूप में भी।

उन्होंने अपनी खीज को छुपाने की कोई कोशिश नहीं की। "देखो, कैकेसी, तुम्हारे दादा मेरे पिता की मृत्यु के बाद पर्याप्त समस्याएँ उत्पन्न कर चुके हैं और मैं नहीं— "

विश्वामित्र की निगाह कैकेसी के पास उनका हाथ पकड़े खड़े बालक पर पड़ी तो वो कहते-कहते रुक गये। छह वर्षीय बालक अपनी आयु के लिए बहुत बड़ा था और उसे आसानी से दस वर्ष का कहा जा सकता था। वो असामान्य रूप से बालों से भी भरा था। ऋषि का ध्यान उसके कन्धों और कानों से निकले भद्दे उपांगों पर भी गया, जो स्पष्ट रूप से बता रहे थे कि वो नागा है। केवल कोई ममतामयी माँ ही कुम्भकर्ण जैसे कुरूप बच्चे को सुन्दर कह सकती थी। मगर विश्वामित्र का हृदय बहुत बड़ा था। विशेषकर उन लोगों के प्रति जिन्हें वो वंचित मानते थे। उनका चेहरा मुस्कान में सिकुड़ गया। "कितना प्यारा बालक है।"

कैकेसी ने गर्व भरी आँखों से कुम्भकर्ण को देखा। "सो तो है।"

विश्वामित्र ने बालक को बुलाया। "यहाँ आओ, बालक।"

कुम्भकर्ण घबराकर अपनी माँ का अंगवस्त्र पकड़कर उनके पीछे खिसक गया।

"इसका नाम कुम्भकर्ण है, श्रद्धेय महर्षि," कैकेसी ने सम्मान के साथ कहा।

बच्चे से निगाहें मिलाने के लिए विश्वामित्र एक ओर को झुके। "यहाँ आओ, कुम्भकर्ण।"

कुम्भकर्ण ने शीघ्रता से एक निगाह ऋषि पर डाली। फिर वापस अपनी माँ के पीछे हो गया।

विश्वामित्र हल्के से हँसे। अरिष्टनेमी की ओर मुड़कर उन्होंने एक थाल की ओर संकेत किया। पहले आये श्रद्धावान उनके लिए घर के बने मिष्टान्न लाए थे। अरिष्टनेमी महर्षि के पास वो थाल ले आये।

"मेरे पास लड्डू हैं, कुम्भकर्ण," विश्वामित्र ने मुस्कुराते हुए कहा, और एक लड्डू उठाकर हाथ आगे को बढ़ा दिया।

अपनी मनपसन्द मिठाई का नाम सुनकर कुम्भकर्ण झिझकते हुए सामने आया। उसने अपनी माँ को देखा। उन्होंने मुस्कुराकर हामी भर दी। वो दौड़कर महर्षि के पास गया और लड्डू ले लिया। विश्वामित्र हँस पड़े और उन्होंने स्नेह से कुम्भकर्ण को पकड़कर अपने पास बिठा लिया।

कैकेसी जो अब व्याकुल नहीं रही थीं, बैठे हुए विश्वामित्र के सामने घुटनों के बल बैठ गयीं।

"महान मलयपुत्र," कैकेसी ने कहा, "मैं निवेदन करना चाहती थी... मेरा पुत्र कुम्भकर्ण... यह..."

"हाँ, जानता हूँ। कभी-कभी उपांगों से बहुत रक्त बहता है। यह पीड़ादायक होता है। और अगर नियन्त्रित न किया जाये तो घातक भी हो सकता है," विश्वामित्र ने कैकेसी की आँखों में देखते हुए कहा। प्राचीन काल के महान ऋषियों में किसी व्यक्ति की आँखों में देखने मात्र से उसके विचारों को पढ़ने की शक्ति हुआ करती थी। आधुनिक काल के एक महानतम ऋषि विश्वामित्र में भी यह क्षमता थी।

"आप तो सर्वज्ञाता हैं, गुरुजी। क्या आप इसकी सहायता कर सकते हैं?"

"मैं पूरी तरह तो इसे ठीक नहीं कर सकता। यह असम्भव होगा। मगर मैं रक्तस्राव में कमी ला सकता हूँ। और निश्चय ही इस प्यारे बालक को जीवित रख सकता हूँ।"

कैकेसी की आँखों से राहत के आँसू बह निकले, उन्होंने विश्वामित्र के चरणों पर मस्तक रख दिया। "धन्यवाद, धन्यवाद।"

विश्वामित्र ने कैकेसी के कन्धे को छुआ और उनसे उठने को कहा। "मगर इसे मेरी औषधि प्रतिदिन लेनी होगी। यह कभी रोक नहीं सकता। कभी भी नहीं। अन्यथा मृत्यु निकट आने लगेगी।"

"हाँ, गुरुजी। मैं कभी नहीं—"

"ये दुर्लभ औषधियाँ हैं। और इन्हें हासिल करना दुष्कर है। ये अरिष्टनेमी सुनिश्चित करेंगे कि तुम इन्हें नियमित रूप से प्राप्त करती रहो।

यह ध्यान रखना कि औषधियों को तीव्र प्रकाश और ताप से दूर रखो। और उन्हें ठीक वैसे ही देना जैसे अरिष्टनेमी तुम्हें बताएँ।"

"धन्यवाद। धन्यवाद, गुरुजी। मैं आपका ऋण कैसे उतार पाऊँगी?"

"तुम अपने दादा से कहना कि बरसों पहले उन्होंने जो किया था, उसके लिए मुझसे क्षमा माँगें।"

कैकेसी को समझ नहीं आया क्या कहे। उनके दादा तो नहीं रहे थे। उन्होंने घबराते हुए कहा, "गुरुजी, मेरे दादा जी तो... वो.."

"वो नहीं रहे?" विश्वामित्र ने आश्चर्य से पूछा। "ओह!"

"गुरुजी," कैकेसी ने कहा, उनके गालों पर फिर से आँसू बहने लगे थे।

"भगवान परशु राम के लिए, रोना बन्द करके बात कहो।"

"श्रद्धेय महर्षिजी..."

विश्वामित्र ने कैकेसी की आँखों में झाँका। "किसी और की भी यही स्थिति है?"

कैकेसी ने आँसू पोंछे और बोलीं, "आपसे तो कुछ छिपा नहीं है, गुरुजी। मेरा दूसरा बेटा, रावण... वो भी नागा है।"

विश्वामित्र ने हौले से सांस छोड़ी। उन्हें यहाँ एक अवसर की सूँघ आ रही थी। *रावण भी नागा है?*

"वो... वो एक..."

विश्वामित्र ने बात काटी। "जानता हूँ वो एक तस्कर है।"

कैकेसी ने चिन्तित भाव से पहले अरिष्टनेमी को और फिर विश्वामित्र को देखा। उनके गालों पर आँसू लुढ़क रहे थे। "हमने बहुत कठिन समय देखा है, गुरुजी। उसे... उसने वो किया जो उसे करना पड़ा। वो मेरा बेटा है, गुरुजी... मैं उससे कहूँगी कि छोड़ दे..."

विश्वामित्र मौन बैठे रहे, उनका मस्तिष्क तेज़ी से दौड़ रहा था।

जैसा कि मैंने सुना है, रावण साख बनाता जा रहा है। वो युवा है, मगर अनुयायियों को एकत्र और प्रेरित कर सकता है। सक्षम है। बुद्धिमान है। क्रूर भी है। सामर्थ्यवान योद्धा है। वो मेरा प्रयोजन सिद्ध कर सकता है। वो भारत माता का प्रयोजन सिद्ध कर सकता है।

कैकेसी अभी भी रो रही थीं। "उसकी नाभि के उपांग से रक्तस्राव होने लगा है, मलयपुत्र। इस तरह तो वो मर जायेगा। कृपया उसकी सहायता करें। वो बुरा आदमी नहीं है। परिस्थितियों ने उसे ऐसा बना दिया है।"

अगर उसके उपांग से रक्तस्राव होता है, तो जीवित रहने के लिए उसे हमेशा मेरी औषधियों की आवश्यकता होगी। वो हमेशा मेरे नियन्त्रण में रहेगा। हमेशा।

"दया करें, गुरुजी," कैकेसी फिर से विश्वामित्र के चरणों में गिर गयी थीं। "कृपया हमारी सहायता करें। आप और मैं, दोनों ही कन्नौज के हैं। दया करें। मेरी सहायता करें। मेरे पुत्र की सहायता करें।"

विश्वामित्र मुस्कुराए। "यह कठिन होता होगा। मैं जानता हूँ।"

कैकेसी अभी भी महर्षि के चरणों में पड़ी बेआवाज़ सुबकती रहीं।

विश्वामित्र ने उनके सिर पर दिलासा भरा हाथ रखा। "मैं प्रति माह इन दोनों के लिए औषधियाँ भिजवाता रहूँगा। मैं इन्हें जीवित रखूँगा। तब तक जब तक रख सकता हूँ और रखना होगा," उन्होंने कहा।

कैकेसी और कुम्भकर्ण के जाते ही अरिष्टनेमी विश्वामित्र की ओर मुड़े। वो उलझे हुए से दिख रहे थे।

"गुरुजी," उन्होंने सावधानी से कहा। "मैं समझ नहीं पाया कि आप रावण की सहायता क्यों करना चाहते हैं। कुम्भकर्ण तो बालक है। उसे आपकी सहायता की आवश्यकता है। मगर रावण? मैंने उसकी निर्ममता की कहानियाँ सुनी हैं। उसकी क्रूरता की। और अभी तो वो वयस्क भी नहीं हुआ है। वो तो और दुष्ट ही होता जायेगा।"

विश्वामित्र मुस्कुराए। "हाँ, वो क्रूर है। और तुम सही कहते हो, वो और अधिक दुष्ट ही होगा।"

अरिष्टनेमी और भी ज़्यादा उलझ गये थे। "फिर आप उसकी सहायता क्यों करना चाहते हैं, गुरुजी?"

"अरिष्टनेमी, मलयपुत्र प्रमुख के मेरे काल के दौरान विष्णु का उदय होगा।"

पूर्व विष्णु भगवान परशु राम द्वारा पीछे छोड़ी गयी प्रजाति मलयपुत्रों को दो विशेष कार्य पूरे करने थे। पहला तो जब भी अगले महादेव आएँ तो उनकी सहायता करना। और दूसरा था उचित समय आने पर अपने बीच अगले कल्याणकारी विष्णु को पहचानना।

अरिष्टनेमी हतप्रभ से दिख रहे थे. "गुरुजी, अं... मेरा मतलब आपके निर्णय पर प्रश्न उठाना नहीं है किन्तु मुझे विश्वास नहीं है कि रावण... आप जानते हैं... विष्णु की भूमिका बहुत ही..."

"तुम्हारी बुद्धि फिर गयी है, अरिष्टनेमी? तुम्हें लगता है मैं कभी भी विष्णु की भूमिका के लिए रावण के नाम पर विचार कर सकता हूँ?"

अरिष्टनेमी व्याकुल-सी हँसी हँसे, उन्हें राहत मिली थी। "मुझे पता था कि ऐसा नहीं हो सकता... मैं तो बस..."

"ध्यान से मेरी बात सुनो। अगर सारी परम्पराएँ और होहल्ला हटा दिया जाये तो एक आम भारतीय के लिए विष्णु कौन, या क्या हैं?"

अरिष्टनेमी मौन रहे। उन्हें लग रहा था कि वो जो भी कहेंगे वो ग़लत उत्तर ही होगा।

विश्वामित्र ने समझाया, "विष्णु मूलभूत तौर पर एक नायक हैं। ऐसा नायक जिसका अन्य लोग स्वेच्छा से अनुसरण करते हैं। और वो विष्णु का अनुसरण इसलिए करते हैं क्योंकि वो अपने नायक पर विश्वास करते हैं।"

"मगर इसका रावण से क्या सम्बन्ध है, गुरुजी?"

"कोई भी नायक क्या करता है, अरिष्टनेमी?"

"कोई विशेष कार्य?"

"हाँ, वो भी। और विशेष कार्य के अलावा?"

अरिष्टनेमी मुस्कुराए, मानो अन्तत: वो बात को समझ गये हों। "कोई खलनायक।"

"बिल्कुल। हमें सही खलनायक चाहिए जो हमारे नायक को नायक बनाने का काम करे। केवल तभी लोग नायक को अपने रक्षक, अपने विष्णु के रूप में देखेंगे। और केवल तभी वो उस मार्ग पर विष्णु का अनुसरण करेंगे जो हम तय करेंगे। वो मार्ग जो इस भूमि की महानता को पुनर्जीवित करेगा। वो एक बार फिर दुनिया में इसे इसका यथोचित स्थान दिलायेगा। जो दरिद्रता और भूख को दूर करेगा। अन्याय का अन्त करेगा।

निम्न जातियों, निर्धनों और विकलांगों के दमन का अन्त करेगा। जो वर्तमान भारतीयों को अपने महान पूर्वजों के योग्य बनायेगा।"

"अब मैं समझ गया, गुरुजी," अरिष्टनेमी ने अपना सिर झुकाते हुए कहा। "अगर रावण के बारे में मैंने जो सुना है, वो सही है तो उसमें एक अच्छा खलनायक बनने की सम्भावनाएँ हैं।"

"सटीक खलनायक। क्योंकि वो न केवल विश्वसनीय खलनायक लगेगा, बल्कि हमेशा हमारे नियन्त्रण में भी रहेगा," विश्वामित्र ने कहा।

"हाँ। अगस्त्यकूटम से लायी गयी हमारी औषधियों के बिना वो मर जायेगा।"

अगस्त्यकूटम केरल की पवित्र भूमि में पहाड़ों के भीतर छिपी मलयपुत्रों की गुप्त राजधानी थी।

विश्वामित्र ने सिर हिलाया, मानो मन ही मन अपनी योजना की पुष्टि कर रहे हों। "हम ऊपर उठने में रावण की सहायता करेंगे। और जब सही समय आयेगा, तो हम उसे नष्ट कर देंगे। भारत माता के कल्याण के लिए।"

"भारत माता के कल्याण के लिए," अरिष्टनेमी ने सुर मिलाया।

जैसे ही विश्वामित्र का मन अतीत की ओर लौटा, उनके भाव बदल गये। जब वो दोबारा बोले, तो उनका क्रोध दब नहीं पा रहा था। "वो... वो व्यक्ति अपनी नियति पूरी करने से मुझे रोक नहीं पायेगा।"

अरिष्टनेमी को पता था कि विश्वामित्र किसकी बात कर रहे हैं: अपने बालसखा से घोर शत्रु में बदल गये वशिष्ठ की। मगर उन्हें पता था कि उन्हें प्रतिक्रिया नहीं करनी है। वो मौन खड़े लहर के गुज़रने की प्रतीक्षा करते रहे।

"दादा!" सीढ़ियों से दौड़कर आता कुम्भकर्ण उत्साह से चिल्लाया। अकंपन और मरीच के साथ उसका बड़ा भाई घर में प्रवेश कर रहा था।

पिछले कुछ वर्षों में रावण ने जो प्रचुर लाभ अर्जित किये थे, उन्होंने उस सत्रह वर्षीय युवा को लंका के समृद्धतम व्यापारियों में ला खड़ा किया था। मगर उसकी सफलता ने उसमें बस और पाने की भूख जगा

दी थी। वो अपना अधिकांश समय समुद्र पर कड़ी मेहनत करते बिताता था। परिणामस्वरूप, गोकर्ण को घेरे खड़े पहाड़ों में से एक पर बने अपने नये ठाठदार भवन में उसका आना-जाना दुर्लभ हो गया था। और ये दुर्लभ आगमन उसके आठ वर्षीय भाई कुम्भकर्ण के लिए प्रसन्नता का स्रोत होते थे।

"दादा!" कुम्भकर्ण फिर से चिल्लाया और भवन के केन्द्र में स्थित बड़े से अहाते में दौड़ता हुआ सीधे रावण की ओर भागा। भागते हुए उसका पेट हिल रहा था।

रावण ने हँसते हुए अपने हाथों और बाँहों में लदे उपहारों को फेंक दिया, "धीरे चलो, कुम्भ! अब इन खेलों के लिए तुम बहुत बड़े हो गये हो!"

मगर कुम्भकर्ण तो इतना जोश में था कि उसने कुछ सुना ही नहीं। वो आठ वर्ष का भले ही हो, मगर अभी से पन्द्रह वर्षीय किशोर के बराबर लगता था। उसके कन्धों पर निकली अतिरिक्त बाँहें ज़ोरों से हिल रही थीं, जैसे उत्तेजना में हमेशा हिलती थीं। अपने असामान्य रूप से बालों भरे शरीर के कारण वो छोटे-से भालू जैसा दिखता था।

जैसे ही कुम्भकर्ण कूदकर अपने भाई की बाँहों में चढ़ा, तो उसके झटके से रावण लड़खड़ा गया। कुम्भकर्ण प्रसन्नता से खिलखिलाने लगा।

रावण ने हँसते हुए अपने भाई को झुलाया। कुछ पल के लिए उसकी नाभि में हमेशा रहने वाली पीड़ा लुप्त हो गयी थी।

भूतल के सुदूर छोर पर बनी रसोई से कैकेसी बाहर आईं। उनकी लाल आँखों से स्पष्ट था कि वो रो रही थीं। "रावण।"

रावण ने कुम्भकर्ण को उतारा और उन्हें देखा, उसके चेहरे पर हताशा का भाव आ गया था। नाभि की पीड़ा वापस लौट आयी थी। "क्या हुआ, माँ?"

"कुछ नहीं।"

रावण ने आँखें तरेरीं। "माँ, क्या बात है?"

"अगर तुम्हें पूछना पड़े तो तुम सुपुत्र नहीं हो।"

"ठीक है, तो मैं सुपुत्र नहीं हूँ," रावण ने कहा, हर समय उदास रहने वाली अपनी माँ से वो हमेशा खिंचा-खिंचा रहता था। "मैं बस एक बार और पूछ रहा हूँ। क्या परेशानी है?"

"तुम चार माह बाद घर आये हो, रावण। क्या तुम परिवार के साथ समय बिताना नहीं चाहते? मुझे हमेशा यह माँग क्यों करनी पड़ती है? क्या तुम्हारे लिए धन ही सब कुछ है?"

"मैं अपना सारा समय आपके साथ बिता सकता हूँ और हम झोपड़ी में रह सकते हैं, भूखों मर सकते हैं। या मैं काम कर सकता हूँ और आप सबको सुख-सुविधाओं में रख सकता हूँ। मैं अपना चुनाव कर चुका हूँ।"

मरीच और अकंपन ने असहजता से पहलू बदला। कैकेसी और रावण के बीच ये खीझ भरी बातें आम होती जा रही थीं।

कैकेसी अपने कृतघ्न पुत्र को याद दिलाने ही वाली थीं कि उसके और उसके द्वारा विश्वामित्र के आगे गिड़गिड़ाकर लायी गयी औषधियों के कारण ही वो अभी तक जीवित है। मगर उन्होंने ऐसा नहीं किया। विश्वामित्र के साथ अब रावण का स्वतन्त्र सम्बन्ध था। अब वास्तव में उसे उनकी आवश्यकता नहीं थी।

अपनी कम आयु के बावजूद कुम्भकर्ण अपनी प्रिय माँ और भाई के बीच शान्ति स्थापित करने की भूमिका निभाने लगा था। अब माहौल में तनाव भाँपकर वो बोल उठा। "दादा, आपने वचन दिया था कि मुझे अपना गोपनीय कक्ष दिखायेंगे!"

रावण ने मुस्कुराते हुए अपने छोटे भाई को देखा। "लेकिन तुम्हारे उपहार?"

"मुझे उपहारों में रुचि नहीं है!" कुम्भकर्ण ने कहा। "मुझे तो आपका कक्ष देखना है। आपने वचन दिया था!"

जिस कक्ष को देखने के लिए कुम्भकर्ण इतना उत्सुक था वो रावण के भवन के सबसे ऊपरी तल पर था। सबकी पहुँच से दूर, वो कक्ष हमेशा बन्द रहता था जिसकी एकमात्र चाबी रावण के पास रहती थी। यहाँ तक कि उसकी खिड़कियाँ भी बन्द कर दी गयी थीं। गोकर्ण के अपने संक्षिप्त दौरों पर रावण घंटों इस गुप्त कक्ष में अकेले रहता था। किसी को अन्दर आने की अनुमति नहीं थी। किसी को भी नहीं।

मगर पिछली बार जब वो घर आया था, तो कुम्भकर्ण ने किसी तरह रावण से वचन ले लिया था कि वो उसे अपने कक्ष में आने देगा। अपने अब छोटे नहीं रहे छोटे भाई को रावण लगभग किसी बात के लिए मना नहीं कर सकता था।

कुम्भकर्ण के हाथ को थामते हुए रावण मुस्कुराया। "आओ, कुम्भ। चलते हैं।" जाते-जाते उसने उस स्थान की ओर संकेत किया जहाँ उपहार पड़े थे। "माँ, आपका उपहार भी उनमें कहीं है। ले लो।"

—१०I—

रावण का गुप्त कक्ष कुम्भकर्ण की कल्पना से कहीं अधिक बड़ा था। और अँधकार भरा भी। पिछले कुछ महीनों से कमरे में बैठ गयी धूल उड़ी और उसकी नाक से टकराई तो उसे हल्की-सी खांसी आ गयी।

"यहीं रुको, कुम्भ," रावण ने एक ओर रखी पीठिका पर रखे एक कटोरे में चाबी डालते हुए कहा। हाथ में मशाल लेकर वो कक्ष में लगी दूसरी मशालें जलाते हुए सारे में घूमा। दीवारों पर ताँबे के बड़े-बड़े चमकदार फ़लक लगे थे। कमरे के हर कोने को प्रकाशित करते हुए वो मशालों के प्रकाश को परावर्तित कर रहे थे।

"वाह..." कुम्भकर्ण धीरे से बोला, वो प्रसन्न था कि अब वो अपने भाई के जीवन के उस हिस्से का राज़दार बन गया था जिसे और कोई नहीं जानता था, उनकी माँ भी नहीं। वो मुड़ा और उसने द्वार बन्द करके कुंडा लगा दिया।

"तुम्हें यह पसन्द आया?" रावण ने पूछा।

सारे में घूमते अचम्भित कुम्भकर्ण ने हामी भरी, वो इस सबको आत्मसात कर लेना चाहता था।

एक दीवार के सहारे से भव्य रुद्र वीणा रखी हुई थी। जब भी रावण आता था तो कुम्भकर्ण बन्द द्वार के पीछे से आते इसके दिव्य स्वर को सुनता था। दीवार के साथ ही एक पंक्ति में अन्य वाद्ययन्त्र भी रखे हुए थे—तबला, ढोल, डमरू, तवील, सितार, चिकारा, शहनाई, बांसुरी, चेंडा और भी कई। कुम्भकर्ण ने अपने भाई को ये सब बजाते सुना था।

"वो क्या है, दादा?" कुम्भकर्ण ने एक वाद्य की ओर संकेत करते हुए पूछा, जिसे उसने न पहले कभी देखा था और न ही उसके बारे में पढ़ा था।

वो दो-तारा वाद्ययन्त्र एक स्वर्णमंडित आधार पर रखा हुआ था। उसका चाप एक ओर एक चिमटी से जुड़ा हुआ था।

"इसे मैंने बनाया है। मैं इसे हता कहता हूँ।"

"हता?" कुम्भकर्ण ने पूछा। "इसका क्या अर्थ होता है?"

रावण कुम्भकर्ण के बालों को सहराकर मुस्कुरा दिया और दूसरी ओर देखने लगा। प्राचीन संस्कृत में 'हता' का अर्थ हताशा से त्रस्त व्यक्ति होता था।

"कभी और बताऊँगा," रावण ने कहा, उसकी नाभि की पीड़ा फिर उभरने लगी थी।

"लेकिन अगर आपने इसे बनाया है, तो इसका नाम आपके नाम पर होना चाहिए, दादा!" कुम्भकर्ण ने कहा।

रावण पल भर को विचारमग्न लगा। यह देखते हुए कि वाद्य का दर्द भरा स्वर अक्सर उसे अपनी हताशा की याद दिला देता था, उसके भाई का सुझाव कई तरह से उचित था। "हाँ। सही कहते हो। मैं अब से इसे रावणहता कहूँगा।"

"आप मुझे यह बजाकर सुनायेंगे, दादा?"

"कभी और, कुम्भ। वादा करता हूँ।"

रावण ने यह वाद्य कन्याकुमारी की याद में बनाया था। इसे बजाने से उसे उनकी ही याद हो आती थी।

कुम्भकर्ण आँखें सिकोड़कर दूर की दीवार को देख रहा था। "वो क्या चित्र हैं?"

रावण कुम्भकर्ण का हाथ पकड़ने को बढ़ा। वो उसे कक्ष के बाहर ले जाना चाहता था। वो इसके लिए तैयार नहीं था। अभी नहीं। मगर फिर, किसी वजह से जिसे वो समझ नहीं सका, उसने ख़ुद को रोक लिया। उसने बहुत लम्बे समय तक अपने दर्द को सहा था, एकदम अकेले। उसे अहसास हुआ कि, हृदय के किसी कोने में, वो चाहता था कि कुम्भकर्ण

यह जाने। वो अपने भाई के साथ अपना दर्द बाँटना चाहता था। अपनी आशाएँ बाँटना चाहता था।

रावण की आँखों में बिन बुलाए आँसू भर आये।

कुम्भकर्ण चित्रों की ओर दौड़ गया था।

रावण मौक़े का फ़ायदा उठाकर अपनी आँखें पोंछते हुए धीरे-धीरे उसके पीछे गया। उसने एक गहरी सांस ली। इससे हमेशा सहायता मिलती है।

कुम्भकर्ण सुदूर बाईं ओर लगे चित्र को तक रहा था।

वो एक लड़की का था। जो ग्यारह-बारह वर्ष से अधिक की नहीं थी। गोल चेहरा। गोरी रंगत। ऊँची कपोलास्थियाँ और तीखी, छोटी-सी नाक। चोटी में बँधे लम्बे काले बाल। काली, भेदती-सी, बड़ी-बड़ी आँखें और लगभग सपाट पलकें। उसका तन सौम्यता से लम्बी लाल धोती, अंगिया और अंगवस्त्र से ढका था।

दिव्य। उदासीन। भय उत्पन्न करने वाली।

कुम्भकर्ण को वो देवी माँ-सी लगी।

कुम्भकर्ण ने अपने भाई को देखा। "यह आपने बनाया है, दादा?"

रावण का गला इतना रुँधा हुआ था कि वो कुछ बोल नहीं पाया। उसने सिर हिलाकर हामी भरी।

"कौन है यह?"

रावण ने एक गहरी सांस ली। "यह कन... कन... कन्याकुमारी हैं।"

कुम्भकर्ण ने ध्यान से चित्र को देखा। उसके बाल-नेत्रों को भी तूलिका के हर स्पर्श में समर्पण, पूजा और प्रेम का प्रदर्शन स्पष्ट दिखाई दे रहा था।

उसने फिर से अपने भाई के उदास मुखड़े को, और फिर वापस चित्र को देखा। तभी उसका ध्यान एक दूसरे चित्र पर गया जो कि उस चित्र के दाहिनी ओर लगा था जिसे वो देख रहा था।

यह भी उसी लड़की का था। सब कुछ वैसा ही लग रहा था। अलावा उसके वस्त्रों के रंग के। वो श्वेत थे।

वो अपने भाई की ओर पलटा। "यहाँ ये बड़ी लग रही हैं।"

रावण ने हामी भरी। "हाँ। पूरे एक साल बड़ी।"

धीरे-धीरे, चित्रों को देखते हुए कुम्भकर्ण दीवार के साथ बढ़ता गया। हर चित्र में वही लड़की होती थी, बस थोड़ी-सी बड़ी। उसका वक्ष भर गया था। नितम्बों ने आकार ले लिया था। वो थोड़ी लम्बी भी हो गयी लगती थी।

जब कुम्भकर्ण दसवें चित्र पर पहुँचा, तो रुक गया और देर तक चुप खड़ा रहा। यह शृंखला का अन्तिम चित्र था। लड़की अब स्त्री हो गयी थी। शायद इक्कीस या बाईस बरस की। उसके वस्त्र हल्के बैंगनी रंग के थे : जो दुनिया का सबसे महंगा रंग था और राजपरिवारों द्वारा पसन्द किया जाता था। वो लम्बी थी। लुभावनी। लम्बे बाल। पूर्ण, नारी शरीर। असाधारण रूप से आकर्षक।

उसके सौन्दर्य में कुछ अलौकिक-सा था। उसका मुखड़ा। उसकी आँखें। उसके भाव। वो देवी-सी लग रही थी। देवी माँ।

"क्या ये हर वर्ष आपसे चित्र बनवाती हैं?" कुम्भकर्ण ने असमंजस से पूछा।

रावण ने पहले चित्र की किशोरी की ओर संकेत किया। "यह अन्तिम बार थी जब मैंने उन्हें देखा था।"

"तो आपने इन्हें कैसे बनाया?"

"मैं अपने मन में इन्हें बड़े होते देखता हूँ।"

"आप इनके चित्र क्यों बनाते हैं, दादा?"

"इन्हें देखने से मेरी पीड़ा दूर हो जाती है, कुम्भ..."

"इनका नाम क्या है?"

"मैंने तुम्हें बताया ना।" स्वयं को व्यवस्थित करने के लिए रावण ने अपनी आँखें बन्द कर लीं और गहरी सांस ली। "क... कन्याकुमारी।"

"वो तो बस पदवी है, दादा। इतना तो मैं भी जानता हूँ। कन्याकुमारी तो बहुत सारी हैं। और अब अगर यह वयस्क स्त्री हो गयी हैं तो शायद कन्याकुमारी रही भी नहीं होंगी। इनका असली नाम क्या है?"

"मैं नहीं जानता।"

"ये किस क़बीले की हैं?"

"मैं नहीं जानता।"

"अब ये कहाँ हैं?"

"मैं नहीं जानता।"

कुम्भकर्ण का हृदय भारी हो आया। उसकी आँखों में आँसू आ गये थे। वो रावण के पास आया और उससे लिपट गया। "हम इन्हें ढूँढ़ लेंगे, दादा।"

अब रावण के गालों पर भी आँसू बह रहे थे। उन पर कोई बाँध नहीं रहा था। उसने कसकर अपने भाई को चिपटा लिया। उसकी नाभि की पीड़ा असह्य हो गयी थी।

"हम इन्हें ढूँढ़ लेंगे, दादा, हम ढूँढ़ लेंगे! मैं वचन देता हूँ।"

अध्याय 7

"घर आना अच्छा लग रहा है!" कुम्भकर्ण ने कहा, उसकी अतिरिक्त भुजाएँ धीरे-धीरे हिल रही थीं, जैसे उसके उत्तेजित होने पर हमेशा हिलती थीं। यद्यपि वो अभी केवल दस वर्ष का था, लेकिन उसकी आवाज़ अभी से बदलने लगी थी।

रावण द्वारा अपने छोटे भाई को अपने गुप्त कक्ष में आने की अनुमति दिये हुए दो वर्ष बीत गये थे। अभी वो निकोबार द्वीप की अपनी छोटी-सी यात्रा से वापस आ रहे थे, जो कि दक्षिण-पूर्व एशिया के मार्ग पर एक महत्वपूर्ण बन्दरगाह था। यह कुम्भकर्ण की पहली व्यापारिक यात्रा थी, और रावण सुनिश्चित करना चाहता था कि यह बहुत अधिक लम्बी और असुविधाजनक न हो।

रावण ने गहरी सांस ली। "मुझे घर आना अच्छा नहीं लगता। मुझे समुद्र बेहतर लगता है।"

"मगर घर तो घर होता है, दादा।"

"और माँ माँ हैं... मुझसे उनका हर समय का रोना सहन नहीं होता। लगता है जैसे वो जब चाहें आँसू निकाल सकती हैं, बस मुझे चिढ़ाने के लिए। किसी दिन मैं..."

रावण ने कुम्भकर्ण के चेहरे के भाव बदलते देखे तो बोलते-बोलते रुक गया। वो जानता था कि उसका छोटा भाई भले ही उससे कितना भी प्यार करता हो, मगर माँ के लिए इस तरह की बातें वो पसन्द नहीं करता।

"अच्छा, अच्छा," उसने कुम्भकर्ण के कन्धे को थपथपाते हुए कहा। "तुम जानते हो कि मैं कोई कठोर काम नहीं करूँगा। मगर इस बार उनके आँसुओं से तुम ही निबटना।"

बन्दरगाह के मुहाने पर पहुँचते हुए पोत की गति धीरे-धीरे कम होने लगी थी। दोनों भाई देख रहे थे जबकि मल्लाह अपने तयशुदा स्थान की ओर मुड़ रहे थे। जब वो अपने मार्ग में पड़ने वाले दूसरे पोतों के पास से निकले तो लोग मुड़-मुड़कर अब तक मशहूर हो चुके पोत को देखने लगे जो जेटी पर पहुँचने की तैयारी कर रहा था। गहरे समुद्रों में इसकी चौंधिया देने वाली गति ने रावण को तस्करी की गलाकाटू दुनिया में बहुत भारी प्रतिस्पर्द्धात्मक लाभ प्रदान किया था। अपने तीव्रता से बढ़ते लाभों से वो पाँच पोतों का बेड़ा बना चुका था।

रावण को अहसास था कि लोग उसे देख रहे हैं। उसे लोगों का ध्यान देना अच्छा लगता था। मगर वो सीधे सामने देखता रहा, यह दिखावा करता कि उसने उसे तकती प्रशंसात्मक, और ईर्ष्यालु आँखों को नहीं देखा है। वो दूसरों के सामने आत्मसन्तुष्ट नहीं दिखना चाहता था। यह कमज़ोरी का चिह्न होता। और उन्नीस वर्षीय रावण को अपनी कमज़ोरियाँ दिखाने में विश्वास नहीं था।

व्यापारी-राजकुमार, लोग उसे यही बुलाते थे। उसे यह पसन्द था।

"दादा," कुम्भकर्ण ने रावण को कोहनी मारते हुए उसका ध्यान खींचा।

रावण मुड़ा। बन्दरगाह पर अकंपन उनकी प्रतीक्षा करता खड़ा था, वो स्पष्ट रूप से किसी बात को लेकर उत्तेजित था।

"लगता है छैला बाबू हमारे लिए कोई समाचार लाए हैं," उतरने के लिए तैयार होते रावण ने कहा।

—ꕕ—

"रावण, मुझे रहस्य का पता लग गया है! मुझे पता लग गया है कि..."

"चुप रहो!" रावण ने उसके सिर को थपथपाते हुए गम्भीरता से कहा।

उचित रूप से दंडित दिखते अकंपन ने बोलना बन्द कर दिया।

वो अभी भी बन्दरगाह क्षेत्र में थे, लोगों से घिरे हुए। रावण जानता था कि किसी भी व्यापारिक उद्यम की सफलता विभिन्न पोतों द्वारा लायी जा रही वस्तुओं और उत्पादों और वो किस दिशा में जा रहे हैं, इसके बारे में विश्वसनीय सूचना पर निर्भर करती है। अपने व्यापार की बातों को गोपनीय रखना भी महत्वपूर्ण था।

उसने चलना जारी रखा, उसके अंगरक्षक लोगों को बीच से हटाते हुए उसके लिए रास्ता साफ़ कर रहे थे। अपने बाल ठीक करता अकंपन पीछे रह गया था। रावण द्वारा उसका सिर थपथपाने से कुछ बाल अपने विन्यास से छिटक गये थे। वो अंगोछा लेने के लिए अपने सहायक की ओर मुड़ा, जो साथ ही चल रहा था। थोड़ा-सा सुगन्धित केश तेल उसके हाथों पर आ गया था।

"अब," रावण ने कहा। "बोलना शुरू करो।"

वो रावण के सुसज्जित भवन में उसके निजी कक्ष में थे। रावण उन अनेक सन्देशों को देख रहा था जो उसकी अनुपस्थिति में उसके लिए आये थे। मरीच और अकंपन बड़ी-सी मेज़ के पार उसके सामने बैठे थे। कुम्भकर्ण खिड़की के पास बैठा नींबू पानी पी रहा था।

"क्षमा चाहता हूँ, रावण," अकंपन ने घबराते हुए कहा। "मुझे बन्दरगाह पर बोलना नहीं चाहिए था और यह—"

"हाँ, हाँ," रावण ने बिना ऊपर देखे हाथ हिलाते हुए उसकी बात काटी। "मतलब की बात पर आओ। मेरे पास सारा दिन नहीं है।"

अकंपन आगे को झुका। उसकी आवाज़ की उत्तेजना सुस्पष्ट थी। "मुझे इसका पता लग गया है। मैं जानता हूँ कि क्या रहस्य है।"

रावण ने भोजपत्र की पत्री नीचे रखी और एक क़लम उठा ली। उसे स्याही की दवात में डुबोकर वो उस सन्देश के किनारे पर कोई टिप्पणी लिखने लगा जिसे वो पढ़ रहा था। "तुम जानते हो मुझे पहेलियाँ बुझाना पसन्द नहीं है। स्पष्ट बताओ। तुम्हें क्या पता लगा है?"

"मुझे वो जानकारी मिल गयी है जो हम तलाश रहे थे। राजा त्रिशंकु काश्यप के एक वंशज से।"

रावण ने लिखना बन्द कर दिया। उसने क़लम को उसके स्थान पर रखा, अपनी कुर्सी पर टेक लगाकर बैठा और बोला, "कहते रहो।"

"तुम्हें पता ही है कि त्रिशंकु काश्यप का शव कभी नहीं मिल पाया जब—"

"मुझे त्रिशंकु की सारी कहानी पता है। मुझे इतिहास मत पढ़ाओ। मुद्‌दे पर आओ," रावण भड़का।

त्रिशंकु काश्यप आधुनिक काल में लंका का पहला राजा था। विश्वामित्र की सहायता से उसका राज्य स्थापित हुआ था। मगर समय के साथ, त्रिशंकु की प्रजा उसके हिंसक और स्वार्थपूर्ण रवैये से परेशान हो गयी, और उसे अपदस्थ कर दिया गया। त्रिशंकु का समर्थन करने में अपनी चूक को समझकर विश्वामित्र तक ने जनविद्रोह में सहायता की थी।

मरीच ने वो प्रश्न किया जो सबके मन में था। "तुम्हें रहस्य मिल गया क्या?"

"हां!" अकंपन ने विजयी भाव से कहा।

यह रहस्य रावण के मुख्य पोत से जुड़ा था जो कभी अकंपन का था। अकंपन द्वारा इतने अनुपयुक्त तरीक़े से रखे जाने के बावजूद उस पोत को कभी भी जैव-परिरक्षण का सामना नहीं करना पड़ा और वो दूसरे पोतों से दोगुनी गति से यात्राएँ करता रहा। स्वयं अकंपन भी नहीं जानता था कि वो पोत इतना विशिष्ट क्यों है। उसे बस इतना पता था कि कभी यह पोत त्रिशंकु काश्यप के एक वंशज का था।

"एक विशेष पदार्थ होता है जिसे पीसकर तेल—मेसोपोटेमिया के एक तेल—में मिलाया और हर बीस साल में एक बार पोत के पेटे पर मला जाता है," अकंपन ने कहा। "यह शैवालों और दूसरे समुद्री जीवों को दूर रखता है। बस इतनी-सी बात है।"

रावण आगे को झुका। "और यह विशेष पदार्थ मिलता कहाँ है, अकंपन?"

"यह तुम्हारे मित्रों के पास है। मलयपुत्रों के पास। किसी कारणवश वो इसे गुफा पदार्थ कहते हैं।"

"शायद इसलिए कि उन्हें वो एक गुफा में मिला होगा," रावण ने व्यंग्य से कहा।

"शायद तुम सही कहते हो," अकंपन ने हमेशा की तरह बेध्यानी में कहा।

रावण ने आँखें तरेरीं और मरीच की ओर मुड़ गया। "उनसे भेंट का प्रबन्ध करें। जल्दी।"

—१०I—

"तुम्हें गुफा पदार्थ क्यों चाहिए, रावण?" विश्वामित्र ने पूछा।

विचित्र संयोग से उसी सप्ताह सिगिरिया जाते हुए विश्वामित्र और अरिष्टनेमी गोकर्ण आ पहुँचे थे। रावण बिना समय गँवाए उनसे मिलने पहुँच गया। मगर उसने अकेले जाने का आग्रह किया था। अकंपन, या मरीच तक के बिना।

"उसके साथ व्यापार की मेरी कुछ योजनाएँ हैं, गुरुजी," रावण ने उत्तर दिया, उसका सिर झुका हुआ था। विश्वामित्र के साथ वो हमेशा विनम्र और आदरपूर्ण रहता था।

"क्या तुम हमें अलग करके इसे कुबेर को सीधा बेचना चाहते हो? क्या तुम हमारा लाभ कम करने की योजना बना रहे हो?"

रावण जानता था कि मलयपुत्र गुफा पदार्थ कुबेर को सीधे बेचते हैं। अकंपन ने उसे बताया था कि यह पदार्थ, यह जो कुछ भी है, मनुष्यों के लिए विषैला है। और कि यह परिष्कृत है और इसे पुष्पक विमान के लिए ईंधन में मिश्रण के रूप में प्रयोग किया जाता है, जो कि कुबेर का मशहूर उड़न यान था। ईंधन के मिश्रण में प्रयोग होने वाली अन्य सामग्री भी लगभग इतनी ही महंगी थीं। यह भी एक कारण था कि पुष्पक विमान का प्रयोग बहुत कम ही किया जाता था, और इस प्रकार के और विमान नहीं बनाए गये थे। उन्हें चलाना बहुत ही महंगा पड़ता था।

रावण प्रश्न के लिए तैयार था। उसने निगाह उठाई और नमस्ते में हाथ जोड़ दिये। "नहीं, गुरुजी। शक्तिशाली मलयपुत्रों के साथ क्या मैं कभी ऐसा कुछ कर सकता हूँ? मगर यह भी है कि मुख्य-व्यापारी कुबेर अब आपसे पदार्थ नहीं ले रहे हैं क्योंकि यह बहुत महंगा है। जैसा आप जानते ही हैं, उन्होंने पुष्पक विमान का प्रयोग करना ही बन्द कर दिया है।"

"तो तुम पुष्पक विमान को क्रय करने और स्वयं उसका प्रयोग करने की योजना बना रहे हो?"

रावण का अनुमान था कि मलयपुत्रों को इस बात की जानकारी नहीं है कि गुफा पदार्थ पोतों पर जैव-परिदूषण को रोकने में सहायता करता है अन्यथा वो स्वयं अपने पोतों पर इसका प्रयोग कर रहे होते। अब विश्वामित्र की बात सुनकर उसे इसका यक़ीन हो गया था। अगर सब सही से हुआ तो सबसे द्रुतगामी पोतों का प्रतिस्पर्द्धात्मक लाभ केवल उसके पास ही होगा।

"पुष्पक विमान को किराए पर लेना भी एक विकल्प है, गुरुजी। मुख्य-व्यापारी कुबेर लाभ कमाने के किसी अवसर को नहीं छोड़ते हैं, सही है ना?"

"और तुम पुष्पक विमान का करोगे क्या?"

"ओह, बस ऐसे ही थोड़ी मौज-मस्ती।"

यद्यपि विमान को चलाने की अतिशय लागत के कारण उसे व्यापार के लिए प्रयोग करना घाटे का सौदा होता, मगर रावण की योजना वास्तव में इसका उपयोग करने की थी। अन्तत: उसे हमेशा चौकस रहने वाले मलयपुत्रों को विश्वास दिलाना था कि वो गुफा पदार्थ केवल विमान को उड़ाने के प्रयोजन से ख़रीद रहा है। शायद सम्भावित यात्राओं पर जाने के लिए। या घूमने जाने के लिए भी!

विश्वामित्र ने रावण के मन की थाह लेने की कोशिश में पैनी निगाह से उसे देखा। मगर उनका सामना ठोस दीवार से हुआ। अब तक रावण ने सर्वशक्तिमान ऋषि को अपना मन पढ़ पाने से रोकने की विधि सीख ली थी।

"ठीक है," विश्वामित्र ने कहा। "तुम्हें पाँच लाख स्वर्ण मुद्राएँ प्रति खेप देनी होंगी। और तुम्हें वर्ष में कम से कम तीन खेप लेनी होंगी।"

यह आवश्यकता से बहुत अधिक दाम थे। उससे कहीं अधिक जो कुबेर देता था। और कम से कम क्रय का आग्रह तो कभी देखा-सुना नहीं गया था।

मगर रावण हिचकिचाया नहीं। वो पहले ही अपना हिसाब-किताब लगा चुका था। "मुझे ये दाम स्वीकार हैं, गुरुजी। मुझे पता नहीं है कि मैं

विमान को कितना प्रयोग करूँगा। मैं हर वर्ष तीन खेप लेने का पूरा प्रयास करूँगा। मगर कुछ वर्ष ऐसे भी हो सकते हैं जब मैं ऐसा नहीं कर पाऊँगा। उसके लिए मुझे दंड का भागी मत बनाइयेगा।"

विश्वामित्र ने हामी भरी। "ठीक है।"

उनके पास खड़े अरिष्टनेमी को अपने कानों पर विश्वास नहीं हो रहा था। पाँच लाख स्वर्ण मुद्राएँ प्रति खेप! इतने अधिक धन से तो मलयपुत्र ज़ोरशोर से दैवी अस्त्र की सामग्री की खोज शुरू कर सकते हैं। दैवी अस्त्र व्यापक विनाश के अस्त्र थे जिनके प्रयोग पर पूर्व महादेव भगवान रुद्र ने कठोर प्रतिबन्ध लगा दिया था। उन्होंने विधान बनाया था कि उन्हें भगवान रुद्र की प्रजाति वायुपुत्रों की अनुमति के बिना उपयोग नहीं किया जायेगा। मगर विश्वामित्र की अपनी ही योजनाएँ थीं। वो चाहते थे कि विष्णु का उदय उनके काल में ही हो जाये। इसके लिए, और घटनाक्रम पर नियन्त्रण के लिए उन्हें दैवी अस्त्रों के स्वतन्त्र नियन्त्रण की आवश्यकता थी। रावण के साथ यह सौदा उन्हें इतना धन प्रदान कर देता कि वो दैवी अस्त्रों के निर्माण के लिए आवश्यक सामग्री की खोज करें और उसे हासिल करें। अरिष्टनेमी इस विडम्बना पर मुस्कुराए बिना नहीं रह पाये। समुद्री लुटेरा रावण उन्हें वायुपुत्रों पर निर्भरता से मुक्त करवायेगा।

"बहुत कृपा है, गुरुजी," रावण ने महर्षि के चरणों में झुकते हुए कहा।

"आयुष्मान भव," विश्वामित्र ने रावण को आशीर्वाद दिया।

"समझ नहीं आ रहा यह क्या करना चाह रहा है, गुरुजी," अरिष्टनेमी ने कहा।

"मैं भी उलझन में पड़ गया हूँ," विश्वामित्र ने कहा। "पुष्पक विमान के ईंधन के अतिरिक्त गुफा पदार्थ का एकमात्र उपयोग विष के रूप में ही होता है।"

"हाँ। मगर व्यावहारिक दृष्टिकोण से यह बहुत ही बेकार विष है।"

अरिष्टनेमी सही कह रहे थे। गुफा पदार्थ बहुत धीमे काम करने वाला विष था। कोई प्रभाव पाने के लिए इसे अपने शिकार को कई सप्ताह

तक नियमित रूप से देना पड़ता। और अगर इसे शक्तिशाली विष के रूप में संशोधित किया जाता था तो इससे इतनी तेज़ दुर्गन्ध आती थी कि सारा मक़सद ही ख़त्म कर देती। अभीष्ट शिकार मीलों दूर से इसे सूँघ लेता!

"शायद वो ऐसा एकमात्र व्यक्ति बनना चाहता है जिसके पास उड़नयान है, भले ही इसमें वो कंगाल हो जाये। मैं समझता था कि रावण हमारा प्रयोजन सिद्ध कर सकता है। कि वो योग्य खलनायक बन सकता है। मगर यह तो ऐसा जान पड़ता है कि उसने खोखली शान के आगे हथियार डाल दिये हैं," विश्वामित्र ने निराश दिखते हुए कहा।

"वो अभी भी हमारा प्रयोजन सिद्ध कर सकता है, गुरुजी। इतना सोना पास में होगा तो हम ज़ोरशोर से दैवी अस्त्र की सामग्री की अपनी खोज शुरू कर सकते हैं।"

"सच है। मगर गुफा पदार्थ लाना भी तो कठिन है।"

"कृपया आप इसकी चिन्ता न करें, गुरुजी," अरिष्टनेमी ने कहा। "मैं सुनिश्चित करूँगा कि हमें जितना पदार्थ चाहिए वो मिल जाये।"

—⁂—

"रावण, तुम पागल हो गये हो क्या?" मरीच ने छूटते ही कहा। मगर भानजे की कड़ी निगाह ने उसे नियन्त्रण में रहने और अपने सुर को नीचा करने के लिए विवश कर दिया। "मेरी बात सुनो, रावण, आज हमारे पास जो कुछ भी है, उसे बनाने के लिए हमने बहुत मेहनत की है... तुमने बहुत मेहनत की है। प्रति खेप पाँच लाख स्वर्ण मुद्राएँ बहुत अधिक हैं। हम कभी नहीं—"

"मेरे आंकड़े कभी ग़लत नहीं होते। मेरी गणना है कि अगर हम जल्दी से जल्दी दो सौ पोतों का बेड़ा तैयार कर लें और उन्हें लगातार मुख्य व्यापारिक मार्गों—मसाले, कपास, हाथी दांत, धातु और हीरों—पर चलाएँ तो तीन वर्ष में अपना निवेश वसूल कर लेंगे। उसके बाद तो बस विशुद्ध लाभ है।"

"दो सौ पोत? रावण, मुझे तुम्हारा आत्मविश्वास पसन्द है, और तुम्हारी दूरदृष्टि में हमेशा मेरी आस्था रही है। मगर इस तरह का परिमाण तो अकल्पनीय है। और अप्रबन्धनीय भी। बहुत अधिक जोखिम है।"

"इसके विपरीत, परिमाण बढ़ने से हमारा जोखिम कम होगा।"

"किन्तु, रावण, कभी किसी व्यापारी के पास दो सौ पोतों का बेड़ा नहीं रहा। यह अनसुना है!"

"वो इसलिए कि इससे पहले कभी रावण नाम को कोई व्यापारी नहीं हुआ।"

अकंपन ने बीच में पड़ने की कोशिश की। "तुम्हें विश्वास है कि हम मलयपुत्रों से और मोलभाव नहीं कर सकते? गुरु विश्वामित्र और उनके अनुयायी बहुत ही साधारण जीवन जीते हैं। मुझे समझ नहीं आता कि उन्हें इतना धन किसलिए चाहिए। हो सकता है अभी भी मोलभाव की कुछ गुंजाइश हो..."

"मैं जिस सौदे पर हस्ताक्षर कर चुका हूँ, उससे पीछे नहीं हटूँगा," रावण ने दृढ़ता से कहा।

"तो फिर हम धीरे-धीरे विस्तार कर सकते हैं शायद? जैसे, बीस पोतों से शुरू करें। इसके लिए गुफा पदार्थ की एक खेप पर्याप्त होगी। हम देखेंगे कि यह कैसा काम करता है और—"

रावण ने बात काट दी। "नहीं। हम दो सौ से ही शुरू करेंगे।"

"मगर, रावण," अकंपन ने व्याकुलता से अपनी ढेरों अँगूठियों को घुमाते हुए कहा। "दो सौ पोत बनाने का मतलब है कि हमें दस खेपें चाहिए होंगी। इसका मतलब है कि हमें पचास लाख स्वर्ण मुद्राएँ देनी होंगी।"

"सही है।"

"रावण, मेरी बात सुनो," मरीच ने कहा। "पाँच लाख स्वर्ण मुद्राएँ ही सप्त सिन्धु के अधिकांश राज्यों के वार्षिक राजस्व से अधिक हैं। इतना धन पाने के लिए हमें वो सब कुछ गिरवी रखना होगा जो हमने अर्जित किया है।"

"तो हम यही करेंगे।"

"दादा," कुम्भकर्ण बीच में बोला।

रावण छोटे भाई की ओर मुड़ा। "हाँ?"

"मेरे पास एक योजना है।"

"क्या?"

"लोग मेरे सामने आराम से बातें करते हैं क्योंकि उन्हें लगता है कि मैं बालक भर हूँ और—"

"कृपया जल्दी काम की बात पर आओ, कुम्भकर्ण। तुम्हें पता है कि रावण को टेढे-मेढ़े उत्तर पसन्द नहीं हैं," अकंपन बीच में बोल पड़ा। उसने पुष्टि के लिए रावण को देखा, मगर क्रुद्ध दृष्टि पाकर सिमटकर रह गया। कुम्भकर्ण के लिए रावण के पास दुनिया का सारा समय था।

"हमें धन उधार लेने की आवश्यकता नहीं है," कुम्भकर्ण ने शान्त भाव से कहा। "हम उसे चुरा सकते हैं।"

रावण ने सिर हिलाया। "अच्छी योजना नहीं है। पचास लाख हासिल करने के लिए हमें बहुत अधिक लक्ष्यों को निशाना बनाना होगा। और हर बार चोरी करते ही जोखिम बढ़ जायेगा।"

"ऐसा नहीं होगा, दादा। हमें बस एक बड़े लक्ष्य को निशाना बनाना होगा।"

"हम राजकोशों को नहीं लूट सकते, कुम्भकर्ण। उन पर बहुत कड़ी सुरक्षा होती है।"

"मैं किसी राजकोश की बात नहीं कर रहा हूँ।"

"तो क्या भारत में किसी राजा के अलावा भी कोई है जिसके पास पचास लाख स्वर्ण मुद्राएँ हों?" रावण ने उत्सुक होते हुए एक भृकुटि चढ़ाई।

"चिल्का का प्रान्तपाल क्रकचबाहु।"

मरीच के गले में इलायची के दूध का फन्दा लगते-लगते बचा। "क्रकचबाहु? हम उसे कैसे लूट सकते हैं? कलिंग के सारे बेड़े हमारे पीछे लग जायेंगे। हिन्द महासागर में कहीं हमें सिर छुपाने का स्थान नहीं मिलेगा।"

"मगर, मामा," कुम्भकर्ण ने विनम्रता से कहा, "यह धन वो है जो क्रकचबाहु ने कलिंग के राजा से चुराया है। वो बरसों से राजस्व शुल्क में से पैसा मारता आ रहा है। इस धन को वो अपने महल में एक भूमिगत तिजोरी में छिपाकर रखता है। वो यह कभी नहीं स्वीकार कर पायेगा कि यह धन उसके पास था भी। किसी चोर की चोरी करने में यही तो मज़ा है; वो शिकायत ही नहीं कर सकता।"

"हम्म्म..." रावण की आँखें चमकने लगीं।

"मैंने यह भी सुना है कि उसकी बहुत सारी सम्पत्ति सुविधाजनक रूप से अनमोल हीरे-जवाहरात के रूप में है। छोटे, हल्के, और चुराने में आसान। और उन्हें बहुत आसानी से हिन्द महासागर के किसी भी बन्दरगाह पर स्वर्ण में बदला जा सकता है।"

चेहरे पर गर्व भरी मुस्कान लिए रावण मरीच और अकंपन की ओर मुड़ा। "भाई किसका है!"

"किन्तु, रावण," अकंपन ने कहा, "हम ऐसे ही तो क्रकचबाहु के महल में नहीं घुस सकते। वो भारत के सबसे अधिक रक्षित आवासों में से है। और अधिकांश पहरेदार उसके अपने देश नाहर के हैं।"

मरीच ने अकंपन को जवाब दिया, जो अब इस योजना को लेकर जोश में आने लगा था। "हाँ, मगर महल के रक्षकों का प्रमुख प्रहस्त है।"

यह नाम सुनते ही रावण मुस्कुराने लगा। "वो तो मेरा ऋणी है।"

"बिल्कुल," मरीच ने कहा। "तुमने एक बार उसकी जान बचाई थी। और वो हमेशा से तुम्हारे साथ काम करना चाहता है। यह सच कि वो लालची और निर्मम है, उसे इस काम के लिए एकदम उपयुक्त बनाता है।"

"तो फिर तैयारी शुरू करते हैं। एक माह में हम चिल्का की ओर कूच करेंगे।"

अध्याय 8

"योजना तो अच्छी लगती है, दादा," कुम्भकर्ण ने कहा।

कुम्भकर्ण द्वारा क्रकचबाहु का ख़ज़ाना लूटने का सुझाव दिये हुए दो सप्ताह हो गये थे। देर शाम गये दोनों भाई अपनी रणनीति की समीक्षा करने के लिए लकड़ी के फ़लक मढ़े रावण के निजी पुस्तकालय में बैठे थे जिसमें सहस्त्रों पांडुलिपियों का संग्रह था।

ज्ञान का भारत में बहुत महत्व था। घरों में पांडुलिपियों के छोटे-छोटे संग्रह होना असामान्य बात नहीं थी, हाँ, बड़े, अच्छे संग्रह वाले पुस्तकालय केवल विश्वविद्यालयों और मन्दिरों में ही होते थे। कहा जाता था, और यथोचित विश्वास के साथ, कि किसी व्यक्ति के निजी संग्रह में रावण से अधिक पांडुलिपि नहीं होंगी। और तो और, उसने वास्तव में इनमें से अधिकांश को पढ़ा भी था।

"मैंने बनाई है," रावण ने कहा। "निस्सन्देह यह अच्छी है!"

"हो सकता है, मगर हमारा लक्ष्य तो मैंने सुझाया था!"

"ठीक है, ठीक है," रावण ने हँसते हुए कहा। "तुम सब बातों के राजा हो, कुम्भ।"

कुम्भ ने नाटकीय ढंग से सिर झुकाया और हँसने लगा। "मैं कुछ अच्छा-सा पढ़ना चाहता हूँ, दादा। आप कुछ सलाह देंगे?"

रावण ने अपने विशाल पुस्तकालय में नज़र घुमाई। अपनी पांडुलिपियों को लेकर वो बहुत रक्षात्मक था। वो किसी को उन्हें लेने की

अनुमति नहीं देता था। अलावा कुम्भकर्ण के। ऐसी शायद ही कोई चीज़ होगी जिसके लिए वो कुम्भकर्ण को मना करता होगा। "क्यों न इसके बदले मैं तुम्हें एक कविता सुनाऊँ?"

"कविता?"

"हाँ।"

"किसकी लिखी?"

रावण मौन रहा। वो लगभग लज्जित-सा लग रहा था।

कुम्भकर्ण ने अपनी भौंहें उठाईं। "आपकी लिखी, दादा?"

"हाँ।"

"हे माँ सरस्वती, यह चमत्कार कैसे हो गया? मुझे तो पता ही नहीं था कि आप कविताएँ लिखते हैं!"

"अब तुम चुप रहकर सुनोगे भी?"

"बिल्कुल!"

रावण ने एक पत्रक उठाया, वो घबराया-सा भी था और उत्तेजित भी। उसने अपना गला साफ़ किया, फिर बोला, "इसका शीर्षक है 'सूर्य एवं पृथ्वी का प्रेम गीत'।"

"क्या बात है! मुझे तो यह भाने लगी।"

"चुप रहो और सुनो, कुम्भ।"

"क्षमा करो, मैं गम्भीर होने की कोशिश करूँगा। वैसे भी कविता कहना कोई हँसी-ठिठोली नहीं है," कुम्भकर्ण शरारत से मुस्कुराया।

"यह कविता के साथ-साथ कहानी भी है। अब सुनो:

"सूर्य एवं पृथ्वी का प्रेम गीत

घटाएँ दौड़कर गयीं पर्वत की ओर..."

कुम्भकर्ण ने टाँग अड़ाई। "अब वहाँ घटाएँ और पर्वत क्या कर रहे हैं? मुझे तो लगा था कि यह सूर्य और पृथ्वी के बारे में है।"

रावण ने कुम्भकर्ण को घूरा, जिसने तुरन्त क्षमायाचना में हाथ जोड़ दिये थे।

"अब बीच में मत बोलना, बताए दे रहा हूँ," रावण ने कहा। उसने एक गहरी सांस लेकर फिर से सुनाना शुरू किया।

सूर्य एवं पृथ्वी का प्रेम गीत

घटाएँ दौड़कर जाती हैं पर्वत की ओर,
स्नेह से भर लेती हैं उसे बाँहों में,
झगड़ती हैं उसका ध्यान पाने को,
उचककर चूम लेती हैं उसके अधर को।
घटाओं को लगता है पर्वत है उन पर मोहित
कि वो खड़ा है इतना ऊँचा ताकि जाने न दे उनको
कि वो असहजता से खड़ा रहता है निश्चल, ऋषियों की-सी शान्ति से,
क्योंकि प्रतीक्षा करता है प्रति वर्ष वो उनकी वापसी की।
नहीं है कोई सन्देह उनके मन में :
कि पर्वत को प्रेम है उनसे।

दुखद है कि वो न जानेंगी कभी,
कि पर्वत को नहीं है उनकी परवाह क़तई,
उसे चाहिए तो बस उनकी पोषणदायी वर्षा,
वो उचकाता नहीं है चूमने को उन्हें,
वो तो ये करता है उन्हें तोड़ने और अपना अभीष्ट पाने को
और जब तक वो यह समझ पाती हैं,
बहुत देर हो जाती है।

यह दुखद है कि नहीं बचती कोई घटा चेताने को दूसरों को।

नदी दौड़ती जाती है समुद्र की ओर,
उसका मन कहता है कि यही है नियति उसकी।
वो बड़ी हुई है सुन-सुनकर प्रेमकहानियाँ,
कहानियाँ अँधे और तर्कहीन जुनून की,

और इतनी हड़बड़ी में है वो मिलने को
अपने पिया से, ठहरती भी नहीं सोचने को।
मगर जब वो देखती है समुद्र को,
उसकी विशालता, गहराई और शक्ति को,
तो झिझक जाती है, भटक जाती है इधर-उधर।
मगर जीत जाता है प्रेम में पगा उसका मन
और वो ख़ुशी से समा जाती है उसकी बाँहों में।

दुखद है कि वो न जानेगी कभी
कि सागर को नहीं है प्रेम उससे क़तई,
कि वो तो खोया हुआ है इतना अपनी विशालता में
कि नदी को देखता भी नहीं।
कि उसके प्रेमपूर्ण आलिंगन नहीं बदल पाते समुद्र को,
कि जो जल वो पाती है समुद्र से उपहार में
वो तो असल में उसे दिया है परोपकारी सूर्य ने।

यह दुखद है कि जब तक नदी जान पाती है सच,
वो खो चुकी होती है अपनी पहचान तलक।

और फिर है यह पृथ्वी
अन्यों से अलग, यह सोचती अधिक और महसूस करती है कम,
उसका मस्तिष्क उसके हृदय से अधिक शक्तिशाली है,
वो देखती है सूर्य को,
प्रकाशमान और ओजस्वी, एकाकी और भव्य,
कितना कुछ है पास उसके मगर उड़ा देता है वो सब कैसे।
पृथ्वी मगर है चतुर,
वो उठा लेती है सूर्य की व्यर्थ फेंकी ऊर्जा,
पोसती है स्वयं को और बढ़ती है

चरित्र से, मस्तिष्क से, तन और मन से।
इठलाती है वो अपनी ही चतुराई पर
और हासिल किया है जो उसने अपने जीवन में।
वो डरती है सूर्य से और उसकी अथाह ऊर्जा से,
और खीझती है जैसे वो भोगता है ईश्वर प्रदत्त अपनी भेंटों को।

दुखद है कि वो न जानेगी कभी
कि जा सकता था सूर्य
मगर फिर भी खड़ा रहता है तन्हा, ताकि दे सके सर्वस्व पृथ्वी को।
जलता है स्वयं, ताकि पा सके वो लाभ इसका,
चाहता है कि आये निकट, मगर जानता है कि आ नहीं सकता,
वो जानता है कि उसका प्रेम है इतना विकट कि जला देगा पृथ्वी को,
इसलिए खड़ा रहता है वो दूर, और सराहता है अपनी प्रिया को।

यह दुखद है कि नहीं है कोई जो बताए पृथ्वी को
बताए उसे कि कितना चाहता है सूर्य उसको।

रावण ने पत्रक रख दिया और अपने भाई की प्रतिक्रिया की प्रतीक्षा करने लगा।

कुम्भकर्ण विचारमग्न दिख रहा था।

"दादा, बहुत सशक्त थी यह," पल भर बाद उसने कहा।

रावण मुस्कुराया। "तुम्हें अच्छी लगी?"

"मैं तो मर मिटा! मेरा विश्वास करें, दादा, एक समय आयेगा जब महादेव और विष्णु भी इस कविता को उद्धृत करेंगे!"

रावण हँसने लगा। "तुम निश्चय ही मुझसे बहुत प्रेम करते हो, नन्हे भाई..."

"वो तो करता हूँ! मगर सच में, दादा, आप संगीत बजा सकते हैं, गाते हैं, कविता लिखते हैं, आप योद्धा हैं, आप समृद्ध हैं, आप विद्वान हैं, आप अत्यन्त बुद्धिमान हैं। इतनी बड़ी दुनिया में आपके समान कोई नहीं है!"

रावण ने गर्व से सीना फुला लिया। "बिल्कुल सही। मेरे समान कोई नहीं है!"

दोनों हँस पड़े।

क्रकचबाहु को लूटने का निर्णय लिए हुए एक माह बीत गया था। रावण और उसके दल को अगले दिन गोकर्ण बन्दरगाह से यात्रा प्रारम्भ करनी थी। उस गति को देखते हुए जिससे उनका पोत चलता, उन्हें कुछ ही दिन में चिल्का पहुँच जाने की आशा थी। अकंपन, मरीच और सौ सैनिक उनके साथ जा रहे थे। कुम्भकर्ण ने भी साथ चलने का आग्रह किया था, और उसे रोकने की कुछेक नाकाम कोशिशों के बाद रावण ने हार मान ली।

मरीच और अकंपन पहले ही प्रहस्त से समझौता कर चुके थे। वो क्रकचबाहु की सम्पत्ति चुराने में रावण की सहायता करता, और फिर उनके साथ ही चिल्का को छोड़ देता। सबसे मौक़े की बात यह थी कि क्रकचबाहु हाल ही में अपने स्वदेश नाहर गया था जो दजला और फ़िरात के बीच स्थित था। चिल्का से आधी दुनिया दूर।

प्रस्तावित लूट से पहले वाली रात को रावण ने अपनी मुँहलगी वेश्या डडिमिकली के पास जाने का निर्णय लिया, जो गोकर्ण के सबसे उत्कृष्ट वेश्यालय की सबसे महंगी वेश्या थी। रावण को केवल सर्वश्रेष्ठ ही चलेगा!

वो पलंग पर लेटा हुआ था, एक चादर उसकी कमर तक पड़ी हुई थी। डडिमिकली पेट के बल लेटी थी, उसका सिर रावण की जंघाओं पर रखा था। एकदम निर्वस्त्र। वो लचीली और कमनीय काया की थी, जिसके उभार सभी सही जगहों पर थे।

"मुझे नहीं लगता कल मैं ठीक से चल भी पाऊँगी," वो खिलखिलायी। वो रावण की ओर मुड़ी और ऊपर आयी। "मगर लगता है कि तुम तो और के लिए तैयार हो गये हो।"

रावण ने अपनी बाँहें फैलायीं और पोर चटकाए। "मुझे नहीं लगता तुम इसे ले सकोगी।"

डडिमिकली ने प्यार से उसके चेहरे को देखा। "तुम जानते हो कि मैं तुमसे कुछ भी ले सकती हूँ।"

रावण परे देखने लगा। ऊबा हुआ-सा। डडिमिकली का प्रेम लगातार चापलूसी भरा होता जा रहा था। उसका मन उस कुत्ते की ओर भटक गया जिसे कुछ महीने पहले उसने मार डाला था। वो जो हर समय उसके पीछे फिरता रहता था।

खजैला, दयनीय दिखने वाला जीव। घिनौना। उसे उसके कष्ट से छुटकारा दिलाना आवश्यक था।

"रावण?"

रावण ने उत्तर नहीं दिया। वो अपनी सांसों पर ध्यान केन्द्रित कर रहा था। लम्बे समय से सोया पड़ा एक पशु धीरे-धीरे उसके अन्दर कसमसाने लगा था।

"रावण," डडिमिकली हौले से बोली। "मुझे लगता मैं तुमसे प्रेम करती हूँ।"

रावण को महसूस हुआ कि उसके अन्दर का पशु जाग गया है।

डडिमिकली थोड़ा-सा उठी और उसने अपने नग्न वक्ष उससे सटा दिये। उसकी आँखों से प्रेम टपक रहा था। "तुम्हें मुझे बताने की आवश्यकता नहीं है कि तुम भी मुझसे प्रेम करते हो। मैं समझती हूँ। मैं बस यह चाहती हूँ कि तुम जान लो कि मैं तुमसे प्रेम करती हूँ।"

"तुम तक क्या रही हो?" रावण ग़ुर्राया।वो जानता था कि उसकी सांवली त्वचा अधिकांश स्त्रियों को आकर्षक लगती है। मगर उसके चेहरे के चेचक के निशान हमेशा उसे असहज कर देते थे। वो दाढ़ी-मूँछ बढ़ा रहा था ताकि अधिकाधिक निशानों को छिपा सके।

डडिमिकली उसे तकती रही। "मैं देख रही हूँ तुम्हारा सुन्दर मुखड़ा..."

वो निकट आयी, उसने अपने होंठ गोल कर लिए थे चुम्बन के लिए। रावण ने उसे बालों से पकड़ा और उसके सिर को पीछे खींच दिया।

"तू मेरे चेहरे के किस हिस्से को देख रही थी?" उसने पूछा।

डडिमिकली जानती थी कि कभी-कभी रावण को उग्रता अच्छी लगती थी। वो सिर के पीछे हाथ बाँधकर पलंग पर लेटी रही। पूरी तरह समर्पण करते हुए। "मैं तुम्हारी दासी हूँ। तुम मेरे साथ जो चाहे करो।"

रावण को इच्छा ने वश में कर लिया था। इच्छा यह जानने की कि डडिमिकली के चेहरे की सुन्दर त्वचा को उतारना और उसके नीचे मौजूद गुलाबी मांस को देखना कैसा लगेगा। उसे धीरे-धीरे काटना। ऊतकों और धमनियों को कतरना। अस्थियों तक पहुँचना। अस्थियों को काटना। उत्तेजना से उसे अपनी सांसें तेज़ होती महसूस हुईं। उसके अन्दर का पशु अब दहाड़ने लगा था।

रावण की उत्तेजना से बेख़बर डडिमिकली एक बार फिर उसके निकट खिसकी। उसने धीरे से रावण को चूमा। स्वयं को अर्पित करते हुए। अधीनतापूर्वक।

रावण ने उसके होंठों को काट लिया। ज़ोर से। रक्त निकालते हुए। वो चीख़ी नहीं। शान्त रही। रावण के कुछ और करने की प्रतीक्षा करती।

रावण की सांसें तेज़ हो गयी थीं। उसका शरीर माँग कर रहा था कि जो उसने शुरू किया है उसे समाप्त भी करे। वो मदहोश-सा हो रहा था। फिर उसके मन के किसी गहरे कोने से उसे एक कोमल आवाज़ सुनाई दी।

दादा...

कुम्भकर्ण की आवाज़। मासूमियत से भरी। और भय से भी।

नहीं। इसे नहीं। मैं यहाँ इसे शान्त नहीं रख सकता। कुम्भकर्ण जान लेगा...

लेकिन उसके अन्दर का पशु और ज़ोर से ग़ुर्राया।

इसे शान्त रखने के लिए मेरे पास धन है।

उसने डडिमिकली की विश्वास से भरी आँखों को देखा। उसके सिकुड़े होंठों को। उसके ऊपर-नीचे गिरते वक्ष को।

इसे यह चाहिए। यह इसकी माँग कर रही है। यह दयनीय है। घिनौनी। इसे इसके कष्ट से मुक्ति दिलानी होगी।

उसने अपनी बाँहें उसके गिर्द कस दीं। उसे दबाते हुए। वो हौले से कुनमुनाई। मगर शिकायत नहीं की।

"मैं तुम्हारी हूँ। तुम जो करना चाहते हो कर लो..."

अचानक रावण ने अपने मन में एक चिर-परिचित, शान्त आवाज़ सुनी।

तुम इससे बेहतर कर सकते हो।

कन्याकुमारी की आवाज़। जीवित देवी की आवाज़।

उसकी नाभि फड़कने लगी, पीड़ा बढ़ गयी थी।

रावण ने डडिमिकली को एक ओर धकेला, और कूदकर पलंग से बाहर आ गया। डडिमिकली ने उसे रोकने की कोशिश में उसकी ओर हाथ बढ़ाया। "क्या हुआ? मैंने क्या कह दिया?"

"मुझसे दूर हटो!" वो फुफकारा।

डडिमिकली की आँखें भर आयीं। "मुझे छोड़कर मत जाओ... कृपा करो..."

रावण मुड़ा और उसके चेहरे पर ज़ोरदार थप्पड़ जड़ दिया। बर्बरता से। वो पलंग पर गिर गयी तो उसने अपने वस्त्र उठाए और आँधी-तूफ़ान की तरह कक्ष से निकल गया।

रावण और कुम्भकर्ण पोत के ऊपरी तल पर खड़े हुए सुन्दर दृश्य को सराह रहे थे। उन्होंने अभी-अभी चिल्का झील में प्रवेश किया था। मरीच और अकंपन निचले तल पर थे, और झील के बीचोंबीच स्थित एक छोटे से द्वीप नलबण की ओर बढ़ते पोत की प्रगति का निरीक्षण कर रहे थे।

पूरा द्वीप क्रकचबाहु के उपयोग के लिए आरक्षित था। द्वीप के बीच में एक पहाड़ी के शिखर पर उसका महल था। वो पहाड़ी मानव-निर्मित थी, जिसे चिल्का झील से निकाली गयी मिट्टी से बनाया गया था ताकि झील का पानी गहरा हो जाये और उसमें बड़े पोत आ सकें। महल के आसपास की अधिकांश भूमि को अनछुआ छोड़ दिया गया था। जंगली और हरी-भरी। नलबण जैविक-गर्म स्थल भी था जहाँ शीत प्रवासन के दौरान भारी संख्या में विभिन्न प्रजाति के पक्षी आते हैं।

क्रकचबाहु को अपने काम के प्रति समर्पित एक साधारण आदमी के रूप में देखा जाता था। प्रकृति माँ के प्रति उसका स्पष्ट आदर और प्रान्तपाल के साधारण से महल ने कलिंग के राजा के सामने उसका मुखौटा

बनाए रखा था और उसके भ्रष्टाचार पर पर्दा डाले रखा था। सच तो यह था कि वो कलिंग के राजस्व से लूटा अपना अवैध धन लेकर शीघ्र ही यहाँ से जाने की योजना बना रहा था। उसने पर्याप्त धन जमा कर लिया था और उसका इरादा था कि इस धन से एक सेना बनाकर नाहर को जीतेगा। उसकी दीर्घावधि की योजना अपने देश पर राज करने की थी।

मगर वो यह नहीं जानता था कि लंका का एक नया-नवेला व्यापारी उसकी योजना को चौपट कर देने वाला है।

"तुम्हें मेरे निर्देश याद हैं ना?" रावण ने अपने भाई से पूछा।

"याद हैं, दादा, मगर मैं आपके साथ नहीं चल सकता?"

"नहीं, तुम नहीं चल सकते। हम इस पर पहले ही बात कर चुके हैं। अब मेरे निर्देश दोहराओ।"

"हम द्वीप की सहायक जेटी पर जायेंगे और थाईलैंड के व्यापारिक पोत के रूप में अपना बीजक देंगे। आप सब रीते सन्दूक़ लेकर जायेंगे जिन्हें क्रकचबाहु के स्वर्ण और अनमोल हीरे-जवाहरात से भरेंगे। फिर आप उन्हें वापस पोत पर ले आयेंगे।"

रावण हँसा और उसने कुम्भकर्ण के बाल सहरा दिये। "कुम्भ, यह तो मुझे करना है। मुझे वो बताओ जो तुम्हें करना होगा।"

"ओह, वो, हाँ... तो, मैं जेटी पर आपकी प्रतीक्षा करूँगा। अगर मुझे संकट का कोई चिह्न दिखेगा, तो मैं पोत का भोंपू बजा दूँगा और पोत लेकर यहाँ से निकल लूँगा। मैं द्वीप के दूसरी ओर मुख्य जेटी पर आपकी प्रतीक्षा करूँगा। और आप लोग मुझे वहाँ मिलेंगे।"

कुछ माह पहले जब एक जलयान अपने परिचालनतन्त्र का नियन्त्रण खोकर मुख्य जेटी से टकरा गया था तो वो क्षतिग्रस्त हो गयी थी। उसकी मरम्मत का काम चल रहा था और सारे यातायात को सहायक जेटी पर भेजा जा रहा था।

"ये सही है। तो मैं यहाँ तुम्हारे साथ कुछ आदमियों को छोड़कर जा रहा हूँ। लेकिन अगर कोई संकट आये तो तुम अनावश्यक रूप से कोई बहादुरी नहीं दिखाओगे। तुम पोत लेकर चले जाओगे और क्षतिग्रस्त मुख्य जेटी पर मुझे मिलोगे।"

"हाँ, दादा।"

रावण कुम्भकर्ण के निकट झुका। "वचन दो कि तुम पोत लेकर चले जाओगे और कोई मूर्खता नहीं करोगे।"

"मैंने क्या कभी आपके निर्देशों की अवज्ञा की है, दादा?" कुम्भकर्ण ने आहत दिखते हुए पूछा।

"अक्सर," रावण ने उपहास करते हुए कहा। "चलो, वचन दो। भगवान रुद्र की शपथ लो।"

"दादा! मैं इतनी लापरवाही से भगवान रुद्र की शपथ नहीं ले सकता।"

"शपथ लो!"

"ठीक है! मैं भगवान रुद्र की शपथ लेता हूँ। संकट का पहला संकेत मिलते ही मैं पोत लेकर चला जाऊँगा और मुख्य जेटी पर आपकी प्रतीक्षा करूँगा।"

"शाबाश।"

"महान इन्द्र देव की सौगन्ध!" रावण ने निष्कलंक गुलाबी हीरे को अपने हाथ में पलटते हुए आश्चर्य से कहा। "विश्वास करना मुश्किल है कि यह छोटा-सा पत्थर चार लाख स्वर्ण मुद्रा का होगा।"

हीरे का रंग ही महत्वपूर्ण रूप से उसका मूल्य निर्धारित करता है। अगर किसी श्वेत हीरे से पीली आभा निकले तो उसका दाम कम हो जाता है। अगर गुलाबी आभा निकले, जो कि बहुत दुर्लभ होता है, तो उसके दाम बहुत बढ़ जाते हैं।

उस अनमोल हीरे को सराहने के लिए मरीच निकट चला आया था। "इसे तो किसी भी दृष्टि से छोटा नहीं कहा जा सकता, रावण। मैंने आज तक इतना बड़ा हीरा नहीं देखा है।"

घबराया-सा चारों ओर देखता अकंपन एक ओर खड़ा रहा।

"ऐसा नहीं लगता जैसे अन्दर इसका रक्त बह रहा हो?" सम्मोहित से रावण ने पूछा। "हैरानी हो रही है कि इसने यह गुलाबी आभा पायी कैसे है?"

कोई नहीं जानता था कि हीरे को उसकी रंगत क्यों या कैसे मिलती है। कुछ कहते थे इसका कारण हज़ारों साल से पत्थर पर पड़ने वाला दबाव है। दूसरों को मानना था कि भूकम्पों द्वारा उन्मुक्त हुए भारी बलों के कारण हीरों का रंग बदल जाता है। कुछ तो यह भी मानते थे कि गुलाबी हीरा अशुभ होता है। बुरे कर्मों का वाहक।

"तुम्हें पता है?" रावण ने अकंपन को हीरा दिखाते हुए पूछा।

"रावण, यह निरर्थक है कि यह गुलाबी कैसे हुआ। जब तक कि यह गुलाबी हो। अब चलो। कृपा करके।"

रावण हल्के से हँसा। "हमेशा ऐसे ही घबराते हो, अकंपन।"

वो उस छोटे से, गुप्त कक्ष से बाहर निकला जिसे बड़ी कौशल से एक मोटी दीवार में बनाया गया था। उसने प्रहस्त को देखा, जो कक्ष के सुदूर कोने में खड़ा था। प्रहस्त के निष्ठावान सैनिक उसके पास खड़े थे, उनकी तलवारें खिंची हुई थीं। रक्त टपकाती। उनके सामने घुटनों के बल तीन किन्नर बैठे थे। प्रान्तपाल क्रकचबाहु के नाहरी सुरक्षा दल के अंग। उनके शरीर पर घोर यन्त्रणा के घाव थे जो उन्हें तब तक दी गयी थी जब तक कि उन्होंने उस गुप्त कक्ष का स्थान नहीं बताया जहाँ अनमोल हीरे रखे गये थे।

रावण ने प्रहस्त को संकेत किया। सैनिकों ने तुरन्त अपनी तलवारें घुमाईं और तीनों किन्नरों का सिर धड़ से अलग कर दिया। रावण के निर्देश स्पष्ट थे। कोई ऐसा गवाह न छूटे जो लूट के अपराधियों को पहचान सके। महल के सब लोगों—सुरक्षा दल, सेविकाओं, रसोइयों, सेवकों—को मार डाला गया था। बेरहमी से।

गत सप्ताह आधे सुरक्षा दल को अनेक वर्षों में अर्जित निष्ठा और भारी मात्रा में स्वर्ण देने के प्रलोभन से भ्रष्ट करने में प्रहस्त सफल रहा था। उसके सैनिकों ने महल के दूसरे नाहरियों पर अचानक हमला बोल दिया था। चुस्त और सुघड़ता से।

बाहर किसी को महल के अन्दर हुए नरसंहार की भनक तक नहीं थी। क्रकचबाहु को गुमराह करने के लिए पहले ही महल में लाशें लाकर डाल दी गयी थीं। पहचान मिटाने के लिए उनके चेहरे कुचल दिये गये थे। चिल्का के नाहरी प्रान्तपाल को यह विश्वास दिलाने के लिए कि लूट के दौरान प्रहस्त और उसका सुरक्षा बल भी अपनी जान से हाथ धो बैठे थे।

यह क्रूर योजना थी। मगर सक्षम और व्यावहारिक भी थी। जैसे स्वयं रावण था।

प्रहस्त के परामर्श पर रावण ने उन श्रमिकों को न मारने का निर्णय लिया था जिन्हें उन्होंने प्रान्तपाल के आवास से कुछ दूरी पर क्षतिग्रस्त जेटी की मरम्मत करते देखा था। खुले में उनकी हत्या करने में उजागर होने का जोखिम था। वैसे भी, श्रमिकों को महल या सहायक जेटी के पास भी जाने की अनुमति नहीं थी। तो उनके द्वारा रावण और उसके दल को पहचाने जाने की सम्भावना न के बराबर थी।

रावण के आदमी पहले ही बड़े-बड़े सन्दूक़ों में स्वर्ण भरकर ले जा चुके थे। इन्हें इस समय पोत में लादा जा रहा था। वो मरीच, अकंपन और कुछ और लोगों के साथ अनमोल हीरे लूटने के लिए रुक गया था। क्योंकि मात्र ये हीरे ही बीस लाख स्वर्ण मुद्राओं से कुछ अधिक के थे।

रावण आगे बढ़ा और तीनों किन्नरों की सिर कटी लाशों को घूरने लगा। नाहरी किन्नर। जब उनकी खुली गर्दनों से रक्त बहे जा रहा था, तो वो निश्चल खड़ा रह गया, लगभग सम्मोहित-सा। अपने सामने मौजूद ख़ूनी दृश्य की ओर खिंचा-सा।

वो आगे झुका। और विभिन्न धमनियों को पहचानने की कोशिश करने लगा जिनसे गाढ़ा लाल द्रव फूट-फूटकर बह रहा था। शरीर बेजान हो गये थे। मगर उनके हृदयों को शायद अभी तक इसका पता नहीं चला था। वो अभी भी रक्त प्रवाहित कर रहे थे। क्षीणता से। मगर अभी भी उन सिरों को रक्त भेज रहे थे जो अब वहाँ नहीं थे।

अकंपन ने रावण की भुजा को छुआ। "रावण..."

रावण झटके से अपने कल्पनालोक से बाहर आया और उसने हीरे को अपने कमरबन्द में बँधी एक थैली में डाल लिया जहाँ यह दूसरे हीरों से टकराया। उसने गहरी सांस ली और दूसरे लोगों को देखा। "चलो।"

ठीक तभी, पोत का भोंपू बज उठा। तीव्रता से। हठपूर्वक।

"भागो!" रावण चिल्लाया।

सब तुरन्त हरकत में आ गये। उन्हें पता था कि उन्हें क्या करना है। योजना स्पष्ट थी। उन्हें अपने घोड़ों की ओर भागना था और हवा से बातें

करते हुए मुख्य जेटी की ओर जाना था। वहाँ रावण के पोत में कुम्भकर्ण उनकी प्रतीक्षा कर रहा होगा।

—१०I—

"हय्या!"

रावण और उसके आदमी तेज़ी से घोड़े दौड़ा रहे थे। दस के दस। मरीच आगे था। रावण सबसे पीछे था। वो पहाड़ी से उतर रहे थे, पूरे वेग से।

"दाहिनी ओर!" मरीच संकेत करते हुए चिल्लाया।

एक दोराहा आ रहा था। दाहिनी ओर की सड़क पहाड़ी के नीचे क्षतिग्रस्त जेटी को जाती थी। दूसरी वाली सीधे सहायक जेटी को जा रही थी जो बहुत दूरी पर दिखाई दे रही थी। जहाँ रावण का पोत होना चाहिए था। मगर अब नहीं था। पहाड़ी पर ऊँचाई से उन्हें वहाँ खड़ा एक और बड़ा पोत दिख रहा था। वो अभी पहुँचा होगा, क्योंकि उसके पाल अभी खुले हुए ही थे। और ध्वज भी। यह क्रकचबाहु का पोत था। वो जल्दी वापस आ गया था।

"और तेज़!" रावण चिल्लाया।

वो सहायक जेटी से बहुत वेग से आते घुड़सवारों को देख रहा था। मुख्य सड़क पर आते हुए। ऊपर पहाड़ी पर। उनकी ओर। शायद क्रकचबाहु को आभास हो गया था कि कुछ गड़बड़ है।

"दूसरी जेटी की ओर!" अकंपन चिल्लाया। वो समूह के बीच में था। इतना घबराया हुआ जैसे कोई बिल्ली गर्म तवे पर बैठ गयी हो।

घोड़े लहराते हुए दाहिनी सड़क पर मुड़ गये। घोड़े से पहाड़ी से जेटी तक की दूरी कोई पाँच निमिष की थी। रावण सीधी सड़क से उनकी ओर आते अग्रिम टोही को देख सकता था। वो क्रकचबाहु का आदमी था।

रावण ने म्यान में से ख़ंजर निकाला, घोड़े की रास मुँह में दबाई और पल भर के लिए ध्यान केन्द्रित किया। सांस थामकर उसने घुड़सवार पर ख़ंजर फेंका। वो उस आदमी के गले में जा घुसा। जब वो अपने घोड़े से गिर रहा था, तब रावण लहराता हुआ दाहिनी ओर मुड़ गया, अपने आदमियों के पीछे।

"हय्या!"

जब घनी वन्य वनस्पति के बीच से होते हुए वो धड़धड़ाते हुए क्षतिग्रस्त जेटी की ओर बढ़े जा रहे थे, तो रावण सड़क को अधिक स्पष्ट देख पा रहा था। अब जेटी तक की सीधी सड़क थी जिसका अर्थ था कि वो क्रकचबाहु के घुड़सवार धनुर्धरों का आसान लक्ष्य होंगे। और वो पंक्ति में सबसे पीछे था। पहला लक्ष्य।

धत!

तेज़ी से सोचते हुए उसने अपने कन्धे पर बँधी डोरी को खींचा और पीठ पर बँधी ढाल को ऊपर की ओर खींच लिया। पीठ पर लगे तीर से तो वो बच जायेगा। मगर गर्दन में लगे तीर से नहीं।

जेटी बस कुछ ही दूर थी। सड़क संकरी होती जा रही थी। इसका अधिकांश भाग बन्दरगाह की मरम्मत के लिए बँधे मचान ने घेर लिया था। मचान पर कुछ पुरुष खड़े हुए थे, जबकि कुछ सड़क के पास खड़े थे। घुड़सवार दनदनाते हुए आगे निकल गये।

"हटो!" उनके पास से निकलते हुए मरीच चिल्लाया।

अचानक घबराकर श्रमिक दौड़कर रास्ते से हट गये। एक बहुत ही अभागा व्यक्ति अकंपन के घोड़े के नीचे आ गया। मगर घुड़सवारों ने गति कम नहीं की। अकंपन के पीछे आ रहे कई घोड़े उस आदमी को रौंदते चले गये। जब तक रावण निकला, वो कुचलकर चटनी बन चुका था।

चूँकि जेटी पर पोत को बाँधने के लिए कोई स्तम्भ नहीं थे, इसलिए कुम्भकर्ण ने नाविकों से लंगर डलवा दिये थे। छोटे लंगरों की सहायता से वो पोत को जेटी के जितना निकट ला सकता था, ले आया था। नाविकों में सबसे बलिष्ठ आदमी लंगरों की रेखा के पास खड़ा था, हाथ में बड़ा कुल्हाड़ा लिए हुए ताकि जैसे ही रावण और अन्य लोग पोत पर आयें वो कुल्हाड़े के वार से मोटे रस्से को काट दे।

जेटी के किनारे और पोत के बीच बहुत बड़ा अन्तराल था। मगर लंका के घोड़ों को ऊँची और लम्बी कुदान लगाने के लिए प्रशिक्षित किया गया था। विशेषकर ऐसे अवसरों पर जिनमें शीघ्र भागना आवश्यक हो। जैसे कि अब।

क्षतिग्रस्त जेटी से सरपट भागते हुए मरीच ने अपनी गति कम नहीं की।

"हय्या!"

उसने अपने घोड़े को चाबुक मारा, जिससे वो और तेज़ भागने लगा। तेज़ और तेज़। जेटी के ठीक किनारे पर पहुँचकर वो चिल्लाया, "दश!"

दश संस्कृत में दस के अंक को कहते हैं। कोई नहीं जानता था कि जब घोड़ों को प्रशिक्षित किया जा रहा था तो रावण ने इसी शब्द के लिए आग्रह क्यों किया था, मगर उसके आदमियों ने हमेशा की तरह बिना प्रश्न किये उसकी आज्ञा का पालन किया था।

मरीच का घोड़ा इस आदेश को अच्छी तरह जानता था, और उसने आगे कुदान लगा दी। ऊँची और लम्बी। वो सफ़ाई से पोत के तल पर उतरा। मरीच कुछ हाथ आगे तक घोड़ा दौड़ाकर ले गया, ताकि उसके पीछे आने वालों के लिए स्थान बन जाये।

एक के बाद एक घुड़सवार पोत पर कूदते रहे। प्रहस्त के नाहरी सैनिकों में से एक ने समय का अनुमान ग़लत लगा लिया। उसका घोड़ा पीछे रह गया और पानी में जा गिरा। सैनिक का सिर ज़ोर से पोत के फट्टे से टकराया और उसकी गर्दन टूट गयी। वो तुरन्त मर गया। कोई उसे देखने को नहीं ठहरा। उनके पास समय नहीं था।

"चलो!" मरीच चिल्लाया। अब वो घोड़े से उतरकर पोत की कगार पकड़े खड़ा था। प्रहस्त तीव्रता से आगे आया, उसकी कूद का समय बिल्कुल सटीक था, और वो सुरक्षित पोत में उतर गया। अगला रावण था। अन्तिम।

क्रकचबाहु और उसके आदमी निकट आते जा रहे थे। बस दो सौ मीटर दूर थे।

"शाबाश, दादा!" कुम्भकर्ण चिल्लाया।

क्रकचबाहु के एक धनुर्धर ने अपने घोड़े की रास मुँह में दबाई, धनुष को अपने सीने के सामने जमाया, और तीर छोड़ दिया।

यह हवा में छोड़ा तीर था। तेज़ी से भागते एक लक्ष्य पर।

तीर घोड़े की पीछे की दाहिनी टाँग के निचले हिस्से की मांसपेशी में लगा था। उसे काटता चला गया था। देखने में यह कोई बड़ा घाव नहीं

था। रक्त भी न के बराबर निकला होगा। मगर इसने तीव्र गति से भागते पशु को क्षीण कर दिया। बेकार और भार उठाने में अक्षम हो गयी दाहिनी टाँग ढह गयी। और अपनी भयंकर गति के कारण घोड़ा बहुत ज़ोर से गिरा, उसका सिर धरती पर लगा, और गर्दन बहुत ही अस्वाभाविक कोण पर मुड़ गयी थी।

हमेशा चौकस रहने वाला रावण पहले ही स्वयं को रकाब से मुक्त कर चुका था। घोड़े के धराशायी होते ही चुस्ती से उससे उतरते हुए वो लुढ़कते हुए उससे दूर गया और लगभग तुरन्त ही उठकर खड़ा हो गया। वो उसी चुस्ती से आगे की ओर दौड़ पड़ा।

"दादा!" कुम्भकर्ण के स्वर में चिन्ता और भय समाया हुआ था।

उसके पास खड़े सब लोगों के मन में समान विचार था।

रावण आ नहीं पायेगा।

मरीच ने कुम्भकर्ण को और फिर रावण को देखा। "भगवान रुद्र दया करें..."

कोई भी पुरुष किसी भी तरह उस अन्तराल को कूदकर पार नहीं कर सकता था जिसे नापने में अधिकांश घोड़ों को पूरा ज़ोर लगाना पड़ता है।

मगर यह कोई साधारण पुरुष नहीं था। यह रावण था।

वो दौड़ता हुआ जेटी पर गया। आगे भागता, किनारे की ओर। बन्दरगाह के उस भारोत्तोलक की ओर जो पोतों पर माल लादता था। महीनों से इसका प्रयोग नहीं हुआ था। मगर अब एक अप्रत्याशित शैली में इसका प्रयोग होने वाला था।

क्रकचबाहु के आदमी अभी भी उस पर तीरों की बौछार कर रहे थे। कुछ रावण के पास से निकल गये। कुछ बाल-बाल चूक गये। मगर अपने लक्ष्य पर कोई नहीं लग पाया।

जेटी के किनारे के पास आकर रावण ऊँचा उछला और उसने भारोत्तोलक का कुंडा पकड़ लिया। एक टाँग से उसने घिर्री को ठोकर मारी। उसकी समय की गणना एकदम ठीक थी। घिर्री तेज़ी से घूमी, और उसका रस्सा खुल गया। कुंडे को पकड़कर रावण ने पानी के ऊपर, पोत की ओर छलांग लगाई, तीर अभी भी उसके आसपास आ रहे थे।

कुम्भकर्ण और शेष दल अपने स्थान पर जड़ खड़े थे। इस उत्तेजना भरे प्रदर्शन से सम्मोहित से।

उचित ऊँचाई पर पहुँचते ही रावण ने वेग हासिल किया, अपने शरीर को आगे की ओर झुलाया, और कुंडे को छोड़ दिया। वो हवा में ऊँचा उड़ा, और फिर आराम से पोत के तले पर आ गिरा। अपने गिरने पर रोक लगाने के लिए वो लुढ़का और तुरन्त ही अपने पैरों पर खड़ा हो गया।

उसके आदमी उसके आसपास खड़े थे, विस्मित। मौन।

"चलो!" रावण चिल्लाया।

कुम्भकर्ण लंगर के रस्से के पास खड़े आदमी की ओर मुड़ा। "काट दो इसे!"

नाविक ने कुल्हाड़ा घुमाया और एक शक्तिशाली वार में उसने मोटा रस्सा काट दिया। छोटे लंगर तेज़ी से खुल गये।

"खेओ अब! झटपट!" कुम्भकर्ण ने आदेश दिया।

उसके आदेश पर, नीचे के तल पर बैठे गति निर्धारकों ने अपने नगाड़े बजाने शुरू कर दिये। नाविकों ने एक साथ खेना शुरू कर दिया था। पोत धीरे-धीरे आगे बढ़ने लगा। जेटी से बाहर निकलते हुए।

क्रकचबाहु के आदमी उन पर तीरों की बौछार किये जा रहे थे।

"झुक जाओ!" रावण चिल्लाया।

सारे लोग पोत के कगार के पीछे छिपते हुए घुटनों के बल बैठ गये।

"और तेज़!" कुम्भकर्ण ने आदेश दिया। गति निर्धारकों ने ताल तेज़ कर दी और खेवनहारों ने गति पकड़ ली।

"पाल खोल दो!"

एक नाविक जो तम्बू के पीछे छिपा हुआ था, उसने घिर्री घुमानी शुरू कर दी। यह अभियान्त्रिकी का ऐसा आविष्कार था जिसे रावण ने सटीकता दी थी। यह तल पर लगी घिर्री के माध्यम से फ़टाफ़ट पाल को खोल देता था। पाल शीघ्र ही फैलने लगा था। जल्दी ही इसमें हवा भर जाती।

पोत आगे बढ़ा, तो रावण क्रकचबाहु के आदमियों की दूर से आती क्रुद्ध आवाज़ें सुन सकता था। कगार के पीछे सुरक्षित उसने कुम्भकर्ण को देखा और मुस्कुरा दिया।

मरीच ने रावण का कन्धा थपथपाया। "हम सफल रहे, रावण! हम सफल रहे!"

रावण मुस्कुराया। वो खड़ा हुआ और उसने दूर खड़े क्रकचबाहु के आदमियों की ओर अश्लील-सा इशारा किया। एक नाहरी ने तीर मारा जो सनसनाता हुआ उसके चेहरे के पास से निकला।

मरीच ने अपने भानजे को नीचे खींचा। "क्या कर रहे हो तुम? हम अभी संकट से बाहर नहीं निकले हैं। नीचे रहो!"

रावण का चेहरा पीला पड़ गया था, उसका शरीर विचित्र रूप से निश्चल था।

"दादा?" कुम्भकर्ण ने चिन्तित भाव से रावण के शरीर पर घावों को टटोलते हुए कहा।

रावण ने कुम्भकर्ण को एक ओर धकेला और फिर से खड़ा हो गया। उसकी निगाह श्रमिकों की ओर लगी थी जो मचान के पास दुबके हुए थे। एक और तीर पास से निकला। मगर रावण हिला तक नहीं।

मरीच ने उसे फिर से नीचे खींचा। "तुम्हें हुआ क्या है? नीचे रहो!"

रावण लड़खड़ाकर तल पर गिर गया। वो ऐसा दिख रहा था जैसे उसने कोई भूत देख लिया हो। उसकी सांस उखड़ रही थी। उसने मरीच को धकेला और फिर से खड़ा हो गया।

इस बार एक तीर उसके कन्धे से टकराया, और घातक बल से उसके अन्दर घुस गया। मगर रावण हिला तक नहीं। उसकी आँखें मचान पर चिपक गयी थीं।

"दादा!" कुम्भकर्ण ने घबराकर चिल्लाते हुए उसे फिर से नीचे खींच लिया।

उसने अपने बड़े भाई की आँखों में अचानक भर आये आँसुओं को देखा।

"क..." रावण रो रहा था। "कन्या..."

इस बार, कुम्भकर्ण खड़ा हो गया। उसने अपनी आँखें सिकोड़ीं और तेज़ी से पीछे छूटते किनारे की ओर देखने लगा। मचान को। वहाँ मौजूद श्रमिकों को। विशेषकर बीच में खड़ी एक व्यक्ति को।

वही थीं।

चित्रों के आधार पर वो तुरन्त उन्हें पहचान गया।

जब बाक़ी सब दुबक रहे थे, तो वो अडिग खड़ी थीं। सतर। उस जीवित देवी की तरह जो वो थीं। कड़े शारीरिक श्रम के चिह्न उन पर दिख रहे थे मगर फिर भी चेहरा तेजयुक्त था। वो पोत को जाते हुए देख रही थीं, उनके भाव प्रभावशाली और शान्त थे। उनसे मूक गरिमा फूट रही थी। लगभग ऐसी जैसे कि वो उनसे हिंसा रुकवा रही हों। अपने नैतिक बल से।

कोई सन्देह नहीं हो सकता था। ये वही थीं।

एक और तीर सरसराता निकला तो मरीच ने हाथ बढ़ाकर कुम्भकर्ण को नीचे खींच लिया। वो क्रोध से अपने भानजों पर चिल्लाया, "तुम दोनों को हुआ क्या है?"

कुम्भकर्ण ने रावण को देखा। उसने वो कहा जिसे कहने की शक्ति रावण नहीं जुटा पा रहा था। "कन्याकुमारी..."

मानो इस दिव्य शब्द से ऊर्जा पाकर रावण ने अपने कन्धे में घुसे तीर की डंडी तोड़ दी। वो फिर से खड़ा हुआ और पलट गया। झील में कूदने को तैयार। तैरकर उनके पास जाने को तैयार।

"रावण!" अपने भानजे को पकड़ते हुए मरीच चीख़ा। "बन्द करो यह पागलपन!"

"मुझे जाने दें!" अपने को छुड़ाने की कोशिश करता रावण भरे गले से बोला। "मुझे जाने दें!"

पोत के सारे लोग अपने नायक को देख रहे थे। समझ नहीं पा रहे थे कि हो क्या रहा है।

कुम्भकर्ण ने कसकर रावण को पकड़ लिया। "दादा, आप अब वापस नहीं जा सकते! आप मारे जायेंगे!"

"मुझे जाने दो!" रावण ने सबको धकेलने और उठ खड़े होने की कोशिश की।

"दादा! कृपया मेरी बात सुनिए। आप उनके पास पहुँचने से पहले ही मारे जायेंगे!"

"मुझे जाने दो!"

"मैं उनके लिए वापस आऊँगा, दादा! मैं उन्हें ढूँढ़ लूँगा!"

"मुझे जाने दो!" रावण ने हताशा से दोहराया।

मरीच इतना अचम्भित था कि कुछ कह ही नहीं सका। उसने कभी रावण को इस हाल में नहीं देखा था।

"दादा!" कुम्भकर्ण अपने भाई को छोड़ने को तैयार नहीं था। "कृपया मुझ पर विश्वास करें। मैं उनके लिए वापस आऊँगा, दादा! मैं उन्हें ढूँढूँगा। मैं आपको वचन देता हूँ। मगर अभी आपको हमारे साथ रहना होगा।"

"मुझे जाने दो!" रावण की आवाज़ बिख़री हुई थी। टूटी।

"दादा, मैं उन्हें ढूँढूँगा। मैं वचन देता हूँ।"

"मुझे जाने दो..."

पाल पूरी तरह फैल चुका था और उसमें हवा भर गयी थी। पोत ने गति पकड़ ली और वो तट से दूर हो गया था। क्रकचबाहु के तीरों से दूर।

उनसे दूर।

कन्याकुमारी से दूर।

"मुझे जाने दो..."

९

अध्याय 9

एक महीने से भी कम में कुम्भकर्ण वापस कलिंग आ चुका था। नलबण द्वीप की दुस्साहसी लूट के बाद उन्होंने उदास मनोस्थिति में लंका की यात्रा पूरी की। वो डेढ़ दिन में गोकर्ण पहुँच गये, और बहुमूल्य सामान को झटपट उतारकर रावण के भवन के तलघर में विशेष रूप से बने और सुरक्षित कक्ष में रख दिया गया, जिस पर अतिरिक्त सुरक्षा के लिए कई ताले लगे थे। कुम्भकर्ण तुरन्त द्वीप पर वापस जाने की तैयारी में लग गया। उसने एक नया पोत ख़रीदा, जिसे किसी भी तरह से रावण से नहीं जोड़ा जा सकता था। उसने दक्षिणी अफ़्रीकी नौजवानों की एक छोटी टुकड़ी भी रख ली थी। यह सब कुछ तीन सप्ताह के भीतर कर लिया गया था।

फिर कुम्भकर्ण दोबारा उत्तर दिशा में चल पड़ा। चिल्का झील की ओर। कन्याकुमारी की ओर।

अब तक यह समाचार भी आने लगा था कि नाहरियों के एक गुट ने जिसने विद्रोह में चिल्का के प्रान्तपाल का साथ देने की योजना बनायी थी, अब प्रान्तपाल के साथ विश्वासघात करके उसे बन्दी बना लिया था। वो क्रकचबाहु को बन्दी बनाकर उसे राजा को सौंपने के इरादे से नाहर की ओर चल दिये थे। जब कोई विद्रोह असफल हो जाये, तो विद्रोहियों के लिए समझदारी इसी में है कि वो राजा के पक्ष में अपने अगुआ के साथ विश्वासघात कर दें और कम से कम अपनी खाल बचा लें। क्रकचबाहु द्वारा इतने बरसों में जमा किये गये धन के बिना नाहर विद्रोह समाप्त हो चुका था।

फिर भी, कुम्भकर्ण जानता था कि सीधे झील में पहुँच जाना जोखिम भरा होगा। वो युवा था, लेकिन दुस्साहसी नहीं था। चिल्का में अभी भी क्रकचबाहु के कुछ निष्ठावान हो सकते थे।

इसलिए, कुम्भकर्ण चिल्का के परे उत्तर की ओर बढ़ा। उसका इरादा था कि महानदी के मुहाने के रास्ते कलिंग में प्रवेश करेगा। लेकिन रास्ते में उसने पुरी के प्रसिद्ध जगन्नाथ मन्दिर जाने का निश्चय किया, जो दक्षिण में झील और उत्तर में नदी के मध्य स्थित था।

जगन्नाथ मन्दिर को भारत के सबसे पवित्र स्थलों में माना जाता था। यह समुद्रतट के निकट था और समुद्र से स्पष्ट दिखाई देता था। कुम्भकर्ण ने अपने पोत का लंगर डाला और फिर एक नाव में अपने दस अफ्रीकी अंगरक्षकों के साथ तट की ओर चल पड़ा।

तीस मन्दिरों वाला यह मन्दिर परिसर दस एकड़ में फैले पत्थर के विशाल चबूतरे पर बना हुआ था। केन्द्रीय मन्दिर जगन्नाथ मन्दिर था, जो भारत के सबसे ऊँचे और बड़े मन्दिरों में से एक था; और यह समर्पित था सृष्टि के रचयिता को। विष्णु को। अन्य सभी विष्णुओं से पूर्व के विष्णु को। उन विष्णु को जो साक्षिन थे।

मन्दिर की पत्थर से बनी अन्य अधिकतर मूर्तियों के विपरीत जगन्नाथ की मूर्ति लकड़ी की बनी थी। वास्तव में, नीम के पेड़ की लकड़ी की। इसे हर बारह वर्ष में एक नयी तराशी गयी मूर्ति से बदल दिया जाता था।

काले रंग की मूर्ति का सिर विशाल था, जो सीधे छाती में से निकलता था, बिना किसी प्रत्यक्ष गर्दन के। बाँहें ऊपरी होंठ के समानान्तर थीं। आँखें बड़ी-बड़ी और गोल थीं। कमर वहाँ थी जहाँ देह समाप्त होती थी। न टाँगें। न हाथ।

साक्षिन विष्णु, सही मायनों में, गवाह थे। गहरा काला रंग, प्राचीन संस्कृत में कृष्ण वर्ण, इसकी उत्पत्ति का साक्ष्य था, कि यह देवता काल के आरम्भ से भी पहले से थे। प्रकाश की रचना से भी पहले। क्योंकि प्रकाश की रचना से पहले सब कुछ अँधकारमय था। सब कुछ काला था।

हाथों के न होने का अर्थ था कि वो स्वयं से कुछ भी कर्म नहीं करेंगे। टाँगों के न होने का अर्थ था कि वो हिलेंगे नहीं, न तो आपकी ओर न आपसे दूर। वो तटस्थ थे। वो तुच्छ मानव प्रतिद्वन्द्विताओं में कोई पक्ष नहीं लेंगे। वो निजी पसन्द या नापसन्द से परे थे।

कुछ लोगों का मानना था कि ईश्वर को कोई लिंग देना ही ग़लत था। वो ऐसे तुच्छ विभाजनों से परे थे। वो एकरूप थे। स्रोत थे।

सबसे महत्वपूर्ण यह कि उनकी पलकें नहीं थीं। उनकी आँखें हमेशा खुली रहती थीं। वो हमेशा देखते रहते थे।

पूर्वजों के अनुसार यह दिव्यता का उच्चतम रूप था जिसे समझने में मानव सक्षम हो पाया था। क्योंकि साक्षिन विष्णु आदि प्राणी थे। काल के परे तैरते हुए। सब कुछ के साक्षी, जैसे लोग जीवन-यापन करते हैं और सृष्टि अपने कर्म को जीती है।

उनसे की जाने वाली प्रार्थना भी असामान्य थी।

भक्त मात्र आशीर्वाद लेने के लिए जगन्नाथ मन्दिर नहीं जाते थे। वो एक बड़े उद्देश्य के साथ जाते थे, जब वो अपना प्रमुख कर्म करने को तैयार होते थे। यह सुनिश्चित करने कि उनका कर्म आदि प्राणी की स्मृति में दर्ज हो जाये। साक्षिन विष्णु की स्मृति में जमा कर्म का खाता ही निर्णय करेगा कि भक्त को जन्म और पुनर्जन्म के चक्र से मुक्ति प्राप्त होगी या नहीं।

कुम्भकर्ण का विश्वास था कि वो अपने जीवन का सबसे महान कर्म करने जा रहा है। वो विशाल मूर्ति के आगे घुटनों के बल बैठ गया। उसकी कमर झुकी हुई थी। उसका सिर भूमि को स्पर्श कर रहा था। वो मन्त्र जप रहा था। बहुत देर बाद वो उठा और उसने वही कहा जो साक्षिन विष्णु का हर भक्त उनके सामने कहता है: "मेरे साक्षी बनना, प्रभु।"

जब मैं अपने जीवन का सबसे बड़ा कर्म करूँ तो मेरे साक्षी बनना।

—४०३—

नलबण द्वीप की लूट को तीन साल हो चुके थे। बाईस वर्षीय रावण एकान्तप्रिय हो गया था और विरले ही बाहर निकलता था। यद्यपि अभी भी वो व्यापार से जुड़ा था और सभी प्रमुख रणनीतिक मुद्दों पर निर्णय लेता था, पर वो समुद्र पर या यात्राओं पर नहीं जाता था। वो गोकर्ण में ही रहता था, और पहाड़ी के ऊपर बने अपने भवन की ऊँचाइयों से समुद्र को देखता रहता था। कुम्भकर्ण की प्रतीक्षा में।

इतने समय में, कुम्भकर्ण कलिंग से नियमित रूप से समाचार भेजता रहा था। बन्दरगाह की मरम्मत करने वाले श्रमिक जिनके साथ उन्होंने कन्याकुमारी को देखा था अब पश्चिम की ओर चले गये थे, कलिंग के और भीतर। अगली बार जब रावण को कुम्भकर्ण का सन्देश मिला, तो वो यह था कि उन्होंने मयूराक्षी नदी के निकट वैद्यनाथ में डेरा डाल लिया है। यह कलिंग से बहुत दूर नहीं था।

इस बीच, रावण के विशाल व्यावसायिक साम्राज्य का प्रबन्धन मरीच ने सँभालना आरम्भ कर दिया था। उसने क्रकचबाहु से लूटे गये धन का उपयोग विशालकाय नये पोत बनाने में किया। गोकर्ण और आसपास के सर्वश्रेष्ठ पोत-निर्माताओं के काम करने की पूरी क्षमता रावण के काम में लिप्त हो गयी थी। वो हर महीने पाँच या छह पोत हासिल कर रहा था; यह एक अभूतपूर्व घटना थी जिससे हिन्द महासागर के घेरे का पूरा व्यापारिक समुदाय हतप्रभ था।

धीरे-धीरे, रावण ने दो सौ पोतों का बेड़ा बना लिया। मलयपुत्रों को गुफा पदार्थ के लिए अग्रिम भुगतान कर दिया गया था। हर नये पोत की वसूली मिलते ही रावण के आदमी उसे उनवाटुन ले जाते थे, जो लंका के दक्षिणी तट पर एक गुप्त मंडप था। वो पोतों को वहाँ तिरछा टिका देते थे। उसके बाद गुफा पदार्थ गूँधा जाता, उसमें अन्य अवयव मिलाये जाते, और पूरी लगन से हर पोत के पेटे पर उसका लेप कर दिया जाता। यह एक लम्बी और कठिन प्रक्रिया थी। और इसे गुप्त रूप से एक छोटा, वफ़ादार दल अंजाम देता था जिसे इसके लिए बहुत अच्छा पैसा दिया जाता था।

जैसे-जैसे रावण का बेड़ा बड़ा होता गया, वैसे-वैसे द्रुतगामी यात्रा की उसकी साख बढ़ती गयी। निर्माताओं और कारीगरों को उसके साथ काम करना लाभदायक लगने लगा। वो जानते थे कि अगर वो रावण के पास जायेंगे, तो अन्य व्यापारियों की तुलना में उनका सामान कहीं जल्दी पहुँचेगा और झटपट बिकेगा। रावण के निर्देश पर, मरीच ने अपने कहीं अधिक श्रेष्ठ बेड़े का इस्तेमाल करके हिन्द महासागर के व्यस्त व्यापारिक मार्गों पर अन्य पोतों को रोकना और लूटना भी शुरू कर दिया था। लुटेरे पोत आँधी-तूफ़ान की तरह आते, लक्षित पोत पर लूटपाट करते, नाविकों की हत्या करते और फिर उन्हें डुबो देते ताकि उनके अपराधों का कोई नामो-निशान तक न रहे। उनके द्वारा नष्ट किये कई पोत कुबेर के थे। कोई

साक्षी न होने के कारण कोई इसे रावण से जोड़ ही नहीं सका। उनका मानना था कि ये हमले समुद्री लुटेरों का काम हैं।

निस्सन्देह, रावण की योजना धन के लिए अन्य पोतों पर आक्रमण करने तक ही सीमित नहीं थी। समुद्र में लुटेरों के हमले के लगातार बढ़ते डर का लाभ उठाते हुए उसने प्रहस्त के नेतृत्व में स्वयं अपनी छोटी-सी सेना बनानी शुरू कर दी। उसने कहा कि यह उसके अपने पोतों के लिए सुरक्षा बल है। यद्यपि किसी व्यापारी के लिए प्रशिक्षित सैनिकों का अपना दल खड़ा कर लेना एक असामान्य-सी बात थी, लेकिन कई लोगों का मानना था कि अपने लाभ की रक्षा के लिए ऐसा करना उचित ही है। कुछ अन्य व्यापारी भी रावण के सुरक्षा बल की सेवाएँ लेने लगे। इस तरह वो अपने सैनिकों की सेवाएँ देकर धन ही नहीं कमाने लगा, बल्कि उसके सैनिक उसे उसके प्रतिद्वन्द्वियों और उनकी व्यापारिक योजनाओं की जानकारी देने का स्रोत भी बन गये।

आय में अत्यन्त तेज़ी से वृद्धि होने लगी थी। रावण अब तक गोकर्ण के सबसे धनी व्यापारियों में शामिल हो चुका था। शीघ्र ही वो संसार के सबसे धनी व्यापारियों में से एक बनने वाला था। इतना धनी कि पृथ्वी के सबसे धनी व्यक्ति कुबेर तक का उस पर ध्यान जाये।

यह जानते हुए कि वो यह जोखिम नहीं ले सकते थे कि मलयपुत्रों को गुफा पदार्थ के वास्तविक उपयोग के बारे में पता चले, मरीच ने कुबेर से पुष्पक विमान को पट्टे पर लेने का निश्चय किया। उसने दामों पर जमकर मोलभाव किया ताकि यह एक विश्वसनीय सौदा लगे। हमेशा व्यावहारिकता में विश्वास करने वाला व्यापारी कुबेर आसानी से मान गया। विमान को चलाना इतना महंगा पड़ता था कि उसने उसका प्रयोग लगभग बन्द ही कर दिया था। और नियमित इस्तेमाल में न रहने वाले किसी भी अन्य यन्त्र की तरह वो भी धीरे-धीरे ज़ंग खाने लगा था। उसके दृष्टिकोण से कोई सौदा न होने से कोई भी सौदा बेहतर था।

जब मरीच ने पुष्पक विमान अपने हाथ में ले लिया, तो सबसे पहला काम उसने यह किया कि कुबेर के द्वारा लगायी गयी सारी विलासिताएँ उसमें से हटा दीं। नर्म गद्दों वाले स्वर्णमंडित पलंग और उत्कृष्ट भोजन बनाने के लिए सामान से लदी रसोई को हटा दिया गया। विमान से हर वो वस्तु हटा दी गयी जिससे व्यर्थ की समृद्धि की बू आती हो, जिसका कोई

व्यावहारिक मूल्य भी न हो। इन विलासिताओं को हटा देने से विमान का भार बहुत कम हो गया था। कम भार का अर्थ था कि विमान को उड़ाने के लिए आवश्यक गुफा पदार्थ की मात्रा में भी भारी कमी आना। इससे विमान को चलाने की लागत कम हो गयी।

मरीच ने विमान का प्रयोग भी सीमित रखा था। अब इसका प्रयोग केवल दूर देशों की उड़ान के लिए किया जाता था। जानकारी हासिल करने, और अत्यन्त मूल्यवान मगर हल्के माल जैसे कि अनमोल हीरे-जवाहरात के व्यापार के लिए। इन उड़ानों पर कभी-कभी रावण भी उसके साथ चला जाता था।

ऐसी ही एक यात्रा के बारे में मरीच रावण से बात करने आया था।

"आपको इस सूचना पर विश्वास है?" रावण ने व्यायाम जारी रखते हुए पूछा।

मरीच और रावण उसके भवन के पहले तल की दीर्घा में थे। मकान एक बड़ी-सी पहाड़ी पर बना था जो समुद्र में निकल रही थी। हिन्द महासागर का यह सुन्दर दृश्य प्रदान करता था जो जहाँ तक आँखें देख सकती थीं, वहाँ तक फैला हुआ था। बल्कि उससे से भी परे तक। रावण प्रतिदिन सुबह सूर्य नमस्कार करने यहाँ आता था, जो व्यायाम और आध्यात्मिकता का सटीक मेल था।

"हाँ, नाविक दक्षिण अफ्रीका का है," मरीच ने कहा। "यह एकदम पक्की सूचना है। वो जिन वस्तुओं की बात कर रहा है, उन्हें उसने अपनी आँखों से देखा है।

जिस आदमी की चर्चा हो रही थी वो लेथाबो था, उन अफ्रीकी नाविकों में से एक जो कुम्भकर्ण के साथ कलिंग गये थे। वो कुछ माह पहले रावण के लिए एक सन्देश लेकर आया था, मगर एक चोट ने उसे कुम्भकर्ण के पास अपने स्थान पर लौटने से रोक दिया, जो कि इस समय वैद्यनाथ में था। मरीच उससे मिलने गोकर्ण आयुरालय गया था जहाँ उसका उपचार हो रहा था। और इस तरह उसे अफ्रीकी महाद्वीप के दक्षिणी छोर के निकट अनमोल हीरों से भरी खदानों के बारे में पता लगा था। एक विशाल सपाट शिखर वाले पर्वत से चिह्नित, जिसे स्थानीय लोग पीठिका पर्वत कहते थे।

"हम्म्म..." अपनी नियमित दिनचर्या समाप्त करते और सूर्य देव को प्रणाम करते हुए रावण उदासीन बना रहा।

"रावण, पुष्पक विमान को वहाँ ले जाना उपयोगी हो सकता है। अगर हमें कुछेक हीरे भी मिल गये तो यात्रा की लागत तो वसूल हो ही जायेगी। और अगर खान भी मिल गयी... शेष मैं तुम्हारी कल्पना पर छोड़ता हूँ।"

रावण दीर्घा के किनारे चला गया और जंगले पर हाथ रखकर खड़ा हो गया। उसने समुद्र को और फिर दूर क्षितिज को देखा।

"रावण?"

रावण मौन रहा।

"रावण, क्या निर्णय है तुम्हारा?"

कोई उत्तर नहीं मिला।

मरीच ने गहरी सांस ली। वो अपने भानजे के पास गया और उसका कन्धा छुआ।

"रावण..."

"कुम्भ..."

"क्या?"

रावण ने क्षितिज के किनारे पर एक पोत की ओर संकेत किया। उसके पाल ऊपर थे। एक ध्वज फड़फड़ा रहा था। कुम्भकर्ण का ध्वज।

"इतनी दूर से तुम ध्वज के चिह्न कैसे पहचान सकते हो?" मरीच ने अविश्वास से पूछा।

"वही है। मुझे पता है वही है," रावण ने कहा, उसका चेहरा प्रसन्नता से चमक रहा था।

वो मुड़ा और अपने सुरक्षाकर्मियों को पीछे आने को कहते हुए बाहर को दौड़ गया। वो शीघ्रता से एक पोत पर सवार होकर अपने छोटे भाई से मिलने जायेगा। वो इतना अधीर था कि प्रतीक्षा नहीं कर सकता था।

उसे जल्दी से जल्दी उनका समाचार पाना था।

कन्याकुमारी का समाचार।

"तुम्हें विश्वास है?"

रावण बिना देर किये गोकर्ण बन्दरगाह से कुछ समुद्री मील दूर मौजूद अपने भाई से मिलने चल पड़ा था। रावण के अचानक आने से कुम्भकर्ण आश्चर्यचकित रह गया था, मगर वो अपने बड़े भाई की चिन्ता समझ सकता था। तीन वर्ष बीत गये थे।

भावुक पुनर्मिलन के बाद रावण कुम्भकर्ण को अलग ऊपरी तल के एक छोर की ओर ले गया। और प्रश्नों की बौछार कर दी। कन्याकुमारी के बारे में प्रश्न।

"हाँ, दादा, मुझे विश्वास है। मैंने स्वयं उन्हें देखा है।"

रावण की आँखें चमक उठीं। "तुमने देखा उन्हें?"

कुम्भकर्ण मुस्कुराया। "हाँ। सौभाग्यशाली हूँ!"

रावण भी मुस्कुराया। "निस्सन्देह। मगर वो स्थान कितनी दूर है?"

"जिस गाँव में वो रहती हैं वो मुख्य भूमि में बहुत अन्दर है। वास्तव में, वो वैद्यनाथ मन्दिर के निकट है।"

"वैद्यनाथ मन्दिर? सच? जब तुम छोटे थे तो हम कुछ दिन वहाँ रुके थे।"

"हाँ, जानता हूँ," कुम्भकर्ण ने कहा। "माँ से सारी कहानी सुन चुका हूँ।"

"किन्तु वैद्यनाथ मन्दिर तो स्थानीय कन्याकुमारी मन्दिर से बहुत निकट है, है ना? इस स्थान का नाम क्या है? त्रिकूट? वो उसी स्थान पर एक साधारण स्त्री की तरह रहने वापस क्यों जायेगी जहाँ कभी देवी के रूप में उनकी पूजा होती थी?"

"प्रत्यक्षत:, पूर्व कन्याकुमारियों के लिए उसी मन्दिर के आसपास बस जाना बहुत सामान्य बात है जहाँ कभी वो जीवित देवी के रूप में शासन करती थीं। ऐसा केवल त्रिकूट के कन्याकुमारी मन्दिर में ही नहीं बल्कि भारत भर में कन्याकुमारी के अन्य अनेक मन्दिरों में होता है। मेरा अनुमान है बहुत सारी पूर्व कन्याकुमारियों के आसपास रहने से अपने जीवन का पुनर्निर्माण करने के लिए उन्हें एक अवलम्ब उपलब्ध हो जाता होगा।"

"हम्मम," रावण ने कहा, वो ठीक से सुन भी नहीं रहा था कि कुम्भकर्ण क्या कह रहा है।

मुझे तो बहुत पहले ही वैद्यनाथ जाना चाहिए था। उन्हें वहीं ढूँढ़ना सबसे अधिक तर्कसम्मत बात होती। मैं भी कितना मूर्ख था! इतने वर्ष बर्बाद कर दिये।

"दादा..."

"क्या?" रावण ने अपने मन को वर्तमान में वापस लाते हुए पूछा।

"मैं बस यह बताना चाहता था कि एक छोटी-सी समस्या है।"

"कैसी समस्या?"

"अं..."

"चलो, बताओ भी। ऐसा कुछ नहीं है जो तुम्हारा दादा सँभाल न सके।"

"दादा, कन्याकुमारी... वो... वो विवाहिता हैं।"

रावण ने हाथ हिलाकर इसे दरकिनार कर दिया। "अरे, यह कोई समस्या नहीं है। हम इसे सँभाल लेंगे।"

"सँभाल लेंगे? कैसे?" कुम्भकर्ण चिन्तित दिख रहा था।

"नादान मत बनो, कुम्भ," रावण हल्के से हँसा। "हम उनके पति को नहीं मारेंगे। कैसे मार सकते हैं? वो कन्याकुमारी के पति हैं? हम उन्हें ख़रीद लेंगे।"

"किन्तु..."

"इसे तुम मुझ पर छोड़ दो। हम कितनी जल्दी वैद्यनाथ के लिए निकल सकते हैं?"

"कुछ ही दिन में निकल लेंगे।"

"बहुत बढ़िया!"

कुम्भकर्ण हँसा और उसने ठिठोली करते हुए रावण को प्रणाम किया। "जैसी आज्ञा, इराइवा!"

इराइवा वो उपाधि थी जो अकंपन रावण के लिए प्रयोग करता था। भारत के उत्तर-पश्चिम में सुदूर पश्तून क्षेत्र में स्थित अकंपन के देश में बोली जानी वाली भाषा में इसका अर्थ 'वास्तविक स्वामी' होता था। यह

उपाधि चल निकली थी। रावण के अनेक नाविक अब उसे इराइवा कहते थे।

रावण ने अपने भाई को गले लगा लिया और उसके बालों को सहरा दिया। रावण से नौ वर्ष छोटा होने के बावजूद कुम्भकर्ण लगभग उसी के बराबर लम्बा हो गया था।

"लेकिन आपने मुझसे सबसे अधिक सामान्य प्रश्न तो पूछा ही नहीं, दादा," कुम्भकर्ण ने कहा। "मुझे लगता है मैं कुछ अधिक समय ही दूर रहा हूँ। और समय के साथ आप धीमे होते जा रहे हैं।"

रावण कुम्भकर्ण से दूर हटा और उसके माथे पर बल पड़ गये। "क्या प्रश्न है वो?"

"एक बात जो आप हमेशा से जानना चाहते हैं। पूछें मुझसे। मेरे पास उत्तर है।"

समझ में आते ही रावण का चेहरा खिल उठा। "तुम्हें पता है? तुम्हें उनका नाम पता है?"

हल्के से हँसते हुए कुम्भकर्ण ने हामी भरी।

रावण ने अपने भाई के कन्धे थाम लिये। "बताओ मुझे, मूर्ख! क्या नाम है उनका?"

"वेदवती।"

रावण ने सांस रोक ली। इस अलौकिक नाम को गूँज जाने दिया अपने कानों में। अपने शरीर में। अपनी आत्मा में।

वेदवती।

वेदों की ज्ञाता।

रावण अपने भाई से परे देखने लगा, समुद्र की ओर। उसे लग रहा था मानो उस दिव्य नाम के नाद से उसका हृदय फट जायेगा। उसे साहस नहीं हुआ कि इसे ज़ोर से बोल सके। उसकी आत्मा इसे सँभाल नहीं पाती। उसने इस नाम को हौले-हौले अपने मन की सीमाओं में गूँजने दिया।

वेदवती...

१०

अध्याय 10

दोनों भाइयों को अगली सुबह निकलना था। भावी यात्रा के लिए उनके बेड़े के सबसे द्रुतगामी पोत को तैयार किया गया था।

सूर्य देव अपना काम समाप्त करके विश्राम करने चले गये थे। सौभाग्य से, सोम देव ने आगे की कमान सँभाल ली थी। यह पूरे चाँद की सुन्दर रात थी। समुद्र के कुछ भाग और गोकर्ण का अति सुन्दर तट वहाँ बिखरी चाँदनी से जगमगा रहे थे। आकाश में लगभग कहीं कोई बादल नहीं था, और तारों भरी रात जड़ाऊ छत्र जैसी दिख रही थी। समुद्र की ठंडी, नम हवा इन्द्रियों को शान्त कर रही थी। नगर की कर्कश आवाज़ें मद्धम पड़ चुकी थीं। रावण ने आकाश की ओर देखा।

हवा में प्यार की महक थी। और लुटेरे-व्यापारी ने उसे सांसों में भर लिया।

"मैं कल तक प्रतीक्षा नहीं कर सकता!" उसने थोड़ी और मदिरा पीते हुए कहा।

कुम्भकर्ण मुस्कुराया। उसने अपने भाई के साथ मदिरापान करने से इंकार कर दिया था। उनकी माँ घर पर थीं।

प्रशंसा में अपने पात्र को ऊपर उठाते हुए रावण ने अपने पेय के उत्कृष्ट स्वाद का आनन्द लिया। फिर उसने बोतल को देखा। और फिर कुम्भकर्ण के ख़ाली हाथों को देखा।

"सच में?" रावण ने पूछा। "उन्होंने वास्तव में तुमसे कहा कि मेरी बुरी आदतें मत अपनाना? कभी-कभी मुझे लगता है कि मुझे बस—"

कुम्भकर्ण ने अपने बड़े भाई को टोका। "दादा, क्या सच में यह मायने रखता है? वो हमारी माँ हैं..."

रावण ने गहरी सांस ली। उसने थोड़ी मदिरा और पी।

यद्यपि कुम्भकर्ण अपनी माँ की इच्छाओं का सम्मान करता था, कम से कम उनकी उपस्थिति में, लेकिन अपने छोटे बेटे के लिए कैकेसी की सदाशयी चेतावनियों का उस पर कोई प्रभाव नहीं होता था। कुम्भकर्ण रावण को पूजता था। उसका बड़ा भाई सदा से उसका आदर्श रहा था। बुरी आदतें? वो तो रावण की *प्रत्येक* आदत का अनुकरण करना चाहता था। एकमात्र चीज़ जो वो चाहता था कि उसका भाई न करे, वो थी उनकी माँ का अपमान करना।

"तो, मुझे उनके बारे में और बताओ," रावण ने कहा। "कन्याकुमारी..."

कुम्भकर्ण ने देखा था कि उनका नाम जानने के बावजूद भी रावण स्वयं को वो नाम बोलने के लिए तैयार नहीं कर पाता था। वो सोचने लगा कि वो रावण को वेदवती के बारे में और क्या बता सकता है। वो उनके शारीरिक रूप के बारे में तो बता ही चुका था। यह आश्चर्य की बात थी कि वो रावण के बनाये चित्रों की स्त्री से कितना मेल खाती थीं।

"वो सचमुच असाधारण हैं, दादा," कुम्भकर्ण ने कहा। "आप जानते हैं ना कि अधिकांश लोगों के लिए जीवन कितना कठिन है? कर बहुत बढ़ गये हैं और नौकरियाँ मिलना मुश्किल हो गया है।"

अधिकांश सप्त सिन्धु राज्यों की व्यापारी-विरोधी नीतियों के नतीजे में व्यापारिक गतिविधियों में भारी गिरावट आ गयी थी। और फिर कर राजस्व में भी उतनी ही भारी गिरावट आयी। साथ ही, साम्राज्यवादी युद्धों के कारण राजकीय व्यय भी बढ़ गया था। इसलिए कर की दरें बढ़ा दी गयीं। इसने व्यापार के भविष्य को और धुँधला दिया और नौकरियों के अवसर भी प्रभावित हुए। ऐसे हताशा भरे माहौल में, अपराध भी बढ़ गये थे। और हमेशा की तरह, इसकी चोट आम लोगों पर पड़ी। देश भर में छोटे-छोटे विद्रोह हो रहे थे, विशेषकर राज्यों के शासकों की सेवा में लगे

छोटे-मोटे सामन्तों और भूस्वामियों के विरुद्ध। पर अभी रावण को लोगों की स्थिति में कोई रुचि नहीं थी।

"मुझे कन्याकुमारी के बारे में बताओ।"

"यह उसी से जुड़ा है, दादा। कन्याकुमारी के पति..."

रावण के जबड़े को भिंचते देखकर कुम्भकर्ण चुप हो गया।

रावण ने एक क्षण को दूसरी ओर देखा और फिर वापस अपने भाई को देखा। "हाँ, उसके बारे में क्या?"

कुम्भकर्ण ने आगे कहा, "उनका नाम पृथ्वी है। वो भारत के सुदूर पश्चिम में बलोचिस्तान के व्यापारी हैं, या थे। कई वर्ष पहले वो वैद्यनाथ में आकर बस गये और अनेक व्यापारों में हाथ आज़माया। किन्तु उनको भारी घाटा ही हुआ।"

"नाकारा।"

कुम्भकर्ण ने रावण के ईर्ष्यापूर्ण शब्द को बिना किसी टिप्पणी जाने देने का फ़ैसला किया। उसने सुना था कि पृथ्वी एक ईमानदार, सरल और शिष्ट आदमी थे। भले ही वो कोई बहुत चतुर व्यापारी न रहे हों।

"व्यापार में इन घाटों के कारण," कुम्भकर्ण ने आगे कहा, "वो स्थानीय भूस्वामी के भारी ऋणी हो गये। अब अपने ऋण को चुकाने के लिए वो उसके लिए काम कर रहे हैं।"

"तो कन्याकुमारी को अपने मूर्ख पति के कारण नौकरों वाला काम करना पड़ रहा है?"

"लगता है कि वो अपनी इच्छा से वहाँ हैं, दादा। वो भी भूस्वामी के लिए काम करती हैं। उस क्षेत्र में हर कोई जानता है कि वो कन्याकुमारी थीं और सब लोग उनका सम्मान करते हैं। इसलिए जब भी आवश्यकता पड़ती है, तो वो आम लोगों और भूस्वामी के बीच शान्ति स्थापित करती हैं। भूस्वामी सुनिश्चित करता है कि उसके लोगों के लिए पर्याप्त भोजन हो। जब भी सम्भव होता है, वो उन्हें अपने खेत पर या चिल्का में या आसपास के क्षेत्रों में अपने निर्माण स्थलों पर काम भी देता है। लोग इसके कारण बहुत सन्तुष्ट हैं और उनके पास विद्रोह करने का कोई कारण नहीं है। उनका गाँव सप्त सिन्धु के सबसे शान्तिपूर्ण गाँवों में से है।

जोकि दरिद्रता और क्रोध के इस युग में एक उपलब्धि है। और यह सब वेदवतीजी की नैतिक शक्ति के कारण सम्भव हो पाता है।"

इस सबसे रावण ने बस इतना निष्कर्ष निकाला। "यानी हमें बस एक तुच्छ ग्रामीण भूस्वामी का ऋण चुकाना है और फिर कन्याकुमारी स्वतन्त्र हो जायेंगी?"

"हम्म... दादा, मुझे नहीं लगता कि यह इतना सरल होगा।"

"यह इतना ही सरल है। तुम्हें जीवन के बारे में अभी बहुत कुछ सीखना है, कुम्भ। तुम अभी भी छोटे हो।"

रावण का पोत भारत के पूर्वी तट पर ब्रंगा की ओर बढ़ रहा था। पवित्र गंगा के मुहाने की ओर। उनका इरादा नदी में उस बिन्दु तक आगे बढ़ने का था जो वैद्यनाथ के सबसे निकट था। उसके बाद चालक दल भूमि मार्ग से पवित्र मन्दिर नगरी तक जायेगा। मयूराक्षी नदी अपनी यात्रा वैद्यनाथ के निकट से आरम्भ करती थी, और पूर्व में बहती हुई गंगा की सबसे पश्चिमी उपशाखा में जा मिलती थी। एक नौसिखिया नाविक यह सोचने की ग़लती कर सकता था कि मयूराक्षी की उलट दिशा में चलकर सबसे जल्दी वैद्यनाथ पहुँचा जा सकता है। लेकिन रावण नौसिखिया नहीं था। वो जानता था कि मयूराक्षी एक बाढ़ प्रवण नदी है जिसमें जोखिम भरी और तेज़ लहरें होती हैं। उस पर नौकायन करना कठिन और धीमा होगा। इससे बेहतर था गंगा में आगे बढ़ना, और फिर शेष रास्ता पैदल या घोड़ों द्वारा तय करना।

"तुम्हें विश्वास है कि तुम इतने स्वस्थ हो कि वैद्यनाथ तक घुड़सवारी कर सको?" रावण ने कुम्भकर्ण की विशाल तोंद को चंचलता से थपथपाते हुए पूछा।

दोनों भाई पोत के ऊपरी तल पर थे, और गलियारे से होकर पोत प्रमुख के कक्ष की ओर जा रहे थे। रावण ने अभी खुले तल पर अपने मनपसन्द संगीतकार सूर्य के साथ एक घंटे का नृत्य अभ्यास पूरा किया था। उसने कुछ ही समय पहले भारी शुल्क देकर सूर्य की सेवाएँ ली थीं, और उसे और उसकी पत्नी अन्नपूर्णा को इस यात्रा पर साथ चलने के लिए मना लिया था ताकि वो उस नृत्य विधा का अभ्यास जारी रख सके जिसमें वो अभी निपुण होने की कोशिश कर रहा था।

"मेरी चिन्ता मत कीजिए, दादा। वो मैं नहीं हूँ जिसकी सांसें उस 'दिव्य नाम' को सुनने मात्र से उखड़ जाती हैं," कुम्भकर्ण ने चेहरे पर छद्म-भक्ति भाव लाते हुए कहा।

रावण ठहाका लगाकर हँस पड़ा और कुम्भकर्ण ने और भी ज़ोर से हँसते हुए उसकी पीठ को ठोंका। उन्होंने कक्ष में प्रवेश किया और कुम्भकर्ण ने द्वार बन्द कर दिया। रावण ने एक अलंकृत अलमारी के पास जाकर एक शीशे की सुराही और प्याला निकाला। फिर उसने अपने लिए थोड़ी-सी मदिरा पलटी।

"यहाँ तो माँ नहीं हैं, कुम्भ," रावण ने प्याला ऊँचा उठाते हुए कहा। "थोड़ी आज़माकर देख सकते हो।"

"मैं आज़मा चुका हूँ, दादा!" कुम्भकर्ण ने दांत निपोरे। "लेकिन मुझे समुद्र पर पीना पसन्द नहीं है। उलटी आने लगती है।"

"छी," रावण ने मुँह बनाया। "मुझे यह जानने की आवश्यकता नहीं थी।" वो अपने भाई के सामने एक मोखले के पास पड़ी कुर्सी पर पसर गया। "ख़ैर, अब जबकि मैं जान गया हूँ कि तुम मदिरा आज़मा चुके हो, तो मैं चाहूँगा कि तुम स्त्रियों को भी आज़माओ। रास्ते में कुछ बहुत अच्छे वेश्यालय हैं। हम उनमें से किसी पर रुकेंगे। ताकि तुम... स्त्री के स्पर्श का अनुभव कर सको।"

कुम्भकर्ण खी-खी करने लगा। वो शर्मा भी रहा था और साथ ही रोमांचित भी था। उसने कहानियाँ तो सुनी थीं। पर यह नहीं जानता था कि उसे किसी स्त्री के साथ क्या करना होगा।

"स्त्रियों के साथ एकमात्र समस्या उनका मुँह है," रावण ने आगे कहा। "वो बोलती हैं। उससे भी बढ़कर यह कि फ़ालतू बोलती हैं। तुम जानते हो ना कि दुनिया के कुछ भागों में माना जाता है कि स्वर्ग ऊपर है और नर्क नीचे? स्त्रियों के साथ ठीक इसका उलट है। उनके मामले में, स्वर्ग नीचे है और नर्क ऊपर!"

रावण अपने मज़ाक़ पर ख़ुद ही ज़ोर से हँसा। कुम्भकर्ण भी अनिश्चितता के साथ उसका साथ देने लगा।

"यह बात सभी स्त्रियों पर लागू नहीं होती, दादा," उसने कहा। "जब वेदवतीजी बोलती हैं, तो बुद्धिमानी का अहसास—"

इससे पहले कि वो अपना वाक्य पूरा कर पाता, रावण ने बात काट दी। "कन्याकुमारी साधारण स्त्री नहीं हैं। वो जीवित देवी हैं।"

"निस्सन्देह, दादा।"

रावण ने मदिरा पीते हुए मोखले से बाहर देखा। यह सोचते हुए कि उनसे मिलने पर वो क्या कहेगा। वो कैसे उन्हें अपना प्रेम दिखायेगा।

वो मुझे क्यों ठुकरायेंगी? विशेषकर तब जब उन्हें पता चलेगा कि मैं उनके लिए कैसा महसूस करता हूँ। जब उन्हें पता चलेगा कि मैं कितना धनी और शक्तिशाली हूँ... और उनके प्रेम के योग्य हूँ।

"दादा, मैं एक बात स्पष्ट बताना चाहता हूँ। आपको भी इस पर गम्भीरता से सोचना चाहिए।" कुम्भकर्ण की आवाज़ ने रावण के विचारों में अवरोध डाल दिया।

अपने छोटे भाई के गम्भीर भाव को देखकर रावण भी गम्भीर हो गया। "क्या बात है?"

"बात यह है कि..." कुम्भकर्ण हिचकिचाया।

"क्या हुआ, कुम्भ? बोलो।"

"दादा... इसे ग़लत मत समझना... पर सच में, मुझे नहीं लगता कि कन्याकुमारी आपके नृत्य से प्रभावित होंगी। इसलिए कृपया उनके लिए नृत्य मत करना। मैं विश्वास दिला सकता हूँ कि अगर आपने नृत्य किया तो वो आपसे दूर भाग जायेंगी।"

रावण ने अपने पास पड़ा एक छोटा-सा तकिया उठाकर कुम्भकर्ण पर दे मारा, जो हँसते-हँसते लोटपोट हो रहा था।

रावण भी हँस रहा था। "तुम निश्चित रूप से उतने छोटे और अच्छे बालक नहीं हो जिसके लिए माँ को डर है कि मैं बिगाड़ दूँगा।"

कुम्भकर्ण दांत निपोरने लगा। "आपका अनुसरण करने की कोशिश कर रहा हूँ, दादा!"

रावण ने पास रखा एक और तकिया उठाकर कुम्भकर्ण पर फेंका। उसके छोटे भाई ने उसे बड़ी आसानी से लपक लिया और अपनी पीठ के पीछे लगा लिया। "अब शायद मैं आराम से हूँ, धन्यवाद। अब और नहीं चाहिए!"

कक्ष में हँसी गूँजने लगी। आनन्द के आँसुओं को पोंछते हुए रावण ने अपने छोटे भाई को प्यार से देखा। और गर्व से भी। क्योंकि इन हल्के-फुल्के क्षणों में, उसकी नाभि में हमेशा रहने वाला दर्द भी लुप्त हो जाता था। आनन्द और आशा से उसका हृदय भर गया था।

—१८I—

लड़खड़ाते क़दमों से पोत की ओर वापस जाता कुम्भकर्ण मुस्कुराए बिना नहीं रह पा रहा था।

रावण ने अपने भाई के कन्धों पर हाथ रखा, उसके निकट झुका और हौले से पूछा, "कैसा रहा?"

वो महुआ द्वीप में थे और कुम्भकर्ण अभी पहली बार एक वेश्यालय होकर आया था। यह द्वीप गंगा की सबसे पश्चिमी उपशाखा के मुहाने पर था, उस बिन्दु पर जहाँ पानी और तलछट से बोझिल महान नदी अलसाई-सी पूर्वी सागर से मिलती थी। यहाँ वसन्तपला नाम की एक महिला का एक वेश्यालय था, जो पूरे क्षेत्र में विख्यात था। रावण ने निर्णय लिया था कि दैहिक आनन्द की दुनिया से अपने भाई का परिचय कराने के लिए यह जगह एकदम ठीक है।

उसने वसन्तपला का सुझाव मानते हुए अपने छोटे भाई के लिए ज़बीबी नाम की एक प्रसिद्ध वेश्या को चुना था। ज़बीबी अरब की थी, और पैसा कमाने के लिए हाल ही में भारत आयी थी। वो किसी अप्सरा से कम नहीं थी। लम्बे अंगों वाली और कमनीय ज़बीबी के चमकीले काले बाल थे। इस क्षेत्र में नयी होने के बावजूद वो अपनी सुन्दरता, और कपड़ों एवं आभूषणों की अपनी उत्कृष्ट अभिरुचि के लिए प्रसिद्ध हो चुकी थी। और सबसे महत्वपूर्ण यह कि वो प्रेम की कला में अनुभवी थी।

कुम्भकर्ण के लिए सर्वश्रेष्ठ ही चलेगा।

"शायद मुझे प्रेम हो गया है," प्रेम में डूबा और मदहोश दिख रहा कुम्भकर्ण फुसफुसाया।

रावण ज़ोर से हँस पड़ा। वो आगे बढ़ता गया, और फिर जब उसे अहसास हुआ कि उसका भाई साथ नहीं है तो रुक गया।

कुम्भकर्ण जड़ खड़ा था। सपनीली दृष्टि से भोर के आसमान को देखता हुआ। उसके कन्धों की दोनों अतिरिक्त बाँहें लटक-सी गयी थीं, जैसे वो भी नशे में हों। "मैं हँसी नहीं कर रहा हूँ, दादा। मुझे लगता है मुझे प्रेम हो गया है।"

रावण ने अपनी भौंहें उठाईं।

"मैं उसे यहाँ नहीं छोड़ना चाहता। क्या मैं उसे हमेशा के लिए नहीं पा सकता? मैं उससे विवाह नहीं कर सकता?"

रावण पलटकर चलता हुआ कुम्भकर्ण के पास पहुँचा, उसके कन्धों पर अपनी बाँहें डालीं, और अपने हिचकिचाते भाई को आगे बढ़ाने लगा।

"दादा, मैं गम्भीर हूँ..."

"कुम्भ, ज़बीबी जैसी स्त्रियाँ उपभोग करने के लिए होती हैं, प्रेम करने के लिए नहीं।"

कुम्भकर्ण के चेहरे पर क्रोध की चमक ने रावण को रुकने पर मजबूर कर दिया।

"दादा! ज़बीबी के बारे में इस तरह मत बोलिए!"

"यह एक सौदा था, कुम्भ। उसने तुम्हें आनन्द दिया, तुमने उसे धन दिया। उसकी तुममें कोई रुचि नहीं है। उसकी रुचि बस पैसे में है।"

"नहीं, नहीं! आप नहीं जानते उसने मुझसे क्या कहा। उसे विश्वास ही नहीं हो रहा था कि मैं मात्र एक लड़का हूँ। उसने कहा कि वो मुझ जैसे पुरुष के साथ कभी नहीं रही।"

"मैंने उसे पैसा दिया था, कुम्भ। वो पेशेवर है। निस्सन्देह उसने ऐसी बातें कहीं जो तुम सुनना चाहते थे।"

"पर उसने झूठ नहीं बोला और न ही मुझे प्रसन्न करने भर के लिए कुछ कहा। उसने जो कहा वो दिल से कहा था। उसने यह नहीं कहा कि मैं सुन्दर हूँ। मैं जानता हूँ मैं सुन्दर नहीं हूँ। पर उसने यह अवश्य कहा कि मैं बुद्धिमान हूँ। जोकि मैं हूँ। और कि मैं शक्तिशाली हूँ। और..." कुम्भकर्ण शर्माते हुए मुस्कुराया, "और बिस्तर में अच्छा हूँ।"

रावण फिर से हँसने से स्वयं को रोक नहीं सका। "मेरे भोले नन्हे कुम्भ! यह दुनिया स्वार्थी लोगों से भरी पड़ी है। वो तुमसे वही बातें कहेंगे जो तुम सुनना चाहते हो ताकि तुमसे वो पा सकें जो वो चाहते हैं। अपनी

रक्षा के लिए तुम्हें पता होना चाहिए कि तुम्हें जो चाहिए वो लेने के लिए उनका उपयोग कैसे करो। संसार ऐसे ही चलता है।"

"पर दादा, ज़बीबी भिन्न है। वो—"

"वो कुछ भी भिन्न नहीं है। उसे बस यह अधिक स्पष्ट है कि उसे क्या चाहिए। उसे धन चाहिए। और बदले में वो तुम्हें यौन क्रिया देगी। सीधी-सी बात है। कुछ पुरुष सम्मान चाहते हैं। क्यों? मैं नहीं जानता। पर चाहते हैं। तो, उन्हें सम्मान दो। उन्हें मरने का सम्मानजनक तरीक़ा दो। और इससे लाभ उठाओ। कुछ स्त्रियों को लगता है कि अपनी सुन्दरता का प्रदर्शन करना उन्हें शक्तिशाली बनाता है। तो, उनकी प्रशंसा करो, उनके साथ सम्भोग करो, और फिर दूर हटा दो। लोगों का उपयोग करो इससे पहले कि वो तुम्हारा उपयोग करें। संसार में अधिकांश लोग घृणा योग्य होते हैं। अनेक लोग दिखावों के पीछे छिपे होते हैं। सफल वो लोग होते हैं जो अपने साथ ईमानदार होते हैं। ज़बीबी ईमानदार है। उसे तुम्हारी चिन्ता नहीं है। उसे अपनी चिन्ता है। वो यहाँ कुछ साल के लिए आयी है ताकि पर्याप्त पैसा कमा सके, और फिर वो अरब में अपने पति के पास वापस चली जायेगी।"

कुम्भकर्ण भौंचक्का रह गया। "वो विवाहित है? उसने मुझसे झूठ बोला!"

"हाँ, उसने तुमसे झूठ बोला। लेकिन उसने अपने जीवन के सबसे महत्वपूर्ण व्यक्ति—स्वयं—से झूठ नहीं बोला! तुम्हें चौंकना नहीं चाहिए। इसके बजाय तुम्हें उससे सीखना चाहिए। स्पष्ट रहो कि तुम्हें क्या चाहिए। लेकिन उसे अच्छी तरह से छिपाकर रखो। इससे जो तुम चाहते हो उसे पाने में तुम्हें मदद मिलेगी।"

कुम्भकर्ण कुछ देर मौन रहा, और अपने भाई की कही बात पर चिन्तन करता रहा। अन्ततः वो बोला, "हम इसीलिए कुबेर के पोतों पर हमला कर रहे हैं ना? लेकिन यह हम इस तरह करते हैं कि सबको लगे कि यह लुटेरों का काम था।"

"बिल्कुल सही। अब तुम सीख रहे हो। कुबेर की शक्ति उसका धन है, और हम उसका जितना धन लेंगे, वो उतना ही असुरक्षित महसूस करेगा। अपनी हताशा में, वो लंका के एकमात्र ऐसे व्यक्ति से सम्पर्क करेगा जिसके पास सुप्रशिक्षित और सशस्त्र सैनिक हैं—मुझसे। वो अपने

धन की सुरक्षा के लिए मेरी मदद माँगेगा। मैं निश्चित रूप से उस बेचारे की सहायता करूँगा। और लंका की सेना का प्रमुख बन जाऊँगा। उसके बाद, राजा बनना बहुत दूर नहीं होगा।"

कुम्भकर्ण की छाती गर्व से फूल गयी। "मेरे भैया, लंका के राजा!"

रावण मुस्कुराया। "हमेशा याद रखो कि हम क्यों शक्तिशाली हैं, क्यों सफल हैं। क्योंकि हम स्वयं को मूर्ख नहीं बनाते कि हम सम्मानीय हैं या अच्छे हैं। हम जानते हैं कि हम कौन हैं। हम इसे स्वीकार करते हैं। हम इसे अंगीकार करते हैं। इसीलिए हम सबको हराते हैं। इसीलिए हम सबको हराते रहेंगे।"

"हाँ, दादा।"

रावण आगे बढ़ गया, और कुम्भकर्ण उसके साथ-साथ चलता गया।

अध्याय 11

"हमें वापस जाना होगा, दादा!"

"कुम्भ, तुम बचपना कर रहे हो। अपने कक्ष में जाओ।"

कुछ ही घंटे में उनका पोत महुआ द्वीप से रवाना होने वाला था। कुम्भ कोई समाचार लेकर भागता हुआ रावण के कक्ष में आया था। कुछ देर पहले जब ज़बीबी के साथ उसकी प्रेम-क्रीड़ाओं का आनन्द ले रहा था तो उस छोटी-सी बच्ची पर उसका ध्यान तक नहीं गया था जो मुश्किल से आठ वर्ष की रही होगी और मदिरा और भोजन लायी थी। कक्ष से जाने से पहले उसने देखा था कि वो उस कुर्सी के पास थोड़ी देर रुकी रही थी जिस पर उसने लापरवाही से अपना अंगवस्त्र डाल दिया था। तब उसने इस बारे में ज्यादा नहीं सोचा था।

अपने कक्ष में वापस आने पर उसका ध्यान वस्त्र के छोर पर बन्धी एक छोटी-सी गाँठ पर गया। उसने गाँठ को खोला तो एक छोटा-सा भोजपत्र मिला। उस पर दो शब्द लिखे थे, बाल लिखी में। उसने वो पत्री रावण को थमा दी।

रावण ने ज़ोर से उसे पढ़ा। "मुझे बचाएँ।"

"हमें बचाना होगा।"

"किसे बचाना होगा?"

"वेश्यालय की उस छोटी बच्ची को।"

"तुम्हें कैसे पता कि यह वही है?"

"मुझे पता है, दादा। वो परेशान दिख रही थी। अब जब मैं इस बारे में सोचता हूँ, तो उसकी आँखों में भय था। उसे हमारी सहायता चाहिए।"

"कुम्भ, अभी बस आधे घंटे पहले मैंने तुम्हें इतना लम्बा भाषण दिया था। लोगों का शोषण करने की अपनी क्षमता के कारण ही हम सफल हैं। इसलिए नहीं कि हम अच्छे काम करते हैं।"

"दादा, आपने ही एक बार मुझसे कहा था कि अगर कभी तुम्हें कोई असुरक्षित या गम्भीर संकट में मिले, तो उसकी सहायता करना—और फिर जीवनभर के लिए उन्हें अपना दास बना लेना। अगर उसके साथ दुर्व्यवहार हो रहा है, और हम उसकी सहायता करेंगे तो वो हमेशा हमारे प्रति निष्ठावान रहेगी। वो उपयोगी हो सकती है।"

"बेकार बात, कुम्भ। तुम बस उसकी सहायता करना चाहते हो और इसके लिए कोई उचित तर्क ढूँढ़ रहे हो।"

"सम्भव है मैं यह कर रहा होऊँ। इसमें हमारा बहुत कम व्यय होगा। अन्ततः एक बच्ची की सेवाएँ क्रय करने में कितना धन लगेगा? वो इसके योग्य होगी। मैंने उसकी आँखों में आग देखी है।"

"पल भर पहले तुमने कहा कि तुमने उसकी आँखों में भय देखा था। क्या था वो? भय या आग?"

"दादा, मैं बता रहा हूँ। यह लड़की उपयोगी सिद्ध होगी।"

रावण ने हताशा से सिर हिलाया। फिर उसने कुम्भकर्ण की ओर उँगली उठायी। "यह अन्तिम बार है जब मैं तुम्हारे कारण ऐसे ही किसी की सहायता करूँगा।"

"यह सहायता नहीं है, दादा। व्यापार है। यह लाभप्रद रहेगा। मेरा भरोसा करें।"

—ꣻI—

"वसन्तपला, यह अच्छा दाम है और तुम भी यह जानती हो," रावण ने अधीरता से कहा। "दस स्वर्ण मुद्राएँ। ये ले लो और बात समाप्त करो। मेरा समय बर्बाद मत करो।"

रावण और कुम्भकर्ण बीस अंगरक्षकों के साथ वसन्तपला के भवन पर वापस आये थे। रावण ने सोचा था कि झटपट मोल तय हो जायेगा। मगर वो तो चकित रह गया था।

वो बच्ची जिसे कुम्भकर्ण बचाना चाहता था दीवार के पास खड़ी थी। सिर झुकाए। हाथ बाँधे हुए। वो काँप रही थी। शायद डर से। या शायद स्वतन्त्रता की प्रत्याशा में।

"यह इतना सरल नहीं है, स्वामी," वसन्तपला ने कहा। "इसके लिए दस स्वर्ण मुद्राएँ पर्याप्त हो ही नहीं सकतीं।"

रावण खीझ गया था। "इतने वर्षों में तुमने मुझसे बेतहाशा धन कमाया है, वसन्तपला। नादान मत बनो। तुम आसानी से किसी दूसरे लड़के-लड़की को दास रख सकती हो। आजकल काम किसके पास है?"

"यह मात्र दासी नहीं है।"

रावण ने फिर से बच्ची को देखा। उसने उसके हाथ-पैरों पर बन्धनों के चिह्न देखे : जो बताते थे कि उसे अक्सर बाँधा जाता है। उसे पता था कि कुछ पुरुष अल्पायु बालक-बालिकाओं से सम्भोग करना पसन्द करते हैं, इस दौरान उन्हें बाँध भी देते हैं। वो यह कभी नहीं समझ पाया था। यह घिनौना था। अरुचिकर था।

"तो फिर कितना?" उसने पूछा।

"दो सौ स्वर्ण मुद्राएँ। यह सोने की मुर्ग़ी है।"

रावण ने अपना दायाँ हाथ आगे बढ़ाया। उसका एक सहायक आगे आया और उसने उसे एक भोजपत्र और क़लम थमा दी। रावण ने उस पर कुछ लिखा, अपनी मोहर लगायी और वसन्तपला की ओर फेंक दिया। "सौ स्वर्ण मुद्राएँ मेरा अन्तिम प्रस्ताव हैं। तुम इस हुण्डी को कहीं भी भुना सकती हो।"

वसन्तपला ने पत्रक उठाया और उसे ध्यान से पढ़ा। वो मुस्कुराई। "बहुत कृपा है, स्वामी, किन्तु यह पर्याप्त नहीं होगा।"

"मैं तुमसे झिकझिक नहीं कर रहा हूँ, वसन्तपला। यह मेरा अन्तिम प्रस्ताव है। अन्यथा हम इस हुण्डी को फाड़ सकते हैं और—"

वसन्तपला ने उसकी बात काटी। "और धन मैं अपने लिए नहीं माँग रही थी, स्वामी। मेरे लिए तो यह पर्याप्त है। किन्तु आपको किसी और को भी पैसा देना होगा।"

रावण की भृकुटियाँ चढ़ गयीं। "किसे?"

"इसके पिता को," वसन्तपला ने उत्तर दिया।

रावण उस नन्ही बच्ची की ओर मुड़ा, स्तम्भित-सा। मगर बस पल भर के लिए। *सारे पिता कमीने होते हैं। मेरे पिता की तरह।*

बच्ची ने अपना सिर उठाया और वसन्तपला को देखा। उसकी आँखें क्रोध से जल रही थीं। और नफ़रत से। मगर लगभग तुरन्त ही उसके भाव बदल गये। एक बार फिर वो उदासीन लगने लगी थी। सिर झुकाए। विनीत।

वाह! यह लड़की तो निश्चय ही इसके योग्य है।

रावण वसन्तपला की ओर मुड़ा। "इसका पिता?"

"आपको क्या लगता है इसे हमें कौन बेच गया होगा?"

उस बच्ची का पिता वेश्यालय से बीस निमिष से भी कम की दूरी पर रहता था। वसन्तपला का एक सहायक रावण और उसके दल को वहाँ ले गया। रास्ते में उसने रावण को बताया कि वो बच्ची बोलती नहीं है। उन्हें पता नहीं था कि वो जन्म से गूँगी है या नहीं। रावण को ऐसा लग रहा था कि बच्ची के आवाज़ खो देने का कारण वो यातनाएँ रही होंगी जो उसने इतनी कम आयु में झेली हैं।

उस स्थान पर पहुँचकर उन्होंने तुलनात्मक रूप से निर्जन क्षेत्र में एक साधारण-सा घर देखा। मगर वो उससे बेहतर स्थिति में था जिसकी उस छोटी-सी बच्ची की स्थिति देखते हुए रावण को अपेक्षा थी। घर के आसपास का स्थान साफ़ था। दीवारों को हाल ही में नयी ईंटों से बनाया गया था। छत भी नयी दिख रही थी। बाहर फूलों की क्यारियों से सजा एक छोटा-सा उपवन था। सब बहुत सुरुचिपूर्ण ढंग से किया गया था।

वसन्तपला के सहायक ने द्वार पर दस्तक दी और एक ओर हट गया। मध्य आयु के एक आदमी ने द्वार खोला। वो रावण से छोटा और

पतला था, अलावा एक छोटी-सी तोंद के। उसने मूल्यवान रेशमी धोती पहन रखी थी। गले में सोने की मोटी माला चमक रही थी। उसके लम्बे बालों को तेल लगाकर सुघड़ता से सँवारा गया था।

"यह तुम्हारी बेटी है?" रावण ने छोटी बच्ची की ओर संकेत करते हुए पूछा।

उस आदमी ने पहले बच्ची को और फिर रावण को देखा। उसने लुटेरे-व्यापारी के भयंकर रूप से बलिष्ठ शरीर को देखा। उसकी आँखों ने उसके मूल्यवान वस्त्रों और आभूषणों को भी तोल लिया था। स्पष्ट रूप से, मोटा ग्राहक है। "हाँ, मेरी बेटी है।"

"मुझे कुछ पूछना है। मैं जानना चाहता हूँ— "

वो आदमी बीच में ही बोल पड़ा। "एक स्वर्ण मुद्रा प्रति घंटा। आप मेरे घर के कक्ष का उपयोग कर सकते हैं। अगर आप कुछ भिन्न करना चाहते हैं, जैसे इसके मुँह से या पीछे से, तो दाम बढ़ जायेंगे। लेकिन, अगर आप इसे बाँधना या पीटना चाहते हैं, तो हमें दाम तय करने होंगे। क्योंकि अगर आपने कोई हड्डी तोड़ दी तो यह कम-से-कम कुछ महीने तो कुछ भी नहीं कमा पायेगी।"

रावण उस आदमी के निकट गया।

"तो क्या चाहते हैं?" पिता ने कुछ असहजता से पूछा।

उत्तर में, रावण ने उस आदमी के चेहरे पर ज़ोरदार घूँसा जड़ दिया। घूँसा सीधे उसकी नाक पर लगा था। दहला देने वाली कड़क ने पक्का कर दिया था कि उसकी हड्डी टूट गयी है। जब वो आदमी भूमि पर गिरा, और उसकी नाक से रक्त फूट पड़ा तो रावण ने पलटकर उस बच्ची को देखा। वो अपने पिता को घूर रही थी। अपने पिता के रक्त को।

उसने पलक भी नहीं झपकायी। न दूसरी ओर देखा।

रावण अपने आदमियों की ओर मुड़ा। "इसे उस पेड़ से बाँध दो। घुटनों के बल।"

वो आदमी पीड़ा से चीत्कारें मार रहा था।

रावण के आदमी उसे घसीटते हुए नारियल के एक लम्बे पेड़ के पास ले गये और उससे उसे बाँध दिया। घुटनों के बल। हाथ तने के पीछे।

दोनों टाँगें मुड़ी हुईं। चेहरा रावण की ओर। एकदम लाचार। और अभी भी वो फेफड़े फाड़कर चीख रहा था।

"इन्द्र देव की सौगन्ध, इस मूर्ख का मुँह बाँधो," रावण ने कहा, उसका चेहरा घृणा से सिकुड़ गया था।

एक रक्षक ने तुरन्त एक कपड़े का टुकड़ा निकाला और उस आदमी के मुँह में ठूँस दिया। एक दूसरे लम्बे से कपड़े से उन्होंने उसका मुँह कसते हुए उसे पेड़ के तने से बाँध दिया। अब वो शोर तो मचा ही नहीं सकता था, अपना सिर भी नहीं हिला सकता था। उसके मुँह से बस हल्की, घुटी-घुटी-सी आवाज़ें ही निकल रही थीं।

रावण ने मुड़कर कुम्भकर्ण को देखा। आँखों-आँखों में बात करते हुए। *देखो और सीखो।*

"तुम," रावण ने उस बच्ची से कहा। "क्या नाम है तुम्हारा?"

बच्ची कुछ नहीं बोली। कुम्भकर्ण रावण को याद दिलाने ही वाला था कि वो नहीं बोल सकती, मगर उसके बड़े भाई ने उसे चुप रहने का संकेत किया।

"यहाँ आओ," रावण ने उससे कहा।

वो निकट आयी। लम्बे और बहुत अच्छे डीलडौल वाले रावण के सामने वो बहुत छोटी दिख रही थी। वो मुश्किल से उसकी कमर तक पहुँच रही थी। अचानक रावण ने एक ख़ंजर निकाला। लड़की चौंककर पीछे हट गयी।

"डरो मत। यह ख़ंजर तुम्हारे लिए है," यह कहकर रावण ने ख़ंजर को घुमाया और हत्थे की ओर से बच्ची को थमा दिया।

उसने ध्यान से उसे देखा। वो लम्बा, धातु के मज़बूत हत्थे और क्षैतिज छड़ से युक्त था। ख़ंजर का फल बाहरी ओर से धारदार और अन्दर की ओर से दाँतेदार था। धारदार ओर से फल माँस को आसानी से काटता चला जाता था। दाँतेदार पक्ष ख़ंजर को निकालते समय अधिकतम क्षति और पीड़ा पहुँचाता था। गोकर्ण के हुनरमन्द लुहारों ने इसे बनाया था, मगर इसकी परिकल्पना स्वयं रावण की थी।

बच्ची ने कसकर ख़ंजर को पकड़ लिया। उसके हाथ काँप रहे थे। फिर उसने अपने पिता को देखा। उस आदमी की आँखें डर के मारे फैल गयी थीं। उसकी घुटी-घुटी-सी चीख़ें अब बहुत तेज़ हो गयी थीं।

मैं तुम्हारा पिता हूँ...

मुझे क्षमा कर दो...

मैं तुम्हारा पिता हूँ...

"मेरे साथ आओ," रावण ने कहा। वो पेड़ से बँधी उस दयनीय काया के पास गया। बच्ची उसके पीछे-पीछे गयी।

अब वो आदमी काँप रहा था, और बहुत बुरी तरह से घबराया हुआ था। वो उन रस्सियों से जूझ रहा था जिनसे उसे बाँधा गया था। मगर उसे बहुत ही अच्छी तरह बाँधा गया था। बस उसकी घुटी-घुटी चीख़ों की आवाज़ ही सुनाई दे रही थी। अन्य सभी चुप थे।

रावण ने उस आदमी को झन्नाटेदार झापड़ मारा। "ओह, चुप कर!"

रावण बच्ची की ओर मुड़ा और उसके पिता की गर्दन के आधार पर एक स्थान दिखाया जहाँ ग्रीवा शिरा और ग्रीवा धमनी सिर और हृदय के बीच रक्त लाती-ले जाती है। लगभग कोई पाठ पढ़ाने की तरह उसने हाथ से काटने का इशारा करते हुए उस बच्ची से कहा, "यहाँ एक लम्बा, गहरा वार करोगी, तो कुछ ही पल में तुम्हारे पिता मर जायेंगे।" फिर उसने हृदय की ओर इशारा किया और उस आदमी के सीने पर हाथ रखा। "यहाँ ख़ंजर घोंपोगी, तो यह और तेज़ी से मर जायेगा। मगर तुम्हें सुनिश्चित करना होगा कि वार ठीक से हो। तुम यह नहीं चाहोगी कि ख़ंजर पसलियों से टकराकर मुड़ जाये। ये कठोर अस्थियाँ होती हैं। कभी-कभी ख़ंजर पसलियों से टकराकर वापस लौट आता है और इससे तुम्हें स्वयं चोट लग सकती है। तो मैं अभी इसे आज़माने की सलाह नहीं दूँगा। इसके लिए तुम बाद में प्रशिक्षण ले सकती हो।"

बच्ची ने हामी भरी। उत्सुक विद्यार्थी की तरह। भयंकर रूप से उत्सुक विद्यार्थी की तरह।

"या," रावण ने उस आदमी के पेट के निचले हिस्से की ओर संकेत किया, "तुम इसे यहाँ घोंप सकती हो। आँतों में। ख़ंजर को मोड़ने के लिए कोई अस्थि नहीं है। मगर समस्या यह है कि सारा रक्त बहने में

बहुत समय लगेगा। सारा रक्त बहकर प्राण निकलने तक हमें कोई बीस या शायद तीस निमिष तक भी उसकी चीख़ें सुननी पड़ सकती हैं। और अगर घाव बहुत गहरा नहीं हुआ तो रक्त बहुत धीमे बहेगा। इसमें घंटों लग सकते हैं। और तुम्हारे पिता पर बर्बाद करने के लिए इतना समय मेरे पास नहीं है। तो, अगर तुम इसे यहाँ ख़ंजर मारने वाली हो, तो ध्यान रखना कि घाव गहरा हो।"

हताश आदमी ख़ुद को छुड़ाने के लिए संघर्ष कर रहा था।

"अब यह तुम पर है," रावण ने कहा।

उस बच्ची ने अपने पिता को देखा। क्रोध में काँपते हुए जैसे उसका सारा आत्मनियन्त्रण चुक गया था। उसने दोनों हाथों से कसकर ख़ंजर को पकड़ा। उसके पिता की आँखें दया की भीख माँग रही थीं। आँसुओं में पसीना और रक्त मिल गया था।

बच्ची के निर्णय लेने की प्रतीक्षा करता रावण एक ओर खड़ा हो गया।

मगर यह जितनी तेज़ी से हुआ, उससे वो भी हैरान रह गया था।

बच्ची ने तेज़ी से हरकत की। न दोबारा सोचा। न झिझकी। वो आगे बढ़ी और उसने अपने पिता की आँतों में ख़ंजर घोंप दिया। घोंपते समय अपने कन्धों को आगे धकेलते हुए। उसके लिए धीमी, दर्दनाक मौत चुनते हुए। उस आदमी के मुँह से घोर पीड़ा भरी चीत्कार निकली। डर और पीड़ा से उसकी आँखें फैल गयी थीं। उसकी प्रतिक्रिया ने जैसे बच्ची को और उकसा दिया था। उसने दोनों हाथों से अपने ख़ंजर को और गहरा धकेल दिया। जब अन्ततः उसने ख़ंजर बाहर निकाला, तो रक्त का फुहारा फूट पड़ा। लाल रंगता हुआ उसके हाथों को। उसके कपड़ों को। उसके शरीर को। सब कुछ को।

वो हिचकिचाई नहीं। न पीछे हटी। अपने पिता के गर्म लहू में भीगी वो वहीं खड़ी रही।

रावण मुस्कुराया। "शाबाश।"

मगर बच्ची का काम अभी समाप्त नहीं हुआ था। वो आगे बढ़ी और उसने फिर से अपने पिता को ख़ंजर घोंप दिया। और फिर से। और फिर से। हमेशा पेट में। हमेशा आँतों में।

इस सबके बीच वो बिल्कुल चुप थी।

न क्रोध भरी आवाज़ें। न चीख़ें। न चिल्लाहटें।

बस विशुद्ध, मूक क्रोध।

वो अपने पिता को तब तक ख़ंजर भोंकती रही जब तक कि उसका पेट फट नहीं गया और आँतें बाहर निकलने नहीं लगीं।

कुम्भकर्ण ने रावण से कहा, "दादा, इसे रोकिये।"

रावण ने सिर हिला दिया। *नहीं।*

उसकी आँखें बच्ची पर लगी थीं।

उसने अपना ख़ंजर उठाया और एक बार फिर अपने पिता के भोंक दिया।

अन्ततः जब वो पीछे हटी, तब तक उसके शिथिल शरीर पर लगभग पच्चीस घाव कर चुकी थी। उसका चेहरा, उसके हाथ, उसका शरीर, उसके कपड़े सब रक्त में सने थे। ऐसा लग रहा था जैसे वो अपने पिता के रक्त में नहाई हो।

वो मुड़ी और उसने रावण को देखा। पल भर को वो लड़खड़ा गया था।

वो मुस्कुरा रही थी।

वो रावण के पास आयी, अपने घुटनों पर बैठी, और रक्त में सना ख़ंजर उसके पैरों में रख दिया।

रावण ने उसके कन्धों पर हाथ रखे और उसे खड़ा किया।

"क्या नाम है तुम्हारा?" उसने पूछा।

बच्ची ने कुछ नहीं कहा।

रावण ने कहा, "अब मैं तुम्हारा स्वामी हूँ। तुम मेरे लिए काम करोगी। तुम मेरे प्रति निष्ठावान रहोगी। और मैं तुम्हारी रक्षा करूँगा।"

बच्ची मौन रही।

रावण ने अपना प्रश्न दोहराया। "क्या नाम है तुम्हारा?"

बच्ची ने सुना था कि रावण के अनुयायी उसे क्या कहकर बुलाते हैं। इराइवा। वास्तविक स्वामी।

अन्ततः वो बोली। बालसुलभ स्वर में जो असहज रूप से शान्त था। "महान इराइवा, मेरा नाम समीची है।"

१२

अध्याय 12

रावण और उसका दल वैद्यनाथ के उस भवन में पहुँच गये थे जिसे कुम्भकर्ण ने उनके रहने के लिए किराए पर लिया था। यह मन्दिर परिसर से सुरक्षित दूरी पर स्थित एक साधारण-सा भवन था, और उसमें ऐसी कोई विलासिताएँ नहीं थीं जिनका अब रावण आदी हो चुका था। मगर भाइयों ने साधारण तरीक़े से रहने का ही निर्णय लिया था। इस क्षेत्र में इतने सारे बड़े मन्दिर होने के कारण सप्त सिन्धु के राजपरिवारों और सामन्ती परिवारों के अनेक सदस्य यहाँ आते रहते थे। इसका अर्थ था कड़ी सुरक्षा। और सप्त सिन्धु के कर निरीक्षकों और सुरक्षाकर्मियों के लिए एक कुख्यात तस्कर को पकड़ना एक बड़ी सफलता होती। भाइयों ने रावण और कुम्भकर्ण के स्थान पर अपने मिथ्या नाम तक रख लिए थे : जय और विजय।

अपने आवास पर पहुँचने के एक घंटे के भीतर रावण और कुम्भकर्ण वेदवती को ढूँढ़ने निकल पड़े थे। वो एक घंटे की यात्रा की दूरी पर टोडी नाम के एक गाँव में रहती थीं।

ऐतिहासिक रूप से भारत के मन्दिर केवल उपासना का ही नहीं, बल्कि सामाजिक गतिविधियों का भी केन्द्र थे जिनके आसपास सामुदायिक जीवन घूमता था। अधिकांश मन्दिर परिसरों में स्थानीय लोगों के उपयोग के लिए सरोवर होते थे। प्रसाद के रूप में निर्धनों को भोजन दिया जाता था। आसपास के गाँवों के बच्चों के लिए नि:शुल्क प्राथमिक शिक्षा उपलब्ध होती थी। बड़े नगरों के मन्दिर उच्च शिक्षा भी देते थे। गाँववासियों को अपने क्षेत्र के मन्दिरों में बुनियादी चिकित्सकीय उपचार भी उपलब्ध होता था। इसके अतिरिक्त, अधिकांश मन्दिर भंडारगृह का काम भी करते थे

जहाँ आधारभूत अनाज रखे जाते थे जो वर्षा न होने पर लोगों को प्रदान किया जाता था। अगर वो असाधारण रूप से समृद्ध होते थे तो निर्धनों के लिए घर या नदियों पर बाँध बनवाने जैसी स्थानीय निर्माण परियोजनाओं के लिए धन भी देते थे। यह सब कुछ उस दान के कारण सम्भव होता था जो मन्दिरों को समृद्ध और निर्धन लोगों से प्राप्त होता था।

लेकिन अधिकांश चीज़ों की तरह यह प्रणाली भी नष्ट हो रही थी। व्यापार मन्दा पड़ा तो दान भी कम हो गये। बड़े मन्दिरों में भी कोष रिक्त होने लगे थे। स्थिति को और बिगाड़ते हुए राजपरिवार कोई-न-कोई बहाना बनाकर मन्दिरों का अधिग्रहण कर रहे थे—प्राय: उनके "बेहतर प्रबन्धन के लिए।" शीघ्र ही, मन्दिरों के चन्दे का एक बड़ा हिस्सा राजकोषों में जाने लगा।

स्वाभाविक रूप से, अधिकांश सामुदायिक मन्दिरों द्वारा किये जाने वाले परोपकार काम भी प्रभावित होने लगे। स्थानीय मूलभूत व्यवस्थाएँ भी बुरी तरह प्रभावित हुईं।

मगर टोडी में ऐसा नहीं था। यहाँ स्थानीय भूस्वामी शोचिकेश पास में बहने वाली नदी पर बाँध बनाने के लिए गाँववासियों के साथ मिलकर काम कर रहा था। इससे सूखे मौसम के लिए पानी संरक्षित करने में सहायता मिलती। भूस्वामी ने सामान दिया था और गाँववासियों ने श्रम। लाभ सबका था।

असम्भव लगने वाला यह सहकार्य केवल वेदवती के कारण ही सम्भव हुआ था। क्योंकि, गाँववासियों को यद्यपि भूस्वामी पर विश्वास करना आसान नहीं लगता था, मगर कन्याकुमारी पर सभी विश्वास करते थे। सभी।

और वो वहाँ थीं, अभियान का निरीक्षण करती। एक थोड़े से ऊँचे चबूतरे पर खड़ी, अपने माथे पर जमा पसीने और चारों ओर उड़ती धूल से बेपरवाह।

बाँध का काम तीव्रता से चल रहा था। गाँव के सारे सक्षम पुरुष,लगभग बिना आराम किये काम पर लगे थे। भूस्वामी भी वेदवती वाले चबूतरे पर ही खड़ा काम का निरीक्षण कर रहा था। उसने तो अपने स्वच्छन्द पुत्र सुकर्मण तक को यहाँ आकर काम में हाथ बँटाने के लिए मना लिया था। बाँध को बहुत जल्दी ही पूरा करना था। इसलिए नहीं कि

बारिशों का मौसम सिर पर रखा था—उसे आने में तो अभी महीनों शेष थे। कारण थीं वेदवती।

वो गर्भवती थीं। प्रत्यक्षत: गर्भवती। शिशु जन्म के लिए निकट स्थित वैद्यनाथ मन्दिर से जुड़े चिकित्सालय में उनके जाने से पहले बाँध का काम पूरा होना था। न तो गाँववासी और न ही भूस्वामी के आदमियों को यह विश्वास था कि उनकी प्रशान्त उपस्थिति के बिना वो साथ में काम कर पायेंगे। केवल वही थीं जो उनके विवादों को सन्तोषजनक रूप से हल करने में सक्षम और विश्वसनीय थीं।

रावण और कुम्भकर्ण ने कार्यस्थल से कुछ सौ गज़ दूर अपने घोड़े बाँधे, और बड़ी सावधानी से पैदल आगे बढ़े। रावण ने तय किया था कि पहला दिन स्वयं को सामने लाये बिना कन्याकुमारी को देखने में बितायेगा।

"दादा," कुम्भकर्ण ने कहना शुरू किया।

"धीमे बोलो!" रावण ने उसे चुप किया। "कोई हमें सुन लेगा।"

कुम्भकर्ण ने आसपास देखा। कहीं कोई नहीं था। मगर उसने निष्ठापूर्वक अपना स्वर धीमा करके फुसफुसाहट में बदल लिया। "दादा, हम छिप क्यों रहे हैं? यहाँ तो हमें कोई नहीं जानता है। हम लोगों से कह सकते हैं कि आप एक व्यापारी हैं और वैद्यनाथ मन्दिर के दर्शन करने आये हैं और अपने अतिथिगृह जाते हुए यहाँ ठहर गये थे। फिर आप जाकर कन्याकुमारी से बात कर सकते हैं। केवल वही आपको पहचान पायेंगी।"

रावण ने सिर हिला दिया।

कुम्भकर्ण को लगा कहीं रावण की सतर्कता का कारण वो तो नहीं है। "मैं यहाँ पहले भी आ चुका हूँ, दादा। यहाँ के लोगों के मन में नागाओं के लिए कोई पूर्वाग्रह नहीं है। मैं यहाँ सुरक्षित हूँ।"

रावण ने कुम्भकर्ण को देखा। "मैं उस आँख को नोंच लूँगा जो तुम्हें घूरेगी," उसने शान्त भाव से कहा। वो सावधानी से चल रहा था। सूखे पत्तों और टहनियों से बचते हुए जो पैरों के नीचे आकर टूट सकती थीं।

कुम्भकर्ण मन-ही-मन मुस्कुराया। उसका बड़ा भाई घबरा रहा था।

"तुम्हें पता है जब तुम छोटे थे तो कुछ दिन हम टोडी के पास ही रहे थे?" रावण ने आवाज़ धीमी रखते हुए पूछा।

"आप मुझे बता चुके हैं, दादा," कुम्भकर्ण ने अपना हाथ उठाया और तीन उँगलियाँ दिखायीं। "पिछले पाँच निमिष में मात्र तीन बार।"

"ओह, अच्छा? लगता है मैं..."

इस बार कुम्भकर्ण खुलकर मुस्कुरा दिया। उसने अपने भाई को इतना चिन्तित कभी नहीं देखा था।

—१०I—

दोनों भाइयों को कुछ घनी झाड़ियों के पीछे छिपने का बहुत सही स्थान मिल गया था। वहाँ से नदी का कार्यस्थल स्पष्ट दिखाई दे रहा था। किसी श्रमिक ने उन्हें आते नहीं देखा था। आख़िर वो लुटेरे-व्यापारी थे। आवश्यकता होने पर स्वयं को छिपाना उनके लिए आवश्यक व्यावसायिक गुण था।

कार्यस्थल पर पचास से अधिक लोग थे। मगर रावण की निगाहें तो केवल एक पर थीं।

वो सम्मोहित रह गया। लगभग शक्तिहीन। उसकी दृष्टि गाँववासियों के बीच घूमती वेदवती पर जमी हुई थी।

वो यह सोचे बिना नहीं रह पाया कि देवी सरस्वती उस पर वास्तव में कृपालु थीं, क्योंकि वो विलक्षण रूप से उसके द्वारा बनाये उनके चित्रों के समान ही थीं। एक स्त्री के लिए वो लम्बी थीं। गोरी, गोल चेहरा, ऊँचे कपोल, और तीखी, छोटी-सी नाक। सपाट पलकों वाली काली, बड़ी-बड़ी आँखें। उनके काले, लम्बे बाल कसी चोटी में पीठ पर लहरा रहे थे। उनकी छवि उसके मन में अंकित हो गयी थी। उसने उन्हें पूर्ण नारीत्वयुक्त कमनीय स्त्री के रूप में उकेरा था। अब तो वो और अधिक आकर्षक लग रही थीं। उनके पुराने, मगर स्वच्छ वस्त्र उनके आकर्षण को कम नहीं कर रहे थे।

कुम्भकर्ण फुसफुसाया, "क्षमा करना, दादा। मुझे पता नहीं था कि कन्याकुमारी गर्भवती हैं। पहले यह स्पष्ट नहीं था..."

मगर रावण सुन ही नहीं रहा था। वो तो बस उन्हें देखे जा रहा था, यह विश्वास कर पाने में असमर्थ-सा कि वो अन्ततः उनके आसपास था।

कुम्भकर्ण को यह समझने में थोड़ी देर लगी कि एकरूपता के बावजूद वेदवती रावण के अपने चित्रों से कुछ भिन्न क्यों दिख रही थीं। अपने गर्भ के उभार के कारण नहीं। बात कुछ और थी। रावण की दीवारों पर, वो दिव्य और श्रद्धा उत्पन्न करती थीं, मगर बहुत विलग और उदासीन भी थीं। वास्तविक जीवन में वो भिन्न थीं। वो अभी भी दिव्य दिखती थीं, हाँ। श्रद्धा उत्पन्न करती थीं, हाँ। मगर उनमें उदासीनता क़तई नहीं थी। गाँववासियों के बीच घूमते हुए उनकी आँखों में स्नेह और उदारता झलक रही थी। देवी माँ की तरह।

"दादा," कुम्भकर्ण ने धीरे से कहा।

रावण ने कुम्भकर्ण के कन्धे पर हाथ रख दिया। उसने कुछ नहीं कहा, मगर यह संकेत ही पर्याप्त था।

चुप रहो, छोटे भाई। मुझे देखने दो... मुझे अन्ततः अपना जीवन जीने दो...

कुम्भकर्ण ने धीरे से कहा, "दादा, आपको नहीं लगता कि अब समय आ गया है कि हम..."

रावण ने उसे चुप करने के लिए हाथ उठाया तो वो रुक गया।

उन्हें वैद्यनाथ आये हुए पूरा एक हफ़्ता हो गया था। वो प्रतिदिन कार्यस्थल पर आते थे, हर बार अपने छिपने का स्थान बदल देते। कार्यस्थल का भिन्न परिदृश्य देखते। वहाँ मौजूद लोगों का भिन्न दृश्य देखते। कन्याकुमारी का भिन्न दर्शन पाते।

कुछ बदला नहीं था तो यह सच कि उन्होंने अभी तक उनसे बात नहीं की थी। अपनी उपस्थिति तक उजागर नहीं की थी।

कुम्भकर्ण हैरान था। उसका शक्तिशाली, अजेय भाई वेदवती से बात करने की हिम्मत तक नहीं जुटा पा रहा था। स्त्रियों के साथ उसका विश्वास और सहज आकर्षण जैसे उसका साथ छोड़ गया था। अपने सामान्य साहस से रीता वो बस अपने छिपने के स्थान पर खड़ा था और अपने समर्पण बिन्दु को तके जा रहा था।

अपनी कन्याकुमारी को। अपनी देवी को।

मगर कुम्भकर्ण तो हमेशा कन्याकुमारी को देखता नहीं रह सकता था। तो उसने कार्यस्थल पर और आराम करते दूसरे लोगों को देखना शुरू किया। पिछले हफ़्ते भर में वो इतने गाँववासियों को और उनकी बातचीत को देख चुका था कि वो उनके बारे में राय बनाने लगा था। भूस्वामी शोचिकेश सच में भला आदमी लगता था। वो ऐसे भव्य कपड़े नहीं पहने हुए था जैसे लंका के भूस्वामी पहनते हैं, मगर गाँववासियों का ध्यान रखता प्रतीत हो रहा था। गाँववासी भी उसका सम्मान करते प्रतीत होते थे, भले ही उस पर भरोसा न करते हों। दूसरी ओर, शोचिकेश का बेटा सुकर्मण बिगड़ा बच्चा था। आलसी। स्वार्थी। सुस्त, और एक बार तो जब कोई नहीं देख रहा था तो उसने धन भी चुराया था। लेकिन जब कन्याकुमारी या उसके पिता आसपास होते तो हमेशा अच्छा व्यवहार करता था।

मैं इन मूर्खों को देखने में अपना समय क्यों बर्बाद कर रहा हूँ?

कुम्भकर्ण अपने भाई की ओर पलटा। "दादा..."

रावण ने उसे फिर से चुप करने के लिए हाथ उठाया।

इस बार कुम्भकर्ण चुप रहने को तैयार नहीं था। रावण के कोई पहल करने की प्रतीक्षा करता वो हतप्रभ-सा था। वो कल्पना करने लगा कि उसका शेष जीवन झाड़ियों के पीछे छिपे रहने और कन्याकुमारी पर निगाह रखने में ही बीत जायेगा। नहीं, उसे कुछ करना होगा। "दादा, क्यों न हम उनका अपहरण कर लें?"

रावण ने भयाक्रान्त होकर कुम्भकर्ण को देखा। "तुम्हें हुआ क्या है? वो देवी हैं! तुम कैसे..."

कुम्भकर्ण ने हल्के से हँसते हुए अपने भाई की बात काटी। "दादा, आपका महुआ द्वीप वाला भाषण मुझे अभी भी याद है। लोगों का उपयोग और शोषण करने की शक्ति वाला भाषण। मुझे लगता था हम उसमें माहिर हैं! हम झाड़ियों के पीछे छिपकर और गाँववासियों को अपना काम करते देखकर क्या कर रहे हैं?"

रावण पल भर के लिए क्रुद्ध दिखा। फिर मुस्कुराया और उसने सिर हिला दिया। "वाम: कामो मनुष्याणाम् यस्मिन् किल निबध्यते; जने तस्मिंस्त्वनुक्रोश: स्नेहश्च किल जायते।"

वो देवी विष्णु, मोहिनी, द्वारा छोड़ी गयी महान वाल्मीकियों की प्रजाति के एक उत्कृष्ट दार्शनिक का श्लोक उद्धृत कर रहा था। प्राचीन

संस्कृत के इस श्लोक में प्रेम-पीड़ित पुरुष की असहायता का वर्णन है, जिसका अनुवाद कुछ इस तरह है: पुरुष के लिए काम की अभिलाषा करना अमंगलकारी है; क्योंकि काम में बँधा पुरुष करुणा और प्रेम महसूस करता है।

अनकहा सच : ऐसा पुरुष क्षीण हो जायेगा।

बड़े भाई को देखकर मुस्कुराते हुए कुम्भकर्ण की आँखें शरारत से चमकने लगी थीं।

रावण दूर खड़ी वेदवती को देखने के लिए मुड़ा और धीरे से बोला, "कल... कल हम उनसे बात करने चलेंगे।"

"हाँ," कुम्भकर्ण ने विनम्रता से हाथ जोड़कर नमस्ते की। "हम व्यापारी हैं और वैद्यनाथ के महान महादेव मन्दिर के दर्शन करने आये थे। हम अपने अतिथिगृह जा रहे थे तभी हमने सुना कि यहाँ बाँध का काम चल रहा है। तो हमने सोचा कि आकर इसे देख लें।"

जैसा तय हुआ था, कुम्भकर्ण और रावण अन्तत: अपने स्वयं के थोपे हुए गुप्त स्थल से बाहर आये। दोनों भाई बुद्धिमानी से तुलनात्मक रूप से साधारण वस्त्रों मे आये थे। दरिद्रता के इस काल में, ऐसे समुदाय के बीच जो विपरीत परिस्थितियों से जूझ रहा था, अपनी सम्पत्ति का प्रदर्शन अशिष्ट, बल्कि संकटपूर्ण भी हो सकता था। कुम्भकर्ण केवल तेरह साल का था, मगर मानव मन के सबसे आधारभूत भावों में से एक ईर्ष्या को वो समझता था।

नि:सन्देह, भूस्वामी और गाँववासियों को कुम्भकर्ण कम-से-कम बीस वर्ष का वयस्क पुरुष लग रहा था। और शोचिकेश की सराहना करनी होगी कि उसने उन उपांगों पर निगाह भी नहीं डाली जो कुम्भकर्ण के नागा होने की पुष्टि करते थे।

"हमारे साथ भोजन करके हमें कृतार्थ करें, भले यात्रियों," शोचिकेश ने कहा। "हम समृद्ध तो नहीं हैं, लेकिन अपना धर्म जानते हैं। अतिथि देवो भव।"

शोचिकेश द्वारा उद्धृत तैत्तिरीय उपनिषद की इस पंक्ति को सराहते हुए कुम्भकर्ण ने अपने हाथ जोड़े और सम्मान में सिर झुकाया। उसने अपने भाई को टहोका दिया, और उसने भी यही किया। मगर रावण का ध्यान कहीं और ही लगा हुआ था। उस स्त्री पर जो उनकी ओर आ रही थी।

कन्याकुमारी पर।

वेदवती पर।

"आपने अपने क्या नाम बताये?" शोचिकेश ने पूछा।

"मेरा नाम विजय है," कुम्भकर्ण ने कहा। "और मेरे बड़े भाई का नाम जय है।"

शोचिकेश मुस्कुराया। "दोनों नामों का अर्थ विजय ही है। आपके माता-पिता को अत्यधिक आशाएँ रही होंगी!"

कुम्भकर्ण खुलकर हँसा। "और हमने उन आशाओं को तोड़ दिया!"

शोचिकेश मुस्कुराया। उसने अपने लाल बालों की ओर संकेत किया। "मेरे माता-पिता ने मेरा नाम शोचिकेश रखा था। वो जिसके बाल आग की लपटों जैसे हैं! मगर मेरे अन्दर कुछ भी ऐसा नहीं है जो आग-सा हो!"

"शायद अपने माता-पिता को निराश करना सारी सन्तानों का कर्तव्य होता हो?" कुम्भकर्ण इस आशा में बातचीत जारी रखे हुए था कि शायद जल्दी ही उसका भाई अपने कल्पना जगत से बाहर निकल आयेगा।

शोचिकेश हँस पड़ा। किसी अनकहे भाव से वो पलटकर अपने बेटे सुकर्मण को देखने लगा, जो कुछ ही दूरी पर बैठा दूसरे लोगों को काम करते देख रहा था। और उसके चेहरे से मुस्कुराहट लुप्त हो गयी। सुकर्मण का अर्थ था जो अच्छे काम करे। हँसी-ठिठोली में छिपे होने पर भी कड़वे सच पीड़ादायक ही होते हैं। "जो भी हो, हमारे साथ भोजन करने के लिए आपका स्वागत है।"

कुम्भकर्ण को शोचिकेश को उत्तर देने का अवसर ही नहीं मिल पाया। क्योंकि वेदवती उनकी ओर आ रही थीं। उनका बायाँ हाथ उनके उभरे हुए पेट पर अजन्मे शिशु को सहारा दे रहा था। कुम्भकर्ण ने उन्हें देखा और मुस्कुराया। दूसरी ओर रावण भूमि को तकता रहा।

"हमारे सज्जन भूस्वामी शोचिकेश सही कह रहे हैं," वेदवती ने कहा। "हमारे साथ भोजन करके हमें अनुग्रहीत करें।"

रावण ने थोड़ा-सा सिर उठाया और मुस्कुरा दिया। यही आवाज़ सुनने के लिए तो वो इतने बरसों से तड़प रहा था। उसकी आत्मा के लिए यह मरहम की तरह था। उसने उसे अपने भीतर, अपने सारे अस्तित्व में गूँजने दिया। स्वयं उन शब्दों की कोई महत्ता नहीं थी।

उसने कुछ कहने की कोशिश की। उत्तर देने की कोशिश की। मगर उसकी स्वर-तन्त्रियाँ जैसे सिकुड़ गयी थीं। उसके मुँह से कोई आवाज़ नहीं निकली।

कुम्भकर्ण ने अपने अवाक भाई को और फिर वेदवती को देखा। पीड़ादायक सच उसके सामने स्पष्ट था। वेदवती को कुछ ज्ञात नहीं था कि रावण कौन है। वो उसे बिल्कुल नहीं पहचानती थीं।

कुम्भकर्ण ने सिर झुकाया और विनम्रता से बोला, "महान कन्याकुमारी, यह..."

"मैं अब कन्याकुमारी नहीं हूँ," वेदवती ने स्नेह से मुस्कुराते हुए बात काटी।

कुम्भकर्ण ने सिर हिलाया। "निस्सन्देह, भद्रा वेदवती जी। मगर मुझे पता नहीं कि हम भोजन के लिए रुक पायेंगे या नहीं। क्योंकि हमें..."

"हम रुक जायेंगे!"

अगर कुम्भकर्ण ने अपने कन्धे को दबाते अपने बड़े भाई के हाथ को महसूस न किया होता तो वो शायद इस आवाज़ को पहचान भी नहीं पाता। यह आश्चर्यजनक ढंग से बचकाना थी। शक्तिशाली रावण की हमेशा जैसी भारी-भरकम आवाज़ नहीं थी।

"बहुत बढ़िया!" वेदवती रावण को देखकर मुस्कुराईं। फिर मुड़ीं और चली गयीं।

कुम्भकर्ण ने अपने भाई को देखा जो अब वेदवती की जाती हुई आकृति को देखकर मूर्खों की तरह मुस्कुरा रहा था। उसके चेहरे पर विचित्र-सा भाव था। आनन्द का। वो इतना प्रसन्न कभी नहीं रहा था।

कुम्भकर्ण ने अपने गले में भर आया डेला निगला। उसने कहीं पढ़ा था कि इकतरफ़ा प्रेम से बुरा कुछ नहीं होता। मगर वो लोग ग़लत थे। इससे

भी बुरा कुछ होता है : इकतरफ़ा प्रेम जिसे यह तक आभास न हो कि वो इकतरफ़ा है। वो अपने भाई को, जिसे वो सबसे अधिक सराहता था, ऐसे मर्मभेदी दुख का भागी बनते नहीं देख सकता था।

वो दूसरी ओर देखने लगा, उसका मस्तिष्क इस विचित्र-सी नयी अवस्था का हल ढूँढ़ने में लग गया था।

अध्याय 13

"यह बहुत भयानक था," वेदवती ने कहा। "हम हमेशा की तरह अपने काम में लगे हुए थे कि वो लोग अचानक कहीं से आये और उन्होंने हमारे एक सहयोगी को मार डाला। हमारे समाज में शक्तिहीनों के साथ यही होता है।"

रावण और कुम्भकर्ण फिर से टोडी में थे। वो बाँध बनाने की तकनीक सीखने की इच्छा के बहाने पिछले कुछ दिनों से नियमित रूप से यहाँ आ रहे थे।

इस विशेष दिन, वो शोचिकेश और वेदवती के साथ दोपहर का भोजन कर रहे थे। कार्यस्थल से बहुत दूर ताकि धूल से बच सकें।

कुम्भकर्ण कार्यस्थल पर सुरक्षा उपायों के बारे में जानने को लेकर उत्सुक था। और बात उन पिछली घटनाओं और दुर्घटनाओं की निकल आयी जिनका उन्होंने या तो स्वयं सामना किया था या जिनके बारे में सुना था। शोचिकेश ने ही उस श्रमिक की घटना सुनानी शुरू की थी जिसने तीन साल पहले एक जेटी पर काम करते हुए जान गँवा दी थी। चिल्का झील पर। प्रान्तपाल क्रकचबाहु के निवास के पास।

कुम्भकर्ण इस घटना के उल्लेख पर सकपका गया था, हाँलाकि समय रहते उसने ख़ुद को सँभाल लिया। मगर रावण अविचलित रहा और वो पहले शोचिकेश और फिर वेदवती से उस दिन और उन क्रूर लोगों

के बारे में सुनते रहे जिनके घोड़ों ने उस बेबस युवा श्रमिक को कुचल डाला था।

शोचिकेश ने प्रान्तपाल के निवास पर हुई लूट का कुछ आधा-अधूरा-सा विवरण दिया था। कुम्भकर्ण यह दिखाने की पूरी कोशिश करता रहा जैसे कि यह सब पहली बार सुन रहा हो। चौंकने और क्रुद्ध होने के उचित भावों के साथ।

"बाद में जो पता चला, उससे लगता है," शोचिकेश ने कहा, "कि यह आक्रमण प्रान्तपाल क्रकचबाहु के मूल स्थान नाहर के उनके शत्रुओं द्वारा किया गया होगा। जब दो हाथी लड़ते हैं तो घास तो कुचलती ही है। हम घास थे।"

"किन्तु यह अधर्म है," वेदवती बोलीं। "क्षत्रियों के आपस में जो भी झगड़े हों, मगर उन्हें सुनिश्चित करना चाहिए कि निर्दोषों को हानि न पहुँचे।"

रावण ने सहमति में सिर हिलाया, लेकिन अपने भावों से उसने कुछ भी उजागर नहीं होने दिया।

"सही कहा," शोचिकेश ने कहा। "पर आजकल धर्म के बारे में कौन सोचता है? हम अपनी परम्परा और संस्कृति को भूल चुके हैं। हम अपने पूर्वजों के नाम पर कलंक हैं।"

कुम्भकर्ण ने एक बार फिर अपने ग्रह-नक्षत्रों को धन्यवाद दिया कि चिल्का में हमले के दौरान वो पोत पर था, इतनी दूर कि ये लोग उसे पहचान नहीं सकते थे। उसका अनुमान था कि रावण इतनी तीव्रता से निकलता चला गया होगा कि कोई भी उसे अच्छी तरह देख नहीं सका होगा, विशेष रूप से वेदवती। साथ ही, तीन वर्ष पहले की तुलना में अब रावण की दाढ़ी अधिक भरी हुई थी। और अब लम्बी, घनी मूँछों के कारण उसका चेहरा बहुत भिन्न दिखता था।

शायद यह एक वरदान ही है कि वो उसे बिल्कुल नहीं पहचानतीं। न तो पिताजी के आश्रम से न ही चिल्का से।

वेदवती अब अपने गर्भ के अन्तिम चरण में थीं, और अगर उन लातों से अनुमान लगाया जाये जो उन्हें अक्सर चौंका देती थीं तो उनके गर्भ में एक स्वस्थ बच्चा था। और स्वस्थ बच्चे को अच्छा पोषण चाहिए था। हल्की-सी इलायची और अदरक के साथ दूध में पके चावल माँ और उसके अजन्मे बच्चे के लिए पौष्टिक माने जाते थे। लेकिन उस छोटे-से गाँव टोडी में इलायची न तो उगायी जाती थी और न लायी जाती थी। काली इलायची सामान्यत: नेपाल, सिक्किम और भूटान की तलहटी में उगायी जाती थी। इसे प्राप्त करना महँगा और कठिन था।

पर जो दूसरों के लिए कठिन था, वह रावण के लिए आसान था। उसने अपने आदमियों को भेजकर इस सुगन्धित मसाले के पाँच बोरे मँगवा लिये थे। यह मात्रा आवश्यकता से बहुत अधिक थी, यह देखते हुए कि एक भोजन के लिए इसकी बहुत थोड़ी मात्रा चाहिए थी। उसने यह कहते हुए वेदवती को इलायची भेंट की कि यह पूरे गाँव के लिए है। वो कुछ उपकरण भी लाया था जो वो जानता था निर्माण कार्य को आसान बना देंगे।

अगले दिन रावण के साथ दोपहर के भोजन पर बैठी वेदवती हृदयतल से आभारी थीं। शोचिकेश वैद्यनाथ गया हुआ था। और कुम्भकर्ण को अचानक, और सुविधाजनक रूप से, याद आ गया था कि गाँव में उसका कुछ काम अधूरा रह गया है।

जब वो चुपचाप खाने बैठे तो दिल में तूफ़ान उठने के बावजूद रावण ने अपने शान्त व्यवहार को बनाये रखा।

"जय," वेदवती ने उन्हें बताये गये रावण के नाम को लेते हुए कहा। "क्या आप इन्द्रप्रस्थ क्षेत्र से हैं? आपकी बोली से ऐसा लगता है।"

रावण वेदवती को अपने बारे में कुछ नहीं बताना चाहता था। अभी नहीं। "मैंने वहाँ कुछ समय बिताया है। पर अधिक नहीं।"

वेदवती ने अनिश्चितता के भाव से उसे देखा। "जय, हम आपकी उदारता के लिए आभारी हैं, पर मैं आशा करती हूँ कि आपने हमारे लिए स्वयं पर बहुत अधिक भार नहीं डाला होगा। आप बुरा न मानें, तो क्या मैं पूछ सकती हूँ कि आप करते क्या हैं? आप इतने दानशील कैसे हो पाते हैं?"

"ओह, मेरा काम... व्यापार है। वो वस्तुएँ लाना जिनकी यहाँ के लोगों को आवश्यकता हो, और वो ले जाना जो दूसरे क्षेत्रों में लोगों को पसन्द हों।"

"समझी। और इसमें लाभ होता है?"

मैंने जो धन इलायची और उपकरणों पर व्यय किया है, वो अगर खो भी जाता तो मुझे पता नहीं चलता।

रावण ने अपने विचार अपने तक रखे, और कहा, "हाँ। नये अनुज्ञापत्रों और प्रतिबन्धों के चलते यह कुछ कठिन हो गया है। लेकिन दो जून की रोटी चल जाती है।"

"जानकर अच्छा लगा," वेदवती ने कहा। सहज रूप से भले और सरल लोग दूसरों को भी सहज ही स्वीकार कर लेते हैं। "धन्यवाद, जय, आपकी सहायता मेरे गाँव के लिए बहुत महत्वपूर्ण है।"

रावण ने कन्धे उचकाए। *यह तो कुछ भी नहीं है।*

"सहायता करने में सक्षम हर व्यक्ति सहायता नहीं करता," वेदवती ने आगे कहा। "इस युग में तो नहीं।"

"हर कोई... जय नहीं होता," रावण ने हँसते हुए कहा, उसने ठीक समय पर अपना नाम लेने से स्वयं को रोक लिया था।

वेदवती उसके दम्भ को अनदेखा करते हुए मुस्कुराईं। "इन ग्रामीणों ने बड़े कष्ट झेले हैं। आजकल जो कुछ चल रहा है, उसके वास्तविक शिकार यही हैं। और अधिकांश लोग उन लोगों की सहायता करने की चिन्ता नहीं करते जो उनसे कम भाग्यशाली हैं। परोपकार की परम्परा धीरे-धीरे भारत से भुलाई जा रही है। हम अपना धर्म भूलते जा रहे हैं।"

रावण का चेहरा फीका पड़ गया, लेकिन वो कुछ बोला नहीं।

"मेरा तात्पर्य आप जैसे व्यक्ति से नहीं था," वेदवती ने रावण के चेहरे के भाव को ग़लत समझते हुए कहा। "लेकिन आज पूरे देश में धर्म को केवल अनुष्ठानों और बातों तक सीमित कर दिया गया है। अनुष्ठानों के पीछे के दर्शन, और उन अनुष्ठानों पर चलने के कारणों को भुलाया जा रहा है।"

"मैं आपसे सहमत हूँ," रावण ने कहा। "हर जगह अनावश्यक पाखंड ने डेरा जमा लिया है। किन्तु..."

"किन्तु क्या?" वेदवती ने पूछा।

"देखिए, मुझे नहीं लगता कि इन ग्रामीणों को पीड़ित माना जाना चाहिए।"

वेदवती ने आश्चर्य से खाना रोक दिया। "आपको लगता है ये पीड़ित नहीं हैं?"

"बिल्कुल, ये पीड़ित हैं।"

वेदवती मुस्कुराईं, उन्होंने अपना सिर हिलाया और फिर से खाना शुरू कर दिया। "मैं समझी नहीं कि आप क्या कह रहे हैं।"

"वो निस्सन्देह पीड़ित हैं," रावण ने कहा। "दुनिया के हर दूसरे व्यक्ति की तरह। हम सब किसी-न-किसी रूप में पीड़ित हैं। पर इसका यह अर्थ नहीं कि हम स्वयं को पीड़ित *मानते* रहें।"

वेदवती ने रावण को देखा। वो उलझ-सी गयी थीं।

रावण आगे बोला, "हम सबके जीवन में ऐसा समय आता है जब लगता है हमारे साथ अन्याय हुआ है। ऐसी स्थितियों में यह हम पर है कि हम स्वयं को पीड़ित मानें और शेष दुनिया पर आरोप लगाते रहें। हम ख़ुद को इस मिथ्या सान्त्वना में डुबो सकते हैं कि अपनी कठिनाइयों के लिए हम उत्तरदायी नहीं हैं और दूसरों से उम्मीद करें कि वो हमारी ज़िन्दगी को बदलेंगे। या फिर, हम स्वयं को उठा सकते हैं। मज़बूत बन सकते हैं। और दुनिया से लड़ सकते हैं।"

"यह सच है कि मुसीबतों का सामना हम सभी करते हैं, जय, लेकिन सबकी कठिनाइयाँ समान नहीं होतीं। कुछ लोग अन्यों की तुलना में अधिक परेशानी में होते हैं। और उन लोगों को हमारी मदद चाहिए होती है। निस्सन्देह किसी को यह आशा नहीं करनी चाहिए कि दूसरे लोग उसकी समस्याएँ हल करेंगे लेकिन शक्तिशाली लोगों को सहायता करनी..."

"...'पीड़ितों के पन्थ' की सहायता करनी चाहिए?" रावण ने बीच में टोका।

"क्या?"

"उन लोगों का पन्थ जो केवल झींकना और शिकायतें करना जानते हैं।" रावण ने अपने हाथ ऊपर किये और ऊँचे सुर में नक़ल बनाने लगा,

'ओह, मैं दुखियारा। देखो मुझे। देखो मैं कितनी मुसीबत में हूँ। कोई आओ और मेरी देखभाल करो। मैं समाज के हाथों पीड़ित हूँ।'"

वेदवती ने अपना होंठ काटा जैसे मुस्कुराहट को दबा रही हों, और फिर गम्भीर हो गयीं। "जय, हमें दूसरों की कमज़ोरी को तुष्ट नहीं करना चाहिए, किन्तु उसका उपहास भी नहीं उड़ाना चाहिए।"

"नहीं... मैं उपहास नहीं उड़ा रहा... देवी कन्याकुमारी, उनका उपहास उड़ाना शायद मेरी ग़लती थी। मुझे खेद है। किन्तु मेरा उन्हें देखने का यह दृष्टिकोण है : हम सबके भीतर एक शेर और एक हिरन होता है। अगर हम शेर का पोषण करेंगे, तभी कुछ प्राप्त कर सकेंगे। यदि हमने हिरन को तुष्ट किया, तो जीवन भर भागते और छिपते फिरेंगे।"

"यानी... शिकारी और शिकार।"

"हाँ।"

"और हमें शायद हमेशा शिकारी बनने का प्रयास करना चाहिए? क्योंकि सम्भवत: शिकार में ऐसे कोई गुण नहीं होंगे जो उसकी अनुशंसा कर सकें?"

"यदि हम अपने लिए नहीं लड़ सकते, तो उनकी रक्षा और भरण कैसे करेंगे जो हम पर निर्भर करते हैं?"

"तो आप इसे इस तरह देखते हैं? हर शिकारी एक महान योद्धा है, और शिकार किसी सम्मान का अधिकारी नहीं है?"

"आप सहमत नहीं हैं, महान वे... वेद... कन्याकुमारी?"

वेदवती ने उसे सहानुभूति से देखा। उन्हें लगा कि रावण में थोड़ा हकलापन है जो कोई नाम लेते समय, विशेषकर 'व' से आरम्भ होने वाले नाम लेते समय और विकट हो जाता है। इसीलिए उन्होंने उसके द्वारा कन्याकुमारी कहा जाना स्वीकार कर लिया था।

"जय, आपने पंचतन्त्र के बारे में सुना है?"

रावण ने तुरन्त सिर हिला दिया। "बिल्कुल!"

पंचतन्त्र, अर्थात पाँच आलेख, भारत के प्रत्येक बच्चे की प्रारम्भिक शिक्षा का भाग था। इसमें बोलने वाले पशुओं की कहानियाँ थीं, और प्रत्येक कहानी में एक नैतिक पाठ छिपा था।

"कभी-कभी," वेदवती बोलीं, "हमें धर्म के पाठ सीखने के लिए पशुओं की कहानियों पर निर्भर होने की आवश्यकता नहीं होती। कभी-कभी हम वास्तविक पशुओं से भी सीख ले सकते हैं।"

रावण आगे को झुक गया, उसकी जिज्ञासा उभर आयी थी।

"यह बहुत पुरानी बात है," वेदवती ने कहा। "मैं तब कन्याकुमारी ही थी। मैंने बहुत-सी जगहों की यात्रा की थी, जिनमें वीर आंध्रों का अद्‌भुत प्रदेश भी शामिल था। अमरावती के नदी बन्दरगाह के पास।"

"मैं वहाँ जा चुका हूँ। वो अत्यन्त सुन्दर है। वास्तव में अपने नाम जैसा शहर।"

"हाँ, कुछ लोगों का मानना है कि आधुनिक अमरावती ठीक उसी जगह स्थित है जहाँ पहले किसी युग में देवास के राजा भगवान इन्द्र रहा करते थे।"

"हाँ, मैंने भी ऐसा सुना है। कौन जाने, शायद यह सच ही हो।"

"जो भी हो, जब हम वहाँ थे, तो स्थानीय शासक ने हमें पवित्र कृष्णा और गोदावरी नदियों के बीच स्थित वन में घुमाने की इच्छा जतायी। इसका अधिकांश भाग घास का खुला मैदान था, और हम हाथी पर सवार थे। दिन में किसी समय हमने एक बूढ़ा शेर देखा जिसके साथ उसके बच्चे थे..." वेदवती रुकीं, फिर उन्होंने पूछा, "आप जानते हैं अधिकांश शेरों के साथ बुढ़ापे में क्या होता है?"

"हाँ।" रावण ने सिर हिलाया। "यौवन खो चुके शक्तिशाली शिकारी को देखने से ज़्यादा पीड़ादायक शायद ही कोई दृश्य होता हो। मैंने अक्सर ऐसा देखा है जब एक बूढ़े शेर को एक अन्य, सामान्यत: युवा शेर चुनौती देता है। अगर वो हार जाये, लेकिन सौभाग्य से जीवित रहे, तो उसे अपना क्षेत्र छोड़कर भागना पड़ता है। युवा शेर उसकी जगह सँभाल लेता है और शेरनियाँ अपनी निष्ठा बदल देती हैं। कई बार यह युवा शेर बूढ़े शेर के बच्चों को भी मार डालता है। असहाय माँएँ दूर से तकती रह जाती हैं। वो शायद इसे नये स्वामी के आदेशों के तहत देखती हैं—नये शासन में नये नियम।"

"जंगल के तौर-तरीक़े बड़े क्रूर हो सकते हैं।"

"आपने बच्चों के साथ जो बूढ़ा शेर देखा था, वो शायद किसी तरह उन्हें बचाने में कामयाब हो गया होगा। हो सकता है कि वो और उसके बच्चे मिलकर युवा शेर के क्रोध से बच गये हों।"

"बहुत सम्भव है," वेदवती ने कहा। "तो, जैसा आप जानते हैं बूढ़े शेर के लिए शिकार करना कठिन होता है। और यदि उसे कुछेक बच्चों का पेट भी भरना हो, तब तो जीवन एक बड़ा संघर्ष बन जाता है। इस शेर के बच्चे भूखे थे। वो स्वयं भूखा था। वो निर्बल थे। और हताश थे।"

"उसके बाद क्या हुआ, देवी कन्याकुमारी?"

"जब हमने उस शेर को देखा, तो वो घास के मैदान के दूसरे छोर पर था, उसके बच्चे उसके पीछे चल रहे थे। उसने तभी कुछ हिरनों को देखा था जो शायद अपने झुंड से बिछुड़ गये थे। एक माँ, अपने बच्चों के साथ। चार बच्चे थे। उनमें से एक अन्यों से दुर्बल था। परिवार में सबसे निर्बल।"

"शेर के बच्चों का भोजन..."

वेदवती ने ध्यान दिया कि रावण का पहला विचार शेर और उसके भूखे बच्चों के लिए था। लगता था कि उसकी सहानुभूति शिकारी के साथ थी, भले ही वो बूढ़ा और कमज़ोर था। "बिल्कुल सही। लेकिन याद रखें, शेर बूढ़ा था। वो शिकारी जिसके अच्छे दिन बीत चुके थे। आपके विचार से उसने क्या किया होगा?"

"निस्सन्देह उसने हिरनी के सबसे दुर्बल बच्चे पर हमला किया होगा। उससे माँस भले ही कम मिलता, लेकिन वो निश्चित तो होता कि उसे पकड़ सकेगा और अपने बच्चों को खिला सकेगा। बिल्कुल भोजन न होने से कुछ भोजन होना अच्छा है। उसके बच्चे और वो एक दिन और बच जाते। थोड़ी शक्ति पा जाते।"

वेदवती मुस्कुराईं। "आप शिकारी की सोच को बहुत अच्छी तरह समझते हैं, जय।"

रावण भी मुस्कुरा दिया, यद्यपि वो पूरी तरह निश्चित नहीं था कि यह बात प्रशंसास्वरूप ही कही गयी थी।

"तो, जैसा कि आपने सही अनुमान लगाया, शेर ने सबसे दुर्बल हिरन पर हमला किया," वेदवती ने अपनी बात जारी रखी। "हिरनी ने

ख़तरा महसूस करते हुए अपना सिर ऊपर किया, और उसकी आँखें किसी भी हलचल को तलाश करने लगीं। शेर को देखते ही वो बच्चों को सतर्क करते हुए तेज़ी से बढ़ी, और वो एक-दूसरे पर गिरते-पड़ते तेज़ी से पेड़ों की श्रृंखला की ओर दौड़ने लगे। वो तेज़ थे। एक को छोड़कर सभी। शेर ने अपनी गति बढ़ा दी। वो कमज़ोर था, पर फिर भी शेर था। वो नन्हे से हिरन से दूरी कम करता जा रहा था। बस कुछ समय की बात थी, शायद कुछ पलों की कि वो अपने शिकार तक पहुँच जाता। ऐसा लगता था कि शेर और उसके बच्चों को अन्ततः भोजन मिल ही जायेगा।"

"और फिर?"

"फिर अचानक, हिरनी धीमी हो गयी। बड़े बच्चे मैदान के किनारे पहुँच चुके थे और किसी भी क्षण पेड़-पौधों में अदृश्य हो जाने वाले थे। शेर से दूर। लेकिन दुर्बल बच्चा अभी भी संकट में था। माँ ने दौड़ना बन्द किया, और फिर रुक गयी।"

रावण ने महसूस किया कि वो अपनी सांस रोके हुए है। "फिर?"

"शेर हिरनी की ओर मुड़ गया। पूरे आकार की हिरनी छोटे हिरन की तुलना में उसके और उसके बच्चों के अधिक समय तक काम आती। उसने रास्ता बदल दिया। चूँकि माँ हिरनी लगभग रुकी ही हुई थी, इसलिए वो तुरन्त ही उस तक पहुँच गया।"

"तो क्या अन्तिम पल में हिरनी भागी नहीं? क्योंकि वो शेर का ध्यान अपने बच्चे से तो भटका चुकी थी?"

वेदवती ने सिर हिलाते हुए मना किया। "नहीं। वो वहीं खड़ी रही, और अपने बच्चे को सुरक्षित जाते देखती रही।"

"और शेर ने क्या किया?"

"शेर भी रुक गया। हिरनी से बस कुछ हाथ की दूरी पर। वो उलझन में पड़ गया था। तब तक दुर्बल बच्चा अपने भाई-बहनों से जा मिला था। वो पलटकर ज़ोर-ज़ोर से मिमियाते हुए अपनी माँ को देख रहे थे, जैसे उससे भाग जाने की विनती कर रहे हों। लेकिन हिरनी जहाँ थी वहीं रुकी रही। उसने केवल एक बार एक आवाज़ निकाली। जैसे अपने बच्चों को भागने का आदेश दे रही हो। शायद वो नहीं चाहती थी कि वो उसे देखें जो होने वाला था।"

रावण मौन रहा। *क्या माँ थी...*

वेदवती आगे बोलीं, "कहानी यहीं ख़त्म नहीं होती।"

"तो आगे क्या हुआ?"

"शेर ने हिरनी के बच्चों को देखा, जो अब उसकी पहुँच से बहुत दूर निकल चुके थे। अपनी माँ के लिए चिल्लाते-मिमियाते। फिर उसने माँ हिरनी को देखा, जो बस एक छोटी-सी छलाँग की दूरी पर खड़ी थी। और ऐसा लगा जैसे वो स्तम्भित हो गया हो। जैसे वो अपने सामने खड़ी सुन्दर हिरनी को मारने की हिम्मत नहीं जुटा पा रहा हो। और फिर, उसने पलटकर दूर खड़े अपने बच्चों को देखा। भूखे और भोजन के लिए प्रतीक्षा करते।"

रावण ने जंगल के उन क्षणों के बारे में सुनाती वेदवती के चेहरे के बदलते भावों को देखा ।

"शेर को क्या करना चाहिए? धर्म क्या कहता है? क्या वो एक अच्छा बाप बने, और अपने भूखे बच्चों का पेट भरने के लिए हिरनी को मार डाले? या फिर एक अच्छा पशु बने, और उस भव्य माँ को जीवन का उपहार दे दे?"

"मु... मुझे नहीं पता," रावण ने उत्तर दिया।

"हमें लगता है कि पशु धर्म के बारे में नहीं सोच सकते। शायद वो धर्म को *व्यक्त* नहीं कर सकते, क्योंकि वो बोल नहीं सकते। पर हम यह क्यों मानें कि धर्म उन्हें छूता भी नहीं है? धर्म सार्वभौमिक है। यह हर किसी को स्पर्श करता है।"

रावण चुप रहा, और पूरे मनोयोग से सुनता रहा।

वेदवती आगे बोलती रहीं। "धर्म जटिल है। प्राय: इसका मूल *क्या* में नहीं *क्यों* में होता है। यदि शेर खेल के लिए शिकार कर रहा होता—जिसमें अधिकांश पशु सक्षम नहीं होते हैं—तो हम इसे अधर्म का कृत्य कह सकते थे। पर चूँकि वो अपने भूखे बच्चों का पेट भरने के लिए शिकार कर रहा था, इसलिए हम कह सकते हैं कि वो धर्म का पालन कर रहा था। यदि हिरनी ने परिस्थितियों को हावी होने दिया होता और अपने बच्चों को बचाने का प्रयास नहीं किया होता, तो यह अधर्म होता। लेकिन अपने बच्चों को बचाने के लिए किये उसके बलिदान को केवल धर्म ही माना जा सकता

है। धर्म के क्षेत्र में मंशा यदि अधिक नहीं तो उतनी ही महत्वपूर्ण अवश्य होती है जितना कि स्वयं कृत्य। पर एक चीज़ स्पष्ट है। आपके पास धर्म का जीवन प्राप्त करने का अवसर मात्र भी *केवल* तभी है जब आप अपने कर्तव्य को स्वयं से ऊपर रखें। स्वार्थ आपको निश्चित रूप से इससे दूर ले जायेगा।"

"जीवन ने शेर और हिरनी दोनों के साथ अन्याय किया था," रावण सोचते हुए बोला। "दोनों पीड़ित थे।"

"जीवन सबके साथ अन्याय करता है। जैसा कि सिखी बुद्ध ने कहा था, जीवन की मूलभूत वास्तविकता दुख है। इस मायावी संसार के कोने-कोने में व्याप्त दुख से बचने का कोई रास्ता नहीं है। इस मूलभूत सच को स्वीकार करना ही इस पर विजय पाने की ओर पहला क़दम है।"

"हर कोई संघर्षरत है... मेरे विचार से हमें आँकने के बजाय समझना और सीखना चाहिए।"

"बिल्कुल सही। यदि आप आँकेंगे नहीं, तो अपने हृदय में दूसरों की सहायता करने के लिए जगह बना लेंगे। और यह आपको धर्म की ओर ले जायेगा।"

"पर इसका अन्त क्या हुआ, देवी कन्याकुमारी? क्या शेर ने हिरनी को मार दिया?"

"इस कहानी का उद्देश्य यह नहीं है, जय।"

रावण मुस्कुराया। और उसने सवाल पूछना बन्द कर दिया।

"इसमें बहुत समय लग रहा है, दादा," कुम्भकर्ण ने कहा। उन्हें वैद्यनाथ क्षेत्र में एक महीने से अधिक हो चुका था। "मरीच मामा चाहते थे कि हम जल्दी से जल्दी लौट आये। अफ़्रीका में भी वो काम है..."

रावण ने इशारे से उसे चुप करा दिया। "वो ऐसा कोई काम नहीं है जो मरीच स्वयं नहीं सँभाल सकते।"

"पर दादा, हमारे दल का क्या? और समीची? सब ख़ाली बैठे हुए हैं। और सोच रहे हैं कि उन्हें क्यों इस अतिथिगृह में बन्द कर दिया गया है जहाँ कोई..."

रावण ने अपने भाई को टोका। "उन्हें कुछ करने को दे दो, कुम्भ। उन्हें किसी छोटे से व्यापारिक अभियान आदि पर भेज दो।"

कुम्भकर्ण चुप हो गया। रावण ने सपनीली नज़रों से खिड़की के बाहर देखा। काफ़ी रात हो चुकी थी। सिर्फ़ झींगुरों की आवाज़ ही सुनाई दे रही थी। कभी-कभी दूर कहीं कोई उल्लू चिल्लाने लगता था। रावण वेदवती से लम्बी बातचीत के बाद शाम को अतिथिगृह में लौटा था। उसने चन्द्रमा को देखा। और एक गहरी सांस ली।

"आज यह कितना सुन्दर लग रहा है ना?"

कुम्भकर्ण ने पलटकर चाँद को देखा। उसे तो वो एकदम साधारण-सा दिखाई दे रहा था। उसने धीरे से सांस छोड़ी और फिर से रावण को देखा। "दादा..."

"श्श्श!" रावण ने अपने पास रखा रावणहता उठा लिया। "सुनो, मैंने एक नयी रचना तैयार की है।"

उसने तार को छेड़ा, जैसे उसके स्वर की जाँच कर रहा हो। और शुरू हो गया।

रावणहता को पहली बार सुनने के बाद से ही कुम्भकर्ण को यह शोक का वाद्य लगता था। इसका नाद दिल को कचोटता था और आँखों में आँसू ला देता था।

पर आज रात रावण के गहरे, मीठे स्वर, उसके रचे मधुर संगीत की लयात्मकता, और हवाओं की सरसराहट ने रावणहता के अलौकिक नाद के साथ मिलकर परम सुख और आनन्द का एक द्वीप-सा बना दिया था। रावण ने किसी तरह शोक के वाद्ययन्त्र से उल्लास की मधुर धुन निकाल ली थी, नकारात्मक को सकारात्मक में बदल दिया था। इसकी प्रेरणा कोई देवी ही दे सकती थी।

अध्याय 14

आप तब क्या करते हैं जब वो स्त्री जिसे आप दिल की गहराइयों से प्यार करते हैं, जिसके आपने हमेशा सपने देखे हैं, जिसे आपने पूजा है, वो हमेशा के लिए आपसे दूर हो जाये? आप अपने दिल पर पत्थर रखकर उसके बिना जीने के विचार के साथ समझौता कर लेते हैं।

फिर भाग्य आपको दोबारा उससे मिला देता है। और आपको पता चलता है कि वो किसी और की हो चुकी है। आप इस तथ्य को अनदेखा करने का प्रयास करते हैं। उसके जीवन में किसी और के अस्तित्व को अनदेखा करने की कोशिश करते हैं। अपने अन्दर उपजी स्वाभाविक घृणा को दबाते हैं।

पर आप उससे दूर नहीं रह सकते। आप उसे और निकट से जानते हैं। उससे और अधिक प्यार करने लगते हैं—यदि यह सम्भव है तो। और फिर, आप दूसरे आदमी से मिलते हैं। उससे... पति से। और वो आपकी कल्पना के एकदम उलट है। वो सुन्दर है। ईमानदार है। दयालु है। उदार है। वो... इतना भला है जैसा कि आप जानते हैं आप कभी नहीं हो सकते।

और वो उसे प्यार करता है। शायद उतना ही जितना आप करते हैं। वो उसका सम्मान करता है। शायद उससे भी अधिक जितना आप करते हैं।

और आपके दिल की गहराइयों में कहीं, एक कोमल, राक्षसी, अनिष्टकारी-सा स्वर गूँजता है। आप उस सच को सुनने को विवश हैं

जिसे आप स्वीकार नहीं करना चाहते : कि शायद, हो सकता है, वो उसके लिए आपसे बेहतर है।

अब आप क्या करें? आप क्या करें?

एकमात्र तार्किक चीज़ यह है कि आप उस आदमी से घृणा करें, तिरस्कार करें। और पहले से कहीं ज़्यादा करें।

यही तार्किक है। रावण ने स्वयं से कहा।

वेदवती का पति पृथ्वी गाँव लौट आया था। जब रावण ने यह सुना, तो कुछ दिन वो निजी काम का बहाना करके दूर ही रहा। लेकिन फिर एक दिन उसने साहस जुटा ही लिया और कुम्भकर्ण के साथ कार्यस्थल की ओर चल पड़ा।

शाम हुए देर हो चुकी थी और एक सुखद-सी हवा गर्म दिन को ठंडक दे रही थी। शोचिकेश कहीं गया हुआ था, शायद कुछ ऐसी सामग्री का प्रबन्ध करने जो बाँध पर काम जारी रखने के लिए आवश्यक थी। लेकिन रावण असली कारण से परिचित था। भूस्वामी का बेटा सुकर्मण फिर से मन्दिर के दानपात्र से चोरी करते पकड़ा गया था; उसने दावा किया था कि उसे अपने जुए के उधार चुकाने थे। शोचिकेश इस कोशिश में था कि बात के फैलने से पहले वो ख़ामोशी से पैसा वापस प्राप्त कर ले। वो गर्भवती वेदवती को कोई दुख नहीं पहुँचाना चाहता था।

"एक बार फिर से धन्यवाद, जय," पृथ्वी ने रावण को सम्बोधित करते हुए कहा। भारत के सुदूर पश्चिम के बलोच क्षेत्र के अनेक लोगों की तरह पृथ्वी लम्बा, और स्पष्ट मुखाकृति व अत्यधिक गोरे रंग का था। रावण तक को स्वीकार करना पड़ा कि वो एक सुन्दर आदमी था। "आपने जो उपकरण दिये हैं उनसे यहाँ काम की गति बढ़ाने में बहुत मदद मिली है। एक ऐसे व्यापारी से मिलकर बहुत अच्छा लगा जो धर्म और परोपकार में विश्वास रखता है।"

रावण ने मुस्कुराकर अटपटे ढंग से हाथ हिलाया। उसे समझ नहीं आ रहा था कि वो उस व्यक्ति से मिल रही प्रशंसा पर क्या प्रतिक्रिया दे जिससे उसे चिढ़ है।

"तो आपका दौरा कैसा रहा, पृथ्वी जी?" कुम्भकर्ण ने पूछा।

पृथ्वी ने उत्तर देने से पहले वेदवती की ओर देखा। "अच्छा रहा। इस बार मुझे अच्छा लाभ हुआ। लगभग साढ़े छह सौ स्वर्ण मुद्राओं का।"

रावण को उपेक्षापूर्वक न हँसना कठिन लगा। *यह अच्छा लाभ है? मैं तो इतना एक घंटे में कमाता हूँ।*

"अन्ततः अब मेरे पास इतना धन है कि मैं अपनी पत्नी और बच्चे की देखभाल कर सकूँ," पृथ्वी ने वेदवती का हाथ अपने हाथ में लेते हुए कहा।

वेदवती ने अपना सिर पृथ्वी के कन्धे पर टिका दिया। रावण पलटकर पास के पेड़ों के शिखर पर पक्षियों को देखने लगा।

"और आप ठीक समय से लौट आये हैं," कुम्भकर्ण ने कहा।

"हाँ!" पृथ्वी ने गर्व से कहा। "हमारे बच्चे के इस संसार में प्रवेश करने में अब बस कुछ सप्ताह बचे हैं।"

कुम्भकर्ण ने सहमति में सिर हिलाया। "वैसे मैं सोच रहा था कि बाँध पर काम आगे बढ़ाने के लिए कुछ और उपकरणों से मदद मिलेगी। यदि आपके पास थोड़ा समय हो, तो मैं आपको दिखा सकता हूँ कि मेरा क्या मतलब है।"

पृथ्वी ने वेदवती की ओर देखा।

"अभी तो मैं आराम करना चाहूँगी, पृथ्वी," वेदवती ने कहा। "मेरी पीठ मुझे मारे डाल रही है।"

पृथ्वी ने मुस्कुराकर वेदवती के चेहरे को धीरे से सहलाया। "मैं जल्दी वापस आ जाऊँगा।"

कुम्भकर्ण के साथ पृथ्वी के चले जाने के बाद रावण थोड़ा शान्त हुआ। "आपकी पीठ में कितना दर्द है? क्या मैं वैद्यनाथ से कुछ औषधियाँ मँगवाऊँ?"

वेदवती ने सिर हिलाकर मना कर दिया। "नहीं, मुझे नहीं लगता इसकी आवश्यकता है। हम वैसे भी एक सप्ताह में वैद्यनाथ के लिए निकल रहे हैं।"

अपनी भावनाएँ न दिखाने की पूरी कोशिश करते हुए रावण ने बस सिर हिला दिया।

"वो अच्छे पुरुष हैं," वेदवती ने कहा।

रावण ने चौंककर उनकी ओर देखा। "बेशक हैं। मैं..."

"और मैं उन्हें प्रेम करती हूँ। वो मेरे पति हैं।"

"मैं... बिल्कुल... मेरा मतलब... "

वेदवती ने रावण की आँखों में आँखें डाल दीं। वो पक्का कर रही थीं कि वो उसे आहत किये बिना उस तक अपना सन्देश पहुँचा दें।

"तो हम पहली बार कहाँ मिले थे?" अचानक उन्होंने पूछा।

रावण बुरी तरह सिटपिटा गया। वो समझ ही नहीं पाया कि वेदवती का मतलब क्या है।

"मैंने एक दिन विजय से पूछा कि ऐसा क्यों है कि आप दोनों मुझे इस तरह देखते हैं जैसे मुझे पहले से जानते हैं? शायद मेरे कन्याकुमारी वाले दिनों से। किसी अनजान कारण से आप भी मुझे परिचित से लगते हैं। सच कहूँ, तो विजय नहीं। वो मुझे निश्चित रूप से याद होता।" वेदवती अपनी विनम्रता में वो बात नहीं बोल रही थीं जो स्पष्ट थी—कुम्भकर्ण की नागा मुखाकृति को भूलना कठिन ही था। "तो मुझे विश्वास है कि तुम और मैं पहले भी मिले हैं। पर हम कहाँ मिले थे?"

झूठ बड़ी आसानी से रावण की ज़बान पर आ गया। "शायद तब जब मैं बरसों पहले वैद्यनाथ आया था। मैं कन्याकुमारी मन्दिर आया था और आपने मुझे आशीर्वाद दिया था। पर यह बहुत पुरानी बात है। हम दोनों बच्चे थे। मुझे आश्चर्य है कि आपको मेरे बारे में कुछ हल्का-सा भी याद है।"

वेदवती ने रावण की आँखों में घूरा। एक क्षण को तो रावण को लगा कि वो जानती हैं कि वो झूठ बोल रहा है। लेकिन वेदवती ने केवल सिर हिला दिया।

"तो आप भगवान रुद्र के भक्त हैं?" वेदवती ने पूछा।

रावण ने मुस्कुराते हुए अपने गले में पड़े एकमुखी रुद्राक्ष के लटकन को छुआ। "हाँ। जय श्री रुद्र!"

"जय श्री रुद्र," वेदवती ने मुस्कुराते हुए दोहराया और उन्होंने भी अपने रुद्राक्ष लटकन को पकड़ लिया। "तो, एक बात पूछूँ आप उनके कार्यों के भक्त हैं या उस रूप के जिसका वो महादेव के रूप में प्रतिनिधित्व करते हैं?"

रावण की भृकुटियों में बल पड़ गये। "क्या दोनों में कोई अन्तर है?"

"बिल्कुल है।"

"वो कैसे? मनुष्य उसी से परिभाषित होता है जो वो करता या करती है। अपने व्यवसाय या धन्धे से। कर्म ही मनुष्य को परिभाषित करता है। कर्म के बिना इंसान मृत समान है।"

वेदवती मुस्कुराईं। "मैंने ऐसा नहीं कहा कि कर्म महत्वपूर्ण नहीं है। पर यह एकमात्र महत्वपूर्ण चीज़ नहीं है। अन्य चीज़ें भी महत्वपूर्ण हैं।"

"और ये अन्य चीज़ें क्या हैं?"

"पुरानी संस्कृत में, *स्वतत्व*। जिसका शाब्दिक अर्थ है *स्वयं का सार*। या और भी सरल शब्दों में, आपका अस्तित्व।"

"अस्तित्व?"

"अस्तित्व एक जटिल शब्द है जिसे समझना सरल नहीं है। धर्म की तरह।"

"मैं धर्म को समझता हूँ।"

"सच?" वेदवती मुस्कुराईं।

"ठीक है। मैं मानता हूँ कि धर्म एक जटिल धारणा है। हम कई जन्मों तक इसकी बारीकियों पर बहस कर सकते हैं। पर निश्चित रूप से, अस्तित्व इतना जटिल नहीं है।"

"है। लेकिन अस्तित्व को समझने के लिए पहले कर्म को समझना होगा। आपके काम आपके कर्म हैं। कर्म का अर्थ है वो जो आप करते हैं। पर मुझे बताएँ, आप कोई भी ऐसा काम क्यों करते हैं जिसका दूसरों से सम्बन्ध होता है? क्योंकि आप प्रतिक्रिया की आशा करते हैं—शायद एक ऐसी प्रतिक्रिया जो आपको प्रसन्न करेगी।"

"तो आप कह रही हैं कि कर्म का सम्बन्ध लेनदेन से है और इसलिए यह स्वार्थपूर्ण है?"

क्या ये जानती हैं कि मैंने इस घटिया गाँव को जो चीज़ें दान कीं वो केवल इनके निकट आने के लिए दीं?

वेदवती ने इन्कार में सिर हिला दिया। "इसमें मत पड़िए कि क्या अच्छा है और क्या बुरा है। जो है सो है। बस। कर्म निश्चित रूप से लेनदेन सम्बन्धी है।"

"और अस्तित्व नहीं है?"

"नहीं, अस्तित्व नहीं है। यही बात इसे इतना महत्वपूर्ण बनाती है। और इतना शक्तिशाली भी।"

"मैं समझा नहीं।"

"मुझे विश्वास है आपने सुना होगा कि मस्तिष्क की शान्ति पाने का एकमात्र तरीक़ा शान्त और एकाग्र रहना सीखना है। यह सलाह प्राय: दी जाती है।"

"हाँ," रावण ने आँखें घुमाते हुए कहा।

"आपने आँखें क्यों घुमाईं?"

"मेरा ऐसा आशय नहीं था। क्षमा चाहता हूँ।"

वेदवती हँसने लगीं। "मैंने ऐसा नहीं कहा कि आपका आँखें घुमाना अनुचित था। मैंने बस इतना पूछा था कि आपने आँखें क्यों घुमाईं।"

रावण भी धीरे से हँस पड़ा। "क्योंकि लोगों को शान्त और एकाग्र रहने की सलाह देना बहुत आसान है। समस्या तो यह है कि ऐसा किया कैसे जाये!"

"बिल्कुल सही। यही समस्या है। लोग सोचते रहते हैं कि यह अवस्था पाने के लिए उन्हें कुछ करना होगा। शायद अपने व्यवसाय में सफल होना होगा, या घूमने जाना होगा, या सही प्रकार के मित्र बनाना, या एक भिन्न जीवनसाथी पाना... लेकिन ये बदलाव कर लेने के बाद भी उन्हें पता चलता है कि वो शान्त नहीं हैं। तो उन्हें लगता है कि उन्हें कुछ और करना होगा। कुछ भिन्न। यह कभी न रुकने वाला चक्र है। मूल रूप से, शान्ति और एकाग्रता कभी हाथ नहीं आते क्योंकि लोगों को लगता रहता है कि उन्हें उन तक पहुँचने के लिए *कुछ करना है, अच्छे कर्म प्राप्त करने हैं।*"

"तो, समस्या है कर्म पर ध्यान देना?"

"हाँ। यदि आपका पूरा ध्यान कर्म पर ही रहेगा, तो शान्त और एकाग्र होना बहुत कठिन है। क्योंकि कर्म बदले में कुछ पाने की आशा में

किया गया काम है। जैसे, यदि आप किसी को दान देते हैं, तो आप बदले में कम-से-कम सम्मान की आशा करते हैं। यह एक लेनदेन है। और अगर आपके कामों के नतीजे में आपको वो न मिले जिसकी आपने आशा की थी, तो आप निराश और दुखी हो जाते हैं। इससे भी बदतर यह कि यदि आपके कामों के बदले में मिलने वाला *वही* हो जिसकी आपने आशा की थी, तो आपको पता चलता है कि उससे मिलने वाली प्रसन्नता क्षणिक थी। यदि असन्तुष्टि निश्चित है, तो आपको मस्तिष्क की शान्ति कैसे मिलेगी?"

"कैसे?"

"बस वो होकर जो आपको होना है। अपने स्वत्व के प्रति सच्चा रह कर।"

रावण पीछे टिक गया। तर्क का सौन्दर्य उसके मस्तिष्क पर छा गया था।

वेदवती ने आगे कहा, "मैं यह नहीं कह रही हूँ कि हमें कर्म पर ध्यान नहीं देना चाहिए। आपने सही कहा था कि अगर कर्म नहीं करेंगे, तो हम मृत समान हैं। किन्तु कर्म हमारे जीवन का केन्द्र नहीं होना चाहिए। यदि हम सचमुच अपने अस्तित्व को, अपने स्वत्व को खोज लेते हैं, और उसके साथ तालमेल में रहते हैं जो हमें होना है, तो सब कुछ आसान हो जाता है। हमें अपने कर्म करने के लिए बहुत अधिक प्रयत्न नहीं करना पड़ता। क्योंकि हम कोई भी काम किसी और चीज़ की व्यर्थ आशा में नहीं करेंगे। हम उसे मात्र इसलिए करेंगे कि वो हमारे अस्तित्व के साथ तालमेल में है। उसके साथ तालमेल में है जो हमें होना है।"

रावण ने इतना एकाग्र या शान्त कभी महसूस नहीं किया था जितना वेदवती के साथ इन पिछले कुछ सप्ताहों में किया था। वेदवती के पास उसके उत्तर थे। उन प्रश्नों के उत्तर जो रावण ने पहले कभी पूछे तक नहीं थे। "और आपके विचार से मैं क्या करने के लिए पैदा हुआ था, भद्रा कन्याकुमारी? मेरा स्वत्व क्या होना चाहिए?"

"नायक।"

रावण खुलकर हँस पड़ा। वेदवती मौन रहीं; उन्हें अपनी बात पर पूर्ण विश्वास था।

अन्ततः उसने ख़ुद पर नियन्त्रण पाया। "मैं क्षमा चाहता हूँ, कन्याकुमारी। मैं नायक नहीं हूँ। आप निश्चित रूप से हैं। मैं नहीं हूँ। मैं तो

हर प्रकार से एक..." मुँह से 'खलनायक' शब्द निकलने से पहले रावण चुप हो गया।

वेदवती आगे को झुकीं। "आपका स्वत्व आपसे इसकी माँग कर रहा है। आप एक नायक बनना चाहते हैं। आप भले बनना चाहते हैं। आप आर्य बनना चाहते हैं। इसीलिए, सप्त सिन्धु छोड़ने के आपके जो भी कारण रहे हों, आप यहाँ वापस आते हैं। मैंने सुना है कि आप लंका में रहते हैं। सप्त सिन्धु के सारे धनी लोग भागकर वहीं जा रहे हैं। किन्तु आप वापस आते रहते हैं। क्यों? क्योंकि आप यहाँ के आर्यों की स्वीकृति और सम्मान चाहते हैं। आप भले बनना चाहते हैं। और आपको तब तक मन की शान्ति नहीं मिलेगी जब तक आप स्वीकार नहीं कर लेते कि आप कौन हैं।"

रावण मौन रहा। उसकी आँखें भावशून्य-सी हो गयीं। वो फिर से बालक बन गया था। वेदवती का अनुमोदन पाने को हताश। कन्याकुमारी का अनुमोदन पाने को। उसकी हृदय-गति बढ़ने लगी। उसे सांस लेने में कठिनाई होने लगी। वो फिर से उनकी सुगन्ध को सूँघ सकता था। वही वर्षों पहले वाली सुगन्ध। वो अपने मस्तिष्क में उनके आदेशों को, उनके बालस्वर को सुन सकता था।

तुम इससे बेहतर हो। कम से कम कोशिश तो करो।

हाँ, तुम वास्तव में इससे बेहतर हो। तुम यही बनना चाहते हो।

मैं बस अपने पिता को आहत करना चाहता हूँ। मैं उनसे घृणा करता हूँ।

तुम उन्हें हराना चाहते हो?

हाँ।

तो, बेशक हराओ अपने पिता को। पर उन्हें चोट पहुँचाकर मत हराओ। उन्हें हराओ उनसे बेहतर बन कर।

"जय... जय?"

वेदवती के स्वर ने रावण को उसकी आन्तरिक, अशान्त दुनिया से बाहर खींचा। "क्षमा चाहता हूँ... क्या?"

"मेरा तात्पर्य यह नहीं है कि आपको सप्त सिन्धु के कुलीन वर्ग का सम्मान चाहिए। उनमें कुछ भी 'आर्य' नहीं है। यहाँ कोई वास्तविक कुलीनता नहीं बची है। पर मैं देख सकती हूँ कि आप सच्चे आर्यों का

सम्मान चाहते हैं। उनका जो अब भी हमारे पुराने तौर-तरीक़ों को जीवित रखे हुए हैं। वो जो वास्तव में कुलीन हैं। आप भले ही आज शक्तिशाली न हों, लेकिन धार्मिक हैं। आप उनकी स्वीकार्यता चाहते हैं। क्योंकि आप भी आर्य बनना चाहते हैं। जय, आपको बस स्वीकार करना है कि आप कौन हैं। और आपको शान्ति प्राप्त हो जायेगी।"

रावण ख़ामोश रहा।

वेदवती ध्यानपूर्वक उसे देखती रहीं। "कम से कम कोशिश तो करें।"

—ॐ—

"यह योजना के अनुसार नहीं गया," कुम्भकर्ण ने कहा।

कुम्भकर्ण अभी टोडी से लौटा था। रावण अतिथिगृह में आतुरता से उसकी प्रतीक्षा कर रहा था। लेकिन समाचार निराशाजनक था।

"तुमने उन्हें सब कुछ बताया?" रावण ने पूछा। "धन की बात भी?"

"हाँ, मैंने बताया, दादा। मैं जानता हूँ यह आपके लिए कितना महत्वपूर्ण है।"

रावण ने कुम्भकर्ण को पृथ्वी को एक नौकरी का प्रस्ताव देने के लिए भेजा था।

"उस मूर्ख को बस मेरा निजी सचिव बनना होगा," रावण ने कहा। "पत्र लिखने होंगे। मुझे विश्वास है कि इतना तो वो भी कर सकेगा। मैं इसके लिए उसे वर्ष की दो सहस्त्र स्वर्ण मुद्राएँ देने को तैयार हूँ! उसने मना क्यों किया?"

"शायद वेदवती जी के लिए यह प्रस्ताव कुछ ज़्यादा ही उदार था।"

"कन्याकुमारी के लिए? वो इसमें क्यों पड़ीं?"

"पृथ्वी जी तो प्रस्ताव को लेकर बहुत उत्साहित थे। उन्होंने कहा कि वो लोग अपने बच्चे के जन्म के कुछ महीने बाद लंका के लिए निकल सकते हैं। फिर वो इस बारे में पूछने के लिए वेदवती जी के पास गये। और उन्होंने मना कर दिया।"

"पर क्यों? मुझे लगा था वो चाहती हैं कि मैं..."

"क्या चाहती हैं?"

"कुछ नहीं। उन्होंने मना क्यों कर दिया?"

"उन्होंने बताया नहीं।"

"पर क्या तुमने उनसे पूछा?"

"मैंने पूछा था, दादा।"

रावण दूसरी ओर देखने लगा। खिड़की के बाहर तकने लगा।

"और फिर उन्होंने बहुत ही विचित्र बात कही।"

रावण कुम्भकर्ण की ओर पलटा। "क्या?"

"उन्होंने कहा कि मैं आपको बता दूँ कि उन्हें कुछ समय तो लगा लेकिन अन्ततः उन्हें याद आ गया।"

"क्या याद आ गया?"

"ख़रगोश और चींटियों के बारे में।"

रावण भौंचक्का-सा कुम्भकर्ण को देखने लगा। उसे पहचान लिया गया था। वो कितना जानती हैं? क्या वो चिल्का की लूट के बारे में भी जानती हैं? अगर जानती हैं तो वो उससे घृणा करेंगी। "उन्होंने चिल्का के बारे में कुछ कहा? या क्रकचबाहु के बारे में?"

"नहीं। वो इस बारे में कुछ क्यों कहेंगी? मुझे नहीं लगता वो हमें उससे जोड़ती हैं?"

रावण मौन रहा।

"मगर दादा, ये ख़रगोश और चींटियों का क्या चक्कर है?"

रावण ने कुछ जवाब नहीं दिया।

अध्याय 15

“मुझे लगा था कि आप मुझे अच्छे काम करने के लिए प्रोत्साहित करना चाहती हैं,” रावण ने कहा।

रावण वेदवती से मिलने के लिए स्वयं टोडी आ गया था। वो जानता था कि वो बहुत समय नहीं रुक सकेगा और उसे जल्द ही लंका के लिए निकलना होगा। वो बहुत समय से बाहर था। लेकिन वो वेदवती के बिना कैसे जा सकता था? रावण उतावला हो रहा था—उसे किसी भी तरह उन्हें मनाना ही था।

“मैं यात्रा नहीं कर सकती,” वेदवती ने कहा।

“शिशु के जन्म के बाद... शायद तब आ सकती हों।”

वेदवती मौन रही।

“कृपया... मैं आपसे विनती करता हूँ।”

“आप जानते हैं कि आपको मेरी आवश्यकता नहीं है।”

“मुझे आवश्यकता है! कृपा करें... कुछ भी बदलने की आवश्यकता नहीं है। आप उन्हीं के साथ विवाहित रह सकती हैं। पृथ्वी के साथ। मैं आपसे कुछ माँगूँगा नहीं। मैं बस इतना चाहता हूँ कि आप लंका में मेरे साथ हों। बस वहाँ होना... मुझे प्रतिदिन स्वयं को देखने देना। मैं बस इतनी माँग कर रहा हूँ। कृपया... कृपया... वेद... वे... कृपया, देवी कन्याकुमारी।”

"आपको मेरी आवश्यकता नहीं है," वेदवती ने शान्तिपूर्वक दोहराया।

रावण की आँखों में आँसू थे। "मुझे आवश्यकता है... मैं जानता हूँ मुझे क्या चाहिए।"

"नहीं। आप नहीं जानते आपको क्या चाहिए। अगर जानते तो आपको पता होता कि वो पहले से ही आपके पास है।"

"पर वो मेरे पास नहीं है!" रावण ने कहा। वो अपनी झुँझलाहट छिपा नहीं सका। "मुझे आपकी आवश्यकता है! मुझे आपकी आवश्यकता है!"

"आपको मेरी आवश्यकता नहीं है। आपको स्वयं की आवश्यकता है।"

"क्या?!! नहीं! मुझे अपनी आवश्यकता नहीं..."

"इस बारे में सोचना। मैं अभी तक आपके लिए क्या रही हूँ? केवल आपके मस्तिष्क में एक छवि। आप ही अपना एक बेहतर रूप बनना चाहते थे। आपको बस एक बहाना चाहिए था। एक बहाना जो आपको प्रेरित कर सके, आपको उससे बेहतर बना सके जो आप उसकी प्रतिक्रिया में बन गये थे जो आपके पिता ने आपके साथ किया था। आप मुझसे एक बहाने के रूप में चिपके रहे। मैं आपको यह बताने का प्रयास कर रही हूँ कि अब आपको बहाने की आवश्यकता नहीं है। वास्तव में, स्वयं को बेहतर बनाने के लिए आपको कभी किसी अन्य की आवश्यकता नहीं होनी चाहिए। यह जोखिम भरा है। क्या पता मैं कल ही मर जाऊँ। फिर आप क्या..."

रावण ने अपनी मुट्ठियाँ भींच लीं। "कोई आपको चोट पहुँचायेगा तो मैं उसे नष्ट कर डालूँगा। मैं उसे फाड़कर..."

"आप ऐसा क्यों मान रहे हैं कि कि कोई मुझे चोट पहुँचायेगा? मैं किसी बीमारी से भी मर सकती हूँ। तब तो आरोप लगाने को कोई नहीं होगा ना?"

रावण को चुप लग गयी।

"जीवन की सबसे महत्वपूर्ण यात्रा आरम्भ करते समय आप किसी और पर निर्भर नहीं रह सकते। *किसी और पर।* क्योंकि फिर आप अपने

लक्ष्य, अपने स्वधर्म को किसी अन्य व्यक्ति से बाँध लेंगे। यह जोखिम भरा है। विशेषकर आप जैसे महत्वपूर्ण व्यक्ति के लिए।"

"मैं म..." रावण ने स्वयं को गाली देने से रोक लिया। "मैं महत्वपूर्ण नहीं हूँ। मैं तो अच्छा व्यक्ति तक नहीं हूँ। आप नहीं जानतीं मैंने कैसे-कैसे काम किये हैं।"

"अपने साथ इतने कठोर मत होइये। आप बचपन से ही अपनी माँ और छोटे भाई की अच्छी देखभाल करते आ रहे हैं। आपने लगभग अकेले एक व्यापार साम्राज्य खड़ा किया है। आपके पास शक्ति है, साहस है, और क्षमता है।"

"मैं... मैंने अपना साम्राज्य बनाने के लिए कुछ भयंकर काम किये हैं। मैं..." रावण जीवन में पहली बार पूर्णतया ईमानदार होने के लिए संघर्ष कर रहा था। "मैं एक राक्षस हूँ। मैं जानता हूँ कि मैं राक्षस हूँ। मुझे राक्षस होने में आनन्द आता है। मुझे स्वयं को बचाने के लिए आपकी आवश्यकता है। आप ही मेरी आशा हैं। मेरी एकमात्र आशा, यदि मुझे स्वयं को कुछ बनाना है... कुछ भला बनाना है।"

"नहीं। मैं आपकी आशा नहीं हूँ। आप स्वयं अपनी आशा हैं। आपको लगता है कि आप राक्षस हैं? किस महान आदमी के भीतर एक राक्षस नहीं होता?"

रावण ने वेदवती को देखा। और मौन रहा।

"आप जिसे राक्षस कह रहे हैं, वो एक आग है जो हर सफल व्यक्ति के भीतर होती है," वेदवती ने आगे कहा। "एक ऐसी आग जो उसे विश्राम नहीं करने देती। ऐसी आग जो उसे उकसाती रहती है कि वो परिश्रम करे। बुद्धि से काम ले। निरन्तर काम करे। एकाग्रचित्त रहे। अनुशासित रहे। जुझारू रहे। क्योंकि सफलता के अवयव यही हैं। वो आग एक ऐसे राक्षस की तरह है जो आपको सामान्य जीवन नहीं बिताने देता। लेकिन एक चीज़ है जो सफल आदमी को महान आदमी से भिन्न बनाती है। एक प्रमुख चीज़ : क्या राक्षस आपको नियन्त्रित करता है या आप राक्षस को नियन्त्रित करते हैं? बिना राक्षस के, आप साधारण होते। राक्षस के साथ, आपके पास महान होने का अवसर है। निश्चितता नहीं है, अवसर है। महानता के उस अवसर को पाने के लिए आपको राक्षस को नियन्त्रित करना पड़ेगा, और अपने अन्दर की विशाल क्षमता को धर्म के लिए प्रयोग में लाना होगा।"

"मैं आपके बिना यह नहीं कर सकता।"

"मेरे बिना? मैं तो कुछ भी नहीं हूँ।"

"आप कन्याकुमारी हैं! आप जीवित देवी हैं! आप उस तरह से सज्जन हैं जैसे मैं कभी नहीं हो सकता। आप दयालु और उदार हैं। मैं आप जैसे शुद्ध व्यक्ति से कभी नहीं मिला। मैं एक अशुद्ध स्वार्थी नीच हूँ।"

वेदवती चुप रहीं।

रावण को तुरन्त ही पछतावा होने लगा। "क्षमा करें। मेरा इरादा गालियाँ देने का नहीं था। मैं क्षमा चाहता हूँ।"

"किसी बात को बलपूर्वक कहने के लिए गाली देने की कोई आवश्यकता नहीं है।"

"मुझे खेद है।"

वेदवती मुस्कुराईं। "तो आपको लगता है कि मैं शुद्ध हूँ? पर क्या आपने देखा है कि उस पानी में मछलियाँ नहीं होतीं जो बहुत शुद्ध होता है?"

रावण मौन रहा। उसे यह अहसास होने में कुछ क्षण लगे कि वेदवती की बात सही थी।

"मैं शुद्ध हो सकती हूँ, पर क्या मैं बड़ी संख्या में लोगों के जीवन में कुछ अन्तर ला पायी? मैं अपने कार्यों में भली हो सकती हूँ, पर मैं अपने गाँव के बाहर के लोगों का ध्यान आकर्षित करने में सक्षम नहीं हूँ। केवल वही लोग लाखों लोगों के जीवन में सुधार ला सकते हैं जो लाखों लोगों तक पहुँच सकते हैं। बिना सक्षमता के भलाई सीमित होती है, इसका परिणाम केवल अच्छा सिद्धान्त होता है।"

"पर... "

"मेरी बात सुनिए, रावण। वास्तव में महान लोग, जिन्होंने इतिहास और लाखों अनुयायियों के दिलों पर छाप छोड़ी है, ठंडे, निर्दयी मस्तिष्क और स्नेही, धार्मिक हृदय वाले हुए हैं।"

"मेरे पास वो नहीं है। मेरे पास हृदय नहीं है। मेरे पास न..."

वेदवती ने आगे झुककर रावण का हाथ अपने हाथों में थाम लिया। ऐसा पहली बार हुआ था कि उन्होंने उसे स्पर्श किया हो। एक क्षण को उसकी हृदयगति थम-सी गयी।

"आपके पास स्नेही हृदय है, रावण। इसका प्रयोग केवल अपने शरीर में रक्त का संचार करने के लिए मत कीजिये। इसका प्रयोग अपनी आत्मा में धर्म का प्रसार करने के लिए भी होने दीजिये। भलाई करने के लिए उठिये। हमारे इस देश के लिए भलाई कीजिये, जो निर्धनता, अराजकता, और रोग से पीड़ित है। दरिद्रों की सहायता कीजिये। अभावग्रस्तों की सहायता कीजिये। कल्याण कीजिये।"

रावण की आँखों में आँसू उबल आये।

"भारत को वापस महान बना दीजिये, इसे फिर से सच्चा आर्यवर्त बना दीजिये। इसे फिर से एक पूजनीय देश बना दीजिये। फिर मैं लंका में आकर रहूँगी। आपकी देवी के रूप में नहीं। बल्कि आपकी भक्त के रूप में। मेरे पति और मैं आपकी पूजा करेंगे।"

रावण को समझ नहीं आ रहा था कि क्या बोले। वो ख़ुद को वेदवती की नज़रों से देखकर चकित था। क्या वो सचमुच उस सबमें सक्षम है जो वेदवती ने कहा है?

"आपमें यह क्षमता है। मुझे आप पर विश्वास है। लम्बे समय से कष्ट झेलती आ रही हमारी मातृभूमि में पहले ही बहुत खलनायक हैं। इसे बुरी तरह से एक नायक की आवश्यकता है। उठिये और नायक बनिये।"

रावण मौन बैठा सुनता रहा।

"आप भगवान रुद्र के सच्चे भक्त हैं ना?" वेदवती ने दयालु और विनम्र आवाज़ में पूछा।

रावण ने सिर उठाकर देखा और हामी भरी। *हाँ।*

"मुझे विश्वास है आप जानते होंगे कि भगवान के नाम का क्या अर्थ है। रुद्र का अर्थ है 'वो जो दहाड़ता है।' वो जो अच्छे लोगों की रक्षा के लिए दहाड़ता है। और आपके विचार से रावण का क्या अर्थ है? आपको इस बारे में क्या बताया गया है?"

रावण ने कुछ नहीं कहा।

"आपके पिता ने आपको क्या बताया था? इसका क्या अर्थ है?"

"उन्होंने मुझे बताया था कि इसका अर्थ है 'वो जो लोगों को डराता है।' रावण वो जो लोगों के मन में डर बिठाता है।"

"आपके पिता की केवल आधी बात सही थी। आपके नाम का मूल 'रु' है। तो रावण का अर्थ होगा 'वो जो लोगों को डराने के लिए दहाड़ता है।'"

"आपका मतलब है कि मेरे और भगवान रुद्र के नामों का मूल एक ही है?"

"हाँ। पर प्रश्न यह है कि आप किसलिए दहाड़ेंगे, रावण? क्या आप लोगों को डराने के लिए दहाड़ेंगे? या फिर आप भगवान रुद्र की तरह उन लोगों को बचाने के लिए दहाड़ेंगे जिन्हें सुरक्षा की आवश्यकता है?"

वेदवती के शब्दों ने रावण के पूरे शरीर को एक सकारात्मक ऊर्जा और प्रेरणा से भर दिया। वो देवों के देव महादेव से पहले से कहीं अधिक जुड़ा महसूस करने लगा।

"दहाड़िये, भद्र रावण," वेदवती ने कहा। "पर धर्म के पक्ष में दहाड़िये। निर्दोषों, दरिद्रों और अभावग्रस्तों की सुरक्षा के लिए दहाड़िये। महादेव के सच्चे भक्त बनिये। आक्रामक बनिये, पर दूसरों के भले के लिए। कठोर बनिये, पर केवल कमज़ोरों का पोषण करने के लिए। भयंकर बनिये, पर केवल सदाचारियों के लिए लड़ने के लिए। भगवान रुद्र भी उनके लिए ही खड़े हुए थे। भगवान के उदाहरण का पालन कीजिये।"

रावण एक शब्द भी नहीं बोला।

"जय श्री रुद्र," वेदवती बोलीं।

"जय श्री रुद्र..."

वेदवती ने मुस्कुराते हुए एक बार फिर से रावण के हाथ को थपथपाया।

महादेव के सच्चे भक्तों के पथ का पहला क़दम अहं की आनुष्ठानिक बलि था। रावण जानता था उसे क्या करना है। वो बैठी हुई वेदवती के आगे झुक गया। एक गहरी सांस लेते हुए उसने अपनी पहले कभी न झुकी पीठ को झुकाया और अपना सिर नीचे लाकर वेदवती के चरणों में रख दिया। उसने जीवन में पहली बार किसी अन्य जीवित व्यक्ति से आशीर्वाद माँगा था।

वेदवती ने रावण को उसके कन्धों से पकड़ा और उठाया। "आप सदा धर्म में रहें। धर्म सदा आपमें रहे।"

रावण ने अपनी पूरी छह फ़ुट तीन इंच की काया को उठाया, और अपने कमरबन्द में बँधी थैली से एक भोजपत्र निकाला। "कृपया इसे स्वीकार कर लें, देवी वेदवती। न मत कहियेगा।"

वो दिव्य नाम बोलते हुए रावण का हृदय पहली बार पूरे नियन्त्रण में था। वो हकलाया नहीं।

"किस चीज़ को?" वेदवती ने पूछा।

"वास्तविक कल्याण के मेरे पहले काम को।"

"आप क्यों स्वयं को इस तरह नीचा दिखाते हैं? आपने पहले भी अच्छाई की है। आपने अपने भाई के साथ अच्छाई की है। इस गाँव के साथ। और..."

"वो स्वार्थ के कार्य थे। मैंने उनकी रक्षा की थी जो मेरे अपने थे। यहाँ तक कि जो सामान मैंने यहाँ दिया वो भी आपको प्रभावित करने के लिए था। जब मैंने ये हुंडी लिखी और मुहरबन्द की, तो उसके पीछे भी मेरा स्वार्थ था, पर अब ऐसा नहीं है। मैं यह आपको दे रहा हूँ क्योंकि मैं जानता हूँ कि आप इसके साथ कुछ अच्छा ही करेंगी।"

"रावण, मैं आपसे धन नहीं ले सकती।"

"यह आपके लिए नहीं है, देवी वेदवती। यह पचास सहस्त्र स्वर्ण मुद्राओं की हुंडी है, और ये इस पूरे क्षेत्र के लिए हैं। मैं जानता हूँ आप इनका अच्छा उपयोग करेंगी।"

"पर..."

"कृपया मना मत कीजिये। मेरे पहले वास्तविक दयालुता के काम में मुझे मत रोकिये। मैं इसे आशीर्वाद मानूँगा।"

वेदवती ने रावण के हाथ से हुंडी लेकर उसे अपने माथे से छुआ और कहा, "यह मेरा सौभाग्य है, भद्र रावण। मैं इसका उपयोग आम लोगों की भलाई के लिए करूँगी।"

"यह मेरे लिए बहुत महत्वपूर्ण है। मैं यहाँ एक आर्य के रूप में वापस आऊँगा और फिर जो मेरा है उसे माँगूँगा।"

"और आपको उससे वँचित नहीं रखा जायेगा। यह पृथ्वी का और मेरा सम्मान होगा।"

रावण ने हाथ जोड़कर नमस्ते की। "अब मैं आपसे अनुमति चाहूँगा, देवी वेदवती। आपके अजन्मे शिशु के लिए मेरा आशीर्वाद। वो सचमुच भाग्यशाली है कि उसे आप जैसी माँ और पृथ्वी जैसे पिता मिले हैं।"

"धन्यवाद, महान रावण।"

जब भी वेदवती रावण का नाम बोलतीं, रावण के पूरे अस्तित्व में आनन्द की लहर दौड़ जाती थी। "फिर मिलने तक, वेदवती। जय श्री रुद्र।"

"जय श्री रुद्र।"

वहाँ से जाते हुए रावण को अपने अस्तित्व में एक ऐसा हल्कापन महसूस हुआ जो इससे पहले कभी महसूस नहीं हुआ था। उसके पूरे शरीर में एक सकारात्मक ऊर्जा का प्रवाह हो रहा था। नाभि का दर्द भी अब उसे परेशान नहीं कर रहा था। वो अपने पैरों में एक उछाल, होंठों पर महादेव का नाम और हृदय में कन्याकुमारी को लिये जा रहा था।

अब उसके पास एक उद्‌देश्य था।

अब वो धर्म पर चलने वाला आदमी था।

झाड़ियों में छिपे शोचिकेश के पुत्र सुकर्मण को न तो रावण ने देखा, न ही वेदवती ने। वो पूरे समय वहाँ मौजूद रहा था और उसने सारी बात सुनी थी। लेकिन उसके मस्तिष्क में केवल चार शब्द गूँज रहे थे। *पचास सहस्र स्वर्ण मुद्राएँ!*

—ꘒ—

"यह तो बहुत अधिक है," कुम्भकर्ण ने आश्चर्य से भौंहें उठाते हुए कहा।

"यह तो केवल शुरुआत है," रावण ने उत्तर दिया। उसके चेहरे पर एक शान्त मुस्कान थी।

कुम्भकर्ण ने अपने भाई को इतना मुस्कुराते पहले कभी नहीं देखा था जितना कि इस बीते एक सप्ताह में देखा था। वेदवती से अन्तिम बार मिलने के बाद के सात दिनों में रावण एक नया मनुष्य बन गया था—आशा और उत्साह से भरपूर। वो योजना बनाता रहा था कि अपने अपार धन से किस प्रकार भारत की सहायता करे। वो सोच रहा था कि सप्त सिन्धु

के किसी छोटे-से राज्य पर विजय प्राप्त करके उसे आम लोगों के लिए आदर्श राज्य के रूप में स्थापित करे।

वो वैद्यनाथ मन्दिर से जुड़ा एक बड़ा चिकित्सालय भी स्थापित करना चाहता था जहाँ पूरे सप्त सिन्धु के लोगों का मुफ़्त इलाज हो। वो इसके लिए जो राशि देने का सोच रहा था वो प्रचुर थी और इसीलिए कुम्भकर्ण ने उसकी उदारता पर टिप्पणी की थी।

"सच, दादा?" कुम्भकर्ण ने पूछा। "यह बहुत बड़ी राशि है।"

"यह मेरी सम्पत्ति के समुद्र में एक बूँद मात्र है। तुम यह जानते हो। अब यह हुंडी स्थानीय साहूकार के पास ले जाओ और स्वर्ण ले आओ। हम उसे दान करेंगे और फिर लंका के लिए निकलेंगे। हमें बहुत काम करना है और समय कम है।"

कुम्भकर्ण ने मुस्कुराते हुए सिर हिलाया। "आपका कथन मेरे लिए आदेश है, क... क... कन्याकुमारी के महान भक्त।"

रावण ने कुम्भकर्ण की बाँह पर घूँसा मारा। "मुझे छेड़ना बन्द करो!"

कुम्भकर्ण कमरे से जाते समय भी हँस रहा था।

—१०४—

"वाह," साहूकार ने कहा। "महान रावण ने एक ही दिन में दो हुंडियाँ भेज दीं।"

कुम्भकर्ण ने साहूकार से रसीद ली और उस पर अपनी मोहर लगा दी। साहूकार इस हस्ताक्षरित रसीद और रावण की मूल हुंडी के द्वारा मगध में रावण के सबसे निकटस्थ व्यापारिक कार्यालय से राशि प्राप्त कर लेगा। और हाँ, इस लेनदेन पर उसे काफ़ी बड़ी दलाली भी मिलेगी।

"अस्सी सहस्त्र स्वर्ण मुद्राएँ," बातूनी साहूकार बोलता रहा, "हमारे छोटे से वैद्यनाथ के लिए यह बहुत अधिक धन है। और वो भी एक ही दिन में!"

"और तुम्हें दलाली भी बहुत बड़ी मिलेगी," कुम्भकर्ण ने हँसते हुए कहा।

"हाँ!" साहूकार खिल उठा था। "मैं अन्तत: वो भूखण्ड ख़रीद सकता हूँ जिस पर मेरी और मेरी पत्नी की बहुत समय से नज़र है।"

रसीद देते और सिक्कों से भरे बड़े-बड़े थैले लेते हुए कुम्भकर्ण मुस्कुराया। हथियारबन्द आदमियों की उसकी टुकड़ी के दो सैनिकों ने थैलों को उठाया और अपनी बैलगाड़ी की ओर बढ़ गये। कुम्भकर्ण ने साहूकार को धन्यवाद कहा और वापस जाने के लिए मुड़ा।

और फिर, वो अचानक रुक गया। उसकी छठी इन्द्री फड़क रही थी।

"जो महिला पहले रावण की दूसरी हुंडी छुड़ाने आयी थीं," कुम्भकर्ण ने कहा। "क्या वो..."

"महिला नहीं," साहूकार ने टोका। "वो कोई पुरुष था। वो यहाँ कुछ घड़ी पहले तो आया था।"

तब तो वो पृथ्वी जी होंगे।

"एकदम लड़का-सा था," साहूकार ने आगे कहा।

कुम्भकर्ण को अपने मन में कुछ अमंगल होने का-सा अहसास हुआ। "मुझे रसीद दिखाना।"

साहूकार ने सिर हिलाते हुए मना कर दिया। "मैं आपको रसीद नहीं दिखा सकता। ये अनु..."

जैसे ही कुम्भकर्ण ने पटल पर पचास स्वर्ण मुद्राएँ डालीं और आदेशपूर्वक ढंग से हाथ आगे बढ़ाया, साहूकार ने बोलना बन्द कर दिया और बिना किसी हिचकिचाहट के पटल के नीचे बनी छोटी-सी अलमारी में हाथ डाला और रसीद निकाल ली। कुम्भकर्ण ने उस पर निगाह डाली, पलटा, और अपने घोड़े की ओर दौड़ गया।

जल्द ही वो वैद्यनाथ की गलियों में होता हुआ मुख्य अस्तबल की ओर जा रहा था। यदि किसी को नगर की सीमा के पार जाना हो, तो घोड़ा किराए पर लेने या प्रस्थान करने वाली गाड़ी में जगह पाने के लिए, कोई भी वहीं जाता।

वो जानता था कि उसे जल्दी करनी होगी। समय बहुत ही कम था।

क्योंकि रसीद पर नाम साफ़-साफ़ दर्ज था : सुकर्मण।

अध्याय 16

रावण ने सुकर्मण के चेहरे पर ज़ोरदार थप्पड़ मारा। "तुझे वाक़ई लगता था कि तू ऐसा करके बच जायेगा?"

कुम्भकर्ण ठीक समय से अस्तबल पहुँच गया। सुकर्मण और उसके पाँच साथी अपने चोरी के धन के साथ जाने ही वाले थे। कुम्भकर्ण और उसके सैनिकों ने बड़ी आसानी से उन छह लड़कों को क़ाबू में कर लिया और उन सिक्कों को ज़ब्त कर लिया जो वो ले जा रहे थे। उसके बाद चोरों को रावण के सामने प्रस्तुत किया गया।

"तू भाग्यशाली है कि मैं बदल चुका हूँ," रावण ग़ुर्राया। "वर्ना अब तक यातनाओं से भरा तेरा शरीर यहाँ अधमरा पड़ा होता।"

सुकर्मण अपने बन्दीकर्ताओं से खींचतान कर रहा था; वो भयभीत दिखाई दे रहा था।

कुम्भकर्ण ने सुकर्मण के पास झुण्ड में खड़े पाँचों लड़कों की ओर इशारा किया। "ये कौन लोग हैं, सुकर्मण? मैंने इन्हें नहीं पहचाना। ये तुम्हारे गाँव के तो नहीं हैं," उसने कहा।

सुकर्मण अब तक काँपने लगा था, और डर के मारे उत्तर तक नहीं दे पा रहा था।

"इसे टोडी ले चलते हैं, दादा," कुम्भकर्ण ने कहा। "वेदवती जी से ही निर्णय कराते हैं कि इसके साथ क्या किया जाये।"

रावण सुकर्मण को घूरता रहा। क्रोध दिखाने के बावजूद, वो अपनी भावनाओं को नियन्त्रित किये हुए था। वेदवती का नाम सुनकर वो और शान्त हो गया। "चल तो सकते हैं, पर मुझे डर है कि वो इसे क्षमा कर देंगी। और यह नीच क्षमा का अधिकारी नहीं है।"

सुकर्मण अचानक अपने मूत्राशय पर नियन्त्रण नहीं रख सका और उसने स्वयं को गीला कर लिया। पहली प्रतिक्रिया के रूप में रावण हँसा, लेकिन फिर वो रुक गया।

एक ऐसा विचार उसके मस्तिष्क में घुसा चला आया जिस पर सोचना भी पीड़ादायक था। कुछ पलों को वो स्तम्भित-सा हो गया, इतना भयभीत कि वो उस विचार तक को स्वीकार करने को तैयार नहीं था।

हे भगवान रुद्र... नहीं...

भयाक्रान्त रावण अपने छोटे भाई की ओर पलटा। और यह देखकर उसका दिल डूब-सा गया कि कुम्भकर्ण के चेहरे पर भी उसी के जैसे भाव थे। उसने अपनी निगाह सुकर्मण की ओर इस तरह घुमाई जैसे वो मूर्च्छा में हो। उसके चेहरे का रंग उड़ चुका था। वो काँपता खड़ा बड़ा दयनीय दिखाई दे रहा था। रावण को ऐसा लग रहा था जैसे उसका हृदय हिमखण्ड हो गया हो। यह केवल लूट नहीं थी... यह तो...

भगवान रुद्र, दया करना!

पहले कुम्भकर्ण ने ख़ुद को सँभाला। वो तेज़ी से दौड़ते हुए चिल्लाया, "रक्षको! सब लोगो! हम टोडी जा रहे हैं! तुरन्त!"

एक घंटे से कम के अन्दर, सौ से अधिक सैनिकों का रावण का क़ाफ़िला टोडी में आ धमका। कुम्भकर्ण के आदेश पर केवल समीची को छोड़ दिया गया था। सुकर्मण को एक घोड़े की पीठ पर बाँध दिया गया था जिसकी लगाम रावण के एक घुड़सवार योद्धा के हाथों में थी। उसके पाँचों साथियों को भी इसी ढंग से टोडी लाया जा रहा था।

जब सरपट दौड़ते घोड़ों ने गाँव में प्रवेश किया, तो तुरन्त ही स्पष्ट हो गया कि कुछ गड़बड़ अवश्य है।

हर ओर मौत का-सा सन्नाटा पसरा हुआ था।

रावण ने अपने घोड़े को एड़ लगायी और उसे सबसे आगे सरपट दौड़ाता हुआ गाँव के मध्य में स्थित वेदवती के घर पहुँच गया। घर के ठीक बाहर विशाल चौक में भारी भीड़ जमा थी। ऐसा लगता था जैसे सारा गाँव ही वहाँ इकट्ठा हो गया है।

रावण तेज़ी से अपने घोड़े से उतरकर लोगों को हटाता हुआ घर की ओर दौड़ा। उसका दिल बुरी तरह धड़क रहा था। अशुभ की आशंका में उसका मुँह सूख गया था।

कुम्भकर्ण ठीक उसके पीछे था।

एक दुर्बल से गाँव वाले को रास्ते से हटाते हुए रावण भूमि पर पड़ी किसी वस्तु से टकराकर गिरने से बाल-बाल बचा।

बिना उस ओर नज़र डाले, वो सम्भला और लड़खड़ाता-सा उस साधारण-सी झोंपड़ी की ओर बढ़ा जो वेदवती और पृथ्वी की थी।

यह कुम्भकर्ण ने देखा कि रावण किस चीज़ पर लड़खड़ाया था।

पृथ्वी की रक्तरंजित और कटी-फटी लाश।

हे प्रभु रुद्र...

वहाँ निश्चित रूप से संघर्ष हुआ था। पृथ्वी को कई बार चाक़ू मारा गया था, और शायद ख़ून बहने से ही उसकी मौत हुई थी। यह स्पष्ट था कि वो धीरे-धीरे मरा था। धरती पर ख़ून की लकीर बता रही थी कि उसने घिसटकर अपने घर तक पहुँचने का प्रयास किया था, लेकिन उसके शरीर ने दम तोड़ दिया।

कुम्भकर्ण ने सिर उठाकर देखा। पृथ्वी के घर की ओर। जहाँ गर्भवती वेदवती होतीं।

और फिर उसने एक चीख़ सुनी।

यह एक मर्मस्पर्शी, अथाह पीड़ा भरी आवाज़ थी। यह अकल्पनीय दुख से प्रताड़ित आत्मा की टूटी आवाज़।

वो अपने रास्ते में आने वाले लोगों को बुरी तरह धक्का देता हुआ वेदवती की झोंपड़ी की ओर दौड़ा। और जब वो भीड़ के बीच से निकला तो उसने देखा कि रावण खुले दरवाज़े के बाहर घुटनों के बल बैठा है। और बुरी तरह सुबक रहा है।

अपने हृदय को कठोर करते हुए कुम्भकर्ण ने खुले दरवाज़े से उस एक कमरे की झोंपड़ी के अन्दर देखा। और उस दृश्य ने उसका ख़ून जमा दिया। वेदवती फ़र्श पर पड़ी हुई थीं, और उनका दायाँ हाथ एक विचित्र से कोण पर मुड़ा हुआ था। उनका बायाँ हाथ उनके पेट पर था, जैसे वो अपने अजन्मे बच्चे की रक्षा कर रही हों। या जैसे उसकी रक्षा करते मर गयी हों। क्योंकि चाक़ू के अधिकतर घाव उनके पेट पर ही थे। उन्हें कम-से-कम पन्द्रह से बीस बार चाक़ू मारा गया था। रक्त बहकर उनके आसपास जम गया था, जैसे एक भयावह-सा लाल कफ़न उनके शरीर के नीचे बिछा हो। उनके सदा स्थिर और शान्त रहने वाले चेहरे को भी नहीं बख़्शा गया था। हमलावर ने सीधे उनकी बाईं आँख में चाक़ू घोंपा था। देखने से यह एक गहरा घाव लगता था। शायद वो घाव जिसने अन्ततः उन्हें मार डाला था। वो प्रहार जिसने जीवित देवी की आँखों का दीया बुझा दिया था।

कुम्भकर्ण आगे को झुक गया; वो जो देख रहा उसे उस पर विश्वास ही नहीं हो पा रहा था। आँखों में आँसू भरे हुए, वो लड़खड़ाता हुआ अपने भाई की ओर बढ़ा और उसके कन्धे को छुआ।

रावण इस स्पर्श पर झटका खा गया, जैसे आग से झुलस गया हो। फिर उसने अपने भाई की ओर देखा। उसके चेहरे पर आँसू बह रहे थे।

कुम्भकर्ण अपने घुटनों पर ढह गया। "दादा..."

रावण ने आकाश की ओर देखा। उन बादलों के महलों की ओर जहाँ शायद देवता रहते थे। "हरामज़ादो!! क्यों?! इनको क्यों?!क्यों?!!"

कुम्भकर्ण ने रावण को गले लगा लिया, क्योंकि उसे समझ ही नहीं आ रहा था कि वो और क्या करे, या कहे।

लोग कहते हैं कि आँसू दुख को धो डालते हैं। झूठ कहते हैं।

कुछ दुख ऐसे होते हैं जिन्हें लाखों आँसू भी नहीं धो सकते। जो जीवन भर सताते हैं। हर पल।

लोग कहते हैं कि समय घावों को भर देता है। झूठ कहते हैं।

कभी-कभी, मनुष्य जिस दुख से अभिशप्त होता है वो इतना गहरा होता है कि समय भी उसके आगे आत्मसमर्पण कर देता है।

दोनों भाई एक दूसरे के गले लगे रहे। और बुरी तरह रोते रहे।

रावण के आदमी धीरे-धीरे रावण और कुम्भकर्ण के आसपास जमा हो गये थे। उनमें से कोई भी ठीक से नहीं समझ पा रहा था कि हुआ क्या है। पर वो देख रहे थे कि उनका व्यापारी-राजकुमार टूट गया है।

गाँव के लोग भी इतने भौंचक्के थे कि कुछ करने में सक्षम नहीं थे, और चारों ओर खड़े रो रहे थे।

शोचिकेश धीरे-धीरे लड़खड़ाता हुआ रावण के निकट आया। उसकी आँखें रोने से सूज गयी थीं और उसका शरीर दुख से दोहरा हो गया था। "मुझे बहुत दुख है, जय... मैं..."

वो अभी तक भी यह नहीं जानता था कि रावण कौन है।

"तुम सब थे कहाँ जब यह हुआ?" रावण गरजा। ऐसा लगता था जैसे सारी सृष्टि का रोष उसके अन्दर समा गया हो।

"जय... हम कुछ नहीं कर सके... हमने शोर सुना तो हम दौड़ते हुए यहाँ आये... लेकिन वो हथियारबन्द थे..."

रावण को फिर से अपने भीतर क्रोध उठता महसूस हुआ। उसने चारों ओर देखा। झोंपड़ी के निकट कम-से-कम दो सौ ग्रामीण इकट्ठा थे। उसने सुकर्मण और उसके पाँच साथियों को देखा, जो झोंपड़ी के पास एक पेड़ के तने से कसकर बँधे हुए थे।

छह के विरुद्ध दो सौ।

शोचिकेश को सम्बोधित करते हुए रावण का स्वर एक भयानक फुसफुसाहट में बदल गया। "वो हमारी देवी थीं। वो इस पूरे दयनीय गाँव को सँभालती थीं। एक माँ की तरह इसकी चिन्ता करती थीं। और तुम सब मिलकर उन्हें इन छह दुष्टों से नहीं बचा सके?"

"मुझे खेद है... हम... कई तो डर कर भाग गये..."

रावण अपने पूरे क़द के साथ खड़ा हुआ, तो शोचिकेश से बहुत ऊँचा निकल गया। "भाग गये? तुम हरामज़ादे भाग गये?"

शोचिकेश ने लंकाई व्यापारी की रक्तिम आँखों को देखा, तो उसे घबराहट-सी होने लगी। उसने रावण को समझाने की कोशिश की। "पर... पर हम क्या कर सक..."

शब्द शोचिकेश के होंठों पर जमे रह गये। उसकी आँखें फटी की फटी रह गयीं जब उसने नीचे नज़र डाली और अपने शरीर में एक चाक़ू धँसा देखा। एक क्षण को वो खड़ा रह गया, और फिर उसके मुँह से पीड़ा भरी एक चीख़ निकली। रावण ने बड़ी सफ़ाई से एक ही बार में अपना लम्बा चाक़ू निकाला था और उसे शोचिकेश के पेट में धँसा दिया था। चीख़ ने रावण को और भी क्रुद्ध कर दिया। उसने चाक़ू को और अन्दर तक धँसाया और भयानक ढंग से घुमा दिया। चाक़ू का फलक दूसरी ओर तक काटता चला गया, और उसकी नोक शोचिकेश की पीठ को चीरती हुई बाहर निकली। रावण ने एक झटके से हथियार को बाहर निकाला और शोचिकेश को धक्का दे दिया। लाल बालों वाला शोचिकेश भूमि पर जा गिरा; उसका ख़ून बुरी तरह बह रहा था। यह एक धीमी, पीड़ादायक मौत होने वाली थी।

डर से स्तब्ध गाँववाले अपनी-अपनी जगहों पर जड़ हो गये थे।

रावण ने एक क्षण को नीचे शोचिकेश के शरीर को देखा। फिर लंका के इस व्यापारी ने ज़ोर से खखारा और टोडी के भूस्वामी पर थूक दिया।

नीचे देखते हुए ही रावण ने एक धीमी ग़ुर्राहट में कहा, "मार डालो इन सबको।" फिर उसने उस ओर इशारा किया जहाँ सुकर्मण और उसके साथी बँधे हुए थे। "अलावा उनके।"

गाँववालों में अफ़रा-तफ़री मच गयी और वो चीख़ते-चिल्लाते चारों ओर भागने लगे जबकि रावण के सैनिक अपने स्वामी के आदेश का पालन करने के लिए दौड़ पड़े। टोडी के निवासियों के पास बचने की कोई उम्मीद नहीं थी। एक-एक को मार डाला गया।

—ꣲ—

भूमि पर हर ओर लाशें बिखरी हुई थीं। आदमी। औरतें। बच्चे। जो जहाँ था उसे वहीं काट डाला गया था। कुछ ही पलों में सब समाप्त हो गया था।

रावण सुकर्मण के एक साथी के पास खड़ा था, जबकि कुम्भकर्ण उसके दूसरी ओर खड़ा था। अपनी ख़ून में सनी तलवारें लिए लंकाई सैनिक पीछे की ओर थे। सुकर्मण के हाथों को एक दरवाज़े पर ठोंक दिया गया था जो उन पेड़ों के सामने था जहाँ उसके साथी बँधे हुए थे। वो स्पष्ट देख सकता था कि उनके साथ क्या किया जा रहा है।

रावण ने लकड़ी का एक जलता कुन्दा सुकर्मण के साथी की बाँह से लगाया, जिससे उसकी त्वचा झुलसने लगी और माँस भुनने लगा। जलते माँस की दुर्गन्ध पूरे माहौल में बस गयी। और उस धीरे-धीरे जलकर मरते आदमी की ख़ून को जमा देने वाली चीख़ें हवा में गूँजने लगीं।

लेकिन रावण तो अपनी यातना के पीड़ित की ओर देख तक नहीं रहा था। उसकी आँखें तो सुकर्मण के चेहरे पर लगी हुई थीं। "तूने यह केवल धन के लिए किया? या किसी ने तुझे उन्हें मारने का आदेश दिया था?"

भयभीत सुकर्मण हकलाने लगा। "मैं... बहुत खेद है... मुझे क्षमा कर दो... कृपया... क्षमा कर दो... सारा धन ले लो..."

रावण की आँखें शुद्ध, अमिश्रित क्रोध से सुलग रही थीं। उसने जलते हुए लकड़ी के कुन्दे को उठाया और उसे अपने प्रताड़ित शिकार के चेहरे के निकट ले गया। उसने एक बार फिर सुकर्मण की ओर देखा। "तुझे लगता है मैं यह धन के लिए कर रहा हूँ?"

अब कुम्भकर्ण बोला। "कन्याकुमारी का शिशु कहाँ है?"

जब वेदवती की लाश का परीक्षण किया गया था, तो उनकी कोख ख़ाली मिली थी। जिसका अर्थ था कि वो हत्या से पहले अपने शिशु को जन्म दे चुकी थीं।

लेकिन शिशु का कोई अता-पता नहीं था।

"सुकर्मण, मैंने तुझसे एक प्रश्न पूछा है। बच्चा कहाँ है?" कुम्भकर्ण ग़ुर्राया।

सुकर्मण की घिग्घी बँध गयी, वो ज़मीन को देखता रहा। डर के मारे एक बार फिर मूत्राशय पर उसका नियन्त्रण खो बैठा था।

"सुकर्मण।" कुम्भकर्ण की मुट्ठियाँ कसकर भिंच चुकी थीं। "बोल!"

अचानक, सुकर्मण का एक साथी बोल उठा। "इसने मुझे यह करने का आदेश दिया था। सुकर्मण ने। मैं यह नहीं करना चाहता था।"

"तूने क्या किया?" कुम्भकर्ण उस आदमी को घूरता हुआ गरजा।

"इसने आदेश दिया था। दोष इसका है..."

"तूने क्या किया?"

वो आदमी मौन हो गया।

कुम्भकर्ण उसके पास गया और भयानक ढँग से उसकी आँखों में देखने लगा।

"क्या किया तूने? बता दे। तो तुझ पर दया की जायेगी।"

उस आदमी ने सुकर्मण को और फिर कुम्भकर्ण को देखा। "इसने आदेश दिया... कि बच्चे को जंगल में फेंक दूँ। और पशुओं को... खाने दूँ... मेरा मतलब..." उसके शब्द अटके और रुक गये। उसकी नीच बर्बर आत्मा भी उस भयानक अपराध के लिए शर्मिन्दा थी जो उसने किया था।

भारतीयों का मानना था कि बाल-हत्या एक भयावह पाप है, और यह आत्मा को जन्म-जन्मान्तर तक के लिए दूषित कर देता है। सुकर्मण के गिरोह को लगा था कि यह काम जंगली पशुओं से करवाकर वो इस ईश्वरीय प्रकोप से बच सकेंगे।

स्तम्भित कुम्भकर्ण को कुछ बोलते ही नहीं सूझा, उसने रावण की ओर देखा। उसे ऐसे उत्तर की अपेक्षा नहीं थी। इन जैसे जंगलियों के लिए भी यह कृत्य घिनौनी हद तक क्रूर लगता था।

एक शिशु को जंगली पशुओं के भोज के लिए जंगल में छोड़ दिया गया... हे रुद्र, दया करो।

"दया करें," उस आदमी ने विनती की। "मैंने सच बता दिया... दया करें..."

कुम्भकर्ण ने एक बार फिर रावण की ओर देखा। रावण ने सिर हिलाया। कुम्भकर्ण ने तलवार निकाली और एक ही वार में उस आदमी का सिर धड़ से अलग कर डाला।

अपराधी का कटा हुआ सिर हवा में उड़ता उसके पास बँधे एक अन्य साथी के सिर से जा टकराया। वो घबराहट के मारे चीख़ा, जबकि गर्दन के खुले छेद से ख़ून का एक फ़व्वारा छूटकर उस पर पड़ा।

पंखों की तीव्र फड़फड़ाहट सुनकर रावण और कुम्भकर्ण ने ऊपर देखा। गिद्धों का एक झुण्ड गाँव पर उतर रहा था। उन लोगों के देखते-देखते एक पक्षी ने ज़मीन पर बिखरी लाशों में से एक को यूँ ही चोंच मारी। ताज़े माँस को चखते ही वो ख़ुशी-से चिचियाया और फिर उसे खाने लगा।

रावण ने एक बार फिर अपने पास जल रहे आदमी की ओर ध्यान केन्द्रित किया। बेसुध और लगभग पहचान में नहीं आ रहे उस प्राणी को अपने बन्धनों पर लटके देखकर रावण की आँखों से क्रोध के अनियन्त्रित आँसू बह निकले। उसे कोई दया, कोई पछतावा नहीं था। केवल रोष था।

—१०४—

रावण और कुम्भकर्ण दीवार से टेक लगाकर धरती पर बैठ गये। पाँचों मृत आदमी अभी भी पेड़ों से बँधे थे। सुकर्मण को, जो बमुश्किल जीवित था, उस दरवाज़े से खींचकर जिस पर उसे ठोंका गया था, एक पेड़ से बाँध दिया गया था। उसका कुछ रक्तरंजित माँस अभी भी खूँटों पर लगा हुआ था। वो धीमे-धीमे जलने और यातनाओं के कारण बेहोश हो गया था। लेकिन रावण ने बड़े ध्यान से सुनिश्चित किया था कि वो मरे नहीं। उसे उतनी पीड़ा झेलनी थी जितनी किसी मानव के लिए सम्भव थी। ऐसी पीड़ा, जिसकी स्मृति भी उसकी आत्मा को कई जीवनकालों तक झकझोरती रहे।

उधर रावण के सैनिक वेदवती और पृथ्वी के निष्प्राण शरीरों को भूस्वामी के घर ले गये थे। अन्तिम क्रियाकर्म से पहले उन्हें नहलाना और कपड़े पहनाए जाना था।

अब तक, गिद्धों के साथ जंगल के अन्य प्राणी आ मिले थे। कौए। जंगली कुत्ते। लकड़बग्घे। सबके लिए पर्याप्त माँस था। पशु ख़ामोशी से खा रहे थे। एक दूसरे से लड़े बिना। वो बहुत अधिक शोर भी नहीं मचा रहे थे। वो जानते थे कि वहाँ इतना माँस था जो कई दिन उनके लिए पर्याप्त होने वाला था।

यह भीषण रूप से भयावह दृश्य था। हर जगह ख़ामोशी से मानव शवों की दावत उड़ाते जंगली जानवर। एक पेड़ से बँधा एक बेहोश आदमी। ख़ून से सनी तलवारें लिए सावधान खड़े सैनिक। और अपनी टूटी हुई आत्माओं से लड़ते दो भाई, उस महिला के घर के बाहर बैठे जिसे वो सराहते थे। वो व्यक्ति जिसे वो प्रेम करते थे। वो देवी जिसे वो पूजते थे।

रावण की सूजी हुई आँखों में ख़ून उतरा हुआ था, और उसका चेहरा पूरी तरह भावहीन था। कुम्भकर्ण ने अपने भाई के ख़ून से सने हाथों को अपने हाथों में ले लिया। वेदवती की हत्या करने वाले अपराधियों के ख़ून

से उनके अंग लथपथ थे, लेकिन इससे उनके दुख में कोई कमी नहीं आयी थी। ऐसी पीड़ा को कौन से शब्द कम कर सकते थे?

अन्ततः, रावण बोला। "मुझे इससे घृणा है..." वो बोलते-बोलते रुक गया क्योंकि आँसू फिर से उसके गालों पर बहने लगे थे।

कुम्भकर्ण ने अपने भाई को देखा। मौन।

रावण का दुख और क्रोध से भरा स्वर फिर से गूँजा।

"मुझे इस अभिशप्त इलाक़े से घृणा है।"

अध्याय 17

जब भी सुकर्मण बेहोश होता, बाल्टी भर पानी उसके चेहरे को भिगो देता। यह आवश्यक था कि उसे होश में रखा जाये ताकि वो यातना के हर पल को महसूस करे। उसका शरीर बेजान-सा लटका हुआ था, लेकिन कसी हुई रस्सियों ने उसे पेड़ से सीधा लगा रखा था। उसके शरीर से उसकी लंगोट के अतिरिक्त सब कुछ उतार दिया गया था। उसके असंख्य घावों से ख़ून रिस रहा था और उसके शरीर का एक-एक पोर या तो झुलसा हुआ था या कटा हुआ था। अलावा उसके चेहरे के।

जब आख़िरकार सुकर्मण आँखें खोलने में सक्षम हुआ, तो उसने लंका के लुटेरे-व्यापारी को अपने सामने खड़ा देखा।

रावण।

विश्व के सबसे धनी लोगों में से एक। निश्चित रूप से सबसे अधिक क्रोधी जीवित व्यक्ति। एक ऐसा व्यक्ति जिसमें प्रतिशोध की उत्कट भावना थी। "तूने केवल धन क्यों नहीं ले लिया?" रावण का स्वर रोष और हताशापूर्ण दुख से भरा था। "क्यों? तुझे उन्हें मारना क्यों था?"

सुकर्मण के मस्तिष्क में कहीं उम्मीद की एक किरण चमकी। उसे लगा कि उसके पास शायद अभी भी सफ़ाई देने का अवसर है। और इस विचार ने उसमें थोड़ी-सी ऊर्जा का संचार कर दिया। "मैंने कोशिश की थी... बहुत कोशिश की थी... पर वो सुनने को... तैयार ही नहीं थीं।"

रावण ने कुम्भकर्ण की ओर देखा और फिर से सुकर्मण को देखने लगा।

"मैंने उनसे कहा कि उन्होंने पहले कभी तो धन की चिन्ता नहीं की... तो अब क्यों? पर वो मानने को तैयार नहीं हुईं... वो ज़िद पर अड़ गयी थीं... उनके उस पति के भी अचानक पाँव निकल आये और वो मुझे झिड़कने लगा। वो मुझसे बोलीं कि मैं उनका बाक़ी सब कुछ ले लूँ, पर वो मुझे... आपकी हुंडी नहीं देंगी... लेकिन उनके पास जो कुछ था, वो कुछ भी नहीं था... और मुझे जुए के उधार चुकाने थे... मेरे देनदार मुझे मार डालते... मैंने उन्हें यह बताया... पर वो बिल्कुल ही... नासमझ हो रही थीं," वो घरघराती सांस के साथ बोला।

रावण ने अविश्वास से सुकर्मण को देखा।

जब सुकर्मण आगे बोला तो उसकी आवाज़ मुश्किल ही से सुनाई दे रही थी, "मैंने उनसे कहा... कि आप उन्हें और धन दे देंगे... कि आप... अत्यन्त धनी हैं... कि आपको कोई अन्तर नहीं पड़ेगा... पर वो सुनने को तैयार नहीं थीं... उन्होंने कहा कि वो हुंडी नहीं देगीं... कि हुंडी पवित्र है... कि हुंडी एक ऐसे व्यक्ति ने दी है जिसने अभी धर्म को खोजा है... कि वो रावण के लिए यह अवसर नहीं जाने देंगी कि वो अपने भीतर ईश्वर को ढूँढ़ सके।"

कुम्भकर्ण के मुँह से एक हल्की कराह-सी निकल गयी, और उसने हताशा में अपने बाल नोच डाले। मगर कुछ उत्तर देने में अक्षम रावण सुकर्मण को ही देखता रहा।

सुकर्मण की बात अभी पूरी नहीं हुई थी। रावण की ख़ामोशी से ग़लतफ़हमी में पड़ते हुए, वो बड़बड़ाया, "मैं तो उन्हें समझाने का प्रयास कर रहा था, पर मेरा एक साथी धैर्य खो बैठा। मैं उसे दोष नहीं दे सकता... वो... बिल्कुल ही अड़ियल हो रही थीं।"

रावण अब बहुत सहन कर चुका था। वो सुकर्मण पर झपटा और उसने उसकी ठोड़ी पर एक शक्तिशाली घूँसा मारा। सुकर्मण का सिर एक झटके के साथ पीछे को हुआ और पेड़ के तने से टकराया। कुम्भकर्ण ने आगे बढ़कर उसे बालों से कसकर पकड़ा और उसके जबड़े पर एक तगड़ा घूँसा मारा जिससे उसका जबड़ा टूटने की आवाज़ स्पष्ट सुनाई दी।

फिर उसने टूटे जबड़े को नीचे कर दिया जिससे सुकर्मण का मुँह खुल गया।

रावण ने अधजले कोयले का एक छोटा-सा टुकड़ा उठाया और उसे उसके शिथिल मुँह के अन्दर डाल दिया।

जलते हुए सुर्ख़ कोयले द्वारा मुँह की त्वचा झुलसने पर उसका शरीर तड़पा और फिर कोयले को उसके हलक़ के अन्दर घुसा दिया गया। कुम्भकर्ण ने उसके मुँह को खोल दिया, जबकि कुछ लंकाई सैनिक दौड़-दौड़कर जलते कोयलों के और टुकड़े लाने लगे। रावण एक-एक कोयला लेकर उसे सुकर्मण के कंठ में ठूँसता गया। वो दर्द की चिन्ता किये बिना अपने नंगे हाथों से कोयले डाल रहा था। जैसे-जैसे जलते कोयले सुकर्मण की ग्रासनली में प्रवेश करते, उसका शरीर पीड़ा से बल खा जाता।

उसे जीवित जलाया जा रहा था, अन्दर से बाहर की ओर।

किन्तु रावण और कुम्भकर्ण रुकने वाले नहीं थे। वो सुकर्मण के पाचन मार्ग में लगातार कोयले ठूँसते रहे।

कुछ समय बाद, सुकर्मण ने हिलना बन्द कर दिया।

जले हुए माँस की तीखी गन्ध हवा में फैल चुकी थी। सुकर्मण के मुँह से धुआँ बाहर आ रहा था। उसका पेट चमकता-सा दिखाई दे रहा था। जैसे उसके अन्दर आग लग चुकी हो। उस दयनीय आदमी को जीवित पकाया जा रहा था।

पर ये दोनों भाई अभी भी नहीं रुके।

क्रोध पूरी तरह उनकी आत्माओं पर हावी हो गया था।

वो अपना सब कुछ खो चुके थे।

अपनी देवी। अपनी दुनिया। अपना होश।

वो सब कुछ खो चुके थे।

—१०I—

क्रियाकर्म की तैयारियाँ पूरी हो चुकी थीं। दो बड़ी चिताएँ तैयार की गयी थीं। वेदवती और पृथ्वी की लाशों को साफ़ करके, नहलाने के बाद उन्हें नए श्वेत कपड़े पहनाये गये। पवित्र वैदिक मन्त्र उनके कानों में बोले गये।

ऐसा माना जाता था कि मन्त्रों की शक्ति दिवंगत आत्माओं को अपनी यात्रा जारी रखने की शक्ति देगी।

यह सब होने के बाद उनके मुँह में पवित्र जल डाला गया और उनके होंठों पर तुलसी की पत्तियाँ रखी गयीं। कुछ और तुलसी की पत्तियों को गूँथकर उनके नथुनों और कानों में लगाया गया। वेदवती के अँगूठों को आपस में बाँधकर उनके हाथों को उनकी छाती पर रखा गया। उनके पैरों के अँगूठों को भी आपस में बाँध दिया गया था। ऐसा ही पृथ्वी के साथ किया गया। ऐसी मान्यता थी कि इससे दाएँ और बाएँ ऊर्जा मार्ग आपस में जुड़ जाते हैं, जिससे शरीर के भीतर ऊर्जा एक घेरे में घूमती है। उन स्थानों पर मिट्टी के दीये जलाये गये जहाँ वेदवती और पृथ्वी मृत पाये गये थे, और दीयों की लौ को मृत्यु और धर्म के देवता यम के सम्मान में दक्षिण की ओर रखा गया था।

इस सबके दौरान, रावण और कुम्भकर्ण बाहर से शान्त बने रहे। यहाँ बेढंगेपन से रोने और अशोभनीय विलाप की कोई गुँजाइश नहीं थी। गरिमा। आदर। सम्मान। देवी इस सबकी अधिकारी थीं। महान कन्याकुमारी उसी ढंग से दुनिया से सिधारेंगी जिस ढंग से वो जी थीं। गरिमा, आदर और सम्मान के साथ।

दोनों भाई वेदवती की बिना जली चिता के पास खड़े थे। पहले उनका क्रियाकर्म किया जायेगा, और फिर पृथ्वी का।

एक मिट्टी के पात्र में पवित्र घी लाया गया। कुम्भकर्ण ने बर्तन को पकड़ा और रावण उसमें से घी के बड़े-बड़े चमचे वेदवती के शव पर डालता रहा। इस क्रिया के दौरान दोनों भाई गरुड़ पुराण का जाप करते रहे। जब रावण ने अपने हाथ पोंछे, तो उसके कुछ आदमियों ने झटपट आगे आकर वेदवती के शव पर कुछ और लकड़ियाँ रख दीं। कुछ ही देर में केवल उनका चेहरा ही दिखाई दे रहा था।

रावण पीछे हटा, तो पवित्र अग्नि से जलती एक लकड़ी लाकर उसे थमा दी गयी।

कुम्भकर्ण ने अन्तिम बार वेदवती के चेहरे को देखने का साहस जुटाया। छेदों को ढंक दिया गया था। जहाँ उनकी बाईं आँख हुआ करती थी उस स्थान पर भी कुछ भर दिया गया था।

उनका चेहरा—अब भी, इतना सब झेलने के बाद भी—शान्त और विनम्र था। किसी देवी की तरह। कुम्भकर्ण बड़ी मुश्किल से अपने आँसुओं को रोके हुए था। वो अगरिमामय नहीं होगा। उनके सामने नहीं। अपनी देवी के सामने नहीं।

उसने बहुत बार सुना था कि प्रियजनों के आँसू दिवंगत आत्मा का दुनिया से जाना कठिन बना देते हैं। मृतकों के कल्याण के लिए जीवितों को अपने दुख को नियन्त्रित करना और दबाना पड़ता है।

उसने वेदवती के निश्चल शरीर को अग्नि द्वारा लील लिये जाने की प्रतीक्षा में पड़े देखा, और अप्रत्याशित रूप से, एकदम अचानक, उसका सारा क्रोध विलीन हो गया।

उसने चौंककर अपने आसपास देखा, जैसे अभी एक लम्बी नींद से जागा हो। दूर गाँव में, वो अभी भी जंगली पशुओं को गाँववालों की लाशें खाते देख सकता था। उन पुरुषों और महिलाओं की लाशों को जिन्हें कायर तो कहा जा सकता था, पर अपराधी नहीं। उसने पलटकर वेदवती के चेहरे को देखा और वो शर्मिन्दा हो गया। ख़ुद पर, और उस पर जो उसने किया था।

वो जानता था कि वेदवती को उससे और उसके भाई से निराशा होती। अब वो अपने भाई की ओर देखने को पलटा।

रावण पवित्र अग्नि वाली लकड़ी लिये चिता की ओर बढ़ रहा था।

कुम्भकर्ण पीछे हट गया।

रावण ने लकड़ी को चिता में डालते हुए उसे आग दी। और सब कुछ शुद्ध कर देने वाले अग्नि देवता को देवी के शरीर का उपभोग करने दिया।

किसी ने रावण को पवित्र जल से भरा मिट्टी का घड़ा दिया। उसने उसे फोड़ा, और पवित्र परम्परा का पालन करते हुए जलती चिता की उल्टी परिक्रमा लगाने लगा। जैसे-जैसे वो चलता जा रहा था, छोटे से छेद से पानी रिसता जा रहा था। उसने तीन परिक्रमा लगायीं। ऐसा करते हुए, वो वास्तव में संसार के सामने घोषणा कर रहा था कि वो वेदवती के ऋणों को चुकाने का दायित्व लेता है। धन से जुड़े ऋण नहीं, क्योंकि आत्मा के लिए धन अर्थहीन है—वो वेदवती के अपूर्ण कार्मिक ऋणों को चुकाने का वचन दे रहा था और सुनिश्चित कर रहा था कि वो इस संसार के सारे बन्धनों और

दायित्वों से मुक्त हो जायें। तभी, सम्भवत:, उनकी आत्मा मोक्ष की दिशा में यात्रा कर पायेगी, और जन्मों के चक्र से मुक्त हो पायेगी।

कुम्भकर्ण ने अपने भाई को चिता की परिक्रमा करते देखा, और फिर उस गाँव की ओर देखा जिसे उन्होंने नष्ट किया था।

अभी बहुत कुछ करना था। बहुत से कर्मों का प्रायश्चित करना था।

वो आशा कर रहा था कि वो वेदवती को निराश नहीं करेंगे।

—१७I—

अगले दिन सुबह जब रावण और कुम्भकर्ण जागे तो काफ़ी देर हो चुकी थी। उन्होंने गाँव के निकट ही एक झील के किनारे रात बिताई थी। दिन भर की थकान के बावजूद, वो केवल कुछ घंटे ही सो पाये थे।

दोनों चिताएँ अभी भी सुलग रही थीं, यद्यपि लपटें बुझ चुकी थीं। देवी कन्याकुमारी और उनके नेक पति के पार्थिव शरीर लगभग पूर्ण रूप से राख में बदल चुके थे। रावण के बीस सैनिकों को रात में श्मशान में तैनात किया गया था ताकि कोई जंगली जानवर वहाँ न आ सके। लेकिन यह डर निराधार ही था। गाँव में ही इतना भोजन था कि जानवरों को श्मशान जाने की आवश्यकता ही नहीं थी।

आनुष्ठानिक स्नान के बाद रावण और कुम्भकर्ण अन्त्येष्टि स्थल पर गये। अभी भी कुछ अनुष्ठान बाक़ी रह गये थे। उन्होंने वेदवती की चिता से आरम्भ किया।

एक बाल्टी पवित्र जल का प्रबन्ध किया गया था। पानी की सतह पर तुलसी की पत्तियाँ तैर रही थीं। रावण ने एक नारियल लेकर उसे ज़मीन पर मारा। वो लम्बवत टूट गया, एक संकरे छोर से दूसरे तक। यह असामान्य था और शुभ माना जाता था; आत्मा निश्चित रूप से मोक्ष प्राप्त करेगी। नारियल के पानी को बाल्टी के पानी में मिला दिया गया। इस मिश्रण को हाथ से मिलाया गया और साथ में संस्कृत के मन्त्र पढ़े जाते रहे। यह काम पूरा हो जाने के बाद रावण ने रीति के अनुसार पवित्र जल को सुलगती चिता पर छिड़ककर अन्तिम लपटों को बुझा दिया।

चार लंकाई सैनिकों ने आगे आकर राख को चबूतरे से हटाया। कुम्भकर्ण और रावण ने राख के ढेर पर झुककर बड़े जतन से उसमें

से अस्थियों—उन छोटी-छोटी हड्डियों—को छाँटकर निकाला जो चिता के साथ जलकर राख नहीं हुई थीं। शरीर को रूप देने वाली बाक़ी सभी चीज़ें—माँस, अंग, माँसपेशियाँ—राख बन चुकी थीं। राख को एक आसानी से प्रयोग्य रूप में धरती माता को वापस लौटाना था। हड्डियों के अवशेषों को गंगा के पवित्र पानी में विसर्जित करना था।

रावण जानता था कि अस्ति संस्कृत के शब्द अस्तित्व का मूल था। ये हड्डियाँ, जिन्होंने पूरी दृढ़ता के साथ पवित्र अग्नि में जलने से इंकार कर दिया था, अस्तित्व के अवशेष का प्रतीक थीं। उन्हें सबकी स्रोत देवी माँ के पास बहते, पोषक जल के रूप में वापस जाना था। जल के साथ उनका देवी माँ की छाती में विलय हो जायेगा, ताकि अस्तित्व के अवशिष्टों को भी शान्ति प्राप्त हो सके।

रावण और कुम्भकर्ण ने एक-एक छोटी हड्डी को पूरी सावधानी के साथ धोया, और उन्हें मिट्टी के एक पात्र में रख दिया। यह पहचान पाना लगभग असम्भव था कि वो शरीर के किस अंग का भाग थीं। फिर रावण की हैरानी का ठिकाना न रहा जब उसे उँगलियों की दो हड्डियाँ मिलीं जो लगभग अक्षत थीं। माँस, माँसपेशियाँ, शिराएं, सब कुछ जल चुका था। लेकिन दोनों उंगलियों के तीन-तीन पोर बच गये थे। कुल छह पोर। जिन्हें स्पष्ट पहचाना जा सकता था।

जब कपाल का अधिकांश भाग नहीं बचा था, तो इन पोरों के बचने की कितनी सम्भावना हो सकती थी?

उन कोमल-सी हड्डियों को अपनी खुली हथेली में थामे हुए रावण को अचानक एक विचार आया—ये शायद उसी हाथ के अवशेष हैं जिससे वेदवती ने उसके हाथ को पकड़ा था। पहली बार। कुछ ही दिन पहले। उन्होंने दोबारा कभी उसे नहीं छुआ था।

वो उन्हें फिर कभी नहीं देख सकेगा। लेकिन अब भी उनका हाथ पकड़ सकता है।

अब रावण स्वयं पर नियन्त्रण नहीं रख सका।

वो हड्डियों को अपने माथे से लगाते हुए रो पड़ा, जैसे वो दिव्यतम देवी के पवित्र अवशेष हों। और फिर उसने धीरे से उन्हें चूम लिया।

वो इन्हें उसके लिए छोड़ गयी थीं।

और तब वो जान गया कि वो जी लेगा। कि वो अपना शेष जीवन जीने का कोई मार्ग खोज लेगा। क्योंकि वो जानता था कि वो जब भी चाहे उनका हाथ पकड़ सकता है।

वो इन्हें एक बैसाखी के रूप में उसके लिए छोड़ गयी थीं। ताकि वो उस पीड़ा के पार जा सके जो कि वो जानता था कि उसका शेष जीवन होने वाला है। उनके हाथ के सहारे।

उनके हाथ को थाम कर।

रावण ने कलश को पलटा और वेदवती के अवशेषों को पवित्र नदी में गिरने दिया। कुछ ही दूरी पर, कुम्भकर्ण ने भी इसी तरह पृथ्वी के अवशेषों को विसर्जित किया।

अन्त्येष्टि को तीन दिन हो चुके थे। दोनों भाई अपने सभी सैनिकों के साथ नदी की ओर चल पड़े थे, और रास्ते से उन्होंने बालिका समीची को ले लिया था। कुम्भकर्ण के बार-बार विनती करने के बावजूद रावण ने टोडी ग्रामवासियों की अन्त्येष्टि करने से मना कर दिया था और उनकी लाशों को वहीं छोड़ दिया था जहाँ वो पड़ी थीं। जंगली जानवरों के लिए सड़ते माँस की तरह। उसे उनकी आत्माओं को अनन्त काल तक पीड़ा भोगने देने में कोई हिचकिचाहट नहीं थी।

रावण ने ध्यान से वेदवती के पार्थिव अवशेषों को पवित्र नदी में ओझल होते देखता रहा। अब अस्ति माता का अंग बन चुकी थीं।

लेकिन उसने सारा कुछ नदी में नहीं डाला था। उसने वेदवती के हाथों के अवशेषों, उँगलियों के उन पोरों को रख लिया था। अब वो एक असाधारण-सी लटकन के रूप में आपस में बँधे उसके गले में झूल रहे थे।

वो कलश हाथ में लिए हुए नदी के घाट की सीढ़ियाँ चढ़ने लगा।

"दादा," कुम्भकर्ण ने पानी से बाहर निकलते हुए कहा। "आपको कलश भी जल में डालना होगा।"

रावण ने सिर झुकाकर रीते-उदास कलश को देखा, मानो वो भी शोकाकुल हो।

"दादा..."

रावण ने कोई उत्तर नहीं दिया। उसने अपने आसपास देखा। पवित्र गंगा को, हरे-भरे किनारों को, घने जंगल को... भारत की भूमि को। देवताओं द्वारा धन्य की भूमि को।

उसने अपनी आँखें बन्द कीं। और उस पर एक घृणा-सी तारी होने लगी थी।

वो देश जो अपने नायकों का सम्मान नहीं कर सकता, उसे बने रहने का कोई अधिकार नहीं है।

"दादा... कलश..." कुम्भकर्ण ने उसे याद दिलाया।

और कुम्भकर्ण यह देखकर स्तम्भित रह गया कि रावण पलटा और फिर से तट की ओर जाने लगा।

"दादा?"

रावण नदी के किनारे पहुँचा, झुका, उसने कुछ मिट्टी ली—सप्त सिन्धु की मिट्टी—और उसे कलश में डाल दिया। फिर वो—तीव्र गति से, जैसे उस पर कोई भूत सवार हो—नदी के अन्दर वापस जाने लगा।

"दादा, आप क्या कर रहे हैं?"

रावण ने झुककर कलश को पानी में डुबोया जिससे सारी मिट्टी धुल गयी। जैसे वो धरती की ही अस्ति का विसर्जन कर रहा हो।

"दादा?" कुम्भकर्ण की आवाज़ में उसकी लगातार बढ़ती चिन्ता उतर आयी थीं।

रावण ने कलश में पानी भरा और उसे अपने सिर पर पलट लिया। अन्त्येष्टि के बाद के आनुष्ठानिक स्नान की तरह।

"नहीं, दादा!" रावण को रोकने के लिए उतावला होकर कुम्भकर्ण तेज़ी से आगे बढ़ा। पर तब तक बहुत देर हो चुकी थी।

रावण ने कलश को अपनी बाँहों पर तोड़ा और उसके टुकड़ों को नदी में गिरने दिया। फिर वो कुम्भकर्ण की ओर मुड़ा; उसकी आँखें दहक रही थीं और मुट्ठियाँ भिंची हुई थीं। उसके शरीर की एक-एक कोशिका से क्रोध फूटा पड़ रहा था। उसने दाँत पीसते हुए कहा, "यह देश मेरे लिए मर चुका है।"

"दादा, मेरी बात तो सुनिए..."

"राक्षस को नियन्त्रित करो, यही कहा था ना उन्होंने?"

"दादा, आप क्या बोल रहे हैं? मेरी बात सुनिए..."

"मैं राक्षस को खुला छोड़ दूँगा! मैं इस देश को नष्ट कर डालूँगा!"

अध्याय 18

"बहुत सुन्दर रचना है, दादा," कुम्भकर्ण ने कहा।

वेदवती की मृत्यु को दो वर्ष बीत चुके थे।

चौबीस वर्षीय रावण देवी को समर्पित एक राग बजा रहा था। देवी के सम्मान में रचे गये अधिकतर राग उनके माँ के रूप का बखान करते थे। कुछ अन्य राग भी थे जो उनके प्रेमिका, पुत्री, कलाकार इत्यादि अन्य रूपों को समर्पित थे, लेकिन योद्धा देवी को समर्पित राग बहुत कम थे। रावण ने इसी रूप के सार की रचना की थी। जैसे प्रकृति अपने प्रचण्ड और रौद्र रूप में हो।

उसने राग का नाम *वाशी सन्तापनी* रखा था। *क्रुद्ध देवी की दहाड़।*

"मैंने इतनी शक्तिशाली रचना कभी नहीं सुनी," कुम्भकर्ण ने कहा। "वास्तव में, शायद मैंने अपने जीवन का सबसे सुन्दर राग सुना है।"

रावण ने लापरवाही से सिर हिला दिया। लगता था जैसे उसे प्रशंसा की कोई परवाह नहीं है।

"वाशी शब्द भी एकदम उचित है, दादा। धधकती ज्वाला की ध्वनि—इसका मूल अर्थ यही हुआ ना? मुझे नहीं लगता आप इससे अधिक विचारोत्तेजक किसी अन्य शब्द का प्रयोग कर सकते थे।"

"हम्म।"

कुम्भकर्ण ने बस यूँ ही अपने भाई के कन्धे को छुआ। "लोग कहते हैं कि दुख और त्रासदी एक कलाकार की सर्वश्रेष्ठ प्रतिभा को सामने लाते हैं।"

रावण ने चिढ़ कर अपने भाई को देखा। "कौन लोग हैं ये? जो भी कहते हैं, वो मूर्ख हैं! कोई भी त्रासदी को ढूँढ़ने नहीं निकलता है। कोई ऐसा नहीं होता जो केवल कला की रचना के लिए दुख भोगना चाहता हो।"

कुम्भकर्ण को लगा कि उसका भाई इस तरह की बातचीत की मनोस्थिति में नहीं था। उसने विषय बदलने की कोशिश की। "मुझे ख़ुशी है कि आपका अधिक-से-अधिक समय काम में लग रहा है, दादा। स्वयं को काम में डुबो लेना नकारात्मक विचारों को भगाने का सबसे अच्छा उपाय है।"

रावण सचमुच बहुत व्यस्त रहा था। पिछले डेढ़ साल में, उसने अपने अपार धन और लंका के एकमात्र भरोसेमन्द सशस्त्र बल के सहारे स्वयं को लंका के सिंहासन तक पहुँचने की राह पर डाल दिया था। लंका का शासक कुबेर अपने व्यापारिक पोतों को सुरक्षा प्रदान करने के लिए अब उसी पर निर्भर रहने लगा था। कई अन्य व्यापारी भी रावण के सुरक्षा बलों की सेवाएँ लेने लगे थे। और चूँकि अधिकांश लोग यह नहीं जानते थे कि समुद्री लुटेरे और नागरिक सेना दोनों ही रावण के नियन्त्रण में हैं, इसलिए जब भी कोई सुरक्षा के लिए उसके आदमियों की सेवाएँ लेता, तो उसके पोतों पर लुटेरों के हमले होना बन्द हो जाते। रावण के धन और संसाधनों के साथ-साथ उसका प्रभाव और साख भी बड़ी तेज़ी से बढ़ती जा रही थी। वो अब औपचारिक रूप से लंका के व्यापारिक सुरक्षा बल का प्रमुख नियुक्त किये जाने की कगार पर था। उसकी योजना सरल-सी थी : अपनी निजी नागरिक सेना को लंका का अधिकृत सुरक्षा बल नियुक्त करवाना। इससे न केवल उसके सैनिकों की देखरेख और सशस्त्रीकरण की लागत लंका के राजकोष पर पड़ेगी, बल्कि हस्तान्तरण के बाद भी सैनिक रावण के प्रति वफ़ादार रहेंगे। समय के साथ वो अपने बल को नियमित सेना जितना बड़ा और सुसज्जित कर लेगा। एक ऐसी सेना जो सप्त सिन्धु साम्राज्य पर क़ब्ज़ा करने के लिए प्रशिक्षित होगी।

"हाँ," रावण ने कहा। "काम अच्छा भटकाव होता है।"

कुम्भकर्ण मुस्कुराया। उसे ख़ुशी हुई कि उसने अपने भाई के मुँह से कुछ शब्द तो निकलवाये। पर वो उसके लिए तैयार नहीं था जो इसके आगे रावण के मुँह से निकलने वाला था।

"माँ की यह जो मूर्खतापूर्ण स्त्री धारणा है कि समस्याओं के बारे में बात करने से दुख हल्का हो जाता है, एकदम बकवास है। पुरुष ढंग कहीं बेहतर है। स्वयं को काम में डुबो लो। दुख को दबा दो। इसके बारे में न तो सोचो और न इसे बाहर आने दो। इसे अपने हृदय की किसी गहरी, अँधेरी कालकोठरी में डाल दो, भले ही यह वहाँ पड़ा सड़ता रहे। और जब आप बूढ़े और निरीह हो जायें, तो बस एक अच्छा-सा घातक हृदयाघात होगा और सब समाप्त," रावण ने अपनी बात पूरी की।

कुम्भकर्ण ने कुछ न बोलने में ही समझदारी समझी। यह स्पष्ट था। अपने दुख को दबाना तो दूर, रावण उसके नीचे कुचला हुआ था। उसने सप्त सिन्धु को नष्ट करने के एकमात्र उद्देश्य से स्वयं को काम में लगाया हुआ था, लेकिन लगता था कि अब उसे किसी काम में आनन्द नहीं आता। कुम्भकर्ण ने सोचा था कि वो अपनी माँ के जल्दी विवाह कर लेने के सुझाव की बात छेड़ेगा। पर शायद यह इस बारे में बात करने का सही समय नहीं था।

कुबेर अत्यन्त घबराया हुआ लग रहा था। "रावण, मुझे नहीं लगता कि संसार के सबसे शक्तिशाली साम्राज्य से टकराना समझदारी होगी।"

वेदवती की मृत्यु को चार साल हो चुके थे।

कुबेर और रावण लंका के शासक के निजी कार्यालय में थे। रावण और कुम्भकर्ण कुछ समय पहले अपनी माँ को गोकर्ण में छोड़कर सिगिरिया में रहने चले आये थे। जैसे ही रावण को लंका के व्यापारिक सुरक्षा बल का प्रमुख नियुक्त किया गया, उसने लंका के सिंहासन के और निकट पहुँचने की तैयारियाँ आरम्भ कर दी थीं। उसने कुबेर के महल से कुछ ही दूरी पर एक विशाल भवन ख़रीद लिया था।

लंका की राजधानी में आने के बाद से, रावण ने सप्त सिन्धु के साथ लड़ाई छेड़ने की अपनी योजना पर भी काम शुरू कर दिया था। उसे बस एक स्वीकार्य कारण चाहिए था कि साम्राज्य इस छोटे-से द्वीप राज्य पर

आक्रमण करने को भड़क जाये, और वो जानता था कि यह कारण क्या हो सकता है। पहले क़दम के रूप में, वो उस लाभ को कम करना चाहता था जो सीमा-पार के व्यापार से सप्त-सिन्धुई हड़पते थे। महीनों की मनुहार के बाद उसने अन्ततः कुबेर को इस विषय पर बात करने के लिए तैयार कर लिया था। रावण की आक्रामक छब्बीस वर्ष की आयु की तुलना में उन्हत्तर वर्ष की आयु का बुद्धिमान कुबेर कोई योद्धा नहीं था; वो एक व्यापारी था जो व्यावहारिकता को बहुत महत्व देता था। वो अहं पर लाभ को प्राथमिकता देता था और सावधानी को एक आवश्यक गुण मानता था। उसके पास समझदारी के साथ लाभकारी सौदे करने की कला का कौशल था, संकट को दावत देने का नहीं।

"मैंने यह पहले भी कहा है और फिर कहूँगा : हम अपना नौ बटा दस लाभ सप्त सिन्धु को क्यों दें?" रावण ने पूछा। "क्यों सारा परिश्रम हम करें और अधिकांश पैसा उन्हें ले जाने दें?"

"हम वास्तव में उन्हें नब्बे प्रतिशत नहीं दे रहे हैं, रावण," कुबेर ने चालाकी भरी मुस्कुराहट के साथ कहा। "हमारे खाते रचनात्मक हैं। हम अपनी लागतें बढ़ा कर बताते हैं। वास्तव में, उन्हें सत्तर प्रतिशत से अधिक नहीं मिलता है।"

रावण पहले ही कुबेर के उत्तर का अनुमान लगा चुका था, लेकिन उसने सहमति जताने का फ़ैसला किया। वो लंका के व्यापारी प्रमुख को कम आँकने की भूल नहीं कर सकता था; वही भूल जो उसकी शारीरिक बनावट की वजह से सप्त सिन्धु वालों ने की थी। कुबेर का गोल, भोला-सा चेहरा और चिकना रंग उसकी बढ़ती उम्र को झुठलाता था। लेकिन वो इतना मोटा था कि अपने भारी-भरकम शरीर के साथ बत्तख़ की तरह डगमगाता हुआ चलता था। वो सामान्यतः रंग-बिरंगे कपड़े पहनता था; आज वो एक चमकदार नीले रंग की धोती और पीला अंगवस्त्रम पहने हुए था, और उसका शरीर सजावटी आभूषणों से सजा हुआ था। उसके स्त्रैण रंग-ढंग और उसके दिखावटी जीवन ने उसे योद्धा वर्ग में उपहास का पात्र बना दिया था। मगर रावण जानता था कि उसके अशक्त से डील-डौल के पीछे एक कुशाग्र और निर्मम मस्तिष्क छिपा हुआ था, जो केवल एक ही उद्देश्य को समर्पित था : लाभ।

"पर सत्तर प्रतिशत भी बहुत अधिक है!" उसने जवाब दिया।

"मेरे लिए तीस प्रतिशत पर्याप्त है। मैं इसके एक बड़े भाग की बचत करता हूँ जबकि सप्त सिन्धु अपने हिस्से का अधिकतर भाग उड़ा देते हैं। क्या तुम जानते हो कि वो बचत क्यों नहीं करते हैं?" कुबेर ने पूछा।

"उनकी बचत को भूल जाइये, महाराज। हम इस बात की चिन्ता क्यों करें कि अयोध्या या उसके अधीनस्थ राज्यों के पास कितना धन है? हमें बस अपने धन की चिन्ता करनी चाहिए। यदि हम उनकी दलाली कम कर दें, तो हमें अधिक लाभ मिल सकेगा।"

"तुमने मेरे प्रश्न का उत्तर नहीं दिया। मैं तुम्हें बताता हूँ कि हमारी बचत उनसे अधिक क्यों है, जबकि हम उनसे कम कमाते हैं। इसका कारण यह है कि सप्त सिन्धु बहुत-सा धन अनावश्यक युद्धों पर व्यय करता है। जबकि हम नहीं करते। युद्ध व्यापार के लिए बुरे होते हैं, लाभ के लिए बुरे होते हैं और धन के लिए बुरे होते हैं। अगर हमने दलाली कम कर दी, तो वो निश्चित रूप से हम पर आक्रमण कर देंगे। हमें अपनी सेना को लामबन्द करना होगा और एक व्यर्थ के युद्ध पर पैसा ख़र्च करना, नहीं, *बर्बाद करना,* होगा। और यह—"

रावण ने कुबेर को बीच में ही टोक दिया। "यदि युद्ध का व्यय मैं उठाने को तैयार होऊँ?"

कुबेर ने सन्देहपूर्ण ढंग से घूरा। "पूरे युद्ध का?"

"हर चीज़ का। आपको एक पाई भी नहीं लगानी पड़ेगी। मैं सारा पैसा दूँगा।"

कुबेर के भीतर वो स्वाभाविक सन्देह जाग गया जो एक चतुर व्यापारी के मन में हर ऐसे सौदे पर जागता है जो कुछ अधिक ही अच्छा दिखाई दे रहा हो। वो जानता था कि रावण चालाक है, और केवल महिमा के लिए कुछ करने वालों में से नहीं है। "लेकिन तुम मेरी तनिक भी सहायता क्यों करोगे?" उसने पूछा।

"क्योंकि फिर आप बढ़ने वाली दलाली का आधा भाग मेरे साथ बाँटेंगे।"

कुबेर मुस्कुराया। किसी भी प्रकार के स्वार्थ को वो समझता था और सम्मान करता था। अनुभव ने उसे सिखाया था कि सबसे अच्छे व्यापारिक सौदे तभी होते हैं जब दोनों पक्ष अपने हितों के बारे में ईमानदार हों। "तो मैं सुनिश्चित करना चाहूँगा कि मैं तुम्हारी बात को समझ गया। तुम मेरी

अनुमति के बिना युद्ध की घोषणा नहीं कर सकते। और तुम्हें लगता है कि यह युद्ध लाभकारी होगा।"

"हाँ, दोनों।"

"लेकिन इसकी क्या निश्चितता है कि विजय हमारी ही होगी?"

"कोई नहीं। पर क्या इस बात की निश्चितता है कि जब हम अपने पोतों को व्यापार के लिए समुद्र में भेजते हैं तो वो डूबेंगे नहीं? हम सम्भावनाओं का अनुमान लगाते हैं और सबसे अच्छी बाज़ी लगाते हैं। नपी-तुली बाज़ी। हम व्यापारी हैं। हमारा यही काम है।"

"वो सब तो ठीक है, लेकिन अगर हम हार गये तो?"

"तो आपको व्यावहारिक काम करना होगा।

"अगर हम हार गये," कुबेर ने अपने शब्द सावधानी से चुनते हुए कहा, "तो व्यावहारिक काम सप्त सिन्धु को यह बताना होगा कि यह सब तुम्हारा विचार था।"

"आपने सही कहा। तब निस्सन्देह व्यावहारिक काम यही होगा। अगर हम असफल रहे, तो दोष मैं लूँगा। आख़िर यह मेरा ही विचार है। आप स्वयं को और लंका के अन्य व्यापारियों को सुरक्षित रखना। लेकिन अगर हम जीते, तो बढ़ी हुई दलाली में से आधी मुझे मिलेगी।"

कुबेर मुस्कुराया। "ठीक है, रावण। तुम्हें तुम्हारा युद्ध मिलेगा। बस इतना पक्का करना कि मुझे घाटा न हो। अप्रत्याशित घाटे से अधिक दुख मुझे और किसी बात का नहीं होता है।"

"महाराज, क्या मैंने कभी आपको निराश किया है?" रावण ने मुस्कुराते हुए पूछा।

कुम्भकर्ण चिन्तित था। "दादा, हम शायद अपनी सीमा से आगे निकल रहे हैं.... कहीं हम उससे अधिक तो नहीं काट रहे हैं जितना कि हम चबा सकते हैं?"

दोनों भाई लंका की राजधानी सिगिरिया में अपने घर पर थे।

"नहीं, कुम्भ," रावण ने कहा। "हम सब कुछ काटेंगे। हम सब कुछ चबायेंगे। हम सब कुछ पचायेंगे।"

"दादा, सप्त सिन्धु के शासक लड़ने के अतिरिक्त कुछ नहीं करते हैं। हम व्यापारी हैं। हमारे सैनिक मूल रूप से लुटेरे हैं। वो केवल और केवल धन के लिए लड़ते हैं। अगर उन्हें सामने कोई लाभ दिखाई नहीं दिया, तो वो युद्ध छोड़ देंगे। लेकिन सप्त सिन्धु के सैनिक युद्ध में 'वीरगति' का जश्न मनाते हैं। वो सम्मान और महिमा जैसे विचित्र कारणों के लिए मर जाते हैं। हम ऐसे मूर्खों को कैसे हरा सकेंगे?"

"अच्छी रणनीतियों द्वारा।"

"मुझे लगता है आप..."

"नहीं, मैं आवश्यकता से अधिक आत्मविश्वासी नहीं हो रहा हूँ।"

"किन्तु अगर हम उन्हें हरा भी सके, तो इससे लाभ कैसे अर्जित कर सकेंगे? इस अभियान की लागत ही इतनी अधिक होगी।"

"चिन्ता मत करो। जीतने के बाद, हम अगर अधिक नहीं तो नब्बे प्रतिशत लाभ लेने लगेंगे।"

कुम्भकर्ण जो मदिरा पी रहा था वो उसके गले में लगभग फँस-सी गयी। "नब्बे प्रतिशत! अपने लिए?"

रावण ग़ुर्राया। "हाँ, बिल्कुल।"

"दादा, मुझे नहीं लगता हम इस तरह की सन्धि लागू कर पायेंगे। इसे पचा पाना सप्त सिन्धु के राजा के लिए कुछ अधिक ही होगा। उनके पास निरन्तर लड़ते रहने के अतिरिक्त कोई चारा नहीं बचेगा। उसके बाद के विद्रोह उन्हें नष्ट कर देंगे, पर वो हमें भी थका डालेंगे। और हमारे पास इतने सैनिक नहीं हैं कि हम शान्तिकाल में सप्त सिन्धु के सारे राज्यों को नियन्त्रित कर सकें।"

"हम एक बड़े युद्ध में उनके साहस को तोड़ डालेंगे। उनकी पूरी सेना को नष्ट कर देंगे। मुझे उनके नागरिकों पर अपने नियम लागू करने में रुचि नहीं है, इसलिए उन्हें नियन्त्रित करने की आवश्यकता ही क्या है? हम केवल अपनी व्यापारिक शर्तें उन पर लागू करेंगे। और धीरे-धीरे उन्हें चूस डालेंगे।"

"पर, दादा," कुम्भकर्ण ने कहा, "इतनी बड़ी दलाली कुछ समय में सप्त सिन्धु की अर्थव्यवस्था को नष्ट कर देगी। हम उस सोने की बत्तख़ को मार डालेंगे जो हमारा पेट भरती है।"

रावण की आँखें कुम्भकर्ण की नज़रों से टकरायीं, लेकिन रावण के भाव से कुछ भी स्पष्ट नहीं हुआ।

"बिल्कुल सही," वो बोला।

—१८१—

हट्टे-कट्टे सैनिक तीव्रता से चप्पू चलाते हुए विशाल पोत को तट की ओर ला रहे थे। रावण गनल पर हाथ रखे सामने बैठा हुआ था। कुम्भकर्ण उसके पीछे बैठा उसकी मुड़ी हुई बाँहों को, उसकी विशाल भुजाओं को देख रहा था जो स्पष्ट रूप से तनी हुई दिखाई दे रही थीं।

दादा परेशान हैं।

रावण एकदम सामने सप्त सिन्धु—सात नदियों के प्रदेश—की ओर देख रहा था।

कुम्भकर्ण ने अपनी बाईं ओर कुबेर के पोत को देखा जिसे दस नाविक लयात्मक ढंग से खेकर तट की ओर ला रहे थे।

अभी सप्त सिन्धु के विरुद्ध युद्ध छेड़ने के लिए रावण द्वारा कुबेर को मनाये जाने को केवल एक वर्ष हुआ था। उसके बाद से घटनाएँ बड़ी तीव्रता से घटित हुई थीं।

कुछ ही महीनों के भीतर, रावण ने अपनी सेना एकत्रित करके उसे प्रशिक्षित कर लिया था। उसने जीत के माल में से बड़ा हिस्सा देने का वादा करके दुनिया भर से भाड़े के सैनिक भी जमा कर लिये थे।

जैसे ही लंकाई सेना तैयार हुई, कुबेर ने सप्त सिन्धु के राजा दशरथ को अधिकृत रूप से सन्देश भेज दिया। जब उसका सन्देश अयोध्या पहुँचा, उस राजधानी नगर में जहाँ से दशरथ भारतीय उपमहाद्वीप के पूरे उत्तरी भाग पर शासन करते थे, तो वहाँ क्रोध का कोई ठिकाना न रहा।

व्यापारी वर्ग, वैश्यों के प्रति अपनी घृणा के चलते, सप्त सिन्धु के पुराने राजपरिवार स्त्रैण कुबेर को असभ्य मानते थे। वो उसके अस्तित्व को बस किसी तरह सहन कर लेते थे। लंका के व्यापारी-शासक से 'राजकीय सन्देश' मिलने को अपमान के रूप में देखा गया। ऐसा माना जाता था कि व्यापारी प्राचीन साम्राज्यवादी वंशों के सम्राटों को राजकीय सन्देश नहीं भेज सकते। वो उन्हें केवल विनम्र, विनीत याचिकाएँ भेज

सकते थे। और जैसे इतना ही पर्याप्त नहीं था, साथ में कुबेर ने साम्राज्य से लाभ पर दलाली कम लेने की माँग भी की थी, जिसे क्षत्रिय गौरव के लिए एक असहनीय अपमान माना गया। ऐसे निरादर को सहन नहीं किया जा सकता था।

दशरथ ने तुरन्त पूरे साम्राज्य के अपने अधीनस्थ राजाओं को इकट्ठा किया और एक सेना लामबन्द कर ली। योजना यह थी कि उनके सैनिक सप्त सिन्धु के पश्चिमी तट पर कुबेर के सबसे बड़े व्यापारिक केन्द्रों में से एक करछप तक जायेंगे। दशरथ का इरादा करछप के दुर्ग और व्यापारिक गोदामों को नष्ट करने का था। उनका विचार था कि कुबेर के होश ठिकाने लगाने के लिए इतना ही पर्याप्त होगा। और यदि यह पर्याप्त नहीं हुआ, तो कुबेर के नियन्त्रण वाले कुछ अन्य बन्दरगाह भी नष्ट कर दिये जायेंगे, और अन्ततः, स्वयं लंका का घेरा डाल दिया जायेगा।

रावण का अनुमान यही था कि सप्त सिन्धुवासी कुबेर के सन्देश से क्रुद्ध होंगे और तुरन्त युद्ध के लिए निकल पड़ेंगे। उसके अपने सैनिक तैयार थे। उसके विशेष रूप से बनाये गये पोत, जिन्हें रहस्यमयी गुफा सामग्री से चमकाया गया था, युद्ध के लिए तैयार थे। जैसे ही उसे सप्त सिन्धु की सेना को लामबन्द किये जाने और उनके आगे बढ़ने की दिशा के बारे में समाचार मिला, उसके पोत भी चल पड़े और करछप पहुँचने के लिए तीव्रता से भारत के पश्चिमी तट की ओर बढ़ने लगे।

रावण की नौसेना में पोतों की संख्या इतनी अधिक थी कि वो विशाल करछप बन्दरगाह में भी नहीं समा सकते थे। साथ ही, रावण जानता था कि करछप में सप्त सिन्धु के गुप्तचर मौजूद हैं और वो बिल्कुल नहीं चाहता था कि उसके पोतों की एकदम भिन्न बनावट कोई उत्सुकता पैदा करे। ये पोत उसकी रणनीति का भाग थे, उसका गुप्त हथियार थे। इसीलिए अधिकतर पोत तट से दूर खड़े हुए थे।

उसी दिन बाद में रावण और कुम्भकर्ण एक नाव पर सवार हुए और करछप के तट की ओर बढ़े। नाव लहराकर रेत से टकरायी और चार सैनिक बाहर उथले पानी में कूदे और नाव को खींचकर तट तक लाये। रावण हिला भी नहीं। वो सामने ही देखता रहा।

कुम्भकर्ण अपनी सांस तेज़ होते महसूस कर सकता था। वो पाँच साल बाद सप्त सिन्धु वापस लौट रहे थे। पिछली बार उन्होंने यहाँ वेदवती की अस्थियों को गंगा में विसर्जित किया था।

कहा जाता है, और सही कहा जाता है, कि अतीत से जुड़ी यादें जैसी भी हों, अपने मूलस्थान पर लौटने पर हर व्यक्ति की हृदय गति तेज़ हो जाती है। अलगाव की पीड़ा, और घर वापसी की ख़ुशी सार्वभौमिक चीज़ें हैं। और दुनिया की सबसे आरामदेह जगह, माँ की गोद में वापसी की राहत की तुलना किसी चीज़ से नहीं की जा सकती।

जैसे ही नाव पानी से बाहर निकली, कुम्भकर्ण बाहर कूद आया। उसने झुककर थोड़ी-सी गीली रेत—अपनी मातृभूमि की मिट्टी—उठायी, और उसे बड़े सम्मानपूर्वक अपने माथे से लगाया। उसने उसे अपनी दोनों आँखों से स्पर्श किया और फिर उसे चूमा। पूरे सम्मान के साथ उसे धरती पर वापस रखने से पहले, वो फुसफुसाया, "जय माँ।"

उसने देखा कि रावण ने, जो उससे थोड़ा आगे चला गया था, भी झुककर थोड़ी रेत उठायी थी। कुम्भकर्ण मुस्कुरा दिया।

शायद मातृभूमि वापस आने ने अन्ततः इनके दिल को भी कोमल बना दिया है।

कुम्भकर्ण देखता रहा कि रावण अपना हाथ अपने चेहरे के निकट लाया और हाथ में रखी रेत को देखता रहा। निरन्तर। न जाने कितनी देर तक। कुम्भकर्ण आगे बढ़ते हुए हिचकिचाने लगा। शायद उसे अपने भाई को इस क्षण के साथ अकेला छोड़ देना चाहिए।

उसे बड़ी राहत का भाव महसूस हो रहा था कि अतीत अन्ततः पीछे छूट चुका है। उसके बड़े भाई ने बहुत कुछ झेला है, बहुत समय तक वो संसार से क्रुद्ध रहा है, पर लगता है कि वो अब अपने अन्दर थोड़ी शान्ति का स्वागत करने को तैयार है। बेशक यह युद्ध तो लड़ा जायेगा। लड़ा ही जाना था। लाभ के लिए। पर कम-से-कम मातृभूमि वापस आने ने रावण के हृदय की गहराइयों में जमे दुख को थोड़ा कम कर दिया था। या कम-से-कम कुम्भकर्ण को ऐसा लग रहा था।

रावण ने अपनी उस हथेली को खोला जिसमें रेत थी, उसे अपने मुँह के और क़रीब लाया। फिर, धीरे-धीरे, जानबूझकर, वो खखारा और उसने

उस रेत में थूक दिया। जब उसने रेत को ज़मीन पर फेंका और अपने पैरों तले कुचला, तो लगा मानो क्रोध से उसका पूरा शरीर ऐंठ गया हो।

"इस देश का नाश हो।"

अध्याय 19

"क्या हमें उनके शिविर में नहीं चलना चाहिए?" घबराहट से भरे कुबेर ने पूछा।

सप्त सिन्धु के सम्प्रभु दशरथ अपने दूर-दूर तक फैले साम्राज्य को पार करते हुए अपनी राजधानी अयोध्या से करछप पहुँच गये थे। अपने आगमन के कुछ ही घंटों के भीतर, उन्होंने कुबेर को एक रूखा-सा सन्देश भेजकर सन्धि की शर्तों पर बात करने के लिए बुलाया था।

अपने शासन के शुरुआती वर्षों में दशरथ ने अपने पिता अज से मिली शक्तिशाली विरासत को और सुदृढ़ बनाया था। भारत के विभिन्न भागों के शासकों को या तो अपदस्थ कर दिया गया या फिर शुल्क देने और दशरथ का आधिपत्य स्वीकार करने के लिए विवश कर दिया गया था, और इस तरह दशरथ चक्रवर्ती सम्राट बन गये थे।

"हम उनके शिविर में नहीं जायेंगे, महान व्यापारी प्रमुख," अपनी खीझ पर नियन्त्रण रखने की पूरी कोशिश करते हुए रावण ने कहा। "अयोध्यावासी इसे हमारी दुर्बलता समझेगा। यदि हमें मिलना ही है, तो हम तटस्थ जगह पर मिलेंगे—न उनके शिविर में न अपने में।"

"किन्तु..."

"कोई किन्तु-परन्तु नहीं। हम लड़ने आये हैं, आत्मसमर्पण करने नहीं।"

रावण का रवैया आरम्भ से ही स्पष्ट था। पिछले एक सप्ताह में, उसने अपने सैनिकों को करछप के पचास किलोमीटर के दायरे में चारों ओर स्थित सारे गाँवों को नष्ट करने का आदेश दिया था। खड़ी हुई फ़सलें जला दी गयी थीं। कटा हुआ अनाज और मवेशी ज़ब्त करके लंकाई सैनिकों के भोजन के लिए ले आये गये थे। कुओं को मृत जानवरों की लाशों से विषाक्त कर दिया गया था।

सब कुछ नष्ट कर देने वाली नीति।

लंकाई सेना को करछप की दीवारों के भीतर अच्छा भोजन और विश्राम मिलेगा। लेकिन देहाती क्षेत्र नष्ट हो जाने के कारण नगर के बाहर पड़ाव डाली सप्त सिन्धु की सेना को अपने पाँच लाख सैनिकों के लिए भोजन जुटा पाना भी कठिन होगा। संख्या में उनकी बढ़त उनके लिए बोझ बन जायेगी।

"लेकिन यदि सम्राट दशरथ भोजन की कमी के बावजूद भी पीछे नहीं हटे तो?" कुबेर ने व्याकुल होते हुए पूछा। "यदि उन्होंने तुरन्त आक्रमण कर दिया तो?"

रावण मुस्कुराया। "मैं आप पर भरोसा कर रहा हूँ, महान व्यापारी प्रमुख, कि आप दशरथ को ठीक यही करने के लिए उकसायेंगे। शेष मैं सँभाल लूँगा।"

"*सम्राट* दशरथ," कुबेर ने सुधारा।

रावण उस व्यक्ति को केवल नाम से सम्बोधित करना पसन्द करता था। शत्रु को अनावश्यक सम्मान देने की आवश्यकता नहीं है। "केवल दशरथ," उसने शान्त भाव से कहा।

—ꣻ—

दशरथ लम्बी बातचीत के पक्ष में नहीं थे।

"मैं आपको आदेश देता हूँ कि हमारी दलाली वापस अपने लाभ का न्यायोचित नौ बटा दस करें और, बदले में, मैं आपको विश्वास दिलाता हूँ कि मैं आपको जीवनदान दूँगा," उन्होंने दृढ़ता से कहा।

कुछ रूखे सन्देशों के आदान-प्रदान के बाद, दोनों पक्ष एक तटस्थ स्थान पर मिलने पर सहमत हो गये। चुना गया स्थल एक तट था, जो

दशरथ के सैन्य शिविर और करछप दुर्ग के आधे रास्ते पर था। सम्राट अपने श्वसुर राजा अश्वपति, अपने सेनापति मृगस्य और बीस सैनिकों की एक अंगरक्षक पलटन के साथ आये थे। कुबेर रावण और बीस अंगरक्षकों के साथ आया था।

जब कुबेर डगमगाता हुआ-सा शिविर के अन्दर आया तो सप्त सिन्धु के योद्धा अपने तिरस्कार को बड़ी मुश्किल ही से छिपा सके। व्यापारी प्रमुख ने शालीन कपड़े पहनने के रावण के सुझाव की अनदेखी करते हुए चमकीली हरी धोती और गुलाबी अंगवस्त्र पहना था। आभूषण भी सामान्य से अधिक भड़कीले थे। उसका मानना था कि अपने सुरुचिपूर्ण रूप को दिखाकर वो सप्त सिन्धु के अग्रणी लोगों की प्रशन्सा प्राप्त कर सकेगा। लेकिन इससे उसके विरोधी समझ गये कि उनका सामना एक स्त्रैण वैश्य से है; एक मोर से जो युद्धकला के बारे में कुछ नहीं जानता।

"महाराज..." कुबेर दब्बूपन से बोला, "मुझे लगता है कि दलाली को उसी स्तर पर बनाये रखना थोड़ा कठिन होगा। हमारी लागत बढ़ गयी है और लाभ उतना नहीं रहा है जितना—"

"अपनी घिनौनी सौदेबाज़ी की रणनीति मुझ पर मत आज़माइए!" दशरथ ज़ोर से चिल्लाए और प्रभाव के लिए उन्होंने अपना हाथ मेज़ पर मारा। "मैं कोई व्यापारी नहीं हूँ! मैं सम्राट हूँ! सभ्य लोग इस अन्तर को समझते हैं।"

रावण ने मेज़ के नीचे अपनी मुट्ठियाँ भींच लीं। कुबेर ने उसकी सलाह का कोई अंश नहीं माना था, न व्यवहार में न भाषा में।

दशरथ आगे को झुके और नियन्त्रित उग्रता के साथ बोले, "मैं दयालु हो सकता हूँ। मैं ग़लतियों को क्षमा कर सकता हूँ। लेकिन आपको यह मूर्खता बन्द करनी होगी और जैसा मैं कहता हूँ करना होगा।"

कुबेर अपनी कुर्सी पर बेचैनी से डगमगाया और उसने भावशून्य रावण की ओर देखा, जो उसके दाईं ओर बैठा था। बैठे हुए रावण का डीलडौल भी सप्त-सिन्धु वालों के लिए आश्चर्यजनक था। उन्हें उस बल में ऐसे योद्धा को देखने की उम्मीद नहीं थी जिसे वो उपहासपूर्वक एक व्यापारी का सुरक्षा बल कहते थे। रावण के युद्धों की मार खाये सांवले रंग पर बचपन में हुई चेचक के धब्बे थे। उसकी मोटी-मोटी मूँछों के साथ घनी दाढ़ी उसके चेहरे को और भी भयानक भाव दे रही थी। उसके

कपड़े साधारण और सादे थे; वो सफ़ेद धोती और दूधिया अंगवस्त्र पहने था। उसकी शिरस्त्राण भी इस तरह का था कि उसकी भयावहता में और बढ़ोतरी हो रही थी, उसके ऊपर दोनों ओर छह-छह इंच के सींग बाहर निकल रहे थे। सन्देश स्पष्ट था : रावण कोई सैनिक भर नहीं था, बल्कि इंसानों के बीच सांड था।

सप्त सिन्धु का दल इस अपेक्षा के साथ अपने बीच बैठे बलिष्ठ लंकाई सेनापति पर दृष्टिपात कर रहा था कि वो कुछ कहे। मगर रावण शान्त बैठा रहा, वो न अपना मत जता रहा था न आपत्ति।

कुबेर दशरथ की ओर पलटा, "किन्तु, महाराज, हम अनेक समस्याओं का सामना कर रहे हैं, और हमारी निवेशित पूँजी— "

"अब आप मेरे सब्र की परीक्षा ले रहे हैं, कुबेर!" दशरथ गरजे। "आप सप्त सिन्धु के सम्राट को क्रोध दिला रहे हैं!"

"किन्तु, स्वामी..."

"देखिए, अगर आप हमारा यथोचित हिस्सा चुकाना जारी नहीं रखेंगे, तो, विश्वास जानिए, कल इस समय तक आप सभी मृत होंगे। मैं पहले आपकी दयनीय सेना को हराऊँगा, फिर आपकी उस मनहूस राजधानी जाऊँगा और उस शहर को जलाकर ध्वस्त कर दूँगा।"

"मगर हमारे पोतों के साथ समस्याएं पेश आ रही हैं, और श्रमिक लागत भी— "

"आपकी समस्याओं से मुझे कोई सरोकार नहीं है!" अब दशरथ चिल्लाने लगे थे।

"आपको होगी, कल के बाद," रावण ने नर्म स्वर में कहा।

सम्राट अपना आपा खो बैठे। समय सही था।

दशरथ ने तीव्रता से घूमकर रावण को देखा। "तुम्हारी हिम्मत कैसे हुई बीच में बोलने— "

"तुम्हारी हिम्मत कैसे हुई, दशरथ?" रावण ने पूछा, उसका स्वर स्पष्ट और गूँजता हुआ-सा था।

दशरथ, अश्वपति और मृगस्य हतप्रभ बैठे रह गये, वो स्तम्भित थे कि एक व्यापारी के सहयोगी मात्र ने सप्त सिन्धु के सम्राट को नाम से सम्बोधित करने का दुस्साहस किया है।

रावण ने मुस्कुराहट को दबाया। वो बिल्कुल वैसा ही बर्ताव कर रहे थे जैसी उसे उम्मीद थी। *इन लोगों के साथ खेलना कितना सरल है। इनके अहं ही इनका विनाश होंगे।*

कटार को घुमाने का समय आ गया था।

"यह सोचने की भी तुम्हारी हिम्मत कैसे हुई कि तुम उस सेना को हराने के निकट भी पहुँच पाओगे जिसका नेतृत्व मैं कर रहा हूँ?" रावण ने तनिक घृणा से होंठ सिकोड़ते हुए पूछा।

दशरथ क्रोध से उठ खड़े हुए, उनकी कुर्सी धड़धड़ाती हुई दूर जाकर गिरी। उन्होंने रावण की ओर उँगली लहराई। "कल युद्ध के मैदान में मैं तुझे ही खोजूँगा, अहंकारी!"

धीरे-धीरे और भयावह ढंग से रावण अपनी कुर्सी से उठ खड़ा हुआ, उसकी मुट्ठी अपनी गर्दन में पड़ी सोने की ज़ंजीर में पड़े लटकन को जकड़े हुए थी। उनके हाथ को थामना उसे साहस देता था। यह इस बात की भी निरन्तर याद दिलाता था कि वो यह सब किसलिए कर रहा है।

जब रावण की मुट्ठी खुली, तो दशरथ ने लटकन को देखा। यह स्पष्ट था कि सम्राट ने जो देखा उससे वो सक़ते में आ गये थे। सम्भवत: उन्हें लगा था कि यह लंकावासी राक्षस है जो अपने शत्रुओं के शवों को क्षत-विक्षत कर देता है।

दशरथ को सोचने देते हैं कि मैं एक नरभक्षी दानव हूँ। इससे युद्ध में प्रतिस्पर्द्धात्मक लाभ हासिल होगा।

"मैं विश्वास दिलाता हूँ कि मैं प्रतीक्षा करूँगा," रावण ने अपने स्वर में उपहास का पुट लाते हुए कहा, वो मुँह खोले तकते दशरथ को देख रहा था। "मैं आपका रक्तपान करने की प्रतीक्षा करूँगा।"

इतना पर्याप्त है। इसे क्रोध में बलबलाने देते हैं।

रावण पलटा और लम्बे डग भरता शिविर से बाहर चला गया। कुबेर भी हिलता-डुलता जल्दी से उसके पीछे चल दिया, और उसके पीछे लंका के अंगरक्षक थे।

"आप भी नहीं सो सके?" कुम्भकर्ण ने पूछा।

रावण अपने भाई की ओर मुड़ा और मुस्कुरा दिया, उसने हाथ से पकड़े लटकन को छोड़ दिया था।

चौथे पहर की पाँचवीं घड़ी थी—आधी रात से बस एक घड़ी पहले का समय। रावण करछप के दुर्ग के परकोटे पर खड़ा सप्त सिन्धु के शिविर और वहाँ जल रही अनेक आगों को देख रहा था। रात शान्त थी और बातों और हँसी-ठिठोली की आवाज़ें दुर्ग तक पहुँच रही थीं।

"लगता है शत्रु भी नहीं सो रहा है," रावण ने कहा।

कुम्भकर्ण हँसा। "सप्त सिन्धु के ये क्षत्रिय समझते हैं कि युद्ध मौज-मस्ती है।"

रावण ने गहरी सांस ली। "कल इस समय तक सप्त सिन्धु हमारा होगा।"

"तकनीकी रूप से, क्या यह कुबेर का नहीं होगा?"

"और तुम्हारे विचार में उस मोटे थुलथुले का स्वामी कौन है?"

कुम्भकर्ण ज़ोर से हँस पड़ा, और पल भर बाद रावण भी हँसी में शामिल हो गया। कुम्भकर्ण ने अपने भाई के गिर्द बाँह डाल दी।

"आप और हँसा कीजिये, दादा," उसने कहा। "वो भी यही पसन्द करतीं।"

रावण का दायाँ हाथ आप-ही-आप फिर से लटकन को ढूँढ़ने लगा। "उनको सम्मानित करने का सबसे अच्छा तरीक़ा उस सेना को नष्ट करना होगा जो इस निकृष्ट समाज की रक्षा करती है जिसने उनकी हत्या की।"

कुम्भकर्ण मौन रहा। वो जानता था कि इस विषय में रावण से कुछ भी कहने का कोई लाभ नहीं है।

रावण स्याही से काले समुद्र को देखने लगा। वो देख तो नहीं पा रहा था लेकिन जानता था कि उसके पोत वहीं थे, तट से दो किलोमीटर दूर लंगर डाले हुए। अपने असामान्य रूप से चौड़े अग्रिम भाग के साथ वो पोत उसकी युद्ध रणनीति के लिए बहुत अहम थे।

"पोत जहाँ हैं वहीं रहेंगे," रावण ने कहा। "मैं यह भी नहीं चाहता कि उनकी छोटी नावें उतारी जायें।"

"स्पष्ट है," कुम्भकर्ण ने कहा।

जिस तरह उसका भाई उसके मन की बात जान लेता था वो रावण को अच्छा लगता था। लंकाई पोतों के इतनी दूर होने और छोटी नावों तक के न उतारे जाने से अयोध्यावासी समझते कि युद्ध में उनकी कोई भूमिका नहीं है। अगर उन पोतों पर आरक्षित बल होता भी तो भी उन्हें लड़ने के लिए शीघ्रता से ला पाना सम्भव नहीं होता।

और यही जाल बिछाया जाना था।

"आपको लगता है कि वो इसके झाँसे में आ जायेंगे?" कुम्भकर्ण ने पूछा।

"अब तक तो वो सारे चारे खा चुके हैं, है ना? मुझे उनके अहं पर विश्वास है। उनका यह आकलन ही कि हम मूर्ख व्यापारी हैं और युद्ध लड़ने में अक्षम हैं, कल उनसे चूकें करवायेगा। साथ ही याद रहे उनके पास पाँच लाख सैनिक हैं। हमारे पास नगर में पचास हज़ार से कुछ ही अधिक हैं। यह सम्भावना उन्हें बहुत अच्छी लग रही होगी। और जब लोग यह समझते हैं कि सम्भावनाएँ उनके पक्ष में हैं तो वो अविवेकपूर्ण काम करते हैं।"

"लेकिन जब तक सम्राट तट पर उनकी आक्रामक व्यूह रचना नहीं करते, हमारे पोत अनुपयोगी रहेंगे।"

"यही तो," रावण ने कुम्भकर्ण की ओर मुड़ते हुए कहा। "मैं इसी बारे में तो तुमसे बात करना चाहता था।"

"मैं ऐसा ही करूँगा, दादा। मैं कुछ पलटनों को नगर की दीवारों से बाहर ले जाऊँगा और उन्हें—हमें—चारे की तरह प्रयोग करूँगा। और जब अयोध्यावासी हम पर आक्रमण करेंगे, तो शेष काम आप पोतों के साथ कर लेना।"

"तुम लगभग एकदम सही समझते हो कि मेरा मस्तिष्क कैसे काम करता है," रावण ने मुस्कुराते हुए कहा।

कुम्भकर्ण हँसा। "लगभग? मुझे हमेशा पता होता है कि आप क्या सोच रहे हैं।"

"पूरी तरह नहीं। हम उसी युद्ध योजना पर चलेंगे जो तुमने अभी बनायी है। अलावा इसके कि चारा मैं रहूँगा। और तुम पोतों का नेतृत्व करोगे।"

कुम्भकर्ण भयाक्रान्त हो गया। "नहीं, दादा!"

"कुम्भ..."

"नहीं!"

"तुम अक्सर मुझसे कहते रहते हो कि तुम मेरे लिए कुछ भी करोगे।"

"हाँ, करूँगा। आपके लिए मैं अपनी जान जोखिम में डालूँगा। और आप युद्ध जीतेंगे।"

"कुम्भ, मैं तुमसे कहीं अधिक कठिन काम करने को कह रहा हूँ। मैं चाहता हूँ तुम मुझे अपनी जान जोखिम में डालने की अनुमति दो।"

"यह सम्भव नहीं है, दादा।"

"कुम्भ, मेरी बात सुनो..."

"नहीं!"

"कुम्भ, वो दम्भी मूर्ख दशरथ मुझसे घृणा करता है। मैं ही उसे अविवेकपूर्ण आचरण करने के लिए उकसा सकता हूँ। मुझे यहीं रहना होगा।"

"तो मैं आपके साथ रहूँगा। मरीच मामा पोतों का नेतृत्व कर लेंगे।"

"मेरी जान जोखिम में होगी, कुम्भ। एक तुम ही हो जिस पर मैं अपना ध्यान रखने का भरोसा कर सकता हूँ।"

"दादा..."

"केवल तुग ही हो जो यह सुनिश्चित करोगे कि मैं मरूँ नहीं।"

कुम्भकर्ण ने हाथ बढ़ाकर रावण के मुँह पर रख दिया। "श्श्श! माँ ने आपसे कहा है ना कि अपनी मृत्यु की बात मत करना। परमेश्वर ने आपको मुँह दिया है, इसका यह अर्थ नहीं है कि आप इसका प्रयोग ऊटपटांग बातें कहने के लिए करें!"

"तो यह सुनिश्चित करना कि मुझे दोबारा यह न कहना पड़े। पोतों का नेतृत्व करना।"

"दादा!" कुम्भकर्ण खीझ गया था।

"यह आदेश है, कुम्भ। मैं केवल तुम पर विश्वास कर सकता हूँ। तुम्हें मेरे लिए यह करना होगा। तुम्हें देखना होगा कि पोत सही समय पर चल दें।"

कुम्भकर्ण ने कस कर रावण के हाथ पकड़ लिये, बिना कुछ कहे।

"कल जीत हमारी होगी," रावण ने कहा। "और फिर हमारा युग शुरू होगा। इतिहास कभी रावण और कुम्भकर्ण के नाम नहीं भूलेगा।"

—⁂—

अगले दिन, दूसरे पहर की चौथी घड़ी तक रावण युद्ध के लिए तैयार हो चुका था। अपने जंगी घोड़े पर सवार, और अग्रिम पंक्ति में प्रतीक्षा करता।

अपने शत्रुओं, और कुछ अनुयायियों को भी हैरान करते हुए उसने दुर्ग की सुनिर्मित दीवारों के पीछ रहने के अत्यन्त रक्षात्मक लाभ को छोड़ दिया था। इसके बजाय उसने अपने पचास हज़ार सैनिकों—अपनी अधिकांश सेना को—दुर्ग की दीवारों के बाहर, समुद्र तट पर सामान्य चतुरंग व्यूह में तैनात किया था।

अब लंकावासियों के सामने उनका शत्रु और पीछे दुर्ग की दीवार थी। प्रतीत रूप से दशरथ और उनकी सेना के लिए सरल लक्ष्य प्रस्तुत करते हुए।

सप्त सिन्धु के योद्धाओं के लिए लंकाई चारा।

और चारे को ले लिया गया।

अयोध्या के सम्राट ने अपनी सेना को समुद्र तट के साथ सूची व्यूह, सूई व्यूह, में सजाया था। दशरथ को पता था कि भूमि की ओर से दुर्ग पर हमला करने का विकल्प नहीं है। रावण के दल ने दुर्ग के चारों ओर काँटेदार झाड़ियाँ बो दी थीं, अलावा उस दीवार के जो समुद्र तट के पास थी। दशरथ की सेना झाड़ियों को साफ़ करके दुर्ग तक पहुँचने का मार्ग बना सकती थी, लेकिन उसमें कई सप्ताह लग जाते। लंका की सेना द्वारा करछप के आसपास के क्षेत्रों को तबाह कर दिये जाने, और इस कारण दुर्ग के बाहर भोजन और पानी के अभाव के चलते यह विकल्प किसी तरह व्यवहार्य नहीं था। रसद समाप्त होने से पहले सेना को आक्रमण करना ही था।

दशरथ को यह सोचने के लिए ठहरना चाहिए था कि रावण ने समुद्र तट वाले मार्ग के अलावा भिड़न्त के सभी सम्भावित मार्गों को अवरुद्ध क्यों किया है। अपने भव्य सैन्यकाल में अयोध्या के राजा को कभी किसी युद्ध में पराजय नहीं मिली थी। उनकी सामरिक वृत्ति को उन्हें सजग कर देना चाहिए था। मगर पिछले दिन रावण द्वारा कहे गये अपमानजनक शब्द अभी भी उनके मन में गूँज रहे थे, और उन्होंने अपने अहं को अपने विवेक पर हावी होने दिया।

समुद्रतट अनेक मापदण्डों के अनुसार चौड़ा था मगर एक बड़ी सेना के लिए पर्याप्त नहीं था—इसलिए दशरथ ने सूची व्यूह बनाने का सामरिक निर्णय लिया था। उनकी सेना का सर्वश्रेष्ठ अंग उनके साथ व्यूह के सामने रहता, जबकि शेष सेना उनके पीछे एक लम्बी क़तार में रहती। वो आवर्ती आक्रमण करना चाहते थे, जिसमें पहली पंक्तियाँ लंका की सेना पर आक्रमण करतीं, और युद्ध के लगभग बीस निमिष बाद पीछे हट जातीं, और योद्धाओं की अगली पंक्ति को मोरचा सँभालने देतीं। इस तरह बिना रुके लंका की शत्रु सेना को समाप्त करने के लिए युद्ध के लिए दृढ़ सैनिकों की नयी लहर आती रहती।

कैकेय के राजा और दशरथ के श्वसुर अश्वपति को इस रणनीति को लेकर सन्देह थे। उन्होंने इंगित किया कि युद्ध के किसी भी पल केवल कुछ पचास-साठ हज़ार सैनिक ही केवल युद्धरत रहेंगे, जबकि अधिकांश पीछे प्रतीक्षारत रहेंगे। बड़े युद्धक्षेत्र की जगह एक संकरे समुद्रतट पर युद्ध करने के लिए विवश करके रावण ने सप्त सिन्धु की सेना की विशाल संख्या के लाभ को शून्य कर दिया था। मगर विश्वास से भरे दशरथ ने अश्वपति के सन्देहों को दरकिनार कर दिया।

दशरथ का मानना था कि लंकावासी व्यापारी हैं जो परिष्कृत युद्ध नीतियों को अपनाने में अक्षम थे। दुर्ग की दीवार के बाहर सेना को तैनात करने के प्रत्यक्षत: मूर्खतापूर्ण कार्य ने उन्हें आश्वस्त ही किया था कि रावण और उसकी सेना को इसकी कोई समझ नहीं है कि वो क्या कर रहे हैं।

दूर, समुद्रतट के दूसरे छोर पर रावण ने अपने दाहिनी ओर देखा, जहाँ समुद्र में दो किलोमीटर से अधिक दूरी पर उसके पोत लंगर डाले खड़े थे। छोटी नौकाएँ भी नहीं दिख रही थीं। कुम्भकर्ण अच्छी तरह उसके निर्देशों का पालन कर रहा था।

रावण ने अपनी दृष्टि वापस सप्त सिन्धुओं की सेना की ओर घुमायी।

उसके दम्भी और अति-आत्मविश्वासी शत्रुओं ने उसके चौड़े अग्र भाग वाले पोतों की जाँच करने के लिए अपनी गुप्तचर नौकाएँ भी नहीं भेजी थीं। उन्हें यह तो करना ही चाहिए था।

उसके होंठों पर एक मुस्कान तैर गयी। *मूर्ख कहीं के।*

रावण ने अपने कन्धे और बाँहें ढीली छोड़ीं। युद्ध का सबसे चिढ़ाऊ पक्ष प्रतीक्षा करना होता है। दूसरे पक्ष द्वारा आक्रमण करने की प्रतीक्षा। आप न तो अपना ध्यान भटकने दे सकते हैं और न ही अपनी ऊर्जा नष्ट होने दे सकते हैं। उसने अपनी सेना को चेतावनी दी थी कि चिल्लाकर शत्रु पर गालियाँ बरसाकर या युद्ध के उद्घोष करके स्वयं को थकाएँ नहीं। उन्हें चुप रहकर प्रतीक्षा करने का आदेश दिया गया था।

स्पष्ट रूप से दशरथ ने अपने सैनिकों को ऐसे कोई निर्देश नहीं दिये थे। वो दहाड़ते हुए युद्ध के नारे लगा रहे थे, उनकी आवाज़ें उन्माद में उठ-गिर रही थीं। जोश से स्वयं को भरते हुए। मगर इसी के साथ स्वयं को थकाते हुए भी।

रावण ने युद्ध का अपना विशिष्ट शिरस्त्राण पहना हुआ था जिसके दोनों ओर से भयावह ढंग से छह-छह इंच के सींग निकले हुए थे। यह उसके शत्रुओं : दशरथ के लिए चुनौती थी।

मैं यहाँ हूँ। आकर पकड़ो मुझे।

इस बीच दशरथ अपने सुप्रशिक्षित और भव्य दिखने वाले जंगी घोड़े पर सवार होकर अपनी विशाल सेना का निरीक्षण कर रहे थे। उन्होंने पूरे विश्वास से उस पर अपनी दृष्टि दौड़ायी। अपनी तलवारें खींचे, युद्ध के लिए उत्सुक वो उग्र और कर्कश लोग थे। उनके घोड़े भी जैसे उस पल के रोमांच में डूब गये थे, जिससे उनके सवारों को उनकी लगामें खींच-खींच कर उन्हें बस में करना पड़ रहा था। दशरथ को तो शीघ्र बहाए जाने वाले रक्त की गन्ध तक आने लगी थी : उस नरसंहार की जो विजय की ओर ले जायेगा!

उन्होंने आँखें सिकोड़कर सामने दूर खड़ी लंका की सेना और उनके सेनापति को परखा। रावण द्वारा पिछली शाम कही गयी बातें याद करते ही क्रोध की चिंगारी उनके अन्दर फूट पड़ी। यह अहंकारी व्यापारी शीघ्र ही उनके क्रोध का भागी बनेगा। उन्होंने अपनी तलवार खींची और उसे ऊँचा

ताना, और फिर अपने कौशल राज्य, और उसकी राजधानी अयोध्या के सुस्पष्ट युद्धघोष का गर्जन किया। *"अयोध्यात: विजेतार:!"*

अजेय नगर के विजेता!

उनकी सेना में सभी अयोध्या के नहीं थे, मगर फिर भी कौशल के ध्वज तले युद्ध करने का उन्हें गर्व था। उन्होंने भी अपने सम्राट के युद्धघोष को दोहराया। "अयोध्यात: विजेतार:!"

अपनी तलवार नीची करते और अपने घोड़े को एड़ लगाते हुए दशरथ दहाड़े। "सबका वध हो! कोई दया नहीं!"

"कोई दया नहीं!" पहले हमले के घुड़सवारों ने अपने निर्भीक स्वामी के पीछे आगे बढ़ते हुए हुंकार लगायी।

तेज़ी से, निर्भीकता से घोड़े दौड़ाते हुए, अपने स्वयं के विनाश की ओर बढ़ते हुए।

जब दशरथ और उनके सर्वश्रेष्ठ योद्धा तेज़ी से समुद्रतट पर लंकावासियों की ओर बढ़ने लगे, तो रावण की सेना निश्चल खड़ी रही। जब दुश्मन के घुड़सवार बस कुछ सौ मीटर दूर रह गये तो अचानक रावण ने अपना घोड़ा मोड़ा और अग्रिम पंक्ति से पीछे जाने लगा, हालाँकि उसके सैनिक दृढ़ता से खड़े थे।

रावण की रणनीति स्पष्ट थी—महत्वपूर्ण थी जीत, न कि पौरुष और साहस का प्रदर्शन। मगर क्षत्रिय जीवनशैली में पले-बढ़े दशरथ के लिए व्यक्तिगत बहादुरी सेनापति का सबसे बड़ा गुण थी। रावण की प्रत्यक्ष कायरता ने उन्हें क्रोध दिला दिया था। उन्होंने अपने घोड़े को एड़ लगाकर सरपट दौड़ा दिया, उनका इरादा लंका की अग्रिम पंक्ति को रौंदकर शीघ्रता से रावण तक पहुँचना था। अयोध्या की सेना भी गति बढ़ाते हुए अपने राजा के पीछे चली।

रावण को यही आशा थी। लंका की अग्रिम पंक्ति हरकत में आ गयी। अचानक सैनिकों ने अपनी तलवारें फेंक दीं और अस्वाभाविक रूप से लम्बे, लगभग बीस फ़ुट लम्बे, भाले उठा लिये, जो उनके पैरों के पास रखे थे। लकड़ी और धातु के बने वो भाले इतने भारी थे कि एक भाले को दो आदमी उठा रहे थे। सैनिकों ने ताँबे के नुकीले अग्रभागों वाले इन भालों का रुख़ दशरथ की आगे बढ़ती घुड़सवार सेना की ओर कर दिया था।

घुड़सवार सैनिक समय रहते अपने घोड़ों की लगाम नहीं खींच पाये और सीधे भालों में घुसते चले गये जिन्होंने असावधान घोड़ों को चीथ डाला। घोड़े ढेर हुए तो उनके सवार आगे को जाकर गिरे। दशरथ की घुड़सवार सेना का आक्रमण जब रुका तो करछप दुर्ग की ऊँची दीवारों पर लंका के धनुर्धर उठ खड़े हुए। दुर्ग की प्राचीर की ऊँचाई से वो लम्बे चापों में, दशरथ की सेना के पीछे स्थित घने व्यूह की ओर लगातार बाण-वर्षा कर रहे थे जिसने सप्त सिन्धु की पंक्तियों को तोड़ डाला।

दशरथ के अनेक योद्धा जिन्हें उनके धराशायी होते घोड़ों ने उछाल दिया था, लड़खड़ाते हुए दुश्मन से आमने-सामने का युद्ध करने के लिए खड़े हो गये थे। उनके राजा भयावह ढंग से अपनी तलवार घुमाते और उसकी चपेट में आने वाले हर व्यक्ति को काटते हुए उनका नेतृत्व कर रहे थे। मगर अपने चारों ओर वो अपने सैनिकों पर ढाए गये विनाश को देख रहे थे जो लंकाई तीरों की बौछार और बेहतरीन प्रशिक्षण पाये तलवारबाज़ों द्वारा तेज़ी से गिराये जा रहे थे। कुछ ही पलों के बाद दशरथ ने अपने ध्वजवाहकों को इशारा किया जिन्होंने प्रत्युत्तर में उनका ध्वज ऊपर उठा दिया। यह पीछे मौजूद सैनिकों के लिए अग्रिम पंक्ति की सहायता के लिए आक्रमण में शामिल होने का संकेत था।

इसी पल का रावण को इन्तज़ार था।

कुम्भकर्ण के आदेश पर लंका के पोतों ने अचानक लंगर उठा लिये। बड़े पोत हमेशा तट से दूर रहते हैं जब तक कि समुचित बन्दरगाह उपलब्ध न हो। नौसैनिकों को छोटी नावों द्वारा तटों पर लाया जाता है। मगर कुम्भकर्ण ने नावें नीचे नहीं उतारीं। उसने पोतों को ही तेज़ी से समुद्रतट की ओर बढ़ने का आदेश दिया था। पूरी तरह चौकस नाविकों ने चप्पू बढ़ाते हुए तेज़ी से तट की ओर बढ़ना शुरू कर दिया था। हवा के रुख़ की सहायता पाने के लिए पोतों के मस्तूल पूरे खुले हुए थे। कुछ ही पलों के भीतर पोतों के तलों से दशरथ के नेतृत्व वाली सघन सेना पर तीरों की बौछार होने लगी थी। पोतों पर मौजूद लंका के धनुर्धरों ने सप्त सिन्धु की सेना के समूह को चीर डाला था।

दशरथ की सेना में किसी को भी शत्रु पोतों के तेज़ी से समुद्रतट पर आने की सम्भावना का अन्देशा नहीं था; साधारणतया इससे उनके पेटे टूट जाते। मगर वो यह नहीं जानते थे कि ये जल-थलीय पोत थे जिनमें विशेष

रूप से बनाये गये पेटे थे जो धरती पर आने के झटके को वहन कर सकते थे। समुद्रतटों पर तीव्र गति से आते-आते ही उनके पेटे के चौड़े अग्रिम भाग ऊपर से खुलने लगे। ये सामान्य पेटे के साधारण अग्रिम भाग नहीं थे। वो बड़े-बड़े क़ब्ज़ों से पेटे की तली से जुड़े हुए थे, और वो पोत से उतरने के ढलवाँ मार्ग की तरह रेत पर खुल गये थे। इससे पोतों के अन्दरूनी भाग से सीधे समुद्रतट पर आने का रास्ता खुल गया था। पोतों से पश्चिम से मँगवाये गये असामान्य रूप से विशाल घोड़ों पर सवार सैनिक धड़धड़ाते हुए समुद्रतट पर आने और निर्ममता से अपने रास्ते में आने वाले सभी लोगों को काटने लगे।

अब सप्त सिन्धुवासी दोनों छोरों पर लड़ रहे थे—अग्रिम पंक्तियों में करछप दुर्ग की दीवारों पर मौजूद रावण के सैनिकों से, और पीछे कुम्भकर्ण के नेतृत्व में पोतों से निकले अनपेक्षित आक्रमणकारियों से।

एक कुशल योद्धा की सुप्रशिक्षित सहज वृत्ति ने दशरथ को आगाह कर दिया था कि पीछे के भाग में कुछ भयानक हो रहा है। जब वो युद्धरत मानवजाति के समुद्र के पार देखने का प्रयास कर रहे थे तभी उन्हें अपने बाईं ओर अचानक कुछ हरकत का आभास हुआ और उन्होंने समय रहते अपनी ढाल उठा कर लंका के एक सैनिक के घातक वार को रोक दिया। भयानक हुंकार के साथ अयोध्या के राजा घातक ढंग से अपने आक्रमणकारी की ओर घूमे और उनकी तलवार उसके कवच को काटती चली गयी। लंकाई पीछे गिर गया, उसका पेट खुल गया था और उससे रक्त फूट पड़ा था, और उसी के साथ एक झोंके में चिकनी गुलाबी आँतें भी बाहर आ गयी थीं। दशरथ घूमे और उन्होंने अपने पीछे, सेना के पिछले हिस्से की ओर देखा।

"नहीं!" वो चिल्ला पड़े।

उनकी आँखों के सामने जो दृश्य घटित हो रहा था वो उन्होंने पहले कभी नहीं देखा था। आगे के हिस्से में दुर्ग की दीवारों पर धनुर्धरों और पैदल सैनिकों के दोहरे निर्मम आक्रमण, और पीछे समुद्रतट पर खड़े पोतों से निकली लंका की प्रचण्ड घुड़सवार सेना के बीच फँसी उनकी हमेशा विजयी रहने वाली सेना का मनोबल तेज़ी से गिर रहा था। अविश्वास से भरे दशरथ ने देखा कि उनके कुछ सैनिक पंक्तियाँ तोड़कर पीछे हटने लगे हैं।

"नहीं!" वो दहाड़े। "लड़ो! लड़ो! हम अयोध्या हैं! अजेय हैं!"

इस बीच सब कुछ अपनी अपेक्षानुसार चलने के बीच रावण ने अपने घोड़े को एड़ लगायी और अपने कुछ सैनिकों को समुद्र के किनारे बाईं ओर के तट की ओर ले गया। यही एक टुकड़ा ऐसा था जो अयोध्या की सेना के जवाबी आक्रमण के लिए खुला था। अपने सुप्रशिक्षित घुड़सवार सैनिकों के साथ रावण ने सैनिकों की बाहरी पंक्ति को फिर से एकजुट होने से पहले ही काट डाला। उसे दुर्ग की दीवारों के अपने मोरचे को सुरक्षित रखना था जबकि कुम्भकर्ण पीछे की पंक्तियों का संहार कर रहा था।

दशरथ को मारने में रावण की रुचि नहीं थी। इस बिन्दु पर यह मायने नहीं रखता था। उसका ध्यान बस विजय पर था। और वो पाने के लिए, उसे अयोध्या की सेना के अन्तिम प्रतिरोध को भी तोड़ देना था।

धीरे-धीरे मगर निश्चयपूर्वक, आगे के भाग में दुर्ग की दीवारों पर मौजूद सैनिकों से घिर कर, पीछे कुम्भकर्ण के नेतृत्व में हुए आक्रमण से, और रावण के सैनिकों द्वारा किये घातक बग़ली आक्रमणों से दशरथ की सेना तितर-बितर हो गयी थी। सभी पंक्तियों में भगदड़ मच गयी थी। और कुछ ही देर में, पूरी तरह अस्त-व्यस्त रूप से सेना पीछे हटने लगी।

अब यह युद्ध नहीं रहा था। यह नरसंहार था।

मगर रावण रुका नहीं। उसने युद्धविराम का आदेश नहीं दिया। उसने अपनी सेना को दया दिखाने की अनुमति नहीं दी।

उसके आदेश स्पष्ट थे और उसने चिल्ला कर कहा था : "सबका वध कर दो! कोई दया नहीं! सबका वध कर दो!"

और उसके सैनिकों ने आज्ञा का पालन किया।

२०

अध्याय 20

रावण ने विचारमग्न ढंग से मदिरा के अपने ख़ाली पात्र को टकटकाया। कक्ष के दूसरे छोर पर मौजूद एक सेवक आगे बढ़ने लगा, मगर जब उसने देखा कि कुम्भकर्ण अपने भाई का पात्र भरने के लिए उठ रहा है, तो वो पीछे हट गया।

कुम्भकर्ण ने पात्र को फिर से भरा और फिर अपने लिए भी मदिरा डाली। फिर उसने ऊपर देखा और सेवक को जाने का संकेत किया। उस आदमी ने प्रणाम किया और कक्ष से बाहर हो गया।

करछप के युद्ध में सप्त सिन्धु की सेना को खदेड़े हुए पाँच माह बीत गये थे। दशरथ अपनी दूसरी पत्नी और कैकेय के राजा अश्वपति की पुत्री कैकेयी द्वारा बहादुरी से रक्षा किये जाने के कारण किसी तरह जान बचा पाये थे।

"आपको लगता है कि हमें उस दिन सम्राट को मार देना चाहिए था?" कुम्भकर्ण ने मदिरा का घूँट भर कर अपने आरामदेह आसन पर बैठते हुए पूछा।

"मैंने इस बारे में सोचा था," रावण ने अपना सिर हिलाते हुए कहा। "लेकिन यह शायद इस तरह ही अच्छा है। युद्धक्षेत्र में शीघ्रता से मर जाना उसके लिए वरदान होता। पराजय की ग्लानि उसके मनोबल को तिल-तिल करके तोड़ेगी। सैन्य असफलता, और हमारे द्वारा थोपी गयी सन्धि उसकी मानसिक शान्ति को नष्ट कर देंगी। अस्थिर और असुरक्षित नेतृत्व के साथ

सप्त सिन्धु का मनोबल उठ नहीं पायेगा। जब हम धीरे-धीरे साम्राज्य को निचोड़ेंगे तो वो हमारे लिए कोई समस्या खड़ी नहीं कर पायेंगे। अगर हमने दशरथ को मार दिया होता तो हम उसे शहीद बना देते। और शहीद ख़तरनाक हो सकते हैं। वो विद्रोहों को प्रेरित कर सकते हैं।"

"तो आपको लगता है कि रानी कैकेयी की बहादुरी ने वास्तव में हमारी सहायता ही की है।"

"वो हमारी मदद करने का प्रयास नहीं कर रही थीं, वो तो बस अपने पति को बचाने की कोशिश कर रही थीं। मगर वो बहादुर स्त्री हैं। और मुझे कोई सन्देह नहीं है कि उनकी कृतघ्न प्रजा उनके साथ बुरा बर्ताव करेगी। वो अपने नायकों का सम्मान करना जानते ही नहीं हैं।"

"प्रत्यक्षत: सम्राट दशरथ और उनकी पहली रानी कौशल्या को उसी दिन पुत्र प्राप्त हुआ था जिस दिन हमने उन्हें करछप में परास्त किया था। उन्होंने उसका नाम राम रखा है।"

"विष्णु पर?" रावण ने उपहास में धीरे से हँसते हुए पूछा। राम छठे विष्णु का नाम था, जिन्हें सामान्यतया परशु राम के नाम से जाना जाता है। "उन्हें इस शिशु से अत्यधिक अपेक्षाएँ होंगी!"

"मज़े की बात यह है कि वो करछप की पराजय का दोष इस बेचारे शिशु को देते हैं। प्रत्यक्षत: वो उन पर दुर्भाग्य लाया है।"

"अर्थात हमारी विजय में मेरी उत्कृष्ट युद्ध नीति का कोई हाथ नहीं था? यह सब मात्र इसलिए हुआ कि कोई रानी उसी समय प्रसवकक्ष में चली गयी थी?!" रावण हँस पड़ा।

कुम्भकर्ण भी हँस दिया।

"आपको और अधिक हँसना चाहिए, दादा," उसने कहा। "वेदवती जी भी यह पसन्द करतीं।"

"मुझे बार-बार यह बताना बन्द करो।"

"मगर यह सच है।"

"तुम्हें कैसे पता कि यह सच है? क्या उनकी आत्मा ने आकर तुमसे यह कहा था?"

कुम्भकर्ण ने अपना सिर हिला दिया। "दादा, जब तक आप चेहरे पर मुस्कुराहट के साथ उनके बारे में सोचने में सक्षम नहीं होंगे, तब तक

आपके घाव नहीं भरेंगे। अगर उन्हें याद करके हर बार आप दुखी और क्रुद्ध होंगे तो एक सुन्दर स्मृति को विष में बदल देंगे। अब अनेक वर्ष बीत चुके हैं। आपको आगे बढ़ना सीखना होगा।"

"तुम कह रहे हो कि मैं भूल जाऊँ कि उनकी मृत्यु कैसे हुई थी? कि मैं मूर्खतापूर्ण विस्मृति की स्थिति में जियूँ?" रावण फुफकारा।

कुम्भकर्ण शान्त रहा। "मैंने ऐसा नहीं कहा। हमारे लिए यह भूल पाना कैसे सम्भव है कि उनकी मृत्यु कैसे हुई थी? मगर हमारे पास उनकी केवल यही याद तो नहीं है ना? यह तो उन अनेक यादों में से एक है जो वो पीछे छोड़ गयी हैं। उन दूसरी यादों के साथ भी समय बितायें। सुख के वो पल जो आपने उनके साथ बिताये थे। फिर आप हर बार उन्हें याद करके उदासी में नहीं डूबेंगे।"

"सम्भवत: मुझे उदासी ही पसन्द है। यह मुझे सुकून देती है।"

"किसी भी चीज़ के साथ आप ज़्यादा रहेंगे तो उसे पसन्द करने लगेंगे, उदासी को भी।"

रावण ने अपना सिर हिला दिया। स्पष्ट था कि इस विषय पर बात करने को अब और कुछ नहीं था।

कुम्भकर्ण चुप हो गया।

"अच्छा, युद्ध की क्षतिपूर्ति की पहली खेप सिगिरिया कब पहुँच रही है?" रावण ने पूछा।

"कुछ ही सप्ताह में, दादा। कुछ सप्ताह में लंका सम्पन्न मात्र से अथाह सम्पन्न हो जायेगी। सम्भवत: संसार का सबसे समृद्ध राज्य होगी।"

करछप के युद्ध से पहले लंका को सप्त सिन्धु के साथ अपने व्यापार से होने वाले लाभ का मात्र दस प्रतिशत भाग रखने का अधिकार था। नब्बे प्रतिशत साम्राज्य के प्रतिनिधि अयोध्या का होता था। फिर अयोध्या इस पूँजी को अपने अधीनस्थ राज्यों के साथ बाँटता था। युद्ध के बाद रावण ने अयोध्या की दलाली को मात्र नौ प्रतिशत कर दिया और शेष लंका के लिए रखा। साथ ही, उसने सप्त सिन्धु से ख़रीदी जाने वाली सभी निर्मित वस्तुओं का मूल्य भी बेतहाशा कम कर दिया था। अगर यही पर्याप्त नहीं था तो उसने यह भी आदेश दिया कि अयोध्या, पूर्व प्रभाव से, पिछले तीन वर्षों से अधिक समय में दी गयी अतिरिक्त राशि को नयी गणना के अनुसार—युद्ध

की क्षतिपूर्ति के रूप में—लौटाये। रावण जानता था कि दलाली में की गयी भारी कटौती समय के साथ साम्राज्य को कंगाल कर देगी, जबकि लंका असाधारण रूप से समृद्ध हो जायेगी। निस्सन्देह, लंका के बढ़े हुए लाभ का आधा हिस्सा जब वो रख रहा था, तो वो भी जल्दी ही आश्चर्यजनक रूप से समृद्ध हो जायेगा। और शक्तिशाली भी।

"आगे क्या, दादा?" कुम्भकर्ण ने पूछा।

रावण कक्ष की एक बड़ी-सी खिड़की की ओर गया और बाहर फैले हरे-भरे उपवनों को देखने लगा। सिगिरिया का उसका भवन उस विशाल एकल चट्टान से कुछ ही दूरी पर था जिस पर लंका के व्यापारी प्रमुख और विश्व के सबसे समृद्ध व्यक्ति कुबेर का महल स्थित था।

कुबेर को युद्ध सम्बन्धी बहुत जानकारी भले ही नहीं थी, मगर वो अपनी अथाह सम्पत्ति की रक्षा करने की आवश्यकता को समझता था। पिछले कुछ दशकों में उसने नगर की रक्षा प्रणालियों में बहुत सुधार किया था। सिगिरिया लुढ़कती चट्टानों से भरी पहाड़ियों से घिरा हुआ था। हर लम्बी चट्टान के सपाट शिखर पर भवन बनाये गये थे जिनमें सैनिक रहते थे जो अकाट्य ऊँचाई से किसी भी घुसपैठ का सामना कर सकते थे। यह नगर को चारों ओर से घेरने वाली मज़बूत दीवारों और खाइयों के अतिरिक्त था।

मगर कुबेर ने अपने को केवल सुरक्षा तक ही सीमित नहीं रखा। वस्त्रों और आभूषणों की भड़कीली अभिरुचि के बावजूद, भवन निर्माण की ओर भी उसकी आश्चर्यजनक रूप से कलात्मक दृष्टि थी। और उसने पहले ही बेतहाशा सुन्दर नगर को वास्तव में गरिमा और भव्यता का उत्कृष्ट प्रतीक बना दिया था।

एक विशाल पठार पर बना यह नगर अद्‌भुत उपवनों और सार्वजनिक मार्गों से सुसज्जित था। बाहरी सीमा पर जलमार्गों और भूमिगत नहरों द्वारा सींचे जाने वाले सुन्दरता से तराशे गये उद्यान थे, तो लम्बे, हमेशा हरे रहने वाले वृक्षों की शाखाएँ मुख्य मार्गों के दोनों ओर फैली रहती थीं। नगर के भीतर स्थित अनेक चट्टानों को भी, सिगिरियावासियों के शब्दों में, पाषाण उद्यानों में बदल दिया गया था, पेचीदा फ़व्वारे जिनकी शोभा और सुन्दरता को बढ़ाते थे। सार्वजनिक कार्यक्रमों के लिए सुरुचिपूर्वक बनाये गये विशाल कक्ष, पुस्तकालय, रंगशालाएँ, नौकायन के लिए झीलें, और

वो सब कुछ था जो सभ्य जीवन के लिए आवश्यक था। लंका एक वृहद वैदिक संसार का अंग था और नगर के विभिन्न हिस्सों में विभिन्न वैदिक देवताओं के अनेक मन्दिर थे। सबसे बड़ा मन्दिर, निस्सन्देह, छठे विष्णु और मलयपुत्र जनजाति के संस्थापक भगवान परशु राम को समर्पित था। इस मन्दिर का निर्माण और प्रतिष्ठापन स्वयं ऋषि विश्वामित्र ने किया था।

मगर रावण सिगिरिया के इस सारे ठाठ-बाट से प्रभावित नहीं था। उसका ध्यान तो उस एकल चट्टान पर केन्द्रित था जिसे सिंहगिरि कहते थे, जो आसपास के ग्राम्य क्षेत्रों से लगभग दो सौ मीटर ऊँची थी। नगर का नाम इसी चट्टान पर पड़ा था, सिगिरिया संस्कृत के सिंहगिरि का अपभ्रंश था। इस चट्टान के शिखर पर कुबेर का विशाल महल था। यह प्रकृति की उदारता पर मानव कल्पना की विजय का प्रतीक था। विशाल, मगर फिर भी नज़ाकत भरे ढंग से परिष्कृत।

इस चट्टान के आधार पर स्थूल रूप से संकेन्द्रित सीढ़ीनुमा उद्यान थे जो जलरोधी ईंटों की दीवार का बेहतरीन प्रयोग दर्शाते थे। ये सभी उद्यान अपने निकट वाले से कुछ ऊँचाई पर थे, और फ़व्वारों से सजे हरे-भरे उद्यानों के बीच से एक घुमावदार सड़क ऊपर चट्टान तक जा रही थी। उत्तरी ओर का मार्ग सिगिरिया के सबसे अधिक विस्मयकारी वास्तुशिल्पीय उपलब्धियों में से एक, सिंहद्वार, की ओर जा रहा था।

इसे सिंहद्वार इसलिए कहते थे क्योंकि प्रवेश द्वार के ऊपर एक विशाल सिंह का सिर उकेरा गया है। द्वार सिंह के आगे के दो पंजों के बीच था, जो एक औसत पुरुष की ऊँचाई के थे, जबकि विशाल सिर पीछे को झुका था, जिसे दूर-दूर तक सिगिरिया के सभी नागरिक देख सकते थे। स्वयं चट्टान का आकार राजसी शान के साथ बैठे एक विराट सिंह के शरीर का था, जैसे इसका सिर ऊँचाई से अपने क्षेत्र का निरीक्षण कर रहा हो।

यह भव्य दृश्य था।

चट्टान के ऊपर, दो वर्ग किलोमीटर के क्षेत्र में फैला कुबेर का विराट महल परिसर था जिसमें तरण ताल, उद्यान, निजी कक्ष, अदालतें, कार्यालय और संसार के सबसे समृद्ध व्यक्ति के लिए कल्पित अकल्पनीय विलासिताएँ मौजूद थीं।

"आगे यह है कि हम उस पर नियन्त्रण हासिल करेंगे," रावण ने सिंहगिरि की ओर संकेत करते हुए कहा।

"क्या!" कुम्भकर्ण अपनी दहशत छिपा नहीं पाया। "कुबेर से छुटकारा पाने के लिए यह कुछ अधिक जल्दी नहीं है, दादा? हम अभी इतने शक्तिशाली नहीं हैं और..."

रावण की भृकुटियाँ चढ़ गयीं। "वो नहीं," उसने स्पष्ट किया। "वो।"

इस बार कुम्भकर्ण ने ज़्यादा ध्यान से संकेत में उठी उँगली की दिशा में देखा। रावण सिंहगिरि की ओर ही संकेत कर रहा था, मगर कुबेर के महल की ओर नहीं। सिंह द्वार से मध्य स्तर के चबूतरे तक सीढ़ियाँ जा रही थीं, चट्टान के शिखर से कोई सौ मीटर नीचे। चट्टान को काटकर बनायी गयी और चबूतरे तक जा रही पगडंडी के किनारे पर एक दीवार थी जो समान रूप से कटी ईंटों से बनी थी और उस पर चमकदार श्वेत लेप हुआ था। इतना बढ़िया चमकदार कि उसके पास से निकलने वाला व्याक्ति उसमें अपनी छवि देख सकता था। इसे नीरस ढंग से दर्पण भित्ति कहा जाता था। दर्पण भित्ति के परे चट्टान को उस विराट सिंह की कपड़े की काठी के रूप में बनाया गया था जिसका वो चट्टान प्रतिनिधित्व करती थी। काठी पर सुन्दर स्त्रियों के भव्य भित्ति-चित्र बने थे। कोई नहीं जानता था कि ये छवियाँ किसका प्रतिनिधित्व करती थीं। उन्हें त्रिशंकु काश्यप के काल में बनाया गया था, और बहुत जतन से उनका रखरखाव किया गया था। भित्ति-चित्रों के परे, पगडंडी ऊपरी परिसर को, जहाँ कुबेर का निजी महल था, सुरक्षा प्रदान करने वाले शानदार उद्यानों, सरोवरों, खाइयों और प्राचीरों के पीछे निचले स्तर के महलों की ओर जाती थी।

और इन्हीं निचले महलों की ओर रावण संकेत कर रहा था।

"मेघदूत?" कुम्भकर्ण ने पूछा।

निचले स्तर के महलों में कुछ वेश्याएँ और कुबेर की युवा पत्नियाँ रहती थीं। मगर इनमें से एक महल प्रधानमन्त्री मेघदूत का आवास था जिसके पास राजस्व, करों, सीमा-शुल्क और सामान्य प्रशासन का दायित्व था। लंका की सेना और नगर-रक्षकों का प्रमुख होने के नाते रावण प्रभावी रूप से सारी सैन्य शक्ति का भी प्रमुख था। मेघदूत सारे धन का प्रमुख था। साथ मिल कर वो दोनों कुबेर का राज्य चलाते थे। अगर रावण अपने

कार्य में मेघदूत का कार्यभार भी जोड़ लेता तो उसके पास प्रभावी रूप से व्यापारी प्रमुख से अधिक शक्ति हो जाती। इसके बाद, उसकी जगह लेना बस कुछ ही समय की बात होती। एक आसान-सा परिवर्तन।

हालाँकि वो अकेले थे मगर कुम्भकर्ण अपने शब्दों के चयन को लेकर सावधान था। "आप समझ रहे हैं ना कि हमें—"

"हाँ, समझता हूँ," रावण ने बात काटी। "मगर यह दुर्घटना जैसी लगनी चाहिए। अन्यथा उसकी जगह लेना मेरे लिए मुश्किल हो जायेगा।"

"हम्म्म..."

"यह मुश्किल काम है। हम किसी बदमाश से यह नहीं करवा सकते। हमें कोई कलाकार चाहिए होगा।"

"मैं किसी को ढूँढ़ लूँगा," कुम्भकर्ण ने कुछ सोचते हुए कहा।

रावण द्वारा लंका के प्रधानमन्त्री मेघदूत की हत्या का आदेश दिये एक माह बीत गया था, मगर कुम्भकर्ण अब तक आगे बढ़ने का मार्ग नहीं तलाश पाया था। अन्ततः सहायता के लिए उसने अपने मामा की ओर देखा। और आज, मरीच ने उसे सूचित किया था कि इस काम के लिए उपयुक्त आदमी मिल गया है।

अपने भाई को इस समचार की जानकारी देने के लिए उत्सुक कुम्भकर्ण उसकी खोज में निकला, मगर वो कहीं नहीं मिल रहा था। अन्ततः वो महल के अन्दरूनी हिस्से में छिपे गुप्त कक्ष में गया। गोकर्ण के रावण के निजी कक्ष की तरह ही यहाँ भी दोनों भाइयों के अलावा किसी को जाने की अनुमति नहीं थी।

अन्दर प्रवेश करते ही कुम्भकर्ण ने पलट कर द्वार को बन्द कर दिया। केवल एक मशाल जल रही थी। उसका भाई अन्दर था।

नीम-अँधेरे में पहली चीज़ उसे स्वर्णमन्डित रावणहता दिखाई दिया। वो भूमि पर पड़ा था, टूटा हुआ, उसके तार एक ओर पड़े थे। कक्ष के मौत जैसे सन्नाटे में उसे लगा जैसे उसने किसी के रोने की आवाज़ सुनी है।

जब आँखें अँधेरे की अभ्यस्त हुईं तो कुम्भकर्ण ने द्वार की ओर पीठ किये, लकड़ी की एक लम्बी तिपाई पर निढाल पड़े रावण को देखा।

उसने अपने हाथों से अपना सर पकड़ रखा था और रोने के कारण उसका सारा शरीर हिल रहा था। दुख और हताशा की गहराइयों से गहरी, दर्द भरी सुबकियाँ निकल रही थीं।

रावण के सामने एक चित्रपटल था। उस पर कठोर, क्रोध भरे प्रहारों से, जिन्होंने चित्र की रेखाओं को लगभग छिपा दिया था, एक अस्पष्ट रूप से परिचित-सी छवि को काट दिया गया था। कुम्भकर्ण को इस चित्र को समझने में एक पल लगा, मगर फिर उसने देखा कि वो वेदवती का अधूरा चित्र था। गर्भवती, अपने पूर्ण आकार में, कमनीय वेदवती। बाहरी रूपरेखा बना दी गयी थी और उसमें रंग भरा जाना शेष था। आँखें अधबनी थीं—और यहीं आकर जैसे रावण ने हार मान ली थी।

कुम्भकर्ण जानता था कि निर्मम हत्याओं वाले दिन से ही रावण ने वेदवती के चित्र बनाना छोड़ दिया था। तब तक, वो धीरे-धीरे, साल-दर-साल उसकी कल्पना में भी बड़ी होती रही थीं। और वो अपने मन की आँखों से उन्हें अपनी पूरी बारीकी के साथ देख पाता था, लगभग ऐसे जैसे कि चित्र बनाते समय वो उसके पास ही खड़ी हों। मगर उनकी मृत्यु के बाद, जैसे उनका चित्र बनाने की इच्छा भी मर गयी थी, और अब, जब उसने फिर से उन्हें पटल पर उतारने की कोशिश की, तो लगता था जैसे वो वरदान, रचनात्मक दृष्टि की वो क्षमता लुप्त हो गयी हो।

कुम्भकर्ण को अहसास था कि वो उस रोष और क्रोध को पूरी तरह नहीं समझ सकता जो उसका भाई महसूस करता है। केवल एक कलाकार ही अपनी देवी अपने जीवन भर की प्रेरणा द्वारा त्याग दिये जाने की हताशा को समझ सकता है। केवल वही जिसने प्रेम किया हो, अपने प्रिय को खोने की अथाह पीड़ा को समझ सकता है। केवल एक समर्पित भक्त जिसे दिव्य ने स्पर्श किया हो, अपनी देवी को छीने जाने के, आत्मा को छलनी कर देने वाले कष्ट को समझ सकता है।

कुम्भकर्ण चुपचाप रावण के पास गया।

वो अपने बड़े भाई के पास बैठा और उसके गिर्द अपनी बाँह डाल दी। रावण मुड़ा और उसने अपने भाई के कन्धे में चेहरा धँसा दिया, वो इस तरह रो रहा था जैसे कभी कोई चीज़ उसे दिलासा न दे सकती हो।

देर तक वो एक-दूसरे को थामे बैठे रहे, बिना कुछ कहे। उनके साझा दुख ने बाक़ी सब कुछ—सारे विचार, सारे शब्दों को—धुँधला दिया था।

रावण ने ही मौन तोड़ा। "मुझे नियन्त्रण चाहिए... लंका का... शीघ्र।"

"हाँ, दादा।"

"मुझे नष्ट करना है... करना ही है... उन निकृष्टों को... सप्त सिन्धु को... पूरी तरह नष्ट करना है..."

कुम्भकर्ण मौन रहा।

रावण ने बहुत कोशिश करके स्वयं पर नियन्त्रण पाया, फिर कहा, "उस हत्यारे को मेरे पास लाओ।"

"हाँ, दादा।"

"शीघ्र।"

"हाँ, लाऊँगा।"

जब आप किसी बन्द नाली को उससे अधिक पानी से भर देते हैं जितना उसमें समा सकता है, तो वो बाहर बह कर अपने आसपास की चीज़ों को दूषित कर ही देगा। जब दुख किसी को अभिभूत कर देता है, जब वो उसे ले कर रोष से भर जाते हैं जो नियति ने उनके साथ किया है, तो अक्सर उनका क्रोध छलक पड़ता है और दुनिया को पीड़ा पहुँचाता है।

यही एक तरीक़ा होता है जिसके साथ वो अपने जीवन से तालमेल बिठा पाते हैं—वो जीवन जो अब उनके लिए अर्थहीन हो गया है।

"तुम्हें विश्वास है?" रावण ने पूछा, उसके चेहरे पर प्रश्नसूचक भाव थे।

रावण और कुम्भकर्ण इस भेंट के लिए गोकर्ण आये थे। वो यह जोखिम नहीं लेना चाहते थे कि सिगिरिया में किसी को उनकी योजना की भनक भी पड़े।

मरीच और अकंपन लोगों की दृष्टि से बचते हुए अभी एक बग़ली द्वार से घर में आये थे। उनके साथ एक पतला-दुबला-सा युवक था।

मरीच ने रावण से कहा, उसकी आवाज़ धीमी मगर विश्वास से भरी थी, "मेरा भरोसा करो। मैंने स्वयं इसके कामों को देखा है। यह असाधारण है। विषकन्याओं के समान दक्ष।"

विषकन्याएँ मशहूर हत्यारिन थीं। उन्हें बहुत कम आयु से ही प्रतिदिन विष की छोटी-छोटी मात्रा देकर हत्यारी बनने के लिए बड़ा किया जाता था। अन्ततः वो विष से अप्रभावी हो जाती थीं। मगर उनका एक चुम्बन भी घातक होता था। और अगर उनका विष आपको न मार पाये तो अस्त्र मार देते थे। वो संसार में ज्ञात सबसे मारक हत्यारिन थीं।

"विषकन्याओं के समान दक्ष?" अकंपन के पास खड़े पुरुष को देखते हुए कुम्भकर्ण ने अपने संशय को छिपाने की कोई कोशिश नहीं की थी। "सच, मामा, अतिशयोक्ति की कुछ तो सीमा होती है।"

मरीच ने उस सम्भावित हत्यारे को देखा। वो देख सकता था कि वो उसके बारे में कुछ अधिक क्यों नहीं सोच पा रहे थे। नाटे क़द का, घुँघराले बालों और दोनों गालों में पड़ने वाले गड्ढों के साथ उससे एक आनन्ददायक आकर्षण टपक रहा था। उस पर कहीं किसी घाव का चिह्न नहीं दिख रहा था। क्रूर हत्यारा होने की जगह वो तो ऐसे रसिक की तरह दिखता था जिसे केवल स्त्रियों को लुभाना आता हो।

"सूची में अगला कौन है?" रावण ने पूछा, वो चिढ़ गया था कि वो गोकर्ण तक एक ऐसे आदमी से मिलने आया था जो प्रत्यक्ष रूप से कार्य के लिए अनुपयुक्त था।

मरीच ने उत्तर नहीं दिया। वो हत्यारे की ओर मुड़ा और सिर हिलाया।

लचीले बदन ने बिजली की-सी तेज़ी से हरकत की, और पलक झपकते अकंपन के पीछे पहुँच गया। छैला व्यापारी कोई प्रतिक्रिया करता, इससे पहले एक उँगली उसकी गर्दन के पीछे एक विशिष्ट दबाव बिन्दु पर तेज़ी से टकरायी। तुरन्त ही अकंपन के गर्दन के नीचे के शरीर को लक़वा मार गया। हमलावर ने उसे कन्धों से पकड़ा और आराम से उसे धरती पर गिरने दिया।

अकंपन बस अपना सिर हिला सकता था। उसकी आँखें घबराहट में दाएँ-बाएँ घूम रही थीं। "मुझे कुछ महसूस नहीं हो रहा! मुझे कुछ महसूस

नहीं हो रहा! मेरी सहायता करें! हे इन्द्र देवता!" उसने रावण को पुकारा। "इराइवा! इराइवा! कृपया सहायता करें!"

मगर उसका 'वास्तविक स्वामी' हँस रहा था। उसने जो देखा था, उससे वो आश्चर्यचकित था। वो अपने भाई की ओर मुड़ा। "बन्दा बुरा नहीं है, कुम्भ!"

मगर कुम्भकर्ण प्रसन्न नहीं था। उसने मरीच से कहा, जो रावण के साथ ही हँस रहा था, "मामा, इससे कहें कि अकंपनजी को तुरन्त ठीक करे। यह सही नहीं है। यह हमारे साथी हैं।"

आतंकित अकंपन अभी भी बड़बड़ा रहा था। "स्वामी रावण! इराइवा! मुझे न मारें! दया करें! मैंने कुछ नहीं किया!"

रावण ने अपनी हँसी को दबाया और मरीच से पूछा, "मामा, इसे फेरा तो जा सकता है ना?"

"हाँ, स्वामी।" इस सारी चिन्ता की जड़ ने सीधे रावण को उत्तर दिया। "मैं इस पकड़ को छोड़ सकता हूँ। लेकिन, अगर आवश्यक हो तो, इसी पक्षाघात की स्थिति में मैं शान्तिपूर्वक इनकी जान भी ले सकता हूँ।"

यह सुनकर, अकंपन फिर से घबरा कर चिल्ला उठा, "इराइवा! सहायता करें!"

"ओह, चुप करें, अकंपन!" उत्सुकता भरी रुचि के साथ हत्यारे की ओर मुड़ने से पहले रावण ने कहा। "तो पीड़ित को कुछ महसूस होता है?"

"जब मैं इस विशिष्ट दबाव बिन्दु पर काम करता हूँ तब नहीं। अन्य भी हैं जो इन्हें लक़वाग्रस्त मगर पीड़ा महसूस करता छोड़ देंगे।"

रावण ने इस सत्य को छिपाया नहीं कि वो प्रभावित हुआ है। "इस पुरुष का क्या नाम है, मामा?"

"इसके नाम का अर्थ ही मृत्यु है," मरीच ने कहा। "मर।"

रावण फिर से युवक की ओर पलटा। "ठीक है, मर। तुम्हें नियुक्त किया गया।"

"इराइवा!" अकंपन चिल्लाया। "मुझे मुक्त करें!"

रावण ने अकंपन को देखा और फिर मर को। "क्या तुम इनके शरीर को मुक्त करके इनकी जिह्वा को लक़वाग्रस्त कर सकते हो?"

सब हँसने लगे। यहाँ तक कि अकंपन के चेहरे पर भी क्षीण से मुस्कान आ गयी।

कुम्भकर्ण अभी भी प्रसन्न नहीं था। उसके कन्धों की दोनों अतिरिक्त भुजाएँ तनावग्रस्त थीं। वो अपने बड़े भाई की ओर मुड़ा, उसके चेहरे पर अस्वीकृति स्पष्ट झलक रही थी। "दादा..."

"ठीक है, ठीक है," रावण ने कहा।

उसने मर को इशारा किया। "इन्हें मुक्त कर दो।"

२१

अध्याय 21

"बुरा नहीं है," विश्वामित्र ने कहा, वो स्पष्ट रूप से प्रभावित थे। "बिल्कुल बुरा नहीं है।"

विश्वामित्र और अरिष्टनेमी मलयपुत्रों की गुप्त राजधानी अगस्त्यकूटम में थे। करछप के युद्ध को एक वर्ष बीत गया था।

"हाँ, रावण तो एकदम सही खलनायक साबित हो रहा है," अरिष्टनेमी ने कहा। "सप्त सिन्धु में उससे अधिक घृणा किये जाना वाला कोई व्यक्ति नहीं है। उसने साम्राज्य को केवल इतनी बुरी तरह पराजित ही नहीं किया बल्कि उन पर इतनी भारी सन्धि भी थोप दी कि शीघ्र ही उनकी गिनती संसार के समृद्धतम राज्य से निर्धनतम राज्यों में होने लगेगी।"

"जब मैंने उसकी लगायी शर्तों को सुना तो मैंने समझा कि रावण इतना अतिशय हिस्सा इसलिए माँग रहा है ताकि अन्तत: जब वो कम पर तैयार हो जाये तो उसकी उदारशीलता की प्रशंसा हो। स्पष्ट है कि उसके मन में यह नहीं था। वो वास्तव में इस सन्धि की शर्तों को उनके कंठ में ठूँस रहा है। अयोध्या कभी इतना कमज़ोर नहीं रहा। जिसका अर्थ है कि अन्तत:, उस... उस... भीरू नराधम को उसका स्थान दिखा दिया गया है।" विश्वामित्र उस नाम को लेने के लिए स्वयं को तैयार नहीं कर पाये जिससे वो सबसे अधिक घृणा करते थे।

अरिष्टनेमी को पता था उसके गुरु अयोध्या दरबार के राजगुरु और राजपरिवार के मुख्य सलाहकार वशिष्ठ की बात कर रहे हैं। हमेशा की तरह, वशिष्ठ के विचार मात्र ने विश्वामित्र को उत्तेजित कर दिया था।

अरिष्टनेमी ने सफ़ाई से विषय बदल दिया। "हाँ, अयोध्या इतना कमज़ोर कभी नहीं रहा जितना कि अब है। और जिस तरह रावण ने कुबेर के हाथ को चलाया था, वो अद्भुत था, क्योंकि व्यापारी प्रमुख स्वयं तो इस स्तर की सन्धि और युद्ध की क्षतिपूर्ति की माँग नहीं कर सकता। वो लालची भले ही हो, मगर भीरू भी है। और हमें यह भी नहीं भूलना चाहिए कि मेघदूत की हत्या सही समय पर चली दक्ष चाल थी।"

"क्या तुम्हें इसका विश्वास है?" विश्वामित्र ने फ़िलहाल वशिष्ठ को भूलते हुए पूछा। "क्योंकि मैंने विपरीत विवरण सुने हैं। ऐसे पर्याप्त लोग हैं जो मानते हैं कि उसकी मृत्यु डूबने से—दुर्घटनावश डूबने से हुई थी।"

"मैं आश्वस्त हूँ, गुरुजी। वो डूबा नहीं था। उसे *डुबोया* गया था।"

"मगर—"

"इसे बहुत सुन्दरता से योजनाबद्ध किया गया था। सब जानते थे कि मेघदूत अपने मनपसन्द नाटक *जलसन्देश* में उस अभिशप्त कवि कालीदास की भूमिका का अभ्यास कर रहा था। और हम जानते हैं कि झील का वो मशहूर दृश्य किस तरह खेला जाता है।"

"मगर मैंने तो सुना है कि जिस तरणताल में वो डूबा था, उसके पास मदिरा का चषक और पात्र भी मिले थे।"

"वो भी जाल का हिस्सा थे। मेघदूत बहुत रंगीला व्यक्ति था जिसे मदिरा और स्त्रियाँ पसन्द थीं, इसलिए मदिरा का पात्र वहाँ होना समझ आता है। एक सामान्य भटकाव। इसके अलावा, मेघदूत पर चोट का कोई चिह्न नहीं था। किसी संघर्ष का चिह्न नहीं था। मृत्यु के बाद के परीक्षण ने उसके फेफड़ों में पानी दर्शाया था। वो डूबने से मरा था। सब कुछ इतनी अच्छी तरह नपा-तुला है कि सच नहीं हो सकता, गुरुजी। किसी के द्वारा सन्देह करने का कोई कारण नहीं है।"

"तो, तुम्हें लगता है यह कुछ अधिक ही दोषहीन है?"

"बिल्कुल। वास्तविक जीवन बेतरतीब होता है। कुछ भी कभी भी दोषहीन नहीं होता, मगर यह मृत्यु थी। इसी ने मुझे सन्देह में डाल दिया, और मैंने खोजबीन करने का निर्णय किया।"

"तो, इसके पीछे कौन व्यक्ति है?"

"मर नाम का कोई व्यक्ति। स्पष्ट है कि यह उसका असली नाम नहीं है। कौन माँ अपने बच्चे का नाम 'मृत्यु' रखेगी? अभी मुझे उसकी पृष्ठभूमि के बारे में कुछ नहीं पता, मगर वो कहीं से भी आया हो, है माहिर। मुझे सन्देह है कि वो युवा है और अभी भी अपनी कला को माँज रहा है। ऐसी कई चीज़ें हैं जिन पर अभी उसे काम करना है।"

"जैसे?"

"एक तो, वो पर्याप्त गोपनीय नहीं है। वो बहुत सारे लोगों को अपना चेहरा दिखा चुका है। वो अच्छा है, मगर उसे सुधार लाने के लिए प्रशिक्षित किया जा सकता है।"

"तो क्या तुम यही करना चाहते हो?"

"मुझे विश्वास है कि मर हमारे लिए उपयोगी संसाधन साबित होगा, गुरुजी।"

"मैं यह तुम पर छोड़ता हूँ। जो आवश्यक हो सो करो। मेरी रुचि तो इसमें अधिक है कि अब रावण क्या करने वाला है। तुम्हारे विचार से वो कुबेर को कब तक बाहर कर देगा?"

"मुझे नहीं लगता कि वो करेगा, अभी तो। मेघदूत के जाने के साथ ही राजस्व विभाग और सेना सीधे उसके नियन्त्रण में आ गये हैं—वो ऐसा करने वाला लंका का पहला मन्त्री है। उसने तो, वास्तव में, कुबेर को सभाओं से बाहर रखना भी शुरू कर दिया है, यह कह कर कि व्यापारी प्रमुख का स्वर इतना शुद्ध है कि उसे इन तुच्छ प्रशासनिक सभाओं में नहीं सुना जाना चाहिए। सभी व्यावहारिक उद्देश्यों से वो लंका का राजा बन चुका है। कुबेर को हटाकर सन्तुलन बिगाड़ने की उसे कोई आवश्यकता नहीं है।"

"हम्म... चतुर चाल है। मगर सप्त सिन्धु पर इतनी हास्यास्पद शर्तें लागू करने की बुद्धिमता को ले कर मैं कुछ शंकालु हूँ। वो उस सोने की हंसिनी को समाप्त कर देगा जो उसका पेट भरती है।"

"क्या यह मायने रखता है, गुरुजी? वो एकदम उसी स्थान पर है जहाँ हमें उसकी आवश्यकता है। वो ख़ुद को समुचित खलनायक के रूप में स्थापित कर रहा है। सारा सप्त सिन्धु उससे भय खायेगा। अब तो हमें विष्णु की खोज शुरू कर देनी चाहिए।"

"निस्सन्देह। मगर हम रावण के उद्‌देश्यों से भी आँखें नहीं मूँद सकते। हमें जानना होगा कि उसके मन में क्या चल रहा है ताकि हम उसे बेहतर ढंग से नियन्त्रित कर सकें। यह समझना महत्वपूर्ण है कि किस कारण ने उसे अयोध्या के साथ यह रवैया अपनाने की ओर धकेला। मुझे नहीं लगता कि यह धन या शक्ति के लिए उसकी वासना से जुड़ा है। उसे कोई बेलगाम, लगभग उन्मादी आक्रोश चला रहा है। क्योंकि उसके कार्य व्यापार और राजनीति के सभी तर्कों से परे हैं।"

"मैं पता लगाऊँगा, गुरुजी।"

"साथ ही हम गुफा पदार्थ के लिए उससे अधिक धन लेना शुरू करेंगे।"

अरिष्टनेमी हँसा। "जी, गुरुजी। मैं भी यही सोच रहा था। हम निश्चय ही उस धन का प्रयोग उससे बेहतर करेंगे।"

रावण ने झटके से पोत के कक्ष का द्वार खोला और तेज़ी से अन्दर चला गया, उसका चेहरा पसीने से भरा था और लाल हो रहा था।

इसी तरह थका-सा दिखता कुम्भकर्ण अपने भाई के पीछे अन्दर आया। उनके साथ लंका के दो सैनिक भी थे। कक्ष में प्रवेश करते समय उसने सैनिकों को बाहर ही रोक दिया। "अपनी तलवारें निकाल कर चौकस रहना। किसी और को अन्दर मत आने देना।"

रावण अब तक दो पात्रों में मदिरा निकाल चुका था। एक उसने अपने छोटे भाई को थमा दिया।

"धन्यवाद, दादा," कुम्भकर्ण ने रक्त के धब्बों से भरे पात्र को पल भर देखते हुए कहा, और फिर एक घूँट में मदिरा पी गया। युद्ध के तनाव के बाद अच्छी मदिरा के समान कोई चीज़ नहीं होती।

रावण ने भी उतनी ही दक्षता से अपना पात्र ख़ाली कर दिया था। वो अभी भी अपनी सांसों पर नियन्त्रण करने का प्रयास कर रहा था।

करछप के युद्ध को दो बरस हो गये थे। सप्त सिन्धु को पूरी तरह परास्त कर देने के बाद लंका में बहुत तीव्रता से धन आ रहा था। अब रावण द्वीप-राज्य का प्रधानमन्त्री और लंका की सेना का सेनापति था, जिससे वो देश का सबसे शक्तिशाली व्यक्ति बन गया था। कुबेर नाम मात्र का राजा रह गया था।

मरीच और अकंपन कुम्भकर्ण के योग्य निर्देशन में उन्तीस वर्षीय रावण का व्यापारिक साम्राज्य सँभाल रहे थे। मरीच का काम व्यापार को इतनी दूर तक फैलाना था जितना सम्भव था और वैश्विक व्यापार पर हावी होना था। वो सप्त सिन्धु के हर राज्य में 'अनुमोदित मुख्य व्यापारी' नियुक्त कर चुका था। साम्राज्य के साथ सारा व्यापार केवल इन्हीं व्यापारियों के माध्यम से किया जाता था। यह सामरिक पैंतरा था—इससे लंकावासियों को सप्त सिन्धु के साथ व्यापार में ज़्यादा नियन्त्रण मिल जाता था, और हर राज्य में स्थानीय वफ़ादार साथी भी बन जाते थे।

अकंपन का काम यह सुनिश्चित करना था कि इस विशाल उद्यम—इतिहास की सबसे बड़ी संस्था—का हिसाब-किताब और आय साफ़ रहे, और कोई भी सहयोगी या कर्मचारी भ्रष्ट तरीक़ों से धन न निकाले।

अब तक तो उनकी सारी योजनाएँ अच्छे से आकार ले रही थीं। रावण कुबेर से अधिक समृद्ध हो गया था और अब अपनी अथाह सम्पदा का आनन्द लेने पर ध्यान देने लगा था। संसार का सबसे समृद्ध आदमी अपने नये-नये हासिल किये स्तर को अपनी जीवनशैली में दर्शाना चाहता था—बेहतरीन मदिरा और खाना, सबसे सुन्दर स्त्रियाँ, संगीत एवं नृत्य—रावण के लिए केवल सर्वोत्तम चीज़ें ही चलेंगी। वो हर उस चीज़ में लिप्त होता था जो उसके काम को शान्त करती थी।

सिहंगिरि के निचले स्तरों पर स्थित महलों को पिछले प्रधानमन्त्री की दुर्भाग्यपूर्ण मृत्यु के शीघ्र बाद नियन्त्रण में ले लिया गया था। रावण ने मेघदूत के परिवार और कुबेर की छोटी पत्नियों और वेश्याओं को निकाल कर उनके महलों को एक विस्तृत, भव्य भूसम्पत्ति में मिला लिया था जिस पर वो एक राजा के से ठाठ-बाट के साथ रहता था।

उसने कुम्भकर्ण और अपनी कुछ चुनी हुई गणिकाओं के साथ आनन्द के लिए यात्राएँ करना भी शुरू कर दिया था—जो पहले वो शायद ही कभी करता था। ऐसी ही एक यात्रा में जब वो शान्त समुद्र में शान्तिपूर्वक अरब प्रायद्वीप की ओर बढ़ रहे थे, तभी पोत का एक अधिकारी दौड़ता हुआ रावण के कक्ष में यह सूचना देने आया कि एक लुटेरे पोत को तेज़ी से उनकी ओर बढ़ते हुए देखा गया है। दोनों भाई इसी अवांछित भटकाव से निबटकर अभी अपने केबिन में लौटे थे।

"मूर्ख!" रावण ने कहा। "हम पर हमला करेंगे! वो सोच क्या रहे थे?"

कुम्भकर्ण मदिरा का पात्र लिये अपनी कुर्सी से उठा, रावण से उसका पात्र लिया और मेज़ की ओर चला गया। उसने उन्हें रखा और एक तौलिया से अपने रक्त में सने हाथों को पोंछा। फिर उसने पात्रों को भी पोंछकर साफ़ किया। काम होने के बाद उसने थोड़ी मदिरा और निकाली और दोनों पात्र और एक कपड़ा ले कर अपने भाई की ओर गया। "यह लें, दादा। इससे अपने हाथ पोंछ लें। इन्द्रदेव ही जानते होंगे कि यह किसका रक्त है।"

रावण ने अपने रक्तरंजित हाथों को देखा। उसके वस्त्र भी लाल हो गये थे। मगर उसके महँगे वस्त्रों या शरीर पर उसके अपने रक्त का क़तरा भी नहीं था। उसे खरोंच भी नहीं आयी थी। उसने अपने हाथ पर लगे रक्त को सूँघा, फिर अपनी जीभ निकाल कर उसे चाट लिया।

"छी!" कुम्भकर्ण ने मुँह बनाया।

"हम्म," रावण ने सोचते हुए कहा। "दिलचस्प स्वाद है।"

कुम्भकर्ण अभी भी घिनाया दिख रहा था, उसने मदिरा का पात्र रावण से दूर कर दिया। "आपको पहले अपना मुँह साफ़ करना होगा।"

"मैं पी कर धो लूँगा," रावण ने कुम्भकर्ण के हाथ से पात्र को लिया और एक घूँट में मदिरा पी गया। हाथ के पिछले हिस्से से उसने अपना मुँह पोंछा, जिससे उसके चेहरे पर और रक्त लग गया। "तो हम क्या बात कर रहे थे? उन जड़बुद्धि लुटेरों के हमला करने से पहले?"

कुम्भकर्ण ने सिर हिलाया, उसने अभी जो देखा था वो उस पर न सोचने की कोशिश कर रहा था। "हम विभीषण और शूर्पणखा से मिलने

की बात कर रहे थे। आपने माँ से वादा किया था कि आप मिलेंगे, याद है?"

विश्रवा और उनकी दूसरी पत्नी क्रेटीस के देहान्त के बाद कैकेसी ने उनकी सन्तानों, विभीषण और शूर्पणखा, को अपनाने का निर्णय लिया था। ऋषि विश्रवा के आश्रम के कुछ लोगों के साथ दोनों बच्चे शरण माँगते लंका में अपने समृद्ध सौतेले भाई के पास आ गये थे। उनका जैसा स्वागत हुआ, उसकी उन्हें अपेक्षा नहीं थी। अपने पिता से अभी भी नाराज़ रावण ने अपने सौतेले भाई-बहनों को बाहर निकाल दिया और शरण देने से इंकार कर दिया। मगर कैकेसी अपने पुत्र के सामने खड़ी हो गयीं और उन्होंने यह कहते हुए उससे उन्हें वापस लाने का आग्रह किया कि उनके उनकी ओर दायित्व हैं।

रावण को अपनी माँ का यह झूठा परोपकार पसन्द नहीं आया था। "कुम्भ, तुम तो जानते हो माँ कैसी हैं। उनकी दया-माया सब झूठ है। उन्होंने इन दोनों को केवल इसलिए अपनाया है ताकि संसार को दिखा सकें कि वो कितनी भली हैं।"

"दादा, आपको हुआ क्या है? आप माँ के लिए ऐसा कैसे कह सकते हैं?"

"मैंने कुछ भी असत्य नहीं कहा है। मुझे बताओ, इस सबके योग्य होने के लिए उन्होंने किया क्या है? हमारे सुख के लिए उन्होंने क्या त्याग किये हैं? मैं ही मेहनत करता और उस भव्य मकान में उनके सुविधासम्पन्न जीवन के लिए भुगतान करता रहा हूँ। मैं ही उस सब दान-पुण्य के लिए धन देता हूँ जो वो करती हैं—और उसका प्रचार करती हैं। और मैं ही हमारे उन बेकार सौतेले भाई-बहनों के लिए पैसा दे रहा हूँ जिन्हें उन्होंने अपना कर अपना स्नेह उड़ेलने का निर्णय किया है। वो बस फुदकती हुई कहती फिरती हैं, 'ओह, देखो! देखो, मैं कितनी महान हूँ'।" रावण ने आँखें फैला कर अपनी माँ की कुछ ऊँची आवाज़ की नक़ल बनायी थी। "वो कपटी हैं। उन्हें अपना जीवन स्वयं जीने दो। फिर वो दुनिया में नैतिकता के पाठ पढ़ाती फिरें, मेरी बला से। मैं उनके नैतिक संकेतों से उकता गया हूँ।"

"दादा, काश आप उनके साथ इतने कठोर न होते। इसके अलावा, इस सबका विभीषण और शूर्पणखा से क्या वास्ता है? वो तो बच्चे हैं।"

कुम्भकर्ण के कन्धों के उपांग कठोर और सीधे हो गये थे, यह स्पष्ट संकेत था कि वो नाराज़ है।

रावण ने गहरी सांस ली। "तुम कुछ अधिक ही भले हो, कुम्भ।"

कुम्भ चुप रहा।

रावण ने हार मानते हुए अपनी बाँहें फेंकीं। "ठीक है, ठीक है! सिगिरिया वापस पहुँचने पर मैं उनसे मिलूँगा।"

कुम्भकर्ण मुस्कुराया। "यह है ना मेरा बच्चा।"

"क्या कहा!" रावण ने सीधे होते हुए कहा। " 'बच्चे' से क्या मतलब है तुम्हारा? भूलो मत कि मैं तुम्हारा बड़ा भाई हूँ।"

"हाँ, हाँ," कुम्भकर्ण ने हँसते हुए कहा।

रावण भी मुस्कुरा दिया। "मैं तुम्हें बहुत छूट देता हूँ।"

"वो इसलिए कि आप मेरे बिना काम नहीं चला सकते।"

"अच्छा तो मेरे जीवन प्रबन्धक, यह बताओ, तुमने कुबेर का क्या किया?"

"हम इस पर बात कर चुके हैं, दादा। उसे हटाने की कोई आवश्यकता नहीं है। वो वैसे भी एक तरह से आपका बन्दी ही है। हमारे निचले चबूतरों को पार किये बिना वो अपने ऊपरी महल से बाहर नहीं निकल सकता। उसके अंगरक्षक हमारे आदमी हैं। उसके जीवन को हम नियन्त्रित करते हैं।"

"मगर उसे यहाँ रखने की तुक ही क्या है?"

"मेरी बात सुनें, दादा। लंका में कर हटाने का कुबेर का विचार उत्कृष्ट था। वैसे भी सप्त सिन्धु से इतना धन आ रहा है कि हमें कर-राजस्व की आवश्यकता नहीं है। और यह घोषणा करके कि सभी नागरिक किसी भी कर से मुक्त हैं, उसने जीवन भर के लिए अपनी प्रजा की निष्ठा प्राप्त कर ली है।"

रावण ने सिर हिलाया। "नहीं। बहुत देर हो चुकी है। मैं लंका का राजा कहलाना चाहता हूँ।"

"मुझे लगता है कि आपने कोई योजना सोच ली है।"

"स्पष्ट है। इसीलिए तो तुमसे बात कर रहा हूँ।"

"आप मुझसे क्या करवाना चाहते हैं?"

"बताऊँगा... लेकिन इन लोगों से निबटने के बाद।" रावण ने पात्र ख़ाली किया और उसे फेंक दिया, फिर खड़ा हुआ और चुस्ती से द्वार की ओर बढ़ गया।

कुम्भकर्ण अपने भाई के पदचिह्नों पर चला।

कुछ ही समय में वो मुख्य तल पर थे। यह आनन्द-नौका थी, इसलिए तल विशाल और भव्य था। मगर इस समय वो युद्ध भूमि-सा दिख रहा था। हर तरफ़ लुटेरों की लाशें पड़ी थीं। एक भी लंकावासी नहीं मारा गया था, हालाँकि कुछेक को छोटी-मोटी चोटें आयी थीं। बड़े पोत के पास, समुद्र में हिचकोले खाता लुटेरों का कहीं छोटा पोत था, जो कुंडों के साथ रावण के पोत से जुड़ा हुआ था। लुटेरों ने सोचा होगा कि उनके लक्ष्य में कोई धनी, डरपोक व्यापारी होगा जिसके नाविक दल पर वो आसानी से क़ाबू पा लेंगे। उन्होंने रावण के पोत का पीछा किया और भयंकर युद्धघोष करते उस पर चढ़ गये। लुटेरों के दुर्भाग्य से उनकी भयंकरता की सीमा बस इतनी-सी ही थी। उनका सामना ऐसे सैनिकों से हुआ जो हिन्द महासागर के सर्वश्रेष्ठ योद्धाओं में से थे। लड़ाई के शुरुआती कुछ पलों में ही अधिकांश लुटेरे मारे गये। दूसरे, जिनमें अधिकांश बुरी तरह घायल हुए थे, बेड़ियों में बँधे और घुटनों के बल बैठे तल के सुदूर छोर पर पंक्तिबद्ध थे।

दोनों भाई बन्दियों की ओर बढ़े, उनके निष्ठावान लंकाई सैनिक उनके पीछे-पीछे थे। वो घुटनों के बल बैठे एक गठीले नौजवान के सामने रुके, उसके माथे पर लगे गहरे घाव से रक्त बह रहा था।

"तो, दादा, आप इन मूर्खों के साथ क्या करना चाहते हैं? क्या हम पता करें कि ये किनके लिए काम करते हैं? शायद हम इन्हें भूमध्यसागर में कहीं दास के रूप में बेच सकते हैं?"

उत्तर के तौर पर, रावण ने बस अपने कन्धे ढीले छोड़े, फिर अपनी तलवार निकाली और एक चुस्त, शक्तिशाली वार में अपने सामने बैठे आदमी का सिर उड़ा दिया।

कुम्भकर्ण ने कन्धे उचकाये। "या हम यह कर सकते हैं।"

लंकावासियों ने अपने स्वामी और सेनापति के उदाहरण का अनुपालन किया। उन्होंने अपनी तलवारें खींची और एक-एक लुटेरे को उसके कष्ट से मुक्ति दिला दी।

अध्याय 22

करछप के युद्ध को तीन वर्ष बीत गये थे। अब कुबेर से छुटकारा पा कर रावण लंका का एकछत्र राजा था। यह आश्चर्यजनक रूप से आसान रहा था।

अयोध्या में लंकावासियों के लिए व्यापार का मुख्य सम्पर्क मंथरा नाम की एक स्त्री थी। समय के साथ कुबेर उस पर पूरी तरह से भरोसा करने लगा था। हालाँकि आज्ञापालन करने पर उच्चतर दलाली पाने और आज्ञा के उल्लंघन पर कठोर दंड दिये जाने के रावण के सन्देश को पा कर व्यावहारिक मंथरा ने झटपट पक्ष बदल लिया था। रावण के निर्देश पर, उसने कुबेर के मस्तिष्क में यह विचार भरा कि रावण ने उससे छुटकारा पाने के लिए एक हत्यारे को रखा है। यह सच नहीं था, लेकिन कुबेर ने इस पर विश्वास कर लिया। उसे और अधिक भयभीत करने के लिए मंथरा ने यह भी बता दिया कि उसका पूर्व प्रधानमन्त्री मेघदूत दुर्घटनावश डूबने से नहीं मरा था, बल्कि रावण के आदेश पर उसकी हत्या की गयी थी। यह, निस्सन्देह, सच था।

भयभीत कुबेर ने झटपट सिंहासन त्याग दिया, और सार्वजनिक रूप से घोषणा की कि उसे और अधिक कुछ नहीं पाना है। उसने कहा कि अब वो हिमालय की देवभूमि में, और शायद उससे भी आगे कैलाश की ओर जाना चाहता है। उसे संन्यास के मार्ग पर जाने वाले व्यक्ति की भाँति आदर-सम्मान के साथ लंका से विदा किया गया। मगर संन्यास दूर-दूर तक कुबेर के मन में नहीं था, विशेष कर तब जब रावण ने उसे अपनी

अधिकांश निजी सम्पत्ति, साथ ही पत्नियों और पसन्दीदा गणिकाएँ भी ले जाने दी थीं। उसने तो कुबेर को उत्तर की ओर जाने के लिए पुष्पक विमान का प्रयोग करने की अनुमति भी दे दी थी—यह उड़न-वाहन अब अधिकृत रूप से रावण की सम्पत्ति था। और कुबेर भी सार्वजनिक रूप से रावण की उदारता की प्रशंसा करते हुए पर्याप्त चापलूस रहा था।

यह सुनिश्चित करने के लिए कि लंका के सिंहासन पर रावण के अधिकार को ले कर कोई दावेदार या असन्तोष न हो, कुम्भकर्ण ने सुझाव दिया कि जाने से पहले स्वयं कुबेर नये राजा को मुकुट पहनाये। हमेशा विवेक से काम लेने वाले व्यापारी ने ख़ुशी-ख़ुशी रावण के सिर पर मुकुट रख दिया। एक बार कोई शासक सार्वजनिक रूप से किसी अन्य के पक्ष में सिंहासन त्याग दे, तो दूसरे व्यक्ति द्वारा उसकी हत्या कराये जाने का कोई प्रत्यक्ष कारण नहीं बचता था। यह तर्कसम्मत ही था।

लंका का निर्विवाद राजा बनते ही रावण ने व्यापारी प्रमुख की उपाधि को छोड़ दिया जिसे कुबेर पन्सद करता था। इसके बजाय उसने कहीं अधिक आडम्बरपूर्ण उपाधियाँ अपनायीं, जैसे राजाओं का राजा, सम्राटों का सम्राट, त्रिलोक का शासक, देवप्रिय और कुछ अन्य भी। जब कुम्भकर्ण ने आडम्बरपूर्ण नयी उपाधियों को ले कर उपहास किया तो उसके भाई ने उसे चुप रहने को कह दिया।

सब कुछ उसी तरह हो रहा था, जैसे कि रावण चाह रहा था, तो उसे सुखी और सन्तुष्ट होना चाहिए था। मगर इस पल भी वो कोई विशेष प्रसन्न नहीं दिख रहा था।

"पता नहीं मैंने स्वयं को तुम्हारी बातों में कैसे आने दिया," उसने कहा।

रावण और कुम्भकर्ण निचले स्तर के महल की ओर जा रहे थे जो अब कैकेसी का आवास था। दोनों भाई सिंहगिरि के शिखर पर बने कुबेर के भव्य महल में चले गये थे। निचले स्तर पर जाने के लिए उन्हें उस विशाल, समतल भूमि को पार करना पड़ता था जिसे पुष्पक विमान के उतरने का स्थल बना दिया गया था। उनके पीछे सौ अंगरक्षकों की टुकड़ी थी जो राजा और उसके भाई से सम्मानजनक दूरी बनाये हुए थे।

"दादा, मैं जानता हूँ आप इसे ले कर अप्रसन्न हैं, मगर वो एक सप्ताह पहले अपने महल में आ गये थे। केवल आपके लिए ही वो

गृहप्रवेश पूजा में विलम्ब करते आ रहे हैं। आप जानते हैं कि इन अनुष्ठानों में देर करना अशुभ होता है। हम उन्हें और प्रतीक्षा नहीं करवा सकते." कुम्भकर्ण ने उत्तर दिया।

"उन्होंने जानबूझकर इस अनुष्ठान के लिए सप्त सिन्धु से पुरोहितों को बुलाया है। वो जानती हैं कि इससे मुझे क्रोध आयेगा। तुम कब समझोगे कि हमारी माँ कितनी धूर्त हैं?" रावण भड़का।

कुम्भकर्ण ने सोचा कि अपने बड़े भाई की म्लान मनोस्थिति पर ध्यान न देना ही अच्छा होगा और वो चलता रहा।

जब वो महल के निकट पहुँचे तो उन्होंने कैकेसी को प्रवेशद्वार के पास खड़े देखा, बाल विभीषण और शूर्पणखा उनके पीछे छिपे हुए थे। दोनों बच्चे दस वर्ष से कम आयु के थे, और रावण से डरते थे। जिन पुरोहितों को कैकेसी ने बुलवाया था वो उनके पास खड़े, मन्द स्वर में निर्देश दे रहे थे। उनके पीछे कम-से-कम सौ दासियाँ खड़ी हर माँग को पूरा कर रही थीं। कैकेसी उन विलासिताओं का आनन्द ले रही थीं जो उनके पुत्र के सौभाग्य के साथ आयी थीं।

जैसे ही रावण सुनने की सीमा में आया तो कैकेसी ने सूरज की ओर देख कर कहा, "तुमने देर कर दी।"

"मैं जा सकता हूँ," रावण ने कहा।

उसकी माँ ने अपने होंठ काटे और मन-ही-मन कुछ बुदबुदायीं। फिर उन्होंने अपने पास खड़े पुरोहित के हाथ से पूजा का थाल लिया और रावण की आरती की। तीन बार। रावण एक ओर हटा तो उन्होंने कुम्भकर्ण की भी आरती की।

"अन्दर आओ," उन्होंने रूखेपन से कहा, और अपने से पहले रावण और कुम्भकर्ण के अन्दर जाने की प्रतीक्षा करने लगीं। जब रावण महल की ड्योढ़ी पार करने ही वाला था, तभी उन्होंने ज़ोर से कहा, "पहले दायाँ पैर।"

रावण रुका, उसने अपनी माँ को देखा, फिर उनके पास खड़े पुरोहितों को, और फिर बायाँ पैर आगे बढ़ा दिया।

"दादा!" कुम्भकर्ण ने हताशा में ज़ोर से सांस छोड़ी, फिर ध्यान से और सावधानी से अपना दायाँ पैर ड्योढ़ी के पार रखा। "महल सुन्दर

दिख रहा है, माँ," उसने कहा। "इतने कम समय में आपने बहुत अच्छा काम किया है।"

कैकेसी ने अपने बेटे को देखा और गहरी सांस भरी, उनकी आँखों में आँसू भर आये थे। "इतना भावुक होने के लिए क्षमा करना, मेरे बेटे। बात बस यह है कि आजकल प्रशंसा पाना मेरे लिए दुर्लभ हो गया है। मैं दूसरों के लिए इतना कुछ करती हूँ, मगर कोई मेरी सराहना नहीं करता।"

रावण अचानक मुड़ा और गरज कर बोला, "मुझे जल्दी जाना है, माँ। मेरे पास और भी बहुत सारे काम हैं। यह मूर्खतापूर्ण पूजा कहाँ होनी है? इसे निबटाते हैं।"

कैकेसी ने तुरन्त तीव्र स्वर में कहा। "अपने शब्दों पर ध्यान दो, रावण। यह कोई मूर्खतापूर्ण पूजा नहीं है! यह वो तरीक़ा है जिससे हम अपने पूर्वजों और अपनी संस्कृति का सम्मान करते हैं। अशिष्ट मत बनो!"

रावण अपनी माँ के निकट आया। "सही कहती हैं। यह कोई मूर्खतापूर्ण पूजा नहीं है। यह *बहुत ही* मूर्खतापूर्ण पूजा है।"

यह बचकानापन कुम्भकर्ण की सहनशीलता से बाहर हो गया था। "बस करें, आप दोनों!" उसने आसपास देखा कि सारी दासियाँ तल्लीनता से फ़र्श तक रही थीं, जबकि पुरोहित पूजा की सामग्री ठीक करने में व्यस्त दिख रहे थे। केवल बाल विभीषण और शूर्पणखा सहमे से दिख रहे थे। कुम्भकर्ण अपनी माँ और बड़े भाई की ओर मुड़ा। "जल्दी से अनुष्ठान पूरा करते हैं। फिर आप दोनों एक-दूसरे को अधिक दुख नहीं दे पायेंगे।"

"स्वयं को दुख देने के लिए इसे मेरी आवश्यकता नहीं है," कैकेसी ने कड़वाहट से कहा। "वो यह करने में ख़ूब समर्थ है।"

रावण उनकी ओर घूमा, उसकी मुट्ठियाँ भिंची हुई थीं। "आपका क्या मतलब है, माँ?"

"तुम जानते हो मेरा क्या मतलब है।"

"मैं कहता हूँ खुल कर कहें। आपका क्या मतलब है?"

कुम्भकर्ण ने एक बार फिर उन्हें शान्त करने की कोशिश की। "देखिए, यह पूजा बाद में कर लेंगे। हम वापस आ जायेंगे। अभी..."

रावण ने अपना हाथ उठाया तो कुम्भकर्ण चुप हो गया। वो अपनी माँ के ऊपर छा जाते हुए उनके और निकट गया। उनके बीच माहौल विद्वेषपूर्ण हो गया था। "बोलो, माँ। आपका क्या मतलब था?"

कैकेसी पीछे नहीं हटीं। उनकी सारी सम्पत्ति और शक्ति का स्रोत उनका सबसे बड़ा पुत्र था, मगर फिर भी वो उससे घृणा करने लगी थीं। वो यह भी जानती थीं कि रावण चाहे जितना भी क्रुद्ध क्यों न हो, उन्हें कभी हानि नहीं पहुँचायेगा। वो लगभग कुछ भी कह कर बच सकती थीं। "यह मत भूलो कि मैं तुम्हारी माँ हूँ। मुझे तुम्हारे जीवन में घटने वाली छोटी-से-छोटी बात भी पता है। और तुम जानते हो मैं किसके विषय में बात कर रही हूँ।"

"आप किसके विषय में बात कर रही हैं? बोलिए। बोलिए!"

कुम्भकर्ण ने एक बार फिर उनसे याचना की। "माँ, कृपया कुछ न कहें।" वो रावण की ओर मुड़ा। "दादा, हम चलते हैं। चलिए।"

रावण अपनी माँ को घूरता रहा, उसकी आँखों में पिघलता क्रोध भरा था। "बोलिए!"

"सब तुम्हारी ग़लती थी! अगर तुमने एक अच्छे पुत्र की तरह अपनी माँ का सम्मान किया होता और उसकी बात सुनी होती तो यह सब कुछ न हुआ होता! यह जान लो कि ईश्वर ने तुम्हें दंड दिया है। तुम्हारे कारण उन्होंने किसी मासूम को दंड दिया। तुम्हारे ही धर्म के अभाव के कारण कन्याकुमारी, नेक वेदवती, मारी गयीं!"

"माँ!" अपनी कटार की ओर हाथ बढ़ाते हुए रावण चिल्लाया।

"रुक जायें!" कुम्भकर्ण दौड़ कर उनके बीच आ खड़ा हुआ, और रावण को अपनी माँ से दूर धकेलने लगा। "दादा, नहीं!"

रावण अब नियन्त्रण से बाहर हो गया था। अपनी माँ के प्रति क्रोध जताते हुए उसने हवा में कटार चलायी। "नीच स्त्री! मेरे संरक्षण के बिना तू एक दिन भी नहीं जी सकती! और तूने उनका नाम लेने का साहस किया! तूने कन्याकुमारी का अपमान करने का साहस किया! तूने वेदवती का..."

रावण का स्वर गलियारों में गूँजता रहा जबकि कुम्भकर्ण लगभग खींच कर अपने भाई को महल से बाहर ले गया।

—१०—

"प्रेम?" विश्वामित्र ने घोर आश्चर्य से पूछा।

महर्षि के आदेशानुसार अरिष्टनेमी ने सप्त सिन्धु के प्रति रावण के व्यवहार के सम्भावित कारण की खोजबीन की थी। और संयोग से उसे सच का पता चल गया था।

"हाँ। प्रत्यक्षत: उसे एक कन्याकुमारी से प्रेम था।"

"कौन-सी कन्याकुमारी?"

"वेदवती।"

विश्वामित्र ने अपनी आँखें सिकोड़ीं और अपने सहायक को देखा। "अरिष्टनेमी, मैं कैसे जान सकता हूँ कि वो कौन-सी कन्याकुमारी है? तुम समझते हो मुझे सबके वास्तविक नाम पता होंगे? कौन-सा मन्दिर? और किस काल की?"

"क्षमा करें, गुरुजी। वो वैद्यनाथ की कन्याकुमारी थीं। और यह बहुत समय पहले की बात है। सम्भवत: कम-से-कम दो दशक पहले की।"

"तो वो तब उससे मिला था जब वो बालक था?"

"हाँ, मेरा यही मानना है।"

"लेकिन हमने तो कभी उसे रावण के साथ नहीं देखा, है ना? तब से तो नहीं जब से हमने उसकी खोज-ख़बर रखनी शुरू की है।"

"प्रत्यक्षत: वो रावण के पिता के आश्रम में मिले थे और उसके बाद अनेक वर्षों तक उन्होंने एक-दूसरे को नहीं देखा। फिर वो दोबारा मिले, शायद आठ-नौ वर्ष बाद। मुझे समय का पक्का पता नहीं है।"

"तो तुम कह रहे हो कि वो इस सारे समय उससे प्रेम करता रहा, बचपन से ले कर? भले ही वर्षों तक वो उससे मिला भी नहीं था?"

"लगता तो यही है।"

"इससे क्या अर्थ निकलता है?"

"इसका कोई अर्थ नहीं निकलता, मगर ऐसा ही हुआ था। वैसे भी, अपने भाई की सहायता से जब वो दोबारा उनसे मिला तब तक उनका किसी और से विवाह हो गया था।"

विश्वामित्र को जब समझ आया तो वो पीछे को झुक गये। "प्रभु परशु राम दया करें! क्या यह वही पूर्व कन्याकुमारी है जिसकी उसके अपने ही गाँव में हत्या हो गयी थी? क्या नाम था उस स्थान का... टोडी?"

"हाँ, गुरुजी।"

"उसके पति की भी हत्या कर दी गयी थी, है ना?"

"हाँ।"

"और सारे गाँव को मौत के घाट उतार दिया गया था? निर्ममता से?"

"हाँ। कोई सच नहीं जानता कि क्या हुआ था, क्योंकि कोई जीवित नहीं बचा था। कुछ दिन बाद पड़ोसी गाँव के कुछ लोगों ने शव देखे। उन्होंने जंगली पशुओं को भगाया और टोडी गाँव के मृतकों की अन्त्येष्टि की।"

"मगर मुझे ऐसा सुनना याद है कि कन्याकुमारी और उसके पति के शवों का पूरी वैदिक रीति से अन्तिम संस्कार किया गया था।"

"हाँ। मैंने भी ऐसा ही सुना था।

"तब तो केवल एक ही स्पष्टीकरण हो सकता है," विश्वामित्र ने कहा।

अरिष्टनेमी ने हामी भरी। "मैं भी यही सोच रहा था, गुरुजी। रावण वेदवती की ओर आकर्षित था, मगर जब तक वो उसे मिली, उसका किसी और से विवाह हो गया था। उसने अपने पति को छोड़ने से इंकार किया होगा, और उसके इंकार से क्षुब्ध होकर रावण ने उसे और उसके पति को मार डाला। सम्भवत: उसका बलात्कार करने का प्रयास भी किया हो... हम पूर्ण सच कभी नहीं जान पायेंगे। अपने अपराध का हर सुबूत मिटाने के लिए उसने सारे गाँव का संहार कर दिया होगा।"

विश्वामित्र इतने स्तम्भित थे कि कुछ बोल नहीं पाये। उन्होंने बहुत लम्बा जीवन जिया था—कुछ लोग मानते थे कि वो कम-से-कम डेढ़ सौ वर्ष के होंगे—और अपने काल में बहुत भयानक बातें देखी थीं। संसार कभी भी दयावान स्थान नहीं रहा था, मगर इस परिमाण की बर्बरता उनकी कल्पना से परे थी। त्रिशंकु काश्यप के काल के बाद से उन्हें ऐसी किसी घटना के बारे में सुनना याद नहीं था।

"वैसे, गुरुजी," अरिष्टनेमी ने कहा, "हमें एक खलनायक चाहिए था, और वो हमें मिल गया है। वो भी राक्षसी प्रवृत्ति का।"

"कुम्भकर्ण इसमें शामिल नहीं रहा होगा, निश्चय ही," विश्वामित्र ने कहा। उस नन्हें नागा बालक के लिए उनके मन में कोमल स्थान था जो बहुत वर्ष पहले अपनी माँ के साथ उनके पास आया था।

"मैं निश्चित नहीं कह सकता, गुरुजी। मगर वो पूरी तरह से रावण के प्रभाव में है।"

गहन विचारों में मग्न होते हुए विश्वामित्र ने अपनी ठोड़ी के नीचे हाथ बाँध लिये थे। फिर उन्होंने एक गहरी सांस ली और सिर हिलाया। "उस कन्याकुमारी, वैद्यनाथ वाली कन्याकुमारी... से मैं एक बार मिला था। मुझे वो याद है। तब वो बालिका ही थी। हँसमुख, और सबके प्रति दयालु, पशुओं के प्रति भी। कोई व्यक्ति अपने से निर्बल प्राणियों के साथ जिस तरह का व्यवहार करता है, वह उनके चरित्र का अच्छा संकेतक होता है। हाँ, मुझे वो याद है... वो पहाड़ी मैना की एकदम सटीक आवाज़ निकाल लेती थी। और उसने मेरी नक़ल भी बनायी थी।" यह कहते हुए विश्वामित्र मुस्कुराए। "बहुत अच्छी बच्ची थी, पवित्र मन और हृदय वाली... सच्ची नेक आत्मा। वो ऐसी मृत्यु की अधिकारी नहीं थी जो उसे प्राप्त हुई थी।"

"हमें एक ऐसे भारत का निर्माण करना होगा जहाँ एक बार फिर ऐसी पवित्रता और सज्जनता का सम्मान हो, गुरुजी।"

कुछ पल मौन रहा, फिर विश्वामित्र ने निर्णायक स्वर में कहा, "अब हमें विष्णु को खोजना होगा। हाँ, खोजना ही होगा... हमें अपनी महान मातृभूमि का पुनरोत्थान करना होगा। हमें एक बार फिर इसे अपने पूर्वजों के योग्य बनाना होगा।"

"हमारे पास वो खलनायक है जिसकी हमें तलाश थी," अरिष्टनेमी ने कहा। "अब, हमें शीघ्रता से उस उदात्त विष्णु की पहचान करनी होगी जो हमारी योजना को फलीभूत करे।"

गुरु और शिष्य ने एक दूसरे को देखा, उनकी आँखें एक ध्येय को ले कर सजीव थीं।

—४०४—

"दादा!" कुम्भकर्ण का स्वर धीमा और अनियमित-सा था। वो अपनी भावनाओं से जूझता-सा प्रतीत हो रहा था।

करछप के युद्ध को पाँच वर्ष हो गये थे। अब दो वर्ष से रावण लंका का शासक था। राजपरिवार की समस्याएँ खुल कर सामने आ गयी थीं, और कैकेसी लगभग हर किसी को जो उनकी बात सुनता, बताती थीं कि रावण अब उनका पुत्र नहीं था, और वो उसके साथ सम्बन्ध नहीं रखना चाहती थीं। उसके बजाय, वो कहतीं कि, विभीषण और शूर्पणखा को उनकी सन्तान के रूप में माना जाये।

सब लोग जानते थे कि लंका में कैकेसी का स्तर—उनके द्वारा उपभोग की जाने वाली सारी विलासिताएँ, परोपकार के कार्य, उन्हें मिलने वाला सम्मान और शक्ति—रावण की माँ के रूप में उनकी पहचान में निहित था। मगर किसी में उनके मुँह पर यह कहने का साहस नहीं था। वास्तव में, अनेक लोग तो अपना काम निकालने के लिए उनके मन में असुरक्षाएँ भरते थे।

मगर एक बात में कोई सन्देह नहीं था : लंका में शक्ति का केवल एक वास्तविक केन्द्र था, वस्तुत: सारे विश्व में नहीं तो सारे भारतीय उपमहाद्वीप में भी, और वो रावण था। और किसी में रावण का सामना करने का साहस नहीं था। इसके विपरीत, वो उसके हर आदेश को पूरा करने को दौड़ पड़ते थे और बिना सवाल किये उसके हर निर्देश को मानते थे। कुछ तो उसका अनुमोदन जीतने की आशा में और आगे निकल जाते थे। ऐसी ही एक अति हुई थी जो कुम्भकर्ण को बहुत विचलित कर रही थी।

"क्या बात है, कुम्भ?" रावण ने गहरी सांस भरी। "जिसका भी प्रबन्ध करना हो, करो।"

"प्रबन्ध करने को कुछ नहीं बचा है, दादा।" कुम्भकर्ण का लहजा निश्चय ही विनम्र था, जैसे वो सार्वजनिक रूप से अपने भाई से बात करता था, मगर वो स्पष्ट रूप से परेशान था।

रावण ने पल भर कुम्भकर्ण को देखा, और फिर अपनी गोद में बैठी सुन्दर स्त्री को इशारा किया। वो उठी, और एक अलसाई-सी हरकत से उसने अपनी अंगिया उठायी और बाहर चली गयी। कक्ष में मौजूद शेष नर्तकियाँ भी पीछे-पीछे चली गयीं।

"तो मुझसे क्या करवाना चाहते हो?"

"आपको प्रहस्त को सेना से हटाना होगा।"

रावण की सेना दो भागों में बँटी थी। एक का नेतृत्व महिरावण पदवी वाले अधिकारी करते थे, जिनके ऊपर भूमिगत क्षेत्रों का दायित्व था। अहिरावण नाम के अधिकारियों के नेतृत्व वाला दूसरा समूह समुद्रों और बन्दरगाहों का प्रबन्ध करता था। अहिरावणों में ही प्रहस्त था जो चिल्का के प्रान्तपाल के साथ विश्वासघात करने के बाद से ही रावण की सेना में शामिल हो गया था और उसकी क्रूरता से भारी भय खाया जाता था।

"कुम्भ, अगर हमें समुद्रों पर नियन्त्रण करना है, तो हमें प्रहस्त जैसे निर्मम अधिकारियों की आवश्यकता होगी। क्या तुम भूल रहे हो कि उसकी बदौलत ही अनेक वर्ष पहले हमने क्रकचबाहु की सम्पत्ति को हासिल किया था?"

"दादा, क्रूरता और अधर्म में अन्तर होता है।"

"बचकानी बात मत करो, कुम्भ! धर्म या अधर्म जैसी कोई चीज़ नहीं होती। बस सफलता और असफलता होती है। और मैं कभी असफल नहीं होऊँगा। मैं रावण हूँ।"

"और मैं कुम्भकर्ण हूँ, दादा। इस संसार में आपसे मुझसे अधिक प्रेम कोई नहीं करता है। और मेरा कर्तव्य है कि आपको महापाप करने से रोकूँ।"

"एकमात्र असली पाप निर्धन और शक्तिहीन होना है, जैसे कभी हम थे। तुम्हें याद है अपने बचपन में हम कितने असहाय थे? हम कभी उन दिनों में वापस नहीं जायेंगे।"

"दादा, हमें और कितना धन और शक्ति चाहिए? आप संसार के समृद्धतम व्यक्ति हैं। आप संसार के सबसे शक्तिशाली व्यक्ति हैं। आपको और अधिक की आवश्यकता नहीं है।"

"हाँ, है। तुम कहते हो मैं संसार का समृद्धतम व्यक्ति हूँ। मगर, मैं तब तक नहीं रुक सकता जब तक कि इतिहास का समृद्धतम व्यक्ति न बन जाऊँ। और जब यह पा लूँगा तो, कौन जाने, मैं देवताओं से भी अधिक समृद्ध और शक्तिशाली होना चाह सकता हूँ! वैसे यह कोई बुरा

विचार भी नहीं है। लंका के नागरिकों को देवता के रूप में मेरी पूजा करना सीख लेना चाहिए।"

"दादा, अगर आप देवता बनना चाहते हैं तो सोचिए कि कोई देवता कैसा व्यवहार करता है। क्या आप उस तरह के अपराधों की अनुमित देते जो प्रहस्त ने किये हैं?"

"इसका निर्णय मुझे करने दो कि मुझे कैसा व्यवहार करना चाहिए?"

"दादा, प्रहस्त ने मुम्बादेवी में जो किया है, वो शैतानियत से भी परे है!" कुम्भकर्ण ने कहा।

"एक बार फिर मुझे इसका निर्णय करने दो। उसने क्या किया?"

मुम्बादेवी बन्दरगाह भारत के पश्चिमी तटवर्ती क्षेत्र पर, सिन्धु-सरस्वती तटीय क्षेत्र और लंका के बीच समुद्री मार्ग पर एक सामरिक बिन्दु पर स्थित था। रावण वैश्विक व्यापार के केन्द्र हिन्द महासागर के व्यापार पर पूरा नियन्त्रण चाहता था। इस सागर पर जिसका नियन्त्रण होता, वो संसार पर नियन्त्रण करता।

वो भारतीय उपमहाद्वीप और अरब, अफ्रीका और दक्षिण-पूर्व एशिया के समुद्रतटों के मुख्य बन्दरगाहों पर नियन्त्रण हासिल कर चुका था। इन सभी स्थानों पर वो अपने कठोर सीमा शुल्क लागू कर चुका था। वो अपने मित्र किष्किन्धा के राजा वालि के साथ नर्मदा नदी के दक्षिण में भू-व्यापार मार्गों पर भी प्रतिबन्ध लगा चुका था। अब संसार के सबसे अधिक समृद्ध क्षेत्र सप्त सिन्धु उसकी शिकंजे जैसी पकड़ में था। और वो अपने और लंका के लिए धन प्राप्त करने के लिए इसे निचोड़ रहा था।

केवल मुम्बादेवी ने ही अड़ियल ढंग से उच्च सीमा शुल्क वसूलने या वहाँ शरण खोजने आये किसी भी नाविक को धता बताने से इंकार कर दिया था। मुम्बादेवी के शासक समुदाय देवेन्द्रार का मानना था कि व्यापार को सेवा के साथ-साथ चलना चाहिए, और वो अपने कर्तव्य, अपने धर्म के मार्ग से नहीं डिगते थे। रावण ने तय किया था कि अपने व्यापार की भलाई के लिए उसे इसे रोकना होगा। उसकी शिकंजे जैसी पकड़ के लिए कभी कोई चुनौती नहीं हो सकती : इसका अर्थ न केवल राजस्व में हानि होगी, बल्कि यह लंका के सर्वशक्तिमान राजा की उसकी छवि को भी कमज़ोर करेगा।

"उसने मुम्बादेवी बन्दरगाह पर नियन्त्रण कर लिया है," कुम्भकर्ण ने कहना शुरू किया।

"तो? मैंने उसे बन्दरगाह पर नियन्त्रण करने का आदेश दिया था। तुम मेरे आदेश पर प्रश्न उठा रहे हो?"

"नहीं, दादा! मैं आपके आदेश पर प्रश्न नहीं उठा रहा। मैं आपके अधीनस्थ के तरीक़े पर प्रश्न उठा रहा हूँ।"

"मुझे तरीकों की परवाह नहीं है। उसे परिणाम प्रदान करने थे। और अगर उसने परिणाम दिये हैं, तो यह मेरे लिए काफ़ी है।"

"दादा, सारा मुम्बादेवी नष्ट कर दिया गया है।"

"तो क्या हुआ? हम निकट स्थित साल्सेट द्वीप को बन्दरगाह की तरह इस्तेमाल करेंगे।"

कुम्भकर्ण अचम्भित था। "दादा, आपने सुना भी जो मैंने अभी कहा? साल्सेट को भूल जायें। सारा मुम्बादेवी नष्ट हो गया है। एक-एक देवेन्द्रार मारा गया है। उनका नगर जला दिया गया है, घर नष्ट कर दिये गये हैं। कोई नहीं बचा है—पुरुष, स्त्रियाँ, बच्चे। उनके शवों का ढेर सामूहिक चिता में ऊँचा लगा था। उदार राजा इन्द्रण की अधजली लाश भी मिली थी। लगता है जैसे सबको जीवित जला दिया गया हो।"

रावण ने कोई प्रतिक्रिया नहीं दी। ऐसा लगा जैसे इस समाचार से पल भर को वो भी हिल गया हो।

"वो सब असैनिक थे," कुम्भकर्ण कहता रहा। "वो योद्धा नहीं थे। उन्हें इस तरह मारना अधर्म है। मैंने सुना है कि हमारे कुछ सैनिक प्रहस्त के कार्य से इतना क्षुब्ध हुए कि उन्होंने सेना ही छोड़ दी। पाँच हज़ार सैनिकों की शक्तिशाली टुकड़ी में से उसने लगभग एक तिहाई गँवा दिये हैं। देवेन्द्रारों की सारी सम्पदा के साथ प्रहस्त लंका लौट आया है, इस आशा के साथ कि मात्र स्वर्ण हमें उसे दंड देने से रोक देगा।"

विचारों में गुम रावण नीचे देखता रहा। उसका दायाँ हाथ अपने आप ही उसके गले में पड़े लटकन पर पहुँच गया था।

कुम्भकर्ण आगे बढ़ कर अपने भाई के पास बैठ गया। "दादा, आपको प्रहस्त को दंड देना होगा। हम इस तरह के अधर्म की अनुमति नहीं दे सकते। एक उदाहरण रखना होगा।"

"हाँ, उदाहरण तो रखना ही होगा," रावण ने कहा। "तो, हम ऐसा करेंगे। प्रहस्त का स्थानान्तरण कर दिया जायेगा। मुम्बादेवी से उसने जो सम्पत्ति लूटी है, उसे ज़ब्त करके लंका के कोष में जमा कर दिया जायेगा। और भगोड़ों की खोज में हम खोजी दल भेजेंगे। उनमें से कुछ को सार्वजनिक रूप से मृत्युदंड दिया जायेगा।"

कुम्भकर्ण ने दहशत से अपने भाई को देखा।

"कुम्भकर्ण, मैं तुमसे सहमत हूँ। प्रहस्त ने आवश्यकता से अधिक किया है। मगर हम उसे सेना से नहीं हटा सकते। अधिकांश संसार हमसे घृणा करता है। हमें अपने पक्ष में उसकी क्रूरता चाहिए। साथ ही, हम सेना छोड़ कर जाने की अनुमति भी नहीं दे सकते। यह हमारी सेना को नष्ट कर देगा। हमें उन सबके पीछे जाने की आवश्यकता नहीं है, इसमें बहुत प्रयास लगेगा। हमें बस एक ठीक-ठाक संख्या चाहिए, शायद सौ-दो सौ भगोड़े सैनिक। और उन्हें प्राणदंड देना होगा। यह शेष लोगों के लिए चेतावनी का काम करेगी।"

"दादा... किन्तु..."

"इसे करो, कुम्भ," रावण ने कहा। उसका लहजा और मतभेद नहीं चाहता था।

लंका का राजा द्वार की ओर मुड़ा और उसने ताली बजायी। नर्तकियाँ शीघ्रता से अन्दर आयीं, कुछ ने आते हुए अपनी अंगिया उतार ली थीं। कुम्भकर्ण जानता था कि मुलाक़ात का समय समाप्त हो गया है।

अध्याय 23

करछप के युद्ध के ग्यारह साल बाद, वैश्विक व्यापार पर लंका का पूरा नियन्त्रण हो गया था। न केवन रावण की निजी सम्पत्ति में अथाह वृद्धि हुई थी बल्कि उसने छोटे-से द्वीप राज्य को भी विश्व शक्ति बना दिया था। सप्त सिन्धु पर लगाये गये भारी कर सात नदियों के देश को सुखा रहे थे, मगर इस बेतहाशा कमी के बाद भी यह समृद्ध बना रहा। यहाँ अभी भी इतनी प्रचुरता थी जिससे लंका वसूलना जारी रख सकता था।

अब तक हिन्द महासागर के व्यापारिक मार्गों और हर बड़े बन्दरगाह पर लंका का नियन्त्रण हो गया था। परिणास्वरूप यह संसार भर में व्यापार के प्रवाह पर हावी हो गया था। राज्य समृद्धि से दमकता था और इसे स्वर्ण लंका कहा जाने लगा था—जहाँ शून्य कर, अत्यन्त रिआयती जीवनयापन, निशुल्क चिकित्सा और शिक्षा, घरों में सीसे के पाइपों से चौबीस घंटे पानी की आपूर्ति, चारों ओर फैले हुए सार्वजनिक उद्यान, खेल परिसर, सभागार आदि थे। रावण की लंका में कोई निर्धन नहीं था।

स्वयं रावण ने, जो अब अड़तीस वर्ष का था, राज्य में देवता-सरीखा स्तर पा लिया था। लोग कुछ मन्दिरों में उसके रूप की पूजा भी करने लगे थे जो पिछले एक साल में बन गये थे। केवल उसकी माँ कैकेसी इस दैवीकरण का विरोध करने का साहस करती थीं : उन्होंने सार्वजनिक रूप से घोषणा की थी कि रावण जीवित रहते हुए भी इस तरह की पूजा को बढ़ावा दे कर प्राचीन वैदिक प्रणाली का अनादर कर रहा है। पुण्यात्मा और सुन्दर मन्दोदरी एक छोटे-से सामन्त माया की बेटी थी जो मध्य भारत

के दो छोटे मगर समृद्ध गाँवों का स्वामी था। दुर्भाग्य से उसे और उनके आसपास के लोगों को यह शीघ्र ही स्पष्ट हो गया कि उसने उससे केवल इसलिए विवाह किया है ताकि उस भूमि का अनादर कर सके जिससे घृणा करने की उसने शपथ ली थी। मानो वो सप्त सिन्धु के महान साम्राज्य को जताना चाहता हो कि उसके पास न केवल उनकी सेनाओं को हराने और उनकी सम्पत्ति छीनने की बल्कि उनकी स्त्रियों को ले जाने की भी शक्ति है। इस दुर्भाग्यपूर्ण सम्बन्ध का केवल एक ही सकारात्मक परिणाम हुआ था और वो था पुत्र इन्द्रजीत का जन्म जिसे रावण सच में प्रेम करता था।

इस बीच उन्तीस वर्ष का कुम्भकर्ण लगातार एकाकी होता गया। वो अपने भाई से प्रेम करता था मगर उन चीज़ों को ले कर अप्रसन्न था जो उसके प्रति अबाध निष्ठा के कारण करने के लिए वो विवश था। अपने भाई के प्रति अपने प्रेम और अपने धर्म का पालन करने की इच्छा के बीच फँसा वो जितना हो सकता था लंका से बाहर रहने के बहाने ढूँढ़ता था। वो दूर देशों की यात्राएँ करता, कभी व्यापारिक अभियानों और सन्धियों के लिए तो कभी सैन्य अभियानों पर, समुद्र पर लुटेरों की समस्या को समाप्त करने के लिए। सिगिरिया से दूर रहने के हर वैध कारण को वो लपक लेता था।

ऐसे ही एक दौरे पर कुम्भकर्ण इथियोपिया राज्य के दमात नगर में था जो एक लम्बे समय से लंका का मित्र रहा था। जहाँ तक याद किया जा सकता है, पश्चिम और भारत के बीच व्यापार पश्चिमी समुद्र के रास्ते फला-फूला था, जिसका रास्ता लाल समुद्र में संकरी मन्देब जलसन्धि या फ़ारस की खाड़ी में होरमुज़ जलसन्धि से होकर जाता था जिसे स्थानीय लोग जम ज़्रयांग भी कहते थे। मिस्त्र या मेसोपोटैमिया के किसी भी व्यापारिक पोत को भारत की ओर आने के लिए इनमें से किसी बिन्दु से पश्चिमी सागर में प्रवेश करना होता। कुशल पैंतरा चलते हुए रावण ने जिबूती और दुबई के बन्दरगाहों को जीत लिया था, जिनका इन दोनों जलसन्धियों पर नियन्त्रण था। अब दमात और पश्चिम में आगे स्थित अन्य राज्यों के पोतों को पश्चिमी सागर और हिन्द महासागर के मुख्य व्यापारिक मार्गों में प्रवेश करने के लिए भारी सीमा शुल्क देना पड़ता था।

कुम्भकर्ण इसके शासक से मिलने और अगले वर्ष के लिए व्यापारिक हिस्सा और सीमा शुल्क तय करने के लिए राज्य में आया था।

भेंट समाप्त होने के बाद उसने दमात की राजधानी येहा-अक्सुम के बाज़ार में घूमने का निर्णय किया। लंका लौटने से पहले बस एक दिन ख़ाली होने से इस सुन्दर नगर के सारे स्थलों को देखने के लिए उसके पास पर्याप्त समय नहीं था जहाँ वो पहली बार आया था।

अचानक, एक परिचित स्वर ने उसका ध्यान खींचा—नगाड़ों की आवाज़ जिसकी उसे गृहदेश से इतनी दूर सुनने की आशा नहीं थी।

धूम-धूम-दना-धूम-धूम-दना।

धूम-धूम-दना-धूम-धूम-दना।

वो आवाज़ की दिशा में चलने लगा, मानो किसी अदृश्य डोर से खिंचा जा रहा हो।

धूम-धूम-दना-धूम-धूम-दना।

कुछ ही पल बाद उसने स्वयं को पत्थर के एक भव्य निर्माण के सामने पाया जो अनपेक्षित रूप से किसी भारतीय मन्दिर जैसा दिखाई देता था—भूस्तर पर लाल बलुआ पत्थर से बना एक विशाल चबूतरा और दूर आकाश में जाता एक शिखर, जैसे देवताओं को नमस्ते कर रहा हो। बाहरी दीवारें सुन्दरता से उकेरी गयी अप्सराओं, ऋषियों, ऋषिकाओं, राजाओं और रानियों से अलंकृत थीं, जो भारतीय शैली के अनुरूप वस्त्र पहने थे। एकमात्र अन्तर उनके चेहरे थे जो स्पष्ट रूप से अफ्रीकी थे।

कुम्भकर्ण अफ्रीकी महाद्वीप के कुछ ऐसे लोगों से मिला था जो भारत में बस गये थे। वो कुछ ऋषियों और ऋषिकाओं को भी जानता था जो मूल रूप से अफ्रीका के थे। मगर येहा-अक्सुम के बीचोंबीच भगवान रुद्र का मन्दिर देखने के लिए वो तैयार नहीं था।

जब उसने मन्दिर में प्रवेश किया, तो नगाड़ों की आवाज़ और तेज़ हो गयी।

धूम-धूम-दना-धूम-धूम-दना।

मन्दिर के मुख्य कक्ष में गर्भगृह के सामने विभिन्न स्थानों पर बड़ी-बड़ी तिपाइयाँ रखी हुई थीं। प्रत्येक तिपाई पर एक पंक्ति में तीन विशाल नगाड़े रखे थे। एक ओर खड़े लम्बे, बलिष्ठ पुरुष लम्बी-लम्बी छड़ियाँ लिये पूरी लय-ताल में नगाड़े बजा रहे थे। मन्दिर का प्रांगण नृत्य करते लोगों से भरा था। विशुद्ध आनन्द की प्रचुरता का नृत्य।

माहौल विद्युतीय था, और इसने तुरन्त ही कुम्भकर्ण को अपनी गिरफ़्त में ले लिया। उसका शरीर अपनी ही इच्छा से थिरकने लगा और जल्दी ही वो नृत्य करने लगा था। भगवान रुद्र के संगीत के तीव्र आनन्द ने उसके मन और आत्मा को भर दिया था।

जैसे-जैसे ताल ने गति पकड़ी, नृत्य उन्मत्त होता गया। मन्दिर का प्रांगण भगवान रुद्र के भक्तों की स्वाभाविक ऊर्जा से जीवन्त हो उठा था। धीरे-धीरे, गति बढ़ती गयी जब तक कि यह अपने चरम पर नहीं पहुँच गयी और फिर "जय श्री रुद्र!" के ज़ोरदार उद्घोष के साथ समाप्त हुई।

कुम्भकर्ण ने भी आनन्द के साथ प्रभु के नाम का उद्घोष किया।

"जय देवी इश्तार!"

कुम्भकर्ण ने अपने चारों ओर मौजूद जोशीले नृत्य से पसीने भरे आनन्दित चेहरों को देखा। कुछ के गालों पर आनन्द के आँसू बह रहे थे। कुछ अभी भी मोहावस्था में थे। अजनबी गले मिल रहे थे, एक-दूसरे को शुभकामनाएँ दे रहे थे। कुम्भकर्ण को भी गले लगाया गया। किसी का ध्यान नहीं गया लगता था कि उसके अन्दर विकृति है, कि वो नागा है।

"यहाँ कैसे आना हुआ, कुम्भकर्ण?"

कुम्भकर्ण पलटा तो सामने एक लम्बा, बेदाग़ गहरी भूरी त्वचा वाला प्रभावशाली दिखने वाला पुरुष था। यद्यपि उसकी रूप-रंगत से स्पष्ट था कि वो दमात का स्थानीय व्यक्ति है, मगर वो गेरुआ धोती और अंगवस्त्र पहने था, विराग और संन्यास के रंग के। मुंडे हुए सिर पर गाँठ लगी शिखा बता रही थी कि वो ब्राह्मण था। लम्बी खिचड़ी दाढ़ी उसके चेहरे को नर्मी प्रदान कर रही थी, और अपने लम्बे डीलडौल के बावजूद अपनी शान्त, भली आँखों से वो शान्ति का अहसास दे रहा था। निश्चय ही वो शान्तमना व्यक्ति था।

कुम्भकर्ण की भृकुटि चढ़ गयीं। "मैंने पहले भी आपको देखा है।"

ब्राह्मण मुस्कुराया और उसने हामी भरी।

"कल, दरबार में?"

"सही है," उस व्यक्ति ने कहा। "मैं पीछे खड़ा था। आपकी पैनी निगाह है।"

"महत्वपूर्ण लोगों को मैं देख लेता हूँ।" कुम्भकर्ण ने विनम्रता से मुस्कुराते और सम्मान में हाथ जोड़ते हुए कहा। "मगर मुझे नहीं पता था कि आप भी भगवान रुद्र के भक्त हैं। आपका क्या नाम है, मित्र?"

वह व्यक्ति मुस्कुराया और प्रत्युत्तर में उसने भी नमस्ते की। "आप मुझे मबकुर बुला सकते हैं, मित्र।"

"मबकुर?" कुम्भकर्ण हैरान था। "आप जानते हैं संस्कृत में एक शब्द है बकुर—इसका अर्थ है तुरही।"

"जानता हूँ। और, हमारी भाषा में, जब हम इसमें म जोड़ देते हैं तो इसका अर्थ होता है महा तुरही।"

कुम्भकर्ण खुल कर मुस्कुराया। "अच्छा नाम है। मगर आप तो शान्तिपूर्ण व्यक्ति लगते हैं।"

"मैं बहुत युद्ध देख चुका हूँ। और यह साबित करने के लिए मेरे ऊपर बहुत घाव हैं।"

"तो मन्दिर के नगाड़ों के पक्ष में शक्तिशाली तलवार को रख दिया गया है?"

मबकुर हल्के से हँसा। "नृत्य लड़ने से कहीं अधिक मस्त है, आप नहीं मानते?"

कुम्भकर्ण भी हँसा, और उसने हामी भरी।

"मन्दिर का पुरोहित बनने के मेरे अपने कारण थे," मबकुर ने कहा। "आपके व्यापार के मध्यस्थ बनने के क्या कारण हैं जबकि स्पष्ट रूप से आपका मन इसमें नहीं रमता है?"

"क्षमा चाहूँगा? आप कह रहे हैं कि मैं इसमें कुशल नहीं हूँ?" कुम्भकर्ण समझ नहीं पा रहा था कि बुरा माने या नहीं।

"मैंने ऐसा नहीं कहा। मैंने बस यह कहा है कि आपका मन इसमें नहीं रम रहा है। कल मैंने आपका वार्तालाप देखा था। मैं चकित था। आप बेहतर शर्तें रख सकते थे। आपने हमारे लिए बहुत कुछ छोड़ दिया था।"

कुम्भकर्ण चुप रहा।

"मुझे ऐसा लगा कि आप किसी और बात की क्षतिपूर्ति कर रहे थे। आवश्यकता से अधिक क्षतिपूर्ति, शायद। जैसे हमारी मदद करने से आपके मन से कुछ बोझ उतर जाता।"

कुम्भकर्ण ने आसपास देखा। मन्दिर लगभग ख़ाली हो गया था। अधिकांश भक्तगण चले गये थे। उसने वापस मबकुर को देखा। "आप कौन हैं?"

"मेरे साथ बैठो, मित्र।" मबकुर ने शान्त स्वर में कहा।

वो मन्दिर के मुख्य कक्ष में स्तम्भों से पीठ टिकाए बैठे थे। कुम्भकर्ण ने दूर स्थित गर्भगृह को देखा। उसमें भगवान रुद्र की पूर्ण आकार की प्रतिमा थी : लम्बे, खुले बालों और लम्बी दाढ़ी वाली लम्बी, बलिष्ठ छवि।

भगवान रुद्र जैसे वास्तविक जीवन में रहे थे—भव्य और भयंकर।

कुम्भकर्ण ने दोनों हाथ जोड़े और गहन श्रद्धा मे नतमस्तक हो गया, मबकुर भी।

भगवान रुद्र के दाहिनी ओर स्थापित एक देवी की प्रतिमा भी लगभग भगवान के समान ही लम्बी थी। शान्त चेहरे के नक़्श अफ़्रीकी थे, यद्यपि शरीर पर भारतीय शैली में धोती, अंगिया और अंगवस्त्र पहने हुए थे। बाएँ हाथ में एक अंडा और दाहिने में लम्बी तलवार उन्हें प्रेम और युद्ध की देवी बता रही थी। कुम्भकर्ण और मबकुर ने देवी इश्तार की प्रतिमा को भी प्रणाम किया।

लंकावासी ने एक बार फिर पूछा, "आप कौन हैं?"

"कोई जो तुम्हारी सहायता करना चाहता है," मबकुर ने उत्तर दिया।

"किसने कहा कि मुझे सहायता चाहिए?"

"हर बात को कहा नहीं जाता है। जब आप किसी को स्वयं को हानि पहुँचाते देखते हैं, तो यह स्पष्ट है कि उन्हें सहायता चाहिए। मगर मेरा अनुमान है कि आप समझ नहीं पा रहे हैं कि मुझ पर भरोसा कर सकते हैं या नहीं..."

कुम्भकर्ण मौन रहा।

मबकुर आगे को झुका और धीरे से बोला, "मैं हनुमान का मित्र हूँ।"

कुम्भकर्ण ने चौंक कर उसे देखा। हनुमान विख्यात वायुपुत्र जनजाति के सदस्य थे। सोने के दिल वाले भले भीमकाय हनुमान सब ज़रूरतमन्दों की सहायता करने के लिए तैयार रहते थे। बहुत पहले एक बार उन्होंने

कुम्भकर्ण की जान बचायी थी। मगर उन्होंने उससे वचन लिया था कि वो कभी इसके बारे में नहीं बतायेगा, और कुम्भकर्ण ने उस वचन को निभाया था। मगर वो हमेशा हनुमान का कृतज्ञ रहा था, और हमेशा उस ऋण को चुकाने के अवसर की खोज में रहता था।

हनुमान का कोई मित्र उसका भी मित्र था।

"आप वायुपुत्र हैं?" कुम्भकर्ण ने पूछा।

मबकुर ने हामी भरी। हाँ।

"और आप मुझसे नफ़रत नहीं करते?"

मबकुर धीमे से हँसा। "मैं आपसे नफ़रत क्यों करूँगा?"

"मेरा मतलब..." कुम्भकर्ण ने गहरी सांस ली। "मैं..."

"कहिए।"

"देखिए, आप तो दिव्य वायुपुत्र जनजाति के हैं। वो जनजाति जिसे भगवान रुद्र पीछे छोड़ गये थे। आप पर भारत की पवित्र भूमि की रक्षा करने का दायित्व है। और मैं उस व्यक्ति का भाई हूँ जो भारत को नष्ट कर रहा है।"

"भारत को नष्ट! सच?" मबकुर ने पूछा, उनकी आँखें चुहल में फैल गयी थीं। "आपको लगता है आपका भाई इतना शक्तिशाली है?"

कुम्भकर्ण स्तम्भित रह गया था। उसे तो अपने भाई के लिए बड़ी-बड़ी बातें सुनने की आदत थी। "क्या? मैं समझा नहीं।"

मबकुर मुस्कुराने लगा। "ये बताओ, कोई भारत को नष्ट करे तो तुम्हें कैसा लगेगा?"

"यह... यह मेरी भूमि है। मैं अपनी मातृभूमि से प्रेम करता हूँ।"

"और क्या तुम्हारी मातृभूमि इतनी शक्तिहीन है कि एक व्यक्ति इसे नष्ट कर देगा? या, मैं दूसरे शब्दों में कहता हूँ। अगर कोई भूमि इतनी अशक्त है कि एक अकेला व्यक्ति इसे नष्ट कर दे तो क्या वो बचे रहने की अधिकारी है?"

"आप क्या कह रहे हैं?"

"आपने मत्स्य न्याय के बारे में सुना है?"

"किसने नहीं सुना? बड़ी मछली हमेशा छोटी मछली को खा लेती है। मेरा मानना है कि आप इसे मछलियों का विधान कह सकते हैं।"

"आप जानते हैं ना कि यह विधान केवल मछलियों पर ही लागू नहीं होता है?"

कुम्भकर्ण हँसा। "हाँ, जानता हूँ।"

"यह प्रकृति माँ का विधान है। समर्थ जीवित रहेगा।"

"हाँ, और यह क्रूर विधान है। इसीलिए हम इससे दूर हो गये हैं। हम उन लोगों को नहीं मारते जो हमसे कमज़ोर हैं। हम उनकी रक्षा करते हैं।"

"यह मानव आचार-संहिता है, मगर प्रकृति इस तरह से काम नहीं करती है। क्रूरता और उदारता मानवीय धारणाएँ हैं। प्रकृति सन्तुलन को प्राथमिकता देती है। और सन्तुलन कभी-कभी कठोर प्रेम की माँग करता है।"

"कठोर प्रेम?"

"एक प्रेम होता है जो हमें अशक्त कर देता है, और फिर एक प्रेम होता है जो आपको आगत के लिए तैयार करता है। कभी-कभी वो प्रेम कठोर प्रतीत होता है, मगर यह आवश्यक है। अगर आप ऐसे माता-पिता हैं जिसे केवल यहीं और अभी की चिन्ता है, तो आप अपनी सन्तान को वो सब कुछ देंगे जो वो चाहता है, क्योंकि आप उसके चेहरे पर मुस्कुराहट देखना चाहते हैं। किन्तु अगर आप ऐसे माता-पिता हैं जिसे अपनी सन्तान के भविष्य की चिन्ता है तो आप समझेंगे कि बच्चे को बिगाड़ना वो सबसे बुरा काम है जो आप कर सकते हैं।"

"हाँ, लेकिन अगर आप बहुत अधिक कठोर होंगे तो बालक टूट जायेगा।"

मबकुर मुस्कुराया। "और प्रकृति और हमारे बीच यही अन्तर है। माँ प्रकृति हर पल का ध्यान नहीं रखती है, वो उत्तरजीविता के नियम को प्रभावी होने देती है। और हाँ, कभी-कभी अशक्त टूट जाते हैं और नष्ट हो जाते हैं। मगर मनुष्य भिन्न है। हम सोच सकते हैं और... हम हर पल का ध्यान रख सकते हैं। हम कठोर प्रेम को सही स्तर पर संचालित कर सकते हैं : इतना कठोर जो सशक्त करे मगर इतना भी कठोर नहीं कि तोड़ दे।"

"इसका मेरे भाई या मुझसे क्या सरोकार है?"

"कभी आपने ठहर कर यह सोचा है कि माँ प्रकृति के खेल की तरह, कुछ अधिक बड़े बल भी हमारे जीवन को नियन्त्रित करते हैं? कि सम्भवत: आपके भाई ऐसे ही किसी बल की कठपुतली हों?"

कुम्भकर्ण इतना हैरान था कि कुछ बोल नहीं सका।

मबकुर ने अचानक बात बदल दी। "आपने कभी वन की आग देखी है?"

"देखी है।"

"वो अच्छी होती है या बुरी?"

"यह तो निर्भर करता है।"

"किस बात पर निर्भर करता है?"

"इस पर निर्भर करता है कि आग नियन्त्रित है या अनियन्त्रित।"

"बिल्कुल ठीक। नियन्त्रित आग सूखी लकड़ियों को नष्ट कर देती है; सूखी लकड़ियाँ एक बिन्दु के बाद विषाक्त हो सकती हैं और वन को नष्ट कर सकती हैं। अगर भूमि को साफ़ करने के लिए छोटी, नियन्त्रित आगों का प्रयोग न किया जाये तो व्यापक, अनियन्त्रित आग फैलने की सम्भावना बढ़ जाती है। और वन की अनियन्त्रित आग सब कुछ भस्म कर सकती है। यह तो अच्छा नहीं होगा, है ना?"

"यह बिल्कुल अच्छा नहीं होगा।"

"बिल्कुल सही। तो वन की छोटी आग का प्रयोग उसी तरह किया जाता है जैसे किसी बड़े विष को मारने के लिए छोटे विष का प्रयोग होता है।"

कुम्भकर्ण तन गया। "मेरे भाई विष नहीं हैं।"

मबकुर मुस्कुराया। उसने उत्तर नहीं दिया। न ही क्षमा माँगी।

कुम्भकर्ण जाने के लिए उठ खड़ा हुआ।

"हमारी बात अभी पूरी नहीं हुई है," मबकुर ने कहा।

"आपको क्यों लगता है कि आप मेरे भाई से बहुत बेहतर हैं?" कुम्भकर्ण ने फिर से बैठते हुए पूछा। "मेरे लिए तो प्रत्यक्षत: किसी 'दीर्घकालिक कल्याण' के लिए लोगों के कष्ट पाने के प्रति आपकी सहज स्वीकृति भी उतनी ही अनुचित है जितना वो जो मेरे भाई करते हैं।"

"आपको पता है, माँ प्रकृति के दृष्टिकोण से दक्षिण का विपरीत उत्तर नहीं, वाम होता है।"

"यह तो बस कुतर्क है। आपका तात्पर्य क्या है?"

"मेरा तात्पर्य यह है कि कोई एक सही मार्ग, एक आदर्श स्थिति नहीं होती। संसार प्राय: उन लोगों के हाथों सबसे अधिक कष्ट पाता है जो सम्पूर्णता में विश्वास करते हैं, वो लोग जो यह नहीं समझते कि कोई एक आदर्श नहीं है। मगर वास्तविक ज्ञानी जानते हैं कि आप केवल सर्वोत्कृष्ट हल तलाश सकते हैं, आदर्श हल नहीं। ऐसा हल जो *अधिकतम* लोगों की सहायता करे, वही अनुसरण करने योग्य है। क्योंकि ऐसा हल नहीं हो सकता जो *सब* लोगों की सहायता कर सके। भारत इसलिए कष्ट पा रहा है कि क्षत्रिय बहुत शक्तिशाली हो गये हैं, और अपने अहं में वो शूद्रों और वैश्यों का दमन कर रहे हैं। हमें उनके शिकंजे को तोड़ना होगा तभी समाज को फिर से सही मार्ग पर लाया जा सकता है। और यही वो भूमिका है जो रावण निभा रहे हैं। वो क्षत्रियों को तोड़ सकते हैं।"

"आप मुझे यह सब क्यों बता रहे हैं? मैं जाकर अपने भाई को बता सकता हूँ कि आप उनका इस्तेमाल कर रहे हैं।"

"और आपको आशा है कि वो आपकी बात सुनेंगे?" मबकुर ने पूछा। "आपको लगता है कि वो अचानक धार्मिक हो जायेंगे?"

"आप मुझसे यह विश्वास करने की अपेक्षा रखते हैं कि आप लोग धार्मिक हैं?"

मबकुर मुस्कुराया। "काश धर्म के प्रश्नों का उत्तर इतनी सरलता से दिया जा सकता।"

"प्रयास करके देखिए।"

"धर्म जटिल है। हम अपना सारा जीवन इस चर्चा में बिता सकते हैं कि क्या धर्म है और क्या अधर्म। लेकिन असल में यह मायने रखता है कि क्या हमारा मन्तव्य धार्मिक है—परिणाम हमारे नियन्त्रण से बाहर है और इसलिए धर्म का मापदंड नहीं हो सकता।"

"मन्तव्य?"

"कोई दूसरों के कल्याण के लिए कार्य करने का प्रयास कर सकता है, जैसे उदाहरण के लिए वायुपुत्र कर रहे हैं। क्या हम वस्तुत: सफल

होंगे? यह तो केवल समय बतायेगा। मगर हम जानते हैं कि हमारे मन्तव्य पर सन्देह नहीं किया जा सकता। हम दूसरों के कल्याण का ही सोच रहे हैं, न कि मात्र अपने लक्ष्यों का। धर्म की ओर यही पहला क़दम है। जब अन्यों के लिए आप अपने स्वार्थपूर्ण हितों की उपेक्षा करते हैं।"

कुम्भकर्ण आगे की ओर झुका। "एक बार फिर पूछूँगा, आप मुझे यह सब क्यों बता रहे हैं?"

"क्योंकि रावण की दानवी प्रकृति का प्रयोग वृहद कल्याण के लिए तो किया जा सकता है। मगर हम चाहते हैं कि उनकी आत्मा को भी बचाया जाये।"

कुम्भकर्ण की भृकुटियाँ तन गयीं। "और आपको मैं इतना भोला दिखता हूँ कि यह विश्वास कर लूँ कि वायुपुत्रों को उनकी चिन्ता है?"

"क्यों नहीं? हम तो सबकी चिन्ता करते हैं। भले ही हम सबकी सहायता न कर पायें, मगर हम सबकी चिन्ता करते हैं।"

"किन्तु आप मुझसे क्या चाहते हैं?"

"हमें आशा है कि आप अपने भाई की सहायता करेंगे।"

"और आपको क्या लगता है कि मैं क्या कर रहा हूँ?"

"बुरी सन्धियाँ करवाने से आपके भाई की सहायता नहीं होगी।"

"हमारे पास इतनी सम्पत्ति है कि हम उसका उपभोग नहीं कर सकते। मैं उसे थोड़ा-बहुत फैला सकता हूँ। कम-से-कम कुछ तो उपकार होगा। दान में दिया गया थोड़ा-सा भी धन धर्म का कार्य होता है।"

मबकुर मुस्कुराया। "आपने भगवान विदुर के बारे में सुना है?"

"निस्सन्देह सुना है," कुम्भकर्ण ने उत्तर दिया। "उस महान दार्शनिक के बारे में किसने नहीं सुना होगा, जो इतिहास के सबसे श्रेष्ठ लोगों में से हैं?"

"भगवान विदुर ने कहा था कि धन का अपव्यय करने के दो मार्ग हैं। एक, अपात्र को दान दे कर। दूसरा, सुपात्र को दान न दे कर।"

"मैं तो..."

"आपकी व्यापारिक रिआयतों से मेरे राज्य के शासकों और व्यापारियों को लाभ होगा। उन्हें दान नहीं चाहिए। सहायता तो निर्धनों को चाहिए। केवल दमात में ही नहीं, सब जगहों पर। उन्हें तलाशिए

और उनकी सहायता कीजिए। अपने भाई के नाम पर उनकी सहायता कीजिए। उनके लिए सुकर्म अर्जित कीजिये। अवसाद में मत पड़िये। उद्देश्य तलाशिये। मैं जानता हूँ जन्म के समय आपके भाई ने आपकी जान बचाई थी। अब आपका कर्तव्य है कि उनकी आत्मा की सहायता करें।"

मबकुर की बातें ध्यान से सुनते हुए कुम्भकर्ण विचारमग्न दिख रहा था।

"और उससे निराश मत होना," मबकुर ने आगे कहा। "हम निरन्तर परिवर्तन के काल में रहते हैं। मुझे विश्वास है कि रावण की आत्मा को फिर से बचाने का अवसर आयेगा। वो इतने अज्ञानी हो सकते हैं कि इसे न देखें, मगर जब समय आयेगा तो उन्हें आपकी सहायता की आवश्यकता होगी।"

कुम्भकर्ण ने धीरे से कहा, उसकी आँखें नम थीं। "मैं अपने भाई को खो चुका हूँ। मैं उनसे प्रेम करता हूँ, किन्तु मैंने उन्हें खो दिया है। मैंने उन्हें उनके क्रोध के हाथों खो दिया है। उनकी पीड़ा के हाथों। मैंने उन्हें खो दिया है उनके दुख..."

"वेदवती की मृत्यु के दुख के हाथों," मबकुर ने कहा। "मैं जानता हूँ।"

कुम्भकर्ण ने मबकुर को घूरा। उसे यह जान कर धक्का लगा था कि उसे कोई ऐसी बात पता है जो रावण के लिए इतनी व्यक्तिगत है। और जो अधिकांश लोगों से छिपी हुई थी।

"यह न भूलें कि वो आपसे भी प्रेम करते हैं। आप और उनका पुत्र इन्द्रजीत ही सम्भवत: दो ऐसे जीवित व्यक्ति हैं जिनसे वो वास्तव में प्रेम करते हैं।"

"इन्द्रजीत भी उनसे प्रेम करता है। सम्भवत: मुझसे भी अधिक।"

मबकुर मुस्कुराया। "जानता हूँ। मगर वो बालक है। वो अपने पिता की सहायता नहीं कर सकता। कम-से-कम अभी नहीं। इसलिए रावण को बचाने का दायित्व आपका है। इस जीवन में यही आपका स्वधर्म है। इसे अच्छे से निभायें।"

"दादा, इस धन से हमें कोई अन्तर नहीं पड़ता है।" कुम्भकर्ण परेशान और क्रुद्ध था। उसके कन्धों की दो अतिरिक्त बाहें कठोर और सीधी थीं।

करछप की लड़ाई को सत्रह साल हो चुके थे। कुम्भकर्ण रावण के निजी कक्ष में था। हमेशा की तरह, विशाल कक्ष के मध्य में कुछ अर्धनग्न स्त्रियाँ नृत्य कर रही थीं। रावण अपनी आरामकुर्सी पर बैठा था, उसकी उँगलियाँ गोद में बैठी स्त्री के बालों में उलझी हुई थीं। ख़ाली हाथ में चरस से भरी चिलम थी।

कुम्भकर्ण परोपकार के इस काम को स्वयं, अपने धन से भी कर सकता था। मगर वो चाहता था कि यह विशिष्ट दान रावण की निजी सम्पत्ति में से हो। ऐसे ही होना चाहिए था।

रावण ने चिलम का गहरा कश लिया और होंठों पर अलसाई-सी, नशीली मुस्कुराहट लिए कुम्भकर्ण को देखा। उसने धुएँ के छल्लों के बीच कहा। "मैं अपनी सारी सम्पत्ति फूँक दूँगा, मगर सप्त सिन्धु कुछ नहीं जाने दूँगा। भले ही वैद्यनाथ में चिकित्सालय के लिए हो।"

कुम्भकर्ण ने कक्ष में चारों ओर देखा। स्त्रियाँ, धुआँ, मदिरा, चरस, हर तरह की अति। "आप अपनी सम्पत्ति तो पहले ही फूँक रहे हैं, दादा।"

"हाँ, मैंने इसे अर्जित किया है... मैं इसका जो चाहूँ, करूँ।"

कुम्भकर्ण नर्तकियों की ओर मुड़ा और तीखे स्वर में बोला, "हमें अकेला छोड़ दें।"

स्त्रियों ने नृत्य करना बन्द कर दिया, मगर कक्ष से गयीं नहीं। वो जहाँ थीं, वहीं खड़ी रहीं, कुछ अवज्ञा से तो कुछ डरी हुई, रावण के आदेश की प्रतीक्षा करती।

कुम्भकर्ण ने रावण की गोद में बैठी स्त्री की ओर संकेत किया। "बाहर जाओ।"

उस स्त्री ने उठने की कोशिश की, मगर रावण ने कठोरता से उसे वापस अपने वक्ष की ओर खींच लिया। "अपनी सीमा मत लांघो, कुम्भकर्ण," वो फुफकारा।

कुम्भकर्ण आगे बढ़ा और उसने रावण के गले में पड़े लटकन की ओर संकेत किया। "यह चिकित्सालय वो वचन था जो आपने कन्याकुमारी के नाम पर दिया था, दादा। उनकी अंत्येष्टि के समय हमने उनके कार्मिक

ऋण अपने ऊपर लिए थे। आप भले ही यह भूल गये हों, मगर मैं नहीं भूला हूँ। मैं उस चिकित्सालय को बनवा कर रहूँगा। वहाँ रोगियों का निशुल्क उपचार होगा और वो जीवन बचायेगा। और आप इस हुण्डी पर अपनी मोहर लगायेंगे।"

रावण मौन था। उसके चेहरे पर कोई भाव नहीं थे, न क्रोध के न पछतावे के और न ही दुख के। उसने अपनी पीड़ा से मादक द्रव्यों, मदिरा और मूर्ख स्त्रियों में आसरा लेना चाहा था। इस आसरे का मूल्य अपने मस्तिष्क का समर्पण था।

कुम्भकर्ण आगे बढ़ा, उसने रावण का हाथ थामा और उसकी तर्जनी की अँगूठी, राजकीय मोहर, को हुण्डी पर लगा दिया। अब यह कल्याणकार्य रावण का धन लगाने के लिए अधिकृत था।

कुम्भकर्ण ने अपने भाई की गोद में असुविधाजनक ढंग से पड़ी स्त्री पर निगाह डाली और बोला, "आपकी पत्नी हैं, दादा। उनका इस तरह अपमान नहीं होना चाहिए।"

रावण ने उत्तर नहीं दिया।

कुम्भकर्ण मुड़ा और कक्ष से बाहर चला गया। रावण की गोद में बैठी स्त्री उसके निकट खिसकी और उसने उसके गाल को सहलाया। बनावटी स्नेह से वो धीरे से बोली, "आपके भाई ने जिस तरह से आपसे बात की वो मुझे अच्छा नहीं लगा।"

रावण की प्रतिक्रिया तेज़ थी। उसका घूँसा घूमा और ज़ोर से उस औरत के चेहरे पर पड़ा। उसकी नाक टूट गयी। वो पीड़ा से चिल्लाती भूमि पर लुढ़की तो रावण ने चिल्ला कर दूर खड़ी नर्तकियों से कहा, "निकल जाओ यहाँ से! सब!" उसने अपने पैरों में पड़ी सुबकती हुई स्त्री की ओर संकेत किया, जिसका चेहरा लाल हो गया था, नाक से रक्त बह रहा था। "और इस कुलटा को भी अपने साथ ले जाओ!"

स्त्रियाँ भागती हुई उसके कक्ष से निकल गयीं तो रावण अपने आसन पर लुढ़क गया और उसने कस कर वेदवती की उँगलियों को पकड़ लिया। उसकी बन्द आँखों से आँसू निकल कर उसके गालों पर बह आये थे।

तुम इससे बेहतर कर सकते हो। कम-से-कम प्रयास तो करो।

अध्याय 24

"मुझे नहीं पता कि मैं सही कर रहा हूँ या नहीं। लगता है जैसे मैं उन पर बहुत अधिक दबाव डाल रहा हूँ," कुम्भकर्ण ने कहा। "आजकल वो बहुत कमज़ोर पड़ गये हैं।"

वैद्यनाथ में कल्याणार्थ चिकित्सालय बनवाने के लिए कुम्भकर्ण द्वारा रावण से बलात् अनुमति लिये हुए कई माह हो गये थे। वो मन्दिर-नगरी में था और निर्माण कार्य शुरू होने से पहले सारी तैयारियाँ देख रहा था। धन आवंटित हो गया था। चिकित्सकों को ढूँढ़कर नियुक्त कर दिया गया था। भवन कुछ माह में बन कर तैयार हो जाना था। मबकुर जो इतने वर्षों से कुम्भकर्ण के सम्पर्क में रहा था, अभी कार्य को अन्तिम रूप देने के लिए वैद्यनाथ में मौजूद था।

"आपके भाई बहुत कुछ हो सकते हैं," मबकुर ने कहा, "किन्तु निश्चय ही वो कमज़ोर नहीं हैं।"

"सच तो यह है, इन दिनों उन्हें देख कर दुख होता है। उन्होंने मादक द्रव्यों और मदिरा के सामने जैसे समर्पण कर दिया है। वो लगभग पैंतालीस वर्ष के हैं, वो इस तरह अपने शरीर को नष्ट नहीं करते रह सकते। और इस सारे तनाव के साथ जो मैं उन पर डाल रहा हूँ, मैं इसे और मुश्किल बना रहा हूँ।"

"आप ग़लत हैं। तनाव तो अच्छा होता है।"

"ओह, रहने दीजिए, मबकुरजी। तनाव कैसे अच्छा हो सकता है?"

मबकुर ने उनके पीछे एक चबूतरे पर जलते चूल्हे की ओर संकेत किया जिस पर पानी से भरा एक बर्तन रखा था। इस उबलते पानी में अंडों और आलुओं का साधारण-सा भोजन पक रहा था।

"इस उबलते पानी को देख रहे हैं?" मबकुर ने कहा।

"इसका तनाव से क्या सम्बन्ध है?" कुम्भकर्ण ने पूछा।

"इससे आपको समझने में सहायता मिलेगी।"

कुम्भकर्ण ने गहरी सांस ली। "आप लोग पहेलियों के बिना बात क्यों नहीं कर सकते?"

"क्योंकि पहेलियों में बात करना आनन्ददायक होता है। और अगर आप किसी पहेली को हल करेंगे तो उस विचार को अच्छी तरह समझ सकेंगे। जैसा कि किसी ने कहा है : परोक्षप्रिया वै देवा:।"

संस्कृत की इस कहावत का मोटा-मोटा अनुवाद इस तरह था कि देवताओं को भी घुमा-फिरा कर कही बात पसन्द होती है।

"तो दर्शनशास्त्र कभी प्रत्यक्ष रूप से भाव व्यक्त नहीं कर सकता है?" कुम्भकर्ण ने पूछा।

"कर सकता है, निस्सन्देह। मगर किसी जटिल पहेली के रूप में भाव को व्यक्त करना कहीं अधिक रुचिकर होता है। सन्देश के गूढ़ अर्थ को समझना दर्शनशास्त्र के आनन्द को बनाये रखता है। इस तरह पाया गया ज्ञान एक उपलब्धि का अहसास प्रदान करता है। अगर किसी उपलब्धि या आश्चर्य का भाव प्राप्त न हो तो अत्यधिक महत्वपूर्ण सन्देश भी अपने लक्ष्य तक पहुँचने में असफल रहते हैं।"

"तो मुझसे अपेक्षा की जाती है कि मैं उस बड़े बिन्दु तक पहुँचूँ जो आप इस उबलते पानी के साथ सामने रखना चाह रहे हैं?" कुम्भकर्ण ने पूछा।

"न केवल आप समझेंगे बल्कि स्वयं ही इस तक पहुँचेंगे।"

कुम्भकर्ण ने हताशा से हाथ झटके। "ठीक है तो। आपके प्रश्न के उत्तर में, हाँ, मैं पानी को उबलते देख रहा हूँ।"

"अंडे और आलू दोनों एक ही पानी में हैं, है ना?"

"हाँ, स्पष्ट है। मैं यह देख सकता हूँ।"

"तो ये दोनों वस्तुएँ समान तापमान पर, समान वातावरण में और समान आग पर रखे समान बर्तन में उबल रहे पानी में पक रही हैं।"

"हाँ।"

"इस उबलते पानी में अंडे का क्या होगा?"

"वो उबला अंडा बन जायेगा।"

मबकुर हँस पड़े। "इतना तो स्पष्ट है। मैं यह जानना चाहता हूँ कि उबला अंडा मूल अंडे से कैसे भिन्न है?"

"यह कठोर हो जाता है।"

"बिल्कुल! अब, आलुओं के बारे में सोचें। उनकी पानी में क्या स्थिति होगी?"

कुम्भकर्ण मुस्कुराया। "वो नर्म हो जायेंगे।"

"देखा आपने? समान उबला पानी, समान बर्तन, समान तापमान, मगर फिर भी अंडे कठोर हो जाते हैं और आलू नर्म।"

"यानी उबलता पानी तनाव की भाँति है। भिन्न लोग इसके प्रति भिन्न तरह से प्रतिक्रिया करते हैं। यह किसी को कठोर बनाता है और किसी को नर्म। आप यही कहना चाह रहे हैं?"

"यह तो स्पष्ट-सी बात है, किन्तु थोड़ा और सोचें। उबलते पानी का तनाव झेलने से पहले अंडा कैसा होता है?"

"इसका ख़ोल कठोर होता है मगर अन्दर तरल होता है।"

"तो अंडा बाहर से कठोर मगर अन्दर से नर्म होता है। और उबलता पानी, तनाव इसे अन्दर से भी कठोर बना देता है, सही ना?"

"हाँ।"

"अब आलू के बारे में सोचें। आप इसका वर्णन कैसे करेंगे?"

"इसका पतला-सा छिलका होता है—तो यह बाहर से नर्म और अन्दर से कठोर होता है।"

"तनाव के प्रति भी लोगों की बहुत कुछ ऐसी ही प्रतिक्रिया होती है। जो अन्दर से नर्म होते हैं, वो सही मात्रा में तनाव मिलने से कठोर हो जाते हैं, और जो अन्दर से कठोर होते हैं वो नर्म हो जाते हैं। अगर इस बारे में आप इस तरह से सोचें तो चरित्र को सन्तुलित करने के लिए आपको सही

मात्रा में तनाव की आवश्यकता होती है। आवश्यकता से अधिक तनाव अच्छा नहीं होता—वो आपको तोड़ सकता है। ना ही बिल्कुल तनाव न होना अच्छा है। चरित्र के सन्तुलन और सही विकास के लिए आपको सही मात्रा में तनाव की आवश्यकता होती है।"

"तो आप कह रहे हैं कि मैं अपने भाई को जो तनाव दे रहा हूँ, वो उन्हें फिर से सशक्त कर देगा?"

मबकुर ने सिर हिलाया। "मैं आपके भाई की बात नहीं कर रहा हूँ। मैं आपकी बात कर रहा हूँ।"

कुम्भकर्ण के माथे पर बल पड़ गये, वो अचम्भित था।

"संसार भर में लोग आपके जैसे लोगों, नागाओं, के प्रति पूर्वाग्रह से ग्रस्त हैं। आपका बाहरी रूप कठोर, भयानक है। मगर अन्दर से आप सज्जन और संवेदनशील हैं। आप उन कुछ श्रेष्ठ लोगों में से हैं जिन्हें जानने का सौभाग्य मुझे मिला है।"

कुम्भकर्ण ने कुछ नहीं कहा, हालाँकि इस अप्रत्याशित प्रशंसा पर वो आनन्द से लजा गया था।

मबकुर ने आगे कहा, "सच तो यह है कि आपके भाई के साथ जो हो रहा है, उसका तनाव आप महसूस कर रहे हैं। यह तनाव आपको सशक्त बना रहा है। यह आपको उसका सामना करने के लिए तैयार कर रहा है जो आने वाला है।"

"क्या आने वाला है?"

"विष्णु।"

"विष्णु?"

"सातवें विष्णु आयेंगे। अधर्म के मार्ग पर चलने वालों के लिए यह कठिन समय होगा। अपने भाई की आत्मा को सही मार्ग की ओर निर्देशित करने और उस पर लाने का दायित्व आपका होगा, कुम्भकर्ण। आपको ही लंका के बेगुनाहों को बचाना होगा। आपको अधिक दृढ़ होना होगा।"

"मैंने तो किसी विष्णु के आने के बारे में नहीं सुना..."

मबकुर मुस्कुराया। "आग लगने पर केवल मूर्ख ही तब हरकत में आते हैं जब वो उनके सिर पर आ जाती है। बुद्धिमान तो उसे जलाए जाने के वर्षों पहले ही उसका आभास पा लेते हैं।"

"मगर विष्णु मेरे भाई के पीछे क्यों जायेंगे?"

मबकुर ने कुम्भकर्ण को देखा, इस स्पष्ट रूप से मूर्खतापूर्ण प्रश्न पर उनकी भँवें चढ़ गयी थीं।

चेहरे पर शर्मिन्दगी लिए कुम्भकर्ण शीघ्रता से पीछे हटा। "यह विष्णु कौन हैं? उनका क्या नाम है?"

मबकुर पलांश को झिझका, फिर उसने उत्तर दिया, "यह उत्तर अभी स्पष्ट नहीं है।"

मबकुर जानता था कि वो कुम्भकर्ण को सच नहीं बता सकता, मगर वो झूठ भी नहीं बोल रहा था। कम-से-कम, तकनीकी रूप से तो नहीं।

"आपने मुझे बुलाया, दादा?" कुम्भकर्ण ने कक्ष के द्वार पर खड़े होकर ज़ोर से पूछा।

करछप की लड़ाई को बीस साल बीत चुके थे। गत वर्ष ने रावण के व्यवहार में परिवर्तन देखा था। सैंतालीस वर्ष के रावण ने अपने नशे की लतों को कम करने की ओर ध्यान दिया था। एक बार फिर उसने अपने व्यापार का नियन्त्रण सँभालना शुरू किया। वो कभी-कभार वैद्यनाथ के चिकित्सालय के बारे में भी पूछ लिया करता था, यद्यपि वो कभी वहाँ गया नहीं था।

कुम्भकर्ण का मानना था कि उसका भाई उस त्रासदी के कारण अपनी उदासीनता और आत्मतुष्टि से बाहर निकल आया है जो कुछ वर्ष पहले सिगिरिया में अचानक आ पड़ी थी। एक रहस्यमय महामारी ने शहर को अपनी क्रूर चपेट में ले लिया था और इससे निबटने के सभी उपाय असफल हो रहे थे। विचित्र रूप से इसका प्रभाव बच्चों के बीच सबसे अधिक था। शिशु समय से पहले जन्म ले रहे थे और अनेक तो प्रसव के दौरान ही मृत्यु को प्राप्त हो गये थे। जो जीवित बचे, वो कुछ सीखने में अक्षम, भूख के अभाव, लगभग निरन्तर पेट में दर्द, शिथिलता और थकान के साथ बड़े हो रहे थे। कुछ में बहरापन था और उन्हें निरन्तर ऐंठन या दौरे पड़ते थे। वयस्क भी पीड़ा से मुक्त नहीं थे। अनेक दुर्बल कर देने वाले जोड़ों और माँसपेशियों के दर्द और घोर सरदर्द से पीड़ित थे। बड़ी संख्या

में गर्भवती स्त्रियों के गर्भपात और मृत शिशु उत्पन्न हो रहे थे, और अनेक की प्रसव के दौरान मृत्यु हो गयी थी।

यद्यपि शारीरिक लक्षणों ने व्यापक खलबली मचा दी थी, मगर उससे भी हानिकारक देश भर में गिरता मनोबल था। लंका के सबसे अच्छे चिकित्सक भी इस महामारी का उपचार ढूँढ़ पाना तो दूर इसके कारणों को भी नहीं समझ पा रहे थे। लगभग सारी जनसंख्या किसी-न-किसी रूप में कष्ट भोग रही थी, अफ़वाहें फैलने लगीं कि सिगिरिया पर किसी प्रकार का शाप लग गया है।

रावण को महामारी को ले कर सबसे अधिक चिन्ता यह थी कि इससे सेना कमज़ोर हो रही थी। वो हिन्द महासागर की विभिन्न व्यापारिक चौकियों से लंका के कुछ सैन्य बलों को बुला कर सेना को सुदृढ़ कर सकता था, मगर इससे बन्दरगाह अरक्षित हो जाते। साथ ही, इससे लंका के शत्रुओं को इस तथ्य की जानकारी हो जाती कि द्वीपीय राज्य में सब कुछ ठीक नहीं है, और इससे विद्रोहों को हवा मिलती।

रावण ने सप्त सिन्धु तक बात पहुँचने दिये बिना स्वयं को नगर की सुरक्षा में वृद्धि करने के काम में लगाया, तो समस्या की ओर कुम्भकर्ण की नीति शोध में और चिकित्सकों और परिचारकों के प्रशिक्षण में और अधिक धन निवेश करने की थी। अपने भाई के उत्तर की प्रतीक्षा करते हुए वो इसी बारे में सोच रहा था।

फिर उसे रावण की आवाज़ सुनायी दी। “हाँ, कुम्भ। अन्दर आ जाओ।”

कुम्भकर्ण ने रावण के गुप्त कक्ष में प्रवेश किया, जहाँ उसके बड़े भाई के अनेक पसन्दीदा वाद्ययन्त्र, और हज़ारों की संख्या में अतिविशिष्ट पांडुलिपियाँ रखी थीं। सबसे महत्वपूर्ण वहाँ कन्याकुमारी के उसके अनमोल चित्र भी रखे हुए थे।

“यहाँ इतना कम प्रकाश क्यों है?” उसने पूछा।

रावण ने दीवार पर लगी मशालों की ओर संकेत किया। “अब तुम इन्हें जला सकते हो। इस अन्तिम भाग को पूरा करने के लिए मुझे बहुत हल्के प्रकाश की आवश्यकता थी।”

कुम्भकर्ण ने मशालों को जलाया और यह देखने के लिए अपने भाई के पास पहुँचा कि वो किस पर काम कर रहा है। चित्रपटल के दृश्य को देख कर उसका मुँह खुला रह गया।

रावण ने पूछा, "तुम्हारा क्या कहना है?"

कुम्भकर्ण के मन में जो शब्द उभरे थे, उन्हें कहते-कहते वो रुक गया। *भयंकर और साथ ही साथ भव्य।*

यह वेदवती का चित्र था, मगर उन वेदवती का नहीं जिन्हें वो जानता था। चित्र में, वो उसी आयु की थीं जब उनकी मृत्यु हुई थी, मगर वो समानता बस यहीं समाप्त हो जाती थी। यह स्त्री सुदृढ़ और शक्तिशाली थी, उनका शरीर बलिष्ठ और पुष्ट था। असल जीवन में वेदवती जितनी लम्बी थीं, यह उससे अधिक लम्बी थीं। यद्यपि रावण ने उनके अनुपातों के साथ छेड़छाड़ नहीं की थी, मगर बलिष्ठ काया के कारण उनके उभार कम स्पष्ट थे। रावण द्वारा लाये गये सभी परिवर्तनों के मिले-जुले प्रभाव के कारण वो वात्सल्यमयी कम और किसी योद्धा राजकुमारी की भाँति प्रचंड अधिक लग रही थीं। वो एक शानदार घोड़े पर सवार थीं, उनके खुले हुए बाल हर दिशा में उड़ रहे थे। एक हाथ में ऊँची उठी रक्तरंजित तलवार थी, जो फिर से वार करने के लिए तैयार थी। उनके सामने, कीचड़ भरी भूमि पर सप्त सिन्धु के अनेक राजा घुटनों के बल बैठे थे। वो हताश और भयभीत दिख रहे थे। कुछ के मुँह चिल्लाने के भाव से खुले हुए थे। कुछ के सिर धड़ से अलग किये जा चुके थे, जबकि अन्य स्पष्ट रूप से दया की गुहार लगा रहे थे। पृष्ठभूमि में, बहुत दूर, साधारणजन थे—भारतीय—निर्धन और दीन-हीन, मगर अत्यन्त प्रसन्न कि उनकी देवी उनके यातनादायकों का संहार कर रही हैं।

भयंकर और साथ ही साथ भव्य।

"क्या कहते हो?" रावण ने फिर से पूछा।

"यह... यह भव्य है, दादा! समझ नहीं पा रहा क्या कहूँ," कुम्भकर्ण हकला-सा गया था।

"मुझे प्रसन्नता हुई कि तुम ऐसा सोचते हो," रावण ने कहा। "संसार को उन्हें इसी रूप में याद रखना चाहिए। इसी तरह संसार उन्हें याद करेगा।"

मगर वो ऐसी तो नहीं थीं।

कुम्भकर्ण ने अपने विचार अपने तक ही रखे।

"इनके चेहरे को देखो। मैंने इन्हें बिल्कुल वैसा ही उकेरा है जैसी वो तब थीं जब हम अन्तिम बार मिले थे।"

"हाँ, दादा। आश्चर्य की बात है कि बीस से अधिक वर्ष बाद भी ये आपको बिल्कुल स्पष्ट याद हैं।"

"कोई आत्मा अपने अस्तित्व के कारण को कैसे भूल सकती है?"

कुम्भकर्ण कोई उत्तर देता, इससे पहले रावण मुड़ा और उसने एक पत्र उठा लिया, उसकी आँखें उत्साह से चमक रही थीं। "इसे देखो।"

कुम्भकर्ण ने पत्र लिया और जल्दी से पढ़ डाला। "इसका क्या अर्थ हुआ?"

"इसका क्या अर्थ हुआ?" रावण ने पूछा। "तुम अँधे हो क्या? फिर से पढ़ो। यह तो स्फटिक की तरह स्पष्ट है।"

"हाँ, किन्तु..."

"किन्तु क्या?"

"यह मिथिला राज्य से राजकुमारी सीता के स्वयंवर में शामिल होने का निमन्त्रण है।"

मिथिला सप्त सिन्धु का एक राज्य था जिसके अच्छे दिन बहुत पीछे छूट गये थे। कभी यह गंडकी नदी के किनारे बसा एक समृद्ध नदी-पत्तन नगर रहा था। मगर अनेक वर्ष पहले भूकम्प के कारण नदी के मार्ग में बदलाव हो गया जिससे नगर की समृद्धि और शक्ति में भारी कमी आ गयी। मगर, अपनी कमतर स्थिति के बावजूद मिथिला पूरे सप्त सिन्धु से सम्मान पाता था। यह एक ऐसा नगर था जिसे ऋषि-ऋषिकाएँ पसन्द करते थे, और कम-से-कम आध्यात्मिक और बौद्धिक सन्दर्भ में यह भारत के सर्वाधिक सम्मानित राज्यों में से एक था।

"बिल्कुल।"

"मगर क्यों...?"

"मैं क्यों जाऊँगा?"

"यह जाल है, दादा। आप जानते हैं कि सप्त सिन्धु के राजपरिवार आपसे घृणा करते हैं। वो आपको क्यों आमन्त्रित करेंगे? कृपया आप न जायें? कृपया आप न जायें।"

रावण चकित-सा दिखा। "मुझे तो लगता था कि तुम चाहते हो मैं सप्त सिन्धु के साथ शान्ति स्थापित करने का प्रयास करूँ।"

कुम्भकर्ण ने पल भर को वेदवती के चित्र को देखा, फिर रावण की ओर मुड़ा।

"मैंने यह चित्र अनेक माह पहले बनाना शुरू किया था। मैं एक नई शुरुआत करना चाहता हूँ," रावण ने कहा। "इस निमन्त्रण से मैं सोचने लगा हूँ कि शायद हम सप्त सिन्धुवासियों के साथ सच में मिलजुल कर रह सकते हैं। शायद हमारी सम्पत्ति भी कुछ कल्याण-कार्यों में लगायी जा सके। प्रश्न यह है कि तुम मेरे साथ हो या नहीं?"

कुम्भकर्ण को मबकुर के कोई आठ वर्ष पहले के शब्द याद आ गये। *मुझे विश्वास है कि रावण की आत्मा को फिर से बचाने का अवसर आयेगा जब समय आयेगा तो उन्हें आपकी सहायता की आवश्यकता होगी।*

वो रावण को गले लगाने के लिए आगे बढ़ा। "निस्सन्देह मैं आपके साथ हूँ, दादा!"

अगर हम अधर्म से दूर जा सकें तो विष्णु के पास हम पर आक्रमण करने का कोई कारण ही नहीं होगा।

—ॐ—

अकंपन चकरा गया था। "मगर, इराइवा, मैं समझा नहीं। मिथिला? वो तो... वो तो कुछ नहीं हैं। उनका तो बस ज्ञानी और दार्शनिकों के तौर पर सम्मान किया जाता है। उनके पास कोई वास्तविक शक्ति नहीं है।"

अकंपन का वास्तविक स्वामी रावण सामान्य तौर पर तो उससे चुप रहने और जैसा कहा गया हो वैसा करने को कहता। मगर महत्वपूर्ण व्यक्ति, बड़े काम करने वाले व्यक्तियों में आमतौर पर एक कमज़ोरी होती है : वो अपने बड़े कामों की बातें करना चाहते हैं। वो सुनना चाहते हैं कि वो कितने महान हैं, शब्दों में नहीं तो अपने अनुचरों की आँखों में प्रशंसा के भाव में। रावण भी भिन्न नहीं था। सामान्यतया वो अपनी योजनाएँ केवल कुम्भकर्ण को ही बताता था। इन्द्रजीत अभी बहुत छोटा था, और अन्य लोगों के लिए रावण के मन में कोई सम्मान नहीं था। मगर कुछ समय से,

भाइयों के बीच बातचीत तनावपूर्ण हो गयी थी। कुम्भकर्ण की लगातार धर्म की बातें रावण को उबाने लगी थीं।

"शपथ लो कि इस बारे में कभी किसी से कुछ नहीं कहोगे," रावण ने कहा।

अकंपन ने तुरन्त लंका का मानक अभिवादन करने की दयनीय-सी कोशिश की। "निस्सन्देह, इराइवा।"

"कुम्भकर्ण से भी नहीं।"

अकंपन का सीना गर्व से फूल गया। अन्ततः उसके वास्तविक स्वामी ने उसके मोल को पहचाना था। वो उस पर अपने रक्त से अधिक विश्वास जता रहे थे। "स्वप्न में भी नहीं, इराइवा। मैं शपथ लेता हूँ। मैं महा प्रभु जगन्नाथ की शपथ लेता हूँ।"

"तो मैं यह करने वाला हूँ। जैसे ही मैं स्वयंवर को जीतूँगा, मैं मिथिला का अधिग्रहण कर लूँगा और राजा जनक से अपने आदेशों का पालन करवाऊँगा। मैं उन्हें, और उनकी ऋषि-सभा को विवश कर दूँगा कि मुझे जीवित ईश्वर के रूप में स्वीकार करें। सांसारिक मामलों में मिथिला शक्तिहीन हो सकता है, मगर जब बात आध्यात्मिक मामलों की आती है तो इसकी गिनती सर्वाधिक पूज्यों में होती है, शायद काशी के समकक्ष ही। केवल सरस्वती नदी के निकटस्थ भूमि ही इससे अधिक श्रद्धा पाती है। अगर मिथिला मुझे ईश्वर के रूप में पूजना शुरू कर देगा तो सप्त सिन्धु के कई अन्य राज्य भी इसका अनुकरण करेंगे। मेरे जीवित रहते हुए ही वो मेरे मन्दिर बनवायेंगे। तब, और केवल तब मैं अमरत्व के प्रति आश्वस्त हो सकता हूँ।"

स्वयंवर का एक और पक्ष भी था जो रावण को रोमाँचित कर रहा था। राजकुमारी सीता से उसका विवाह सप्त सिन्धुवासियों के लिए पूरी तरह अपमानजनक होगा; यह उन्हें दिखायेगा कि वो न केवल उनके बन्दरगाहों और सम्पत्ति को, बल्कि उनकी स्त्रियों को भी लेने में सक्षम है। इन्हीं कारणों से उसने मन्दोदरी से विवाह किया था। मगर मन्दोदरी तो बस एक भूस्वामी की पुत्री थी। सीता एक राजा की पुत्री थीं—असली राजकुमारी। एक राजपरिवार की कन्या से विवाह करके राजपरिवारों को अपमानित करने के विचार ने रावण को बेपनाह सन्तुष्टि दी थी। मगर वो अकंपन को यह नहीं बता सकता था। भले ही वो निष्ठावान सेवक हो,

मगर रावण उसके साथ तो अपने निजी जीवन पर चर्चा नहीं कर सकता था।

इस बीच निष्ठावान सेवक अभी भी गहरे सदमे में था। "मगर इराइवा, आपको लगता है कि वो मान..."

"मानेंगे।"

"मैं आपसे असहमत होने वाला कौन हूँ? किन्तु, मेरा मतलब... सप्त सिन्धु के लोग हठी हैं। वो उतने खुले विचारों के नहीं हैं जितने हम लंकावासी हैं। यहाँ तक कि विष्णु और महादेवों के मन्दिर भी उनके जीवित रहते नहीं बने थे।"

रावण आगे को झुका, उसका चेहरा अकंपन के चेहरे के निकट आ गया था। "तुम कह रहे हो कि मैं किसी विष्णु या महादेव से कम हूँ?"

"ऐसा सोचने की भी मेरी हिम्मत नहीं होगी, महान इराइवा! आप तो निस्सन्देह उनसे भी महान हैं। मगर मुझे यह नहीं पता कि सप्त सिन्धुवासी भी क्या इस स्पष्ट सत्य को देखेंगे। कभी-कभी लोग यह मानने से भी इंकार कर देते हैं कि सूर्य देव उदित हो गये हैं, भले ही दिन चढ़ आया हो!" अकंपन ने चापलूसी भरी मुस्कुराहट के साथ कहा।

"तुम्हें इसकी चिन्ता करने की आवश्यकता नहीं है। जो सत्य है उसे वो देखेंगे। मेरा विश्वास करो।"

"मुझे विश्वास है कि आप सही कह रहे हैं, इराइवा। अन्यथा वो आपको क्यों आमन्त्रित करते?"

"उन्होंने इस बारे में नहीं सोचा था। मैंने उनसे ऐसा करवाया था।"

"सच?" अकंपन प्रभावित था।

"हाँ। संकश्य के राजा कुशध्वज मिथिला के राजा जनक के भाई हैं। उन पर लंका का भारी ऋण है। कुछ वर्ष पहले जब अचानक उनके प्रधानमन्त्री सुलोचन की हृदयाघात से मृत्यु हुई, तब से उनके व्यापारिक कार्य अस्त-व्यस्त हो गये हैं। हमने उनका ऋण माफ़ कर दिया और उन्होंने निमन्त्रण का प्रबन्ध कर दिया।"

"यह तो बहुत अच्छे से हो गया, महान इराइवा।"

अकंपन की प्रशंसा पर रावण प्रसन्न दिखा। "हाँ, मैंने इसे बहुत अच्छे से किया।"

"वैसे, मिथिला में हमारा भी कोई है, स्वामी।"

सप्त सिन्धु के सभी राज्यों में रावण के अधिकृत व्यापारिक प्रतिनिधि थे। मगर बस इतना ही नहीं था। उसने सारे राज्यों में एक गोपनीय गुप्तचर जाल भी बिछा दिया था। ये गुप्तचर और निष्ठावान लोग वेष बदल कर उसके लिए काम करते थे, और चुपचाप यह पक्का करते थे कि उसकी योजनाएँ प्रभावी रूप से क्रियान्वित हों।

"मुझे नहीं लगता था कि मिथिला हमारे लिए इतना महत्वपूर्ण है कि हमने वहाँ किसी को रख छोड़ा है?" रावण ने कहा। "किन्तु मुझे आशा है कि इससे हमारे उद्देश्य में सहायता मिलेगी। कौन है वो?"

"वैसे अनेक वर्षों से हम सक्रियता से उसका संचालन नहीं कर रहे हैं। जैसा आपने कहा, स्वामी, मिथिला कोई बहुत महत्वपूर्ण राज्य नहीं है, और उसके साथ हमारा कुछ अधिक व्यापार भी नहीं है। मगर हमारे गुप्तचर को राज्य के प्रशासन में बहुत ऊँचा पद हासिल है—मिथिला के नगर-रक्षक और नयाचार प्रमुख का।"

"कौन है यह पुरुष?"

"स्त्री, स्वामी। उसका नाम समीची है।"

लड़की का नाम सुनकर रावण जड़ हो गया। कुम्भकर्ण के अलावा उसने ऐसे किसी व्यक्ति से सरोकार नहीं रखना चाहा था जो वेदवती की हत्या के समय उसके साथ रहा हो। उनकी मौजूदगी उसे उस भयानक दिन की याद ही दिलाती रहती। उसके साथ टोडी गये लंका के सभी सैनिकों को ऐसी साधारण चौकियों पर भेज दिया गया था जहाँ उसे उन्हें कभी न देखना पड़ता। समीची का नाम सुनने भर से वो सारी यादें वापस चली आयी थीं और एक बार फिर उसे वेदवती की रक्षा न कर पाने की याद दिला गयी थीं।

"उससे बात करें और सुनिश्चित करें कि सब कुछ मेरे पक्ष में तैयार हो," उसने कहा।

"बिल्कुल, इराइवा।"

"कोई चूक नहीं होनी चाहिए।"

"बिल्कुल सही, इराइवा।"

"और वहाँ होने के दौरान मैं समीची को देखना या उससे मिलना नहीं चाहता। क्या यह स्पष्ट है?"

अकंपन उलझन में पड़ गया, मगर तुरन्त सहमत हो गया। "जैसा आप चाहेंगे, इराइवा।"

पुष्पक विमान कुछ देर हवा में ही मंडराता रहा, जबकि उसके घूर्णक धीरे-धीरे मन्द पड़ रहे थे। फिर, बहुत आराम से, वो धरती पर उतरा। रावण के पास बेहतरीन विमान-चालक थे।

जब द्वार खिसक कर खुला, तो रावण अपने विख्यात उड़न-यान के गर्भ से बाहर आया, उसके पीछे-पीछे कुम्भकर्ण था। किष्किन्धा का राजा और महान वानर वंश का वंशज वालि अपने पूरे दरबार के साथ सुरक्षित दूरी पर खड़ा हुआ था।

दस सहस्त्र सैनिकों की रावण की सेना पहले ही भारत के पूर्वी समुद्र और फिर गंगा के मार्ग से मिथिला के लिए चल पड़ी थी। अपने पोतों से उतरने के बाद वो जनक के राज्य की ओर कूच करती और रावण के पहुँचने की प्रतीक्षा करती। इस बीच पर्याप्त दिन थे तो मिथिला जाते हुए रावण ने किष्किन्धा रुकने का निर्णय किया।

विशाल पाषाण-खंडों और चट्टानी पहाड़ियों से भरा किष्किन्धा का प्रदेश चन्द्रमा की सतह जैसा था। उत्तर-पूर्व में बहती प्रचंड तुंगभद्रा बलखाती इस सपनीले प्रदेश में बहते हुए अन्तत: उत्तर में कृष्णा नदी में मिल जाती थी। प्रकृति के साथ सामंजस्य और अधिकांश वैदिक लोगों की मूर्ति-पूजक शैली के कारण नगर के अनके हिस्सों में विशाल मन्दिरों का निर्माण हुआ था जहाँ पवित्र तुंगभद्रा, इसके आसपास की भूमि और प्राचीन देवताओं की पूजा होती थी। किष्किन्धा का प्रत्येक नगर किसी मन्दिर के आसपास बसा था जिसके चारों ओर बाज़ार, प्रेक्षागृह, पुस्तकालय, उपवन और घर थे। वालि बुद्धिमान और शक्तिशाली राजा था। उसका राज्य समृद्ध था और प्रजा सुखी थी। और उसकी वीरता, मान और सुशिष्ट आचरण की ख्याति दूर-दूर तक फैली हुई थी।

"कुछ गड़बड़ है," प्रतीक्षारत आतिथेयों की ओर बढ़ते हुए कुम्भकर्ण ने धीमे से कहा।

वहाँ पारम्परिक वैदिक स्वागत का कोई चिह्न नहीं था, जिसकी उन्हें अपेक्षा थी। न सजे-धजे हाथी, न अलंकृत गायें, और न ही आरती के थाल लिये पुरोहित। यही नहीं, स्वागत दल असहज चुप्पी से घिरा हुआ था—वहाँ कोई संगीत या जय-जयकार नहीं हो रही थी।

शीर्ष पर वालि मौन खड़ा था, उसके हाथ विनम्र नमस्ते में जुड़े हुए थे। किष्किन्धा का राजा गौर वर्ण का, असामान्य रूप से बालों भरा और औसत लम्बाई का असाधारण रूप से बलिष्ठ शरीर का था। वो परम्परागत सज-धज के साथ था मगर कुछ अन्यमनस्क-सा दिख रहा था।

"मुझे सुग्रीव नहीं दिख रहा," रावण ने धीरे से कुम्भकर्ण से कहा।

सुग्रीव वालि का छोटा सौतेला भाई था, और रावण की राय में अशक्त मूर्ख था। सुग्रीव को एक महान राजा के बिगड़े, आलसी भाई के रूप में देखने वाले अधिकांश लोग उसके प्रति रावण की राय से सहमत होते, वो अपने अत्यधिक सफल बड़े भाई की उपलब्धियों के सामने कहीं नहीं ठहरता था और इसलिए अपनी असुरक्षाओं को वो मदिरा और द्यूत में भुलाता था। सुग्रीव ने इतने अविवेकपूर्ण काम किये थे कि वो राज्य से निकाल दिये जाने के योग्य था, मगर उनकी माँ आरुणि के संरक्षण के कारण वालि अपने छोटे भाई को निष्कासित नहीं कर पाया था।

"मुझे भी नहीं दिख रहा," कुम्भकर्ण ने नर्म स्वर में कहा।

अवसर की सूँघ पाकर रावण मुस्कुरा दिया।

—𑀭𑀸—

किष्किन्धा मातृवंशीय समाज था। सिंहासन पर अधिकार पिता से पुत्र को नहीं मिलता था, बल्कि माँ से बेटी को प्राप्त होता था। बेटी का पति राजा के रूप में माँ के पति का स्थान लेता था। मगर हठी और शक्तिशाली देवी आरुणि ने इस परम्परा को तोड़ा और अपने योग्य बड़े पुत्र को राजा बनाया। उनकी कोई पुत्री नहीं हुई थी, और परम्परा के अनुसार राजवंश को अपनी छोटी बहन की स्त्री वंशजों के हवाले करने के स्थान पर उन्होंने तय किया कि सत्ता को अपने ही परिवार में रखेंगी।

रावण इस इतिहास से परिचित था, मगर इस समय किष्किन्धा के महल के अतिथिगृह में वालि के पास बैठे हुए उसे इसमें रुचि नहीं थी। कुम्भकर्ण के सिवा आसपास और कोई नहीं था, वालि के अंगरक्षक भी

नहीं। चिन्ता दर्शाते हुए रावण की भाव-भंगिमा सावधानी से तराशी हुई थी। "आप व्याकुल दिख रहे हैं, राजा वालि। आशा है आपको दिया जाने वाला सीमा-शुल्क का भाग बहुत कम नहीं होगा? कभी-कभी मेरे आदमी कुछ अधिक लालची हो जाते हैं," उसने कहा।

वालि फीकेपन से मुस्कुराया। "आपके लोग जानते हैं कि मुझसे पंगे नहीं लिए जा सकते। मैं वालि हूँ।"

रावण दिल खोल कर हँसा। "आप वीर हैं, मेरे मित्र।"

वालि ने रावण को देखा, उसके चेहरे पर दुख था। यद्यपि वो मौन रहा, मगर उसकी सूनी आँखें जैसे बोल रही थीं। *वीर? मैं?*

अब रावण को विश्वास हो गया था कि उस सुबह अपने गुप्तचरों से उसे मिली सूचना सही थी। मगर अपना पाँसा फेंकने से पहले उसे सुनिश्चित होना था।

"मित्र," उसने कहा। "अंगद कहाँ हैं? मुझे वो कहीं दिखाई नहीं दे रहे? आशा है वो स्वस्थ होंगे?"

अंगद वालि का पाँच वर्षीय पुत्र और उसकी आँख का तारा था। कठोर, रूखा और विरक्त वालि, जिसे लोग प्रेम से अधिक सम्मान करते थे, अपने इकलौते पुत्र के साथ होने पर बिल्कुल भिन्न व्यक्ति होता था। जब भी अवसर मिलता तो वो उसके साथ हँसता, खेलता, और उसे दुलारता था। कभी-कभी अंगद के लिए घोड़ा भी बन जाता था। अंगद के जन्म से ही, किष्किन्धा के नागरिकों, यहाँ तक कि राजपरिवार के लोगों, ने भी वालि का एक अनौपचारिक, मस्तमौला रूप देखा था।

"हाँ... अंगद... वो..." वालि बोलते-बोलते रुक गया, उसके चेहरे पर पीड़ा छा गयी थी, उसकी आवाज़ रुँध गयी थी।

अब रावण को यक़ीन हो गया था कि उसकी सूचना सही है। उसने अपनी सांसों को नियन्त्रित किया। वो अपने उत्साह को दिखने नहीं दे सकता था।

बाद में। किष्किन्धा को मैं बाद में हथियाऊँगा। मिथिला पर अधिग्रहण करने के बाद।

दूसरी ओर, कुम्भकर्ण वालि के चेहरे पर दिख रही पीड़ा से अचम्भित था। उसने किष्किन्धा के शक्तिशाली राजा को कभी इस हाल में नहीं देखा था। "महान राजा," कुम्भकर्ण ने कहा, "सब कुशल तो है?"

वालि अचानक उठा और उनके सामने हाथ बाँधकर खड़ा हो गया। "मुझे क्षमा करें, मित्रो। मुझे... मुझे जाना होगा। मैं कुछ देर में आता हूँ।"

रावण और कुम्भकर्ण भी तुरन्त खड़े हो गये।

"अवश्य, वालि," रावण ने कहा, उसका चेहरा चिन्ता की तस्वीर दिख रहा था। "अगर हम कुछ कर सकते हों तो कृपया हमें बताइयेगा।"

"धन्यवाद। हम बाद में बात करेंगे।" यह कहते हुए वालि लम्बे डग भरता कक्ष से बाहर निकल गया।

कुम्भकर्ण जाते हुए वालि को तकता रहा और फिर अचम्भित-सा अपने बड़े भाई की ओर मुड़ा। "मुझे नहीं पता था राजा वालि अपनी माँ से इतना प्रेम करते थे।"

एक माह पहले ही वालि की माँ आरुणि का अल्पकालिक बीमारी के बाद देहान्त हो गया था।

"बात उसकी माँ की नहीं है," रावण ने कहा।

कुम्भकर्ण हैरान दिखा। "फिर क्या बात है? वो तो एकदम निढाल दिखते हैं। मैंने कभी सोचा भी नहीं था कि वो किसी भी विपदा से इतने हताश हो सकते हैं। उन्हें कोई बात तो खाये जा रही है।"

यह पक्का करने के लिए कि वो लोग वास्तव में अकेले ही हैं, रावण ने द्वार की ओर एक निगाह डाली। "हम जो बात कर रहे हैं, वो हमारे बीच ही रहनी चाहिए। पूरी तरह से हमारे बीच।"

"निस्सन्देह," कुम्भकर्ण ने तुरन्त कहा। "बात क्या है?"

"बात अंगद की है।"

"अंगद की? क्या उस प्यारे बालक को कुछ हो गया है?"

"उसे अभी तो कुछ नहीं हुआ। मामला वो है जो उसका जन्म होने से पहले हुआ था।"

"उसके जन्म से पहले?"

"हाँ। क्या तुम्हें नियोग की परम्परा की जानकारी है?"

कुम्भकर्ण अवाक रह गया। नियोग एक प्राचीन परम्परा थी जिसके द्वारा वो स्त्री जिसका पति सन्तान उत्पन्न करने में असमर्थ हो, किसी अन्य पुरुष से उसे गर्भवती करने की प्रार्थना कर सकती थी। विभिन्न कारणों से, यह पुरुष सामन्यतया कोई ऋषि होता था।

एक तो, अधिकांश ऋषियों का उनकी उच्च बौद्धिक क्षमताओं के लिए आदर किया जाता था, एक ऐसा गुण जिसके उनकी सन्तान में आने की सम्भावना होती थी। उससे भी महत्वपूर्ण, चूँकि अधिकांश ऋषि घुमन्तु संन्यासी होते थे, इसलिए यह लगभग निश्चित होता था कि वो सन्तान पर अपना दावा नहीं करेंगे। विधान के अनुसार नियोग रीति के मेल से उत्पन्न सन्तान उस स्त्री और उसके पति की वैध सन्तान मानी जाती थी; जन्मदाता पिता पितृत्व का दावा नहीं कर सकता था और उसे सदैव गुमनाम रहना होता था।

"जैसा मेरे गुप्तचरों ने मुझे बताया है," रावण ने आगे कहा, "एक बार सुग्रीव को बचाते हुए वालि बहुत बुरी तरह से घायल हो गया था। यह बहुत वर्ष पहले एक शिकार के दौरान हुआ था। उसका जीवन बचाने वाली औषधियों का दुष्प्रभाव यह हुआ कि उसकी सन्तान नहीं हो सकती थी। प्रत्यक्ष कारणों से इसे गोपनीय रखा गया था।"

"इनका वो निकृष्ट भाई," कुम्भकर्ण ने अप्रसन्नता से कहा। "तो आपका मतलब है कि राजा वालि की पत्नी तारा ने निर्णय लिया..."

"तारा ने नहीं," रावण ने बात काटी। "स्पष्ट रूप से यह उनकी माँ थीं। रानी माँ ने तय किया कि वालि के बाद उसकी सन्तान को किष्किन्धा पर शासन करना चाहिए। और इसका हल पाने के लिए वो नियोग की ओर मुड़ीं।"

"तो क्या?" कुम्भकर्ण ने पूछा। "अगर अंगद उनका अपना पुत्र नहीं है तो इससे क्या अन्तर पड़ता है? नियम स्पष्ट हैं। चूँकि राजा वालि रानी तारा के पति हैं, तो उनके पुत्र के पिता वही माने जायेंगे, भले ही सन्तान का जन्मदाता कोई और हो। और अंगद अद्‌भुत बालक है। एक दिन वो महान राजा बनेगा। मैं देख सकता हूँ, इस नन्ही उम्र में भी, कि उसने अपने नेक पिता का जोश, उत्साह और बुद्धि पायी है।"

"मामला इससे कुछ अधिक जटिल है।"

"वो कैसे?"

"तुम जानते हो आरुणि कैसी थीं।"

"हाँ, मैंने रानी माँ के हठी व्यवहार की कहानियाँ सुनी हैं..."

"हाँ, ख़ैर, मुझे लगता है जब लोग मृत्यु के निकट पहुँचते हैं, तो अपनी आत्मा के बारे में सोचने लगते हैं। वो अपने पापों का प्रायश्चित करना और 'सच बता देना' चाहते हैं।"

"उन्होंने राजा वालि को क्या सच बताया?"

"प्रत्यक्षत:, जब आरुणि ने निर्णय लिया कि वंश जारी रखने के लिए नियोग अनिवार्य है तो वो वालि की पत्नी को किसी ऋषि के पास नहीं ले जाना चाहती थीं।"

"तो उन्होंने क्या किया?"

"वो सुनिश्चित करना चाहती थीं कि उनकी वंशावली ही शासन करती रहे। तो उन्होंने..."

"हे ईश्वर!" सारी बात समझ में आते ही कुम्भकर्ण के मुँह से निकला।

सुग्रीव।

वाली की पीड़ा को महसूस करते हुए कुम्भकर्ण सिर पकड़ कर बैठ गया। "मैं तो कल्पना भी नहीं कर सकता कि वो कितने दुखी होंगे। अंगद उनका गर्व और आनन्द है। और अब... सच जानना... कि अंगद की रगों में सुग्रीव का नीच रक्त बह रहा है..."

"यही तो।" रावण ने कहा।

"क्या अंगद जानता है?"

"जहाँ तक मुझे पता है, वो नहीं जानता।"

"तो रानी माँ ने राजा वालि को यह बता दिया?"

"हाँ। अपनी मृत्युशैया पर।"

"वो इस विषय में चुप क्यों नहीं रह पायीं?"

"अपराधबोध? उन्हें अहसास होगा कि उन्होंने वालि के साथ सही नहीं किया है और अपनी मृत्यु से पहले वो उसके सामने यह स्वीकार करना चाहती थीं।"

"कितनी स्वार्थी बात है! अपनी आत्मा के बुरे कर्मों को धोने के लिए उन्होंने अपने पुत्र को यह बताया और उसे जीवन भर का दुख भेंट कर दिया।"

"तुम तो जानते हो माँएँ कितनी स्वार्थी हो सकती हैं..."

कुम्भकर्ण ने इस व्यंग्य को अनदेखा कर दिया। "क्या राजा वालि ने उस भीरू सुग्रीव से बात की?"

"हाँ, और उसने भी यह स्वीकार कर लिया, और कहा कि इस मामले में उसके सामने कोई चारा नहीं था। कि उसने तो बस उनकी माँ की आज्ञा का पालन किया था।"

"बकवास!" कुम्भकर्ण ने कहा। "मैं निश्चित कह सकता हूँ कि सुग्रीव इस प्रत्याशा से प्रसन्न होगा कि एक दिन उसकी सन्तान सिंहासन पर बैठेगी।"

"वालि को जब सच का पता लगा तो उसने सुग्रीव को राज्य से निकाल दिया," रावण ने कहा। "मैं तो उसे मरवा देता!"

"भगवान रुद्र दया करें!" कुम्भकर्ण ने कहा। "कैसी आपदा है।"

रावण को वालि से सहानुभूति थी, मगर वो अपनी झोली में आ पड़े सौभाग्य को ले कर प्रसन्न हुए बिना नहीं रह पा रहा था। अब वो सुग्रीव और वालि के बीच क्लेश का लाभ उठा कर वानर वंश को मिटा सकता था और समृद्ध किष्किन्धा को लंका के अधीन कर सकता था। वालि की सेना उसके अधीन हो जाती और आवश्यकता पड़ने पर लंका की रक्षा करने के काम आती।

उसने चैन की सांस ली। उसे अन्ततः उस समस्या का हल मिल गया हो सकता है जिससे वो बहुत समय से जूझ रहा था : लंका में उसकी सेना की घटती संख्या।

मगर उसे लगता था कि कुम्भकर्ण उसकी योजना का अनुमोदन नहीं करेगा। यह उसे अकेले ही करना होगा।

अध्याय 25

भारत की पवित्र भूमि से सहस्रों फ़ुट ऊपर पुष्पक विमान अबाध गति से उड़ते हुए किष्किन्धा से मिथिला जा रहा था। रावण और कुम्भकर्ण सुरक्षा के लिए बन्धन कसे हुए आरामदेह कुर्सियों पर बैठे थे। शीघ्र ही वो मिथिला में उतरने वाले थे, इतना समय रहते कि रावण राजकुमारी सीता के स्वयंवर में शामिल हो सके।

मगर इस समय उनका मन मिथिला या सीता में नहीं था।

"ब्रह्मचर्य, कुम्भ?" रावण ने मुँह बनाया। "सच में? स्त्रियों को केवल एक ही उद्‌देश्य से रचा गया है। और ब्रह्मचर्य अपना कर तुम उनके इस उद्‌देश्य को पूरा नहीं करोगे?"

"उफ़, दादा, आप स्त्रियों के प्रति इतने असम्मानजनक क्यों हैं?" कुम्भकर्ण ने पूछा। उसे पता था कि यह कह कर उसने अपने बड़े भाई को रुष्ट कर दिया है कि वो भारत के सुदूर दक्षिण में स्थित भगवान अयप्पा के पवित्र मन्दिर की यात्रा पर शबरीमला जाने के लिए इकतालीस दिन की शपथ लेने वाला है। रावण ने इसे इस बात के एक और संकेत के तौर पर देखा था कि उसका भाई उससे दूर हो रहा है और एक कठोर धार्मिक जीवनशैली अपनाने की ओर बढ़ रहा है।

"क्या तुम चाहोगे कि मैं उनका सम्मान करूँ, प्यारे भाई?" रावण ने हँसते हुए पूछा। "विश्वास करो, स्त्रियाँ आदर-सम्मान नहीं चाहती हैं। वो तो बस यह चाहती हैं कि कोई उनका भरण-पोषण करे और उन्हें सुरक्षा

प्रदान करे। बदले में, वो प्रेम, या उसके मिलती-जुलती जो भी वस्तु होती हो उसे, देने के लिए तैयार रहती हैं!"

"दादा, आप दूसरी बार विवाह करने जा रहे हैं। मुझे सच में लगता है कि आपको स्त्रियों के विषय में अपने विचार बदलने चाहिए।"

"देखो, कुम्भ, मैं पन्द्रह दिन में इतनी स्त्रियों का उपभोग करता हूँ जितना तुमने जीवन भर में नहीं किया होगा। मैं जानता हूँ वो कैसे सोचती हैं। वो भले ही यह कहें कि उन्हें अच्छे, संवेदनशील पुरुष पसन्द हैं। मगर याद रखो, स्त्रियाँ वो कभी नहीं कहतीं जो उनके मन में होता है। वास्तविकता में, वो भले, घरेलू क़िस्म के पुरुषों को अशक्त और अविश्वसनीय मान कर दरकिनार कर देती हैं। उन्हें असली पुरुष चाहिए होते हैं—सबल, कठोर पुरुष।"

"हमारा धर्म कहता है कि असली पुरुष वो है जो स्त्रियों का सम्मान करता है।"

"यानी असली पुरुष वो है जो आत्मसमर्पण कर दे और स्त्रियों के पाँव की जूती बन जाये?"

"मैंने ऐसा तो नहीं कहा। असली पुरुष वो है जो अपना सम्मान करता है और दूसरों के साथ भी सम्मानजनक व्यवहार करता है।"

"बकवास। मैं अपने अनुभव से बता सकता हूँ, चार स्त्रियाँ मिल कर भी एक पुरुष के समान नहीं हो सकतीं। वास्तव में, चार सौ स्त्रियाँ भी एक पुरुष के समकक्ष नहीं हो सकतीं।"

"क्या बेकार की बात है! आप अपनी बात सुन भी रहे हैं, दादा?"

"हमेशा सुनता हूँ। और मैं कुछ अनुचित नहीं सुनता!"

कुम्भकर्ण ने अपनी अप्रसन्नता को दबाने के लिए गहरी सांस ली। "जाने दीजिए। आपके विचार मेरे विश्वासों या उन वचनों को नहीं डिगा सकते जो मैं भगवान अयप्पा के लिए लूँगा।"

"तुम्हारा ब्रह्मचारी रहना किसी भगवान को कैसे प्रसन्न कर सकता है?" रावण ने उपहास किया, वो स्पष्ट रूप से कुम्भकर्ण को क्रोध दिलाने की कोशिश कर रहा था।

"यह केवल ब्रह्मचर्य की बात नहीं है, दादा," कुम्भकर्ण ने धैर्य से समझाया। "वचन ले कर, मैं पूर्व महादेव भगवान रुद्र और विष्णु देवी

मोहिनी के पुत्र भगवान अयप्पा के प्रति अपनी निष्ठा की शपथ ले रहा हूँ। यद्यपि देश भर के हज़ारों मन्दिरों में भगवान अयप्पा की पूजा की जाती है मगर यह व्रत केवल शबरीमला के मन्दिर के लिए लिया जाता है। वन की देवी शबरी के नेतृत्व में उस क्षेत्र की एक वन्य जनजाति मन्दिर की देखरेख करती है। और सभी भक्तों के लिए नियम स्पष्ट रूप से बनाये गये हैं।"

कुम्भकर्ण ने अपनी उँगलियों पर नियम गिनवाये : "इकतालीस दिन के व्रत की अवधि में हम माँस-मदिरा का सेवन नहीं करेंगे। हम भूमि पर सोयेंगे। हम शारीरिक रूप से या अपनी वाणी से किसी को आहत नहीं करेंगे। हम सभी सामाजिक समारोहों से दूर रहेंगे। उद्देश्य सादा जीवन जीने और उत्तम विचारों पर ध्यान केन्द्रित करने का है।"

"यह सब कुछ बहुत भला सुनाई देता है। मगर मुझे एक बात बताओ, तुम कहते रहते हो कि तुम स्त्रियों का कितना सम्मान करते हो। मगर तुम जानते हो ना कि शबरीमला मन्दिर में स्त्रियों को जाने की अनुमति नहीं है? क्या यह उनके प्रति असम्मानजनक नहीं है?"

"स्त्रियों को अनुमति है! बिल्कुल है। केवल उन स्त्रियों को इस मन्दिर विशेष में जाने की अनुमति नहीं है जो अपने जीवन के प्रजनन काल में होती हैं। मूल रूप से, रजस्वला होने में सक्षम स्त्रियों के लिए प्रवेश वर्जित है।"

"अहा! तो तुम्हें लगता है प्रजनन अशुद्ध है? और रजस्वला स्त्रियाँ मन्दिर को प्रदूषित कर देंगी? तुम जानते हो कि उत्तर-पूर्व भारत के कामाख्या मन्दिर में माहवारी के रक्त को पवित्र माना जाता है और उसकी पूजा होती है?"

"आप जानबूझ कर मुझे ग़लत समझ रहे हैं, दादा। रजस्वला स्त्रियों पर प्रतिबन्ध का माहवारी के रक्त के अशुद्ध होने से कोई सम्बन्ध नहीं है। कोई भी भारतीय ऐसा कैसे सोच सकता है? इसका कारण तो संन्यास मार्ग है।"

कुम्भकर्ण आगे कहता गया, "जैसा आप जानते हैं, भारत के लगभग सभी मन्दिर गृहस्थ मार्ग का पालन करते हैं। इन मन्दिरों के अनुष्ठान सांसारिक जीवन के इर्द-गिर्द निर्मित हैं, वो पति-पत्नी के, माता-पिता और सन्तान के, या किसी स्वामी और उसके सेवकों के बीच सम्बन्धों का अनुष्ठान करते हैं। संन्यासियों के भी मन्दिर होते हैं, उनमें से अधिकांश

सुदूर पहाड़ी क्षेत्रों में चट्टानों को काटकर बनाई गयी गुफाएँ हैं; इनमें अ-संन्यासियों को जाने की अनुमति नहीं होती। संन्यासियों के मन्दिर में जाने का एकमात्र तरीक़ा सभी लौकिक मोहों को त्यागना, अपने परिवार और भौतिक सम्पत्ति को त्यागना और स्थायी रूप से संन्यासी मत में शामिल होना होता है।"

रावण ने चौंकने का नाटक किया। "तुम क्या संन्यासी हो रहे हो? तुम मुझे छोड़ दोगे? क्या है यह!"

कुम्भकर्ण हँस पड़ा। "दादा, मेरी बात सुनें। शबरीमला मन्दिर उन लोगों के लिए नहीं है जो स्थायी संन्यास ले चुके हैं। हमें बस इकतालीस दिन संन्यासी रहने का व्रत लेना होता है। यह हमें एक संन्यासी के जीवन का छोटा-सा अनुभव प्रदान करता है। अगर आप यह समझ लें तो पहले मैंने जो भी वचन बताये हैं, उनकी सार्थकता समझ में आती है। इन इकतालीस दिनों के लिए हमें जीवन के सभी आनन्दों और सुविधाओं के साथ ही चरम भावनाओं से दूर रहना होता है। इसीलिए मांस-मदिरा के भक्षण और काम का निषेध है। मन्दिर पुरुष संन्यास मार्ग को समर्पित है, इसलिए प्रजनन चरण में मौजूद स्त्रियों का प्रवेश वर्जित है, मगर कन्याएँ और वृद्ध स्त्रियाँ यहाँ जा सकती हैं। इसी प्रकार, स्त्री संन्यास मार्ग को समर्पित मन्दिर भी हैं जहाँ वयस्क पुरुषों को जाने की अनुमति नहीं होती जैसे कुमारी अम्मन मन्दिर में। किन्नर लोगों के संन्यास के लिए भी मन्दिर हैं। ग़लतफ़हमियाँ तब पनपती हैं जब आप जैसे सांसारिक लोग हमारे संन्यासी तौर-तरीक़ों को ठीक से नहीं समझते हैं।"

"ठीक है, ठीक है, मैं हार मानता हूँ," रावण ने कृत्रिम समर्पण में अपने हाथ उठाते हुए कहा। "अपनी तीर्थयात्रा पर जाओ। कब है यह? कुछ माह में?"

"हाँ," कुम्भकर्ण मुस्कुराया और बुदबुदाया, "स्वामिये शरणम् अयप्पा।"

हम प्रभु अयप्पा की शरण में जाते हैं।

रावण अपने छोटे भाई का उपहास भले ही उड़ा रहा हो, मगर वो भगवान अयप्पा का निरादर नहीं करने वाला था। वन के देवता अन्ततः भगवान रुद्र और देवी मोहिनी के पुत्र थे। उन्हें विश्व के महानतम योद्धाओं में माना जाता था।

उसने भी कुम्भकर्ण के साथ दोहराया, "स्वामिये शरणम् अयप्पा।"

रावण कुछ और कहता, इससे पहले ही उच्च स्वर में घोषणा हुई। "हम धरती पर उतरने वाले हैं। कृपया अपनी पेटियाँ जाँच लें।"

रावण और कुम्भकर्ण ने दोबारा अपनी उन पेटियों को जाँचा जिनसे वो अपनी कुर्सियों से बँधे हुए थे। पुष्पक विमान में उपस्थित सौ सैनिकों ने भी यही किया।

रावण ने मोखलों से नीचे स्थित धरती-पुत्रों की नगरी मिथिला को देखा। ऊपर आकाश से मिथिला भारत के अन्य बड़े नगरों से बहुत भिन्न दिख रही थी, जो अधिकतर नदियों के किनारे बसे हुए थे। मिथिला मूल रूप से नदी-पत्तन नगर था, मगर कुछ दशक पहले गंडकी नदी रास्ता बदलकर पश्चिम की ओर बहने लगी थी, इससे मिथिला की नियति नाटकीय रूप से बदल गयी थी। सप्त सिन्धु के महान नगरों में गिनी जाने वाली मिथिला का तेज़ी से पतन हुआ था। अब यह साम्राज्य के अन्य नगरों की तुलना में कहीं अधिक दरिद्र हो गया था, जो स्वयं रावण के हाथों दरिद्र हो रहे थे। स्थिति यहाँ तक पहुँच गयी थी कि रावण ने मिथिला में अपने उप-व्यापारी रखना भी रद्द कर दिया था। उनके लिए वहाँ पर्याप्त काम ही नहीं था।

"नगर के लगभग सब ओर इतना घना वन पनपते देखना दुर्लभ ही है," रावण ने कहा।

वर्षा ऋतु में भरपूर वर्षा होने के कारण उपजाऊ, दलदली मैदान होने के चलते मिथिला के आसपास की भूमि अत्यन्त उपजाऊ थी। चूँकि मिथिला के किसानों ने बहुत अधिक भूमि साफ़ नहीं की थी, इसलिए वन ने प्रकृति की देन का लाभ उठाते हुए नगर के चारों ओर एक घनी सीमा बना दी थी।

"खाई को देखें," कुम्भकर्ण ने हैरानी से कहा।

ऊपर से उन्हें दुर्ग के चारों ओर एक जलाशय दिख रहा था जो कभी सुरक्षात्मक खाई के रूप में कार्य करता होगा, जिसमें सुरक्षा-उपाय के तौर पर घड़ियाल होते होंगे। अब यह पानी निकालने के लिए झील बन गयी थी।

झील ने अपनी परिधि के भीतर सारे नगर को इतने प्रभावी ढंग से समेटा हुआ था कि मिथिला एक द्वीप जैसा दिख रहा था। विशाल चरखियाँ

झील से पानी खींच रही थीं, जिसे पाइपों के माध्यम से नगर में ले जाया जा रहा था। जल तक आसानी से पहुँचने के लिए किनारों पर सीढ़ियाँ बनायी गयी थीं।

"अब इनके पास समुचित सुरक्षात्मक खाई नहीं है!" रावण ने आश्चर्य से कहा।

"मुझे लगता है यह चतुर काम है। उन्हें उसकी आवश्यकता ही नहीं है। कोई मिथिला पर आक्रमण क्यों करेगा? यहाँ लूटने के लिए धन है ही नहीं। और अपनी एकमात्र सम्पत्ति वो मुक्त हस्त से बाँटते हैं : अपना ज्ञान।"

"हम्म... सही कहते हो।"

जब दोनों भाई दुर्ग के चारों ओर बनी खाई को देख रहे थे, तो उनका ध्यान दुर्ग की मुख्य दीवार के लगभग एक किलोमीटर अन्दर स्थित एक भीतरी दीवार पर गया। दुर्ग की बाहरी और भीतरी दीवारों के बीच के क्षेत्र को सुघड़ता से खेतों में बाँट दिया गया था। अनाज की फ़सलें काटे जाने के लिए तैयार दिख रही थीं।

रावण प्रभावित हो गया था। "उत्तम विचार है। कम-से-कम मिथिला में किसी को सैन्य ज्ञान तो है।"

दुर्ग की दीवारों के भीतर फ़सल उगाने से किसी भी घेराव के दौरान खाद्य-आपूर्ति तो सुरक्षित हो जाती। साथ ही, क्योंकि वहाँ कोई मानव बस्ती नहीं थी तो, अगर कोई बाहरी दीवार में सेंध लगा कर घुस भी जाये यह क्षेत्र उसके लिए घातक साबित होता। शीघ्रता से पीछे हटने की किसी आशा के बिना अन्दरूनी दीवार तक पहुँचने की कोशिश में किसी भी आक्रमणकारी बल को अपने बहुत से सैनिक गँवाने पड़ते।

कुम्भकर्ण अपने बड़े भाई से सहमत था। "हाँ, यह उत्कृष्ट सैन्य निर्माण है; दुर्ग की दो दीवारें और बीच में वीरान भूमि। हमें भी इसे आज़माना चाहिए।"

जब कुछ देर पुष्पक विमान भूमि के ऊपर मंडरा रहा था तो उन्हें मिथिला का एक मुख्य द्वार दिखायी दिया। द्वार पर भारत के अधिकांश दुर्गों के विपरीत कोई राजचिह्न अंकित नहीं था।

इसके बजाय, द्वार के ऊपरी आधे हिस्से पर देवी सरस्वती की छवि उकेरी गयी थी।

छवि के नीचे एक श्लोक लिखा हुआ था, मगर दूर से उसे पढ़ा नहीं जा सकता था।

"पता नहीं इस श्लोक में क्या है," रावण ने कहा।

"मुझे याद है अकंपनजी ने मुझे इस बारे में बताया था," कुम्भकर्ण ने कहा।

स्वगृहे पूज्यते मूर्ख:, स्वग्रामे पूज्यते प्रभु:

स्वदेशे पूज्यते राजा, विद्वान्सर्वत्र पूज्यते।"

एक मूर्ख की पूजा उसके घर में होती है। एक मुखिया की पूजा उसके गाँव में होती है। एक राजा की पूजा उसके राज्य में होती है। मगर विद्वान की पूजा सब जगह होती है।

रावण मुस्कुराया। सच में, ज्ञान को समर्पित नगर। सच में, ऋषियों का प्रिय नगर। सच में, वो नगर जो उसके उद्देश्य को पूरा करेगा।

धातु के छोटे, गोलाकार पर्दे मोखलों पर फैल गये, जिन्होंने दृश्य को अवरुद्ध कर दिया था।

"हम उतर रहे हैं," कुम्भकर्ण ने कहा।

जब घूर्णकों का गर्जन हल्का हुआ, तो पुष्पक विमान धीरे-धीरे भूमि पर उतरा। यह दुर्ग की बाहरी दीवार के बाहर वन की सीमा के आगे साफ़ मैदान में, अपने लिए निर्धारित स्थान पर उतरा था। रावण का दस सहस्त्र से अधिक सैनिकों का अंगरक्षक दस्ता पहले ही व्यवस्थित संरचना में वहाँ मौजूद था।

रावण ने गहरी सांस ली। "काम करने का समय आ गया।"

"कुछ तो गड़बड़ है, दादा," कुम्भकर्ण ने कहा। "वापस चलते हैं।"

रावण ने मिथिला के बाहर शिविर लगाया था। वहाँ अपने सैनिकों से घिरे होना सप्त सिन्धु के किसी राज्य के नगर की दीवारों के भीतर रहने से कहीं अधिक सुरक्षित था। वो भी ऐसा राज्य जिसे उसने अपनी व्यापारिक नीतियों से दरिद्र कर दिया था।

"मगर मुझे तो स्वयं राजा कुशध्वज ने आमन्त्रित किया था!" रावण ने क्रोध में भर कर कहा। वो कुम्भकर्ण और अपने सहायकों की मिथिला के राजदरबार से लौटने की प्रतीक्षा कर रहा था, जहाँ वो उसके आगमन की घोषणा करने गये थे।

"जानता हूँ, मगर वो सारे समय चुप रहे। और राजा जनक भी।"

"तो आख़िर बोल कौन रहा था?"

"गुरु विश्वामित्र।"

"इन्द्रदेव के लिए गुरुजी यहाँ क्या कर रहे हैं? स्वयंवर समारोह के दौरान कोई शास्त्रार्थ तो है नहीं!"

"मुझे नहीं पता कि वो यहाँ क्या कर रहे हैं, मगर यह बता सकता हूँ कि वही सारे निर्णय लेते प्रतीत हो रहे थे। और मुझे तो राजकुमारी सीता से मिलने तक नहीं दिया गया।"

"इसका क्या मतलब है?" रावण अब और अधिक उत्तेजित होता जा रहा था। "मैं लंका हूँ। संसार के सबसे शक्तिशाली राज्य का शासक। पृथ्वी का समृद्धतम देश। सीता का हाथ जीतने के लिए यहाँ आने को सहमत हो कर मैंने मिथिला पर उपकार किया है। वो मेरे साथ इस तरह का व्यवहार कैसे कर सकते हैं?"

"दादा, चलते हैं यहाँ से। सप्त सिन्धुवासी हमें कभी स्वीकार नहीं करेंगे। आपने निर्मल हृदय से यह किया था। आप नई शुरुआत करना चाहते थे। मगर ये लोग ऐसा नहीं होने देंगे। भाड़ में जाये यह 'आर्यवर्त।' हम अपनी लंका में, भारत के अपने स्वयं के कोने में सुखी रहेंगे। चलते हैं।"

"और सारे संसार को यह जानने दें कि मेरा अपमान हुआ? ताकि कल को कोई भी मामूली-सा नराधम मेरे विरुद्ध विद्रोह कर दे? कभी नहीं। मैं नहीं जाऊँगा!"

"दादा, मेरी बात सुनें। गुरु विश्वामित्र स्पष्ट शब्दों में कहे बिना मुझे बताने का प्रयास कर रहे थे कि स्वयंवर में आपका स्वागत नहीं होगा। जब भी मैंने राजा कुशध्वज को देखा, तो वो भूमि को देखने में व्यस्त थे। उन्होंने एक शब्द भी नहीं कहा। ये सब शुभ संकेत नहीं हैं।"

"तुमने उन्हें बताया क्यों नहीं कि हमें उस मूर्ख कुशध्वज ने निमन्त्रित किया है?"

"इसका लाभ क्या है, दादा? वो तो हमें स्वीकार भी नहीं करना चाहता था। यहाँ हमारा स्वागत नहीं है। हम चलते हैं।"

"नहीं, हम नहीं जायेंगे!"

"दादा..."

"रावण का इस तरह अपमान नहीं किया जायेगा! लंका का इस तरह अपमान नहीं किया जायेगा! मुझे परवाह नहीं कि वो क्या सोचते हैं। मैं स्वयंवर में जाऊँगा और जीतूँगा। मैं सीता के साथ जाऊँगा, भले ही बाद में मुझे उन्हें सिगिरिया की कालकोठरी में डालना पड़े। मैं इस स्वयंवर को जीतूँगा। मैं अपने सम्मान को हासिल करूँगा!"

"दादा, मुझे नहीं लगता कि—"

"कुम्भकर्ण! मेरा निर्णय अन्तिम है!"

स्वयंवर के दिन रावण और कुम्भकर्ण तीस सैनिकों के साथ अपने शिविर से चले। पन्द्रह सैनिक उनके आगे चल रहे थे और पन्द्रह पीछे। सैनिक अपनी पूरी सज-धज के साथ थे, जैसे दुनिया के समृद्धतम राज्य के प्रतिनिधियों को होना चाहिए। वो लंका की पताका लिये हुए थे: काले ध्वज, जिन पर लपटों के बीच से निकलते दहाड़ते सिंह का सिर बना था।

यह देखते हुए कि स्वयंवर में उनका स्वागत नहीं था, कुम्भकर्ण ने पूरी तरह अस्त्र-शस्त्रों से लैस एक सहस्त्र सैनिकों की पलटन तैयार की थी जिसे रावण और उसके अंगरक्षकों के पीछे रहना था। उन्हें स्वयंवर स्थल के बाहर प्रतीक्षा करनी थी। कुम्भकर्ण पूरी सुरक्षा के साथ चलना चाहता था, मगर मलयपुत्रों को उकसाये बिना।

लंकावासियों ने झील पर बने नावों के पुल को पार किया और बाहरी दीवार के खुले द्वार से होते हुए भीतरी दीवार के पार चले गये। रावण और कुम्भकर्ण के पीछे चल रहे सैनिक शंख बजाते हुए अधिक-से-अधिक ध्यान आकर्षित कर रहे थे।

मिथिला के अधिकांश नागरिक स्वयंवर की ओर जा रहे थे, या पहले ही वहाँ पहुँच चुके थे। जो थोड़े-बहुत नगर में रह गये थे, वो इस शोभायात्रा को देखने के लिए अपने घरों से बाहर निकल आये थे। विश्व के समृद्धतम और सबसे शक्तिशाली व्यक्ति की शोभायात्रा। लंका के दल की तड़क-भड़क को देख कर मिथिला के शान्तिप्रिय निवासी पीछे हट गये। वो किसी भी प्रकार से लंकावासियों को क्रुद्ध करना या भड़काना नहीं चाहते थे।

रावण ने अपनी दृष्टि आगे के मार्ग पर रखी, उसकी भंगिमा ऐसे राजा की-सी थी जो युद्ध से विजयी होकर लौटा हो। उसने तो मिथिला के दीन-हीन नागरिकों की ओर एक निगाह तक नहीं डाली थी।

स्वयंवर का आयोजन राजदरबार की बजाय महल परिसर के अन्दर धर्मसभा में किया गया था। यह भवन राजा जनक ने मिथिला विश्वविद्यालय को दान कर दिया था और यहाँ नियमित रूप से विभिन्न गूढ़ विषयों—इस भौतिक संसार के भ्रम, आत्मा की प्रकृति, सृष्टि के स्रोत, मूर्ति-पूजा के महत्व और सौन्दर्य, नास्तिकता के दर्शनशास्त्रीय स्पष्टीकरण आदि—पर वादविवाद और चर्चाएँ हुआ करती थीं। राजा जनक दार्शनिक-राजा थे जो अपने राज्य के सभी संसाधनों को आध्यात्मिक और बौद्धिक अभिरुचियों के मामलों पर केन्द्रित करते थे।

वृत्ताकार कक्ष के शीर्ष पर एक बड़ा-सा, भव्य गुम्बद था। उसकी दीवारें अतीत के महानतम ऋषियों और ऋषिकाओं के चित्रों से सुशोभित थीं। कुछ मायनों में, वृत्ताकार विन्यास राजा जनक की प्रशासनिक नीति का प्रतीक था : सभी दृष्टिकोणों के प्रति आदरभाव। वादविवादों के दौरान सभी समान स्तर पर बैठते थे, समकक्षों की भाँति, बिना किसी संचालक 'प्रमुख' के, और खुल कर, निर्भयता से विषयों पर चर्चा करते।

स्वयंवर के लिए, कक्ष के प्रवेशद्वार के पास एक अस्थायी तीन स्तरीय दर्शक दीर्घा बनायी गयी थी। दूसरे छोर पर, एक लकड़ी के मंच पर राजा का सिंहासन रखा था। सिंहासन के पीछे एक ऊँची पीठिका पर मिथिला के संस्थापक राजा मिथि की मूर्ति रखी हुई थी। राजा के सिंहासन के दाएं-बाएं कुछ कम भव्य दो आसन और रखे गये थे। विशाल कक्ष के बीच के स्थान में एक घेरे में आरामदेह आसन लगे हुए थे जहाँ राजा और राजकुमार—सम्भावित वर—बैठे थे।

लंका के शंखों के तीव्र नाद के साथ रावण और कुम्भकर्ण ने अपने तीस अंगरक्षकों के दल के साथ पूरी भव्यता से प्रवेश किया। एक हज़ार सैनिकों का दल कक्ष के बाहर प्रतीक्षा कर रहा था। निगाह से दूर, मगर निकट ही। आवश्यकता पड़ने पर राजा की सहायता के लिए हमला बोलने को तैयार।

सारे प्रबन्धों को देखते हुए रावण और कुम्भकर्ण आगे बढ़े।

तीन-स्तरीय दर्शक दीर्घा के ऊपरी स्तर आम नागरिकों से भरे हुए थे, जबकि कुलीन वर्ग और समृद्ध व्यापारियों ने पहले चबूतरे पर आसन जमाया हुआ था। प्रतिभागी एक घेरे में कक्ष के मध्य में आरामदेह आसनों पर विराजमान थे। हर आसन भरा हुआ था। स्वयं निगाहों में आये बिना राजकुमारी सीता सारा आयोजन देख सकती थीं, क्योंकि उन्होंने इसे गुप्त स्वयंवर बनाने का निर्णय लिया था।

कक्ष के मध्य में, औपचारिक रूप से एक पीठिका पर एक प्रत्यंचा उतरा धनुष रखा था। विख्यात पिनाक, स्वयं भगवान रुद्र का धनुष। उसके पास ही अनेक बाण रखे हुए थे। पीठिका के पास भूमि पर एक बड़ा-सा ताँबे का पात्र था। प्रतिभागियों को पहले धनुष को उठाना और उसकी प्रत्यंचा चढ़ानी थी, जो स्वयं ही कोई आसान काम नहीं था। फिर उन्हें पात्र के पास जाना था जो पानी से भरा हुआ था, जिसमें लगातार ऊपर से बूँदें गिर रही थीं। इससे पात्र में छोटी-छोटी लहरें बन रही थीं, जो केन्द्रीय भाग से किनारों की ओर जा रही थीं। स्थिति को और अधिक कठिन और अप्रत्याशित बनाते हुए पानी की बूँदें अनियमित अन्तराल पर गिर रही थीं।

गुम्बद के शीर्ष से भूमि से कोई सौ मीटर ऊपर लटकी एक धुरी पर लगे एक चक्र पर एक हिल्सा मछली लगी हुई थी। चक्र एक निश्चित गति से घूम रहा था। प्रतिभागियों को नीचे स्थित अस्थिर पानी में मछली के प्रतिबिम्ब को देखना था और धनुष से बाण छोड़ कर मछली की आँख को भेदना था। सबसे पहले सफल होने वाला प्रतिभागी वधू का हाथ जीत लेता।

रावण सम्भावित वरों के लिए नियत चुनौती को देखने के लिए नहीं रुका। न ही ऐसा लगा कि उसने इस पर ध्यान दिया है कि उसके प्रवेश ने महा-मलयपुत्र गुरु विश्वामित्र के भाषण में बाधा डाली है। यह महर्षि का घोर अपमान था। मगर रावण को जैसे परवाह ही नहीं थी। क्योंकि

किसी और बात ने उसका ध्यान खींच लिया था। प्रतिभागियों के घेरे का हर आसन भरा हुआ था।

इन लोगों ने मेरे लिए स्थान भी आरक्षित नहीं किया है! नराधम लोग!

रावण का दल कक्ष के केन्द्र में आया और भगवान रुद्र के धनुष के पास रुक गया। अग्रणी अंगरक्षक ने उच्च स्वर में घोषणा की। "राजाओं के राजा, सम्राटों के सम्राट, त्रिलोक के शासक, देवप्रिय, स्वामी रावण!"

रावण एक छोटे राजा की ओर मुड़ा जो पिनाक के सबसे निकट बैठा था, उसने हौले से उसे घुड़का, और सिर हिला कर संकेत किया। भयभीत राजा बिना प्रश्न किये उठा और शीघ्रता से जा कर एक अन्य प्रतिभागी के पीछे खड़ा हो गया। रावण आसन की ओर गया मगर बैठा नहीं। उसने अपना दायाँ पाँव आसन पर रखा और अपने हाथ को घुटने पर टिका लिया। कुम्भकर्ण एवं अन्य लोग उसके पीछे पंक्तिबद्ध खड़े थे। फिर, लगभग अलसाए से ढंग से, रावण ने अपनी दृष्टि कक्ष के दूसरी ओर घुमाई जहाँ सिंहासन रखे हुए थे।

महर्षि विश्वामित्र मिथिला के राजसिंहासन पर विराजमान थे, जो पारम्परिक रूप से राजा के लिए आरक्षित होता है। मिथिला के वर्तमान राजा जनक महर्षि के दाहिनी ओर एक छोटे आसन पर बैठे थे जबकि राजा का छोटा भाई कुशध्वज विश्वामित्र के बायीं ओर बैठा था।

रावण ने दूर मौजूद विश्वामित्र से ज़ोर से कहा। "कहते रहें, महान मलयपुत्र।"

रावण ने मलयपुत्र प्रमुख के भाषण के बीच में बाधा डाल कर उनका घोर अपमान करने के लिए क्षमा माँगना भी उचित नहीं समझा।

विश्वामित्र क्रुद्ध हो गये थे। उनसे कभी इतना अपमानजनक व्यवहार नहीं किया गया था। "रावण..." वो ग़ुर्राए।

रावण ने घोर लापरवाही से उन्हें घूरा।

विश्वामित्र ने किसी तरह अपने क्रोध को वश में किया, उन्हें एक महत्वपूर्ण काम करना था। रावण से तो वो बाद में निबट लेंगे। "राजकुमारी सीता ने वो क्रम तय किया है जिसके अनुसार महान राजा और राजकुमार प्रतियोगिता में भाग लेंगे।"

विश्वामित्र के बोलने के बीच ही रावण ने आसन से पाँव उतारा और पिनाक की ओर चल दिया। जैसे ही रावण धनुष उठाने के लिए बढ़ा, मलयपुत्र प्रमुख ने अपनी घोषणा पूरी की। "पहले प्रतिभागी आप नहीं हैं, रावण। अयोध्या के राजकुमार राम हैं।"

रावण का हाथ धनुष से कुछ अंगुल दूर ठहर गया। उसने विश्वामित्र को देखा और फिर यह देखने के लिए पलटा कि ऋषि के कहने पर कौन प्रत्युत्तर देता है। उसने लगभग बीस वर्ष की आयु के एक युवक को देखा, जो एक तपस्वी के से साधारण श्वेत वस्त्र पहने था। उसके पीछे एक और युवक, यद्यपि भीमकाय, खड़ा था, उसके पास ही अरिष्टनेमी था। रावण ने पहले अरिष्टनेमी को घूरा, और फिर राम को। अगर दृष्टि मात्र प्राण ले सकती तो आज रावण निश्चय ही कुछेक के प्राण अवश्य ले लेता।

तो यह है वो बालक जो अयोध्या में उस दिन जन्मा था जब मैंने इसके पिता को पराजित किया था! और विश्वामित्र का इतना दुस्साहस कि इस बालक को मेरे विरुद्ध खड़ा कर रहे हैं? लंका के राजा के विरुद्ध? संसार के शासक के विरुद्ध?

रावण विश्वामित्र की ओर मुड़ा, उसकी उँगलियाँ अपने गले में पड़े वेदवती की उँगली की हड्डी के लटकन से लिपटी हुई थीं। उसे उनकी आवश्यकता थी। उसे उनका स्वर सुनने की आवश्यकता थी। मगर वो कुछ नहीं सुन सका। इस घोर तिरस्कार के समय वो भी उसे छोड़ गयी थीं।

रावण ऊँची और गरजती हुई आवाज़ में बोला, "मेरा अपमान किया जा रहा है!"

कुम्भकर्ण जो रावण के आसन के पीछे खड़ा था, अलक्षित रूप से अपना सिर हिला रहा था। स्पष्ट रूप से वो अप्रसन्न था।

"अगर आपकी योजना मुझसे पहले अनाड़ी बालकों को अवसर देने की थी तो मुझे आमन्त्रित ही क्यों किया गया था?!" रावण क्रोध से काँप रहा था।

जनक ने अप्रसन्नता से कुशध्वज को देखा और फिर रावण की ओर मुड़ कर उन्होंने अशक्त-सा बीच-बचाव किया, "स्वयंवर के यही नियम हैं, महान लंकाराज..."

अन्ततः बिजली की कड़क जैसा एक स्वर सुनाई दिया। यह कुम्भकर्ण था। "बहुत हुई यह बकवास!" वो रावण की ओर मुड़ा। "दादा, चलिए।"

रावण अचानक झुका और उसने पिनाक को उठा लिया। कोई कुछ प्रतिक्रिया करता, इससे पहले वो उसकी प्रत्यंचा चढ़ा कर उसकी डोरी में एक बाण लगा चुका था। अधिकांश लोग आसानी से विशाल पिनाक को उठा तक नहीं सकते थे। मगर रावण ने शक्ति और कौशल का बेहतरीन प्रदर्शन करते हुए, किसी के कुछ कर पाने से पहले ही एक झटके में उसे उठाया, प्रत्यंचा चढ़ाई और उस पर बाण भी लगा लिया था। जिस गति और दक्षता के साथ उसने यह किया था, वो हतप्रभ कर देने वाली थी। उससे भी उल्लेखनीय उसके बाण का लक्ष्य था।

रावण ने बाण का लक्ष्य महान ऋर्षि और प्रख्यात मलयपुत्र प्रमुख विश्वामित्र की ओर किया तो सब सन्न रह गये।

मलयपुत्र पूर्व विष्णु द्वारा बनायी गयी जनजाति थी। तो उसका प्रमुख, एक प्रकार से, विष्णु का प्रतिनिधि ही था। मलयपुत्र प्रमुख के लिए किसी का असम्मानजनक बात कहना ही अभूतपूर्व था। मगर किसी का, भले ही वो रावण जैसा शक्तिशाली व्यक्ति ही क्यों न हो, विश्वामित्र पर बाण तानना? यह तो अकल्पनीय ही था।

जब विश्वामित्र उठे, अपना अंगवस्त्र एक ओर फेंका और मुट्ठी से अपने सीने को ठोंकते हुए खड़े हो गये तो भीड़ का मुँह आतंक से सामूहिक रूप से खुला रह गया। "बाण मारो, रावण!"

महर्षि के योद्धाओं जैसे व्यवहार से हर कोई सन्न रह गया था। किसी ज्ञानी पुरुष के द्वारा इतना आदिम साहस दर्शाना दुर्लभ था। मगर फिर, एक समय में विश्वामित्र योद्धा ही रहे थे।

ऋषि का स्वर पूरे कक्ष में गूँज गया। "चलो! अगर तुममें साहस है तो चलाओ बाण!"

मुझे इसे मार डालना चाहिए। उन्मत्त पाखंडी... मगर औषधियाँ... कुम्भकर्ण के लिए... मेरे लिए...

रावण ने बहुत हल्के से अपनी बाँह को हिलाया और बाण छोड़ दिया। बाण विश्वामित्र के पीछे रखी राजा मिथि की प्रतिमा से टकराया, और इसने प्राचीन राजा की नाक तोड़ दी।

लंका के राजा ने चारों ओर देखा। उसने नगर के संस्थापक का अपमान किया था। प्राचीन राजा का सभी लोग आदर-सम्मान करते थे। उनकी स्मृति आज तक भी पवित्र थी। रावण को अपेक्षा थी कि कम-से-कम कुछ मिथिलावासी तो न्यायोचित क्रोध दर्शायेंगे।

चलो *भी! राजा मिथि के सम्मान के लिए लड़ो। मुझे कोई तो बहाना दो कि मैं अपने सैनिकों को अन्दर आने और तुम सबका संहार करने की आज्ञा दूँ!*

मगर कोई मिथिलावासी खड़ा नहीं हुआ। अपने राज्य के संस्थापक की स्मृति के इस सार्वजनिक अपमान पर भी वो लज्जित से, अपने अभिमान को पी कर बैठे रहे।

कायर!

रावण ने सुलगती आँखों से कुशध्वज को देखते हुए हाथ झटक कर जनक को दरकिनार कर दिया। उसने पीठिका पर धनुष फेंका और लम्बे डग भरता द्वार की ओर बढ़ गया, उसके अंगरक्षक उसके पीछे थे।

इस सारे हंगामे मे कुम्भकर्ण पीठिका के पास गया, शीघ्रता से उसने पिनाक की प्रत्यंचा उतारी, और सम्मानपूर्वक दोनों हाथों से धनुष को अपने माथे से लगाया।

क्षमा करना, हे रुद्र देव। मेरे भाई आपके पवित्र धनुष का निरादर नहीं करना चाहते थे। वो तो अपनी भावनाओं के वशीभूत हो गये थे। कृपया इसके लिए उनसे रुष्ट न हों।

अत्यधिक आदर और प्रतिष्ठा के साथ कुम्भकर्ण ने भगवान रुद्र के धनुष पिनाक को वापस पीठिका पर रख दिया। फिर वो मुड़ा और तेज़ क़दमों से, क्रोध से सुलगते रावण के पीछे-पीछे कक्ष से बाहर चला गया।

अध्याय 26

"उनका साहस कैसे हुआ!" क्रुद्ध रावण स्थिर खड़े पुष्पक विमान के अन्दर तेज़ क़दमों से टहल रहा था। "उनका साहस कैसे हुआ? मैं लंका हूँ! मैं उनका स्वामी हूँ! उनका साहस कैसे हुआ?"

कुम्भकर्ण ने उसे शान्त करने की कोशिश की। "जाने दो, दादा। मैंने तो आपसे ऐसी ही अपेक्षा करने को कहा था। अब बस चलते हैं।"

"चलें? चलें? तुम पागल हो गये हो, कुम्भकर्ण?"

कुम्भकर्ण जानता था कि अगर उसका भाई 'कुम्भ' के बजाय उसे उसके पूरे नाम से पुकार रहा है, तो वो अपने भाई की शान्त रहने की कोई सलाह सुनने की मनोस्थिति में नहीं है।

"इन तुच्छ नाकारा लोगों ने मेरा अपमान किया है," रावण फुफकारा, उसकी मुट्ठियाँ खुल-बन्द हो रही थीं। "उन्होंने भरी सभा में मेरा अपमान किया है। वो इसका मोल चुकायेंगे!"

"दादा," कुम्भकर्ण ने संयत स्वर में कहा। "आप क्या करना चाहते हैं?"

रावण ने मिथिला की ओर संकेत किया। "मैं उस नगर को जला कर खाक कर दूँगा! मैं वहाँ मौजूद सब लोगों को मार डालूँगा! मैं इन धरतीपुत्रों के नगर को धरती में मिला दूँगा!"

"दादा, शासकों के अपराधों के लिए बेगुनाह नागरिकों को क्यों दंड दिया जाये?"

"अगर नागरिक अपने शासकों के अपराधों के विरुद्ध विद्रोह नहीं करते, तो वो भी अपराधी हैं!"

"किन्तु दादा—"

"कोई किन्तु-परन्तु नहीं! मैंने कह दिया कि वो भी अपराधी हैं!"

कुम्भकर्ण ने दिशा बदली, और दया के स्थान पर तर्क से समझाने की कोशिश की। "दादा, अयोध्या के युवराज अन्दर हैं। और लगता है कि उन्होंने राजकुमारी सीता का हाथ पाने के लिए स्वयंवर जीत भी लिया होगा। वो अपनी पत्नी को छोड़ कर मिथिला से भागेंगे नहीं। मेरे गुप्तचरों ने मुझे यह भी बताया है कि पिछले कुछ वर्षों में राजकुमार राम सम्राट दशरथ के प्रिय पुत्र बन गये हैं। अगर हमने उन्हें मार दिया तो साम्राज्य लगभग निश्चय ही हमारे विरुद्ध युद्ध की घोषणा कर देगा। और अगर सम्राट युद्ध का आह्वान करते हैं तो सन्धि की शर्तों के कारण अन्य राज्य भी शामिल होने के लिए विवश हो जायेंगे। आप जानते ही हैं कि अभी हम युद्ध लड़ने की स्थिति में नहीं हैं। ये तो बस हमारी साख ही हमें सुरक्षित रखे हुए है।"

रावण ने कोसा। कुम्भकर्ण सही था। महामारी ने लंका की सेना को कमज़ोर कर दिया था। बड़े स्तर पर युद्ध नहीं किया जा सकता था।

मगर रावण का क्रोध आसानी से शान्त होने वाला नहीं था। "जो भी हो, हम नहीं जा रहे हैं," उसने कहा।

"दादा, मुझे अकंपन ने बताया था, जिन्हें समीची से पता लगा था, कि मिथिला में लगभग चार सहस्त्र नगर रक्षक और रक्षिकाएँ हैं। वो युद्ध करने में सक्षम होंगे।"

"मगर हमारे पास तो लंका के दस सहस्त्र योद्धा हैं।"

"पाँच के मुक़ाबले दो का लाभ भी उनकी सुरक्षात्मक दोहरी दीवारों द्वारा नाकाम कर दिया जायेगा। आप यह जानते हैं।"

रावण हार मानने को तैयार नहीं था। "मैंने सुना है कि उस भीतरी दीवार के पूर्वी पक्ष में एक गुप्त सुरंग है। हम उस सुरंग के रास्ते नगर में एक छोटा दस्ता भेज सकते हैं। एक बार हमारे सैनिक द्वार के रक्षकों पर नियन्त्रण करके मुख्य नगर के द्वार खोल देंगे तो हमारी सेना हावी हो सकती है। हम उनका संहार कर देंगे!"

कुम्भकर्ण ने भी अकंपन से उस गुप्त सुरंग के बारे में सुना था जिसने यह जानकारी समीची से हासिल की थी। अकंपन ने कुम्भकर्ण को बताया था कि उन्हें उस गुप्त सुरंग तक ले जाने के लिए सहमत होते हुए समीची ने लंका से यह वचन लिया था कि आक्रमण के दौरान राजकुमारी सीता को कोई हानि नहीं पहुँचाई जायेगी। एक ऐसे व्यक्ति की ओर से यह विचित्र-सी माँग थी जिसने रावण और लंका के प्रति निष्ठा की शपथ ली थी। गुप्त सुरंग की सारी कहानी एक जाल हो सकती है। कुम्भकर्ण को समीची की निष्ठा पर सन्देह था। स्पष्ट रूप से रावण को नहीं था।

"आक्रमण की तैयारी करो," उसने कहा।

"दादा, मुझे अभी भी लगता है—"

"मैंने कहा, आक्रमण की तैयारी करो!"

कुम्भकर्ण ने गहरी सांस ली, सिर झुकाया और अप्रसन्नता से धीरे से कहा, "जी, दादा।"

—१०८—

रात बहुत बीत गयी थी, चौथे प्रहर की चौथी घड़ी थी। लंका के शिविर में मशालें जली हुई थीं। रावण के अंगरक्षक पूरी शाम मुस्तैदी से काम करते हुए, जंगल के पेड़ों को काट कर खाई पार करने के लिए नावें बनाते रहे थे। चल कर सीधे पार जाने का प्रश्न नहीं उठता था क्योंकि मिथिलावासियों ने नावों के पुल को नष्ट कर दिया था।

रावण झील के पास खड़ा पानी के पार दुर्ग की दीवारों को देख रहा था। उसने कवच पहना हुआ था, जिसने उसके ऊपरी तन को ढका हुआ था। दो तलवारें और तीन कटारें उसकी कमर पर लटके हुए थे। दो छोटे चाक़ू उसकी पादुकाओं में छिपे थे। बाणों से भरा तरकश पीठ पर उसके कन्धों से बँधा था। उसने बाएँ हाथ में धनुष पकड़ा हुआ था। रावण युद्ध के लिए तैयार था।

लंकाराज के पास ही कुम्भकर्ण खड़ा था। उसके शरीर पर रावण से अधिक शस्त्र थे, क्योंकि उसके कन्धों पर स्थित दोनों अतिरिक्त भुजाएँ भी चाक़ू फेंकने में सक्षम थीं।

उनके सैनिक भी सशस्त्र और तैयार थे। कुछ दूर पर दस सहस्र सैनिक नावों के निकट खड़े थे—पूरी तरह चौकस, और रक्षा करने के लिए प्रसिद्ध।

रावण ने उस दूरदर्शी को हटाया जिससे वो देख रहा था। "उनकी बाहरी दीवारों पर कोई नहीं है।"

कुम्भकर्ण ने अपना दूरदर्शी उठा कर उसके माध्यम से ध्यान से दीवारों को देखा। "हम्म। बात समझ में आती है। वो चाहते हैं कि हम बाहरी दीवार पर चढ़ें। उनके अधिकांश सैनिक भीतरी दीवारों की प्राचीरों पर होंगे। जब हम दौड़ते हुए अन्दरूनी दीवारों की ओर जायेंगे तो वो हम पर बाणों की वर्षा कर देंगे और उस मृत्यु-क्षेत्र में हमारे अधिकाधिक सैनिकों को मारने की उम्मीद करेंगे।"

रावण खिखियाया। "बुद्धिजीवियों के इस रोते-धोते नगर में किसी के पास युद्ध की समझ है, मगर इतनी नहीं कि हमसे मेल खा सके। हम अन्दरूनी दीवारों पर चढ़ेंगे ही नहीं। हम खुले द्वारों से दौड़ते हुए जायेंगे।"

कुम्भकर्ण ने हामी भरी।

"हमें कब तक समाचार मिल जाना चाहिए?" रावण ने पूछा।

कुम्भकर्ण ने दुर्ग की ओर देखना जारी रखते हुए ही उत्तर दिया, "हमें अभी तक कोई समाचार नहीं मिला है, यह तथ्य शुभ संकेत नहीं है।"

"मुझे परवाह नहीं है। हम पीछे नहीं हट रहे हैं।"

कुम्भकर्ण अपने बड़े भाई की ओर मुड़ा। "जानता हूँ, दादा।"

ठीक तभी अकंपन भागते हुए उनकी ओर आया। "इराइवा! इराइवा! वो जाल था!"

"धीरे बोल, मूर्ख!" रावण फुफकारा।

"हुआ क्या?" कुम्भकर्ण ने पूछा।

"गुप्त सुरंग तो अपने आप ही गिर गयी, महान इराइवा। उससे भी बुरा यह, कि वो द्रोही जटायू और उसके मलयपुत्र दीवार के ऊपर से हम पर तीर बरसा रहे थे। हमारी आधी पलटन समाप्त हो गयी। दस सैनिक किसी तरह बच-बचा कर मुझे यह समाचार देने आ पाये। सम्भवत:

समीची पकड़ी गयी होगी और उसे हमारी रणनीति उन्हें बताने के लिए विवश कर दिया गया होगा।"

"या समीची ने हमसे झूठ बोला होगा," कुम्भकर्ण ने कहा।

"इससे कोई अन्तर नहीं पड़ता," रावण ने कहा। "हम अभी भी आक्रमण कर रहे हैं।"

"दादा..."

"मेरे पास एक वैकल्पिक योजना है।"

कुम्भकर्ण ने नावों की ओर देखा। उन पर लकड़ी के बड़े-बड़े यन्त्र लादे जा रहे थे। "वो क्या है?"

"मेरी वैकल्पिक योजना," रावण ने कहा। "चलो।"

सैनिक अपनी नावों को खाई में धकेलने लगे थे। दस सहस्र सैनिकों को खाई पार करने और झील के दूसरी ओर दुर्ग के बाहर जमा होने में आधा घंटा लगता।

मिथिला का युद्ध शुरू हो गया था।

—१०८—

लंकावासियों ने स्वयं को बड़ी दक्षता से बाहरी दीवारों के बाहर संगठित कर लिया था।

चूँकि कोई प्रतिरोध नहीं हो रहा था—उन पर तीर बरसाने यो उबलता तेल डालने के लिए प्राचीरों पर मिथिला का कोई सैनिक नहीं था—तो वो आराम से घूम-फिर सकते थे।

इस बीच कुम्भकर्ण अचम्भे से रावण के आविष्कार को देख रहा था—उसकी वैकल्पिक योजना को।

"यह तो उत्कृष्ट है, दादा। यह तो काम कर सकती है," कुम्भकर्ण ने कहा।

"यह काम *करेगी!*" रावण ने कहा।

"आप महान हैं! आपमें अभी भी आग है।"

"वो मैंने कभी खोई ही नहीं थी!" रावण ने कहा।

कुम्भकर्ण की प्रशंसा का विषय, रावण द्वारा खोजा गया एक यन्त्र, अपनी परिकल्पना में साधारण मगर मारक क्षमता में विनाशकारी था। इसमें एक बड़ा-सा आधार था जिसके एक छोर पर भूमि से क्षैतिजीय एक विशाल, लगभग एक पुरुष के आकार का धनुष जड़ा हुआ था। धनुष बीच में एक धुरी से कसा हुआ था जिससे एक बहुत ही मोटी प्रत्यंचा जुड़ी हुई थी। आधार के दूसरी ओर एक साधारण-सा आसन बनाया गया था, जहाँ धनुर्धर बैठता। धनुर्धर का काम एक विशाल बाण, लगभग एक छोटे भाले के आकार का, धनुष पर लगाना और फिर दोनों हाथों से प्रत्यंचा खींच कर इसे उड़ने देना था। दंतचक्रों और गरारियों की एक प्रणाली से आधार को व्यवस्थित किया जा सकता था ताकि बाण की दिशा और कोण को नियन्त्रित किया जा सके।

ऐसे एक सहस्त्र आधार थे जिन पर एक सहस्त्र धनुष रखे हुए थे।

अनिवार्यत: रावण ने आक्रमणकारी सेना द्वारा दुर्ग की दीवार पर मौजूद सैनिकों पर तीर बरसाने और उसकी क्षमता में तीव्रता लाने की मानक रणनीति को अपनाया था।

समीची द्वारा दी गयी सूचना की बदौलत उन्हें पहले से ही जानकारी थी कि मिथिला के 'सैनिक' नगर-रक्षक मात्र हैं, योद्धा नहीं हैं। उनके पास धातु की ढालें भी नहीं थीं, बस लकड़ी की ढालें थीं। वो ढालें तीरों की बरसात तो रोक सकती थीं मगर भाले के आकार के प्रक्षेपास्त्रों को रोक पाने में निश्चय ही अक्षम थीं।

"वो जान भी नहीं पायेंगे कि उनसे क्या टकराया है," कुम्भकर्ण ने कहा। "वो सोचते रह जायेंगे कि हम बाहरी दीवारों के बाहर से उन पर भाले कैसे मार पा रहे हैं। वो सोचेंगे कि हमारी सेना में दैत्य और दानव लोग हैं!"

रावण हँसा, रक्तपिपासा उसके भीतर सर उठाने लगी थी। युद्ध की उत्तेजना से अधिक और कोई चीज़ उसकी हृदयगति को नहीं बढ़ाती थी। "उनके पास सोचने का तो समय ही नहीं होगा। वो मरने में ही इतना व्यस्त होंगे।"

"क्या मैं आक्रमण का आदेश दे दूँ?"

रावण ने चारों ओर देखा। दुर्ग की बाहरी दीवारों पर लम्बी सीढ़ियाँ लगा दी गयी थीं। सीढ़ियों के ऊपर दूरदर्शी लिये टोही खड़े हुए थे जो

मिथिला की अन्दरूनी दीवारों पर निगाह रखे हुए थे और कुछ ही देर में शुरू होने वाले विनाश की जानकारी देते। रावण को अपेक्षा थी कि जैसे ही भालों का आक्रमण शुरू होगा मिथिला के सैनिक भागने लगेंगे। मगर अच्छा सेनापति अपनी अपेक्षाओं से अधिक भरोसा ठोस तथ्यों पर करता है। हालाँकि इसकी सम्भावना नहीं थी, मगर अभी भी यह सम्भावना थी कि कुछ बहादुर मिथिलावासी मुक़ाबला करेंगे। एक बार उसे यह पुष्टि हो जाये कि दुर्ग की अन्दरूनी दीवार के पास कहीं मिथला का कोई रक्षक नहीं है, तो लंका के सैनिक बाहरी दीवारों पर चढ़ कर हमला बोल देंगे।

रावण ने कुम्भकर्ण को देखा। "नरसंहार शुरू करते हैं।"

चूँकि यह हमला रात में हो रहा था, इसलिए झंडों के माध्यम से आदेश नहीं दिये जा सकते थे। कुम्भकर्ण अपने हरकारे की ओर मुड़ा और सिर हिला कर हामी भरी। हरकारे ने तुरन्त शंख बजा दिया। संकेत जारी हो गया था, शंखनाद की लम्बाई और अन्तरालों ने सैनिकों तक रावण का सन्देश पहुँचा दिया था। लंकाई सेना के पंक्तियों के दूसरे हरकारों ने भी इस संकेत को दोहराया।

धनुर्धर विशाल धनुषों में बाण लगाने लगे थे। क्षणिक ठहराव के बाद शंखनाद का संकेत फिर से दिया गया और लंका के भालों की बौछार कर दी गयी। एक हज़ार प्रक्षेपास्त्र उस नगर की ओर अपनी मारक यात्रा पर एक साथ उड़ चले जिसे युद्ध के लिए नहीं ज्ञान के लिए बनाया गया था। मिथिलावासी अपनी लकड़ी की ढालों के पीछे छिप गये। वो ढालें जो उनकी ओर आते भालों को रोक पाने में नितान्त अक्षम थीं।

रावण और कुम्भकर्ण टोहियों से संकेत मिलने की प्रतीक्षा करने लगे। पल भर बाद, प्रत्येक लगभग एक साथ मुट्ठी उठाता दिखाई दिया।

नीचे भूमि पर मौजूद लंकावासियों में प्रसन्नता की लहर दौड़ गयी। "भारताधीप लंका!"

भारत का स्वामी लंका! या यह कहना अधिक सही होगा, भारत का शासक लंका!

"सीधा वार करो!" रावण दहाड़ा। भालों ने दुर्ग की अन्दरूनी दीवार के पास जमा मिथिला सैनिकों को तितर-बितर कर दिया था। "बर्बाद करने के लिए समय नहीं है! एक हमला और करो।"

धनुर्धर तुरन्त अपने काम में लग गये। सारे बाणों को तैयार करने में कुछ मिनट लगते।

"हमारे सैनिक बाहरी दीवार पर चढ़ेंगे तो हम हमला नहीं कर सकेंगे," कुम्भकर्ण ने कहा। "जब वो अन्दरूनी दीवार की ओर भाग रहे होंगे तो हम अपने ही आदमियों को निशाना बना देंगे।"

"इसीलिए तो मैं चाहता हूँ भालों की एक खेप और फेंकी जाये," रावण ने कहा। "मैं चाहता हूँ कि हमारे आक्रमण करने से पहले मिथिलावासी पीछे हटने लगें।"

कुम्भकर्ण ने ऊपर टोहियों की ओर देखा। लगभग सभी अपने दोनों हाथों को सर के ऊपर झुला रहे थे।

"देखिए, दादा! हमें दूसरी खेप फेंकने की आवश्यकता ही नहीं है," कुम्भकर्ण ने कहा। "वो पीछे हटने लगे हैं।"

रावण ने घृणा से दाँत पीसे। "भीरू कहीं के। एक हमला तक नहीं सह सके!"

"क्या हम हमला करें?"

"नहीं। सुरक्षा के लिए एक खेप और फेंको।"

अब टोही अपनी बाँहें सर के ऊपर मोड़े हुए थे। मिथिलावासी पूरी तरह पीछे हट रहे थे।

जब एक और गरजती, अनिष्टकारी सनसनाहट सुनाई दी तो कुम्भकर्ण ने रावण को देखा। एक सहस्र और भाले धनुषों से छूट कर अन्दरूनी प्राचीरों की ओर लपक रहे थे, और भागते हुए मिथिलावासियों में पीछे रह गये लोगों को भेद रहे थे।

उन विनाशकारी कुछ पलों में मिथिला के चार सहस्र योद्धाओं में से कम-से-कम एक सहस्र योद्धा ढेर हो गये थे। जबकि लंका के एक भी योद्धा ने जान नहीं गँवाई थी।

टोही अब अपने सिरों के ऊपर ताली बजा रहे थे। संकेत स्पष्ट था। अब अन्दरूनी दीवार पर कोई मिथिलावासी नहीं बचा था। वो या तो मारे गये थे या भाग गये थे।

"आक्रमण!" रावण दहाड़ा।

हरकारों ने पंक्ति में आगे तक आदेश की घोषणा की और युद्धघोष करते लंकावासी बाहरी दीवार पर चढ़ने लगे। शस्त्र खिंचे हुए। मारने के लिए तैयार। मिथिला के असहाय नागरिकों को नष्ट करने के लिए तैयार।

मगर वो चकित रह गये।

मिथिला एक दरिद्र नगर था, और वहाँ जो थोड़ी-बहुत सम्पत्ति थी वो अन्यायपूर्ण ढंग से वितरित थी। समृद्ध बहुत समृद्ध थे। और निर्धन बहुत अधिक निर्धन।

इसके परिणामस्वरूप, समृद्ध लोग शहर के बीच में विलासितापूर्ण भवनों में रहते थे जबकि निर्धन दुर्ग की दीवारों के निकट जर्जर झोपड़ियों और बस्तियों में रहते थे। मिथिला की राजकुमारी और इसकी प्रधानमन्त्री सीता इस अन्याय को सहन नहीं कर पायीं। तो उन्होंने करों और बाहरी लोगों की सहायता से झोपड़-बस्तियों का पुनर्विकास करने के लिए धन एकत्र किया। चूँकि सभी झोपड़पट्टीवासियों के लिए बड़े घर बनाने के लिए पर्याप्त भूमि नहीं थी इसलिए उन्होंने एक अद्‌भुत हल निकाला—एक चार तल का शहद के छत्ते जैसा निर्माण, जो दुर्ग की अन्दरूनी दीवारों तक फैला था।

अपने आकार के कारण यह विशाल भवन जिसने झोपड़-बस्ती का स्थान लिया था, मधुकर निवास कहलाता था। अनेक पूर्व बस्तीवासियों ने दुर्ग की दीवारों में जो अब उनके घरों की भी दीवार थी, खिड़कियाँ बना ली थीं। सीता ने उन्हें रोका नहीं था। सप्त सिन्धु की शक्तिशाली संरचना में मिथिला के छोटे-से स्तर को देखते हुए उनके लिए सुरक्षा कभी इतनी महत्वपूर्ण नहीं थी जितना कि निर्धन नागरिकों का उत्थान था।

स्वयंवर के लिए दीवारों की खिड़कियों को लकड़ी के पट्टों से अस्थायी रूप से बन्द कर दिया गया था। लेकिन अब, मिथिलावासियों ने झटपट इन रोकों को तोड़ कर हटा दिया था, जिससे उन्हें दोनों दीवारों के बीच के ख़ाली मैदानों का स्पष्ट दृश्य मिल गया था—और बाहरी दीवार से उनकी ओर दौड़ते आते लंकावासियों पर बाणों की बौछार करने का आसान स्थान। चूँकि मिथिलावासी मधुकर निवास के भीतर थे, इसलिए छत उन्हें भावी प्रक्षेपास्त्रों के हमलों से बचा लेती।

मूल रूप से, शहरी अभियान्त्रिकी में एक कामचलाऊ-सा सुधार युद्ध के दौरान बहुत बड़ा सामरिक लाभ बन गया था!

अपनी प्रतीक्षा करते संकट से अनजान लंकावासी पूरे जोश के साथ आक्रमण करने के लिए आगे बढ़ रहे थे। वो सीढ़ियाँ लिए अन्दरूनी दीवार की ओर दौड़ रहे थे। दूसरी दीवार पर चढ़ने के लिए, हाथों में अस्त्र लिये, और मिथिला के असहाय नागरिकों को रौंद डालने के लिए तैयार। उन्हें किसी प्रतिरोध की अपेक्षा नहीं थी।

"मार डालो सबको!" अपने सैनिकों के साथ कन्धे-से-कन्धा मिला कर दौड़ते हुए, रक्तपिपासा आँखों में भरे रावण चिल्लाया। "कोई दया नहीं! कोई दया नहीं!"

लंकावासियों द्वारा मचाये जा रहे भयानक हो-हल्ले में रावण दूर कहीं उच्च स्वर में दिया गया आदेश नहीं सुन पाया। मधुकर निवास के अन्दर से। सीता और उनके पति राम द्वारा दिया गया आदेश। "बाण छोड़ो!"

आगे बढ़ते लंकावासियों को हैरान करते हुए अचानक उन पर बाणों की बौछार होने लगी। रावण ने ऊपर अन्दरूनी प्राचीरों को देखा, फिर उसे अहसास हुआ कि बाण तो दीवार के अन्दर से निचली खिड़कियों से छोड़े जा रहे थे। वो खिड़कियाँ जिनके अस्तित्व का भी उन्हें भान नहीं था।

बाणों ने लंकावासियों की पंक्तियों को भेद कर उन्हें औचक धर पकड़ा था। हानि बहुत अधिक थी, लगभग हर बाण अपने निशाने पर लग रहा था, क्योंकि सैनिक घनी संरचना में तेज़ी से आगे बढ़ रहे थे। इस अस्तव्यस्तता में, आक्रमण का एक हिस्सा रुक गया था, क्योंकि रावण के कुछ सैनिक अपने ऊपर हो रही बाणों की बौछार से बचने के लिए इधर-उधर भागने लगे थे, जबकि दूसरे अपनी ढालों के पीछे छिप गये थे। अधिकाधिक शत्रु को मारते हुए मिथिलावासी बिना रुके बाण चला रहे थे।

रावण और कुम्भकर्ण के आसपास मौजूद सैनिकों ने अपनी ढालें निकाल कर दोनों भाइयों का बचाव किया।

"पीछे हटें, दादा!" कुम्भकर्ण चिल्लाया। "हम मृत्यु-क्षेत्र में हैं।"

"कभी नहीं!" रावण दहाड़ा। "हमें बस अन्दरूनी दीवार पर चढ़ना भर है। हमारी सेना उन सबको समाप्त कर देगी! बस कुछ पल और!"

"दादा! कुछ और पलों में आपके पास कोई सेना नहीं बचेगी!"

कुम्भकर्ण देख रहा था कि रावण क्रोध में सुलग रहा है। वो यह भी जानता था कि रावण की अनुमति के बिना वो पीछे हटने का आदेश नहीं दे सकता। "दादा, वो हमें पीपे में भरी मछलियों की तरह भेद रहे हैं! आदेश दें!"

ढालों के सुरक्षाकवच के पीछे से रावण ने चारों ओर देखा। उसके चारों ओर उसके निष्ठावान सैनिक गिरते जा रहे थे, निर्ममता से कटे-फटे।

लंका के राजा ने सिर हिला कर हामी भरी, अँधेरे में यह हरकत मुश्किल से ही दिखाई दी थी।

कुम्भकर्ण अपने हरकारे की ओर मुड़ा। "पीछे हटो!"

शंख बजा दिये गये, और उनके स्वर को लंका की सेना के हरकारों ने पकड़ लिया। मगर इस बार उन्होंने एक भिन्न सुर बजाया था। संकेत पाते ही, लंकावासी पलट कर भागने लगे, और जितनी तेज़ी से आये थे उतनी ही तेज़ी से पीछे हटने लगे।

मधुकर निवास में मिथिलावासियों ने प्रसन्नता से ज़ोरदार उद्घोष किया।

लंका के पहले आक्रमण को असफल कर दिया गया था।

अध्याय 27

अगले दिन के पहले प्रहर की पाँचवीं घड़ी थी।

लंका के शिविर में सदमे का अहसास असल में हुए विनाश से कहीं अधिक था। उन्हें अपेक्षा थी ऊपरी तौर पर शान्तिप्रिय मिथिलावासियों के विरुद्ध वो बहुत सरलता से जीत हासिल कर लेंगे। मगर उन्हें इतने ज़बर्दस्त जवाबी हमले की आशा नहीं थी।

पहले तो रावण पिछली रात के परिणाम से बहुत क्षुब्ध हुआ, मगर विचार करने के बाद उसे अहसास हुआ कि सम्भावनाएँ अभी भी उनके पक्ष में थीं। पिछली रात लंका के एक सहस्र सैनिक मारे गये थे। मगर समीची से मिली सूचना के अनुसार मिथिला के भी इतने ही सैनिक मारे गये थे। मिथिला की कहीं छोटी-सी सेना के लिए एक सहस्र सैनिकों को गँवाना कहीं अधिक बड़ी क्षति थी। राजकुमारी सीता की सेना अब नागरिक रक्षा बल से लिए तीन सहस्र अनियमित सैनिकों से निर्मित थी, मगर लंका के पास अभी भी नौ सहस्र युद्ध लड़े हुए अनुभवी सैनिक थे। इसके अलावा, समीची से उन्हें यह भी पता लगा था कि पिछली रात लंकावासियों द्वारा ढहाये गये विनाश से मिथिला के सामान्यजन आतंकित हैं। मनोबल बहुत गिरा हुआ था और राजकुमारी सीता अपने नागरिकों को लड़ने के लिए प्रेरित करने की भरपूर कोशिश कर रही थीं, मगर ऐसा लगता नहीं था कि वो सफल होंगी।

रावण जितना इस बारे में सोचता, उतना ही आश्वस्त हो जाता कि उसकी सेना में अभी भी राजा मिथि के नगर को जीतने और नष्ट करने

का माद्दा है। और अब, पहले से कहीं अधिक, यह सम्मान का विषय बन चुका था।

लंका की सेना ने रात भर कड़ी मेहनत की थी। अस्थायी तौर पर बने चिकित्सकीय शिविरों में घायलों का उपचार किया जा रहा था, साथ ही बहुत तेज़ गति के साथ वन को भी साफ़ किया जा रहा था। सुबह तक, उनके पास अपनी आवश्यकता के लिए पर्याप्त लकड़ी हो जायेगी। कुछ सैनिक लकड़ी को तख़्तों में काटने और आकार देने के लिए समूहों में काम कर रहे थे। अन्य इन तख़्तों को जोड़ कर विशाल आयताकार ढालें बना रहे थे, जिनमें आधार के साथ-साथ पार्श्व में भी मज़बूत पकड़ लगी थीं। हर ढाल बीस सैनिकों की सुरक्षा करने में सक्षम थी।

कुम्भकर्ण के साथ रावण काम का निरीक्षण करने सेना के बीच गया।

"कच्छप ढालें बहुत सही बन रही हैं," कुम्भकर्ण ने कहा। यद्यपि शुरू में तो युद्ध को ले कर कुम्भकर्ण बिल्कुल भी उत्साहित नहीं था, मगर वो जानता था कि इसे अब छोड़ने का प्रश्न ही नहीं उठता। अगर अपने पहले असफल प्रयास के बाद ही वो पीछे हट गये तो सारे सप्त सिन्धु में समाचार फैल जायेगा कि एक छोटे-से, शक्तिहीन राज्य ने युद्ध में शक्तिशाली लंकावासियों को हरा दिया। इससे रावण के शत्रुओं को बल मिल जाता। अगर पहले ही वो युद्ध से बचने की कोशिश करते, तो उसका प्रभाव इतना विनाशकारी नहीं होता। मगर अब तो बहुत देर हो चुकी थी। दूसरे विद्रोहियों को पहले ही रोक देने के लिए उन्हें मिथिला से लड़ना और उसे हराना होगा।

"हाँ," रावण ने कहा। "आज रात हम फिर से हमला करेंगे। हम बाहरी दीवारों को तोड़ देंगे, उन पर चढ़ने की कोई आवश्यकता नहीं है। वैसे भी, बाहर तो कोई मिथिलावासी होगा नहीं। बाहरी दीवार के पार होने के बाद अपनी कच्छप ढालों से रक्षित हम लोग अन्दरूनी दीवारों में सेंध लगायेंगे। वो मूर्ख घेराव के लिए तैयार नहीं हैं। हमने पहले उन्हें कम आँका था। हम वही ग़लती फिर नहीं दोहरायेंगे।"

कुम्भकर्ण ने हामी भरी। मगर उसे यह बात लगातार परेशान कर रही थी कि गुरु विश्वामित्र और उनके कुछ मलयपुत्र सहयोगी अभी भी

दुर्ग के भीतर थे। शक्तिशाली मलयपुत्रों को हल्के में नहीं लिया जा सकता था। कभी भी नहीं।

रावण का मस्तिष्क अभी आगामी युद्ध पर ही था। "जब हम उनकी दीवारों को तोड़ देंगे तो उन सबको समाप्त कर देंगे। कोई जीवित नहीं बचना चाहिए, पशु तक नहीं।"

कुम्भकर्ण ने कुछ नहीं कहा।

"तुम इन ढालों का निरीक्षण जारी रखो," रावण ने कहा। "मैं गुप्तचरों का विवरण पढ़ना चाहता हूँ।"

"हाँ, दादा।"

विचारों में तल्लीन कुम्भकर्ण आगे बढ़ गया। वो जानता था कि उन्हें यह युद्ध लड़ना ही होगा, मगर वो अनिष्ट की उस आशंका को नहीं हटा पा रहा था जो उसे घेरे हुए थी।

वो सैनिकों के बीच, कच्छप ढालों की जाँच करता घूम रहा था, कि तभी उसने हवा में किसी बाण की निश्चित सनसनाहट सुनी। सहजबोध से वो झुक गया, और उसने एक बाण को अपने पाँव तले लकड़ी के एक तख़्ते में धँसते देखा। उसने हैरानी से ऊपर देखा।

मिथिला में ऐसा कौन है जो इतनी ज़बर्दस्त सटीकता के साथ इतनी दूर तक बाण चला सकता है?

उसने ध्यान से दीवारों को तका। उसे बस अन्दरूनी दीवार की प्राचीर पर दो असामान्य रूप से लम्बे और कुछ छोटा एक तीसरा पुरुष दिखाई दिये। तीसरे पुरुष के हाथ में धनुष था; वो उसी की दिशा में देखता प्रतीत हो रहा था।

कुम्भकर्ण ने आगे बढ़कर लकड़ी में धँसे बाण को जाँचा। उसकी डंडी पर एक भोजपत्र बँधा हुआ था। उसने उसे निकाला, भोजपत्र को खोला और जल्दी-जल्दी पढ़ा।

भगवान रुद्र दया करें!

"तुम्हें सच में विश्वास है कि वो ऐसा करेंगे, कुम्भकर्ण?" रावण ने घृणा से फुफकारते हुए पूछा और पत्रक को फेंक दिया।

कुम्भकर्ण दौड़ते हुए रावण के पास आया था और उसे अलग ले जा कर उसने उसे वो पत्रक दिखाया था। उसे अयोध्या के युवराज और अब मिथिला की राजकुमारी-प्रधानमन्त्री सीता के पति राम ने भेजा था। उस छोटे-से पत्रक ने बहुत स्पष्ट रूप से चेतावनी दी थी कि मलयपुत्रों ने लंका के सैनिकों की पहुँच से बहुत दूर, मिथिला के दुर्ग की अन्दरूनी दीवारों पर असुरास्त्र प्रक्षेपास्त्र तैयार कर लिया है। और कि अगर लंकावासी अपनी सेना को भंग करके पीछे नहीं हटे तो राम असुरास्त्र चला देंगे। रावण के पास निर्णय लेने के लिए एक घंटे का समय था।

"दादा," कुम्भकर्ण ने कहा, "अगर वो असुरास्त्र दाग़ते हैं तो यह—"

"उनके पास कोई असुरास्त्र नहीं है," रावण ने बात काटी। "वो कोरी धमकी दे रहे हैं।"

अनेक लोग असुरास्त्र को दैवी अस्त्र मानते थे, जिसे सामूहिक विनाश के अस्त्र के रूप में प्रयोग किया जाता था। पिछले महादेव भगवान रुद्र ने अनेक शताब्दियों पहले दैवी अस्त्र के अनधिकृत प्रयोग पर प्रतिबन्ध लगा दिया था, और प्राय: सभी ने इस आदेश का पालन किया था। उन्होंने नियम बनाया था कि अगर कोई भी इस विधान को तोड़ेगा तो उसे चौदह वर्ष के निर्वासन के दंड का भागी होना होगा। दूसरी बार इस नियम को तोड़ने का दंड मृत्यु था। भगवान रुद्र द्वारा बनायी गयी जनजाति वायुपुत्र को कड़ाई से इस दंड को लागू करना था।

मगर ऐसे भी लोग थे जिनका कहना था कि असुरास्त्र सही मायनों में सामूहिक विनाश का नहीं, बल्कि सामूहिक रूप से अशक्त करने का अस्त्र था। और चूँकि इसे दैवी अस्त्र नहीं कहा जा सकता था, इसलिए सम्भवत: यह भगवान रुद्र के प्रतिबन्ध से बच सकता था। रावण ने इस बात की चिन्ता ही नहीं की कि असुरास्त्र दैवी अस्त्र के रूप में मान्य है या नहीं। उसने तो यह मानने से ही इंकार कर दिया था कि मलयपुत्रों के पास असुरास्त्र है भी। उसे पता था कि असुरास्त्र बनाने की मूलभूत सामग्री को हासिल कर पाना अत्यन्त दुष्कर है—भारत में तो निश्चय ही कोई यह नहीं पा सकता था। उसने उस अस्त्र को ले कर चिन्ता करने में कोई तुक ही नहीं देखी जो उसके शत्रु के पास हो ही नहीं सकता था।

"मगर, दादा, मलयपुत्रों के पास—"

"विश्वामित्र डींगें हाँक रहे हैं, कुम्भकर्ण!"

रावण द्वारा गुरु विश्वामित्र को केवल नाम से सम्बोधित करने से स्तम्भित कुम्भकर्ण मौन हो गया।

लंकावासियों को चेतावनी मिले हुए लगभग तीन घंटे बीत गये थे। अब तक कुम्भकर्ण को भी लगने लगा था कि वो पत्रक कोरी धमकी मात्र है, हालाँकि भावी अमंगल का धुँधला-सा आभास उसे छोड़ नहीं रहा था।

"अब तो आश्वस्त हो, कुम्भ?" रावण ने पूछा। "तुम जानते हो मैं कभी ग़लत नहीं होता।"

कुम्भकर्ण चाह रहा था कि वो भी अपने भाई के विश्वास को महसूस कर सके, मगर उसका अपना सहजबोध कुछ और कह रहा था।

"तुम्हें दैवी अस्त्र छोड़ने का दंड तो पता है ना?" रावण ने पूछा। "तुम्हें लगता है कि मलयपुत्र भगवान रुद्र के नियम को तोड़ेंगे? गुरुजी अच्छी तरह जानते हैं कि अगर हम मिथिला के एक-एक व्यक्ति को भी मार देंगे, तो भी हम उन्हें छूने का साहस नहीं करेंगे। वो सुरक्षित हैं।"

रावण यह नहीं जानता था कि मलयपुत्रों के पास कोई विकल्प ही नहीं बचा था। भले ही उन्हें भगवान रुद्र के विधानों का ध्यान हो, तो भी उन्हें हर क़ीमत पर सीता को बचाना ही था।

कुम्भकर्ण की आशंका सही थी।

"अब अगर तुम अनुमति दो तो मैं बाहर आ जाऊँ?" रावण ने व्यंग्य से पूछा।

कुम्भकर्ण के आग्रह पर, भुनभुनाते हुए रावण वहाँ खड़े पुष्पक विमान के अन्दर रहा था। वाहन के ढाँचे के निर्माण में प्रयुक्त हुई धातुओं में से एक सीसा था और यह सर्वज्ञात था कि सीसा असुरास्त्र समेत विभिन्न दैवी अस्त्रों के प्रभावों का अवरोधक है। इसीलिए कभी-कभी इसे चमत्कारिक धातु भी कहा जाता था। कुम्भकर्ण मिथिला के दुर्ग के उस खंड पर निगाह रखे हुए था जहाँ से चेतावनी का बाण छोड़ा गया था। संकट का पहला संकेत पाते ही वो विमान का द्वार बन्द कर देने वाला था ताकि उसका भाई सुरक्षित रहे।

कुम्भकर्ण ने अपना सिर हिलाया। "नहीं, दादा। आपकी रक्षा करना मेरा कर्तव्य है।"

"और तुम्हारी अपनी मूर्खता से तुम्हारी रक्षा करना मेरा कर्तव्य है! अब हटो। मुझे जा कर देखना है कि नावें कच्छप ढालों का बोझ वहन करने के लिए तैयार हैं या नहीं।"

"दादा, कृपया मेरी बात सुनें।"

"भगवान रुद्र की ख़ातिर, क्या तुम पागल हो गये हो, कुम्भकर्ण?" रावण ने भड़क कर पूछा।

"कृपया मान जायें, दादा। आपकी सुरक्षा सबसे महत्वपूर्ण है।"

"मैं बालक नहीं हूँ जिसे तुम्हारी सुरक्षा चाहिए हो!"

"कृपया यहीं रहें, दादा," कुम्भकर्ण ने कहा। "मैं जाकर नावों को देख लेता हूँ।"

"हे भगवान!"

"दादा, बस यह मान लें कि आप मेरा मन रखने के लिए यह कर रहे हैं। मुझे अनिष्ट की आशंका— "

"हम तुम्हारी 'आशंकाओं' के आधार पर युद्ध की योजनाएँ नहीं बना सकते!"

"मेरी आपसे विनती है। विमान में ही रहें। मैं जा कर नावों की जाँच करता हूँ।"

रोष में भरा रावण बैठ गया। "ठीक है!"

कुम्भकर्ण झील के पास खड़ा लंका के सैनिकों को नावों पर कच्छप ढालें लादने का निर्देश दे रहा था। अभी भी वो असुरास्त्र चलाये जाने का कोई भी चिह्न पाने के लिए दुर्ग पर चौकस निगाह रखे हुए था।

उसने मुड़ कर अपने पीछे कुछ दूरी पर खड़े विमान को देखा और यह देख कर उसे राहत मिली कि क्रोध में भनभनाता रावण उड़न यान के अन्दर ही खड़ा था।

कुम्भकर्ण ने हाथ से संकेत करके रावण को वहीं रहने को कहा, और फिर नावों पर चल रहे काम को देखने लगा।

अचानक, उसके मन में बैठी अमंगल की आशा बलवती होती लगी। पीड़ाजनक रूप से। मानो किसी ने उसकी अन्तड़ियों को दबोच लिया हो और उन्हें निचोड़े डाल रहा हो।

उसने दुर्ग की ओर देखा। अन्दरूनी दीवार के उस खंड की ओर जिससे मधुकर निवास जुड़ा हुआ था। संकट की आशंका में उसकी आँखें फैल गयीं।

कुम्भकर्ण यह नहीं जानता था कि मलयपुत्रों ने अन्तत: ऐसा व्यक्ति खोज लिया था जो असुरास्त्र चलाये। कोई जो भगवान रुद्र का विधान तोड़ने के अपराध और दंड स्वीकार करे। कोई जिसकी उस स्त्री को बचाने की इच्छा उस विधान को तोड़ने से अधिक बलवती थी जिस पर सामान्यतया वो सोचता भी नहीं—सीता के पति राम। राम द्वारा छोड़ा जलता हुआ बाण भयानक गति से हवा को काटता जा रहा था।

भगवान रुद्र दया करें।

कुम्भकर्ण तुरन्त चिल्लाते हुए पलटा, "दादा!"

वो पुष्पक विमान की ओर दौड़ पड़ा, उतनी तेज़ी से दौड़ता जितना कि उसकी टाँगें उसे अनुमित देतीं।

इस बीच, मधुकर निवास के ऊपर, जलता हुआ बाण असुरास्त्र प्रक्षेपक पर बने एक छोटे-से लाल वर्ग में जा घुसा और उसे पीछे की ओर धकेल दिया। बाण की आग को लाल वर्ग के पीछे स्थित पात्र ने पकड़ लिया, और वहाँ से यह तेज़ी से ईंधन कक्ष तक फैली जिसने प्रक्षेपास्त्र को ऊर्जा प्रदान की। प्रचंड प्रकाश चमका और अनेक छोटे-छोटे विस्फोट हुए। कुछ पल बाद प्रक्षेपक के आधार के पास बहुत तेज़ लपटें निकलने लगीं।

कुम्भकर्ण विमान पर पहुँच गया था और उसने उसके द्वार की ओर छलाँग लगा दी, अपने बड़े भाई के ऊपर गिरते हुए जो विमान में पीछे जा गिरा था। कुम्भकर्ण के वेग ने उसे भी अन्दर पहुँचा दिया था।

मगर विमान का द्वार अभी भी खुला था।

असुरास्त्र प्रक्षेपास्त्र चल दिया और पलांशों में ही सारी दूरी को मापते और एक बड़ा-सा चाप बनाते हुए मिथिला की दीवारों के ऊपर से

गुज़र गया। खन्दक-झील के बाहरी ओर मौजूद लंका के सैनिक हतप्रभ और दहशत में थे। प्रक्षेपास्त्र का बस एक ही अर्थ हो सकता था।

कोई दैवी अस्त्र।

वो मरणोन्मुख थे। वो यह जानते थे।

कोई प्रतिक्रिया करने के लिए समय ही नहीं था। न भागने का समय था। और भाग कर वो छिपते भी कहाँ?

वो तो खुले में थे। असुरास्त्र का आसान शिकार।

हालाँकि उनका विनाश तेज़ी से उनकी ओर बढ़ रहा था, मगर फिर भी कोई लंकावासी इस मंज़र से निगाह नहीं हटा सका। खन्दक-झील के ऊपर से उड़ते प्रक्षेपास्त्र में छोटा-सा, लगभग अश्रव्य-सा विस्फोट हुआ, जैसे किसी बालक के लिए पटाख़ा छुड़ाया गया हो।

सैनिकों के दिलों में बैठा आतंक तुरन्त ही आशा में बदल गया।

सम्भवत: दैवी अस्त्र असफल हो गया है।

मगर मधुकर निवास के ऊपर खड़े मलयपुत्र और अयोध्या के राजकुमार अच्छी तरह जानते थे। गुरु विश्वामित्र के निर्देश पर उन्होंने अपने कान बन्द कर लिये थे।

असुरास्त्र का हमला तो अभी शुरू ही नहीं हुआ था।

इस बीच, कुम्भकर्ण उछल कर खड़ा हुआ, जबकि रावण अभी तक विमान के तल पर चित्त पड़ा हुआ था। वो तेज़ी से द्वार की ओर दौड़ा और उसने अपने शरीर के पूरे भार से पार्श्व की दीवार पर लगे धातु के बटन को दबा दिया। विमान का द्वार धीरे-धीरे सरकते हुए बन्द होने लगा। बहुत ही धीमे।

द्वार समय से बन्द नहीं हो पायेगा।

एक पल भी सोचे बिना, कुम्भकर्ण ने मोर्चा सँभाल लिया। विमान के भीतर। द्वार के ठीक पीछे। जबकि सरकने वाला द्वार अपनी जगह ले रहा था, धीमे-धीमे बन्द होते हुए, पीड़ाजनक रूप से धीमे।

कुम्भकर्ण। अपनी विशाल काया से द्वार के अभी भी खुले भाग को रोकते हुए।

ताकि विस्फोट के प्रभाव उसके पार न जा पायें।

कुम्भकर्ण। आत्मबलिदान के लिए तैयार। उस व्यक्ति के लिए जिससे वो प्रेम करता था।

अपने भाई के लिए।

अपने दादा के लिए।

असुरास्त्र पल भर के लिए लंका के सैनिकों के ऊपर मंडराया, और फिर ऐसे कानफाड़ू धमाके के साथ फटा जिसने दूर मिथिला की दीवारों को भी हिला दिया था। लंकावासियों को अपने कान के पर्दे फटते मालूम दिये, उनके फेफड़ों से जैसे सारी हवा निचुड़ गयी थी।

मगर यह तो उस विनाश की भूमिका मात्र थी जो आगे होने वाला था।

धमाके के बाद दहला देने वाली चुप्पी छा गयी। फिर मिथिला की छत पर खड़े दर्शकों ने उस स्थान से तीव्र हरे प्रकाश को निकलते देखा जहाँ प्रक्षेपास्त्र फटा था। यह भयंकर प्रबलता के साथ निकली थी और बिजली की चमक की तरह नीचे खड़े लंकावासियों को लील गयी। वो जहाँ थे, वहीं खड़े रह गये, अस्थायी पक्षाघात से सुन्न से हो कर। फटे हुए प्रक्षेपास्त्र के टुकड़े उनके ऊपर बरस रहे थे।

ठीक उस समय जब पुष्पक विमान का द्वार बन्द हुआ, कुम्भकर्ण ने हरे प्रकाश की चौंध को देखा था। द्वार के स्वयं ही बन्द होने, और अन्दर मौजूद लोगों को और अधिक हानि होने से बचा लेने के बावजूद कुम्भकर्ण गिर पड़ा था, अचेत।

"कुम्भऽऽऽऽ!" रावण चिल्लाते हुए अपने छोटे भाई की ओर भागा।

विमान के बाहर असुरास्त्र का काम अभी पूरा नहीं हुआ था। असली क्षति तो अभी होनी थी।

एक भयंकर फुफकार की-सी ध्वनि फैल गयी, जैसे किसी विशाल साँप का युद्ध-घोष हो। इसी के साथ, नीचे गिरे प्रक्षेपास्त्रों के टुकड़ों से हरी वाष्प के दानवीय बादल उठने लगे जो कफ़न की तरह स्तम्भित लंकावासियों पर छा गये थे।

यही वाष्प असुरास्त्र की असल जान थी। वास्तविक अस्त्र। विस्फोटों और पक्षाघात करने वाले हरे प्रकाश ने तो शिकारों को तैयार किया था। यह गाढ़ी हरी वाष्प असली मारक थी।

कुछ ही पलों में इस घातक वाष्प ने लंका के सैनिकों को अपनी जकड़ में ले लिया, जो पुष्पक विमान के बाहर मैदान में जड़ पड़े हुए थे। अगर सप्ताहों तक नहीं तो कम-से-कम कई दिनों तक यह उन्हें मूर्च्छित रखने वाली थी। कुछ के तो यह प्राण ही ले लेने वाली थी। मगर इस समय सब कुछ भ्रामक रूप से शान्त था। न कोई चीख़-पुकार थी, न दया की गुहार थी। किसी ने भागने की कोशिश नहीं की। वो बस भूमि पर पड़े रहे, निश्चल, उस दानवी अस्त्र द्वारा विस्मृति के आगोश में धकेल दिये जाने के लिए प्रतीक्षारत। उस गहन ख़ामोशी में एकमात्र आवाज़ बस प्रक्षेपास्त्र के टुकड़ों से निकल रही वाष्प की फुफकार थी।

विमान के अन्दर बदहाल रावण अपनी बाँहों में अपने छोटे भाई को लिये घुटनों के बल बैठा हुआ था। उसके गालों पर आँसू बह रहे थे और वो अपने पक्षाघातग्रस्त भाई को हिला-हिला कर उसे होश में लाने की कोशिश कर रहा था। "कुम्भ! कुम्भ!"

कोई तीस निमिष बीत गये होंगे। असुरास्त्र लंका की सेना का अपना विनाश पूरा कर चुका था।

विमान के अन्दर मौजूद छोटा, नगण्य-सा दल ही बच पाया था। उनमें से एक चिकित्सक था। मानक अभियान प्रक्रिया के रूप में विमान को हमेशा मुस्तैद दल के साथ उड़ने को तैयार रहना था।

चिकित्सक ने अपनी आपातकालीन औषधियों की सहायता से कुम्भकर्ण को प्रक्षेपास्त्र के पक्षाघातीय प्रभाव से मुक्त कर दिया था। उसका शरीर अभी भी निश्चल और सांसें उखड़ी हुई थीं, मगर वो अपना सिर थोड़ा-बहुत हिला सकता था। वो विमान के तल पर लेटा हुआ था। उसके नागा उपांगों से बहुत धीमे-धीमे रक्तस्राव हो रहा था। उसका सिर अपने बड़े भाई की गोद में था।

उसने कुछ कहने की कोशिश की मगर उसकी जिह्वा सूजी हुई थी और उसकी वाणी लड़खड़ा रही थी और अबूझ-सी थी।

"चुप रहो," रावण ने धीरे से कहा, उसके गाल आँसुओं से भीगे हुए थे। "आराम करो। तुम ठीक हो जाओगे। मैं तुम्हें कुछ नहीं होने दूँगा।"

"थाथा... आप... थीक हैं?"

रावण को जब समझ आया कि उसका भाई क्या कह रहा है तो उसके आँसू और ज़ोरों से बहने लगे। इस हालत में भी, कुम्भकर्ण को रावण के ठीक होने की चिन्ता थी। लंकाराज ने धीरे से अपने छोटे भाई के माथे को चूमा। "मैं ठीक हूँ। तुम आराम करो, छोटे भाई, आराम करो।"

कुम्भकर्ण के आंशिक रूप से लकवाग्रस्त चेहरे पर किसी तरह टेढ़ी-सी मुस्कुराहट आयी। "आप... मेले... लिलीं हैं।"

आँसुओं के बीच भी रावण मुस्कुरा दिया। "हाँ। हाँ, मैं तुम्हारा ऋणी हूँ, मेरे भाई। मैं तुम्हारा ऋणी हूँ।"

कुम्भकर्म ने धीरे से अपना सिर हिलाया, टेढ़ी-सी मुस्कान अभी भी उसके चेहरे पर थी। "अले... थिथोली... कल लहा हूँ..."

"आराम करो, कुम्भ। आराम करो..."

कुम्भकर्ण ने अपनी आँखें बन्द कर लीं।

रावण ने रोते हुए अपने भाई के सिर को अपने सीने से लगा लिया। "मुझे बहुत दुख है, कुम्भ। मुझे बहुत दुख है। मुझे तुम्हारी बात सुननी चाहिए थी।"

"स्वामी," लंका के एक सैनिक ने मोखले से बाहर देखते हुए धीरे से कहा।

रावण ने निगाह उठायी।

"वाष्प अभी भी दिख रही है," उस सैनिक ने कहा। "इसने हमारे सैनिकों को अपने घेरे में ले लिया है। अब हम क्या करें?"

रावण जानता था इसका क्या अर्थ है। पुष्पक विमान के बाहर भूमि पर गिरे उसके सारे सैनिक अगर सप्ताहों को नहीं तो दिन भर के लिए तो अशक्त हो ही गये थे। वो लम्बी मूर्च्छा में रहेंगे, जिससे कुछ तो कभी बाहर नहीं निकल पायेंगे। वो भी बाहर क़दम नहीं रख सकता था। क्योंकि वाष्प का प्रभाव अभी भी घातक था।

मिथिला का युद्ध हारा जा चुका था। उसकी अंगरक्षक सेना नष्ट कर दी गयी थी। विमान में मौजूद चन्द लोगों के सिवा उसके पास कोई सैनिक नहीं बचा था। वो कुछ नहीं कर सकता था।

मगर इस समय यह इतना मायने नहीं रखता था।

उसने नीचे अपने भाई को देखा। और उसे निकट खींच लिया।

इस समय कुछ मायने रखता था तो वो था उसका भाई। उसे कुम्भकर्ण को वापस अपने पैरों पर खड़ा करना था।

रावण ने पुष्पक विमान के चालकों को देखा। “हमें इस मनहूस स्थान से बाहर ले चलो।”

अध्याय 28

रावण ने सांस ली। "अन्ततः, मलयपुत्रों से बदला लेने का अवसर मिल गया," उसने कहा।

मिथिला के युद्ध को तेरह वर्ष से कुछ अधिक समय हो चुका था। रावण और कुम्भकर्ण सिगिरिया के राजमहल में राजा के निजी कार्यालय में थे। युद्ध की स्मृति समय के साथ धुँधला गयी थी, लेकिन रावण के लिए घाव अभी तक कच्चा था।

अपमानजनक हार और रावण के शक्तिशाली दस हज़ार अंगरक्षकों के दस्ते के विध्वंसक विनाश का सप्त सिन्धु में उतना प्रभाव नहीं हुआ था जितना उसे डर था। मिथिला के युद्ध के बाद कुछ समय तक तो सप्त सिन्धु के कुछ अन्य राज्य भी लंका की सत्ता को चुनौती देने के सपने देखते रहे थे। वो अयोध्या के राजकुमार राम को प्रतिरोध के नेता के रूप में भी देखने लगे थे। लेकिन इससे पहले कि यह आन्दोलन बल पकड़ता, पूर्व महादेव के विधान के अनुसार राजा दशरथ ने राम को दैवी अस्त्र के अनधिकृत प्रयोग के लिए सप्त सिन्धु से चौदह वर्ष के लिए निर्वासित कर दिया। उनके प्रस्थान के साथ ही विद्रोह के सारे सपनों ने भी दम तोड़ दिया। इस बात से हौसले और पस्त हो गये थे कि राम के साथ मिथिला की राजकुमारी और उनकी पत्नी सीता और उनके छोटे भाई लक्ष्मण भी चले गये थे।

रावण की प्रतिष्ठा को भी धक्का लगा था। उसकी प्रजा को उससे अपेक्षा थी कि अपनी हार का बदला लेने के लिए वो मिथिला वापस जा

कर उसे तहस-नहस कर देगा, लेकिन रावण जानता था कि लंका की सेना पूर्ण युद्ध के लिए तैयार नहीं थी। वैसे भी, मलयपुत्र लंका के सैनिकों को साथ ले कर मिथिला छोड़ कर चले गये थे, और उन्हें पुनर्जीवित करके बन्दी बना लिया गया था। उन्हें लौटाने का मूल्य था कि रावण भगवान रुद्र के नाम पर यह गम्भीर शपथ ले कि वो मिथिला या सप्त सिन्धु के किसी भी अन्य राज्य पर हमला नहीं करेगा।

यह सुनिश्चित करने के लिए कि वो अपने वचन पर टिका रहे, गुरु विश्वामित्र ने उसे चेतावनी दी थी कि अगर उसने सप्त सिन्धु पर हमला करने के लिए अपनी सेना को तैयार करने के बारे में सोचा भी, तो उसे वो औषधियाँ मिलना बन्द हो जायेंगी जो उसे और कुम्भकर्ण को जीवित रखे हुए थीं। अपनी बात को सिद्ध करने के लिए उन्होंने औषधियों और गुफा सामग्री का मूल्य और बढ़ा दिया था। रावण अपमान में सुलग रहा था, लेकिन उसके पास इन शर्तों को मानने के अलावा कोई चारा भी नहीं था। लेकिन वो मलयपुत्रों से बदला लेने के अवसर की लगातार प्रतीक्षा में रहा था, और लगता था कि अब ऐसा एक अवसर हाथ आ ही गया था।

"बात बदले की नहीं है, दादा," कुम्भकर्ण ने कहा। "बात है उसे पाने की जो हमें चाहिए। हमें सावधान रहना होगा। बहुत सावधान।"

"यह शायद तुम्हारे लिए सच हो। मेरे लिए मलयपुत्रों से बदला लेना भी उतना ही महत्वपूर्ण है। लेकिन मैं कभी भी मूर्खता, या क्रोध में कुछ नहीं करूँगा। मैं मूर्ख नहीं हूँ।"

कुम्भकर्ण ने हार मानते हुए हाथ फैला दिये। "ठीक है।"

"महत्वपूर्ण बात यह है कि अब उनके पास एक विष्णु हैं। और वो भी एक दिलचस्प विष्णु," रावण ने विचारपूर्वक कहा।

"हाँ," कुम्भकर्ण बोला। "अचानक बहुत-सी बातें समझ में आने लगी हैं। उदाहरण के लिए, मुझे कभी समझ नहीं आता था कि मलयपुत्र मिथिला को बचाने के लिए इतने उतावले क्यों थे। उन्होंने भगवान रुद्र के प्रतिबन्ध को तोड़ते और वायुपुत्रों से सम्भवत: हमेशा के लिए अपने सम्बन्ध बिगाड़ते हुए असुरास्त्र का प्रयोग किया। मिथिला जैसा एक मामूली राज्य निश्चित रूप से ऐसा जोखिम लेने योग्य तो नहीं था। किन्तु अब स्पष्ट हो रहा है कि वो अपने ऋषियों की अनमोल नगरी को नहीं

बल्कि अपनी विष्णु को बचाने का प्रयास कर रहे थे! वो जानते थे कि आप उस दिन इतने क्रुद्ध थे कि वहाँ मौजूद हर किसी को मार डालते।"

रावण ने सिर हिलाया। "सही है। उन्हें अपनी जान की चिन्ता नहीं है। उन्हें केवल अपने लक्ष्य की चिन्ता है। और अपने लक्ष्य की सफलता के लिए उन्हें विष्णु की आवश्यकता है।"

"राजकुमारी सीता की।"

"किसने सोचा था कि वो विष्णु के लिए उस छोटे-से, शक्तिहीन मिथिला से किसी को चुनेंगे," रावण ने अपने दाएँ कन्धे को मोड़ते हुए कहा। वो अब लगभग साठ वर्ष का हो रहा था, और दर्द-तकलीफ़ें उसके जीवन का सतत भाग बन गयी थीं। साथ ही, उसे जीवित रखने वाली औषधियाँ भी उसकी शक्ति को प्रभावित कर रही थीं। सिगिरिया को तबाह करने वाली रहस्यमय महामारी ने इस क्षति को और बढ़ाया ही था।

"अकेली वही उम्मीदवार नहीं थीं," कुम्भकर्ण ने कहा।

रावण ने हैरानी से अपने छोटे भाई को देखा।

"वायुपुत्रों और गुरु वशिष्ठ का मानना है कि राम को अगला विष्णु होना चाहिए," कुम्भकर्ण ने कहा।

वशिष्ठ अयोध्या के राजपरिवार के राजगुरु और मुख्य परामर्शदाता थे। मगर सप्त सिन्धु के राजपरिवार में उनकी पदवी ही इस बात का एकमात्र कारण नहीं था कि देश भर में उन्हें इतना सम्मान दिया जाता था। वो महर्षि भी थे जिनका ज्ञान अप्रतिम था। उनके एकमात्र समकक्ष, सम्भवतः, मलयपुत्र प्रमुख महर्षि विश्वामित्र ही थे। यह भी सर्वज्ञात था कि महर्षि वशिष्ठ पूर्व महादेव भगवान रुद्र द्वारा निर्मित जनजाति वायुपुत्रों के भी बहुत निकट थे।

"राम? क्या सच?"

"हाँ।"

"यह तो अनुपयुक्त है," रावण ने कहा। "वायुपुत्र और गुरु वशिष्ठ करना क्या चाह रहे हैं? राम और सीता के बीच वैवाहिक मतभेद पैदा करना?"

कुम्भकर्ण हँसने लगा। "जो भी हो, विष्णु के विषय में वायुपुत्र या गुरु वशिष्ठ जो भी सोच रहे हों, उसका अन्तिम चुनाव पर कोई प्रभाव

नहीं होगा। विष्णु का चुनाव केवल मलयपुत्र करते हैं। और गुरु विश्वामित्र अपना चुनाव कर चुके हैं। सीता अगली विष्णु होंगी।"

रावण अपने आसन पर टिक कर बैठा और उसने एक गहरी सांस ली। "गुरु वशिष्ठ और गुरु विश्वामित्र के बीच इस कलह का क्या कारण है? वो तो किसी समय मित्र थे ना?"

"पता नहीं, दादा। यह किसी और कथा, किसी और पुस्तक का कथानक है। इसका हमसे कोई सरोकार नहीं है।"

"मगर तुम तो अधिकांश बातों के बारे में बहुत कुछ जानते हो," रावण ने कहा। "तुम्हें इस विष्णु के चक्कर के बारे में इतना सब कैसे पता लगा?"

"बेहतर होगा कि आप यह न जानें।"

"क्यों?"

"बस मुझ पर भरोसा रखें, दादा।"

रावण ने कुम्भकर्ण को तका। "मुझे ऐसा क्यों लग रहा है जैसे हम किसी बड़ी बिसात के छोटे-से मोहरे भर हैं?"

"हर मनुष्य एक मोहरा ही है, दादा। मगर चौपड़ में, जो मोहरा दूसरे पक्ष में सेंध लगा लेता है, वो अचानक ही बहुत शक्तिशाली हो जाता है।"

रावण ने अपनी भँवें उठायीं और मुस्कुराया। "चौपड़ और वास्तविक जीवन में अन्तर होता है, छोटे भाई।"

"निस्सन्देह। मगर चौपड़ वास्तविक जीवन का प्रतिनिधित्व करता है। आप चौपड़ कैसे खेलते हैं, यह इस बारे में भी बहुत कुछ बता देता है कि आप जीवन कैसे बितायेंगे।"

"बुद्धिमतापूर्ण बात," रावण ने कहा। "जो भी हो, मुझे तुम पर पूरा भरोसा है, कुम्भ। जब भी मैंने तुम पर भरोसा नहीं किया है, मुझे हानि ही हुई है।"

कुम्भकर्ण हँसा और उसने उबासी रोकी।

"फिर से नींद आ रही है?" रावण ने पूछा, उसके चेहरे पर अपराधबोध था।

असुरास्त्र ने कुम्भकर्ण पर बहुत दुष्प्रभाव छोड़े थे। नागा उत्पन्न होने के कारण बचपन से ही वो पीड़ा और असुविधा भोगता आ रहा था।

उसके उपांग जोड़ों पर बहुत पीड़ादायी थे, और बचपन में उनसे बहुत अधिक रक्तस्राव होता था। मलयपुत्रों की औषधियों ने उसकी पीड़ा और रक्तस्राव को रोकने में सहायती की थी। मगर, असुरास्त्र के हरे प्रकाश की सीमा में आने से उसकी हालत में बहुत गिरावट आयी थी। इसके अलावा, इक्यावन वर्ष की आयु में वो उतना सशक्त भी नहीं रहा था जितना पहले हुआ करता था। फिर से शुरू हुआ रक्तस्राव और दर्द अब लगभग असहनीय हो गये थे।

मलयपुत्रों के वैद्य सिगिरिया आये थे और उन्होंने कुछ नई औषधियाँ तैयार की थीं जिनसे पीड़ा और रक्तस्राव को रोकने में किसी सीमा तक मदद मिली मगर उनके प्रभाव से कुम्भकर्ण अत्यधिक सुस्त हो गया था। अब वो प्रतिदिन, दिन के अधिकांश भाग में बस सोता रहता था। उसके लिए अपना ध्यान वापस केन्द्रित कर पाने का केवल एक ही उपाय था, और वो था कुछ दिन के लिए औषधियाँ लेना बन्द कर देना। लेकिन लगभग तुरन्त ही पीड़ा वापस लौट आती थी, और अगर वो पाँच दिन से अधिक औषधि छोड़ता तो रक्तस्राव शुरू हो जाता। इससे अधिक कुछ भी होता तो उसका जीवन ही संकट में पड़ जाता।

और यह सब इसलिए था कि मिथिला के युद्ध में अपने भाई का जीवन बचाने के लिए उसने स्वयं को संकट में डाल दिया था।

रावण स्वयं को क्षमा नहीं कर पाया था। पिछले तेरह वर्ष में उसने अपनी दूसरी सभी योजनाओं—लंका के साम्राज्य के विस्तार से ले कर किष्किन्धा का अधिग्रहण करने तक—को छोड़ दिया था । उसका सारा ध्यान बस यह सुनिश्चित करने पर लग गया था कि उसका छोटा भाई जीवित और यथासम्भव स्वस्थ रहे।

कुम्भकर्ण रावण को देखकर मुस्कुराया। "मैं ठीक हूँ, दादा।"

रावण मुस्कुराया और उसने अपने भाई का कन्धा थपथपाया।

"वैसे भी," कुम्भकर्ण ने आगे कहा, "हमें वायुपुत्रों या गुरु वशिष्ठ से तो कोई लेना-देना है नहीं। हमें तो बस मलयपुत्रों को अपने नियन्त्रण में लाना है। और यह तभी होगा जब हम विष्णु को उठा लायेंगे। वो हर मूल्य पर उन्हें मुक्त करवाना चाहेंगे, और तभी हम उन्हें पूरी तरह निचोड़ सकते हैं। हम उनसे एक साथ इतनी औषधि माँग लेंगे जो हमारे लिए अगले बीस वर्षों तक पर्याप्त हो—उनका अतिशय मोल दिये बिना। जब तक विष्णु

लंका में बन्दी रहेंगी, हमें मलयपुत्रों से अधिक माँग करने से कोई चीज़ नहीं रोक सकेगी।"

रावण ने हामी भरी।

"तो हम इस पर आगे बढ़ें?" कुम्भकर्ण ने पूछा।

"हाँ, हमें सीता का अपहरण करना होगा।"

"याद रखें, दादा, यह बदला लेने के लिए नहीं है। हम केवल वही माँगेंगे जो हम चाहते हैं। हमें बस मलयपुत्रों पर अपनी पकड़ चाहिए। हम विष्णु को मारेंगे नहीं।"

रावण ने हामी भरी।

"वो हमारी बन्दी रहेंगी।"

"हाँ।"

"राजनीतिक बन्दी। उन्हें लंका के एक महल में रखा जायेगा, कालकोठरी में नहीं।"

"मैं समझ गया, कुम्भ! तुम्हें बार-बार कहने की आवश्यकता नहीं है!"

कुम्भकर्ण मुस्कुराया और क्षमायाचना में उसने अपने हाथ जोड़ दिये।

"दादा, मुझे नहीं लगता यह अच्छा विचार है," कुम्भकर्ण ने धीरे से कहा।

रावण कुम्भकर्ण के साथ सिगिरिया के राजमहल के अपने निजी कक्ष में था। रावण का पुत्र सत्ताईस वर्षीय इन्द्रजीत भी वहाँ मौजूद था। इन्द्रजीत का डीलडौल भी अपने पिता की तरह भयभीत करने वाला था। वो लम्बा और आश्चर्यजनक रूप से बलिष्ठ था, और उसकी आवाज़ गहरी और आदेशात्मक थी। उसने अपनी माँ की-सी कपोलास्थियाँ और घने भूरे बाल पाये थे, जिन्हें वो सिंहों के केशों के समान दोनों ओर माँग निकाल कर और सिर के बीच में एक लम्बी गाँठ लगाकर सँवारता था। तेल लगी लम्बी मूँछें उसके चिकनी रंगत वाले चेहरे पर बहुत जँचती थीं। उसके वस्त्र साधारण से थे—भूरे रंग की धोती और मोतिया रंग का अंगवस्त्र। कानों के बुँदों के अलावा वो कोई आभूषण नहीं पहनता था,

जो कि भारत के अधिकांश योद्धा पहनना पसन्द करते थे। लंका को तबाह करने वाली महामारी ने इन्द्रजीत पर कोई प्रभाव नहीं डाला था, जिस पर रावण को गर्व था।

लंकाराज को अपने पुत्र से बेहद प्रेम था। उसने स्वयं उसका नाम चुना था: इन्द्रजीत, जो देवराज इन्द्र को भी जीत ले।

बहुत प्राचीनकाल में इन्द्र देवों के पौराणिक राजा थे। मगर समय के साथ यह नाम उन लोगों की पदवी बन गया था जिन्हें देवताओं का राजा माना जाता था। अपने पुत्र से रावण की अतिशय आशाएँ किसी से छिपी नहीं थीं।

"मैं कुम्भकर्ण चाचा से सहमत हूँ," इन्द्रजीत ने धीमे स्वर में कहा ताकि उसकी आवाज़ दूर तक न जाये। "यह महत्वपूर्ण अभियान है। मेरा मानना है इसे हमें ही पूर्ण करना चाहिए। हम इसे चाचा और बुआ पर नहीं छोड़ सकते, जो घमंड और अक्षमता का भयंकर मेल हैं।"

रावण ने उस पुरुष और स्त्री को देखा जो उससे सम्मानजनक दूरी पर खड़े हुए थे। विभीषण और शूर्पणखा—उसके सौतेले भाई-बहन और इन्द्रजीत के 'चाचा और बुआ।' सीता का अपहरण करने के कार्य के लिए दोनों ने जाने की इच्छा जतायी थी। उनकी ओर देखते हुए रावण मुश्किल से ही अपनी घृणा दर्शाने से स्वयं को रोक रहा था। वो उसके उस पिता से जन्मे थे जिनसे वो बैर मानता था और उस सौतेली माँ की सन्तान थे जिन्हें वो तुच्छ समझता था, और अगर इतना ही पर्याप्त नहीं था तो उसकी हमेशा विलाप करने वाली माँ कैकेसी ने उन्हें गोद ले कर पाला-पोसा था। एक बार फिर उसने सोचा कि उसे नीचा दिखाने के लिए वो किसी भी हद तक जा सकती थीं।

"हम यह कर लेंगे, दादा," विभीषण ने विनम्रता से अपने से कहीं बड़े सौतेले भाई से कहा।

विभीषण औसत लम्बाई का और असामान्य रूप से गोरी रंगत का था। उसकी सरकंडे जैसी पतली काया किसी धावक की-सी थी। मगर उसने अपनी पतली बाँहें चौड़ा रखी थीं, मानो अपने प्रभावशाली डोलों को सहेज रहा हो। उसके लम्बे, गहरे काले बाल सिर के पीछे एक गाँठ में बँधे थे। उसकी भरी-पूरी दाढ़ी को सफ़ाई से कतर कर गहरा भूरा रंगा गया था। वो ढेरों आभूषणों के साथ महँगी बैंगनी धोती और गुलाबी अंगवस्त्र

पहने हुए था। वो एकदम छैला लग रहा था, और रावण के अनुसार झूठी विनम्रता और दीनता से भरा था।

"मैं तुम्हारा दादा नहीं हूँ," रावण ने दृढ़ता से कहा। "मैं तुम्हारा राजा हूँ।"

"निस्सन्देह, स्वामी," विभीषण ने तुरन्त अपने को सुधारते हुए कहा, और सम्मानपूर्ण क्षमायाचना में कान पकड़ लिये।

रावण ने आँखें तरेरीं।

"हमारी योजना कारगर रहेगी, स्वामी," विभीषण ने कहा।

रावण के गुप्तचरों ने सूचना दी थी कि सीता, राम और लक्ष्मण ने अपनी सुरक्षा के लिए सोलह मलयपुत्रों के साथ गोदावरी नदी के किनारे पंचवटी नामक एक शान्त स्थल पर शिविर लगाया हुआ है। रावण इस बात को ले कर शंकालु था कि विष्णु जैसे महत्वपूर्ण व्यक्ति की सुरक्षा के लिए केवल सोलह मलयपुत्रों को नियुक्त किया गया है, मगर उसे बताया गया था कि सीता इस बात को ले कर मलयपुत्रों से अभी भी रुष्ट थीं कि उन्होंने राम को असुरास्त्र चलाने के लिए विवश किया था। उन्होंने सहायता लेने से इंकार कर दिया था। उनके साथ जो सैनिक थे वो जटायू के नेतृत्व में थे जिसे वो अपना भाई मानती थीं—जो कि प्रतीति रूप से एकमात्र कारण था कि वो उनकी मौजूदगी के लिए मान गयी थीं।

विभीषण ने प्रस्ताव रखा था कि वो शूर्पणखा के सौन्दर्य से राम और लक्ष्मण को लुभायेंगे। अनुमानत: उससे भेंट होने पर दोनों पुरुष अपनी चौकसी में शिथिल हो जायेंगे। फिर शूर्पणखा किसी बहाने से सीता को राम और लक्ष्मण से दूर ले जायेगी और उनका अपहरण कर लेगी। अयोध्या के राजकुमारों से कहा जायेगा कि सीता ने ईर्ष्यावश शूर्पणखा पर आक्रमण किया, और उसके बाद हुई लड़ाई में वो दुर्घटनावश नदी में डूब गयीं। चूँकि गोदावरी में प्राय: तेज़ लहरें आ जाती थीं, तो सम्भवत: उनका शव कभी प्राप्त न हो।

इस तरह, विभीषण का तर्क था कि वो लंका पर कोई आरोप आये बिना सीता का अपहरण कर लेंगे।

"अपने सैनिकों को भेज कर उन्हें उठवा ही क्यों न लें?" कुम्भकर्ण ने पूछा।

"और अगर इस चक्कर में राम घायल या आहत हो गये तो?" विभीषण ने प्रश्न से ही उत्तर दिया।

विभीषण ने जो अनकहा छोड़ दिया था, वो सबको स्पष्ट था। राम तकनीकी रूप से अयोध्या के राजा थे, और अयोध्या के राजा को सप्त सिन्धु का सम्राट समझा जाता था। अगर वो लंकावासियों के हाथों मारे जाते तो लंका के विरुद्ध युद्ध घोषित करने के लिए सप्त सिन्धु के सारे राज्यों पर सन्धि की शर्तें लागू हो जातीं। और लंका इस समय युद्ध लड़ने की स्थिति में नहीं था। उसकी सेना युद्ध लड़ने के लिए बहुत शक्तिहीन थी।

कुम्भकर्ण अभी भी आश्वस्त नहीं था। "मुझे विश्वास है कि हम अपनी बहन को चारा बनाये बिना राम और सीता को अलग करने का कोई बेहतर तरीक़ा निकाल लेंगे।"

"हम उन अस्त्रों से लड़ते हैं जिनसे हमें नवाज़ा गया है, दादा," विभीषण ने कहा। "और शूर्पणखा ने असाधारण सौन्दर्य पाया है।"

प्रशंसा से प्रसन्न शूर्पणखा गर्व से मुस्कुराई। रूप-रंग में वो विभीषण के समान ही थी, मगर अपने मरियल भाई के विपरीत उसका रूप मनमोहक था। उसने अपने भारतीय पिता से अधिक अपनी यूनानी माँ के वंशाणु पाये थे। उसकी त्वचा मोतिया श्वेत थी, और आँखें तो मनमोहिनी थीं। उसकी नाक तीखी, हल्की-सी ऊपर को मुड़ी हुई थी और कपोलास्थियाँ उठी हुई थीं। उसके बाल सुनहरी थे, भारत के लिए बहुत ही असामान्य-सा रंग, और उसकी एक-एक लट हमेशा अपने स्थान पर रहती थी। उसकी कमनीय काया की हर बात लुभावनी थी। वो बढ़िया, महँगी रंगी गयी बैंगनी धोती पहने थी, जो बहुत नीचे बँधी हुई थी, जिससे उसकी पतली, घुमावदार कमर दिख रही थी। उसकी रेशमी अंगिया नाममात्र के वस्त्र की थी जिससे उसकी वक्षरेखा भलीभाँति उजागर हो रही थी। एक कन्धे से जानबूझकर लटकता छोड़ा गया उसका अंगवस्त्र अंगों को छिपा कम और दिखा अधिक रहा था। प्रचुरता की तस्वीर को पूरा कर रहे थे ढेरों आभूषण।

लगता था शूर्पणखा को इस योजना को अंजाम देने की अपनी क्षमता पर पूरा विश्वास है। मगर कुम्भकर्ण को अभी भी सन्देह था। वो इन्द्रजीत की राय जानने के लिए उसकी ओर मुड़ा।

आत्मविश्वासी नौजवान ने तुरन्त कहा। "विभीषण चाचा, कृपया यह न सोचें कि मैं अशिष्ट हो रहा हूँ, मगर मैंने सच में अपने जीवन में

कभी इससे अधिक वाहियात योजना नहीं सुनी। मुझे समझ नहीं आ रहा यह कैसे कारगर होगी।"

विभीषण क्रोध से तना, मगर अतिमानवीय कोशिश करके उसने अपनी जिह्वा पर नियन्त्रण रखा। अपने बड़े भाई द्वारा अपमान किया जाना ऐसी बात थी जिसके साथ जीना उसने सीख लिया था। मगर इस पिल्ले से ऐसी बातें सुनना? यह असहनीय था!

"तुम्हें लगता है कोई भी पुरुष जिसके सीने में धड़कने वाला दिल है, वो इससे बेअसर रहने की सोच भी सकता है?" शूर्पणखा ने अपनी ओर संकेत करते हुए पूछा।

"भगवान के लिए, शूर्पणखा! तुम मेरी बहन हो। मेरी उपस्थिति में तुम ऐसी बातें कह भी कैसे सकती हो?" कुम्भकर्ण स्तम्भित था।

"आप तो ब्रह्मचारी हो गये हैं, दादा," शूर्पणखा ने लगभग चिढ़ाते हुए कुम्भकर्ण से कहा। "आप नहीं समझेंगे।"

कुम्भकर्ण रावण की ओर मुड़ा। "दादा, मैं इसका समर्थन नहीं करता। मेरा कहना है कि हमें अपनी मूल योजना पर ही चलना चाहिए।"

"दादा," शूर्पणखा ने रावण से कहा—उसमें ऐसी कोई झिझक नहीं थी जो विभीषण पर मढ़ दी गयी थी—"मैं इसे कर लूँगी। आपको अपने हाथ गन्दे करने की आवश्यकता नहीं है। हमें अपना विश्वास जीतने का अवसर दें।"

रावण ने इस पर विचार किया। कुम्भकर्ण थका और उनींदा-सा दिखने लगा था। उसे जल्दी ही उसकी औषधियाँ देनी होंगी। फिर इन्द्रजीत था—उसका गर्व और आनन्द। उसका वारिस। अगर इन दोनों को संकट में डालने से बचाने का कोई रास्ता हो सकता है तो...

"साथ ही, स्वामी," विभीषण ने कहा, "अनेक लोगों का मानना है कि हम आपके निकटवर्ती नहीं हैं। तो अगर हम पकड़े भी गये, तो निस्सन्देह, सीता के विलोपन को आपसे नहीं जोड़ा जायेगा। यह उन सम्बन्धियों द्वारा किया गया एक स्वतन्त्र कार्य होगा जिन्हें आप पसन्द नहीं करते। आपके हाथ स्वच्छ रहेंगे।"

रावण ने आँखें सिकोड़ीं। *इस बात में तो दम है।*

"दादा," शूर्पणखा अड़ी हुई थी, "आपकी कोई हानि नहीं होगी। अगर हम असफल रहे, तो आप अपने सैनिकों को ले कर पंचवटी जा ही सकते हैं। हमें अवसर देने में हानि क्या है?"

हाँ... क्या हानि है?

"ठीक है," रावण ने कहा।

शूर्पणखा प्रसन्नता से ताली बजाते हुए चिल्ला उठी।

विभीषण आदरपूर्वक घुटनों के बल बैठा और भूमि से मस्तक छुआ कर उसने रावण को प्रणाम किया। "आपको इस पर पछतावा नहीं होगा, स्वामी।"

रावण ने उसे देखा। *ढोंगी मूर्ख।*

अध्याय 29

विभीषण और शूर्पणखा को भारत के पश्चिमी तट पर सालसेट के बन्दरगाह जाने के लिए लंका से निकले कई सप्ताह बीत चुके थे। नष्ट हो चुके मुम्बादेवी बन्दरगाह के उत्तर में स्थित यह द्वीप अब इस क्षेत्र में लंका की प्रमुख चौकी थी। यही पंचवटी का सबसे निकटवर्ती बन्दरगाह था, जहाँ राम, सीता और लक्ष्मण सोलह मलयपुत्र सैनिकों के साथ डेरा डाले हुए थे।

इन्द्रजीत अपने चाचा और बुआ के साथ सालसेट गया था, लेकिन उसे आदेश था कि वो इस अभियान में और कोई भाग न ले। रावण अपने पुत्र की जान जोखिम में नहीं डालना चाहता था। वीर नवयुवक ने भीषण विरोध किया, लेकिन अन्ततः अपने पिता के निर्देश के आगे झुक गया था। सालसेट से, सीता का अपहरण करने के इरादे से विभीषण और शूर्पणखा सैनिकों की एक टुकड़ी के साथ पंचवटी की ओर बढ़ गये थे।

लेकिन यह अभियान विनाशकारी साबित हुआ।

"क्षमा करना," रावण ने कुम्भकर्ण से कहा। "मुझे तुम्हारी बात सुननी चाहिए थी।"

रावण और कुम्भकर्ण पुष्पक विमान में सौ सैनिकों के साथ सालसेट की ओर जा रहे थे।

न केवल शूर्पणखा सीता का अपहरण करने में नाकाम रही, बल्कि उनके द्वारा पकड़ कर बाँध भी दी गयी। सीता लंका की मिमियाती हुई

राजकुमारी को घसीटती हुई पंचवटी के शिविर तक लायी थीं, जहाँ प्रतीक्षारत लंका के सैनिक राम और सीता के अनुयायियों के साथ लगभग हाथापाई पर उतर आये थे। इससे भी बढ़ कर यह कि शूर्पणखा की नाक लक्ष्मण द्वारा ग़लती से घायल हो गयी थी।

विभीषण ने लड़े बिना तुरन्त ही पीछे हटने का आदेश दे दिया था, और इस तरह ख़ुद को, अपनी बहन को और अपने सैनिकों को जीवित रखा था। वो जल्दी से सालसेट वापस आये, और अपनी दुर्दशा के बारे में रावण को बताने के लिए वहाँ से इन्द्रजीत के नेतृत्व में लंका वापस चले गये थे।

जितने सैनिक पुष्पक विमान में समा सकते थे, उन्हें ले कर रावण तुरन्त लंका से चल पड़ा था। शूर्पणखा के शारीरिक घाव को तो समय के साथ चिकित्सा द्वारा दूर किया जा सकता था, लेकिन उसके मुँह दिखाने योग्य न रह पाने का बदला रक्त से ही लिया जा सकता था।

पूरी उड़ान के दौरान रावण अपने नाकारा सौतेले भाई-बहन को बुरा-भला कहता रहा, लेकिन कुम्भकर्ण के समझाने पर उसे यह भी समझ आ गया था कि उसे अन्तत: राम के शिविर पर हमला करने का एक वैध बहाना मिल गया है। कुछ भी हो, लंका के राजपरिवार के किसी भी सदस्य के साथ हुई हिंसा का जवाब तो दिया ही जाना था। यह प्रतिष्ठा का मामला था, और कोई भी न्यायोचित व्यक्ति इसे युद्ध की कार्रवाई नहीं कह सकता था। और इस तरह उन सन्धिगत दायित्वों के रद्द हो जाने की भी आशा थी जो सप्त सिन्धु के अन्य राज्यों को अयोध्या की सहायता करने के लिए बाध्य करते थे।

कुम्भकर्ण ने अपने भाई को देखा और उसकी क्षमायाचना को हाथ हिला कर दरकिनार करते हुए मुस्कुराया। "कोई बात नहीं, दादा। हम इस पर पहले भी बात कर चुके हैं और अपने सौतेले भाई-बहन को बहुत बुरा-भला कह चुके हैं। अभी हमें इस पर ध्यान देना चाहिए कि आगे क्या करना है। हमें विष्णु का अपहरण करना है। बस। हमें अपने मस्तिष्क में यह बात बिठा लेनी चाहिए।"

"सही है," रावण ने मुस्कुराते हुए कहा। उसने सिर के ऊपर अपनी बाँहें फैलायीं। "जानते हो किसी भी हमले का सबसे खिझाऊ भाग क्या होता है?"

"क्या?"

"प्रतीक्षा।"

"सही कहा।"

"यह जानना कष्टदायी है कि हम जल्दी ही युद्ध में होंगे, पर उसके आरम्भ होने तक हमें हाथ पर हाथ धरे बैठे रहना है। हमें सामान्य ढंग से बात और व्यवहार करना है, हमें अपनी हृदयगति को नियन्त्रण में और रक्तपिपासा को उच्च रखना है, लेकिन इतना भी ऊँचा नहीं कि यह नियन्त्रण से बाहर ही हो जाये।"

कुम्भकर्ण हँसा। "लेकिन अपनी रक्तपिपासा को आप वहाँ भी नियन्त्रण में रखेंगे।"

रावण ने कुम्भकर्ण को घूर कर देखा।

"दादा, यथार्थवादी बनिये। अब आप वो नहीं हैं जो हुआ करते थे। अब आप लगभग साठ वर्ष के हैं। आपकी नाभि के उपांग और निरन्तर औषधियाँ लेते रहने ने आपको कमज़ोर कर दिया है। आप अनेक युद्ध लड़ चुके हैं। अब लड़ने का काम सैनिकों को करने दीजिये।"

"बहुत स्वस्थ तो अब तुम भी नहीं हो!" रावण ने झल्लाते हुए कहा।

कुम्भकर्ण ने विमान के चालकों की ओर देखा, जो सुनने योग्य दूरी पर थे।

"इसीलिए मैं भी लड़ने से बचूँगा," उसने अपना स्वर नीचा रखते हुए कहा।

"उन्होंने हमारे परिवार पर हमला किया। और तुम चाहते हो कि हम कुछ करें भी नहीं?" रावण ने क्रोधपूर्ण फुसफुसाहट में कहा।

"नहीं, दादा, मैं चाहता हूँ कि हम समझदारी से कुछ करें।"

"मैं भीरू नहीं हूँ!"

"मैंने ये तो नहीं कहा कि आप भीरू हैं।"

"तो फिर मुझे लड़ना होगा।"

"बिल्कुल नहीं।"

"तुम्हें मुझे आदेश देने का अधिकार नहीं है, कुम्भकर्ण।"

"आपने सही कहा। लेकिन मुझे उन तीन वचनों में से पहला वचन माँगने का अधिकार अवश्य है जिनका आपने मुझे आश्वासन दिया था।"

मिथिला के युद्ध के बाद, जिसमें रावण की ग़लती से कुम्भकर्ण के स्वास्थ्य को स्थायी हानि पहुँची थी, उसने अपराधबोध और पश्चाताप के आवेश में अपने छोटे भाई से कहा था कि वो जीवन के किसी भी बिन्दु पर उससे तीन वचन माँग सकता है। और कि उन तीनों वचनों को किसी भी क़ीमत पर पूरा किया जायेगा। कुम्भकर्ण ने कुछ नहीं माँगा था। अभी तक।

रावण ग़ुस्से से ग़ुर्राया। वो जानता था कि उसके सामने कोई चारा नहीं था। "यह तुम ठीक नहीं कर रहे हो, कुम्भ!"

"हम विष्णु को लायेंगे, दादा। हम उनका अपहरण करेंगे। लेकिन आपको अपना जीवन जोखिम में डालने की कोई आवश्यकता नहीं है।"

रावण भुनभुनाता हुआ दूसरी ओर देखने लगा।

कुम्भकर्ण धीरे से हँसा। "अच्छे पक्ष की ओर देखिए, दादा। अब मेरे पास कुल दो वचन बचे हैं।"

—ꣻ—

रावण ने खिड़की से झाँक कर नीचे सालसेट की धरती को देखा।

वो कुछ देर को बन्दरगाह पर रुके थे, ताकि समीची और उसके प्रेमी खर को ले सकें जो लंका के सशस्त्र बलों का अधिपति भी था। और विमान एक बार फिर चल पड़ा था, और इसकी दिशा गोदावरी नदी की ओर थी।

शूर्पणखा और विभीषण के साथ हुए उस वीभत्स टकराव के तुरन्त बाद राम, सीता, लक्ष्मण और उनके साथी मलयपुत्र पंचवटी छोड़ गये थे। वो लंका के गुप्तचरों की पहुँच से निकल चुके थे। लेकिन समीची ने एक बन्दी मलयपुत्र को क्रूरतापूर्ण यातनाएँ दे-देकर विष्णु की सही-सही स्थिति का पता लगा लिया था। पता चला कि वो पंचवटी से तो काफ़ी दूर हैं, लेकिन अभी भी नदी के निकट हैं। कुम्भकर्ण को जैसे ही इस बारे में सूचित किया गया, उसने उन्हें अपने छापामार दल के साथ आने का आदेश दे दिया।

रावण ने समीची को, और फिर अपने छोटे भाई को देखा। "हमें इस औरत को साथ ले जाने की क्या ज़रूरत है? मुझे इसका आसपास होना पसन्द नहीं है!"

"मैं जानता हूँ आपको इससे समस्या होती है, दादा," कुम्भकर्ण ने शान्त भाव से कहा। "लेकिन यह उनकी सही स्थिति जानती है।"

"तो क्या हुआ? अब हमारे पास जानकारी है। अब हम अकेले जा सकते हैं।"

"समीची राजकुमारी सीता को हममें से किसी से भी बेहतर जानती है। यह कई वर्ष विष्णु की सेवा में रही है। इसकी सलाह उपयोगी हो सकती है।"

"तुम सालसेट से चलने से पहले इससे अच्छी तरह पूछताछ कर सकते थे। मुझे अब भी समझ नहीं आ रहा है कि यह हमारे साथ क्यों जा रही है।"

"इसे साथ रखना हमारे लिए बेहतर है।"

"मिथिला के युद्ध में भी यह थी। बहुत लाभ हुआ था हमें इसके होने से। एकदम नाकारा थी यह!"

"पर अब वो ख़ुद को उपयोगी बनाने की कोशिश कर रही है। हमें उसे यह अवसर देना चाहिए। हमारी हानि क्या है?"

रावण ने एक गहरी सांस ली और कोई जवाब नहीं दिया।

"दादा, कृपया मुझ पर भरोसा रखें। हमारे लिए विष्णु को प्राप्त करना, उन्हें जीवित पकड़ना महत्वपूर्ण है। हमें अपनी भावनाओं को भुला कर इस पर ध्यान देना चाहिए।"

"कभी-कभी तुम बड़े ही खिझाऊ हो जाते हो, कुम्भ! पता नहीं मैंने तुम्हारा चित्र क्यों बनाया," अचानक रावण बोल उठा।

"आपने मेरा चित्र बनाया है?" कुम्भकर्ण को सचमुच आश्चर्य हुआ था। वो जानता था कि रावण के हर चित्र में सदैव केवल एक ही चरित्र होता था। "आपने कन्याकुमारी के साथ मेरा चित्र बनाया है?"

रावण ने स्वीकृति में सिर हिलाया।

"मुझे वो कब देखने को मिलेगा?" कुम्भकर्ण ने पूछा।

रावण ने अपने पास पड़ा कपड़े का एक थैला उठाया और उसमें से लिपटा हुआ चित्रफलक निकाला।

"क्या? यह आपके पास है?" कुम्भकर्ण ने ख़ुश होते हुए कहा।

रावण ने चित्रफलक अपने भाई को दे दिया।

कुम्भकर्ण उसे खोलते हुए थोड़ा-सा टेढ़ा हो कर बैठ गया ताकि विमान में और कोई उसे न देख सके। "वाह!"

रावण की अनन्त प्रेरणा कन्याकुमारी चित्र के मध्य में थीं। वो पहले से बूढ़ी दिख रही थीं। उनके बाल लगभग पूरी तरह सफ़ेद हो चुके थे और उनके चेहरे पर बारीक-सी झुर्रियाँ थीं। वो हल्का-सा झुक गयी थीं। वो अधिक नहीं तो कम से कम साठ साल की तो दिख ही रही थीं। लेकिन उनके चेहरे पर अभी भी वही दिव्य भव्यता थी—गरिमा, सौन्दर्य और करुणा भरी।

वो एक दीवार पर चढ़ने का प्रयास कर रहे एक छोटे बालक की सहायता कर रही थीं।

कुम्भकर्ण मुस्कुराया। "यह बच्चा पहचाना-सा लगता है!"

रावण धीरे से हँसा, क्योंकि वो बच्चा कुम्भकर्ण ही था। लगभग रीछ की तरह बालों भरा, मटके जैसे कानों वाला और जिसके कन्धों के ऊपर से दो अतिरिक्त बाँहें निकली हुई थीं। अपनी विषमताओं के बावजूद बच्चा बहुत प्यारा दिख रहा था। प्रसन्न और प्यार करने योग्य।

"मैं कहाँ जा रहा हूँ?" कुम्भकर्ण ने पूछा, जिसकी आँखें चित्र पर ही टिकी हुई थीं।

रावण ने दीवार के ऊपर लगी बाड़ की ओर इशारा किया। चक्र के आकार के एक वृत्ताकार चिह्न को अनेक बार बना कर एक बाड़-सी बनायी गयी थी। कुम्भकर्ण इसे अच्छी तरह पहचानता था।

"धर्मचक्र।"

"हाँ," रावण ने कहा। "तुम अपने धर्म को पाने के लिए ऊपर उठोगे।"

"इस चित्र में मुझे आप नहीं दिखाई दे रहे। आप कहाँ हैं?"

रावण ने उत्तर नहीं दिया।

"आप स्वयं को कहाँ देखते हैं, दादा?"

रावण मौन रहा।

कुम्भकर्ण ने ध्यान से चित्र को देखा। फिर वो रुष्ट-सा अपने भाई की ओर पलटा। "दादा—"

बहुत ध्यान से देखने पर ही दीवार पर दस चेहरे दिखाई देते थे। उनमें से नौ चेहरे नाट्यशास्त्र में वर्णित नवरसों—प्रेम, हास्य, दुख, क्रोध, साहस, भय, जुगुप्सा, आश्चर्य और शान्ति—को दर्शाते थे। लेकिन मध्य में स्थित दसवें चेहरे पर कोई भाव नहीं था। यह निर्विकार था।

कुम्भकर्ण को समझ आ रहा था कि रावण ने चित्र में क्या दिखाने की कोशिश की थी। लंका के राजा को अक्सर उसकी प्रजा दशानन कहती थी, क्योंकि उनका कहना था कि उसमें दस सिरों का ज्ञान और शक्ति थी। रावण ने अपने नाम और भारतीय कला परम्परा में भावनाओं से जुड़े प्रतीकवाद का सहारा ले कर कहीं गहरा अर्थ व्यक्त करने की कोशिश की थी। पारम्परिक ज्ञान कहता है कि वास्तविक आध्यात्मिक उत्थान तभी सम्भव है जब मनुष्य भावनाओं की उस दीवार को लाँघ ले जो उसे इस मायावी संसार में बाँधे रखती है। चित्र में, रावण ने स्वयं को वही दीवार बनाया था जिसे बाल कुम्भकर्ण लाँघने का प्रयास कर रहा था।

"मेरे प्रति अपनी भावनाओं की दीवार को लाँघो, मेरे भाई," रावण ने कहा। "मुझे छोड़ो, और धर्म को ढूँढ़ो। मैं बहुत दूर जा चुका हूँ। मेरे लिए कोई उम्मीद नहीं बची है। लेकिन तुम अच्छे मनुष्य हो। अपने बचपन और भोलेपन की पुनर्खोज करो। मुझे छोड़ो और नये सिरे से शुरुआत करो। धर्म के पथ पर चलो, क्योंकि मैं जानता हूँ कि तुम्हारी आत्मा यही चाहती है।"

कुम्भकर्ण ने बिना कुछ बोले चित्रफलक को कस कर लपेटा और रावण के थैले में वापस डाल दिया।

"कुम्भ... मेरी बात सुनो।"

"मैं अपना धर्म ही निभा रहा हूँ, दादा," उसने कहा।

"कुम्भ—"

"बस बहुत हो गया।"

—१०I—

लंकावासी निर्वासितों के अस्थायी शिविर के निकट पहुँच ही रहे थे कि एक बेमौसमी तूफ़ान पुष्पक विमान पर थपेड़े मारने लगा। चालक विमान को किसी तरह सुरक्षित उतारने में सफल रहे। तूफ़ान विमान के लिए ख़तरनाक तो था, किन्तु अनजाने में ही यह लंकावासियों के लिए लाभकारी सिद्ध हुआ। तेज़ हवाओं के शोर में विमान के विशाल घूर्णकों की आवाज़ दब गयी थी। वो किसी की निगाहों में आये बिना उतर गये और अस्थायी शिविर पर आक्रमण करते समय वो सफलतापूर्वक शत्रु को चौंका सके।

लड़ाई संक्षिप्त और घमासान रही।

मलयपुत्र संख्या में बहुत कम थे, इसलिए इसमें आश्चर्य की कोई बात नहीं थी कि लंका का कोई भी सैनिक हताहत नहीं हुआ। अधिपति जटायु और दो अन्य सैनिकों के अतिरिक्त सभी मलयपुत्र या तो मारे गये थे या बुरी तरह घायल हो गये थे।

लेकिन राम, लक्ष्मण और सीता लापता थे। कुम्भकर्ण ने इस तिकड़ी की खोज के लिए दो-दो सैनिकों के सात दल चारों ओर भेज दिये थे।

साथ ही, अधिपति खर को जीवित बच गये मलयपुत्रों, और विशेषकर अधिपति जटायु से जानकारी निकलवाने का काम सौंप दिया गया।

रावण और कुम्भकर्ण दूर खड़े हो गये ताकि उन्हें अपने हाथ गन्दे न करने पड़ें। तीस सैनिक उनको घेरे खड़े थे, ताकि संकट के पहले ही संकेत पर वो उनकी रक्षा कर सकें।

"इसमें बहुत समय लग रहा है," रावण ने बड़बड़ाते हुए कुम्भकर्ण से कहा।

"क्या हम विमान में जाकर प्रतीक्षा करें?" कुम्भकर्ण ने पूछा।

रावण ने सिर हिला दिया। *नहीं।*

खर अभी भी जटायु पर काम कर रहा था, जो अपने घुटनों पर थे और लंका के दो सैनिक उन्हें पकड़े हुए थे। मलपयपुत्र के हाथ पीछे बँधे हुए थे। जटायु के साथ बड़ी क्रूरता की गयी थी; वो बुरी तरह घायल थे, उनका ख़ून बह रहा था, लेकिन वो टूटे नहीं थे।

"जवाब दे," खर ने जटायु के गाल पर चाक़ू फेर कर थोड़ा और ख़ून निकालते हुए कहा। "कहाँ हैं वो?"

जटायु ने उस पर थूक दिया। "मुझे जल्दी मार दे। या धीरे-धीरे मार। तुझे मुझसे कुछ पता नहीं चलेगा।"

खर ने क्रोध में जटायु की गर्दन काटने के लिए अपना चाक़ू उठाया। अचानक, वन की ओर से सरसराता हुआ एक बाण आया और उसके हाथ में लगा। वो आश्चर्य और पीड़ा से चिल्लाया और चाक़ू उसके हाथ से भूमि पर गिर गया।

रावण और कुम्भकर्ण चौंक कर पलटे। उनके पास मौजूद लंका के सैनिकों ने तेज़ी से बढ़ कर उनके चारों ओर सुरक्षात्मक घेरा डाल दिया। कुम्भकर्ण ने रावण की बाँह को पकड़ लिया ताकि अपने आवेगशील भाई को लड़ाई में कूद पड़ने से रोक सके।

लंका के अन्य सैनिकों ने अपने धनुष उस दिशा में उठा लिए जिधर से शत्रु का बाण आया था। उन्हें कुछ दिखायी नहीं दिया। बाण किसी ने जंगल के काफ़ी अन्दर पेड़ों के इतना पीछे से चलाया था जहाँ दृष्टि नहीं जा सकती थी।

"बाण मत चलाना!" कुम्भकर्ण ने ऊँचे स्वर में आदेश दिया। उसे विष्णु जीवित चाहिए थीं।

लंका के सैनिकों ने धनुष तुरन्त नीचे कर लिये गये।

खर ने बाण की छड़ को तोड़ दिया, और नोक को अपने हाथ में धँसा रहने दिया। इससे कुछ देर तक ख़ून रुका रहता। उसने पेड़ों की अभेद्य पंक्ति की ओर देखा। अँधेरे में। और तिरस्कारपूर्वक ताना दिया। "किसने चलाया यह बाण? लम्बे समय से प्रताड़ित राजकुमार ने? उसके मोटे भाई ने? या स्वयं विष्णु ने?"

कोई उत्तर नहीं मिला।

"सामने आकर सच्चे योद्धाओं की तरह लड़ो!" खर चिल्लाया।

इस ताने का भी कोई उत्तर नहीं मिला।

रावण और कुम्भकर्ण अपने सैनिकों के घेरे में अच्छी तरह सुरक्षित थे, जिन्होंने अपनी ढालें ऊँची उठा रखी थीं।

"सैनिकों को अन्दर भेजो," रावण ने वन के उस भाग की ओर संकेत करते हुए कहा जिधर से बाण आया था।

"नहीं," कुम्भकर्ण ने कहा। "हमें अपने बल को और कम नहीं करना चाहिए। वो तीन हैं। वो फैले हुए हो सकते हैं। अगर हमारे सैनिक हमारे साथ नहीं होंगे, तो वो आपको निशाना बना सकते हैं।"

"कुम्भ, मैं इतना महत्वपूर्ण नहीं हूँ। उन—"

कुम्भकर्ण ने अपने बड़े भाई को टोक दिया। "दादा, इस आक्रमण का एकमात्र कारण आप ही तो हैं। हम विष्णु का अपहरण इसीलिए तो कर रहे हैं कि मलयपुत्रों की औषधियों के द्वारा आपको जीवित रख सकें। मैं आपके जीवन को जोखिम नें नहीं डालूँगा।"

इससे पहले कि रावण कुछ और बहस कर पाता, तीव्र आक्रमण में पाँच बाण और आये। तेज़ी से एक के बाद एक। ठीक उस जगह जहाँ रावण और कुम्भकर्ण थे। किन्तु ये बाण भिन्न दिशा से चले थे। उस स्थान से बहुत दूर से जहाँ से पहला तीर चला था।

तीर भाइयों को घेरे सैनिकों को लगे। पाँच लंकाई सैनिक ढह गये। लेकिन अन्य अपनी जगह से नहीं हिले। रावण का घेरा अडिग रहा। अपने राजा के लिए मरने को तैयार।

अंगरक्षक अपने शौर्य का पूरा परिचय दे रहे थे।

"लगता है वन में दो लोग हैं," कुम्भकर्ण फुसफुसाया। "आशा करता हूँ कि विष्णु भागी नहीं होंगी।"

रावण कुछ नहीं बोला। उसे कुछ सन्देह हो रहा था। खर पर होने वाले पहले आक्रमण, और उस पर व कुम्भकर्ण पर होने वाले दूसरे आक्रमण के बीच काफ़ी लम्बा अन्तराल था।

कुछ लंकाई सैनिक उस दिशा में दौड़ गये जिधर से दूसरा आक्रमण हुआ था।

फिर एक आवाज़ आयी जैसे किसी का पैर किसी टहनी पर पड़ा हो। एक अन्य दिशा से। तीन सैनिक उस दिशा में चल दिये।

अब रावण को विश्वास हो गया था। "केवल एक व्यक्ति है। वो हमें असमंजस में डालने के लिए वन के भीतर तेज़ी से इधर-उधर हो रहा है।"

"आपको इसका विश्वास है?" कुम्भकर्ण ने पूछा।

इससे पहले कि रावण कुछ जवाब देता, खर अपने स्थान से हटा। उसने जटायु के पीछे जाकर अपने स्वस्थ हाथ से एक चाक़ू जटायु की गर्दन पर लगा दिया।

छिपे हुए आक्रमणकारियों का हर ओर पीछा किया जा सकता है। या, उन्हें एक सटीक धमकी के द्वारा सामने लाया जा सकता है। खर समझदार था। उसने समझदारी का काम किया था।

"आप भाग सकती थीं," उसने व्यंग्यात्मक स्वर में कहा। "पर नहीं भागीं। इसलिए मुझे विश्वास है कि पेड़ों के पीछे छिपने वालों में आप भी हैं, महान विष्णु। और आप उनकी रक्षा करना चाहती हैं जो आपकी पूजा करते हैं। कितना प्रेरणादायक है... कितना मार्मिक..." खर ने आँसू पोंछने का दिखावा किया।

काफ़ी दूर खड़ा रावण मुस्कुरा दिया, वो स्वयं को घेरे लंकाई सैनिकों की ओट के कारण खर को देख नहीं सकता था। वो कुम्भकर्ण की ओर मुड़ा। "मुझे यह खर पसन्द आया।"

खर ज़ोर से बोलता रहा। "इसलिए मेरा एक प्रस्ताव है। सामने आ जायें। अपने पति और उस देवकाय देवर से भी सामने आने को कहें। तो हम इस अधिपति को जीवित रहने देंगे। हम अयोध्या के दोनों तुच्छ राजकुमारों को भी सकुशल जाने देंगे। हमें बस आपका आत्मसमर्पण चाहिए।"

कोई प्रतिक्रिया नहीं।

खर ने चाक़ू को धीरे से जटायु की गर्दन पर सहलाया, जिससे एक पतली-सी लाल रेखा बन गयी। उसने गाते हुए से स्वर में कहा, "मेरे पास पूरा दिन नहीं पड़ा है..."

अचानक जटायु ने एक झटके से अपना सिर पीछे करके खर की रानों के बीच मारा। उधर लंकाई दर्द से दोहरा हुआ, और इधर जटायु चिल्लाया, "भागिए! भाग जाइए, देवी! मैं इस योग्य नहीं कि आप अपनी जान संकट में डालें!"

तीन लंकाई सैनिकों ने तुरन्त आगे बढ़ कर जटायु को भूमि पर दबा दिया। पीड़ा को कम करने के लिए झुका हुआ खर भी अब तक ज़ोरों से गालियाँ देता सँभल गया था। कुछ क्षण बाद, उसने पास आकर मलयपुत्र को एक ज़ोरदार लात मारी। वो पेड़ों की पंक्तियों के पीछे हर उस ओर देख

रहा था जिधर से तीर चलाये गये थे। साथ ही, वो लगातार जटायु को लातें मारता जा रहा था। फिर वो झुका और उसने एक झटके के साथ जटायु को ज़बरदस्ती उसके पैरों पर खड़ा कर दिया।

इस बार, सिर की मार से बचने के लिए उसने जटायु के सिर को मज़बूती से अपने घायल दाएँ हाथ से पकड़ रखा था। उसके चेहरे पर तिरस्कार वापस आ चुका था। उसने चाक़ू मलयपुत्र की गर्दन से लगा दिया। "मैं गलशिरा काटूँगा और आपका प्रिय अधिपति कुछ ही क्षणों में मर जायेगा, महान विष्णु," उसने कहा। फिर उसने चाक़ू मलयपुत्र के पेट पर लगा दिया। "या, यह धीरे-धीरे रक्त बहने से मर सकता है। तुम सबके पास इस बारे में सोचने के लिए कुछ समय है।"

अभी भी कोई प्रतिक्रिया नहीं हुई।

"हमें बस विष्णु चाहिए," खर चिल्लाया। "वो आत्मसमर्पण कर दें और आप शेष लोग जा सकते हैं। मैं वचन देता हूँ। यह एक लंकावासी का वचन है!"

पेड़ों के पीछे से एक नारी स्वर गूँजा। "इन्हें जाने दो!"

कुम्भकर्ण ने फुसफुसा कर रावण से कहा। "वही हैं। विष्णु ही हैं।"

खर जटायु के पेट से चाक़ू लगाये हुए ही बोला, "आगे आकर आत्मसमर्पण कर दें। और हम इसे छोड़ देंगे।"

और मिथिला की राजकुमारी सीता, जिन्हें मलयपुत्र विष्णु के रूप में पहचानते थे, पेड़ों की पंक्ति के पीछे से निकल आयीं। एक धनुष लिये, जिस पर बाण चढ़ा हुआ था। उनकी पीठ पर तरकश बँधा हुआ था।

लंका का राजपरिवार विष्णु को नहीं देख सका। रावण ने उन्हें देखने के लिए अपने घेरे से निकलने की कोशिश की। लेकिन कुम्भकर्ण ने उसे वापस खींच लिया।

"दादा," कुम्भकर्ण ने कहा, "उसका पति और देवर अभी भी पेड़ों में छिपे हो सकते हैं। हम आपको खुले में लाने का जोखिम मोल नहीं ले सकते।"

"हटो भी!"

"आपने मुझे वचन दिया था, दादा।"

रावण जहाँ था वहीं रुक गया। क्रुद्ध। लेकिन बिना अड़े।

"महान विष्णु," खर उपहासपूर्वक हँसा। साथ ही उसने एक क्षण को जटायु को छोड़ कर अपने सिर के पीछे एक पुराने घाव पर हाथ फेरा। एक याद को फिर से जीते हुए जो पूरी तरह भुलाई नहीं जा सकी थी। "बड़ी कृपा कि आप यहाँ पधारीं। आपके पतिदेव और उनका मोटा भाई कहाँ हैं?"

सीता ने कोई उत्तर नहीं दिया। कुछ लंकाई सैनिक धीरे-धीरे उनकी ओर बढ़ने लगे। उनकी तलवारें म्यानों में थीं। उनके पास लाठियाँ थीं, जो घायल करने के लिए काफ़ी थीं, जान से मारने के लिए नहीं। उनके निर्देश स्पष्ट थे। विष्णु को जीवित पकड़ना था।

सीता ने आगे बढ़ कर धनुष को नीचे कर लिया, जिसमें अभी भी एक बाण लगा हुआ था। "मैं आत्मसमर्पण कर रही हूँ। अधिपति जटायु को छोड़ दो।"

खर ने धीरे से हँसते हुए चाक़ू को जटायु के पेट में अन्दर तक धँसा दिया। हौले-हौले। धीरे-धीरे। पहले यकृत कटा, फिर गुर्दा, फिर...

"नहीं...!" सीता चिल्लायीं। उन्होंने धनुष उठाया और एक तीर खर की आँख में मारा। तीर ने उसके कोटर को फाड़ा और जा कर उसके मस्तिष्क में ठहर गया, जिससे उसकी तुरन्त मौत हो गयी।

"मुझे वो जीवित चाहिये!" कुम्भकर्ण लंकाई सुरक्षा घेरे के पीछे से चिल्लाया।

अब सीता की ओर बढ़ रहे सैनिकों में लाठियाँ ऊँची उठाये कुछ अन्य सैनिक भी शामिल हो गये।

"राऽऽऽम!" सीता चिल्लायीं, और उन्होंने तरकश से एक और बाण निकाल कर उसे धनुष में लगा कर छोड़ दिया; एक और लंकाई सैनिक तुरन्त ढेर हो गया।

लेकिन इससे अन्यों की गति धीमी नहीं पड़ी। वे तेज़ी से आगे बढ़ते रहे।

सीता ने एक बाण और चलाया। अपना अन्तिम बाण। एक और लंकाई ज़मीन पर गिर पड़ा। अन्य आगे बढ़ते रहे।

"राऽऽऽम!"

लाठियाँ उठाये लंकाई अब उनके सिर पर पहुँच चुके थे।

"राऽऽऽम!" सीता चिल्लायीं।

एक लंकाई सैनिक आगे बढ़ा, तो सीता ने अपने धनुष की डोरी का फँदा बना कर उसकी लाठी को उसमें फँसा कर उसे उससे छीन लिया। सीता ने लाठी को उस सैनिक के सिर पर मारा, जिससे उसके पैर उखड़ गये। उन्होंने लाठी को अपने सिर के ऊपर लहराया, और इसकी भयानक आवाज़ से अचानक सावधान हुए सैनिक थम गये। सीता अपने अस्त्र को अच्छी तरह सँभाले स्थिर खड़ी रहीं।

अपनी ऊर्जा को बचाते हुए। तैयार और सतर्क। एक हाथ लाठी के मध्य को पकड़े, और लाठी का सिरा बग़ल में फँसा हुआ। दूसरी बाँह आगे को पसरी हुई थी। पैर सन्तुलन के लिए फैले हुए थे। वो लंका के कम-से-कम पचास सैनिकों से घिरी हुई थीं। किन्तु वो दूरी बनाये हुए थे।

"राऽऽऽम!" सीता चिल्लायीं, यह प्रार्थना करते हुए कि किसी तरह उनकी आवाज़ वन को पार करके उनके पति तक पहुँच जाये।

"हम आपको चोट नहीं पहुँचाना चाहते, देवी विष्णु," एक लंकावासी ने विनम्रता से कहा। "कृपया आत्मसमर्पण कर दें। आपको कोई हानि नहीं पहुँचाई जायेगी।"

सीता ने एक तीव्र निगाह जटायु पर डाली।

"हमारे पुष्पक विमान में उसे बचाने के लिए उपकरण हैं," लंकावासी ने कहा। "कृपया हमें बाध्य मत कीजिए कि हम आपको हानि पहुँचाएँ।"

सीता ने अपने फेफड़ों में सांस भरी और एक बार फिर से चिल्लायीं, "राऽऽऽम!"

उन्हें लगा कि उन्हें बहुत दूर से एक हल्की-सी आवाज़ सुनायी दी है। "सीताऽऽऽ!"

अचानक एक सैनिक बाएँ से लाठी लहराता हुआ आगे आया। सीता की पिंडलियों का निशाना लेता हुआ। वो प्रहार से बचने के लिए टाँगों को मोड़ते हुए उछल पड़ीं। हवा में रहते हुए ही उन्होंने तेज़ी से लाठी पर अपने दाएँ हाथ की पकड़ ढीली की और बाएँ हाथ से उसे भयानक ढंग से लहराया। लाठी लंकाई सैनिक के सिर के एक ओर पड़ी। और वो वहीं बेहोश हो गया।

भूमि पर उतरते हुए वो फिर से चिल्लायीं, "राऽऽऽम!"

उन्हें अपने पति की आवाज़ सुनायी दी। धीमी। दूर से आती। "उन्हें... छोड़... दो..."

कुम्भकर्ण ने भी इस धुँधली-सी आवाज़ को सुना। उसने रावण की ओर देखा। और फिर चिल्ला कर अपने सैनिकों को आदेश दिया। "इन्हें तुरन्त पकड़ लो! तुरन्त!"

दस लंकाई सैनिकों ने एक साथ धावा बोल दिया। सीता ने हर दिशा में लाठी भाँजना शुरू कर दिया और अनेक को अक्षम कर दिया।

"राऽऽऽम!"

उन्होंने फिर से आवाज़ सुनी। जो इस बार उतनी दूर से नहीं आयी थी। "सीताऽऽऽ..."

अब लंकाई आक्रमण निरन्तर और निर्मम हो गया था। सीता लयात्मक ढंग से लगातार लाठी चलाती रहीं। भयानक ढंग से। पर अफ़सोस कि उनके शत्रुओं की संख्या बहुत अधिक थी। एक लंकाई सैनिक ने उन पर पीछे से लाठी चलायी। उनकी पीठ पर।

"राऽऽऽ"

सीता के घुटने मुड़ गये और वो भूमि पर गिर पड़ीं। इससे पहले कि वो सँभल पातीं, सैनिकों ने दौड़ कर उन्हें दबोच लिया। वो बुरी तरह संघर्ष कर रही थीं। लंका का एक सैनिक हाथ में नीम की एक पत्ती लिये आगे आया। उस पर नीले रंग का कोई लेप लगा हुआ था। उसने पत्ती को कस कर उनकी नाक से लगा दिया। और सीता उलट कर बेहोश हो गयीं।

"इन्हें विमान में ले कर जाओ! जल्दी!"

कुम्भकर्ण अपने बड़े भाई की ओर पलटा। "चलिए, दादा।"

"मुझे सीता को देखने दो," रावण ने कहा।

"दादा, इतना समय नहीं है। राजा राम और राजकुमार लक्ष्मण निकट ही हैं, वो शीघ्र ही आ जायेंगे। मैं नहीं चाहता कि हमें उन्हें मारने पर विवश होना पड़े। सब एकदम ठीक है। हमें विष्णु मिल गयी हैं, और अयोध्या के तथाकथित राजा आहत नहीं हुए हैं। अब हम निकल लेते हैं। विमान में पहुँचने के बाद आप उन्हें देख लेना।"

अपने अंगरक्षकों से घिरे हुए ही रावण और कुम्भकर्ण विमान की ओर चल दिये। लंका के सैनिक पीछे-पीछे एक लम्बी-सी डोली पर बेहोश सीता को ला रहे थे।

—१०I—

लंकावासियों ने पुष्पक विमान में चढ़ कर अपने स्थान लेना शुरू कर दिया था।

अन्तिम सैनिक ने एक ओर की दीवार पर एक धातुई बटन दबाया और एक सरसराहट के साथ फिसलते हुए द्वार बन्द होने लगा।

जब दोनों भाई अपने स्थानों पर पहुँचे, तो कुम्भकर्ण चालकों की ओर मुड़ा। "हमें जल्दी यहाँ से निकालो।"

रावण और कुम्भकर्ण उड़ान के लिए तैयार होने लगे और उधर सीता को पुष्पक विमान के तल पर लगी एक शिविका से बाँधा जा रहा था।

"ये योद्धा हैं!" कुम्भकर्ण ने प्रशंसात्मक मुस्कुराहट के साथ कहा।

जब आक्रमण हुआ था, तब सीता मकरन्त नाम के एक मलयपुत्र सैनिक के साथ रात के खाने के लिए केले के पत्ते काटने गयी हुई थीं। राम और लक्ष्मण भिन्न दिशा में शिकार पर गये थे। उन लोगों को लगने लगा था कि उन्होंने लंकाइयों को चकमा दे दिया है और अब वो उनके पीछे नहीं हैं।

लंका के उन दोनों सैनिकों ने जिन्होंने सीता को खोज लिया था, मकरन्त को मार डाला, मगर बदले में वो सीता के हाथों मारे गये। फिर वो चुपचाप मलयपुत्रों के नष्ट कर दिये गये शिविर में पहुँचीं और पेड़ों की पंक्ति के पीछे से उन्होंने धनुष और ढेरों तीरों का दक्षतापूर्ण इस्तेमाल करते और तेज़ी से छिपने के स्थान बदलते हुए लंका के अनेक सैनिकों को निबटा दिया। लेकिन अपने निष्ठावान अनुयायी जटायू को बचाने की इच्छा ने उन्हें बेबस कर दिया।

"मलयपुत्रों का मानना है कि ये विष्णु हैं," रावण ने हँसते हुए कहा। "तो इन्हें अच्छी योद्धा तो होना ही चाहिए!"

ठीक उसी समय, सीता के आसपास मौजूद सैनिक हट गये थे और अपने-अपने स्थान पर लौट गये थे।

उनका बेहोश शरीर शिविका पर बँधा हुआ था। वो रावण से कोई बीस फ़ुट दूर लेटी हुई थीं। उनके केसरिया अंगवस्त्र को उनके तन पर ढक दिया गया था, और फ़ीतों से उनके ऊपरी शरीर और टाँगों को शिविका पर कस कर बाँध दिया गया था। उनकी आँखें बन्द थीं। मुँह के एक कोने से लार बह रही थी। उन्हें बेसुध करने के लिए बहुत तीव्र विष की बहुत ज़्यादा मात्रा का प्रयोग किया गया था।

जीवन में पहली बार रावण और कुम्भकर्ण ने सीता का चेहरा देखा था।

मिथिला की योद्धा राजकुमारी को। राम की पत्नी को। विष्णु को।

रावण उन्हें ताकता रह गया था।

सांस रोके। हृदय निश्चल। एकटक।

अचम्भित कुम्भकर्ण ने अपने भाई को देखा, और फिर सीता को। उसे अपनी आँखों पर विश्वास नहीं हो रहा था।

बच्ची बची रही थी। अड़तीस साल तक। अब वो एक स्त्री थी।

सीता आम मैथिली स्त्रियों की तुलना में काफ़ी लम्बी थीं। अपने छरहरे कमनीय शरीर के साथ वो देवी माँ की सेना की योद्धा लगती थीं। उनके गेहुँए रंग के शरीर पर युद्ध के गौरवपूर्ण चिह्न थे।

लेकिन रावण की नज़रें तो उनके चेहरे पर टिकी हुई थीं। वो चेहरा जिसे उसने पहले भी देखा था।

गालों की ऊँची हड्डियों और तीखी, छोटी-सी नाक वाले चेहरे का रंग शेष शरीर से कुछ हल्का था। होंठ न ज़्यादा पतले थे न बहुत भरे हुए। उनकी चौड़ी आँखें न छोटी थीं न बड़ी; बिना झुर्रियों वाली पलकों के ऊपर तीखी भौंहों में एक सटीक घुमाव था। लम्बे, चमकीले काले बाल खुल कर बेतरतीबी से उनके चेहरे के एक ओर बिखर गये थे। उनका चेहरा हिमालय के पहाड़ी लोगों जैसा था।

वो इस चेहरे को अच्छी तरह पहचानता था। यह मूल से थोड़ा पतला था। अधिक सशक्त। कम कोमल। दाईं कनपटी पर एक धुँधला-सा जन्मचिह्न था; शायद बचपन के किसी घाव की याद।

लेकिन सन्देह की कोई गुंजाइश नहीं थी। प्रकृति माँ ने यह चेहरा उसी साँचे से रचा था।

यह ऐसा चेहरा था जिसे रावण कभी नहीं भूल सकता था। यह वह चेहरा था जिसे उसने अपने मस्तिष्क में बूढ़ा होते देखा था। यह वह चेहरा था जिसे वह प्रेम करता था।

विमान के घूर्णकों ने तेज़ी से घूमना शुरू किया और विमान ने ऊपर उठना आरम्भ कर दिया।

रावण सांस नहीं ले पा रहा था। नियन्त्रण से बाहर होती दुनिया पर स्थिर पकड़ बनाये रखने के लिए उसने अपनी कुर्सी के हत्थे को कस कर पकड़ लिया था।

शायद समय आ गया था, एक पुराने कार्मिक ऋण को चुकाने का।

क... क...

हवा के एक तेज़ थपेड़े से विमान लड़खड़ा गया। लेकिन रावण का ध्यान भी नहीं गया।

वो बस तके ही जा रहा था, मूक।

उसकी सांस उथला गयी थी।

उसका हृदय जड़ हो गया था।

समय ठहर गया था।

यह स्पष्ट था। उनके चेहरे से यह स्पष्ट था।

सीता पृथ्वी की बेटी थीं।

सीता वेदवती की बेटी थीं।

—ॐ—

"गुरुजी! गुरुजी!"

मलयपुत्रों की गुप्त राजधानी अगस्त्यकूटम में, अरिष्टनेमी तेज़ी से अपने गुरु के सादे से निजी कक्ष में घुसा।

अपने गहन ध्यान से निकलते हुए विश्वामित्र ने धीरे-धीरे आँखें खोलीं। सामान्यत:, ऐसे समय में उन्हें छेड़ने का कोई साहस नहीं कर सकता था। लेकिन यह एक अपवाद था। वो किसी समाचार की प्रतीक्षा कर रहे थे और उन्होंने अरिष्टनेमी को आदेश दिया था कि समाचार मिलते ही वो उन्हें सूचित करे।

"हाँ?" उन्होंने अपनी विशिष्ट आवाज़ में पूछा।

"काम हो गया, गुरुजी।"

"मुझे सारी बात बताओ।"

"रावण और कुम्भकर्ण को समीची से सीता, राम और लक्ष्मण के ठिकाने की जानकारी मिली। उन्होंने पुष्पक विमान से वहाँ जा कर अचानक आक्रमण कर दिया।"

"फिर?"

"उन्होंने सीता का अपहरण कर लिया है। शिविर में सारे लोग मारे गये। मुझे बताया गया है कि राम और लक्ष्मण केवल इसलिए बच गये कि वो उस समय शिकार के लिए बाहर गये हुए थे।"

विश्वामित्र पीछे की ओर झुके। उनके चेहरे पर हल्की-सी मुस्कान थी। *हम खेल में वापस आ गये।*

"गुरुजी, मुझे समझ नहीं आ रहा कि हमने उनकी सहायता के लिए और मलयपुत्रों को भेजने में देरी क्यों की। हम जानते थे कि शूर्पणखा के साथ जो हुआ था, रावण उसका बदला लेने की कोशिश करेगा । हम उन्हें बचा सक—"

"किन्हें बचा सकते थे?"

"जटायू और उनके साथ मौजूद अन्य मलयपुत्रों को। आक्रमण में वो सभी मारे गये।"

"उन्होंने भारत माता के कल्याण के लिए अपना बलिदान दिया है। वो सच्चे बलिदानी हैं। हम उनका सम्मान करेंगे। हम जटायू और उसकी टुकड़ी के लिए मन्दिर बनवायेंगे।"

"किन्तु सीता का क्या, गुरुजी? हमारी विष्णु लंकावासियों के पास हैं। जहाँ तक मैंने सुना है, वो जीवित पकड़ी गयी हैं। पर मैं नहीं जानता कि रावण पर भरोसा किया जा सकता है या नहीं कि वो उन्हें आहत नहीं करेगा। या, इससे भी बुरा, उन्हें मार नहीं डालेगा।"

"वो उन्हें आहत नहीं करेगा। मेरा विश्वास करो।"

"गुरुजी, आप और मैं दोनों जानते हैं कि वो राक्षस है। कौन कह सकता है कि एक राक्षस कैसा व्यवहार करेगा?"

विश्वामित्र ने कुछ सोचते हुए अरिष्टनेमी को देखा। रहस्य खोलने का समय आ गया था।

"राक्षस, तुमने यह कहा? तो मैं तुमसे पूछना चाहूँगा कि क्या तुम ऐसे किसी व्यक्ति को जानते हो जिसके साथ इस राक्षस ने भलाई की हो?"

अरिष्टनेमी इस विचित्र से प्रश्न पर चकरा गया। "मैं केवल उसके भाई कुम्भकर्ण के बारे में सोच सकता हूँ। लेकिन कभी-कभी उसके साथ भी दुर्व्यवहार किया गया है।"

"केवल उसका भाई? सच में? और कोई नहीं?"

"स्पष्ट है कि वो अपने पुत्र के साथ दयालु रहा है। और हाँ! अपनी बहुत पहले मर चुकी प्रेमिका वेदवती के साथ भी।"

"वेदवती के कारण ही वो सीता को हानि नहीं पहुँचायेगा," विश्वामित्र ने कहा।

विश्वामित्र को बहुत समय से सन्देह था कि टोडी की घटनाओं के बारे में उनका शुरुआती निष्कर्ष ग़लत था। कई वर्ष पहले उन्होंने अरिष्टनेमी और कुछ अन्यों को एक बार फिर से और जानकारी खोज निकालने के लिए वहाँ भेजा था। अरिष्टनेमी ने उन लोगों से बात की थी जिन्हें टोडी में शव मिले थे और उन्हें पता चला कि कुछ लाशें वेदवती के घर के पास पेड़ों से बँधी भी मिली थीं। हर लाश पर भीषण यातना के संकेत मिले थे। अन्य मरने वालों की लाशें गाँव के आसपास बिखरी हुई पायी गयी थीं, जिससे ऐसा लगता था कि भागने की कोशिश के दौरान पीछा करके उन्हें मार गिराया गया था। लाशों को जंगली जानवरों के खाने के लिए छोड़ दिया गया था। अरिष्टनेमी ने यह भी पक्का कर लिया था एकमात्र लाशें जिनके साथ सम्मानपूर्वक व्यवहार किया गया और जिनकी वैदिक सम्मान के साथ अन्त्येष्टि की गयी, वो वेदवती और उनके पति पृथ्वी की थीं।

इस सबने विश्वामित्र को इस बारे में अपना विचार बदलने को मजबूर कर दिया था कि वहाँ क्या हुआ होगा। जैसा उन्होंने पहले सोचा था, शायद उसके विपरीत रावण ने सम्मानपूर्ण व्यवहार किया था। पेड़ों से बाँध कर यातनाएँ दिये जाने वाले लोग शायद वो रहे होंगे जिन्होंने वेदवती और उनके पति की हत्या की होगी।

निष्कर्ष स्पष्ट था : रावण वेदवती से प्रेम करता था और उसने उनके साथ अन्त तक अच्छा बर्ताव किया था। नरसंहार उन्हें खो देने पर उसकी वेदना का नतीजा था। उनकी हत्या के बाद क्रोध में उसने ग्रामीणों को मार डालने का आदेश दिया होगा।

विश्वामित्र को विश्वास था कि महादेव की जनजाति वायुपुत्रों ने भी यही निष्कर्ष निकाला होगा। लेकिन उन्हें सन्देह था कि वो शायद उस बात से अनभिज्ञ थे जो नरसंहार के बाद हुआ था। वो उस महत्वपूर्ण अन्तिम कड़ी को नहीं जोड़ पाये होंगे। कि वेदवती की सन्तान बच गयी थी। अन्यथा सीता के प्रति उनका व्यवहार भिन्न होता।

अरिष्टनेमी अभी भी उलझन में था। "वेदवती और सीता के बीच क्या सम्बन्ध हो सकता है, गुरुजी? रावण उन्हें हानि क्यों नहीं पहुँचायेगा?"

"उन्हें इसलिए हानि नहीं पहुँचायेगा क्योंकि सीता वेदवती की बेटी हैं।"

अरिष्टनेमी भौचक्का रह गया। "क्या?"

विश्वामित्र ने सिर हिलाया, उनके चेहरे पर हल्की-सी मुस्कान थी। *हाँ, हम निश्चित रूप से खेल में वापस आ चुके हैं।*

"आप यह कब से जानते हैं, गुरुजी? आपको कब पता चला?"

"सीता को विष्णु नियुक्त करने के मेरे निर्णय से बस कुछ पहले। जब वो लगभग तेरह वर्ष की थीं।"

"महान प्रभु परशु राम की सौगन्ध! यह तो लगभग पच्चीस वर्ष पहले की बात है!"

"हाँ। और इस कड़ी को जोड़ने में एक पहाड़ी मैना की आवाज़ ने मेरी मदद की थी।"

"पहाड़ी मैना? सच में?"

"हाँ। जब मुझे इस कड़ी का अहसास हुआ, तो मैं और भी निश्चित हो गया कि मेरा चुनाव सही है। सीता एकदम सही विष्णु, एक आदर्श नायक होंगी। क्योंकि खलनायक कभी भी इस नायक को मारने का साहस नहीं जुटा पायेगा।"

अचम्भित-सा अरिष्टनेमी अपने गुरु के आगे नतमस्तक हो गया। "प्रभु, आप निश्चित रूप से प्रभु परशु राम के पथ के प्रदर्शक होने के योग्य हैं।"

विश्वामित्र ने इस प्रशंसा को मुस्कुराते हुए स्वीकार किया और कहा, "जय परशु राम।"

"जय परशु राम," अरिष्टनेमी ने दोहराया। "अब क्या करना है, गुरुजी?"

"अब हम लंका पर आक्रमण करने के लिए अपने सारे संसाधनों, सैनिकों, धन—और हनुमान—का प्रयोग करेंगे। सीता रावण को नष्ट करेंगी। और सारा भारत उन्हें विष्णु स्वीकार करेगा।"

"हनुमान क्यों? वो तो..." अरिष्टनेमी ने समय रहते ख़ुद को रोक लिया। वो कहने वाला था कि हनुमान तो उसके गुरु के प्रमुख विरोधी वशिष्ठ के निकट हैं।

"इसके कई कारण हैं," विश्वामित्र ने कहा। "जिनमें सबसे महत्वपूर्ण यह है कि हनुमान सीता को बहन की तरह प्यार करते हैं। और सीता उन पर एक भाई की तरह भरोसा करती हैं।"

अरिष्टनेमी विस्मय से सिर को हिलाते हुए मुस्कुराया। "आप जैसा कोई नहीं है, गुरुजी। ऐसी योजना और कोई नहीं बना सकता था।"

"देखते जाओ। मुझे इसमें कोई सन्देह नहीं है कि भारत माँ को बचा लिया जायेगा। और उसे हमारी विष्णु ही बचायेंगी। हमें इसके लिए हमेशा याद किया जायेगा। हमारे पूर्वजों को हम पर गर्व होगा," विश्वामित्र ने घोषणा की।

अरिष्टनेमी ने सम्मानपूर्वक अपने हाथ जोड़े और कहा, *"जय श्री रुद्र। जय परशु राम।"*

विश्वामित्र ने मलयपुत्रों के इस मन्त्र को दोहराया। "जय श्री रुद्र। जय परशु राम।"

"दिवोदास! पलटो और मेरा सामना करो!"

अपने गुरुकुल के दिनों में दिवोदास के नाम से जाने जाने वाले वशिष्ठ ने पलट कर उस व्यक्ति को देखा जो कभी उनका सबसे निकटवर्ती मित्र हुआ करता था : विश्वामित्र।

"कौशिक..." वशिष्ठ ने दाँत पीसते हुए विश्वामित्र का गुरुकुल वाला नाम ले कर कहा। "यह सब तुम्हारी ग़लती है।"

विश्वामित्र ने चिता की ओर निगाह डाली और फिर से वशिष्ठ को देखा। "वो तुम्हारे कारण मरी हैं। क्योंकि तुम वो नहीं कर सके जो करना आवश्यक था! सिगिरिया और त्रिशंकु को— "

वशिष्ठ विश्वामित्र को टोकते हुए और क़रीब आ गये। "हिम्मत भी मत करना! वो तुम्हारे कारण मरी हैं, कौशिक! वो इसलिए मरी हैं कि तुमने वो करने का प्रयास किया जो किया ही नहीं जाना चाहिए था। मैंने कहा था तुमसे! मैंने चेताया था तुम्हें!"

वशिष्ठ अत्यधिक दुबले-पतले थे। उनका सिर पूरी तरह मुंडा हुआ था लेकिन सिर के ऊपर चोटी थी जिसमें गाँठ बँधी थी, जिससे स्पष्ट होता था कि वो ब्राह्मण हैं। अपनी लहराती हुई लम्बी दाढ़ी के कारण वो किसी दार्शनिक जैसे लगते थे। लेकिन इस समय वो किसी भी तरह विनम्र नहीं दिख रहे थे। वो क्रोध से काँप रहे थे, उनकी मुट्ठियाँ भिंची हुई थीं। क्रोध उनकी आँखों से फूटा पड़ रहा था।

वशिष्ठ बेशक लम्बे थे, लेकिन अपने सामने खड़े लम्बे-तड़ंगे विश्वामित्र के आगे वो बौने लग रहे थे। लगभग सात फ़ुट लम्बे, काली रंगत, चौड़ी छाती, बलिष्ठ शरीर और गोल पेट वाले विश्वामित्र की उपस्थिति मात्र से ही लोग डर जाते थे। उनकी लम्बी काली दाढ़ी और गाँठ लगी चोटी हवा में फड़फड़ा रही थी। ऐसा लगता था जैसे वशिष्ठ की गर्दन मरोड़ने से स्वयं को रोकने के लिए वो अपने क्रोध पर नियन्त्रण पाने का संघर्ष कर रहे हों।

"चले जाओ यहाँ से," विश्वामित्र गरजे। "मैं उनके सामने तुम्हें नहीं मारूँगा।"

वशिष्ठ ने और निकट आकर ठंडे भाव से विश्वामित्र को घूरा। उनकी मित्रता को ख़त्म हुए लम्बा समय हो चुका था। और उसके अवशेष उस चिता में जल रहे थे जो उस महिला को भस्म कर रही थी जिसे वो

दोनों प्रेम करते थे। उस भड़कती आग से एक नयी शत्रुता जन्म ले रही थी। एक ऐसी शत्रुता जो सौ साल से अधिक चलने वाली थी।

"तुम्हें लगता है मैं तुमसे डरता हूँ? तो ठीक है! लड़ ही लेते हैं! बोलो कब!" वशिष्ठ ने कहा।

विश्वामित्र ने अपना हाथ उठा लिया, और फिर बड़ी कोशिश करके स्वयं को नियन्त्रित किया और पीछे हट गये। "मैं उनका सपना पूरा करूँगा। मैं उन्हें दिखाऊँगा कि मैं श्रेष्ठ हूँ, तुमसे श्रेष्ठ हूँ।"

"तुम उनके लिए कुछ भी करने वाले कोई नहीं होते हो! वो मेरी थीं। मैं— "

"गुरुजी!"

वशिष्ठ ने आँखें खोलीं और उस प्राचीन, लगभग एक शताब्दी पुरानी याद से वापस आये।

उन्होंने मन-ही-मन जल्दी से एक प्रार्थना पढ़ी और पूछा, "क्या हुआ?" उन्होंने अपने मित्र हनुमान को सीता और राम को बचाने के लिए भेजा था। वो आशा कर रहे थे कि हनुमान समय रहते वहाँ पहुँच गये हों।

"हमें प्रभु हनुमान का सन्देश प्राप्त हुआ है, गुरुजी। मुझे खेद है, किन्तु रावण ने राजकुमारी सीता का अपहरण कर लिया है।"

"और राम?"

"लंकावासियों ने उन सभी मलयपुत्रों को मार डाला जो राजकुमारी सीता के साथ थे। किन्तु जैसा हमें बताया गया है, राजकुमार राम और राजकुमार लक्ष्मण अभी जीवित हैं। हमारे विष्णु सुरक्षित हैं। समाचार उतना बुरा नहीं है जितना शुरू में लगा था।"

वायुपुत्रों ने राम को विष्णु के रूप में मान्यता देने के वशिष्ठ के निर्णय का समर्थन किया था। उनका भी यह मानना था कि यह भारत के लिए अच्छा होगा। लेकिन, तकनीकी रूप से, पिछले महादेव की जनजाति होने के नाते उन्हें केवल अगले महादेव को मान्यता देने का अधिकार था, अगले विष्णु को नहीं।

"समाचार बुरा है, मेरे मित्र," वशिष्ठ ने कहा। "युद्ध छिड़ चुका है।"

"लेकिन... लेकिन मुझे विश्वास नहीं है कि रावण युद्ध चाहता है, गुरुजी। हम जानते हैं कि लंका बहुत अक्षम है।"

"इससे कोई अन्तर नहीं पड़ता कि रावण क्या चाहता है। वो मात्र कठपुतली है। इस सबके पीछे वो नहीं है।"

"तो फिर कौन है?"

"विश्वामित्र।"

"लेकिन—" वायुपुत्र सन्देशवाहक कुछ बोलते-बोलते चुप हो गया। वह वशिष्ठ और विश्वामित्र के बीच के बैर को जानता था। जो कभी बहुत प्यारा मित्र हुआ करता था, वो आपका सबसे बुरा शत्रु भी बन सकता है। वो जानता था कि उसे इतनी विशाल और विद्वेषपूर्ण लड़ाई में नहीं पड़ना चाहिए जितनी वशिष्ठ और विश्वामित्र के बीच थी।

"अब हम क्या करेंगे, गुरुजी?"

वशिष्ठ की मुट्ठियाँ कस कर भिंची हुई थीं, उनकी माँसपेशियाँ तन गयी थीं। उनकी सामान्यत: दयालु और विनम्र रहने वाली आँखें क्रोध से जल रही थीं। उनका चेहरा दृढ़ता की प्रतिमूर्ति बना हुआ था।

"अब... हम लड़ेंगे!"

...क्रमश:।

अमीश की अन्य किताबें

शिव रचना त्रयी

भारतीय प्रकाशन इतिहास में सबसे तेज़ी से बिकने वाली पुस्तक शृंखला

मेलूहा के मृत्युंजय

(शिव रचना त्रयी की किताब 1)

1900 ईसापूर्व। जिसे आधुनिक भारतीय ग़लती से सिंधु घाटी की सभ्यता कहते हैं, उसे उस समय के निवासी मेलूहा की भूमि—एक सम्पूर्ण साम्राज्य जिसकी स्थापना प्रभु श्रीराम ने कई शताब्दियों पूर्व की थी—के रूप में जानते थे। अब उनकी प्राथमिक नदी सरस्वती मृतप्राय होती जा रही है, और वे पूर्व दिशा में अपने शत्रुओं द्वारा किये जा रहे आतंकवादी हमलों का सामना कर रहे हैं। क्या उनके प्रसिद्ध महानायक नीलकंठ बुराई के नाश के लिए अवतरित होंगे?

नागाओं का रहस्य

(शिव रचना त्रयी की किताब 2)

कुटिल नागा योद्धा ने अपने मित्र बृहस्पति की हत्या कर दी है और अब उसकी पत्नी सती के पीछे पड़ा है। शिव, जो बुराई के प्रसिद्ध विनाशक हैं, अपने राक्षसी विरोधियों को ढूँढ़ लेने तक चैन से नहीं बैठेंगे। प्रतिशोध की प्यास उन्हें सर्प प्रजाति के लोगों नागाओं के द्वार तक ले जायेगी। शिव रचना त्रयी की दूसरी किताब में, भयंकर युद्ध लड़े जायेंगे और कुछ चौंकाने वाले रहस्यों से पर्दा उठेगा।

वायुपुत्रों की शपथ

(शिव रचना त्रयी की किताब 3)

शिव नागाओं की राजधानी पंचवटी तक जा पहुँचते हैं, और अपने वास्तविक शत्रु के विरुद्ध धर्मयुद्ध की तैयारी करते हैं। नीलकंठ नाकाम नहीं हो सकते चाहे इसकी जो भी क़ीमत चुकानी पड़े। अपनी हताशा में, वे वायुपुत्रों से सम्पर्क करते हैं। क्या वे सफल हो पायेंगे? और बुराई से लड़ने की वास्तविक क़ीमत क्या होगी? इन सभी रहस्यों का जवाब पाने के लिए इस बैस्टसैलिंग शिव रचना त्रयी का अन्तिम भाग पढ़ें।

राम चंद्र श्रृंखला

भारतीय प्रकाशन इतिहास में दूसरी सबसे तेज़ी से बिकने वाली पुस्तक श्रृंखला

राम—इक्ष्वाकु के वंशज
(श्रृंखला की किताब 1)

वे अपने देश से प्रेम करते हैं और क़ानून के लिए अकेले डटकर खड़े रहते हैं। उनके भाई, उनकी पत्नी सीता, और अराजकता के अँधकार के विरुद्ध लड़ाई। वे हैं राजकुमार राम। क्या वे दूसरों द्वारा उन पर उछाली गयी कीचड़ से उबर पायेंगे? क्या सीता के प्रति उनका प्रेम उन्हें उनके संघर्षों से पार लगा सकेगा? क्या वे उस राक्षस राजा रावण को हरा पायेंगे जिसने उनका बचपन नष्ट कर दिया था? क्या वे विष्णु की नियति को पूरा कर पायेंगे? अमीश की नयी राम चंद्र श्रृंखला के साथ एक और ऐतिहासिक सफ़र की शुरुआत करें।

सीता—मिथिला की योद्धा
(श्रृंखला की किताब 2)

खेतों में एक परित्यक्त बच्ची मिलती है। उसे दूसरों द्वारा नज़रअन्दाज़, कमज़ोर राज्य मिथिला के शासक गोद ले लेते हैं। किसी को विश्वास नहीं है कि यह बच्ची कुछ विशेष कर पायेगी। लेकिन वे ग़लत हैं। क्योंकि वह कोई साधारण लड़की नहीं है। वे सीता हैं। एक अनोखी बहु-रेखीय कथा शैली के माध्यम से, अमीश आपको राम चंद्र श्रृंखला के ऐतिहासिक जगत की गहराइयों में और अन्दर तक ले जाते हैं।

लंका का युद्ध
(श्रृंखला की किताब 4)

सीता का अपहरण हो गया। उन्होंने बेख़ौफ़ रावण को चुनौती दी कि वो उनका वध कर दे—उन्हें राम के समर्पण की अपेक्षा अपनी मृत्यु मंज़ूर थी। राम स्वयं संताप और क्रोध में घिरे थे। उन्होंने युद्ध की तैयारी कर ली। क्रोध ही उनका ईंधन है। और शांतिपूर्ण ध्यान उनका मार्गदर्शक। रावण ने खुद को अपराजित मान लिया था। उसने सोचा था कि वो राम को समर्पण के लिए मजबूर कर देगा। लेकिन उसे नहीं पता था...

भारत गाथा
महाराजा सुहेलदेव

गज़नी के महमूद के लगातार हमले भारत के उत्तरी क्षेत्रों को कमज़ोर कर देते हैं और कई पुराने साम्राज्य खत्म हो जाते हैं। इसके बाद तुर्क देश के सबसे पवित्र मन्दिरों में से एक, सोमनाथ में भगवान शिव के भव्य मन्दिर पर हमला कर उसे नष्ट कर देते हैं। भारी निराशा से भरे इस काल में एक योद्धा राष्ट्र की रक्षा के लिए सामने आता है। *महाराजा सुहेलदेव*—एक प्रचंड विद्रोही, एक करिश्माई नेता, एक पक्का देशभक्त। साहस और वीरता की इस रोमांचक महागाथा को पढ़िये, जो शेर के सामान उस निडर योद्धा की कहानी और बहराइच के महासंग्राम की याद दिलाती है।

कथेतर

अमर भारत

भारत को खोजें देश के कहानीकार अमीश के साथ, जो आपको तीखे लेखों, स्पष्ट भाषणों और बुद्धिमत्तापूर्ण बहस के द्वारा देश को एक नये ढंग से समझने में मदद करते हैं। *अमर भारत* में, अमीश आकर्षक रूप से आधुनिक दृष्टिकोण के साथ एक प्राचीन संस्कृति का विस्तृत ख़ाका खींचते हैं।

धर्म - सार्थक जीवन के लिए महाकाव्यों की मीमांसा

अमीश और भावना भारतीय दर्शन की कुछ मुख्य अवधारणाओं को खंगालने के लिए भारत के प्राचीन महाकाव्यों के अनमोल ख़ज़ाने के विशाल और जटिल संसार में गहरे उतरते हैं। हम सही और ग़लत में कैसे भेद कर सकते हैं? उत्तर निहित हैं हमारी इन मनपसंद कहानियों की सीधी-सरल और ज्ञानपूर्ण व्याख्याओं में, जो प्रस्तुत कर रहे हैं बहुत प्यारे ऐसे काल्पनिक पात्र जिन्हें जानने में आपको बहुत आनंद आएगा।